Nach jahrelangen Recherchen und Gesprächen mit Zeitzeugen und unter Verwendung originaler Dokumente der bulgarischen Staatssicherheit hat Ilija Trojanow einen politischen Roman geschrieben, in dem die Suche nach Wahrheit, der Anspruch auf die eigene Lebensgeschichte und die Kontinuität von alten Seilschaften und Bündnissen im Mittelpunkt stehen. Konstantin und Metodi sind zwei Kontrahenten, deren Wege sich seit ihrer Kindheit immer wieder kreuzen.

Konstantin ist Widerstandskämpfer, einer, der schon in der Schulzeit der Staatssicherheit auffällt und ihrem Griff nicht mehr entkommt. Metodi ist Offizier, Opportunist und Karrierist, ein Repräsentant des Apparats – bis in die Gegenwart. Sie sind aber keineswegs bloß Stellvertreter von »Macht« und »Widerstand«, vielmehr spiegeln sich in ihrer unterschiedlichen Sprache und Erzählweise höchst eigenwillige und unverwechselbare Persönlichkeiten.

Mit poetischer Kraft und Entschiedenheit, manchmal aber auch mit satirischem Humor und Sarkasmus schildert Trojanow diese Schicksale in einem repressiven Regime, wie wir es in der jüngeren Vergangenheit überall auf der Welt antreffen konnten.

Ilija Trojanow, geboren 1965 in Sofia, floh mit seiner Familie 1971 über Jugoslawien und Italien nach Deutschland, wo sie politisches Asyl erhielt. 1972 zog die Familie weiter nach Kenia. Unterbrochen von einem vierjährigen Deutschlandaufenthalt lebte Ilija Trojanow bis 1984 in Nairobi. Danach folgte ein Aufenthalt in Paris. Von 1984 bis 1989 studierte Trojanow Rechtswissenschaften und Ethnologie in München. Dort gründete er den Kyrill & Method Verlag und den Marino Verlag. 1998 zog Trojanow nach Bombay, 2003 nach Kapstadt, heute lebt er, wenn er nicht reist, in Wien. Seine bekannten Romane wie z. B. ›Die Welt ist groß und Rettung lauert überall‹, ›Der Weltensammler‹ und ›Eistau‹ sowie seine Reisereportagen wie ›An den inneren Ufern Indiens‹ sind gefeierte Bestseller und wurden mit zahlreichen Preisen ausgezeichnet. Zuletzt erschienen bei S. Fischer sein Sachbuch-Bestseller ›Meine Olympiade: Ein Amateur, vier Jahre, 80 Disziplinen‹ und sein autobiographischer Essay ›Nach der Flucht‹.

Weitere Informationen finden Sie auf www.fischerverlage.de

Ilija Trojanow

Macht und Widerstand

Roman

FISCHER Taschenbuch

Erschienen bei FISCHER Taschenbuch
Frankfurt am Main, April 2017

© 2015 S. Fischer Verlag GmbH,
Hedderichstr. 114, D-60596 Frankfurt am Main

Lektorat: Angelika Klammer
Satz: Dörlemann Satz, Lemförde
Druck und Bindung: CPI books GmbH, Leck
Printed in Germany
ISBN 978-3-596-03455-0

Für Abdulrahman Pascha

Dieser Roman basiert auf den mündlichen und schriftlichen Zeugnissen einer Vielzahl ehemaliger politischer Häftlinge sowie einiger Offiziere a. D. der Staatssicherheit der Volksrepublik Bulgarien. Bei den abgedruckten Unterlagen (»aus dem archiv der staatssicherheit«) handelt es sich um Originaldokumente aus den zeitweise-teilweise zugänglichen Dossiers eines dieser Widerstandskämpfer. Diese Akten wurden überwiegend von Alexander Sitzmann übersetzt.

Beim ersten Mal kommt Geschichte tragisch daher,
beim zweiten Mal absurd, beim dritten Mal tragisch
und absurd zugleich.

Miltscho Minkow, Hobbyphilosoph und Amateurhenker
aus Panagjurischte

1999 erzählt

Ging früher einer fremd, galt er als sittlich verkommen. Böser Mann, böser kleiner Mann. War's einer aus der Partei, so hieß es, er habe einen Fehler begangen. Unbedacht, kann ja mal passieren. Verführte ein Bonze die Tochter eines Arbeiters, klopften ihm die Genossen auf die Schulter. *Du Schlingel du.* Und sammelte einer der Oberen Liebschaften wie Orden, wurden seine Verführungskünste bewundert. Das war früher. Heute ist die Moral an den Dollar gekoppelt.

Ein grandioses Zeitalter läuft aus in vollen Touren, und die Wassermelonen, aufgeschnitten am Straßenrand, glänzen wonnevoll. Dem Einfallsreichtum der Verkäufer höchstes Lob: zwei Tropfen Urin in die Melone gespritzt und schon reift sie prall rot, diese Traummelone. Was für eine elegante Lösung, zeitgemäß effizient statt der umständlichen und langwierigen Pfropferei von einst. Mühsam mussten die Altvorderen Schweine mit Tausendfüßlern kreuzen, zur Ankurbelung der Schweinshaxenproduktion. Mitschurin, du Held jeder Tafelrunde, wie ist dir bloß ein rostresistenter Traktor gelungen? Simpel, aber raffiniert, mit der Kartoffel gekreuzt ...

Posaunen und Fanfaren sind passé, Hupe und gestreckter Mittelfinger en vogue, die Reifen zu beiden Seiten des Mittelstreifens, im Rückspiegel Überflüssiges, im Straßengraben ein ölverschmiertes Kopftuch, Brocken selbstgebackenen Brots, eine faulige Zwetschge und ein Passat, Baujahr 1977, erworben im Industriegebiet einer westdeutschen Kleinstadt von einem Studenten der Nationalökonomie, der sich im Ausland von mitgeführten Konserven ernährte, ein grüner Variant, der bis vor einer Stunde gute Dienste geleistet hat, ein Relikt aus Mangelzeiten, die Taschen stehen neben dem geöffneten Kofferraum, im Warten geht es weiter. Schade wirklich, dass dieses Jahrhundert sich dem Ende zuneigt. Bleibt denn noch Zeit für eine Reprise, für eine letzte Gelegenheit, den Rotz aus der Nase zu blasen?

Keine Wehmut bitte, die Voraussagen fürs nächste Säkulum sind blendend, es gibt keinen Grund, den Kopf hängen zu lassen, alle Batterien und Akkus sind vollgeladen. Im Kreis Sewliewo schleicht eine alte Frau mit einem Kassettenrekorder aus dem Haus. Wie jede Nacht seit zehn Jahren. Zitternd hält sie das Gerät vor die Brust, sie drückt auf die Aufnahmetaste, sie achtet darauf, keinen Laut von sich zu geben, keinen Seufzer, kein Stöhnen, um die Stimmen nicht zu stören. Ihr Bruder wurde abgeholt, in den grauen Morgenstunden, er ist nicht zurückgekehrt. Er spricht zu ihr, dessen ist sich die Frau sicher. Er war gesellig, ihr verschwundener älterer Bruder, er hat Gefährten um sich geschart, die ebenfalls ungehört blieben, würde seine Schwester nicht jede Nacht mit dem Kassettenrekorder in der Hand im Hof stehen, so reglos es ihr nur möglich ist, um die Stimmen nicht zu verschrecken, die so lange stumm geblieben sind. Einmal im Monat hält ihr Sohn vor dem knarzenden Haus, steigt die Stufen hinauf, in der Linken eine Plastiktüte voller Leerkassetten. Er bleibt nicht lange, er hat keine Zeit, von dem Strudel zu kosten, den sie für ihn gebacken hat. Sie wickelt ein großes Stück in ein Küchenhandtuch ein, für die Heimfahrt, er schlingt es hinunter beim Tankstopp. Wenn die Frau tagsüber die nächtlichen Aufnahmen abspielt, in der Küche, dem einzig beheizten Raum im Winter, die Füße in dicken selbstgestrickten Socken, hört sie keine Stimmen. Früher bewahrte sie die Kassetten in einem Schrank auf, der sich absperren lässt. Der Schrank ist längst voll. Sie schließt die müden Augen und wartet auf die nächste Nacht.

Manche der Flitzenden verkrampfen hinter dem Lenkrad, andere steuern ihr Gefährt mit Daumen und Raucherhusten. Nur wer durch getönte Fensterscheiben auf Hindernisse blickt, wird diese aus dem Weg räumen. Es gibt eingefrorene Gesichter, es gibt Gesichter, die wirken wie zu heiß gewaschen, das Gesicht des Gefängnisdirektors etwa, der sich dienstbeflissen der Aufgabe widmet, Journalisten zu empfangen. Unter dem rechten Auge ein Bluterguss, das linke Auge zuckt. Einer der Journalisten fragt:

»Sie haben schon in der alten Zeit hier gedient?«

»Nein.«

»Seit wann arbeiten Sie hier?«

»Erst seit 1980.«

»Das war doch die alte Zeit?«

»Nein, die war davor.«

»Davor?«

»Ja, in den 50ern.«

Sind sie nicht entzückend, diese Menschentiere? Jedem von ihnen einen Schnaps, großzügig eingießen und gut die Karten mischen, gezinkt wird früh genug.

»Nun mal ehrlich, unter uns, was habt ihr mit den Leichen ... damals?«

»Wurden irgendwo verscharrt, nicht auf unserem Gelände, wo denkt ihr hin, hinter dem Gefängnis irgendwo, gibt keine Unterlagen bei uns, ich war ja noch nicht da, mehr wissen wir auch nicht, irgendwann werden beim Umgraben Schädel auftauchen.«

Die Journalisten fahren weiter, nach Prawez, zu einer internationalen Konferenz über Humor und Herrschaft, kostensparend, zwei Hasen mit einem Schuss erlegen. Sie sind ausgelassen, der matschige Winter ist vergangen, sie haben noch eine gute Portion Leben vor sich, die Sanduhr oben und unten gleichermaßen voll. Weil sie früher nicht auffällig geworden sind, können sie heute mitmischen, vorsichtig versteht sich, weiterhin auf leisen Sohlen. Da kommt die spritzige Erinnerung an die Eröffnung des Halbleiterwerks gerade recht, just in jenem Dorf namens Prawez, das sie alle zu einem Städtchen aufphrasiert haben, zu Beginn ihrer schlampig formulierten Karriere. Generalsekretär Žiwkow – letzthin staatsmännisch zu Grabe getragen, die Journalisten waren anwesend, sie haben ein ausgewogenes Resümee gezogen – gab seinem Heimatdorf die Ehre:

»Es ist mir eine außerordentliche Freude, dieses wichtige, dieses äußerst wichtige Werk am heutigen Tag an diesem Ort zu eröffnen. Und ich verspreche euch, Genossinnen und Genossen, heute sind's nur Halbleiter, doch morgen schon werden wir ganze Leiter produzieren.«

Die Journalisten lachen über die Erinnerung an einen wagemutigen Scherz, das Fenster offen, wer sie überholt, ohne mitzulachen, der kennt den Witz zur Genüge oder hat ihn nicht verstanden.

»Nein, nein. Der geht besser. Žiwkow hält eine Jubiläumsrede: ›Heute ist ein Fünftel der Welt sozialistisch, doch ich schwöre euch, bei Marx, Engels und Khan Krum, bald wird's ein Zehntel der Welt sein.‹«

Der Lastwagen vor ihnen keucht.

»Ausgleich, mein Lieber. Gerechtes Unentschieden. Da fällt einem die Wahl richtig schwer.«

Qual der Qual.

In einer Wohnung im vierzehnten Stock in einer Trabantenstadt in einem Satellitenstaat. Der Preis: früher zehn Jahre Wartezeit, heute zehntausend Dollar. Ausblick auf unzählige Plattenbauten. Nach Norden hin die Ausläufer des Plana Gebirges, im Süden der kapitale Berg, an seinen Hängen eine Villa, digital befestigt, Sicherheit am Bau. Hier werden die Chrysanthemen mit Bauernschläue bewässert. Eine enge Wohnung, eine geräumige Villa. Zwei alte Männer, die alle Quittungen des Lebens aufbewahrt haben. Im Kopf abgespeichert, abgelegt in den Akten. Die Sterne am Himmel ein Zerrbild, im Spiegel ein entglittenes Gesicht.

Das Jahrhundert schmilzt dahin, unter der Zunge klebt ein Streifen bitterer Bonbons, lieb Vaterland, eine Leiter ohne Sprossen, du Paradies auf Erden, unter Bockshornklee harren Leichen der Lüftung, deine Pracht kennt keine Grenzen, ein Haufen mit Urin aufgespritzter Melonen und am Wegrand Menschen im Schweiße ihrer Verzweiflung. Wir aber flitzen weiter. Ja nicht anhalten.

KONSTANTIN

Verrat, wie lautet dein Name? Deine Adresse, deine Kragenweite? Beziehst du Rente? Wirst du dich jemals zur Ruhe setzen? Schreibst du an deinen Memoiren? Wie viele Kielkröpfe hast du in die Welt geworfen? Hast du ihnen beigebracht, alles und jeden zu verraten?

Es gibt Tage, an denen reicht der Wasserdruck nicht bis in den vierzehnten Stock hinauf. Es tröpfelt aus dem Hahn. Die Plastikeimer sind vorsorglich gefüllt, der Kühlschrank ist voller Wasserflaschen. Aufs Duschen kann ich vorübergehend verzichten. Die Verhältnisse haben selten meiner Verfassung entsprochen. Vom Küchenfenster aus sehe ich den Zeitungskiosk, daneben die Bushaltestelle, gegenüber die kleine Brücke über den Kanal zum Markt. Sobald morgens das Gitter des Kiosks hochgeht, ziehe ich Hose, Jacke über den Pyjama, hinunter, hinaus, wähle meine Lektüre, jeden Morgen leicht variiert. Zwei Zeitungen pro Tag kann ich mir leisten. Beim Kauf einer dritten muss ich mich beim Abendessen einschränken. Das fällt mir nicht schwer, Entbehrung ist eine Frage der Übung. Eine Schale Joghurt, eine Scheibe Brot, das genügt mir. Meist wähle ich 24 STUNDEN + STANDARD, gelegentlich ARBEIT + POLITIK, seltener WORT + DEMOKRATIE. Oder KAPITAL. An Auswahl kein Mangel, mehr Zeitungen als Informationen.

»Sie brauchen die Zeitung nicht wegen eines einzigen Artikels zu kaufen, Bai Konstantin, das ist doch Verschwendung.«

Der Kioskbesitzer blickt auf die aufgeschlagene Zeitung in meinen Händen, deutet auf die Sitzbank der Bushaltestelle. Seine Einladung ist eine kleine Geste des Großmuts, sie berührt mich unangenehm. Von früh bis spät hockt er in seinem wohlgeordneten Kiosk, dicht von Nachrichten umgeben, die ihm nichts bedeuten außer als Überlebensmittel. Die Ränder unter seinen Augen haben sich in letzter Zeit eingedunkelt. Ich lehne dankend ab. Das käme mir wie Ausnutzung vor, auch er muss jeden Lew umdrehen.

Bei einer Tasse Kräutertee, sieben Minuten gezogen (das letzte Geschenk meines Bruders war ein Küchenwecker), blättere ich die Zeitungen durch, jeden Morgen mit Widerwillen. Politik hat mich von jeher angewidert. Auch wenn ich mich ein Leben lang damit beschäftigen musste. Wer in einer Zelle *Das Kapital* sieben Mal durchgearbeitet hat, mit klecksendem Kugelschreiber, träumt von Zeiten, in denen es solcher Werke nicht mehr bedarf. Als Häftling hatte ich keine andere Wahl, als die »Klassiker« zu studieren, so wie der Teufel das Evangelium. Das Dämonische daran? Die Demaskierung ihrer Heiligen!

Die Zeitungslektüre dauert nicht lange. Ich weiß, wonach ich suche; alles andere blende ich aus. Zwischen den Zeilen lesen wird dies gemeinhin genannt, von jenen, die zwischen den Zeilen schreiben. Die Messung des Schattens, den Polemik und Propaganda werfen, ermöglicht Rückschlüsse auf den Stand der Sonne. Wer dieses Verfahren beherrscht, kann sich als Häftling präziser informieren als die Freien, denen die Schlagzeilen zugefächelt werden, ein angenehmes Lüftchen. Zum Frühstück (ein Stück Schafskäse, einige dicke Scheiben Weißbrot, im Sommer etwas Wassermelone, einige Zwetschgen oder Aprikosen, sonntags ein gekochtes Ei) höre ich im Radio die Acht-Uhr-Nachrichten, danach die Presseschau, gefolgt vom Tagesthema. Bei bedeutenderen Parlamentsdebatten schalte ich den Fernseher an. Eigentlich ist nichts in diesem Land von Bedeutung, außer man glaubt (so wie ich, aus Gewohnheit, aus Sturheit), dass sich in jedem Ausschnitt, mag er noch so nebensächlich sein, etwas Wesentliches spiegelt.

Derart geordnet vergeht die Zeit. Ich weiß nicht, womit die anderen ihre Tage ausfüllen. Wenn wir zusammenkommen, einmal die Woche, Mittwochvormittag, fällt es mir zu, die jüngsten Entwicklungen zu analysieren. Nicht jeder findet sich im Spiegelkabinett des Politischen zurecht. Die anderen streiten meist aus Unkenntnis, widersprechen mir mit unbedachten Argumenten. Sie wollen beweisen, dass sie einen eigenen Kopf haben, ohne ihn zu benutzen. Eine weit verbreitete Malaise. Wir teilen uns eine mitgebrachte Flasche selbstgebrannten Rakija. Einige von uns (nicht viele) bestellen beim Wirt einen kleinen Kaffee. Er serviert ihn mit zwei in dünnem Papier eingewickelten Zuckerwürfeln. Früher stand ein Zuckerstreuer auf dem Tisch. Am Ende unserer wortreichen Vormittage war der Zuckerstreuer leer. Der Wirt würde uns nicht dulden, hätten wir nicht einst seinen Vater warmgerieben, mit vereinten Kräften, auf einem lecken Boot mitten im eisigen Wasser. Jene, die zu viel Zucker in ihren Kaffee rührten, haben das Leben seines Vaters in wärmenden Händen gehalten, haben verhindert, dass er Erfrierungen erlitt (einem anderen wurden beide Beine amputiert). In der Erinnerung der Verwandten waren wir alle, die wir allwöchentlich an diesem schmucklosen Tisch Leitungswasser trinken, einen kleinen Selbstgebrannten, einen Kaffee, die wir unsere Jugend im Gefängnis, im Lager verlebt haben, jahrzehntelang ein Schamfleck. Sooft das Tischtuch der Familiengeschichte zur Reinigung gebracht wurde, so ein Makel ließ sich nicht entfernen. Wenn das dem Wirt nicht Grund genug war, den Vater zu verfluchen, diesen verdammten Querschädel, der ihm ein bequemeres, erfolgreicheres Leben verbaut hat. Wenn man wollte, dass die Nächsten stolz auf einen waren, musste man sich um Unauffälligkeit bemühen.

Egal, wie sehr wir ausschweifen, wir kehren stets zurück zu dem Thema, das uns zusammenbringt, einmal die Woche, wir reden uns in Rage, laut, lauter, bis der Wirt uns um Mäßigung bittet, Gäste von den Nachbartischen hätten sich beschwert.

»Wegen der Lautstärke oder wegen des Inhalts?«, frage ich.

»Ihr müsst die krumme Welt nicht in meiner Kneipe geradebiegen!«

Er klingt eher flehentlich als streitsüchtig.

Ich betrachte die Stiefellecker an den anderen Tischen, die ihre Blicke schnell abwenden. Leicht zu erahnen, was sie über uns denken … Lasst das Vergangene doch mal gut sein (ergo: findet euch mit der Niederlage ab), es ist so viel Gras über die Sache gewachsen (will meinen über die Gräber), was stochert ihr in alten Wunden herum (anstatt euch um neue Wunden zu kümmern). Sogar an unserem Tisch, an dem grob geschätzt zwei Jahrhunderte Kerker beengten Platz gefunden haben, wird unsere Vergangenheit gelegentlich kleingeredet.

»Wir hatten Pech«, klagt einer, »unsere Generation, was für ein grausames Pech. Wir wurden in schlimme Zeiten hineingeboren, wir hatten keine Chance.«

»Was war denn so schlimm an unserer Epoche«, fahre ich dazwischen, »wir haben für etwas gekämpft, an das wir geglaubt haben. Wir waren bereit, uns zu opfern, für etwas von höherem Wert als unser eigenes Leben. Das war ein Geschenk des Schicksals. Ich möchte zu keiner anderen Zeit gelebt haben.«

»Bist du dir da völlig sicher?«, fragt Toma, einer von wenigen, die ich zu meinen Freunden zählen würde.

»Noch lieber wäre mir ein Leben in ferner Zukunft.«

»Wenn …?«, setzt Toma nach, als hätten wir den Wortwechsel einstudiert.

»Wenn es keine Polizei, keine Gefängnisse, keine Ministerien, keinen schlechten Rakija mehr gibt!«

»Ach, Kosjo, du wirst dich niemals ändern.«

»Willst du mir schmeicheln?«

Die anderen schütteln augenfällig den Kopf, typisch Konstantin, immer konträr, aus Prinzip, zum Possen. Muss alles immer in Frage stellen. Ich weiß, ich bin anstrengend. Ich lasse die anderen reden, ich halte meinen Mund. Wenn die ersten Mittagsgäste eintrudeln, werden wir hinauskomplimentiert. Draußen vor der Tür stehen wir herum, es dauert, bis wir uns zerstreuen. Ein Quacksalber, der kaum ein Jahr im Lager verbracht hat, will mir zum Abschied Sedativa andrehen.

»Lass es etwas ruhiger angehen, mein Lieber.«

Er klopft mir auf die Brust.

»Du hast dich genug geopfert, du hast mehr getan als jeder andere.«

»Wie recht du hast«, antworte ich ihm. »All jene, die größere Opfer erbracht haben, liegen im Grab.«

Der Fahrstuhl fällt häufig aus. Das Gebäude verfügt zwar über einen zweiten, aber in dem brennt das Deckenlicht nicht, seit geraumer Zeit. Die Nachbarskinder haben Angst vor der Enge, der Dunkelheit. Seitdem sie wissen, dass ich in einem Raum, nicht größer als dieser Fahrstuhl, Tage, Wochen, Monate verbracht habe

(Wie lang warst eingelocht, Onkel?

Wie alt bist du?

Fünf.

So lange wie du gelebt hast, wenn du doppelt so alt sein wirst wie jetzt.

Versteh ich nicht!),

klingeln sie bei mir: »Onkel, bringst du uns nach unten?« Sie finden Gefallen an meinem verzierten Gehstock, an meinem weißen Bart. Draußen spielen sie inmitten von Unkraut, Bauschutt, bis sie meine vertraute Gestalt erblicken, vom Einkauf zurück, von einem anstrengenden Spaziergang, zu dem ich mich jedes Mal überwinden muss. Mit dem spitzem Ende des Gehstocks drücke ich auf den

Knopf zwischen den beiden Fahrstühlen. Einst leuchtete er rot auf. Ich sehe nach der Post, der Schlüssel klemmt, der Kasten ist leer.

So vergeht die Zeit. In aufgenötigter Wachsamkeit. Nächtens starre ich auf die Silhouette des Witoscha. Schlage weitere Nägel ein für längst aufgehängte Erinnerungen, steige sehnsüchtig in das Taxi eines Rauchers, meine Sucht nach vielen Jahren der Enthaltsamkeit wie eine weggeworfene Kippe. Kippe um Kippe aufsammeln, die Tabakreste auf die Handfläche bröseln, in die längste der aufgeklaubten Kippen stopfen, sie anzünden, aussteigen, den nie beleuchteten Gipfel der Schlaflosigkeit erklimmen. Witoscha, für Alpinisten zu leicht, für Gehstockträumer zu mühsam.

Die Nachbarin am Ende des Korridors, eine Krankenschwester in jenem Alter, in dem selbst dezenter Lippenstift zu dick aufträgt, sorgt sich um mich wegen meines solitären Lebens. Wenn ich sie frage, wozu ich eine Gefährtin brauchte, betet Dora eine Liste von Konventionen herunter, die mit der Maxime schließt, der Mensch sollte sein Essen mit einem Nächsten teilen. Ich erwidere, dass ich mein Essen mit dem streunenden Hund teilte, der sich vierzehn Stockwerke hinaufplagen muss, weil die meisten Hausbewohner ihn aus dem Fahrstuhl treten. Er hält sich am Leben trotz eines verkrüppelten Vorderfußes, er schläft vor der Haustür der Krankenschwester, gefüttert wird er vor meiner Tür, das verbindet uns drei. Gelegentlich beobachte ich ihn durch das Guckloch, ein zähes Tier.

Du musst verstehen, flüsterten die Mitläufer früher auf mich ein, wir sind nicht so stark wie du. Es klang wie ein Vorwurf, als wäre Haltung ein Makel, als wäre ich im Unrecht, weil ich keine Kompromisse eingehen, weil ich nicht nachgeben könne. Wenn wir in Streit gerieten, selten genug, denn selbst Streit mit mir konnte Verdacht erregen, warfen sie mir einen Mangel an Nachsicht vor.

Alleinsein ist die Chance, einen interessanten Menschen kennenzulernen. Diesen Satz, leichtfertig dahingesagt, hatte ich Montaigne zugeschrieben. Dora korrigierte mich einige Tage später. *Es ist leich-*

ter, immer allein zu sein, als nie allein zu sein. Das stamme von Michel de Montaigne. Vielleicht gefalle mir eher La Bruyères Ausspruch: *Dies große Unglück, nicht allein sein zu können.* Auf meinen Widerspruch hin entgegnet sie, gewiss wünsche ich mir Umgang mit Menschen, allerdings nur mit solchen, die nicht existierten. Meine Sentenz sei hingegen niemandem außer mir geläufig, daher könne ich sie getrost als meine eigene Weisheit ausgeben.

Dora ist der Schlaf vergangen, wie auch mir, sie flaniert nächtens durchs Internet, richtet sich zwischen zwei Bridgepartien (*Hospital Bridge*, eine beliebte Webseite, vor allem bei jenen, die Nachtschicht schieben müssen) das ideale Krankenhaus ein, ein vorbildliches, eines, das den Namen Städtisches Krankenhaus verdient. Sie informiert sich umfassend, bevor sie die Infusionsständer ordert, die ihr im Alltag fehlen, neue Bettgitterführungen, Schlafkissen, Rückenstützen, Bewegungsschienen, sie wählt alles bis ins letzte Detail aus für das »Spital der gesunden Absichten«, wie sie es benannt hat, mit etwas Schützenhilfe ihres Nachbars am anderen Ende des Korridors. Stundenlang verwaltet sie Warenkörbe, ohne je eine Bestellung abzuschicken. Es sei zum Haareraufen, alles derart leicht verfügbar, erklärt sie mir während einer unserer gemeinsamen Besorgungen, uns beiden Pflichttermin, seitdem sie in meiner Jutetasche einige angefaulte Tomaten erspäht hat. Sie misstraut den Marktverkäufern, hält wenig von meinen Fähigkeiten, mich nicht übers Ohr hauen zu lassen.

»Beim Wesentlichen hat mich noch nie einer hinters Licht geführt.«

Sie lächelt über mich wie über einen Knirps, der sich beim Protzen überhebt.

»Ja, ja, Herr Scheitanow, große Sprüche, faule Tomaten.«

Sie besitzt das Talent der trefflichen Lakonie.

»Dreimal klicken«, berichtet sie mit prüfendem Blick auf das Gemüse, »drei läppische Klicks, damit wär's getan, dann hätten wir einen Dialysestuhl, elektrisch verstellbar, mobil und stabil, für gerade einmal tausend Dollar, das ist doch ein Klacks. Sie sollten sich schämen, solche Tomaten anzubieten.«

»Haben nicht alle so vornehme Ansprüche wie Sie, werte Frau.«

»Ja«, antworte ich ihr, »es ist ein Klacks. Ein unerreichbarer Klacks.«

Wir könnten uns im Korridor verabschieden; wie soll ich aber einem traurigen Menschen den Rücken zudrehen? Seitdem ich weiß, welche Kekse sie bevorzugt, halte ich im Wandschrank stets einige Packungen vorrätig, neben einer seit Jahren unangetasteten Whiskeyflasche, dem Mitbringsel eines Emigranten, der auf Besuch heimgekehrt war.

Noch bin ich halbwegs bei Kräften, trotz aller Gebrechen. Alter ist ein Feind, unerbittlich wie die Staatssicherheit. Seit Jahren kämpfe ich an zwei Fronten. Der Internist staunt über mein gestundetes Ableben. Ich sei der leibhaftige Beweis, verkündet er mit dem Stolz eines Häretikers, dass der Geist stärker sei als die Materie. Er solle die Latte nicht so hoch hängen, widerspreche ich, die Erklärung sei profaner, ich hätte noch eine Rechnung offen mit dem Verrat. Solange die nicht beglichen ist, werde ich pünktlich das Dutzend Pillen einnehmen, das mich am Leben erhält, während ich auf eine weitere Gelegenheit warte.

Als alter Mann stehe ich früh am Morgen aufrecht vor der schweren Tür.

METODI

Aman, pisnalo mi e, der Frühling krault ihnen die Eier, sie reißen sich meinen Sonntag unter ihre manikürten Nägel. Diese Parasiten, nisten sich ein, zapfen mich an, verdammte Blutsauger. Wie ich Sonntage hasse. Am Mittwoch erkundigen sie sich höflich bei der Sekretärin, ob du einige Minuten Zeit für sie hast, wie sich's gehört, am Sonntag terrorisieren sie dich mit ihrem Geschwätz. Obendrauf das Gejammer meiner Frau, wie sieht's denn hier aus, abgenagte Knochen unter den Stühlen, Albena hat jedes Mal die Nase gestrichen voll, obwohl's ihre Neffen sind, ihre verwöhnten Kinderchen. Ich darf mich nicht beklagen, wer nicht für eigene Nachfolger sorgt, dem bleibt nur die angeheiratete Brut. Es ist 'n Fluch, wenn man lauter Neffen und keine Söhne hat. Einmal schlug ich Hausverbot vor, da hatte sie gleich 'nen hysterischen Anfall, dann bin ich weg, schrie Albena, was für 'ne lächerliche Drohung. Seitdem habe ich die Sonntage abgeschrieben, ein Tag in der Woche muss halt geopfert werden. Lass doch mal andere jammern, sag ich zu ihr, bist du die Einzige auf der Welt, die was zu jammern hat? Aber nein, sie jammert weiter, Fettflecken auf ihrem geliebten Benz-Sofa, jammert mir die Ohren voll, Spritzer auf dem Velours, wie's mich juckt, ihr eine runterzuhauen. Wir haben alle so unsere Macken, manche sind verdammt schwer zu ertragen. Was müssen die Neffen auch sonntags ihre Huren anschleppen, früher haben sie die zu Hause gelassen, jetzt schmatzen sie an unserem Tisch, reißen das Maul auf, wie's ihnen passt. Letzten Sonntag hielt mir eine 'nen Vortrag, zum Lammbraten, über Weltpolitik, also, China brauchen wir nicht fürchten! Wieso das denn, Schneckchen? Die Männer dort, die sind klein, und kleine Männer kriegen nichts gebacken. Woher weißt du das? Aus der Geschichte, Bai Metodi, als große, starke Krieger aus dem Norden zu uns kamen, wurden wir ein mächtiges Reich, die halbe Welt hat vor uns gezittert, als sich die Wichte aus dem Morgenland bei uns einschlichen, da ging's bergab. Wie die dahergeredet hat, selbstgefällig wie ein *akademik*, fehlte nur, dass sie mir ihre Theorie mit den Erbsen auf ihrem Teller erklärt, Erbsen mag sie nicht. Ich widersprech nicht, was hab ich mir im Leben nicht schon alles anhören müssen, vor Ewigkeiten hat *akademik* Potok das versammelte Offizierskorps stundenlang belehrt, politische Ereignisse hängen davon ab, ob die Führer eines Landes der Zukunft oder der Vergangenheit zugewandt sind, und unsere Führer sind der Zukunft zugewandt, keiner mehr als der Genosse Generalsekretär, der plant die Zukunft hinter der Zukunft, während unsereiner mit spuckefeuchtem Finger das Kalenderblatt umdreht. Was für 'ne Rede, wir bekamen Kopfschmerzen und der *akademik* 'ne Villa in Pomorie. Potok, das war 'n Zwerg mit abgehalftertem Lachen, zwei Köpfe kleiner als diese dozierende Schaufensterpuppe an unserer Tafel, der plumpsen die Auberginen gleich aus dem Ausschnitt, wahrscheinlich hab ich die Dinger bezahlt, wer weiß, was die Neffen mit dem Geld anstellen, das ich ihnen zustecke, ist ja genug, um sich das Fett vom Arsch absaugen zu lassen, auf dem sie breit flacken.

»So, so, hochinteressant«, sag ich, die Freundlichkeit in Person, bin ja Gastgeber, sitze auf dem Präsidentenplatz, »das also sind die schmerzlichen Lehren aus unserer Geschichte. Wo hast denn die aufgegabelt? In 'ner Boutique am Boulevard Witoscha?«

»Ruhig, Metscho, ruhig!« Albena greift nach meiner Hand.

Alle am Esstisch starren mich an, ich lass es gut sein, meist halt ich mich zurück, bis es mich zerreißt, ist ja nicht auszuhalten, wie die anderen sich aufmandeln.

Mit den Nichten war mehr anzufangen, aber die haben sich abgesetzt, die Heimat ist denen nicht gut genug. Was haben wir uns abgeschuftet, diesen rückständigen Acker in ein modernes Land zu verwandeln, haben zwölf Stunden am Tag geschuftet, bis der Kopf uns auf die Brust fiel. Und was hatten wir für Erfolge. Wer würdigt das heut noch? Nachher schwenken alle immer die Fahne der Besserwisserei. Wer '44 mit '89 vergleicht, der wird erkennen, was wir rausgeholt haben, das soll uns mal einer nachmachen. Der Sohn eines Schweinehirten hat bei uns Gabelstapler produziert, Güteklasse A, die gingen weg wie warme *banitza*, weltweit. Wir waren nicht in allen Bereichen spitze, so schnell geht's nicht, aber immerhin, was wir erreicht haben, das kann sich sehen lassen. Den undankbaren Gören reicht's nicht. Die eine macht die Beine für die Washingtoner breit, schreibt Berichte für 'nen Denktank dort, gilt als Expertin für den Balkan, das hat sie denen schlau gesteckt, nur jemand aus dem Wirr*warr* kann den *Wirr*warr erklären, ganz schön gerissen, da war ich feste stolz auf sie, auch wenn sie nicht von meinem Blut ist, na, ich war ihr Vorbild, insgeheim hat sie mich bewundert, wird sie nie zugeben, natürlich nicht, direkt um Rat wird sie mich nie fragen. Die andere hockt in London und jettet von 'ner Party in Moskau zu 'ner Party in Nizza, aber der Weg zu uns, der ist ihr zu weit. Außer bei der eigenen Hochzeit. Hässlich wie 'ne Wahrsagerin, hat aber 'nen strammen Kerl abbekommen, Wirtschaftsattaché an unserer Botschaft dort, aus gutem Haus, ihre Mutter versteht sich aufs Verkuppeln, auch wenn sie sonst nichts versteht. Alle haben drauf bestanden, ich soll was sagen, hab dem Brautpaar gemeinsames Tauziehen gewünscht, in ein und dieselbe Richtung wohlgemerkt, da hatte ich die Lacher auf meiner Seite, das war 'ne Rede, die hat Eindruck gemacht. Ich hab nichts gegen die Londoner Nichte, außer wenn sie mir weismachen will, mit den drei Telefonen und vier Bildschirmen vor ihrer spitzen Nase hat sie mehr Einfluss als ich irgendwann mal im Leben. Lächerlich. Bei Bloomberg werden alle wichtigen Informationen zusammengeführt, behauptet sie. Einfältig. Sie schiebt einige Millionen hin und her und bildet sich ein, Macht zu haben. Dämlich hoch drei. Nur wenn man Angst vor dir hat, Mädchen, hast du Macht. Alles andere ist Konfetti. Und Angst wird in den Archiven gezüchtet. Die kontrollieren wir, selbst wenn andere große Töne spucken. Nein, das wird sie nie begreifen, nach der nächsten Krise hockt sie mit ihrem Pappkarton auf der Straße und erinnert sich daran, sie hat bei uns was zu erben. Dann werd ich ihr unter die spitze Nase reiben, das Erbe verdankst du einzig und allein folgender Tatsache: Uns gehört die Vergangenheit. Das ist die einzige Bank, die zählt, die haben wir vor Zeiten gegründet, lang vor deinen Luftbanken: Gegenwart ist Zins, Zukunft ist Zinseszins. Vielleicht kapiert sie's ja dann.

Die Sprechanlage surrt, surrt ein zweites Mal, ach, Sonntag, verdammter Sonntag, um alles muss ich mich kümmern.

»Was ist?«

»Komm ans Tor«, sagt der füllige Sergy.

»Wieso ans Tor?«

»Hier will jemand mit dir reden.«

»Um die Uhrzeit?«

»Jetzt komm doch.«

»Wer denn?«

»Eine Frau, eine Unbekannte.«

»Schick sie weg.«

»Sie lässt sich nicht wegschicken.«

»Was?«

»Sie sagt, sie muss unbedingt mit dir reden.«

Da haben wir's, es muss nur so 'ne Dahergelaufene ans Tor klopfen und auf stur schalten, schon werd ich belästigt. Scheuch sie doch weg, du Nichtsnutz du. Wieso hab ich auf die Frau gehört, am Sonntag will sie ihre Ruhe haben, keine Fremden auf dem Grundstück, die Männer sollen von Montag bis Samstag Wache schieben, aber an einem Tag in der Woche, da wollen wir unter uns sein. Unter uns? Wann sind wir am Sonntag unter uns?

»Ich komme.«

Muss mir erst das Hemd zuknöpfen. Die Haare zurechtkämmen. Was für ein Segen, so 'ne Fülle. Glatzköpfe sind wirklich arm dran, die laufen rum wie mit löchrigen Socken.

»Was willst du?«

»Kurz mit Ihnen reden.«

»Ich hab jetzt keine Zeit.«

»Es ist wichtig.«

»Nicht für mich.«

»Doch, es ist wichtig, auch für Sie.«

Jetzt versteh ich, wieso Sergy sie nicht abwimmeln konnte. Sie hat so was Verbissenes an sich, sie schnappt nach deinem Hosenbein und zerrt daran, während sie klafft, so sture Stangen kenn ich, 'ne richtige Plackerei, die zurechtzubiegen. Auf dem Bildschirm wirkt sie etwas ausgemergelt, aber fesch genug, könnt mir gefallen. Der Bildschirm täuscht, trotz hoher Auflösung und dem neusten Schnickschnack, es ist wie durchs Guckloch blicken, du hast Einblick, aber keinen Überblick, leicht übersiehst du das Wesentliche. Dem Blick durchs Guckloch hab ich immer misstraut, von Anfang an, besser die Zellentür aufschließen lassen und alles in Augenschein nehmen.

»Hör mal zu, Mädchen. Ich weiß nicht, was dich zu mir treibt, ich hab 'n Büro und 'ne Sekretärin, bei der meldest du dich, verstanden? Du weißt ja wohl wo, oder?«

»Das habe ich versucht. Zuerst am Telefon, dann habe ich sogar persönlich vorgesprochen. Ich wurde jedes Mal abgewiesen.«

»Wird schon seine Gründe haben.«

»Es wurde mir gesagt, ich solle nicht weiter stören. Die Frau war nicht höflich.«

»Das kann passieren. Wenn jeder ...«

»Ich bin nicht jeder.«

»Mach vor meinem Haus jetzt keine Szene. Wenn du in fünf Sekunden nicht verschwunden bist, drück ich den roten Knopf, und drei Minuten später hast du ein Rudel Kerle am Hals, die entfernen dich, und zwar nicht sanft, das kannst mir glauben.«

»Werden Sie nicht!«

»Willst du mir drohen?«

»Ja, ich drohe Ihnen.«

»Was glaubst du ...«

»Ich drohe Ihnen, Metodski!«

Metodski? Mich bringt man ja nicht leicht zum Kentern, aber dieser Name aus dem Mund dieser Unbekannten, dieser Spitzname unter Offizieren, vergessen fast, sonst nie benutzt, hab ihn gehasst, den haben mir die Kameraden angeleimt. Metodi, das hat Würde, das klingt nach Haltung und drei Sternen, Metodski klingt nach 'nem Hubschrauber, der öfter abstürzt. Woher hat sie diesen Namen? Wenn einer der Kameraden über mich spricht, heute, all die Jahre danach, wie nennt er mich? Sagt er: Metodski war ein feiner Kerl oder sagt er: Auf Major Metodi Popow war stets Verlass? Sie muss im Auftrag hier sein. Wer hat sie geschickt? Wie die Tochter eines Offiziers wirkt sie nicht, die Kleidung abgetragen, ihr Verhalten, unsicher einerseits, andererseits verbissen, irgendwas stimmt da nicht. Ein Scherz vielleicht, kann nur ein Scherz sein, irgend 'n Kamerad sitzt im Auto um die Ecke und wartet auf mein verdutztes Gesicht. Ich hasse Überraschungen. Wer kann's bloß sein? Von den üblichen Witzbolden liegt einer in der Militärmedizinischen, ambulant stationär, so oft wie der drin ist, ein anderer gießt sein Gemüse in Wraza, andere knabbern an den Radieschen von unten. Die, mit denen ich zu tun habe, die machen so was nicht. Deftige Scherze sind nicht ihr Stil.

Das Tor brummt, wenn's aufgeht. Elektronisch und langsam. Hat gedauert, bis der Trottel von Wachmann begriffen hat, das Tor darf er nicht zuschieben. Steht den ganzen Tag rum und hat's trotzdem eilig. Sergy wirft mir 'nen erstaunten Blick zu. Sonst lass ich nie jemanden rein, Lieferanten laden vor der Garage aus.

»Das ist mein Neffe, Sergej, und wer ich bin, weißt du ja offensichtlich. Bleibt bloß die Frage, wer du bist?«

»Nezabrawka Michailowa.«

»Wir kennen uns nicht, oder?«

»Nicht direkt.«

»Na, dann komm mal rein, du hast mir 'ne Nachricht zu überbringen, oder? Unter vier Augen, nehm ich an.«

Hinter uns schließt sich das Tor, und Sergy verzieht sich, ich vermute, er hat's eilig, zu dem Gekicke zurückzukehren, auf das er seine erhöhten Absätze verwettet, Premier League meist. Wenn der Manchester hört, denkt er nur an United oder City, ist nicht weit her mit der Bildung der Jungen heut. Ich lass mir seine Spieleinsätze wöchentlich auflisten, der Mann vom Wettbüro, dem hab ich mal auf die Beine geholfen. Mit Schulden ist nicht zu spaßen, aus dem Würgegriff kommt er nicht so leicht raus, erst recht nicht, wenn ich ihm nicht unter die Arme greif, das ist ein Betonkopf, zu dem dringt man selbst mit 'nem Presslufthammer nicht durch.

»Jetzt komm mal rein.«

»Wo darf ich mich hinsetzen?«

»Wo du magst, Mädchen, bei uns ist alles ganz bescheiden, ein wenig wie auf 'ner Berghütte, man will ja die Stadt hinter sich lassen am Weekend, den ganzen belastenden Kram, den man nicht braucht, na, du weißt ja bestimmt, was ich mein.«

»Nein, weiß ich nicht.«

»Sei froh, hast dir 'ne Menge Kopfschmerzen erspart.«

»Die Kopfschmerzen … andere … aus der …«

»Was sagst du? Ich hör für mein Alter recht ordentlich, aber wenn du so nuschelst, wird's schwierig.«

»Still ist es hier. Ich habe nicht gewusst, dass es hier oben so still sein kann.«

»Bestens zum Nachdenken. Klappt hier so gut wie nirgendwo sonst.«

»Worüber müssen Sie denn nachdenken?«

»Du weißt schon, das Übliche. Aufgaben, Pflichten. Was so alles zu erledigen ist.«

»Haben Sie nicht schon genug erledigt?«

»Was willst du damit sagen?«

»Versuchen Sie nicht, mir etwas vorzumachen. Ich habe mich informiert, ich weiß, wer Sie sind, was Sie getan haben.«

»Was wird denn so gemunkelt? Bin pflichtbewusst, das hast du hoffentlich gehört, schon immer, werde dienen, solang ich gebraucht werde.«

»Wie vorbildlich.«

»Versteht sich von selbst. Kann nicht anders. Genug über mich, muss mir was aufsparen für meine Memoiren. Was führt dich zu mir?«

»Etwas, was Sie getan haben. Es ist lange her, Sie waren bestimmt nicht so bedeutend, wie Sie es heute sind. Ich weiß nicht genau, was Sie waren, es ist schwer für mich …«

»Komm, leg die Karten auf den Tisch. Ein Trümpfchen wird schon dabei sein.«

»Nein. Es war ein Fehler, dass ich hierhergekommen bin. Lassen wir es.«

»Wieso denn, jetzt, wo du ohnehin schon da bist.«

»Es ist sinnlos.«

»Was immer es ist, spuck's aus, Mädchen. Erleichtert das Gewissen ungemein.«

»Das wissen Sie wohl aus eigener Erfahrung?«

»Sagen wir so, ich hab's oft genug erlebt.«

»Ich habe meinen ganzen Mut zusammennehmen müssen, überhaupt herzukommen. Wochenlang mit mir gerungen. Ich wusste, es geht nur weiter, wenn ich zu Ihnen komme, wenn ich alles mit Ihnen kläre. Und jetzt kann ich nicht.«

»Entspann dich mal, ich fress dich nicht. Darfst nicht alles glauben, was du über die Leute hörst. Wir unterhalten uns einfach, einverstanden? Vielleicht nennst du mir den Namen deines Vaters?«

»Um den geht es ja.«

»Ist er gestorben?«

»Er war nie Teil meines Lebens.«

»Was soll das heißen?«

»Ich hatte nur eine Mutter. Sie hieß Anna-Maria Michailowa.«

»Lass mich mal grübeln, gieß dir doch 'n Glas Wasser ein, die Karaffe ist hinter dir. Anna-Maria Michailowa? Anna-Maria, ein schöner Vorname.«

»Sie war sehr schlank, sie hatte lange schwarze Haare.«

»Es gab eine Maria Michailowa, die hat alle in der Abteilung verrückt gemacht. Nein, die kann's nicht sein, die hatte keine Kinder, war zu sprunghaft, wenn du verstehst, was ich meine. Eine Anna-Maria, nein, ist mir nicht bekannt.«

»Sind Sie sicher?«

»Mein Namensgedächtnis ist 'ne Bank, Mädchen. Landauf landab berüchtigt. Wer mir mal auffällt, der wird abgespeichert, wer mir vors Korn läuft, der wird nicht vergessen. Da gibt's kein Vertun, erst recht nicht bei Kameraden und ihren Frauen, das ist 'ne Frage des Respekts.«

»Ich glaube nicht, dass Sie meine Mutter geschätzt haben.«

»Nichts da. Respekt ist Grundeinstellung, selbst wenn man sich nicht immer grün ist. Hieß sie früher anders?«

»Nein, sie hieß immer so.«

»Nie geheiratet?«

»Keiner wollte sie haben.«

»Das kann ich nicht glauben, bist doch 'n hübsches Ding, die Mama war bestimmt keine Schreckschraube.«

»Sie stieß jeden Mann weg, der sich ihr zu nähern versuchte.«

»Schwieriger Charakter, was? Pech, was soll man tun, vor dem Schicksal werden wir nie alle gleich sein. Glück und Unglück kann man nicht mit Gutscheinen verteilen.«

»Halten Sie den Mund!«

Wie? Was erlaubt die sich! Das hat noch keiner gewagt, keiner von niedrigerem Rang, kein Zivilist. Wer ist sie? Was hat sie in der Hinterhand? Wer schützt sie? Wer schickt sie? Vorsicht, Metodi, von jetzt an höchste Vorsicht.

»Sie ist gestorben. Letzte Woche.«

»Ach so. Mein Beileid, deswegen bist du so durcheinander. Das entschuldigt einiges. Nimm 'nen Schluck Wasser. Als mein Vater starb, war ich grad im Einsatz, kam zu spät zurück. Ehrlicher Arbeiter, mein Vater. Nichts geschenkt bekommen vom Leben. Dumme Sache, wenn sie so sterben, egal, was sie dir waren, du kommst dir mit einem Schlag so allein vor.«

»Ich habe sie gepflegt, bis zum Ende.«

»Das spricht für dich, Mädchen, da waren die Deinigen bestimmt stolz auf dich.«

»Ich habe sonst niemanden. Nachdem sie zurückkam, haben sich alle von ihr abgewandt. Alle haben sie gemieden, als wäre sie ansteckend.«

»Ansteckend? Was redest du da? Was hat das mit mir zu tun, das musst du mir jetzt mal verraten.«

»Bevor sie starb, lag sie schon tagelang im Krankenhaus, ich sah sie nicht häufig, ich musste den ganzen Tag hin- und herrennen, Geld für den Arzt zusammenkratzen, im Korridor hörte ich eine Frau wie am Spieß schreien und das Gebrüll eines Mannes: ›Gebt ihr eine Spritze, so gebt ihr doch eine Spritze.‹ Es war nicht die Stimme meiner Mutter, es war die Frau, die neben ihr lag, und deren Mann …«

»Krankenhäuser! Unangenehme Sache. Ein Aufenthalt ist echt nicht zu empfehlen.«

»Die Frau schrie weiter, und ich setzte mich neben meine Mutter, hielt ihre Hand, sie riss sich los, auf einmal, wandte sich von mir ab, und dann sagte sie, sie habe sich vor diesem Augenblick gefürchtet, er lasse sich nicht mehr aufschieben. Ich habe sie unterbrochen, mit einer Lüge, der Arzt ist zuversichtlich, *mamo*, ich hole dich bald nach Hause. Sie drehte sich zu mir, ihre Augen griffen nach mir. Es ist nicht der Tod, vor dem ich Angst habe. Ich musste meinen Kopf hinabbeugen, um sie zu verstehen, die Frau im Bett nebenan schrie weiter, ihr Mann hämmerte auf das Bettgestell ein und verfluchte die Ärzte und Krankenschwestern, und meine Mutter, meine Mutter sagte mir, mein Vater sei noch am Leben, ein mächtiger, ein bekannter Mann sei er, ein Mann namens Metodi …«

»Was, was, was. Warte mal, wieso Vater? Du hattest doch 'nen Vater?«

»Einen Soldaten, angeblich bei einer Artillerieübung umgekommen. Falsche Zielangaben, riesige Schlamperei. All das frei erfunden. Dein wirklicher Vater, sagte Mutter, bevor sie starb, wird öfter in den Zeitungen genannt, gelegentlich gibt er ein Interview. Du wirst ihn leicht finden. Du kannst ihn zur Rede stellen. Das hätte ich tun sollen. Mir fehlte der Mut.«

Ai siktir, und ich Idiot hab sie ins Haus gelassen. Das ist kein Scherz, das ist eine böse Sache. Erpressung? Rache? Wer will mir an den Karren fahren?

»Wer schickt dich?«

»Niemand schickt mich.«

»So ganz von allein kommst du auf die Idee, ich bin der Mann, von dem deine Mutter, die angeblich letzte Woche gestorben ist, dir angeblich erzählt hat? Grad ich, unter all denen, die in diesem Land Metodi heißen. Was willst mir da unterschieben? Was für 'nen Dreck, das glaubt dir keiner.«

»Sie müssen mir nichts glauben. Rechnen Sie nach. Was schätzen Sie, wie alt ich bin?«

»Das interessiert mich nicht.«

»Siebenunddreißig, Geburtstag im Oktober.«

»Soll was beweisen?«

»Überlegen Sie, Metodi Popow, überlegen Sie, wo waren Sie vor achtunddreißig Jahren? Wo waren Sie im Winter damals? Für meine Mutter war es ein bestialischer Winter, das weiß ich inzwischen, das hat sie mir ein Leben lang verheimlicht. Sie hat sich geschämt. Und Sie, Metodski, wo haben Sie sich gewärmt in jenem Winter? Sie sollten wissen, meine Mutter hat mir mehr über Sie verraten als nur Ihren vollständigen Namen.«

(aus dem archiv der staatssicherheit)

Liste der Bekannten von Konstantin Milew Scheitanow

Nr.	Vorname	Name	Alter	Arbeit	Wohnort
1.	Kiro	Iwanow *Kiro*	19	Soldat	Panagjurischte
2.	Kosta	Schischkow	22	arbeitsfrei	Panagjurischte
3.	Luka	Petrow	26	Bauer	Panagjurischte
4.	Petar	Nikolow *Fritz*	22	Student	Sofia
5.	Wassil	Angelow *Igel*	??	arbeitsfrei	Sofia
6.	Marko	Hassanow	43	Elektriker	Panagjurischte
7.	Simeon	Deltschew	22	Arbeiter	Panagjurischte
8.	Nikola	Vassilew	31	Bauer	Panagjurischte
9.	Grigor	Bogoew	23	Arbeiter	Panagjurischte
10.	Nikola	Grigorow	24	Arbeiter	Panagjurischte
11.	Georgi	Stojanow	27	Haarschneider	Panagjurischte
12.	Peter	Keremidjiew	23	Ziegelbrenner	
13.	Bojan	Keremidjiew	21	Ziegelbrenner	
14.	Stefan	Bejukow	27	Arbeiter	
15.	Naiden	Walkow *Wolf*	21	Student	Sofia
16.	Stojan	Dschudschew	28	Buchhalter	Panagjurischte

METODI

Welcher Teufel hinkt da aus dem Schatten? Schnell nachgerechnet, Winter '61/62, als Inspektor unterwegs, im ganzen Land, na und, was soll das?, 'ne Falle, 'n Angriff aus dem Hinterhalt? 'ne Verrückte? Die Demokratie bringt ja immer mehr Leute um den Verstand. Handelt sie allein oder steht jemand hinter ihr? Will sie mir unterschieben, ich habe mich an ihrer Mutter vergriffen? Will mich jemand auf diese hinterfotzige Weise aus dem Hohen Parteirat entfernen? Gibt so einige, die halten mich für 'nen Ewiggestrigen. Modernisierer, da lach ich ja, selbstgefällige Prahlböcke. Tradition ist für die Ballast, der über Bord gehört. Die wollen sich den neuen Herren unterwerfen. Verziehen die Visage, wenn ich auf unsere altgewachsenen Beziehungen zu Moskau hinweise, damit sind wir gut gefahren. Wer mich bloßstellen will, hat's fein ausgeklügelt. Ich hab nachgerechnet, weiß, was sie mir unterschieben wollen, irgend 'ne Missbrauchsgeschichte, ich durchschau den fiesen Plan. Gerüchte streuen, gegen die sich keiner verteidigen kann, Schmutz werfen, da bleibt was hängen, egal, was du tust. Ein Artikel hier, ein Artikel dort. Und dann kommt der scheinheilige Vorschlag, ich soll mich zurückziehen, jetzt, wo die Partei in die Sozialistische Internationale strebt und das Land in die EU, so 'n Verdacht, unbegründet, klar doch, da sind wir uns alle einig, Metodi, so 'n Verdacht wirft 'nen Schatten auf die Partei, auch wenn er an den Haaren herbeigezogen ist. Provozieren die mich nur, hoffen sie auf 'ne Blamage von mir?

Altbewährte Strategie. Dauert der Druck lang genug an, wird der Gegner irgendwann 'nen Fehler begehen. Ist das nur 'n erster Schlag? Was folgt als Nächstes? Keine voreiligen Schlüsse, Meto, nichts ausschließen. Was war in dem Winter los? Verdammt, wieso kann ich mich nicht erinnern? Seit Tagen zerbrech ich mir den Kopf und – nichts. Wenn du das Gedächtnis brauchst, verkriecht es sich. Das ist ja 'n Ding. Mit einem Schlag Vater. Kann das überhaupt sein? Ein Geschenk vorab zum Siebzigsten. Es kann nicht sein. Oder? Auf der Hut, Meto, auf der Hut. Alle Möglichkeiten abklopfen. '61/62, das waren gute Jahre, starke Jahre, meine Triebwerke liefen wie geschmiert, mit Schwung und Kraft, die Karriere steil nach oben, ich musste nur die Hand ausstrecken, schon fiel mir eine Süße in den Arm. Eigentlich zwei, Swetlana und Rodina, mehr Tatzen hast du nicht, was für 'n Glück für uns, neidischer Kameradenspott, die eine war 'ne Wucht, *meine Sputnik*, die Flüge mit ihr kosmisch, Swetlana und Rodina, zuerst pudert er das Licht, dann kachelt er die Heimat, sagten die Kameraden, prall vor Bewunderung, Swetlana und Rodina, 'ne Rakete und 'n warmes Bad, das war meine beste Saison, von mir aus konnte dieser Doppelpack ewig weitergehen, aber beide erschienen von sich aus am Flughafen, mich abholen, ohne Absprache, wollten mich beide überraschen, zwei Schöne ein Gedanke, und wie's der Teufel will, beim Warten haben die beiden ihre Locken zusammengesteckt, nett geplaudert – wie lang war deiner weg?, was die Männer uns wohl mitbringen?, bin schon froh, wenn er wieder da ist, undsoweiter, undsoweiter – bis ich auftauchte, ausgelaugt vom Abschiedsbesäufnis in Moskau, verfickte Situation, welche sprichst du als Erste an, welcher gibst du zuerst 'nen Kuss? Hat mich überfordert, zugegeben, mit einem Schlag war meine Spitzensaison vorbei. Später musste ich bei Albena oft an Swetlana denken, um zum Abschuss zu kommen. Ach, Swetlanka, Swetlanka! Zu zickig zum Aushalten, Geschmack nicht grad billig, Westkram für ihre Traummaße, da musste ich ganz schön viele Gefallen einfordern, aber was für 'ne satte Ernte. Bei Rodina ruhte ich mich aus. Die hat alles für mich getan, die war pflegeleicht, immer dankbar. Eine Dritte? Damals? Unmöglich. Auf einer der Dienstreisen? Lief da was in dem Jahr? Wer lässt sich nicht mal gehen. Lockrufe gab's, jede Menge, ich, der hohe Besuch aus der Hauptstadt und alle gierig danach, Eindruck zu schinden. Aber ich war pappsatt, hab mich auf nichts eingelassen, hab einige weiße Hasen laufen lassen, soweit ich mich erinnern kann, verdammt nochmal, wenn man das Gedächtnis ruft, desertiert es. Wo war ich nicht überall, im ganzen Land unterwegs, in Plewen, in Belene, in Pazardschik, in Warna, in Stara Zagora, kurze Besuche, Direktiven für die Direktoren, nach dem Rechten sehen, schwere Fälle durchsprechen, die Renitenten unter die Lupe nehmen, Arbeit, nichts als Arbeit, rein und raus, gut, ein wenig mit den Kameraden trinken und essen, wichtig für die Stimmung, so schnell wie möglich wieder heim. Man hielt sich ja nicht gerne auf an solchen Orten, ich besonders nicht, war ja nicht so lange her, die Zeit, als ich aufs tote Gleis geschoben war, die Verwalter eines Gefängnisses sitzen auch hinter dicken Mauern, wer weiß das besser als ich, diese Hand um den Hals, die hab ich gespürt, solang ich drin war. Wenn was passiert ist, dann auf einer dieser Dienstreisen. Keine Erinnerung, wie kann das sein? Nein. Das ist unmöglich. Sie lügt! Sie muss lügen. Das macht mich stutzig, sie wirkt so überzeugt, als glaubte sie's selber. Das hat nichts zu sagen. Verwirrte glauben ihren eigenen Spinnereien. Oder sie ist 'ner Geschichte aufgesessen. Oder sie ist gut geschult. So 'ne junge Amateurin wird mich nicht an der Nase rumführen. Vielleicht hat die Mutter sie reingelegt, weil sie 'ne Rechnung mit mir offen hatte. Späte Rache. Nichts darfst du ausschließen, Meto. Nicht einmal das Unwahrscheinlichste: eine Tochter auf deine alten Tage hin. Was für 'n verrückter Gedanke. Und ehrlich, so unangenehm auch wieder nicht. Vielleicht taugt sie mehr als die aufgetakelten Nichten. Wenn's nur 'ne Nacht war irgendwo in der Provinz, was soll's. Aber wenn 'ne Bedrohung von ihr ausgeht, muss ich sie entschärfen. Hab also gleich 'n Treffen mit ihr vereinbart, irgendwo draußen, wo wir in Ruhe reden können, sagte ich, wo uns niemand sieht, dachte ich, in der Studentenstadt etwa. War das 'n Fehler? Alter Mann, funktionieren deine Instinkte noch? Früher ging ich in Stellung, bevor der Feind blinzeln konnte. Bin ich heute zu langsam auf den Beinen? Ich sollte mir 'nen kleinen Cognac eingießen, damit die Gedanken besser flutschen.

Nein, es war kein Fehler. Besser, der Sache auf den Grund gehen. Gleich alles aufklären. Eine Verrückte, so was wischst du weg wie 'ne Mücke. Wird sie lästig, zerdrückst du sie. Wenn diese Frau aber Teil einer Verschwörung gegen mich ist, Spielball in den Pratzen falscher Parteifreunde, die mich weghaben wollen, bringt das nichts. Hat sich 'ne Front gegen mich formiert? Ist der Zeitpunkt gekommen, altes Eisen? Hast du dir eingebildet, du wirst ewig gebraucht? Das musst du aufklären, und wenn's deine letzte Tat ist. Die Falle, vor der man wegläuft, ist die Falle, in die man reinfällt. Die Falle, die du nicht aus dem Weg räumst, die wird dir eines Tages zum Grab.

»Ja, ich komm schon!«

Die Frau kann nicht einschlafen, wenn ich nicht neben ihr liege. Wir sind alle Gewohnheitstiere. Schlechte Gewohnheiten sollte man nicht einreißen lassen. Leicht gesagt. Was tun, wenn 'ne gute Gewohnheit rostet? Da gibt's kein Entrinnen.

»Ich bin gleich bei dir, Albena!«

Albena, dieser Name hat mir gefallen, von Anfang an. Wie sie mich aufgezogen hat, das war ich nicht gewohnt. Ich hatte 'nen hohen Rang, sie saß im Vorzimmer der Macht. Manche hatten Schiss vor ihr, andere versuchten, ihr Honig ums Maul zu schmieren. Die einen hielten sie für prinzipienfest, andere für 'ne gefährliche Intrigantin. Die Jüngsten waren wir beide nicht mehr. Der Dienst war mir alles, nebenher ein reger Verbrauch, Staffelrennen haben wir's genannt. Welche hält sich bei Meto am längsten? Ich sah nach was aus, ich hatte was zu bieten. Die unregelmäßigen Arbeitszeiten, das war das einzige Problem, doch da gab's Lösungen, ich lockte die Kleine in meine Bleibe, versprach früh nach Hause zu kommen, verspätete mich bis tief in die Nacht, verschwitzt, müde und angespitzt gleich ins Bett und der Hübschen ein Geschenk, am besten gefiel's mir, wenn sie aufwachte und ich schon in ihr drin war, das gab mir so 'n Gefühl, als ob ich mich in ihren Träumen ausbreite. Ha, ganz besonders machte es mich an, wenn's Verheiratete waren, da hatten wir natürlich wenig Zeit, junge Dinger, hatten sich beim ersten Tettattäh gleich 'nen Balg anhängen lassen, schon waren die Handschellen der Ehe angelegt, und ich musste nur ein wenig mit den Schlüsseln klimpern, wer hatte damals schon 'ne eigene Wohnung, für sich allein? Die eine gluckste danach zufrieden: Das war mein erstes Mal. Wie, dein erstes Mal, du hast doch 'n Kind? Das erste Mal, ohne dass seine Mutter im Nebenzimmer schnarcht. Ehrlich, 'n gutes Gefühl, wenn du so 'nem jungen Ding das Schwiegerdrachenschnarchen ersparst. Gute Jahre waren das, Erfolg an allen Fronten. Zuerst hab ich's nicht gemerkt, erst die Kameraden stießen mich drauf, ihr beide, du und Albena, habt ihr was miteinander? Ich war baff. Sie eine Hopfenstange, breiter Mund, die Lippen fleischig, Schalk in den Augen, wenn sie wollte, ansonsten streng, zum Fürchten, die armen Schweine, denen sie eine vor den Latz ballerte. Das hatte sie drauf. Sie konnte den Häuptling abschirmen, keiner kam an ihr vorbei. Das erledigte sie tadellos. Entsprechend selbstbewusst trat sie auf, das hat mich spitz gemacht. Pass auf, das ist nicht eines deiner Flittchen, warnten mich die Kameraden, an der kannst du dir die Finger verbrennen. Der Genosse Živkow schätzt sie, sie hat bislang keinen an sich rangelassen. Auf dich hat sie ein großes Auge geworfen. Wie eine Python, wart's ab, die wird dich verschlingen, mit Uniform und Stiefeln. Na, das stimmte nicht ganz, die Uniform hab ich beim ersten Mal abgelegt, die trug ich sowieso selten, die Stiefel ließ ich allerdings an. Als Zeichen. Das mochte sie. Albena wird mich gleich ausfragen, sie will immer alles wissen, früher musste ich dicke übertreiben, um ihre Neugier abzuwürgen, *nationale Sicherheit*, mein Täubchen, darf keinen Piepser von mir geben. Die Nummer läuft heut nicht mehr. Sie wird mich so lang nerven, bis ich explodiere. Wieso kann sie mich nicht in Ruhe lassen? Wie's mich juckt, ihr eine runterzuhauen, wenn sie so nachbohrt, ich hab sie noch nie geschlagen, undenkbar, sie war zwar nur Sekretärin, aber die Sekretärin des Häuptlings. Ich hatte 'n Gespür dafür, was ich mir erlauben konnte und was nicht, hat mir im Leben viel Ärger erspart. Na gut, einmal hat's auch mich erwischt, wo weltpolitisch gehobelt wird, da fallen unter den Kadern die Späne. Zwänge, so kann man's nennen, ein heftiger Sturm braust auf, und wer kein Loch findet, in das er sich verkriecht, bis der Sturm vorüber ist, den trifft's übel, den mäht's nieder. Wie ich mich da rausgehaun hab, das war 'ne Leistung, die soll mir mal einer nachmachen. Aus Sibirien kehrt keiner zurück, hieß es. Ich war nicht in Sibirien, sondern in einem Kabuff im Zentralgefängnis von Plewen, im Karrierekarzer, so haben wir's genannt, alle hatten mich abgeschrieben. Das merkst du schnell, keine Briefe mehr, keine Anrufe, nicht mal zum Geburtstag. Die Reaktionen, wenn sie dir auf der Straße über den Weg laufen, da erkennst du gleich, woran du bist. Ob sie dich einladen ins nächste Café oder ob sie's verfickt eilig haben, schmierig freundlich abzuzischen. Alles schon erlebt, stand ja oft genug auf der anderen Seite, verpisste mich, bevor ich in irgendwas verwickelt wurde. Mit einem, der in Ungnade gefallen ist, kannst du dir keinen Umgang leisten, da ist jede gemeinsame Minute 'n unnötiges Risiko, außer du handelst gemäß Auftrag, erfüllst eine dir zugewiesene Aufgabe, das ist was anderes. Ich werd den Fernseher einschalten, die Nachrichten laut aufdrehen, das wird mir etwas Aufschub verschaffen.

»Arbeit, Albena, wir haben 'ne wichtige Sitzung morgen, ich muss auf dem Laufenden sein, die Nachrichten noch. Da braut sich was zusammen, weißt du.«

Für die Zwänge des Diensts hat sie immer Verständnis gehabt, da war sie 'ne gute Gattin. Wir waren eine Mannschaft, gut eingespielt. Kochen kann sie immer noch nicht, die Kantine war schuld. Alles, was wir essen, ist vorgekocht, Fertiggerichte, *sarmi* aus Dosen, *taramas* vom Delikatessenladen. Oder Käse, Trauben, leichtes Spiel. Sonntags zaubert 'ne herbestellte Köchin alles Leckere auf die Tafel. Soll mir egal sein, während der Woche halte ich mich mittags schadlos, kein gutes Restaurant in der Stadt, in dem man mich nicht mit Namen begrüßt.

»Was sagst du? Hör dich nicht, ich ess grad 'nen Apfel, wenn ich kau, hör ich schlecht, das weißt du doch.«

Ich werd ihren Fragen ausweichen, sie wird nicht nachgeben, sie wird mich nicht einschlafen lassen, bevor ich ihr nicht Rede und Antwort gestanden bin. Sie wird mich quälen, grad mich, den Michelangelo des Verhörs, höchstes Kameradenlob, was musste ich mich auch mit 'nem gleichgeschalteten Aggregat zusammentun? Der Spott damals Billigware: Metodski zu Hause im Kreuzfeuer, Metodski 24 Stunden im Einsatz, mal bläst er den Ton, mal wird ihm gepfiffen.

»Nur noch 'n paar Minuten, Albena, ist was Wichtiges.«

Was soll ich ihr erzählen? Die Behauptungen dieser Unbekannten, ob wahr oder gelogen, das kommt nicht in Frage. Ich hab 'nen halben Cognac im Glas und 'ne Viertelstunde Zeit, mir was einfallen zu lassen. Bis die Spätnachrichten vorbei sind. Dann endet das Tagesprogramm an Ausreden.

KONSTANTIN

Ich habe fünfundvierzig Minuten vor verschlossener Tür warten müssen. Das macht mir nichts aus. Mir ist lieber, ich warte, als dass auf mich gewartet wird. Nach der Identifizierung am Eingang holt mich ein Unteroffizier ab. Das Gespräch verläuft nach altbewährtem Muster.
»Name?«
»Konstantin Scheitanow.«
»Alle drei Namen!«
»Konstantin Milew Scheitanow.«
Der Unteroffizier führt mich durch einen Korridor in einen großen Raum, den Lesesaal des Archivs. Ich folge ihm betont langsam, schaue mich um. Der Unteroffizier muss stehen bleiben, um auf mich zu warten. Ich nehme auf einem der Stühle an der Wand Platz, ohne meinen Regenmantel auszuziehen. Ich lege Kugelschreiber, Notizbuch auf dem braunen Pult ab. Der Saal füllt sich, bald ist jeder Platz besetzt, neunzehn Männer sowie eine Frau. Jeder starrt vor sich hin. Keiner unterhält sich. Tropfen fallen zu Boden. Ich vergewissere mich, ob in der Innentasche der Jacke weitere Stifte stecken. Eine Überwachungskamera ist über dem Porträt des Staatspräsidenten an der Wand gegenüber angebracht. Gewährleistet eine gewisse Übersicht, ob sie aber erfassen kann, was ein jeder von uns notiert, wage ich zu bezweifeln. Ein Leutnant erklärt uns die Vorschriften:

Erlaubt: handschriftliche Notizen.

Streng untersagt: Seiten herauszureißen, Seiten mitzunehmen. Diebstahl von amtlichen Dokumenten wird mit bis zu drei Jahren Freiheitsentzug bestraft. Wiederum die alte Manier: jede Vorschrift mit einer Drohung ausschmücken.

Erlaubt: Fotokopien einzelner Dokumente, gesondert zu beantragen.

Untersagt: die Veröffentlichung der Namen von Mitarbeitern und Informanten der Staatssicherheit, auch wenn diese Namen in den Akten nicht mit einem schwarzen Balken verdeckt sind.

»Was kostet eine Kopie?«, fragt ein Mann aus der ersten Reihe.

»Zwanzig Stotinki.«

»Das ist ja fünfmal mehr als der reguläre Preis!«

»Dann musst du dir halt gut überlegen, was du kopiert haben willst.«

Zwei weitere Mitarbeiter des Archivs betreten den Lesesaal, Mappen in den Händen. Sie legen sie vor uns auf die Pulte. Meine wiegt nicht schwer.

»Das soll alles sein?«

Der Leutnant weist mich barsch an, im Lesesaal des Archivs still zu sein, so wie es sich in einer Bibliothek gezieme.

»In einer Bibliothek kann ich jedes Buch einsehen.«

Der Leutnant ignoriert mich.

Ich betrachte den Einband, die Heftung der Mappe, bevor ich sie aufschlage. Der Inhalt: Die Gerichtsakten des Prozesses gegen mich und vier weitere Verschwörer. Die Anklageschrift gezeichnet am 30. April 1953. Anklage wegen Bildung einer Vereinigung mit dem Ziel, die gesetzmäßige Ordnung zu stürzen gemäß Paragraph 71 des Strafgesetzbuches der Volksrepublik. Bei erwiesener Schuld war zwingend die Todesstrafe zu verhängen.

Ich beginne zu lesen: die Anklage, ein ausstaffiertes Monstrum. Fünf junge Männer, skrupellos, gewalttätig, zum Äußersten entschlossen, von finsteren Kräften im kapitalistischen Ausland angestiftet und unterstützt – eine kreischende hyperbolische Erzählung, abgenutzt, vergilbt. Sie ermüdet mich. Von ihren Verbrechen, begangen zur Aufklärung unseres angeblichen Verbrechens, keine Spur. Unser Fall, aufbewahrt in den Sarkophagen der Staatskrypta, abgenagt bis auf ein Skelett von Behauptungen. Was wir tatsächlich getan haben (ein Netz aus Widerstandszellen geknüpft, eine spektakuläre Aktion ausgeführt), scheint hinter den Verteufelungen kaum auf.

Ich lese jedes der Dokumente aufmerksam durch, mache mir Notizen, eher aus Pflicht, der Vollständigkeit halber. Die Ausbeute an Erkenntnissen ist mager. Kurz nach zehn Uhr verlasse ich das Archiv, nachdem ich ein halbes Dutzend Fotokopien in Auftrag gegeben habe. Jahrzehntelang habe ich auf diese Gelegenheit gewartet, habe die Machtkämpfe verfolgt, die nationalen, die internationalen, habe leichte Beben ebenso aufmerksam analysiert wie tektonische Verschiebungen, in der Erwartung, eines Tages – wenn alles zusammenbricht – würde das Volk das Ministerium stürmen, die Archive in Besitz nehmen, für freien Zugang, für Gerechtigkeit sorgen. Ich habe mich getäuscht. Die Täter von einst sind weiterhin in Amt und Würden oder als Biznismänner erfolgreich oder bequem pensioniert oder ehrenvoll begraben, sie haben sich keiner der schwärenden Fragen stellen müssen. Kein Einziger von ihnen wurde konfrontiert mit den Taten, die im Schatten seiner Selbstrechtfertigung verborgen liegen. Viele Erwartungen habe ich in den letzten zehn Jahren zurücknehmen, viele Hoffnungen begraben müssen.

Im Widerstand lernt man Geduld. Ich verfasse einen Beschwerdebrief an das Amt für »Information und Archiv«, in dem ich meine Forderung bekräftige, mir gemäß dem im Jahr zuvor verabschiedeten Gesetz Einsicht in die Dokumente aller operativen Vorgänge der Staatssicherheit gegen meine Person zu gewähren. Den Brief verschicke ich per Einschreiben. Ich zähle auf: die Monate in Untersuchungshaft, die Jahre im Gefängnis, im Lager, die Jahrzehnte unter

Beobachtung von Agenten, von Denunzianten, die Anhaltspunkte, dass ich weiterhin überwacht werde. Irgendwo werden Akten über dieses halbe Jahrhundert aufbewahrt. In irgendwelchen Karteikästen befindet sich eine andere Version meines Lebens, eine Bürographie voller Unterstellungen, ein gut abgehangenes Fehlurteil. Wenn ich akzeptiere, dass meine Sicht der Ereignisse unsichtbar bleibt, wenn ich sterbe, bevor mein Widerspruch öffentlich vernommen wird, wird die Sicht der Täter unangefochten weiterherrschen. Für alle Ewigkeit.

Auf jeden meiner Briefe erhalte ich mit einer Verzögerung von mehreren Wochen die offiziöse Antwort, ich soll mich an einem bestimmten Tag in der Früh in dem kleinen Anbau neben dem Innenministerium einfinden, mal um acht, mal um neun, mal um zehn Uhr, das entsprechende Schreiben sowie meinen Ausweis vorlegen. Jedes Mal werde ich von ein und demselben Uniformierten am Eingang ausdruckslos begrüßt, als hätte er mich noch nie gesehen, als hätte er mich nie zuvor kontrollieren müssen; er gibt mir zu verstehen, dass wir nichts gemein haben. Ich nehme im Lesesaal Platz, meist auf dem Stuhl in der letzten Reihe, links neben der Wand. Kurz darauf wird mir eine weitere geheftete Plastikmappe ausgehändigt, auf dem Rücken beklebt mit einer Aktennummer. Ich beschwere mich über den mageren Umfang der Mappe. Der Leutnant bellt mich an, ich solle froh sein über das, was mir überreicht werde, anstatt nachzukarten. In anderen Ländern blieben die Ergebnisse von Geheimpolizeiarbeit dieser vorbehalten.

Akribisch studiere ich die Dokumente, von der Überschrift bis zum Stempel. Kaum etwas, was ich nicht schon gewusst oder vermutet habe. Wir fünf – ich, Wolf, Igel, Kiro, Fritz, in der Reihenfolge der Anklage – wurden erwartungsgemäß schuldig gesprochen. Zur Überraschung aller erhielt ich nur zwanzig Jahre, meine Eltern atmeten erleichtert auf, Fritz erhielt drei Jahre, seine Mutter heulte auf. Der Prozess legte einiges offen, was die Staatssicherheit in Erfahrung gebracht hatte. Genauer gesagt, was sie sich zusammengereimt hatte. Es wurde sichtbar, mit wie viel Phantasie sie die Löcher in ihren Ermittlungen gestopft hatte. Eines war klar: Kiro, mit der Aufgabe betraut, uns einen Kontakt zu jemandem zu verschaffen, der uns Waffen liefern konnte, hatte alle konspirativen Regeln missachtet. Er war an einen hinkenden Aufschneider geraten, der sich mit seinen Beziehungen ins Ausland brüstete. Kiro hatte sich ihm anvertraut, der Hinkende hatte ihn an die Staatssicherheit ausgeliefert. Kurz darauf war Kiro mit mir verabredet, das brachte die Staatssicherheit auf meine Spur. Als ich merkte, dass ich beschattet wurde, wusste ich Bescheid. Igel hatte seinen eigenen Untergang herbeigeführt, als er sich mit der Schwarzen Witwe einließ, von der wir erst im Nachhinein erfuhren, dass sie zuvor ihren Verlobten denunziert hatte, der exekutiert worden war. Fritz, begierig zu handeln, ohne die Folgen zu bedenken, war niemals in die konkreten Pläne eingeweiht, weil wir die anregenden Gespräche mit ihm ebenso sehr schätzten, wie wir sein loses Mundwerk beargwöhnten. Er hatte in der Untersuchungshaft gesungen, sich als unschuldiges Opfer meiner diabolischen Verführung dargestellt. Weil er zu wenig wusste, fütterte er die Staatssicherheit mit Übertreibungen, die diese spekulativ auswalzte. Wolfs Verhaftung hingegen ist mir weiterhin ein Rätsel.

Es ist nicht leicht, mich zu überraschen, ich bin so gut vorbereitet, wie es nur jemand sein kann, der eine Ewigkeit gewartet hat. Beim Verhör wandelt sich Zeit in Schmerz. In der Zelle wandelt sich Zeit in Erinnerung. Bestandsaufnahme mit Vergrößerungsglas: jede Begegnung, jede Überlegung, jede Absprache, jede Geste. Wer aus Gründen der konspirativen Vorsicht nichts aufschreibt, muss sich alles merken. Vergessen geglaubte Details tauchen auf. Übersehene Kleinigkeiten drängen sich in den Vordergrund. Behaupten eine Bedeutung. Erinnerung ist eine Geheimschrift, die in der Isolationshaft entziffert wird.

Gespräche werden erneut geführt, von der Begrüßung bis zum

Abschied, detailliert im Wortlaut, zum wiederholten Mal analysiert. Wer in der Einzelhaft nicht an der Einsamkeit zerbricht, vergegenwärtigt sich das trügerische Aufflackern der Angst im Gesicht des Hinkenden, die langen, manikürten Finger der Schwarzen Witwe, die Statuen mit hochgeschlagenem Kragen an der Hausecke, den Kettenraucher auf der Adlerbrücke. Wer über Zeit verfügt, über nichts anderes als Zeit, der überdenkt jede Entscheidung, jeden Schritt. Welche Fehler hättest du vermeiden können? Wer hat sich an die Absprachen gehalten, wer nicht? Wer hat geredet, unbedacht, wer hat gesungen, um seine Haut zu retten? In Erwartung meiner unvermeidlichen Hinrichtung zog ich Bilanz. Unter dem Strich keine Reue, nur tiefen Ingrimm, dass sie mich gefasst hatten.

Jetzt dies (das Wörtchen »jetzt« möchte ich zerreißen, so verlogen leichtfüßig kommt es daher, ein vulgärer Euphemismus für das verwesende Gewesene, das unerbittlich fortdauert)! Sie streiten ab, dass sie mich kennen. Als sei ich einer jener Unschuldigen gewesen, die zufällig in das engmaschige Netz gerieten, das sie ausgeworfen hatten, sei es, weil sie im Affekt einen Apparatschik beleidigt, sei es, weil sie einen abgerissenen Witz erzählt hatten, die ansonsten aber bemüht waren, nicht aufzufallen, nicht anzuecken. Sie wollen mir eine harmlose Existenz andichten, eine Strategie, die schon in ihrem allerersten Antwortschreiben vor einigen Monaten aufschien:

```
Gemäß der von uns vorgenommenen Untersuchung in
den Archiven der Staatssicherheit hat sich
herausgestellt, daß die Staatssicherheit keine
Informationen über Sie zusammengetragen hat.
```

Ich habe dieses Schreiben an die Wand geklebt.
Von dir fehlt in den Akten jegliche Spur.
Ergo, du hast als freier Mensch nicht existiert.
Das Archiv hat das letzte Wort.

Ich adressiere Briefe an den Präsidenten, an den Ministerpräsidenten, an den zuständigen Minister, an den Vorsitzenden des Obersten Gerichtshofes, an den Direktor der Abteilung »Gefängnisse« im Justizministerium. Ich weise sie auf ihre eigenen Gesetze hin. Sie behaupten, den Rechtsstaat zu achten. Von wegen, ihre Form der Gerechtigkeit wird aus einem Betonmixer herausgeschaufelt. Das Mischverhältnis: grober Kies, feiner Kies, Zement, Wasser, eine halbe Schaufel Menschenrechte. Freiheit ist Insasse in ihren Anstalten, bricht gelegentlich aus, rennt mit grellen Schreien durch die Straßen, weckt die Bürger aus ihrem Halbschlaf, bricht die gläsernen Fronten.

Wer nicht aufsteht, wird unweigerlich mit Füßen getreten.

Wo kein Kläger, da kein Richter, heißt es. Wo kein Widerstand, da kein Recht, müsste es lauten.

Zur Antwort Schweigen oder Normbriefe. Ich habe um einen Termin beim Vizepräsidenten des Landes angesucht, mit dem ich einen brütend heißen Sommer lang die Zelle geteilt habe. Wir waren Anfang zwanzig, ich musste ihm Mut zusprechen, er wähnte sein Leben am Ende. Nach ausgiebiger Begrüßung (Schulterklopfen, Armtätscheln), nachdem er mich von Kopf bis Fuß mit seinem überaus wohlwollenden Blick abgemessen hat, um gleich darauf die Wiedersehensfreude in Komplimenten zu ertränken, weist er mir einen Sitzplatz zu in seinem länglichen, mit staatstragenden Entscheidungen getäfelten Büro. Er unterbricht mich bei erster Gelegenheit: Wo denkst du denn hin, Bai Kosjo, auf mich hört doch keiner, dieser Posten ist ein Abstellgleis, ich bin eine politische Leiche, die noch nicht zu stinken begonnen hat. Jovial lädt er mich ein, gemeinsam mit ihm alles zu banalisieren. Ich lehne undankbar ab.

»Wenn ich das richtig überschaue, bist du als Vizepräsident des Landes ohnmächtiger als im Gefängnis?«

Das bringt ihn in Verlegenheit. Die Erinnerung an dieses Damals wirkt wie ein greller Sonnenstrahl in den Gemächern eines Menschen, der vor Jahren alle Gardinen zugezogen hat. Als ich darauf beharre, ihm das Ausmaß des amtlichen Vertuschens darzulegen (obwohl ihm das meiste bekannt sein dürfte), springt er auf, deutet mit beiden Zeigefingern zur Decke, dann auf seine Ohren. Er komplimentiert mich hinaus, erleichtert, von mir Abschied nehmen zu können.

Kopien der fruchtlosen Briefwechsel schicke ich an die Medien. Keine Zeitung, kein Sender hält es für nötig, über meinen Fall zu berichten: ein Widerstandskämpfer, dem Einsicht in die Akten verwehrt wird, weil es keine Akten geben soll, die ihn betreffen. Selbst unter unseren Leuten, die sich in einem »Verband der Repressierten« organisiert haben, genauer gesagt in zwei Verbänden, denn alles, was in diesem Land existiert, zerfällt in zwei, in drei, in vier Teile, gemäß dem Grundgesetz der postkommunistischen Kernspaltung, herrscht Zaghaftigkeit vor. Nicht alle Mitglieder beantragen Einsicht in ihre Akten, Einzelne nur haken nach. Viele geben sich mit der ersten Antwort, der ersten Mappe zufrieden.

Die zwei noch lebenden Mitangeklagten aus meinem Prozess haben gleichlautende Schreiben erhalten. Auch sie existieren laut der Zentralbibliothek der Staatssicherheit nicht. Nachdem sie Widerspruch gegen ihre Nicht-Existenz eingelegt hatten, wurden sie doch ausfindig gemacht, als Fußnoten, als Randfiguren einer Konspiration, in deren Mitte der TEUFEL thront (das war mir neu, dieser mir zugewiesene Ehrenname). In den dünnen Mappen, die ihnen ausgehändigt werden, finden sich Abschriften, Ermittlungsergebnisse, Protokolle, die ebenfalls wenig offenbaren. Ich verabrede ein Treffen mit Wolf und Igel, damit wir unsere mageren Erkenntnisse vergleichen können. Wolf verlässt seine Wohnung kaum mehr, wer ihn anruft, wird beschimpft, wer ihn aufsucht, wird davongejagt. Igel musste ich eindringlich bitten, seinen Enkel nicht mitzubringen. Er ist vernarrt in den Jungen, das verunmöglicht in dessen Anwesenheit jedes ernsthafte Gespräch. Wir sitzen auf den Plastikstühlen eines Cafés in der Unterführung an der Universität, zum ersten Mal seit dem Prozess sind wir zu dritt versammelt. Nach meiner Freilassung (als Letzter) haben sie – jungvermählt am Altar des Kompromisses – mich gemieden. Der Sozialismus wurde mit viel Zähneknirschen erbaut. Die wenigen Begegnungen unter vier Augen waren unbehagliche Vergewisserungen, dass sich zwischen uns alles geändert hatte. Es ist laut, es ist chaotisch, es ist unübersichtlich in der Unterführung, derart geräumig angelegt, als sollte die Stadt allmählich in den Untergrund versinken, ihr natürliches Habitat. Das Café ist eine von unzähligen Gründungen der neuen Ära, der Einstieg in die Marktwirtschaft für all jene, denen es an Beziehungen mangelt, ihr bescheidener Ausblick auf die neue Morgenröte, versinnbildlicht von den Kleinhändlern, die aus ihrem Souterrain heraus auf die Hacken der Passanten starren, Tempi passati, die Zigaretten, das Bier, den Kaugummi hinaufgereicht mit ausgestrecktem Arm, eine Geste des Flehens. In diesem Café ist die Veränderung mit Plastik bestuhlt. Unsere Schultern berühren sich fast, wir nippen am heißen Kaffee, am Tee, wir schweigen, zwischen uns kein Schutzmann, nicht die Anordnung Gendarm Angeklagter Gendarm Angeklagter Gendarm Angeklagter Gendarm Angeklagter Gendarm Angeklagter Gendarm in zwei Reihen auf hölzernen Bänken, der Gerichtssaal voller Studenten der Jurisprudenz, Mitarbeiter der Staatssicherheit, in der letzten Reihe die verängstigten Verwandten. Flüchtige Blickkontakte. Sorge in jedes Gesicht geritzt. Jetzt kann ich Wolf und Igel in die Augen schauen, damals versuchte ich vergeblich, in ihre Gesichter zu blicken. Ich vermutete, auch ihnen war nichts erspart geblieben. Es sei denn, sie hatten kapituliert. Das konnte ich zwar nicht ausschließen, weigerte mich aber, es anzunehmen.

»Mein Sohn ist Historiker, das wisst ihr, nicht?«, sagt Wolf. »Er will ein Buch über unseren Fall schreiben.«

»Wir werden zur Fallstudie.«

»Er ist ein Idiot.«

»Du kannst dich immer noch nicht mäßigen, Kosjo.«

»Niemand wird es verlegen, für solche Bücher gibt's Prügel, keine Honorare.«

»Du übertreibst.«

»Du wirst sehen.«

Wir schweigen eine Weile, vor unseren Augen mittägliche Hast.

»Vorneweg«, sagt Igel, »ich muss es erwähnen, es war ausgemacht, wer verhaftet wird, schiebt den anderen, die nicht erwischt worden sind, alles in die Schuhe. Das war fest abgemacht.«

»Ich habe mich daran gehalten. Wieso erwähnst du es?«, frage ich.

»Es gibt von meiner Seite keine Vorwürfe an euch«, sagt Wolf.

»Wir wähnten dich schon im Ausland. Es war ausgemacht, dass du fliehst. Du hättest schon längst geflohen sein sollen. Also habe ich alle Schuld dir aufgebürdet.«

»Deswegen warst zunächst du der Hauptverdächtige, Wolf.«

»Sie haben den Anführer gesucht. Wer hat gelenkt, wer hat die Befehle erteilt, die Pyramide, die Hierarchie, sie waren besessen davon, diese Dreckskerle. Konnten sich was anderes nicht vorstellen. Jede Verschwörung braucht ein Politbüro, jede Konspiration einen Generalsekretär.«

»Du der Anführer, wir die Glieder einer einköpfigen Hydra.«

»Was wäre uns alles erspart geblieben, wenn wir gleich gestanden hätten: General Wolf, Major Teufel, Leutnant Igel.«

»Es wäre mir lieber gewesen, du wärst entwischt. Ich dachte, das Schlimmste sei überstanden, die Inquisition beendet, wenigstens einer von uns entkommen, das allein hat mich glücklich gestimmt, der Gedanke an deine gelungene Flucht, da begann das ganze Verhör von vorn, die alten Fragen wurden wieder gestellt. Neue Fragen kamen hinzu. Da wusste ich, sie haben auch dich erwischt. Du hast ihnen einiges verraten.«

»Nein, ich habe nur bestätigt, was sie schon wussten.«

»Was sie vermuteten.«

»Sie haben ihre Taktik geändert, sie haben mich gedrängt, dich als Anführer zu nennen, Kosjo. Sie haben in dir den gefährlichsten Feind gesehen, mit einem Schlag war's ihnen wichtig, dass du der Anstifter, der Urheber von allem bist.«

»General Teufel, Major Wolf! Igel kommt über den Rang des Leutnants nicht hinaus.«

»Was spielt es für eine Rolle? Wir alle – ob Kopf oder Fuß der Verschwörung – wären hingerichtet worden, hätte der alte Dschugaschwili nicht mit einem Blumenstrauß auf der Brust den letzten Marsch angetreten.«

»Trotzdem, was lässt du Idiot dich erwischen, dreißig Tage nachdem wir uns getrennt haben. Was hast du getan in der Zeit?«, frage ich Wolf.

»Keiner wollte mir helfen. Ich habe niemanden gefunden, der mich über die Grenze bringt. Ich musste mich verstecken, es dauerte zu lange. Ich war allein. Völlig allein.«

»Wie haben sie dich erwischt?«

»Einer von denen, die ich angesprochen habe, muss mich verraten haben. Ich war so unter Druck, ich habe mit mehr Leuten geredet, als ratsam gewesen wäre.«

»Du hast dich nicht freiwillig ergeben?«

»Nein, natürlich nicht.«

»Keine Vorwürfe, ja, das haben wir so vereinbart.« Igel ist das Gespräch inzwischen sichtbar unangenehm.

»Es geht um die Klärung des Sachverhalts.«

»Bist du jetzt der Richter?«

»Nein, ich will es nur wissen.«

»Und dich, Kosjo, wer hat dich verraten? Keinem von uns hast du gesagt, wo du dich verstecken wirst.«

»Auch das will ich erfahren.«

Eingegrübelt starren wir auf die Beine der vorbeieilenden Menschen. Es ist, als verschwiege ein jeder von uns etwas. Ich für meinen Teil hege einen Verdacht, den ich nicht präzisieren kann: Irgendetwas an Wolfs Geschichte stimmt nicht.

»Und Fritz?«

»Ich war bei der Beerdigung.«

»Du hast ihm also vergeben.«

»Wieso kannst du das nicht? Kann man von einem Menschen erwarten, dass er unter Folter nicht zusammenbricht?«

»Das erwarte ich nicht, das habe ich nie erwartet. Ich wusste selbst nicht, ob ich es durchstehe. Was ich ihm übelnehme, ist sein Verhalten im Gefängnis. Wir waren zur gleichen Zeit in Pazardschik, aber auf unterschiedlichen Stockwerken. Ich habe ihm eine Nachricht zukommen lassen, dass wir uns unbedingt sehen müssen, miteinander reden, ich habe vorgeschlagen, dass wir beide etwas anstellen, um gleichzeitig in den *karzer* geworfen zu werden. Einen anderen Weg gab es nicht. ›Einverstanden‹, lautete seine Antwort. Das Essen wurde ja im Keller serviert…«

»Lange Bänke, keine Stühle.«

»Jaja und beim Reinkommen links war der Kessel mit dem Fraß, eine Schöpfkelle auf den Teller, weitergehen. An dem Tag gab's Fleckensuppe, die stank nach Klo, nach liegengebliebener Scheiße. Ich habe meinen Teller ausgeschüttet, einige haben es mir nachgemacht, einer der Wachhabenden griff nach mir, ich habe seine Hand weggeschlagen. Ab in den *karzer*. Ich habe zwei Wochen in dem Loch gelegen, auf ihn gewartet, ich habe vierzehn Tage nichts anderes getan, als auf ihn zu warten.«

»Das wusste ich nicht.«

»Als ich rauskam, war er nicht mehr in Pazardschik.«

»Hat sich wohl versetzen lassen.«

»Oh, dann ist er in die Knie gegangen, völlig eingeknickt.«

»Das glaube ich nicht.«

»Was für eine andere Erklärung kann es geben?«

»Keine«, sagt Wolf. Ich bin froh, dass er derjenige ist, der das Offensichtliche ausspricht.

»Ich habe ihn nie wiedergesehen.«

»Auch nicht nach der Entlassung?«

»Auf der Straße, zufällig, er hatte es so eilig wegzukommen, ich wollte ihm nicht hinterherrennen. Das erschien mir unwürdig.«

Da beide schweigen, bleiben weitere Fragen liegen. Ein Mädchen mit kurzem Rock räumt unsere drei Pappbecher ab, wirft sie in den Mülleimer neben dem Eingang zum Café.

Auch bei meinem vierten Besuch im Amt für »Information und Archiv« erhalte ich eine dünne Mappe, die wenig Aufschlussreiches enthält, bis mein Blick auf einen mit Bleistift hingekritzelten Vermerk am Ende einer Zeugenaussage fällt: Das Dokument sei abzulegen in die Gruppenakte mit der Bezeichnung UNGEHEUER, *streng vertraulich*, weder dem Verteidiger noch der Staatsanwaltschaft zu zeigen, nicht einmal dem Richter. Welche Dokumente enthält diese Akte? Existiert sie noch? Belege für Nötigung, Folter, Erpressung, Verleumdung? Die Identität der Agenten, der Zuträger, der Kapitulierten? Mit Sicherheit ist aus Gründen der strategischen Geheimhaltung nur ein Bruchteil der Geständnisse, der Denunziationen in die prozessuale Beweisführung gelangt. Die Staatssicherheit hatte kein Interesse daran, ihre eigenen Spitzel unnötigerweise im Prozess zu entlarven.

Dieser Hinweis gibt mir neuen Antrieb. Als ich gerade im Aufbruch begriffen bin, betritt Prominenz den Lesesaal: Trentscho, der Gewerkschaftler. Er wirkt nervös, hält inne, blickt sich um. Ich bleibe sitzen, um ihn zu beobachten. Mit fahrigen Bewegungen durchblättert er sein Dossier, überfliegt die wenigen Seiten. Ein genaueres Studium der Unterlagen scheint ihm kein Anliegen zu sein. Ich richte mich auf, gehe hinaus, vor der schweren Tür wartet eine Horde Journalisten. Seit Jahren gären die Gerüchte, er sei Zuträger gewesen, geheimer Mitarbeiter. Widersprüchliche Beschuldigungen, widersprüchliche Erklärungen: Er werde nun entlarvt, weil er ein Dorn im Auge der Herrschenden sei oder weil er die Rolle eines Abwieglers gespielt habe oder weil er zu mächtig geworden sei. Wer weiß schon, wo Gerüchte ihren Ausgang nehmen. Wie sie bestätigt werden, ist offensichtlich. Ein unwiderlegbares Dokument wird eines Tages aus den Tiefen des Archivs hervorgeholt, den Namen des Entlarvten zu besudeln, seinen Verrat zugleich zu relativieren, mit der Behauptung etwa, er habe nur den Interessen des Landes gedient, er habe die Heimat verteidigt. Der Mensch ist beschmutzt, aber nicht vernichtet. Die Botschaft ist unmissverständlich: Es hängt von deinem Verhalten ab, ob wir dich an den Pranger stellen. Keine Diskussion darüber, wer Zugang zu den Akten hat, wer die Gelegenheit, sie zu durchforsten, auszuwerten, wer die Auswahl vorgenommen, wer entschieden hat, die betreffende Person just zu diesem Zeitpunkt bloßzustellen. Anstelle von Geständnis oder Beichte öffentliche Empörung. Ich trete hinaus, nehme Platz auf einer Sitzbank in der Nähe, hinter mir ein abgezäunter Garten, groß genug, um hinter der Hecke, umgeben von Gemüsebeeten, ein Refugium zu imaginieren. In meinen Händen eine Fotokopie des Schlussplädoyers des Staatsanwalts (unnötige Fotokopien, eine nostalgische Schwäche). Seine hysterische Erregung, an jenem Donnerstag, nur einige Wochen nachdem der Vater des Fortschritts von uns gegangen war ...

```
Dies ist nicht der Zeitpunkt für Milde oder
Gnade, wir durchleben Tage, an denen es jedem von
uns schwerfällt, die Arbeit zu erledigen, den
alltäglichen Verpflichtungen nachzukommen. Wir
sind Geiseln einer Trauer, derart kolossal, sie
droht uns zu ersticken. Wie sollen wir weiter-
leben, wie sollen wir Freude empfinden? Wir
```

haben etwas Unersetzliches verloren, nicht nur
einen Menschen wie keinen anderen, unseren Wegweiser, unseren Lehrer, wir können nur erahnen,
wie alleingelassen wir sind, welche Lücke,
welche Leere sich in unserem Leben aufgetan hat.
Es ist, als wäre unser Leitstern am Himmel erloschen. Der Schmerz in unserem Herzen, dieser
kaum erträgliche Schmerz, wird niemals verklingen. Aber wir müssen weitermachen, das hätte er
so gewollt, das hätte er von uns erwartet, uns
ist die hehre Aufgabe zugefallen, das sozialistische Vaterland weiterhin aufzubauen, wir müssen gewissenhaft den Weg fortsetzen, den unser
aller Vater, unser oberster Lehrer vorgegeben
hat. Wir müssen uns seines Vorbilds würdig
erweisen. Sosehr wir trauern, ein jeder von uns
für sich und wir alle miteinander als Volksgemeinschaft, so sehr erzürnt uns das abscheuliche
Verbrechen des Hauptangeklagten – wie auch seiner Mittäter –, der seine schmutzige, frevlerische Hand gegen unseren heißgeliebten Vater
erhoben hat, mit Mordgelüsten im Herzen, der
vernichten wollte, was uns allen, ja, der gesamten progressiven Menschheit heilig ist, ein Mann
von solch bösartiger Zerstörungswut, daß ich
zögere, ihn überhaupt Mensch zu nennen, denn
eigentlich ist er ein Ungeheuer, ein gefährliches, ungezügeltes, brutales Ungeheuer. Wir
müssen den Behörden unseren verbindlichsten Dank
aussprechen, daß es ihnen gelungen ist, dieses
Monster gefangenzunehmen, nach langwierigen
Ermittlungen, wir können Trost darin finden, daß

> es zwar einzelne gibt, die unsere Gesellschaft
> zu sabotieren versuchen, Banditen, Terroristen,
> Diversanten, unsere Sicherheitsorgane aber dem
> sozialistischen Vaterland mit besonnener Effi-
> zienz dienen. Sie haben die schwierige Arbeit
> schon erledigt, den leichteren Rest haben wir
> nun zu übernehmen. Deshalb wollen wir uns heute
> der hehren Verantwortung stellen, unsere fried-
> liebende Gesellschaft von Ungeheuern wie diesem
> ein für allemal zu reinigen.

Wie spuckreif er sich echauffierte. In der Hosentasche des Anzugs, der mir am Morgen des ersten Prozesstags überreicht worden war, befand sich ein frisches Taschentuch, feinsäuberlich gefaltet, beim Bügeln ging Mutter keine Kompromisse ein. Sie hatte für mich, das war erlaubt, das war erwünscht, ein weißes Hemd, einen blauen Anzug an der Pforte abgegeben. Ich wischte mir demonstrativ das Gesicht ab, dieses lächerliche Theater irritierte mich, austauschbar die Schauspieler, die im Namen des Staates monologisierten, vor handverlesenem Publikum, ihre armseligen Gebärden aus der Pfandleihe geholt, ihr Pathos entnommen einem Band aus der *Bibliothek für die Hausfrau*, »Ich habe dich geliebt, du hast meine Liebe mit Füßen getreten«, oder der Liturgie, »O Herr, Du Gnadenreicher, Du Tröster, Geist der Wahrheit, Hort der Güte, Spender des Lebens, Du Heiliger Starker«, das Spektakel aufgeführt von einem angestrengten Lakaien, dem Stimme sowie Gestik aus dem Lot geraten waren, kein Satz aus seinem Mund hätte einen Unvoreingenommenen überzeugen können, nicht einmal, wenn er plötzlich, zum Erstaunen aller, den bescheidenen Vorschlag unterbreitet hätte: »Die Pfannen an den Ehemann, die Töpfe an die Ehefrau, Besteck und Geschirr zu gleichen Teilen.« Dieser Staatsanwalt war ein abgehalfterter Scheidungsadvokat, der die Trennung von Gesellschaft und Individuum forderte, mit gravitätischen Worten: »Wahrlich, die beiden waren von Anfang an nicht füreinander geschaffen.« Über diese Vorstellung musste ich ungewollt lächeln. Der Kläger baute seine schmächtige Figur vor mir auf, ohne Handschellen hätte ich ihn mit einem Hieb niederstrecken können, fuchtelte mit seinen Händchen vor meinem Gesicht: »Sehen Sie sich dieses Ungeheuer an, sehen Sie, wie es grinst, dieses Monster hat keine Mutter, es ist das totgeborene Mündel des Hasses auf unser Volk, auf unsere Führer.« (Er sagte etwas in diesem Duktus, mit diesem Inhalt, den genauen Wortlaut habe ich vergessen.) Ich schaute mich um, in Richtung meiner Mutter, die in der letzten Reihe saß. Starr erwiderte sie meinen Blick. Sie war wütend vor Sorge, auf mich mehr als auf die Staatsmacht. Der Gendarm zu meiner Linken rammte mir den Ellenbogen in die Rippen: »Umdrehen verboten!« Mutter, stur wie ich, bekämpfte meinen Wahnsinn (sie hatte so viele Namen dafür: Verblendung, Überschätzung, Delirium) bis zu ihrem letzten Atemzug. Sie muss geahnt haben, dass sie verlieren würde, aber sie hat nicht klein beigegeben, sie hat Zwischenerfolge gefeiert, die sie gewiss nicht mehr erwartet hatte, die Jahre des Studiums nach der Haftentlassung, meine Eheschließung, die kurzzeitige Hoffnung auf ein Enkelkind, sie wusste, familiäre Verantwortung legt einem Revolutionär Ketten an. Gewiss gab es seltene Augenblicke, in denen sie sich trotz ihrer Lebensskepsis dem Gedanken hingab, ihr Erstgeborener sei gerettet, wie sollte es anders sein, nach all den Jahren der schmerzhaften Sorge, die zum ersten Mal an einem unscheinbaren Vormittag in ihr Haus getragen wurde, als ein Mann namens Agop, wohnhaft im Haus gegenüber, von allen gefürchtet, mit niemandem befreundet, Leiter der Staatssicherheit in unserem Städtchen, ihr einen unangemeldeten Besuch abstattete. Sie allein zu Hause, eifrig zugange in der Küche. Meine zwei Söhne, pflegte sie zu sagen, sind vier Münder, vier gierige Schlünde. Mutter ließ die Sorge in ihr Heim hinein, sie wischte sich die mehlweißen Hände an ihrer Schürze ab, was hätte sie anderes tun können?, sie wusste, wer der Mann war, sie lud ihn nicht ein, sie bot ihm nichts an, sie wischte sich immer wieder die Hände ab, weil sie ansonsten nutzlos herabgehangen wären, sie wartete auf das, was er zu sagen hatte, was er ohne Aufforderung sagen würde.

»Wir werden einen Menschen aus deinem Sohn machen. Egal, was es kostet. Wir haben Zeit, wir haben Geduld, wir haben die Mittel, wir werden nicht ruhen. Wir werden ihn nicht aus den Augen lassen.«

»Er ist doch gerade einmal fünfzehn Jahre alt.«

»Erst fünfzehn, aber für dich schon verloren. Pass lieber auf den Kleinen auf. Nicht, dass der dir auch noch verlorengeht. Den anderen kannst du abschreiben. Wir sind seine letzte Chance.«

Agop drehte sich um, verschwand, aber nicht aus ihren Gedanken. Sie war stark genug, keine Illusionen zu hegen.

Mein Rechtsanwalt schämte sich ob der ihm zugewiesenen Aufgabe. Ein einziges Mal suchte er mich auf, für ein Gespräch von der Dauer einer Zigarette, in Gegenwart der Schergen. Nachdem ihm die Anklageschrift zugestellt worden war, verlangte er nach einem medizinischen Gutachten über den Zustand des Angeklagten, weil es ernstzunehmende Anzeichen gebe, dass dieser an Schizophrenie leide. Das Gericht ernannte einen Sachverständigen, der sich mit mir traf. Ich kann mich an unsere Unterhaltung nicht erinnern, aber laut den Dokumenten hat er daraufhin erklärt, er habe keinerlei Anzeichen für eine seelische Erkrankung feststellen können. Während des Prozesses blickte der Verteidiger mich kein einziges Mal an, rief mich nicht in den Zeugenstand. In seinem abschließenden Plädoyer (daran erinnere ich mich wortgenau, seine Rede fehlt in den Unterlagen) erklärte er:

»Meine hohen Herren Richter, ich finde nicht die Kraft, diesen Verbrecher zu verteidigen, der mir zugewiesen worden ist, der voll und ganz die Strafe verdient, die der Staatsanwalt für ihn fordert.«

Als das Strafmaß verkündet wurde, konnte ich die Fassungslosigkeit im Saal fast riechen. Erwartet wurde: Todesurteil, eine Vierundzwanzig-Stunden-Frist, innerhalb der ich Einspruch erheben kann, das Gericht seine endgültige Entscheidung fällen muss, danach Exekution. Es gab niemanden, der nicht ein Todesurteil erwartet hätte. Stattdessen zwanzig Jahre Freiheitsentzug. Was für ein absurdes Wort. Sie können dich nicht dessen berauben, was die ganze Gesellschaft entbehrt. Am meisten war ich überrascht. Ich hatte in meiner Zelle auf die Wand gekratzt: »Konstantin Scheitanow, zum Tode verurteilt.« Viel später erst habe ich begriffen, was geschehen sein muss: Moskau muss verordnet haben, in Prozessen wegen Antistalinismus keine Todesurteile zu verhängen. Der Staatsanwalt legte keinen Einspruch ein.

Keine halbe Stunde später, allmählich fröstelt es mich auf der windausgesetzten Bank, tritt Trentscho, der Gewerkschaftler, aus dem kleinen Gebäude neben dem Innenministerium, schwenkt ein Dutzend Seiten wie Travellerschecks, die ihm den Aufbruch in eine gesicherte Zukunft finanzieren.

»Hier habt ihr's, mein Dossier, hier ist der Beweis. Nun müssen alle Spekulationen aufhören, ich sei Spitzel der Staatssicherheit gewesen.«

Die Journalisten umringen ihn, überschütten ihn mit Fragen. Er antwortet mit zufrieden glucksender Stimme.

»Heute hat sich alles geklärt. Ab heute gibt es keine offenen Fragen mehr, diese Sache muss endlich und endgültig begraben werden.«

Ich mühe mich auf die Beine, mache mich bedächtig auf den langen Heimweg. Das ist die Crux meines Lebens: Wo andere zufriedenstellende Antworten finden, erblicke ich lauter schmerzende Fragen.

1944 erzählt

Tod dem Faschismus, Freiheit dem Volke!
 Der illegale Radiosender verkündet um 7:45 die bevorstehende Befreiung. Es sei nur noch eine Frage der Zeit. Am Donnerstag werden Häftlinge freigelassen.
 Tod dem Faschismus, Freiheit dem Volke!
 Der illegale Radiosender verkündet um 7:45 die bevorstehende Befreiung. Es ist nur noch eine Frage von Tagen. Am Freitag werden weitere Häftlinge freigelassen. Ein ruhiger Vorabend, keine Sturmwolken, kein nervöses Zwitschern der Vögel, keine hektischen Aktivitäten.
 Tod dem Faschismus, Freiheit dem Volke!
 Am Samstag um 7:45 verkündet der illegale Radiosender keine Befreiung. Stattdessen erklingt ein landesweit bekanntes Marschlied. Die Bürger des Provinzstädtchens horchen auf. Einige drehen die Lautstärke auf. Andere vermuten ein Versäumnis. Um 9:00 wird bekanntgegeben, die Vaterländische Front habe die Macht übernommen. Es folgt eine Erklärung der neuen Regierung.
 »Habt ihr gehört«, rufen sich Nachbarn zu.
 »Auf welchem Sender?«
 »Auf beiden Sendern dieselbe Verlautbarung, wann hat's so was schon mal gegeben?«
 Der Faschismus tot, das Volk befreit.
 Ansonsten herrscht Ruhe. Nichtstun lautet die Devise, es wer-

den beizeiten neue Anweisungen erfolgen. Kaum einer stiehlt sich davon, eine Armee legt am Samstag zu Mittag ihre Uniform ab. Feinsäuberlich. Wird sie von den Müttern der Armee gewaschen, zusammengefaltet, in Packpapier eingeschlagen und auf dem Dachboden versteckt? Man weiß ja nie, was kommt. Am Sonntag auf dem Hauptplatz eine spontane Zusammenkunft von Kommunisten, Opportunisten und Neugierigen mit musikalischer Untermalung. Ein Kellner von der *Mehana Aprilaufstand* hat nächtens Rote Beete aus der Küche entwendet, mit viel Salz eingekocht, sein weißes Hemd in die brühend heiße Tunke getaucht. Einwirken lassen, auswringen, zum Trocknen auf den Ofen legen. Es geht nicht schnell genug, er muss es halb nass anziehen, hinauseilen, er muss sichtbar werden in seinem roten Hemd, nun ja, im Tageslicht der Wahrheit betrachtet ist das Hemd dunkelrosa. Was zählt, wenn nicht die gute Absicht?

Narziss (niemand weiß, wie er im Gefängnis diesen Spitznamen abbekommen hat), vor drei Jahren wegen militärischer Verschwörung zu lebenslanger Haft verurteilt, vorgestern entlassen, lehnt an einem Laternenpfahl und genießt die sanften Strahlen der Sonne. Am Montag um 7:45 begibt er sich zum Bürgermeister, begleitet von einigen bärtigen, bewaffneten Männern. *Gospodin* Kratschew, Sie wissen, Veränderungen stehen an. Kratschew mustert den Ankömmling, an dessen Existenz er sich nur vage erinnern kann, er wirft ihm die Schlüssel für das Rathaus hin, er geht zur Unzeit nach Hause und besäuft sich hingebungsvoll. Narziss vertieft sich in die amtlichen Unterlagen. Der Dienstag dient dem Abwarten. Irgendein Bescheid wird schon eintreffen. Am Mittwoch wird Kratschew verhaftet. Weil er als Bürgermeister einer Kleinstadt inmitten des Mittelgebirges den Alliierten den Krieg erklärt hatte. Nach ausgiebiger Lektüre der Akten fühlt sich Narziss den neuen Aufgaben gewachsen. Als erste Amtshandlung übernimmt er die Aufsicht über die Verteilung der Lebensmittelkarten. Narziss ist Philosoph, diplomiert. Er findet Gefallen an dem sonntäglichen Spektakel vor dem Gasthaus am

Hauptplatz, an der Rotte Partisanen, an den zwanzig jungen Männern und Frauen, braungebrannt, gestählt, dem Marschlied zugetan, den Bürgern des Städtchens wohlgesinnt, vom Balkon des Rathauses winkt Narziss ihnen zu, er fühlt sich wohl in dieser Geste, wie für mich maßgeschneidert, dieses Amt, denkt er. Es dauert eine Weile, bis sich herumspricht, dass die leutseligen Partisanen von fahrendem Volk verkörpert wurden, unterwegs in der Mission, die Stärke der Volksmacht unter Beweis zu stellen, zwei bis drei Marktplätze pro Tag, von Dorf zu Dorf, von Städtchen zu Städtchen.

Ein jeder zieht brav den Kopf ein, aber irgendjemand muss es treffen, irgendjemand trifft es immer. Als Ersten den Bäcker. Wie unbedacht, im Bürgerkrieg vor einer halben Ewigkeit einem der roten Räuber den Kopf abzuschlagen. Wirklich! War es nötig, den Kopf auf einen Pfahl aufzuspießen und damit herumzustolzieren? Als Bäcker? Die Partisanin auf dem Beifahrersitz eines konfiszierten Opels, der vor dem Haus des Bäckers hält, ist die Tochter des Gepfählten. Der Hausherr öffnet selbst die Tür, er ist überrascht – längst hat er den abgeschlagenen Kopf vergessen –, als ihn zwei Männer hinausschleppen und in einen Kofferraum werfen. Was dort geschieht, weiß allein der Erstickende. Selber schuld, darüber herrscht weitgehende Einigkeit.

Beim zweiten Opfer gehen die Meinungen auseinander. Zu Beginn des Krieges war ein junger Soldat wegen politischer Agitation zum Tode verurteilt worden. Juristisch ein Kinderspiel, logistisch eine unerwartete Herausforderung, denn der altgediente Scharfrichter war just verstorben, dem Städtchen somit der einzige kompetente Henker verlorengegangen. Eine saftige Belohnung von fünfhundert Lewa wurde ausgesetzt. Miltscho Minkow, seines Zeichens Hobbyphilosoph – stets in Leder, vom Käppi bis zu den Schuhen – meldete sich freiwillig zum Vollstreckerdienst. Zur Hinrichtung stieg der Verurteilte auf ein Fass, über ihm ein Seil, dessen Schlaufe um seinen Hals gelegt wurde. Ein Tritt gegen das Fass, Aufgabe erledigt. Doch der junge Soldat röchelte, der Sturz hatte ihm das Genick nicht gebrochen, Miltscho musste seinen Unterleib umarmen, sich mit seinem ganzen Gewicht daran hängen, damit der Verurteilte schneller starb, ein barmherziger Akt in den Augen jener, die anwesend waren. Jene, die den Sachverhalt nur vom Hörensagen kannten, fällten ein abweichendes Urteil. Sie lauerten dem Amateurhenker entlang eines Feldwegs auf und schnitten ihm – mitten im Wald, unweit von Oborischte – die Kehle durch. Damit läutete die neue Epoche ihre zweite Woche ein.

Alles weitere läuft den Umständen entsprechend ordentlich ab, auch wenn die Kleinstädter enttäuscht sind über den Anblick der einmarschierenden Russen, entgegen dem heroischen Ruf weder schmuck noch stolz, eher abgerissen und dreckig, so als wären sie zuvor in ein Ölfass getunkt worden. Sympathien schwinden, als die Sowjetsoldaten sich nehmen, was sie benötigen, was sie begehren. Könnt ihr euch erinnern, monieren manche, die deutsche Armee hat uns unsere Produkte abgekauft. Ja, erwidern andere, die haben gezahlt, mit den grünen 250-Lewa-Scheinen, die sie selber gedruckt haben, nach Belieben.

In der einen Hosentasche Lehrgeld, die andere leer, der Zukunft zugewandt. Im dritten Monat tagt das Volksgericht, auf den Treppen vor dem Rathaus, umringt von Agitstimmen: »Tod.« In der Zeit, die es braucht, ein weiteres Hemd rot zu färben, ergeht ein erstes Todesurteil, das in der Nacht schon vollstreckt wird (vielleicht hätten sie Miltscho nicht so voreilig die Kehle durchschneiden sollen, den hätten sie jetzt gut gebrauchen können). Der einfache Rhythmus einer neuen Ära: rotfärben, erschießen, rotfärben, erschießen.

»Ist euch aufgefallen«, flüstert einer sotto voce, »die Zahl der Erschossenen ist doppelt so hoch wie die Zahl der getöteten Partisanen.«

»Psssst.«

»Mindestens doppelt so hoch.«

»Was hast du dir da zusammengereimt?«
»Ist doch auffällig.«
»Behalt's für dich.«
»Ich mein ja nur.«
»Behalt alles für dich.«

Ein solider Ratschlag. RACHE! verkündet die Arbeiterzeitung eine Woche später im Blutton der Propaganda: »Schieß direkt in das Ziel hinein, stoß zu mit dem Messer bis zum Griff, halte das Gewehr fest in den Händen. Marschiere mutig auf den Feind zu, vernichte ihn ohne irgendein Mitleid, ohne das Mitleid, das du für einen geschlagenen Hund fühlen würdest.«

Färben, schießen, färben, schießen.

KONSTANTIN

Wer nicht schlafen kann, der muss lesen – Ballonflug, Versuchsanordnung, Himmelssteige –, bis sich die Frage nach dem Sinn der Lektüre stellt, die mich dem Schlaf nicht näher bringt, weswegen ich nach einem weiteren Buch greife, den Anker lichte, in den Nebel hinausgleite. Nur unklar erkenne ich Gestalten, Objekte, die Wörter haben kaum mehr Konturen, es ist ein Schatten des Lesens von einst. Was auch immer ich an Erkenntnis extrahiere, es wird mit niemandem geteilt, mit niemandem diskutiert, die Tür meines Zimmers ist geschlossen, die Tür meiner Zelle ist offen, wer dich anspricht auf dem Karree, kommt gleich zur Sache, Floskeln im Gefängnis so selten wie Süßigkeiten. Lesen war eine Fortführung des Kampfes mit anderen Mitteln. Wir waren überzeugt, wir müssten alles daransetzen, die Ideologie des Feindes einer fundamentalen Kritik zu unterziehen. Wir haben nicht voraussehen können, dass sich dieser schneller von seinen eigenen Klassikern verabschieden würde, als wir sie widerlegen konnten. Ich hatte Zeit, unendlich viel Zeit für eine extrem begrenzte Auswahl: Marx, Engels, Lenin, Dimitrow, Mao Zedung (in vier Bänden). Jedes Wort unter die Lupe genommen, jeden Satz durchdacht, jeden Gedanken seziert. Nie wieder habe ich so intensiv gelesen. Wie hätte sich mein Geist entwickelt, wenn ich in jenen Jahren eine andere Bibliothek zur Verfügung gehabt hätte? Vor einigen Tagen erwähnte ich diesen Gedanken Dora gegenüber, sie schlug gleich vor, ich solle doch eine

Bibliothek der verpassten Lektüren einrichten, es sei zu spät dafür, wand ich ein, nein, nein, ich hätte sie falsch verstanden, eine Liste nur, es würde mir doch bestimmt ein wenig Freude bereiten, nachts über die Werke auf dieser Liste zu grübeln. Eine mir fremde Denkweise. Im Gefängnis gab es jene, die den Hunger stillten, indem sie imaginäre Menüs zusammenstellten, andere planten Weltreisen, bis ins letzte Detail, zu jedem Thema gab es jemanden, der kundig war, der einen unterrichten konnte. Mir erschienen derartige parallele Existenzen selbstquälerisch. In Zeiten des Mangels können allein die Gedanken aus dem Vollen schöpfen, aber zu welchem Zweck, mit welchem Gewinn? Wenn ich von dem Trotzkisten Gatschew hörte, dass Ordzhonikidze, in der St. Petersburger Schlüsselburg-Festung zu schwerer Haft verurteilt, in den Kerkerjahren seine Bildung vertiefen konnte, weil er sich der Lektüre von Adam Smith, David Ricardo, William James, Frederick W. Taylor, Ibsen, Plechanow, Dostojewski widmete, verspürte ich Neid (vor allem wegen seines Zugangs zu Dostojewski). Die guten alten Zeiten. Die Aufgabe unseres Gefängnisbibliothekars bestand darin, jedes lesenswerte Buch aus seiner Sammlung zu entfernen. Ich bildete mir ein, es könne schlimmer nicht kommen. So sehr hatte ich mich mit dem Denken von Marx vertraut gemacht, dass Gatschew eines Tages widerwillig zu mir sagte: »Du kennst ihn besser, als er sich selber kannte.« Das war hohes Lob. Gatschew glaubte fanatisch an Marx, Engels und Lenin, zitierte ausgiebig aus ihren Werken, lauthals, neben dem Pinkeleimer stehend, zur Übung, um ja keinen der eingeprägten Sätze zu vergessen. Bei einer Veranstaltung des KultRats, einem jener schwerfälligen Indoktrinationsversuche, die regelmäßig so feierlich begangen wurden wie einst die Liturgie (die Errichtung der Fundamente des Sozialismus, der Aufbruch zur lichten Zukunft), bei denen die Häftlinge, die sich »gebessert« hatten, die Ausführungen der auswärtigen Lektoren heftig beklatschten, während jene, bei denen sich Angst und Haltung die Waage hielten, schwiegen, ergriff ich eines Tages das Wort, stellte eine scheinbar harmlose Frage, erhielt eine absehbare Antwort und brachte mit einem giftigen Mittelchen aus der Hausapotheke der »Klassik« den Dozenten in stammelnde Verlegenheit. Egal, wen er im Mund führt, der Teufel wirft einen subversiven Schatten. Ein kleiner ideologischer Sieg, den ich teuer bezahlen musste. Zu meiner Überraschung wurde mir in der Folge sogar die Lektüre der Klassiker verboten. Ein Blick durch das Guckloch warnte mich vor der bevorstehenden Konfiszierung (die zuerst in der Zelle gegenüber durchgeführt wurde), es gelang mir, den ersten Band des *Kapitals* in mehrere Bögen zu zerreißen, unter einer Bohle zu verstecken, die unter dem schweren Pinkeleimer morsch geworden war. So blieb mir Marx erhalten, bis ich in ein anderes Gefängnis versetzt wurde. Leider wurde auch mein Schreibheft konfisziert. Jemand hat sich die Mühe gemacht, meine Blasphemien zu lesen, denn am nächsten Tag landete ich im *karzer*, zusammen mit Gatschew, dessen Großvater, so erzählte er mir in der Höllenhitze, Übersetzer für die Osmanen gewesen sei, zu einer Zeit, da die meisten Leute des Türkischen nicht kundig waren. Diesen galt er als allmächtig, ein Mittler zu den Göttern, deren Weisungen er annoncierte, interpretierte. Jeder wusste, dass man den Mittler bezirzen, ihm Honig ums Maul schmieren musste. Die Honigtöpfe stapelten sich vor seiner Kate, bald stapelten sie sich vor seinem zweistöckigen Haus, die Hühner, die Eier, der Speck, die Schweinehälften, die Schläuche, die Fässer. Er war mächtig, weithin bekannt, wohlhabend, gefürchtet – solange das Osmanische Reich herrschte. Als sich der Großvater gerade an seinen Reichtum so sehr gewöhnt hatte, dass er zu vergessen begann, wie es ist, draußen im Regen zu stehen, als er sein Haus, seine Segnungen als selbstverständlich betrachtete, Frucht seines Fleißes, seines Könnens, als er kurz Atem holte bei einer seiner Selbstpreisungen, da wurde ein Nationalstaat wiedergeboren, das Osmanische Reich schrumpfte wie ein viel zu lange erigiertes Glied, der Übersetzer verlor all das, was ihm aufgrund seiner zwei Gaben – gefürchtet zu sein, gebraucht zu werden – zugefallen war. Er musste sich selbst den Honig im Wald holen, wo immer er auftauchte, drehten die anderen ihm den Rücken zu. Bei diesem Großvater bin ich aufgewachsen, sagte Gatschew. Es war eine Erleichterung, als ich zum Krieg eingezogen wurde. Wir wurden an die Nordfront geschickt, es war nicht leicht zu verstehen, wieso wir Seite an Seite mit türkischen Soldaten gegen die russische Armee kämpften. 1918 organisierte ich meinen ersten Protest. Das war ein Moment, in dem die Geschichte um die Ecke bog ...

Erinnerungsfetzen, die mich aufmuntern.

Was gäbe ich nicht für einen einschläfernden Gedanken. Ich habe kein Vertrauen mehr zur Nacht. Aus einem blässlichen Schlummer erwacht, greife ich zur Fernbedienung. Ein Krimi nach dem anderen verflüchtigt sich vor meinen Augen. Glotzen ist eine Form des Vergessens. Selten haken sich Sätze ein. *Sie haben das Recht zu schweigen. Alles, was Sie sagen, kann vor Gericht gegen Sie verwendet werden.* Von wegen. Andere Zeiten, andere Sitten. *Mach's Maul auf, du Schuft, gestehe deine konterrevolutionären, terroristischen, volksfeindlichen, antiparteilichen Sabotageakte.*

Wer schweigt, ist schuldig.

Wer redet, muss gestehen.

Muss die Fiktionen der Staatssicherheit akzeptieren, muss sich seiner selbst entledigen. *Im Laufe der Ermittlungen ...* ein harmloser Nebensatz, der den wenigsten Zuschauern übel aufstoßen dürfte. *Im Laufe der Ermittlungen ...* mit offenen Schuhen auf eisigem Boden, die Schnürsenkel beschlagnahmt, die Kälte nagt an den Knochen, hinter einem Gitter, das die Arrestzelle drittelt. Wer nicht erfrieren will, muss sich bewegen, von einem Fuß auf den anderen, mit starrem Blick auf die Schießscharte oberhalb der Zellentür, die Ausmaße dieser Scharte fünf Zentimeter mal vierzig Zentimeter, das würde derjenige, gegen den ermittelt wird, beschwören, er hat die Öffnung zum Korridor lang genug betrachtet, er könnte nicht mit absoluter Sicherheit sagen, ob die Breite neununddreißig oder einundvierzig Zentimeter beträgt, aber er bezweifelt, dass administrative Vorgaben unordentliche Zahlen dulden, dass dieses vorbildliche Gefängnis, nach den Bauplänen berühmter ausländischer Strafarchitekten errichtet, ein Geschenk des italienischen Königshauses an die Verwandten auf dem Balkan, beschäftigungslose Aristokraten, die erst kurz zuvor zum Dienst an der Monarchie angetreten waren, sich nach anderen Kriterien als dem geraden Maß richtet, selbst bei den Scharten. Er nickt ein, bis ihn die Kälte aufrüttelt. Schlaf ist verboten. Es passt kein Bett in den Zellenabschnitt hinter dem Gitter, nicht einmal eine Pritsche. Um zehn Uhr am Abend wird ein Brett hineingebracht, auf das sich derjenige, gegen den ermittelt wird, legt, ohne die Beine ausstrecken zu können, für eine kurze Weile, bis er abgeholt wird. Seine Nächte verbringt er außerhalb der Zelle, in einem warmen Büro.

Prügelfragen. Wer hat dich bezahlt? Fragen stumpf, für wen arbeitest du?, Tritte präzise, mit der Schuhspitze, wen hast du angeworben?, mit der Schuhspitze in die Eier an den Haaren, für wen arbeitest du?, an den Haaren über den Boden geschleift den Kopf, wer hat dich bezahlt?, den Kopf gegen die Wand gestoßen die Faust, du wirst reden, die Faust in die Niere gerammt mit den Handflächen, du wirst reden, mit den Handflächen auf die Ohren geschlagen. Ich stehe auf, mir einen Tee zu kochen, öffne den Kühlschrank ohne spezifische Absicht. *Im Laufe der Ermittlungen ...* hält derjenige, gegen den ermittelt wird, im Stehen seine Hose mit beiden Händen fest, der Gürtel ist ihm abgenommen worden, die Hosenknöpfe abgeschnitten, die Hände reißt er hoch, um den Kopf vor der nächsten Frage zu schützen, die Hose rutscht hinab, das Gelächter, das geifernde, während er sich nach vorn beugt, um die Hose hochzuziehen, die schamfrohen Ausrufe, die Fratzen der Blauuniformierten, die sich Mut angetrunken haben, die sich mit ihrem Hass volllaufen lassen, die sich mit seinen Schmerzen betäuben, die sich einbilden, sie wären die Stärkeren. Die Nacht dehnt sich zu einem elliptischen Universum des Schmerzes, das Sehen schmerzt, das Schließen der Augen schmerzt, wer hat dich bezahlt?, die stumpfen Fragen, für wen arbeitest du?, die präzisen Schläge, wen hast du angeworben?, mit beiden Händen hält er seine Hose fest, vorn Kopfstoß, von hinten Eiertritt, du bist an allem schuld, wärst du nicht so uneinsichtig, müssten wir uns nicht die Nächte um die Ohren schlagen.

Die Folge ist zu Ende gegangen, der Verdächtige bestimmt überführt worden, Namen laufen über einen schwarzen Hintergrund, eine Liste der Beteiligten, wäre es ein Serial unter der Regie der Staatssicherheit, würden noch viel mehr Namen über den Bildschirm flackern. Die meisten Gesichter habe ich mir nicht merken können. Glückwunsch, verkündet eine der Blaumützen *im Laufe der Ermittlungen*, gestern war dein Geburtstag, Feste muss man feiern, wie sie fallen, den letzten Glückstag auf Erden mit Karacho begehen. Mit Champagner und einer Zigeunerkapelle, mit Tanz und dann der Höhepunkt, eine feuchtwarme Nacht mit Mariella. Was hätte das für ein Geburtstag sein können, du hast es übel vermasselt. Sie hat dir übrigens einen Gruß geschickt zum Geburtstag, enttäuschend, wenn du mich fragst, du bist hier am Krepieren, und sie gibt sich so wenig Mühe bei ihren Geburtstagswünschen, legt nicht mal ein Bild bei, halb so schlimm, wir wissen ja, wie sie aussieht, uns gefällt sie ziemlich gut. Was ist da passiert, ein Mädchen aus gutem Haus lässt sich mit einem Banditen wie dir ein? Jeder von uns hat sie dreimal mehr verdient als du. Du weißt, wie das ausgehen wird, das weißt du doch, oder? Sie wird ihren Fehler einsehen und sich von einem von uns trösten lassen. Das Geschmatze mit dir wird sie bald vergessen. Glaubst du etwa, sie denkt an so einen Taugenichts wie dich, wenn sie von einem von uns richtig rangenommen wird? Geschwätz, aufstachelndes Geschwätz, aber es hat sich bewahrheitet, zumindest zum Teil. Mariella hat sich gefügt, sie hat einen anderen zum Mann genommen, einen Angepassten gemäß den Vorstellungen ihrer strammen Eltern, sie hat ihn geheiratet, sie hat ihn betrogen, mit demjenigen, gegen den ermittelt wird, mit demjenigen, der seitdem keinen Geburtstag begeht. Was sie während der Ermittlung über uns beide wussten, hoffe ich den Akten zu entnehmen. Wir waren vorsichtig, ihr zuliebe, ihre Eltern treue Kommunisten, nebeneinander die Hauptstraße entlang, auf »Bewegung«, wie wir es nannten, mehr war von unserer Liebe nicht sichtbar, wir trafen uns heimlich auf dem Dachboden ihres Onkels, wir kamen im Wald zusammen, lagen im Gras auf einer Lichtung, ich beobachtete die Sonnenstrahlen auf ihrer Stirn, ihrer Nase, ihrem Mund.

Was schaust du?
Dein Gesicht.
So lange?
Noch viel länger.
Wird's dir nicht langweilig?
Niemals.
Was siehst du?
Ein Versprechen.
Mehr nicht?
Das reicht.

Wenn ich sie küsste, vergaß ich, dass Lenin je existiert hat. Nichts ist mir schwerer gefallen, als sie zu schützen, indem ich sie nicht mehr aufsuchte, unsere Verabredungen so legte, dass sie platzen mussten. Auch um mich zu schützen. Ich traute mir selbst nicht in ihrer Anwesenheit. Ich wäre in der Lage gewesen für eine Umarmung alles aufzugeben. Später, viel später, zwischen uns zehn Jahre Distanz, wir beide Getriebene, fühlten wir uns nur nahe, wenn wir miteinander vereint waren. Wir stürzten uns ineinander, wann immer es unsere Körper zuließen. Davor, danach, es trennte uns die vermaledeite Zeit.

Nichts davon steht in den schmallippigen Mappen.

»Hab ich's dir nicht gesagt, eine Zeitverschwendung.«

Mein Bruder fühlt sich bestätigt. Er redet auf mich ein, als läge es an ihm, mich von den Vorzügen der Apathie zu überzeugen. Wenn ich mich der allgemeinen Amnesie verweigere, unterstellt er mir Hochmut.

»Du wirst von deinem Hass verzehrt.«

»Du gierst nach Rache.«

»Deine Dickköpfigkeit, was hat sie dir eingebracht?«

»Was hast du schon erreicht?«

»Hast du irgendetwas verändern können?«

Auf all diese Vorwürfe oder Einwände oder Ausflüchte gibt es nur eine Antwort: Das Ergebnis aufrechter Haltung ist nicht messbar.

Mein Bruder rückt von mir ab, indem er sich mir scheinbar feinfühlig zuwendet.

»Ich verstehe dich schon, du kannst nicht anders. Das ist deine Natur. Du weißt, wir haben alle viel Respekt vor dir. Du bist eine Ausnahme.«

Es klingt wie ein Vorwurf. Ein Aussonderungsmerkmal. *Im Laufe der Ermittlungen* ... trug ich die Kleidung, in der ich verhaftet worden war. Sie fiel auseinander, Löcher im Hemd, Risse in der Hose. Zur Gerichtsverhandlung durfte ich meinen besten Anzug anziehen. Ein Gefolterter sieht im Anzug zivilisierter aus. Das ist die Kleidung, in der ich sterben werde, schoss mir durch den Kopf. Wer seine Hand gegen Stalin erhebt, schrie der Staatsanwalt, dem kann selbst Gott nicht helfen. Unbedacht, dieser Vergleich, Eure Fulminanz, Stalin ist Gott, pardon: Stalin war Gott, vor kurzem verstorben, verräterisches Ende, unter dröhnender Trauerrhetorik schwoll neue Angst an. Götterdämmerung: für Unfreie die größtmögliche Verunsicherung. Der Nebel lichtet sich. Eine weitere Nacht vorüber. Eine erschöpfende Reise. Andere wachen ausgeruht auf, dem Tag gegenüber erwartungsfroh. Entkräftet raffe ich mich auf.

Ich will weder vergessen noch vergeben.

Was sie mir angetan haben, das kann ich ihnen nachsehen. Was sie der Gesellschaft angetan haben, das werde ich ihnen niemals verzeihen.

(aus dem archiv der staatssicherheit)

Nr=II=A=66/20.I.48

Die Person Konstantin Milew Scheitanow ist geboren am 05.03.1933 in Panagjurischte. Gymnasiast in der 6. Klasse. Seine Familie besitzt ein Haus. Sein Vater, Milju Peikow Scheitanow, Arzt in der Poliklinik, bekennt sich in jungen Jahren zum Anarchismus. Wird im Krieg zweimal eingezogen. 1948/49 für 14 Monate in den Arbeitsumerziehungsheimen Kuzijan und Belene interniert. Seitdem politisch inaktiv.

KMS lege ein extrem reaktionäres Verhalten an den Tag, das hat zu seinem Ausschluß aus dem Volksjugendbund geführt. Er habe Umgang mit Jugendlichen mit extrem feindseliger Haltung zur Volksmacht. Er sei der Anführer der reaktionären Gruppe im Gymnasium. Alle Losungen, die gegen die Macht geschrieben werden, in den Toiletten und an den Wänden des Gymnasiums, seien unter seiner Führung geschehen. Provokationen bei Versammlungen, Prügeleien gegen progressive Jugendliche seien von ihm organisiert.
Er habe einen gewissen Einfluß unter den Schülern, weniger Einfluß unter den Erwachsenen. Er rede offen gegen die Volksmacht. Er sei gerissen, es gelinge ihm oft, im Gespräch die Oberhand zu

gewinnen. Er habe einen sarkastischen Humor, der
sich gehässig gegen die Volksfront richte.
Alle seine Äußerungen zeigen, daß er ein Jugendlicher ist, der sich entschieden zum Feind der
Volksmacht erklärt hat. In der Bibliothek habe er
erklärt, er werde alle Schluchten in der Umgebung
mit den Leichen von Kommunisten füllen.
Er sollte unter dauerhafter Beobachtung gestellt
werden.

<u>Anmerkung:</u> Wir haben Ihnen unter obiger Vorgangsnummer im Schreiben 1365/14.V.1947 Antwort gegeben an Adresse: Leitung Volksmiliz. Abt. =A=.
Sofia

KREISLEITER STAATSSICHERHEIT: (Unterschrift)

INSPEKTOR SEKTION I=BA: (Unterschrift)

KONSTANTIN

Porträt eines jugendlichen Volksfeindes, mit Gerüchten auf die schwarze Leinwand des Generalverdachts gezeichnet. Anonym gehalten, kein Zuträger genannt, keine Denunziation zitiert. Jeder Strich verwackelt. Aber immerhin leicht verständlich wie nur ganz wenige der Dokumente. Die Akten zu enträtseln erfordert meist Anstrengung. Die Abkürzungen, der bürokratisch gespreizte Jargon, die verächtliche Ausdrucksweise. Die technische Natur der Schriftsätze, die vielen Akronyme, die Decknamen. Üblicherweise notiere ich stichwortartig das Wesentliche; diese Beurteilung habe ich fotokopieren lassen. Das Fotokopiergerät wird offensichtlich nicht richtig gewartet: die Schrift blass, in der Mitte ein grauer Streifen wie eine ausgewalzte Lüge.

Nie habe ich irgendetwas auf Toilettenwände gekritzelt. Ich bin Revolutionär, kein Schmierer. Ein Akt des Protests, eine widerständige Handlung muss beglaubigt werden durch den Menschen, der sie ausführt. Durch seinen Namen, seine Haltung, sein Wort. Zudem widerspricht diese Anschuldigung jeglicher Logik. Woher will der Zuträger wissen, dass ich die Latrinenparolen verfasst habe? Hätte er mich auf frischer Tat ertappt, ich wäre sogleich denunziert, bestraft worden.

Nie habe ich irgendeine Gruppe angeführt. Jene reaktionäre Gruppe, die mich angeblich zum Führer auserkoren hat, war nichts weiter als ein Pausenhofgrüppchen, entschieden unentschieden. Die meisten erwiesen sich in der Folge als brave Komsomolzen, sie stimmten für meinen Ausschluss aus der Klasse.

Ich, angeblich blutrünstig – unzählige Schläge eingesteckt, selbst nie die Hand gegen einen anderen Menschen erhoben.

Faktizität, das belegt jedes ihrer Dokumente, war so irrelevant wie Glaubwürdigkeit. Wichtig allein, den Feind bloßzustellen, zu beschmutzen, auf die eigene Erfindung zu reduzieren.

Die Denunziation ist trotz der Anonymität leicht zuzuordnen. Wer sonst könnte sie verfasst haben, wenn nicht der Sekretär des Schülerkomitees, Metodi Popow? Einige Jahre älter als die anderen in seiner Klasse. Ein großgewachsener, gutaussehender Kerl. Sein IQ kaum höher als die Zimmertemperatur. Nach dem Progymnasium zwei Jahre mit der Schule ausgesetzt, weil sein Vater nicht die Mittel hatte, ihn auf das städtische Gymnasium zu schicken. Halbwaise. Nach dem Krieg mit dem Heiligenschein des minderjährigen Partisanen bekränzt. Es wurde behauptet, er habe wichtige Botschaften übermittelt, es wurde gemunkelt, er habe sich meist im Stall eines Bauern versteckt, der für diese konspirative Gefälligkeit später mit Privilegien entlohnt wurde. REMS-Sekretär, von den Lehrern durchs Gymnasium geschleppt wie ein Verwundeter, von dessen Durchkommen ihr Wohlergehen abhing. Unsere Flurgespräche dauerten nie länger als ein parierter Angriff:

»Wie viel zahlen sie dir, Metodi, pro Denunziation?« (Ich hatte gehört, für wertvolle Hinweise wurden bis zu fünftausend Lewa gezahlt, alte Lewa, der Gegenwert eines halben Monatsgehalts.)

»Du wirst noch überführt, Konstantin, du dienst dem internationalen Imperialismus.«

»Du dem sowjetischen.«

»Mach nur weiter so, dann endest du am Galgen.«

»Und du als ausradierter Name.«

Metodi wandte sich mit geballten Fäusten ab, trat zu meiner Verblüffung mit geballten Fäusten in der dritten Nacht der Untersuchungshaft in das warme Verhörzimmer, ich hatte ihn aus dem Sinn verloren. Offensichtlich arbeitete er nun hauptamtlich für die Staatssicherheit.

»Du bist gelandet, wo du hingehörst.«

»Du auch.«

»Wie, Metodski, du kennst dieses Schwein?«

»Ja, hat 'n großes Maul, glaubt, er ist was Besseres. War schon in der Schule auffällig. Den hab ich mir damals vorgeknöpft.«

»Das trifft sich gut.«

»Für uns schon«, sagte Unterleutnant Metodi Popow. Er grinste. So gutgelaunt hatte ich ihn während der Schulzeit selten erlebt.

Er war nicht brutaler als die anderen. Redseliger nur. Er gierte nach einer Geste der Unterwerfung.

Ich konzentrierte mich auf seine Visage, der einzigen mir bekannten unter zwei Dutzend zur Fließbandarbeit eingeteilten Visagen, die stets zu zweit antraten, sich alle zwei Stunden abwechselten, deren Atem nach Schnaps stank, nach Kohlrouladen, die beim Prügelfragen ins Schwitzen gerieten, Männer, die zuerst penibel ihre Jacken auszogen, so als bestünde in der akkurat aufgehängten Jacke ein zentrales, unter allen Umständen aufrechtzuerhaltendes Element der Ordnung, der sie dienten.

»Was hast du gegen unseren Fortschritt, Scheitanow?«

»Du bist und bleibst ein ungebildeter Lump, Popow.«

»Wem dienst du, Dreckskerl?«

»Niemandem, Popow, das begreifst du nicht, weil du ein Knecht ...«

Schlag in die linke Niere.

»Du wirst hier verrecken, Scheitanow.«

»Ihr bringt mich sowieso um.«

Schlag in die rechte Niere.

»Deine Kameraden halten dich wohl für einen Helden, Popow? Soll ich denen sagen, wo du dich verkrochen hast ...«

Schläge in die Magengrube. Seit Wochen keine Farben. Grelles Licht, blendende Lampen. Die Nacht heller als der Tag.

»Deine Mutter hat sich von einem Keiler schwängern lassen.«

Aufrecht. Die Arme hinter dem Rücken.

»Deine Mutter treibt's mit jedem.«

Rücken, Arme, Beine, eine einzige Geschwulst.

»Die Milch deiner Mutter war Eselspisse.«

Hass hielt mich aufrecht. Nicht auf Metodi, nicht auf die anderen Schergen. Auf die Mauern. Auf das Gitter. Auf den Stacheldraht. Auf die Nacht.

»Welche ausländische Macht hat dich angestiftet?«

Schläge gezielt auf die Gelenke.

»Mit welchen ausländischen Agenten hattest du zu tun?«

Im Kopf ein schlecht eingestelltes Radio.

»Wen hast du angeworben.«

Zerrissene Gedanken.

»Wer sind deine Mitverschwörer?«

Lautes Rauschen im Kopf.

»Ich sag's euch.«

Das Frageprügeln unterbrochen.

»Aufschreiben!«

»Papier und Stift.«

»Hier. Schreib und lass nichts aus.«

Meine Hand zitterte, ich sah die gezogenen Linien nicht, meine Schrift taumelte von Zeile zu Zeile, ich schrieb, es machte mir Mühe, langsam schrieb ich, während die beiden Schergen mich mit selbstzufriedener Miene anstarrten.

»Da sitzt er und schreibt, jaja, auch der schreibt!«

Als ich fertig war, ließ ich den Stift fallen, senkte den Kopf.

»Das war aber nicht viel. Na, dann lies mal vor.«

Ich schwieg. Metodi packte mich am Haar und zog meinen Kopf hoch.

»Wir wollen's aus deinem Maul hören.«

»Ich, Konstantin Milew Scheitanow, bekenne mich schuldig der bourgeoisen Abweichung, des verfaulten Liberalismus, des falschen Humanismus.«

»Wird's konkret?«

»Ich gestehe, als Metodi Popow nach der Schule zusammengeschlagen wurde, habe ich ihn im Krankenhaus besucht. Ich gestehe, ich habe ihm Lokum mitgebracht. Ich gestehe, ich habe ihm gute Besserung gewünscht.«

Metodi griff nach dem Papier, warf einen Blick darauf, zerriss es.

»Wer hat mich denn zusammengeschlagen, wenn nicht ihr? Habt ihr geglaubt, ich fall auf so 'nen billigen Trick rein, fick deine Mutter mit deinem Lokum. Habt euch in die Hosen gemacht, was, wenn der abkratzt, dann geht's euch an den Kragen?«

Mit dem Griff seines Revolvers schlug er mir ins Gesicht.

Ich spuckte Blut. Das Rauschen im Kopf ging nicht mehr weg.

Es läutet an der Tür. Dora lädt mich zu einem Spaziergang ein.

»Du hast einen siebten Sinn«, sage ich.

»Wieso?«

»Wenn ich dir das erkläre, ist der Spaziergang ruiniert.«

Draußen reiche ich ihr den Arm. Zwischen Gehstock und Dora fühle ich mich wohl. So weit ist es gekommen, dass ich zwei Stützen brauche. Man könnte sich verachten für all die Gebrechlichkeit. Ich habe Schwäche als Entschuldigung nie akzeptiert. Für dich ist es einfach, sagten die Duckmäuser, du hast keine Kinder, keine Enkel. Ja, für mich ist es leicht, antwortete ich, ich musste nur die besten Jahre meines Lebens opfern, mich an den Schmerz gewöhnen, an Nächte ohne Schlaf, an ermordete Freunde, an das Malochen auf dem Bau. Ich musste mich verraten lassen von all jenen, denen das Leben so schwerfiel, dass sie klein beigaben. Die den Weg des geringsten Widerstands einschlugen, weil es für Widerstand Schläge gab. Im Sommer auf Bürgersteigen voller Menschen lief ich als Einziger im Schatten. Meine Widerworte brachten sie in Verlegenheit. Hinter ihrer Rede glibberte eine kalte Angst, die nie vergehen würde. Den Furchtsamen ist zu misstrauen. Seit jenem Morgengrauen, als ich an einem sicher geglaubten Ort verhaftet wurde, traue ich niemandem mehr.

Vertrauensverlust ist der Kollateralschaden des Verrats.

»Du bist abwesend.«

Wir sitzen auf einer Bank neben dem Kinderspielplatz. Wir haben die Wohnblocks umrundet, den Markt durchquert, langsamen Schrittes, ich habe kein einziges Wort an Dora gerichtet.

»Was geht dir durch den Kopf?«

»Nach dem ersten Verrat gibt es keinen zweiten.«

»War das so?«

»Es gibt keinen partiellen Verrat, keine halben Verräter.«

Die Furchtsamen gestehen sich selbst mildernde Umstände zu. Gelegentlich, bei einem Besäufnis, bei einem Streit, erhasche ich einen Blick in den gutsortierten Keller ihrer Selbstrechtfertigung.

Wir hatten keine andere Wahl.

Wir haben es getan, um unsere Liebsten zu schützen.

Wir haben Schlimmeres verhindert.

Wir haben niemandem Schaden zugefügt.

»Was ich nicht ertrage, ist, dass sie ihren Verrat vermenschlichen. Ich nehme ihnen nicht die Schwäche übel, sondern die nachträgliche Rechtfertigung dieser Schwäche. Um nicht selbst im schlechten Licht zu erscheinen, sind sie bereit, alles Licht auszuschalten.«

Sie schiebt ihren linken Arm durch meinen rechten. Ihre Hand kommt neben meiner zu liegen.

»Sie verkaufen ihre Selbstsucht als humane Geste.«

»Erwartest du von jedem, dass er ein Held ist?«

»Nein, aber wenigstens kein Schuft.«

»Ich möchte dich etwas fragen …«

»Du kannst mich alles fragen.«

»Vielleicht willst du nicht darüber reden?«//
»Wie kommst du darauf?«
»Warst du damals auch in Lowetsch?«
»Seit wann interessierst du dich dafür?«
»Ich habe mich bislang nur nicht getraut. Jetzt möchte ich es wissen.«
»Nein, ich war in Belene, nicht in Lowetsch.«
»Kennst du jemanden, der dort war?«
»Du solltest mir sagen, worum es geht.«
»Es ist wegen eines Patienten. Vor einigen Tagen hatte ich Nachtdienst. Er schrie, aber nicht vor Schmerzen, es klang so, als wollte er andere warnen. ›Alle in Deckung‹, schrie er. ›Gleich knallt's.‹ Er hielt sich die Ohren zu. Dann murmelte er: ›Ich kann es nicht aufheben, zwingt mich nicht dazu, ich kann es nicht.‹ Ich habe seine Frau gefragt. ›Das dürfen Sie ihm nicht sagen, dass er so was geschrien hat, das wird ihm peinlich sein, er wird sich Vorwürfe machen.‹ Sie hat sich ausgiebig entschuldigt. Es passiere manchmal, erzählte sie mir später, das erste Mal sei sie mächtig erschrocken, weil er an ihrem Arm gezerrt habe, mit einer derartigen Kraft, es habe weh getan. Er habe sie aus dem Haus geschleppt, es habe lange gedauert, bis er eingesehen hätte, dass das Haus nicht explodieren werde.«
»Explosionen?«
»Ja, er glaubt, gleich geht alles in die Luft.«
»Und was ist der Zusammenhang mit Lowetsch?«
»Ich musste mehrmals nachfragen, dann hat sie's mir erklärt, geflüstert hat sie's eher: Ihr Mann war in dem Lager in Lowetsch. Können wir ihm irgendwie helfen?«
»Wir?«
»Sollten wir nicht herausfinden, was ihm damals widerfahren ist?«
»Ich werde mich erkundigen. Nächste Woche haben wir ein großes Treffen, wahrscheinlich sind einige anwesend, die in Lowetsch waren.«

»Und du?«

»Ich?«

»Was du erlitten hast, das interessiert mich auch. Ich weiß nicht, wie man die richtigen Fragen stellt.«

»Ich habe gekämpft. Ein Leben lang. Alles andere ist eine Folge davon.«

METODI

»Das ist alles, was deine Mutter dir gesagt hat? Das ist dürftig, Mädchen, damit lockst du keinen hinterm Ofen hervor.«

»Wieso weichen Sie dann meinen Fragen aus? Wieso sagen Sie mir nicht, wo Sie waren, wenn es so ausgeschlossen ist, dass Sie mein Vater sind?«

»Mädchen, Mädchen, immer so forsch, treff ich mich nicht mit dir? Ich nehm mir die Zeit, obwohl ich schwer beschäftigt bin. Ich will dieses Missverständnis ausräumen. Aber die fixe Idee von wegen Vater, lass die mal gut sein. Eins kann ich dir sagen, ich hab mein Gedächtnis durchforstet, innere Razzia, sozusagen, du verstehst, alle Schubladen durchkramt, nichts, da ist nichts, hab mir Mühe gegeben, kannst mir glauben. Überleg mal, was gibt's für Beweise? Deine Mutter war schwerkrank, auf starken Medikamenten, wer weiß, wie die auf ihren Kopf gewirkt haben? Sie hat mich genannt, weil ich in der Öffentlichkeit steh. Man schießt auf die Scheibe, die man sieht.«

»Glauben Sie das? Wirklich? Glauben Sie, dass meine Mutter auf ihrem Totenbett den nennt, den sie zufällig am Abend davor in den Nachrichten gesehen hat? Ich weiß, wo meine Mutter im Winter 1961 war. Wieso verheimlichen Sie, wo Sie damals waren? Wir könnten doch alles leicht klären.«

»Ich schuld dir keine Antworten, verstehst du.«

»Sie war eingesperrt, Zwangsarbeiterin. Sie war in einem Lager.«

»In Skrawena?«, rutscht mir raus.

»Sie wissen es also.«

»Wo soll sie sonst gewesen sein, gab kein anderes Lager für Frauen.«

»Sie wissen alles, aber wo Sie waren, da erinnern Sie sich nicht mehr dran?«

»Doch, im Amt war ich, in der Hauptstadt, am Schreibtisch.«

»Und Sie waren nie in Skrawena?«

»Ab und zu auf Dienstreise, natürlich, ergibt sich, kann man nicht vermeiden.«

»Und wohin führten diese Reisen, daran werden Sie sich doch erinnern können?«

»Hier und dort, Inland meist, dauerten nie lange, einige Tage, nicht lange genug, um es sich gemütlich zu machen.«

»Waren Sie in Lowetsch?«

»Wie kommst du jetzt auf Lowetsch?«

»Waren Sie dort? Antworten Sie mir doch.«

»Was fällt dir ein, mich so auszufragen!«

»Sie wollten doch dieses Missverständnis ausräumen, hatten Sie sich das nicht vorgenommen?«

»Mädchen, ich bin nahe dran, dich rauszuwerfen.«

»Aus einem Café?«

»Dann geh ich halt.«

»Sie waren in Lowetsch, was lügen Sie mich an, wieso tun Sie das? Und bestimmt auch in Skrawena, das muss so gewesen sein, das lag in der Nähe, das wissen Sie genau, die Steinbrüche ...«

»Du musst mir keine Vorträge halten, ich war informiert.«

»Also doch.«

»Ich war dort. Na und?«

»Lowetsch und Skrawena. Ein Lager für die Männer, ein Lager für die Frauen. So war es doch. Meine Mutter war dort ein Jahr lang eingesperrt. Sie haben sie gekannt, Sie müssen Sie gekannt haben. Was haben Sie mit ihr gemacht. Ein Jahr Zwangsarbeit. Todesangst. Haben Sie ihre Lage ausgenutzt?«

»Wie stellst du dir das vor? Ich hatte keinen direkten Kontakt zu den Lageristinnen. Die Aufsicht vor Ort, das waren lauter Frauen. Was für wirre Sachen redest du dir ein?«

»Wieso sollte meine Mutter lügen? Sie sind mein Vater, das hat sie gesagt, das erfindet sie doch nicht. Ich will es wissen, ich muss es wissen, wenigstens jetzt, auch wenn es zu spät ist. Ich habe über das Lager so wenig erfahren können. So viel Leid, wie kann es sein, dass niemand darüber schreibt?«

»Von wegen. Die zerreißen sich doch die Zungen darüber. Gibt es keine anderen Probleme? Das meiste ist übertrieben, Mädchen.«

»Das können Sie ja am besten beurteilen.«

»Man will uns nachträglich schlecht machen. Schmutzige Politik, sonst nichts. Darfst nicht alles glauben, was du hörst.«

»Ich glaube meiner Mutter.«

»Wann hat sie's dir denn gestanden? Auf dem Totenbett, oder?«

»Nein, das mit dem Lager wusste ich schon. Einige Jahre früher lief im Fernsehen ein Film. Am Anfang wurde ein Lager gezeigt, so begann er, und kurz darauf war es vorbei ... gestanden? Haben Sie ›gestanden‹ gesagt. Wie können Sie nur so ein Wort benutzen?«

»Ein Wort, was ist schon dabei. Reg dich doch nicht so auf. Was war dann?«

»Ich habe ihre Hand genommen, ich habe sie geknetet, die erste Szene des Films, und sie erstarrte, wurde kalt, unsere Schultern haben sich berührt, sie hat nichts gesagt, nicht währenddessen und nicht danach, sie war wie ein Stein. Am nächsten Tag ist sie verschwunden und hat mir einen Brief zurückgelassen, in dem sie mir von Skrawena berichtete. Ganz knapp, einige Zeilen nur, dass sie unschuldig dort eingesperrt war, dass sie den Hunger und die Kälte kaum überlebt hat, dass sie gezwungen war, darüber zu schweigen, niemandem etwas zu sagen, nicht einmal ihrer eigenen Tochter. Sie kam nach einigen Tagen zurück, aber sie wollte nicht mehr darüber reden, nie wieder.«

»Kann ich den Brief sehen?«

»Wieso? Sie wollen mich doch glauben machen, Sie hätten meine Mutter nicht gekannt?«

»Sehr konspirativ, die Sache, findest du nicht auch? Weckt Misstrauen.«

»Sie sind ein Unmensch. Sie wissen doch, was dort geschehen ist ...«

»Was soll ich wissen? Gefängnis ist Gefängnis, Lager ist Lager, überall auf der Welt, wer sich gegen die Gesellschaft wendet, der wird bestraft, wie soll's anders funktionieren?«

»Sie war unschuldig.«

»Natürlich, im Nachhinein sind alle unschuldig. Alle sind immer so verdammt unschuldig. Glaubst du wirklich, es gab damals keine Kriminellen und keine Faschisten, die ganze Gesellschaft gehorsam bis in die Haarspitzen, nur wir waren die Bösen, weil wir lauter Unschuldige verfolgt haben?«

»Ich rede nur von meiner Mutter. Sie war Teil einer Clique, soweit ich weiß, Freunde, sie verbrachten die ganze Freizeit zusammen ...«

»Lungerten herum!«

»... mussten sie bestraft werden, weil sie sich geweigert haben, an Kundgebungen teilzunehmen, weil sie Musik aus dem Westen gehört haben?«

»Ich will ja nicht schlecht über die Toten reden, schon gar nicht über deine Mutter, aber was sie wirklich getan hat, wird sie dir nicht auf die Nase binden. Es ist schwierig, an die Wahrheit ranzukommen, das ist knüppelharte Arbeit. Jeder versteckt sie tief in seinem Inneren. So lange kannst du die Leute gar nicht schütteln, bis sie die ganze Wahrheit rausrücken.«

»Was haben Sie in Lowetsch und Skrawena zu tun gehabt?«

»Selbst wenn ich dort war, ich darf's dir nicht sagen. Amtsgeheimnis, ich hab einen Eid geschworen. Außerdem, ich hatte nur Aufsichtsfunktion, sonst nichts. Mein Vorgesetzter, der hatte drei kleine Kinder und mächtig Übergewicht, der hat mich die Dienstreisen machen lassen. Die Entscheidungen, die hat er getroffen.«

»Aufsicht? Das klingt so harmlos. Aufsicht über was?«

»Amtsgeheimnis. Hörst du mir nicht zu? So viel sag ich dir, die Lager standen im Fokus, ein neuer Ansatz, Umerziehung für die, die keinen Beitrag zur Gesellschaft leisten wollten. Die Order kam direkt von oben, von Spassow selbst, der war oft dort, der war direkt involviert. Dem war jedes Detail wichtig.«

»Wer war Spassow?«

»Tut jetzt nichts zur Sache. Unter uns gesagt, wir hatten mächtig Zweifel, ob's der richtige Weg war, rein sicherheitstechnisch gesprochen, natürlich.«

»Wie können Sie so reden?«

»Du verstehst schon, wie ich's mein. Ich hielt's für gescheitert. Stand mit meiner Meinung nicht allein da. Wir Kritiker haben uns durchgesetzt, die Lager wurden bald wieder geschlossen. Das steht in meinen Berichten.«

»Steht in den Berichten auch, wie die Menschen dort geschunden wurden?«

»Sei nicht naiv, Mädchen. Haft ist nicht Hotel. Wieso soll der Staat für Gesetzesbrecher auch noch zahlen? Die mussten arbeiten, wie alle anderen auch …«

»Meine Mutter hatte keine Gesetze gebrochen!«

»Hör zu, ich kann rausfinden, wieso deine Mutter im Lager war, für wie lange, ob's besondere Vorkommnisse gab. Du musst nicht beim Archiv Schlange stehen.«

»Können Sie herausfinden, ob Sie mein Vater sind?«

»Du musst dich von dieser Obsession befreien, die ist nicht gesund. Du übersiehst eine Kleinigkeit. Es muss zu was gekommen sein, was unmöglich ist. Undenkbar, hörst du, so was gab's bei mir nicht.«

Spassow war 'ne Bestie, hat selber Hand angelegt, der genoss es, weh zu tun. Fuhr oft nach Lowetsch, öfter als professionell nötig. Hat mit einigen seiner Leute gesoffen und sich Lageristen bringen lassen, die hat er geschlagen, manchmal totgeschlagen. Die Leichen wurden in Säcke getan und an die Wand gelehnt, bis sie weggeschafft wurden. Völlig unprofessionell.

Aber so was darf nicht bekannt werden. Die Gegner sind bösartig, die nehmen so 'nen Ausrutscher, hängen den an die große Glocke und schlagen die, bis nichts anderes zu hören ist.

1949 erzählt

Der Morgenappell wird dirigiert von zwei Glockenschlägen. Beim ersten Schlag reihen sie sich vor dem Haupteingang des Gymnasiums in Formation auf, in einem langgezogenen kyrillischen »Р« (P wie Parade wie Propaganda). Sie können die Worte des Rektors kaum hören, so sehr reißt sich die Irre Jana ums Frühjahr, schlägt wild um sich, wächst über die Ufer hinaus, verschleppt Steine, entwurzelt Bäume. Die Aufgestellten blicken starr zum Eingang, eingeteilt in Kohorten von fünfundzwanzig Schülern, fünf pro Reihe, der größte unter ihnen am rechten vorderen Eck. Beim zweiten Glockenschlag marschieren die Schüler drei Stufen hinauf ins Gebäude, unter ihren Füßen Mosaikboden, die Ältesten vorneweg, dahinter in abnehmenden Altersstufen der Rest bis zur Nachhut.

»Hörst du die Glocken?«

»Nein, *diado*, das sind die falschen Glocken.«

»Es hat geläutet, wir müssen los.«

»Das sind andere Glocken.«

»Wir müssen das Fuhrwerk beladen, schnell, wir müssen das Getreide in die Stadt bringen, sonst schlagen sie uns wieder.«

»*Diado*, du hast recht, wir müssen ihnen das Getreide bringen, aber das sind nicht die Glocken, die für uns bestimmt sind.«

»Ich will nicht wieder in den Keller.«

»Das wird nicht passieren.«

»Wieso tut ihr mich in den Keller, hab ich gefragt. Ihr wolltet Honig von mir, aber ich bin kein Imker. Steuern kann ich zahlen, Honig kann ich nicht liefern.«

»Wir werden das Getreide hinbringen.«

»Alles knüpfen sie uns ab.«

»Ja, *diado*, alles.«

»Nicht den Zehnten, den Ganzen.«

»Ja, den Ganzen.«

Auf fünfundvierzig Minuten Geschichtsunterricht folgt eine Pause von einer Viertelstunde. Zeit genug, mit Kieselsteinen auf die Baumstämme zu zielen. Die Irre Jana faucht und wütet, schlägt gegen den Felsen unter der Brücke, spritzt in die neugierigen Gesichter.

»Wie die Lehrerin dich in die Mangel genommen hat.«

»Ich war in Sorge.«

»Ich tu einer Frau doch nichts.«

»Angst um dich, Blödian.«

»Was hat die dir Löcher in den Bauch gefragt ... *Du glaubst wohl nicht an Bildung!*«

»Nein, Genossin Lehrerin, bin eher ein Zweifler.«

»Hast du nicht gesagt, hast dich nicht getraut.«

»Ich zweifle an dem Vater Marx, an dem Sohn Lenin und an der unbefleckten Partei.«

»Traust dich eh nicht.«

»Ich zweifle an dem Vater Marx ...«

»Das reicht.«

»Ich zweifle an dem Sohn Lenin ...«

»Hör auf.«

»Das Zweifelsbekenntnis muss dreimal wiederholt werden, der Ritus verlangt's.«

»Hör jetzt auf damit.«

»Hinein ins böse Spiel.«

»Und du hältst die Klappe.«

Es haben sich sage und schreibe einhundertsiebenundzwanzig Landeigentümer geweigert, ihre Felder, ihre Tiere, ihre Geräte an die Landwirtschaftliche Produktionsgenossenschaft abzugeben. Taub auf beiden Ohren, die lassen sich von Glocken und Glöcknern nichts vorschreiben. Ab ins Lager, sechs Monate, zum Auskurieren ihrer Schwerhörigkeit. Ein Exempel statuieren für die Ängstlichen und Zaghaften. Nach einem halben Jahr unterschreiben sie ohne weitere Aufforderung eine Erklärung, dass sie ihren Besitz freiwillig an den Staat abgeben.

»Die Requisition läuft wie geschmiert, Agop.«

Narziss erfüllt die Vorgaben aus der Hauptstadt, er lässt alles in Grund und Boden konfiszieren.

»Die Kontrollen, das hast du nicht gesehen, wirkungsvoll wie sonst noch was. Dumm geschaut haben sie, als wir in der Früh dastanden, die ganze Straße blockiert. Viel musste nicht gesagt werden: Umkehren. Sofort. Feldarbeit gibt es nur in der Kolchose. Oder habt ihr etwa beschlossen, Bourgeoise zu werden? Das Getreide in die Stadt, die arbeitende Klasse muss was zu essen kriegen. Bis morgen habt ihr Zeit, der LPG beizutreten. Verstanden? Oder wollt ihr noch mal in den Keller?«

»Und alle gehorchten?«

»Fast. Da war ein Opa, starrsinnig, ein alter Geizhals, seinen Arsch kriegst du nicht mal mit 'nem Dampfhammer auf. Hat gleich seine Pferde angetrieben, dachte wohl, er kommt so durch. Einer unserer Jungs musste aufspringen, ihm die Zügel aus den Händen reißen. Wir haben ihm Hände und Füße gefesselt, ihn auf die Straße gelegt, bergab geht's dort, bis zu den Feldern, ein schönes Stück bergab. Unsere Jungs treten, er rollt. Seine Söhne, seine Enkel gaffen, wie der Alte Fahrt aufnimmt. Wie der stöhnt und ächzt. Was spielt der sich so auf, wenn er nichts verträgt. Und wie's der Zufall lustig findet, dort, wo er liegen bleibt, ist eine Tränke, also ab ins Wasser mit ihm. Der hat sich gut gewaschen. Nass bis auf die Knochen. Der

Alte musste nach Hause laufen. Wir haben die Pferde und den Karren gleich konfisziert. Dreimal darfst du raten, wer am Nachmittag die Erklärung unterschrieben hat? Sein Sohn. Willkommen in der LPG. Der Opa liegt bestimmt in ein Lammfell gewickelt und träumt von süßeren Kirschen.«

Die Irre Jana schleppt eine tote Ziege mit, deren rechtes Auge starrt auf die Schüler am Ufer, versammelt zur Pause nach der zweiten Stunde. Mathematik, gnadenlose Formeln. Der Alte hat das Fuhrwerk mit Hilfe seines Sohnes beladen, er wartet auf Glockenschläge, die ihm gelten, und Narziss lehnt sich zurück, es läuft alles so gut, hinter einem langgezogenen, massiven Tisch, den er sich in sein Büro hat zimmern lassen. Agops Hände gleiten über die Tischkante, er zieht die Augenbrauen hoch.

»Gerade du wirst das doch verstehen, Agop. So ein Tisch vermittelt Autorität. Das ist eine Ansage: Hier wird seriös gearbeitet. Was für eine Wirkung soll von einem mickrigen Tisch ausgehen?«

»Du willst die Leute mit einem Tisch einschüchtern?«

»Imponieren eher, animieren, inspirieren.«

»Manchmal redest du wie ein zerrissenes Wörterbuch.«

»Wirkung, Agop, Wirkung ist wichtig. Auf die kommt es an.«

»Wir wirken anders als ihr.«

»Die Hände und die Füße, unterschiedlich befähigt, die Partei und der Staat, die einen filigraner, die anderen handfester.«

»Und wer von uns ist nun die Hand und wer der Fuß?«

»Nicht so genau nehmen, Agop, Unterschiede sind ein Gewinn, wer wird die gegeneinander aufrechnen wollen, wir benötigen die Vielfalt der Mittel.«

»Jetzt hab ich's kapiert. Du glaubst wohl, wenn du genug Abstand wahrst, kann dir keiner an die Gurgel?«

Nun, da der Waldboden getrocknet ist und der Tag der Arbeit abgefeiert, marschieren die Schulklassen in bewährter Formation nach

Oborischte hinaus, um in einer Lichtung des Laubmischwalds die Versammlung der ersten freien Vertreter dieses Volkes zu ehren, die vor gut einem Menschenleben konstituiert wurde. Beim Morgenappell hat der Rektor, seine Worte sind besser vernehmbar, seitdem das Schmelzwasser der Irren Jana abgeflossen ist, von Ehre gesprochen, von der Ehre, die den Schülern zuteil wird, erfahren sie doch die seltene Gelegenheit, den Helden der Vergangenheit ebenso Ehre zu erweisen wie den Helden der Gegenwart, es hätten sich hochrangige Mitglieder der Regierung, der Partei, angekündigt.

»Wir haben klare Anweisungen.«

»Dann halten wir uns daran.«

»Nicht so einfach, entlang der Strecke alle zwanzig Meter eine Wache aufstellen.«

»Entlang der ganzen Strecke?«

»Für einen Studierten bist du manchmal richtig dämlich.«

»Das sind mehr als zehn Kilometer, wie soll das gehen?«

»Wir haben personelle Unterstützung angefordert.«

»Und die Sicherung des Geländes?«

»Ist schon überall nach Minen abgesucht. Jetzt darf keiner mehr hinein.«

»Ein Cordon sanitaire.«

»Ist das russisch?«

»Militärisch.«

»Das wüsste ich.«

»Wir müssen aufpassen, es werden eine Menge Schüler dort sein, und die Stimmung unter den Schülern, da sind einige, denen nicht zu trauen ist...«

Im Wald, inmitten uralter Eichen, eine engbeschriebene Tafel mit den Namen der Parlamentarier von einst. Eine erste Rede. Sechzig unsterbliche Namen, sechzig Helden, sechzig Vorbilder. Eine zweite Rede. Genaugenommen neunundfünfzig Namen. Eine dritte Rede. Ein Name, ein einziger Name, ist ausgekratzt. Eine vierte Rede. Der

Verräter. Und weil sein Name ausgekratzt ist, kennen ihn alle Schüler.

»Wisst ihr«, flüstert einer während der fünften Rede seinen Freunden zu, »während der türkischen Zeit gab's bei uns in der Stadt grad mal drei Polizisten. Heute sind's achtzig.«

»Was lernen wir daraus?«, zischt ein anderer.

»Das Volk muss vor sich selbst geschützt werden.«

»Umso mehr, wenn's an der Macht ist.«

»Es lebe der Fortschritt.«

KONSTANTIN

Ich hatte gehofft, dass sie angesichts der Hast, mit der sie demokratischen Dekor über ihre Diktatur hängten, Belastendes in den Dossiers übersehen haben könnten. Bislang hat sich diese Hoffnung nicht erfüllt. Die Akten, die mir bis dato übergeben worden sind, deuten auf systematische Verschleierung hin. Sie sind gereinigt worden wie eine Wunde von einem beflissenen Arzt, jede Fäulnis, jeder Eiter abgekratzt, alles sorgsam desinfiziert. Trotzdem stinkt es. Die Dokumente, die mir nach drei Mappen mit Prozessakten ausgehändigt werden, befassen sich mit meiner Jugend. Das Wort ist kaum adäquat, es gab keine Jugend für einen, der aus dem Jugendbund ausgeschlossen wurde. In den wenigen Jahren seit dem Einmarsch der Roten Armee hatten sie ein weitreichendes Netzwerk von Spionen gesponnen, bis in die Schulen hinein. Sie leisteten ganze Spitzelarbeit. Oft wird mein Vater erwähnt. Als Erzeuger eines ungezügelten, gefährlichen Jugendlichen. Reduziert zu einer Fußnote. Beim Prozess waren seine Blicke voller Bedauern. So als habe er versagt, weil er das, was mir bevorstand, nicht hatte verhindern können. Er glaubte, für das Unglück mitverantwortlich zu sein, durch seine eigene Einkerkerung, durch seine Bibliothek, in der weder Proudhon noch Bakunin oder Kropotkin fehlten, durch seinen streng vorgelebten Gerechtigkeitssinn. Mutter wurde von Zorn getrieben, Vater von Trauer gelähmt. Gerne hätte ich ihm die Pein erspart, aber wir wussten zu diesem Zeitpunkt beide, dass der eingeschlagene Weg keine Abzweigung vorsah. Gemeinsame Erlebnisse lagen schon Jahre zurück. Vater hatte die Dörfer der Umgebung medizinisch zu versorgen, Dörfer an Hängen, hinter Wäldern, ein Dutzend zusammengekauerter Häuser ohne feste Straßen. Wenn er gerufen wurde, brach er umgehend auf, zu jeder Tageszeit, das festigte seine Reputation, das ruinierte seine Gesundheit. Er bat mich, das Taxi zu holen, ich lief los, in kurzen Hosen, ich lief so schnell ich konnte, weil ich mir einbildete, ein Menschenleben hinge davon ab, von den Sekunden, die ich einsparen konnte, weil ich Abkürzungen nahm, weil ich nicht der Schnellste, aber der Ausdauerndste war. Manchmal, wenn die Hausaufgaben erledigt waren, wenn ich Mutter nicht im Haushalt zu helfen hatte, nahm er mich mit, wir fuhren in die »Kolonien«, nach Süden oder in ein abgelegenes Dorf in den Hügeln, zu einem verletzten Jungen, einer hustenden Alten, zu einem kranken Mann, einem Lastenträger, einem Hilfsarbeiter. Es stank nach Gas. Die *tschergi* bedeckten in der Mitte der Kate den Lehmboden, auf dem Tisch lagen Ahlen, Zickzackscheren, Fingerhüte. Ein Schneider offenbar, ein Schuhmacher, aber ohne Werkstatt. In der Ecke kauerte ein Jugendlicher, älter als ich, ich lugte neugierig zu ihm hinüber, er starrte auf seinen Vater, die ganze Zeit, als wollte er durch seinen Starrsinn dessen Genesung erzwingen. Er schien mich nicht wahrzunehmen. Die lehmigen Wände beengten mich.

»Was schulde ich Ihnen?«, fragte die heisere Stimme des Kranken zum Abschied.

»Wissen Sie was, Herr Popow, ich habe ein Paar Schuhe in der Tasche, die sind arg ramponiert, seit Wochen will ich sie zum Schuster bringen und komme nicht dazu. Würden Sie dieses Paar neu besohlen? Ausbessern, was halt getan werden kann?«

»Danke, Doktor«, murmelte der Kranke, »das werde ich machen, sobald ich wieder auf den Beinen bin.«

Der Junge in der Ecke sah uns nicht an, auch nicht zum Abschied.

»Aber Vater«, sagte ich auf der Rückfahrt, »das ausgelatschte Paar, das wolltest du doch wegwerfen.«

»Da siehst du mal, wozu ein altes Paar Schuhe gut ist.«

Ich bemühte mich zu verstehen. Bei anderen armen Patienten hatte Vater gesagt: »Die Reichen werden für dich bezahlen.«

Der Lastenträger konnte nicht zahlen. Vater hatte andere umsonst behandelt. Oder Eier angenommen. Einmal sogar einen Hammel.

»Stimmt's, es hätte ihn erniedrigt, wenn du nichts verlangt hättest?«

»Er ist ein stolzer Mann, politisch aktiv, Kommunist, vermute ich, es gibt Gerüchte. Behalt das für dich.«

»Wo ist seine Frau?«

»Gestorben, vor einiger Zeit. Sie haben keinen Arzt gerufen.«

»Wo warst du?«

»Eingezogen, mit den Besatzungstruppen in Serbien. Schusswunden geflickt.«

Der Beruf meines Vaters war mir rätselhaft. Er misstraute einfachen Erklärungen, er heilte ohne großes Aufheben. Das Bemerkenswerte an der Medizin, sagte er, seien die engen Grenzen ihres Einflusses.

Der schweigende Jugendliche, dessen Vater Schuhe oder Kleidung flickte, wenn es keine Lasten zu tragen gab, dessen Familie sich selbst versorgte mit dem wenigen, was sie im Garten vor ihrer düsteren Kate anbauten, dieser stur vor sich hinstarrende Jugendliche betrat meine Zelle.

»Du hast dich beschwert, Scheitanow?«

»Man erstickt hier fast.«

»Du hast recht, etwas heiß hier drin. Die Heizung ist ja voll an. Was für Trottel waren da am Werk. Draußen wird's endlich warm, da drehen sie die Heizung auf. Wird sich geben, das merken die bestimmt bald. Ist ja die reinste Verschwendung.«

»Es ist unerträglich.«

»Dann wollen wir Abhilfe schaffen.«

Metodi ließ einen Schemel hereintragen, auf den ich mich setzen musste, den Blick auf das Guckloch gerichtet. Kaum schloss ich die Augen, ruckte die Tür auf, die Wache schlug mir auf den Kopf, auf den Ellenbogen, die Tür wieder zu. In der Zelle zuvor hatte ein kalter Wind über die Pritsche gefegt, das Fenster hinter dem Gitter war zerschlagen gewesen, die Wärter hatten einen Kübel Wasser über den Boden gegossen. Nun tropfte mir Schweiß über die Stirn auf die Nase, den Mund, das Kinn, ich leckte die Schweißtropfen ab, mit einer hastigen Bewegung der Zunge.

»Augen aufhalten, nicht bewegen.«

Wenn ich auf dem Brett lag, hinter dem Gitter, fielen von der Decke Wanzen auf mich herab. Instinktiv zerdrückte ich sie. Der Gestank setzte sich in meiner Haut fest. Ich wurde abgeholt, zu einem weiteren Verhör. Metodi war anwesend. Als er mein Gesicht sah, schrie er die Wärter an, wer mich blutig geschlagen, wer sich nicht an die Befehle gehalten habe, der Gefangene sei tagsüber nicht anzurühren. Wer hat das getan?, fuhr er mich an. Niemand, antwortete ich ihm. Er hielt mir einen kleinen Taschenspiegel hin. Mein Gesicht war blutbedeckt. Er beruhigte sich, als ich ihm den Grund erklärte. Wanzen, soso, Wanzen! Dann begann er mit der Befragung, Schlag um Schlag. Er war besoffen, seine Augen wüteten. Im Suff war ihm die Geduld abhandengekommen. Auf einmal verstand ich nicht mehr, was er sagte, seine Worte drangen nicht mehr durch die Schmerzen hindurch. Die Schläge galten nicht mir, berührten mich nicht, ich war Zuschauer, da stand einer, Faust, offene Hand … das ist weit weg, es geht mich nichts an, auf dem Boden krümmt sich einer … er muss meine Entrückung gespürt haben, er sprang auf meinen Rücken mit beiden Füßen, der Schmerz spießte mich auf … ich muss jetzt gehen … jetzt muss ich gehen … wohin soll ich gehen?

Nebelschmerz.

Aus der Bewusstlosigkeit erwacht, schnitt mir eine Rasierklinge in den Bauch, Nadeln stachen mir in die Augen. Ich sah auf meinen Körper herab, ein Wrack. Zum ersten Mal in meinem Leben spürte ich Angst, panische Angst, mein Gewissen zu verlieren, jemanden zu verraten, etwas zu unterschreiben. Ich begriff, dass ich mein Leben nur retten konnte, wenn ich meine Menschlichkeit aufgab.

»Wovon träumst du«, fragte mich Dora gestern unvermittelt vor dem Fahrstuhl. Eine merkwürdige Frage an jemanden, der unter Schlaflosigkeit leidet.

»Von nichts. Mein Schlaf dauert für Träume nicht lang genug.«

»Und früher?«

»Lange habe ich geträumt, dass ich exekutiert werde.«

»Das ist ja grauenvoll.«

»Nein, man gewöhnt sich daran. Ich träumte sogar, dass ich die Gewehrkugeln heraushole, mit meinen Fingern. Im Traum wurde ich auf altmodische Weise exekutiert, ein Kommando, ich aufgestellt vor einer Wand. Die romantische Vorstellung, der laute Befehl, das Krachen der Gewehrsalven.«

»Das ist dir erspart geblieben.«

»Die Hinrichtung wäre ohnehin nicht auf diese Art vorgenommen worden.«

»Nicht?«

»Sie hatten die Exekutionen humanisiert, wie sie es nannten. Der Verurteilte saß in der Todeszelle, er sollte angeblich fotografiert werden. Ein Befehl: Aufrecht hinsetzen, die Kamera vor ihm, hinter ihm einer mit dem Revolver, die Mündung auf das Genick gerichtet. Still sitzen, nicht bewegen, ein Schuss, die Leiche weggeschleppt, das Blut aufgewischt.«

»Aber wieso hast du so was geträumt, du bist doch nicht zum Tode verurteilt worden?«

»Jeden Morgen um fünf hörst du die Ketten der zum Tode Verurteilten, die dürfen als Erste auf die Toilette, du hörst das Scheppern der Ketten, die sie auf dem Arm tragen, dreißig Kilo schwere Fußfesseln. Du siehst sie nicht, du hörst sie nur, du zählst die Sekunden, bis das Klirren verklingt, dann weißt du genau, wer keine Ketten mehr schleppen muss.«

»Wie können Menschen anderen Menschen so was antun?«

»Im Lager pflegte einer zu sagen: Die Feigheit ist die Grenze der Grausamkeit, aber die Feigheit kennt keine Grenzen.«

Der Fahrstuhl führt uns nach unten. Es gelingt mir, jedes Gespräch zum Verstummen zu bringen. Das bedauere ich gelegentlich, vor allem bei Begegnungen mit Dora. Es gibt keine elegante Antwort auf ihre Fragen. Wenn ich schweige, würde sich etwas zwischen uns auftürmen. Wenn ich erzählte, würde sich ein Schatten auf das legen, was zwischen uns sein könnte.

Ich besteige ein Taxi, das gerade einen Gast abgeladen hat. Das war so nicht geplant, aber mein Knie schmerzt so sehr, ich traue mir den Weg zur Busstation nicht zu. Die ehrlichen Taxifahrer muss man sich merken. Ich frage, wie viel es kosten wird zum Verfassungsgericht. Er weiß nicht, wo es sich befindet. Ich erkläre es ihm, wir einigen uns auf den Preis. Er entschuldigt sich, er habe noch nie einen Fahrgast dorthin bringen müssen. Im Radio erklärt der Innenminister mit entschiedener Stimme der Mafia im Land den Krieg.

»Schon wieder!«, brummt der Taxifahrer.

»Wirkliche Kriege werden nur einmal erklärt«, sage ich.

Er dreht sich interessiert zu mir um.

»Bist du etwa Richter dort?«

»Du willst mich beleidigen.«

»Wenn du Richter wärst, könnt ich dir Geschichten erzählen, dass du mal mitkriegst, was hier los ist ...«

Er erzählt trotzdem, obwohl ich kein Richter bin, die Ampeln leuchten überwiegend grün. Als er vor dem Gericht hält, hat seine

Familie das zurückgegebene, einst enteignete Grundstück ein weiteres Mal verloren, entschädigt mit einem Eimer unreifer Zwetschgen. Er rundet den Preis nach unten ab, ich gebe ihm einen Lew Trinkgeld. Ich humple durch die Arkaden. Als hohen Richter habe ich ihn erst letzte Woche kennengelernt; früher war er mein Schulfreund. Die Sozialdemokraten hatten zu einer öffentlichen Diskussion ins Hotel Zografski geladen. Ein kleinwüchsiger Mann kam nach der Veranstaltung auf mich zu, mit feuchten Augen.

»Kannst du dich an mich erinnern?«

Im ersten Augenblick wollte ich nein sagen. Im nächsten hörte ich mich antworten:

»Beron Nedeltschew.«

»Ach, du erinnerst dich.«

»Wir waren Freunde.«

»Ja, das waren wir.«

Nach einigen Fragen und Gegenfragen überreichte er mir seine Visitenkarte. Richter am Verfassungsgericht! Ich bat ihn um eine Unterredung in seinem Büro.

»Ruf mich an, ich werde meiner Sekretärin Bescheid geben, verzeih die Formalität.«

Es ist ein feudales Kabinett, das ich betrete, etwa zwanzig Meter lang, am entgegengesetzten Ende ein gewaltiger Schreibtisch, dahinter ein entsprechend dimensionierter Ledersessel.

»Ich hätte es gern gemütlicher, aber die Zimmer werden einem zugeteilt, was soll ich machen.«

»Der Vizepräsident des Landes verfügt höchstens über dreißig Quadratmeter mehr.«

Verständnislosigkeit huscht über sein Gesicht, ehe er in ein nach vorn geschubstes Lachen ausbricht.

»Ich sehe, du hast deinen bissigen Humor nicht verloren, sehr gut, sehr gut.«

Er deutet auf eine Sitzecke. Er bietet mir etwas zu trinken an. Er empfiehlt das Gebäck, das auf einem Porzellanteller die Tischmitte markiert. Er erkundigt sich nach meinem Leben wie nach einem Fußballergebnis.

»Gefängnis, Lager, Gefängnis, Irrenanstalt, Gefängnis, Lager, Universität, Schwerstarbeit auf dem Bau. Und bei dir?«

Er rührt seine Verlegenheit in den Tee hinein, nimmt den Löffel heraus, leckt ihn mit einem Schmatzer ab.

»Es wäre mir eine große Freude, ausführlicher mit dir zu plaudern, am Abend mal, du solltest zu uns nach Hause kommen, damit wir das Glas heben, zwei Jungs aus Panagjurischte ...«

»Und so weit gekommen.«

»Was brennt dir auf der Seele?«

Was tust du hier, Konstantin, geht mir durch den Kopf, als Anarchist bei einem Verfassungsrichter antichambrieren? Ach, in mageren Zeiten frisst der Teufel Fliegen.

»Ich denke, es müsste unbedingt ein Prozess gegen die ehemalige Staatssicherheit geführt werden.«

»Kollektive Anklagen sind vom Gesetzgeber nicht vorgesehen.«

»Das weiß ich wohl, der Prozess müsste natürlich gegen bestimmte Offiziere wegen konkreter Verbrechen geführt werden, ebenso gegen Zuträger, deren Informationen zu Todesstrafen geführt haben. Letzteres wird meist übersehen.«

»Du denkst wie ein Jurist, meine Hochachtung, aber was die Staatsanwaltschaft daran hindert, das sind die Verjährungsbestimmungen, das weißt du bestimmt auch.«

»Nicht wenn man Artikel 14 des Strafgesetzbuches heranzieht, nicht bei Verbrechen gegen die Menschheit, die Menschlichkeit und den Frieden.«

»Artikel 14, das ist ein Gedanke, nicht ganz neu, aber ein Gedanke, wird schon diskutiert, selbstverständlich, es müssen alle Optionen geprüft werden. Reizvoll zu klären, was unter Verbrechen, die keiner Verjährung unterliegen, zu subsumieren wäre. Eine Schwierigkeit sehe ich darin, dass es so einen Prozess bei uns noch nie gegeben hat. Nicht nur bei uns nicht, nirgendwo im Ostblock.«

»Es wäre ein Präzedenzfall.«

»Präzedenzfälle sind eine haarige Angelegenheit. Wir benötigen eine solide Expertise, ob es sich bei den betreffenden Vorfällen tatsächlich um Verbrechen und bei diesen Verbrechen tatsächlich um Verbrechen gegen die Menschlichkeit gehandelt hat. Da muss ich mich mit dem Generalstaatsanwalt beraten.«

»Das wird bestimmt ewig dauern.«

»Na, so lange auch wieder nicht. Ruf mich doch in einigen Wochen wieder an. Dann werde ich dir berichten können, was bei den Gesprächen herausgekommen ist.«

Der Abschied ist herzlich. Ich glaube ihm kein Wort. Als ich nach drei Wochen anrufe, teilt mir die Sekretärin mit, der Richter sei außer Haus.

»Wann erwarten Sie ihn zurück?«

»Rufen Sie bitte morgen Nachmittag oder übermorgen wieder an.«

Die Sekretärin hat wohl übersehen, wie sich in der Folge herausstellt, dass zwei Tage später die Hochzeit seines Neffen gefeiert wird, unmittelbar danach ihm eine Auslandsreise bevorsteht, gefolgt von einer wichtigen Konferenz. Ich hinterlasse meine Telefonnummer, der Richter ruft nicht zurück. Im Fernsehen erklärt der Herr Richter, ein Prozess gegen die Staatssicherheit sei nicht möglich, da eine kollektive Anklage von den Gesetzen des Landes nicht vorgesehen sei. Ich verfluche ihn, ärgere mich über mich selbst, dass ich mich überhaupt mit bürgerlichen Gesetzen und verlogenen Richtern abgebe, die keine andere Funktion haben, als die Macht zu stützen. Wieso war er bereit, sich mit mir zu treffen? Wollte er mich nach meinen Plänen aushorchen? Hat er einen Anfall von Nostalgie verspürt, der innerhalb unseres viertelstündigen Gesprächs verflogen ist? Oder war er einfach nur neugierig auf dieses merkwürdige Wesen, das vor langer Zeit einmal sein Freund gewesen war?

(aus dem archiv der staatssicherheit)

Abschrift

14. Juni 1950

Am 12. d. M. traf ich mich mit Kosjo (K.M.S.), der mir unter anderem sagte, es sei sinnlos, dicke Bücher über die Demokratie zu lesen. Es gibt zwei Arten davon: eine westliche und eine östliche. Bei der westlichen gibt es einen Haufen Halwa und einen Haufen Scheiße – und du kannst zwischen den beiden wählen, wie du lustig bist. Die gleichen Haufen gibt's auch bei der östlichen, nur daß du dort die Scheiße frißt, aber so tust, als ob es Halwa ist.
Kosjo sagte mir noch, daß Lenin und Stalin gar nicht so große Freunde gewesen seien, wie man es uns einzureden versucht.. Solange Lenin noch am Leben war, habe man nicht viel von Stalin gehört. Sein engster Freund sei Trotzki gewesen. Nach Lenins Tod sei es Stalin gelungen, die Macht an sich zu reißen, und er habe angefangen, Trotzki zu verfolgen, bis einer seiner Agenten ihn in Mexiko mit einem Eispickel getötet habe.
Die Aufsätze von Lenin, die man uns heute unterjuble, seien gar nicht die Originaltexte. Sie seien überarbeitet. Manches, was nicht nach Stalins Geschmack war, sei weggelassen worden.

Stalin sei ein Nationalist geworden wie Hitler,
deshalb seien seine Aufsätze in einem opportunistisch-hurrapatriotischen Geist und Stil verfaßt,
der dem revolutionären Arbeiter fremd sei. Ich
antwortete ihm: Ich habe Texte von Stalin gelesen,
und sein Stil ist wirklich schwierig. Und ich
habe nur wenig von dem Geschriebenen verstanden ...

METODI

Muss mir was überziehen, gestern ist's mit einem Schlag wärmer geworden, trotzdem, wenn's mild wird im Frühjahr, gilt's aufpassen, bevor du dich versiehst, hast dir 'ne Erkältung eingefangen. Also Vorkehrungen treffen, jeden Morgen Respivax und einige Esslöffel Grapefruitsaft. Was waren wir verblüfft, als die ersten Grapefruits zu uns kamen, aus Tansania oder Guinea oder weiß ich, wo unsere Genossen grad an die Macht gekommen waren und uns zum Dank für unsere großzügige Unterstützung 'ne Ladung von den Dingern schickten. Mir zog sich der Mund zusammen wie 'n Dudelsack, kein Mensch hat uns gewarnt, wie sauer die Dinger sind. Angeblich gesund. Wie kann was so Saures gesund sein? Das konnt mir keiner erklären. Jahre später war Živkow auf Staatsbesuch in Afrika, zur Jagd eigentlich, kam mächtig zufrieden zurück, hatte 'nen Elefanten zur Strecke gebracht. Das Foto ließ er sich im Büro aufhängen, sein ganzer Stolz, daneben ein Bild von ihm und dem fetten Bayern, zwischen beiden ein erlegter Keiler, und was für einer, 'n gewaltiges Trumm, nur nennen wir so was hierzulande nicht gleich Großwild. Živkow erzählte Albena gerne seine Anekdötchen, genug gearbeitet, mein Störchlein, komm zu *tatko* und lass dir was ans Ohr binden, bring einen Kaffee mit, sei so lieb, seine Geschichten über dieses und jenes, drunter und drüber, auch über die Grapefruits, die dort unten zuckersüß schmecken. Kaum zu glauben, das tun sie bei uns immer noch nicht, trotz Kapitalismus und Weltmarkt. Ja, muss 'n wenig auf mich aufpassen, wo die Frau recht hat, hat sie doppelt recht, hab mich nie geschont, kein Gedanke daran, der Dienst war das Leben, das Wort Überstunden kannten wir nicht, Rackern war ich von klein auf gewohnt, kein Tag ohne Anpacken, egal, ob ich zur Schule musste, was lernen, zur Erntezeit von Dämmerung bis Dämmerung im Einsatz, kein so großer Unterschied zum Dienst später, nur schufteten wir im Amt die Nächte durch, bei schlechtem Licht, bei schlechter Luft, tagsüber die Kurse, das waren harte Jahre, aber so was baut dich auf, wenn du weißt, wieso du tust, was du tust. Auf euch kommt es an, die Sicherheit schläft nie, ein jeder von euch hat wachsam zu sein, jederzeit! So hieß es während der Ausbildung, das haben wir so ernst genommen, wie wir ernst genommen wurden. Ich hab alles gegeben, bis zur Erschöpfung, wenn ich mir das *hihuhahu* der Neffen anschaue, die furzen sich durchs Leben, nicht mal die eigene Familie zeigt einem Respekt, ganz zu schweigen von den Klecksern, die unsere Arbeit schlechtmachen, die Staatssicherheit verleumden als kriminelle Organisation, denen sollt man jeden Knochen in den Fingern brechen, einzeln, nacheinander, schön langsam. Ich krieg 'nen Kropf, wenn diese Scheuchen ... zugegeben, so häufig kommt's nicht vor, im Großen und Ganzen mampfen sie, was auf den Tisch kommt. Gab's im Land eine effizientere Institution als unsere? Jetzt quatschen alle darüber, wie wichtig Informationen sind, das Erdöl des 21. Jahrhunderts undsoweiter undsoweiter, das haben wir längst gewusst, wir waren die Brille, die Lupe, das Fernglas für die Führung des Landes, für jeden, der was zu entscheiden hatte. Was soll diese Politisierung heute? Wie einer zur Vergangenheit steht, hängt vom Parteibuch ab. Weil du dich Demokrat schimpfst, musst du die Staatssicherheit schlechtmachen. Unser Beruf war 'n technischer, wir waren soziale Mechaniker, so sollte es heißen, zuständig für konklusive Aussagen, so nennen es die Wissenschaftler, abgeleitet aus anderen Aussagen, Aussagen, die wir uns mühselig verschafft haben. Aufreibende Arbeit, patriotische Arbeit,

Respekt gefälligst, auch von denen, die anderer Meinung sind. Wieso darf heute jeder, der nicht den blassesten Schimmer hat, seine Meinung hinausposaunen? Muss das sein? Früher konnten wir in Ruhe arbeiten, die Kollegen heute sind nicht zu beneiden, unsere Arbeit ist doch kein Zirkus. Das Volk hat das Recht zu erfahren, was passiert, wird behauptet. Jaja, das Volk, die Entschuldigung für jede Dummheit. Alles zum Wohle des Volkes, alles Ausdruck des Willens des Volkes, vom Volk fürs Volk. Das kennen wir zum Abwinken. Das Volk hat seine eigene Meinung, pflegte Živkow zu sagen, aber wir sind die Exegeten dieser Meinung. Was für 'n Ausdruck, »Exegeten«, ich weiß nicht, wo er den aufgegabelt hat, ich hab mich umgeschaut in der Runde, ich war bereit, meinen Arsch zu verwetten, keiner wusste, was »Exegeten« bedeutet. Dann lachte er, damit wir uns wieder entspannen, nachdem er uns in den Schatten gestellt hat. Der Mann konnte mit jedem gut, das war seine Stärke, mit Künstlern wie mit Bauarbeitern, was hatte der für 'nen Humor, was für 'n Lachen, nicht so verkrampft wie bei den geleckten Affen von heut, das waren ehrliche Zeiten, damals. Vorbei, aus und vorbei, aber ich leb noch, volle Pulle.

Muss mir diese Frau vom Hals schaffen, sagt 'n Teil von mir. Kein Problem, ist 'n Leichtes. Aber 'n anderer Teil von mir, der will die Geschichte weiterverfolgen, ihr auf den Grund gehen. Wenn das Schicksal dir 'n Glas hinstellt, wer will da nicht 'nen Schluck nehmen? Angriffe hat's keine gegeben. Hab meine Antennen ausgefahren, vorsichtig hier und da vorgefühlt, ob was gegen mich am Köcheln ist. Keine Anzeichen, niemand hat was gehört. Keine Andeutungen in vertraulichen Gesprächen. Nichts dergleichen. Ich weiß, wer mich bei der nächsten Wahl ausbooten will. Das ist keine hohe Mathematik. Das sind die, die wollen sich verbiegen und verbiegen, bis sie mit den Füßen auf dem eigenen Kopf stehen. Altes unbeugsames Eisen wie ich stört dabei. Unsere ehrenvolle Vergangenheit behandeln sie wie 'ne Nutte: Blaskonzert, wenn's grad billig geht, ansonsten verleugnen und schlechtmachen. Je mehr ich's mir überlege, desto sicherer bin ich, keiner von denen steckt dahinter. Die haben solche Überfälle hinterrücks nicht mehr nötig. Hab mich schlau gemacht über das Mädchen. Die aktiven Kameraden beantworten mir jede Anfrage, tüchtige, saubere Jungs, einige von denen sind bei mir in die Schule gegangen, die Väter von manchen waren Kameraden von mir. Erfüllt mich mit Zufriedenheit, sie so erfolgreich zu sehen. Nicht wenige von ihnen haben in den neuen Sicherheitsdiensten Arbeit gefunden. Die Strukturen, die sind jetzt anders, alles so umständlich, so zersplittert. Je mehr Institutionen mitmischen, desto mehr Reibungsverlust bei der Kommunikation. Sie schwächen die Effizienz der Organe und nennen es Demokratie, lächerlich. Jammerschade, wenn die ganze Expertise auf dem Müll landet. So was darf 'n Patriot nicht zulassen. Hand aufs Herz, sag ich zu den Jungs in meiner Firma, die Objektsicherung, die Installation von Alarmanlagen, der Personenschutz, das füllt unseren Tank, wir tuckern weiter, wir fahren in die Berge, wir fahren an den Strand, und wenn's was zu feiern gibt, feiern wir wie richtige Männer, aber wenn wir uns fragen, ob wir uns unter Wert verkaufen, müssen wir leider antworten: Ja! Wir können mehr, aber wir dürfen nicht zeigen, was wir können, und das tut mir leid für euch, Männer, schlimme Zeiten, wenn das Vaterland die Talente seiner Söhne verschleudert.

Hab nichts über das Mädchen rauskriegen können. Nie auffällig geworden, keine politischen Aktivitäten, nichts Kriminelles, ein leeres Blatt. Einen der Jungs in der Firma, der grad wenig beschäftigt ist, hab ich mit 'ner objektbezogenen Ermittlung beauftragt. Jetzt weiß ich einiges über sie, aber nichts Zweckdienliches. Der hat zweimal um Aufschub gebeten, weil's so wenig zu berichten gibt. Die Akte der Mutter hab ich mir natürlich auch besorgt. Bin sie aufmerksam durchgegangen. Nichts da, überhaupt nichts, was mir nutzt. Zugegeben, die Kollegen in Warna sind damals ein wenig übers Ziel hinausgeschossen, kann man anders nicht sagen, sind ja nicht allein schuld, die Säuberungskampagne war in vollem Gange, die Lager in Lowetsch und Skrawena mussten gefüllt werden, und wenn du niemanden einbuchtest, kommt schnell der Verdacht auf, du verrichtest deine Arbeit nicht so, wie's sich gehört. Außerdem, ein gewissenhafter Professionist, der geht kein Risiko ein, das willst du dir nicht antun, dich nachher rechtfertigen müssen, wieso einer durchs Netz schlüpft und irgend 'ne Afferei anstellt. Wenn du dich verantworten musst, bist du schon im Nachteil, alles, was aktenkundig wird, kann dir gefährlich werden, alles, was auffällt, kann missverstanden werden. Womit willst du dich dann verteidigen? Du wolltest irgend 'nen Hooligan nicht zu hart anfassen? Da lachen ja die Auerhühner. Nein, so 'n Risiko kannst nicht eingehen, da versteht man die Kameraden. Im Lager musste die Mutter nie sanktioniert werden, ist nie auffällig geworden, allerdings sind die Unterlagen lückenhaft. Arbeitet danach als einfache Kraft in einer Textilfabrik. Wechselt mehrfach die Fabrik. Am Ende der Akte eine unterschriebene Erklärung, mit niemandem über ihre Zeit in S. zu reden, das Übliche. Sie scheint sich daran gehalten zu haben, bis nach der Veränderung, dann sagt sie's ihrer Tochter, Schwamm drüber. Aber wieso sie meinen Namen genannt hat, die Frage, die mir in den Arsch pikt, auf die gibt die Akte keine Antwort. Nicht den Schimmer einer Antwort. Ihr Fall: eine Bagatelle, von Anfang bis zum Ende. Ich war mit ihrem Fall nicht befasst. Zu dem Zeitpunkt war ich mit wichtigen Einzelfällen betraut. Mit schwierigen Nüssen, die's zu knacken galt. Soweit ich's nachvollziehen kann, hab ich diese Person nie getroffen. Wieso dann klopft Nezabrawka bei mir an? Ich kann sie verjagen, jederzeit, jetzt gleich, aber in so einer Situation muss man dranbleiben, sonst wird die Frage nicht kleiner. Einfach dranbleiben, nicht nachlassen, nicht aufgeben, der Sache auf den Grund gehen ... wer dackelt denn da durchs Bild, das ist doch der Serafimow, schon wieder der, ich sollte den Ton aufdrehen. Wie oft wollen sie den noch interviewen, als ob er was zu sagen hat, der kann doch genauso gut die Wettervorhersage vorlesen. Graue Maus, dieser Serafimow, hat uns zugearbeitet, solche wie ihn haben wir kaum wahrgenommen. Jetzt nennt er sich großer Demokrat und Experte der Stunde. Wie ich sie hasse, diese leichten Blätter, der Wind weht sie hierhin und dorthin, weht sie auf den Kompost der Geschichte, unter 'nem Stiefel werden sie zu Staub. Wenn das nicht beweist, wie pervers die Zeiten geworden sind. Nicht 'n ehemals Aktiver steht im Rampenlicht, sondern der oberste Archivar, der Held der Ablage, der Ritter der Aktennummer. Der windet sich wie ein Wiesel. Ein hölzerner Philosoph, nicht im täglichen Geschäft gestählt, so Leute neigen dazu, sentimental zu werden, die haben keine Haltung, auf die kannst du dich nicht verlassen. War 'n Fehler, dem die Führung des Archivs anzuvertrauen. Der Fehler wurde bemerkt. Kündigung, Regierungswechsel, Wiedereinstellung. Die nächste Kündigung kommt bestimmt. Kann man dieses *taramas* überhaupt essen? Schaut verdammt künstlich aus, wie Schminke für Abiturientinnen ... warte, das ist doch, das darf nicht wahr sein, das ist er, ja, kein Zweifel, das ist der Scheitanow, was macht denn der dort, worüber wird da berichtet, die werden diesen Fanatiker doch nicht im Fernsehen schwadronieren lassen. Was ist das für 'ne Veranstaltung, wo trübt der wieder das Wasser? Der hat mir grad noch gefehlt, der verpasst jedem Tag, an dem ich ihn zu Gesicht bekomme, 'n blaues Auge. Immer noch am Leben, nicht zu glauben, und uns werfen sie vor, wir sind zu brutal gewesen. Was für 'n Dickschädel. Der konnte noch nie zuhören. War immun gegen guten Rat. In Untersuchungshaft, da war ich offen und ehrlich zu ihm, hab ihm gesagt, wir haben keine Lust, die Nächte mit dir zu verbringen. Glaubst du, das macht einem von uns Freude? Wieso provozierst du uns? Du zwingst uns zu Maßnahmen, die wir gerne vermeiden. Ich hab ihm alle Chancen gegeben. Zeig dich einsichtig, dann werden wir uns einig. Du verschlimmerst nur deine Lage. Das hier, dieses kleine Zimmer, dein verklebtes Haar, deine aufgesprungenen Lippen, deine wunden Eier, gehört sich nicht, das mit den Eiern auszusprechen, ging mir durch den Kopf, das alles hast du dir selbst zuzuschreiben, wenn du das kapierst, werden wir unser kleines Problem schnell lösen. Jetzt taucht er in den Abendnachrichten auf, und so was nennen sie freie Presse. Sie werden ihn doch nicht interviewen, nein, das ist das Erste Programm, solche Schnitzer gibt's bei denen nicht, bei einem der Privaten, da ist alles möglich, die lassen die schlimmsten Vaterlandsverräter zu Wort kommen. Der Scheitanow, schau ihn dir an, hat sich 'nen Gehstock zugelegt, macht ihn fast menschlich, wirklich gebrechlich wirkt er auf mich nicht. Vielleicht ist das 'ne Waffe, 'n Messer im Gehstock, gut versteckt, leicht zu handhaben. Den Gehstock, den sollte man sich genauer ansehen. Wie lang ist unsere letzte Begegnung her? Ein Jahrzehnt fast. Er schnüffelt immer noch herum, kann's nicht lassen, schleicht umher wie eine Hyäne, zeigst du Schwäche, greift er gleich an, beißt sich fest. Und der hat 'n starkes Gebiss. Zuletzt hab ich den im kleinen Park vor den Sieben Märtyrern gesehen, ein Zufall, er war wieder aufgetaucht, nach vielen Jahren, wir wussten nicht, wo er die Zeit verbracht hat, im Ausland, so vermuteten wir, er war vom Radar verschwunden, keine geringe Leistung. Er kommt auf mich zu, der ist zu allem fähig, denk ich mir, besser kein Risiko, der will sich bestimmt rächen, besser verschwinden, bevor irgendwas passiert. Den kannst du nicht einschüchtern. Der behält immer das letzte Wort. Das ist ihm wichtig. Nimmt den *karzer* in Kauf, nur weil er einige Kröten nicht schlucken will. Ein Idiot, ein richtiger Idiot, hält sich aber für schlauer als alle anderen. Soll ruhig rumschnüffeln im Dossier seines verpfuschten Lebens, wird nichts finden, die Jungs sind solide ausgebildet, die wissen, was sie ihm geben dürfen, was nicht. Bei solchen wie Scheitanow muss man ein wenig einlenken, ein bisschen was rausrücken, ihn mürbe machen, ins Leere laufen lassen. Die Tür zuknallen kannst du nur bei denen, die sie dir nicht einrennen. Den anderen musst du einige

Knochen zuwerfen, damit sie was im Maul haben, auf dem sie selbstzufrieden rumkauen können. Ob sie rausfinden, welche Greise vor drei Ewigkeiten Berichte über sie verfasst haben, kann uns doch egal sein, sollen sie ruhig kleine Fische fangen, bis ihnen das Gebiss aus dem Maul fällt. Solche Stänkerer, die fühlen sich nicht lebendig, wenn sie nicht rumkrakeelen können. Das sind Unbelehrbare. Meiner Erfahrung nach gibt's keinen Knüppel, der für ihren Dickschädel taugt. Wenn der Scheitanow wieder unterwegs ist und aktiv, gilt's aufmerksam sein. Der ist in der Lage und legt uns ein Häufchen Scheiße mitten auf den frisch ausgeklopften Kelim. Altes Eisen rostet nicht, wenn ich weiterhin jeden Tag meinen Mann steh, dann kann man ihn erst recht nicht abschreiben.

KONSTANTIN

Wie nennt man den Mann im Zeitungskiosk? *Kioskjiya*? Der modischen Manie entsprechend, heimische Endungen an fremde Wörter zu kleben, der Geldwechsler ein *changeajiya*, der Informatiker ein *computerjiya*. Routine ist das, was sich nur unter Zwang verändert. Wieso die Wohnung in der Früh verlassen, wenn ich eine Stunde später aufbrechen muss, zum Amt für »Information und Archiv«, um die harte Schulbank der Aufklärung zu drücken. Dem Mann im Kiosk ist die Abweichung von der Gewohnheit aufgefallen.

»Alles in Ordnung?«

»Ja«, antworte ich, »bin beschäftigt dieser Tage.«

Mein Blick gleitet über das Schlachtfeld der Schlagzeilen, blutig wie die Realität, die vermeintlich nicht veränderbare (jede dieser Zeitungen sollte SCHICKSAL heißen, ihr Motto: *Wogegen Sie nichts tun können*).

»Arbeit?«

»Nicht wirklich, anstrengender als Arbeit.«

Ich hätte an seiner Stelle weiter nachgefragt, er lässt es dabei bewenden. Auf einmal überkommt mich das Bedürfnis nach einem Ausbruch aus dem Aktenregiment. Ich lasse meinen Blick schweifen: seitlich aufgestellt Exemplare einer Zeitschrift in sattem Grün, dem Titelbild nach zu urteilen eine hochwertig gedruckte Sehnsuchtsaporie. Teuer, aber das Gesicht eines Indios aus dem Amazonas strahlt mich an. Ein Mensch in einer Gesellschaft ohne Staatssicherheitsdienst. Im Bus blättere ich die Zeitschrift durch. Unterseewelten, Poseidons Inneneinrichtung, Korallennippes, Fische in Formation, die 3. Brigade bricht auf zum Planktoneinsatz. Gerne hätte ich mehr von der Welt gesehen. Jemand rempelt mich an, die Zeitschrift fällt mir aus den Händen. Mit dem Ärmel wische ich den Schmutz vom Gesicht des Indios, wende mich den Zeitungen zu. Die Nachricht des Tages ist die Aussage des Generalstaatsanwalts, er schätze die Zahl der Denunzianten in den Jahren von 1944 bis 1989 auf etwa drei Millionen. Vielleicht übertreibt er, wer weiß zu welchem Zweck. Oder auch nicht: Jedes Mitglied der KP hatte die unausgesprochene, aber wohlverstandene Pflicht, seine Mitbürger zu bespitzeln. Ich zweifele nicht daran, dass der Großteil der 1,2 Millionen Parteimitglieder dieser Erwartung entsprochen hat. Wenn so viele Verrat begehen, dann ist Verrat normal, was soll man dagegen unternehmen? Wollte der Staatsanwalt das zum Ausdruck bringen? Was mir aus den Akten entgegenstinkt, ist statistisch betrachtet eine *Quantité négligeable*. Immerhin, mit meiner Person haben sich einige Dutzend geheime sowie festangestellte Mitarbeiter beschäftigt. Was ist das schon, gemessen an drei Millionen? Übersetzt in die Phraseologie der neuen Epoche: Ich habe Arbeitsplätze geschaffen, eine beträchtliche Zahl sogar, ich habe als Observationsobjekt so viele Menschen beschäftigt wie ein mittelständisches Unternehmen.

Auf der mittäglichen Busfahrt nach Hause, ausnahmsweise habe ich einen Sitzplatz ergattern können, lasse ich die neuesten Denunziationen »Revue passieren«. Wieso fällt mir dieser Ausdruck ein? Spitzelrevue? *Danse macabre?* Oder eher Maskenball, ich der Nackte, der den Vermummten die Verkleidung herunterzureißen versucht? Hinter manchen Masken verbirgt sich nichts. Die zuletzt gelesene Denunziation war korrekt (seltene Ausnahme), von der holprigen Sprache abgesehen. Gelegentlich hat es die Staatssicherheit mit Wahrheitsfindung versucht. (Später hat sie sich damit begnügt, die Fakten den eigenen Bedürfnissen anzupassen, so wie offiziell verkündet wurde, jeder nach seinen Bedürfnissen! Von den Bürgern wurde erwartet, dass sie ihre Bedürfnisse den Gegebenheiten anpassen.) Was der Angeworbene »singt«, könnte als Zeugnis für meinen Humor aus der »ruhmreichen Epoche der Übergangsphase beim Aufbau der Grundlagen des Sozialismus« gelten. Als Beleg meiner frühen Interessen (bedauerlich), meiner damaligen Kenntnisse (bescheiden). Zur Strafe für solche flapsigen Bemerkungen wurde manch anderer für einige Jahre ins Lager gesteckt. Auf mich wartete ein anderes Opferfest. Als hätte es die Staatssicherheit geahnt, als hätte sie sich zurückgehalten, um reichere Ernte einzufahren ...

Es lässt sich nicht mit Sicherheit feststellen, wer der Denunziant war. Zu jener Zeit gab es nur wenige Mitschüler, mit denen ich derart ehrliche Gespräche geführt habe, aber es könnte sich auch um einen Verwandten handeln, wir hatten öfter Besuch, die Familie meiner Mutter bestand aus unübersichtlich vielen Zweigen. Sollte der Singvogel aus meinem schulischen Umfeld stammen, handelt es sich wahrscheinlich um einen meiner damals besten Freunde. Als ich aus der Haft entlassen wurde, war er ein anerkannter Tenor an der Oper in Warna. Bei den meisten Spitzeln bin ich angewiesen auf Deduktion, auf Spekulation. Die Identität ließe sich leicht überprüfen, weil jeder Bericht nicht nur in die entsprechende »Untersuchung« eingegangen ist, in den »Berichtsordner über die Person Konstantin Milew Scheitanow«, sondern auch obligatorisch in die »Arbeitsakte« des entsprechenden Denunzianten sowie in die »Kaderakte« seines Führungsoffiziers. Ich verfasse Briefe an das Amt für »Information und Archiv«, an das zuständige Gericht, in denen ich entsprechend meinem aktuellen Kenntnisstand aufzähle, welche Agenten der Staatssicherheit Berichte über mich verfasst haben, ich nenne ihre Namen. Bei einigen von ihnen kann ich sogar den Zeitrahmen angeben, in dem sie ihre Berichte verfasst haben. Ich fordere Zugang zu diesen Dokumenten in den Arbeitsakten. Die wiederholte Ablehnung wird mit der Begründung motiviert, »die Handschrift der jeweiligen Autoren könnte ihre Identifizierung ermöglichen«.

Unter der Unterschrift, unter dem Stempel schreibe ich diagonal hin:

Ich möchte Petrow kennenlernen.
Das geht nicht.
Wieso?
Weil Sie seinen Namen erfahren würden.

Da sich die einzelnen Fotokopien lose stapeln, in der Wohnung verteilen, da ein Gesprächsprotokoll in der Küche liegenbleibt, neben einer aufgeschlagenen Zeitung, darauf ein Messer neben Überresten eines entkernten Apfels, da ich einen Maßnahmenplan unter dem Kopfkissen wiederfinde, ein Auskunftsersuchen auf dem Fernseher, da ich die zweite Beurteilung meiner Person irrtümlicherweise fast weggeworfen hätte, beschließe ich, am Nachmittag einkaufen zu gehen, eine ungeliebte Tätigkeit, zu der ich mich zwingen muss. Es gibt jede Menge Aktendeckel im Angebot, importierte Westware, bunt-fröhliche Mappen für Schüler, für die Bankauszüge von Hofnarren. Ich entscheide mich für einige plastiküberzogene Exemplare, die in ihrem Braun so unattraktiv wirken wie der Schmutz, den sie enthalten werden. Zudem kaufe ich zwei Packen weißes Papier zu je 500 Blatt.

Nach dem Einkauf stehe ich auf dem aufgeplatzten Asphalt vor unserem Wohnblock, blicke auf den Kinderspielplatz jenseits der Straße, des Kanals, auf zwei beschwingte Mädchen, die ihre Beine weit vor, hoch hinauf strecken. Ich bin noch nicht bereit, mich in die Wohnung zurückzuziehen. Ein Zigeuner schleicht heran, spricht mich an, zeigt mir eine Uhr, verlangt hundert Lewa. Meine entschiedene Ablehnung bestärkt ihn in der Überzeugung, ich wolle feilschen, den Preis senken. Fünfzig, dreißig, zwanzig. Ein fallendes Barometer seiner Zuversicht.

»Ein Zehner, was ist das schon, *batko*, für so 'ne schöne Uhr!«

Als er nur noch fünf Lewa verlangt, flehentlich, gebe ich ihm einen Fünfer, ohne die Uhr anzunehmen.

»Wieso willst du sie nicht haben?«

»Ich trage seit vierzig Jahren keine Uhr mehr. Kannst du mir einen Revolver besorgen?«

Seine Augen verengen sich, er entfernt sich schnell.

Misstrauen ist ein fettes Schwein, vom Leben gemästet.

Als die Ermittlung beendet war, wurde ich in eine andere Zelle verlegt, Nummer 71, wo mich vier Häftlinge erwarteten. Mindestens einer von ihnen, dessen war ich mir sicher, war beauftragt, mich auszuhorchen. Auf Einsamkeit folgte Enge. Um uns nachts hinlegen zu können, mussten wir, aneinandergereiht wie in einer Sardinenbüchse, die Beine durch die Gitterstäbe ausstrecken. Mein Verdacht war begründet, das beweist eine mir nun vorliegende Anordnung, in der es lapidar heißt: »Einen der erfahrensten Agenten der Abteilung in die Zelle schicken«.

Welcher von den vieren war es?

Der Priester?

Der Bauer?

Der Student?

Oder der Steinmetz, der behauptete, er sei verhaftet worden, weil ihm eine Büste von Georgi Dimitrow misslungen sei. Das war so unwahrscheinlich, dass es plausibel klang. Auch das lernt man in Haft: die Grenzen der Glaubwürdigkeit neu zu definieren. Später traf ich im Lager auf Mito, als Soldat ein so ausgezeichneter Schütze, dass er zur Belohnung auf eine zweiwöchige Reise in die Sowjetunion geschickt wurde. Er kehrte zurück mit einem Laib russischen Schwarzbrots, einem kleinen Mühlstein gleich. Als in seinem Dorf alle zusammenkamen, um seine Wiederkehr zu feiern, warf er dem Hund einige Brocken zu. Spitzel verleumdeten ihn, er wurde wegen antisowjetischer Propaganda zu elf Jahren Haft verurteilt.

Eine Notiz offenbart die Vorgeschichte des Zellenagenten: Als ehemaliger Leiter der Staatssicherheit in einer Grenzstadt in der Nähe zu Griechenland wurde er bestraft, weil er von der geplanten Flucht einer zehnköpfigen Gruppe Bescheid gewusst hatte, ohne gleich den Befehl zu erteilen, die Beteiligten zu verhaften. Zu seinem Pech war die Gruppe bewaffnet, bei dem Schusswechsel kamen einige Milizionäre sowie einige der Flüchtenden ums Leben. Nun diente er seine fünfjährige Strafe unter Untersuchungshäftlingen ab. Er war vom hauptamtlichen zum geheimen Mitarbeiter abqualifiziert worden, mit der Aussicht, nach getaner Schuldigkeit wieder zum amtlichen Mitarbeiter aufzusteigen. Manche Karrieren erfahren einen mühsamen Verlauf.

Während ich am Abend meine Notizen abschreibe, Hingekritzeltes in leserliche Schrift verwandele, jedes Dokument auf einem eigenen Blatt Papier, versuche ich mir die Gespräche in der Zelle Nr. 71 zu vergegenwärtigen. Auf die obligatorische Frage zu Beginn, wieso ich verhaftet worden sei, hatte ich geantwortet: Wegen Missachtung des Genossen Stalin. Darüber hinaus habe ich Gesichter in Erinnerung, aber keine Gespräche. Keinen der Häftlinge habe ich je wieder gesehen, insofern kann ich keinen von ihnen als Spitzel ausschließen. Eines der Dokumente stellt fest, dass der »Agent« täglich, manchmal sogar zweimal am Tag, zum Verhör gerufen werden sollte, um über die Zellengespräche Rapport zu erstatten. Das war mein einziger Anhaltspunkt. Nur einer von den vieren, das fällt mir ein, wurde mehrmals am Tag vom Wärter abgeholt, bis er nach etwa einer Woche verschwand. Es war der falsche Steinmetz. In meinem Dossier findet sich ein einziger seiner »Berichte«, natürlich »streng geheim«.

```
Genosse Leiter,
am 15. April dieses Jahres schrieb mein Zellen-
genosse KMS bis etwa 16 Uhr.
```

Sie bestanden auf Namen, sie waren gierig nach Namen, sie ernährten sich von Namen, mein Körper, mein gesamtes Wesen sehnte sich nach einer Ruhepause, ich zeigte mich einsichtig, ich versprach ihnen Namen, eine lange Liste von Schuldigen, von Verschwörern, ich habe mich in die Ecke gesetzt, mit dem Rücken zur Wand, ich habe alle Namen aufgeschrieben, die mir einfielen, angefangen mit den Großeltern väterlicherseits, dann die im Krieg gefallenen Nachbarn, die ertrunkenen Mitschüler, den Hobbyhenker Miltscho, den erstickten Bäcker, alle mir namentlich geläufigen Opfer des Volksgerichts, Traitscho Kostow samt all seinen Mitangeklagten, László Rajk, Rudolf Slánský. Meine Totenliste umfasste mehrere Seiten.

```
Als er fertig war, schlug KMS vor, die anderen in
der Zelle sollten was erzählen. Seinem Wunsch
wurde nicht entsprochen. Ich schlug ihm vor, er
solle was erzählen. Er stimmte zu, sagte aber
nichts von Bedeutung für die Ermittlungen. Er
wurde abgeholt, als er zurückkam, teilte er uns
mit, man habe ihm aufgetragen, alles über seine
terroristische Tätigkeit, über die Methoden
seiner illegalen Arbeit niederzuschreiben.
```

Die Staatssicherheit wird übermütig, offensichtlich haben sie meine Liste noch nicht ausgewertet.

```
Während der Verhöre hat KMS erkannt, daß neben
Kiro Iwanow und Wassil Angelow auch Petar
Nikolow, den er Fritz nennt, weil er alles Deut-
sche so liebt, festgenommen worden sei, was er
sehr bedauere, weil dieser nur Photographien
gemacht habe, ohne zu wissen, wozu sie dienten.
Als wir auf die Bomben im türkischen Konsulat in
```

Plowdiw zu sprechen kamen, redete er mit einer
solchen Vertrautheit darüber, als wäre er selber
an diesem Anschlag beteiligt gewesen.

Ersteres war ein Versuch meinerseits, Fritz zu retten, Letzteres freies Fabulieren des Denunzianten.

KMS ist der Meinung, daß in seinem Prozeß mindestens 40 Angeklagte vor den Richter gestellt
werden, darunter 30 aus Panagjurischte und 10
aus Sofia ... und daß es zu 4-6 Todesurteilen
kommen wird.

Verwirrungstaktik.

Er erwähnte die heftigen Meinungsverschiedenheiten in der Gruppe. Wassil Angelow habe Kiro
Iwanow sogar gedroht, nach der Machtübernahme
werde er ihn als Allerersten liquidieren.

Verwirrungstaktik. Zu diesem Zeitpunkt phantasierte ich unbeschwert.

Als ich ihm vorhielt, es sei billig, Petar
Nikolow vorzuwerfen, daß er kapituliert habe,
erklärte KMS großspurig, daß er selbst nichts
zugegeben habe, außer zu bestätigen, was die
anderen schon verraten hätten.

Dieses Selbstlob bedauere ich, ein Fehler aus falschem Stolz, den ich teuer bezahlen musste: unzählige Schläge mit dem Gummischlauch.

Mittwoch, 15. Mai 1953. Ohne Unterschrift.

Die Wahrheit ist, ich hatte keine Ahnung, wie viele von uns verhaftet worden waren. Ich hatte keine Übersicht über die Ausdehnung unserer Verschwörung. Wir hatten uns vorgenommen, ein Netzwerk von Handlungswilligen zu knüpfen, Widerstandszellen zur Destabilisierung der Macht, wenn der nächste große Krieg ausbrechen würde, der unmittelbar bevorstand, so nahmen wir alle an, in seltener Eintracht, die Zeitungen, die Eltern, die Komsomolzen, die Ausgeschlossenen, die Lehrer, die Bauern. Doch angesichts unserer selbstauferlegten konspirativen Regeln konnte keiner von uns wissen, in welchem Umfang uns dies gelungen war. Die Regeln lauteten:

A. Keiner, der nicht dazugehört, darf auch nur im Geringsten eingeweiht werden.

B. Alle Beteiligten sind in Dreiergruppen organisiert, das heißt, ein jeder kennt nur die beiden anderen Mitglieder seiner Gruppe und hat nur Kontakt zu einem Mitglied einer anderen Gruppe.

C. Die Wahl der Mitstreiter wird vorsichtig, wohlüberlegt, nach eingehender Prüfung vorgenommen.

Wenn ich auf etwas stolz bin, dann darauf, dass alle, die mit mir bekannt waren, mit mir allein, den Fängen der Staatssicherheit entkommen sind. Das ist der Beweis, dass die Schmerzenswochen mich nicht gebrochen haben. Als Konspirator habe ich meine Pflicht erfüllt. Später traf ich den einen oder anderen auf der Straße, in einer Warteschlange, in einem Restaurant. Sie legten eine solche Dankbarkeit an den geschenkten Tag, es war mir peinlich. Kamen wir ausführlicher ins Gespräch, berichteten sie von der Belastung, der sie während des Prozesses ausgesetzt waren. Sie nahmen an, es könnte auch sie treffen, jederzeit, es dauerte Monate, bis sie sich wieder einigermaßen sicher fühlten. Aus ihrer Sicht war ich verhaftet, ergo schon verdammt, für sie hingegen stand alles noch auf dem Spiel. Ein vertrautes Leitmotiv: Ich war fein raus, weil ich schon durch die

Mühle gedreht wurde, sie hingegen mussten die schweren Qualen der Ungewissheit ertragen.

Ich loche die Dokumente, sortiere das abgeschriebene, das fotokopierte Material, lege es ab. Ordne alles entsprechend den Datierungen. Chronologie ist der einzige zuverlässige Faden in diesem archivarischen Labyrinth aus Berichten, Protokollen, Resümees, Ausschnitten, in dem man sich so leicht verirrt. Ich bin nicht blauäugig, ich bin mir durchaus der Gefahr bewusst, dass es aus dem Labyrinth der Akten kein Entrinnen geben könnte.

1950 erzählt

Unser Traktorist trägt den Spitznamen Tito.
Tito ist ein fleißiger Traktorist.
Von früh bis spät fährt Tito mit seinem Traktor über die Felder.
Sein Traktor ist rot und glänzt in der Sonne.
Titos Haar ist blond und weht im Fahrtwind.
Zu Mittag setzt sich Tito unter einen Baum.
Er lässt sich sein Butterbrot schmecken.
Tito achtet auf seinen Traktor wie auf sein eigenes Kind.
Tito ist stolz auf seinen Traktor.
Am Abend singt Tito fröhliche Lieder.
»Frieden ist Hoffnung für den Planeten.«
Am Sonntag vereint sich Titos Stimme mit den Stimmen der anderen.
»Wir haben keine Angst vor der Atombombe.«
Tito ist bescheiden und dankbar für alles.
Tito fährt eines Sommertages durch das Städtchen.
Schulkinder winken Tito zu.
Tito winkt zurück.
Tito hält an, er lässt einen Knirps auf seinem Traktor mitfahren.
An der Kreuzung zur Freiheit biegt Tito rechts ab.
Der nächste Krieg naht!
In der Seitenstraße wird auf Tischen Brot angeboten.
Der Dritte Weltkrieg!
Tito drosselt seinen Traktor.

Die große Schlacht beginnt in Korea.
Tito ist umringt von Menschen.
Heute ist zu früh, morgen ist zu spät.
Die Menschen wollen Brot kaufen.
Nicht mit Gutscheinen, mit Geld.
Morgen ist zu früh, übermorgen ist zu spät.
Titos Traktor brummt im Stehen.
März ist zu früh, Mai ist zu spät.
Die Menschen drängeln nach vorne.
Die Menschen prügeln sich um das Brot.
Der Traktorist steht auf, reckt die Faust.
»Voran, ihr Koreaner, Tito steht hinter euch.«
Wieso hat Tito das gerufen?
Tito wird verhaftet.
Tito wird zusammengeschlagen.
Tito ist nicht mehr Traktorist.
Tito ist Häftling.
Tito darf nicht mehr Traktor fahren.
Tito ist ein Verräter.
Tito verflucht seinen Spitznamen.
Der Weltkrieg ist unausweichlich.
Tito war ein glücklicher Traktorist.
Korea ist nicht weit entfernt.
Titos Traktor war rot, Titos Haar war blond.
China ist nicht weit entfernt.
Tito liegt auf der Pritsche, Tito hofft auf den Flächenbrand.

METODI

Lele, das Mädchen ist nicht ohne. Foto zur Hand, schau sie dir an. Je länger ich draufblick, desto fescher kommt sie mir vor. Ein Hingucker, dauert nur 'n bisschen, bis man's merkt. Die hohe Stirn, die blaugrauen Augen, der kleine, runde Mund. Feinfühlig, verschlossen, nicht unintelligent. Nur die eingefallnen Wangen, die versauen den ganzen guten Eindruck. Insgesamt wirkt sie 'ne Spur ausgemergelt. Kriegen wir hin, einige Wochen auf Generaldiät, und der Anblick wird sich abrunden. Ich hab das Bild in verschiedenen Größen ausdrucken lassen: 6×9, 9×12, 12×18; 9×12, das war unser Übungsformat beim alten Molow, der Roten Eule, der war 1925 in die Sowjetunion geflohen, kehrte als Koryphäe zurück, hielt große Stücke auf die operative Psychologie, auf das Studium der Physiognomie, zitierte am laufenden Band irgend 'nen Philosophen: Jedes Gesicht ist 'ne Hieroglyphe, die sich enträtseln lässt, weil wir all die Zeichen schon kennen. Oder so ähnlich, war kein besonders gescheiter Spruch, aber er stammte halt von 'nem berühmten deutschen Philosophen, sollte uns motivieren. Ich hab keine Motivation gebraucht. Wer diese Technik beherrscht, hieß es bei Molow, kann jeden Staatsfeind entlarven. Der Mensch, der seine Regungen vollständig im Griff hat, der muss noch erfunden werden. Abgesehen vom alten Molow, dem hast du weder Begeisterung noch Enttäuschung angemerkt, logisch, wer davon überzeugt ist, jeder kann ihm durchs Gesicht ins Herz und ins Hirn greifen, der schaltet auf starr.

Angst und Sorge, hieß es bei Molow, das sind die Maler auf der Leinwand des Gesichts. Solche Sätze merkt man sich fürs Leben. Erstaunlich, was man bei Vergrößerungen alles entdeckt. Mit der Lupe über jeden Millimeter gleiten, nichts auslassen. Wir sind Detaillisten, wiederholte der alte Molow, dem Detail verpflichtet, wer das Detail nicht achtet, der ist hier fehl am Platz, das kleinste Detail kann eine Schlacht entscheiden. Ihr müsst das Gesicht so aufmerksam lesen wie ein dickes Buch, bei dem ihr nicht wisst, auf welcher Seite die entscheidende Information vorkommt. Wieder so 'n Satz! Ob jemand die Sätze von Molow gesammelt hat? Das Prinzip hab ich angewandt, mit großem Nutzen, auch jetzt bei Nezabrawka. Verschlagen wirkt sie auf mich nicht. Auch nicht wie eine Umfallerin. Da ist was Starkes in ihrem Blick, so was wie Stolz, das ist selten, Stolz in den Augen, sonst findet man's eher in den Gesten, im Gehabe, so was verpufft beim ersten Gegenwind. Die hier scheint mir von der beharrlichen Sorte zu sein. Wenn ich sie mir genauer anschaue, entdecke ich Ähnlichkeiten, weniger mit mir, aber mit Vater, *leka mu prast*, die Nase, wenn das nicht eine Kopie seiner Nase ist, das Haar, dieses dichte, schwarze Haar, lockig an den Enden. Ich muss aufhören mit dem Finger über das Bild zu streichen, eklige Altersgewohnheit, früher undenkbar, Fotos wurden nur mit der Pinzette angefasst, Fettflecken auf dem Original, unverzeihlich. Was hat sie für ein Getöse aufgeführt, als ich das Foto geschossen habe, mit einer dieser kleinen schmalen Kameras, leicht zur Hand, heute kann sich jeder Amateur 'ne bessere Ausrüstung besorgen als wir früher. Ist schon bitter, ich hab im Mittelalter arbeiten müssen, rein technologisch betrachtet. Als sie von der Toilette zurückkehrt und sich hinsetzt: klick und klick, schon war's im Kasten. Das hab ich nicht vorhergesehen, das Feuerwerk, das sie dann abbrennt. Wie die aufbraust. Wieso ich sie fotografiere, ohne sie zu fragen.

»Jetzt braucht's deine Erlaubnis für 'n Foto?«
»Wozu wollen Sie ein Bild von mir, ich bedeute Ihnen doch nichts.«

»Mach dich jetzt nicht so wichtig. Was willst du denn? Ich hatte Lust, 'n Foto von dir zu schießen, also hab ich eins gemacht. Genug jetzt!«

Man glaubt es nicht, wie sie so dasaß, sprang sie auf, schnappte ihre Handtasche und war zur Tür raus, da konnte ich nichts tun, nicht mal protestieren. Ich mag's, wenn jemand Temperament hat, aber so unausgeglichen explosiv, das ist nicht gut, das ist unberechenbar. Die Ähnlichkeit, die ist zwar nicht verblüffend, aber vorhanden. Jetzt lautet die Frage, ob's 'ne zufällige Ähnlichkeit ist. Das Gespräch davor, das ging auch nicht grad wie geschmiert. Ich hab ihr von der Akte der Mutter berichtet. Sie war enttäuscht, nein, sie war beleidigt, weil ich ihr keine Fotokopien mitgebracht hab, dabei hab ich angeblich so was versprochen. Das ist gegen das Gesetz, versuch ich ihr zu erklären, aber das mit dem Gesetz scheint sie nicht zu verstehen, was das betrifft, ist sie ganz nach der Mutter geraten. Nicht zu glauben, was in ihrem wirren Kopf so alles vor sich geht. Die Tatsache, dass die Akte ihrer Mutter kaum was enthält, war für sie der endgültige Beweis, dass ich ihre Mutter geschwängert habe und dann alles vertuscht habe. Was für 'ne perverse Phantasie. Und dann knallt sie mir 'ne Bombe hin, es gibt 'ne Lösung, sagt sie, ganz einfach, Vaterschaftstest. Ich war völlig überrumpelt, muss ich zugeben, Argumente waren keine zur Hand, mir fiel nichts Besseres ein als: Ich bin doch kein Versuchskaninchen. Ein einfacher Test, der nicht weh tut, drängte sie, dann wissen wir Bescheid. Das lass ich mit mir nicht machen, das setzt mich herab, das ist ja so, als ob ich 'n Krimineller bin. Mit mir nicht. Da hatte ich mich schon gefangen, zum Glück saß niemand in unserer Nähe, diesen Test, den kann ich tausendmal verweigern. Sie hat Schaum geschlagen, ich hab sie tun lassen, fast hat's ein wenig Spaß gemacht, die Situation, die innere Spannung. Ich war nie der steife Kerl, der Pinkel aus der Hauptstadt, der Kopf darf nicht prüder sein als der Schwanz, aber was sie behauptet, das kann nicht sein, die Aufseher in Skrawena waren ja alle

Frauen, wie soll ihre Mutter dort geschwängert worden sein, aber das will ihr nicht in den Kopf, Männer wie ich waren dort nur zur Inspektion, kurzzeitig. Das Mädchen ist 'ner Lüge aufgesprungen oder sie versucht mich zu belügen, auf jeden Fall hab ich mir nichts zuschulden kommen lassen, außer 'n bisschen wegschauen, wenn die Mannschaft 'n Fest gefeiert hat, was ist schon dabei, bestimmt aber keine Tochter gezeugt.

So fixiert war ich auf die Frage, ob's sein kann, da hab ich 'ne andere Gefahr übersehen. Schlampigkeit. Mangelnde Umsicht. Verstoß gegen die Grundregeln, gegen die Prinzipien des alten Molow: Vorsicht, Aufsicht, Durchsicht, Umsicht. Einfach zu merken, streng zu befolgen. Am wichtigsten die Umsicht. Wer die Umsicht verliert, der kann einpacken. Grad die einfachen Sachen, die vergisst man, die muss man sich immer wieder in Erinnerung rufen. Den Professionisten erkennst du daran, er lässt keine billigen Fehler zu. Hab nicht mit Albena gerechnet, schlampig war's, die Vergrößerungen in die Schublade zu legen, musst ich doch wissen, wie leicht meine kleine Notlüge über Nezabrawka zusammenkracht, einer wie ihr kann man nicht die Augen zuseifen, sie springt mich an, ich geh gleich zum Gegenangriff über.

»Was hast du in meiner Schublade zu suchen?«

»Willst du verheimlichen«, schreit sie mich an, »hinter deiner ganzen miesen lächerlichen Geheimniskrämerei, dass du eine Geliebte hast?«

»Geliebte? In meinem Alter, was soll das?«

»Du kannst überhaupt nicht mehr zwischen Wahrheit und Lüge unterscheiden!«

»Ein Leben lang hab ich mich damit beschäftigt, genau damit, und jetzt willst du mir sagen, ich kann zwischen den beiden nicht unterscheiden?«

Den toten Gaul reit ich ein Weilchen weiter, um Zeit zu gewinnen. Wenn ich ihr anvertraue, was Nezabrawka behauptet, selbst wenn ich's ihr als Verleumdung und Unterstellung verkaufe, die Möglichkeit an sich, eine Tochter von mir, das wird sie treffen, das wird an ihr nagen, sie wird an das Erbe denken, sie wird eigene Lösungen suchen. Nein, das darf nicht sein. Solange ich nicht weiß, wie die Geschichte ausgeht, darf Albena nichts davon erfahren.

»Gib es doch zu!«

»Täubchen, wie kannst du so was nur denken.«

»Was soll ich denn denken? Eine mir unbekannte Frau, unzählige Fotos in deiner Schublade.«

»Es sind nur drei Fotos.«

Ich erzähl ihr 'ne Geschichte, möglichst einfach, möglichst wenige Details.

»Lügner!«, schreit sie mich an, »Lügner!«

»Täubchen, du beleidigst mich. Wann hab ich denn Zeit für so was, überleg mal.«

»Was weiß ich, was du tagsüber treibst?«

Ich rede auf sie ein, nicht um sie zu überzeugen, das ist in diesem Augenblick nicht möglich, nur um ihr etwas Wind aus der Wut zu nehmen.

»Mein Gott«, schluchzt sie schließlich, »mein Gott, mein Gott.«

Wenn sie jetzt die Hände zusammenlegt und ihren Schoßheiligen beschwört, dann Gnade ihr, dann rast ich aus. Sie lässt's sein. Schwer zu ertragen, wie sie sonntags einem dieser Greise die Hand küsst, die mir jahrelang den Arsch geleckt haben, deren Lippen klebten geradezu an meinem Arsch, Gehorsamsliturgie nannten wir das, so einem küsst sie die Hand, nur weil die lausige Made einen Talar trägt, auf dem 'n Kreuz baumelt. Ich versteh ja, das Spektakel gefällt ihr, das Gesinge, die Rauchwolken, dort trifft sie ihre Freundinnen, wer geht da nicht alles hin, früher 1. Mai, heute Ostersonntag. Muss sie ihm deswegen die Hand küssen? Das ist widerlich, das geht zu weit. Der kommt uns nicht aus, nicht mal im Sarg, der trägt jede Menge Schuldscheine unter seiner Soutane, die verfallen bis zur zweiten Wiederauferstehung nicht. Sie ist aus meinem Zimmer raus. Jetzt wird sie mich anschweigen, einige Tage, das gibt mir Zeit. Sie denkt, damit bestraft sie mich. Ich halt's aus. Eins ist glasklar, bis die Angelegenheit nicht völlig geklärt ist, wird sie nicht lockerlassen, sie wird ihre Verdächtigungen wässern und düngen, bis die wuchern wie dichtes Gestrüpp. Ihr raubt's die Ruhe und mir den Schlaf.

KONSTANTIN

Der Markt ist neuerdings überdacht mit Musik. Dröhnender Rhythmus, piepsige Stimmen. Ich muss den Marktverkäufer anschreien, damit er das Wort »Aubergine« versteht. Dora hat ihre Haare sommerlich gekürzt, nun fällt ihr die Frotzelei leichter ins Gesicht. Die Musik springt von Schlager zu alter Weise.
»Magst du keine Volksmusik?«, fragt Dora.
Was mag ich wohl für eine Grimasse gezogen haben?
»Das ist es nicht«, antworte ich ihr. »Im Gefängnis wurde über Lautsprecher ein Volkslied gespielt, stundenlang, nur das eine Lied, der Lautsprecher im Gang auf voller Lautstärke, du kannst dir die Ohren zuhalten, du kannst fluchen, dir bleibt nichts anderes übrig, als es zu ertragen, es war dieses Lied.«
Mein rechtes Knie ist wieder einmal geschwollen, der kurze Gang zur Busstation, die wenigen Meter durch die Innenstadt strengen mich an, über Gebühr (nachträglich erhoben, Haft eine perpetuierte Nachzahlung). Ich lehne mich an die Rückwand des Sitzungsraums. Es sind noch einige Stühle frei. Mich hinzusetzen erschiene mir als Geste der Zustimmung zu der bald einsetzenden Operette. Zumal, von hinten überschaue ich alles, kann – wenn sich das Ganze als Zeitverschwendung erweisen sollte – schnell verschwinden. Es macht mir nichts aus, allein zu sein, ausgesondert, ganz hinten im Klassenzimmer, neben mir niemand, auch vor mir kein Schüler, um mich herum eine Bannmeile, um meinen in-

fektiösen Einfluss zu neutralisieren, nach dem Ausschluss aus dem Jugendbund als Einziger in der Klasse allein an einem Pult. Es war verboten, mich anzusprechen, sich mit mir zu unterhalten. Die Lehrer richteten das Wort nur zu Prüfungszwecken an mich. Stalinoide Pädagogik: Es gibt keine Alternative zur Kapitulation, die ausgehend von umfassender Selbstkritik ihren krönenden Abschluss im Spitzeldienst finden wird. Einige der Lehrer drückten mir die Hand, wenn uns niemand beobachtete, kleine Gesten der Solidarität unter der glattgeschmirgelten Oberfläche. Ebenso einige der Mitschüler, von denen sich die meisten auch außerhalb des Gymnasiums an das Verbot hielten. Es war nicht schwer zu erkennen, wer auf welcher Seite stand. Räudige Esel riechen sich über neun Hügel hinweg. Trotz dieser Umstände lernte ich viel, vor allem Mathematik, dank den Bemühungen eines ehemaligen Artillerieoffiziers, Zuchtmeister der Stereometrie und Planimetrie, der mir wiederholt androhte, mich durchfallen zu lassen (Funktionsträger des alten Systems waren übereifrig). Also büffelte ich sein Fach, aus politischem Zwang, bis spät in die Nacht hinein. Der Junge, der einsam an seinem Pult saß, der früh erspähte Volksfeind, wurde in Mathematik der beste Schüler der Klasse. Das war dem Eisernen unerträglich. Auch er wollte »einen neuen Menschen« aus mir machen wie alle anderen auch: die Familie, die Lehrer, die Staatsmacht. Sogar mein Vater. Ich antwortete ihm, gefallene Engel seien besonders bestrebt, alle anderen auf den Boden des Kompromisses zu holen. Er warf mir böse Blicke zu, er hätte mir einen Schlag verabreicht, wenn ich ihn zu diesem Zeitpunkt nicht schon überragt hätte.

Auf dem Podium hat eine repräsentative Auswahl an zeitgemäßen Akteuren Platz genommen, umringt von Fernsehkameras, zu einer weiteren Folge aus der Reihe: *Die Demokratie übt den aufrechten Gang*. Es moderiert Newrokop Iwanow, der Pilzmeister, ein *konzlagerist*, »einer von uns«. Keiner kannte sich bei Pilzen besser aus als

Newrokop. Als Student ernährte ich mich überwiegend von Pilzen, weil er regelmäßig hereinschneite, in mein feuchtes Souterrain, stets gutgelaunt, in seiner Jutetasche eine weitere Pilzernte, eine Spende des Zentralen Verbandes der Kooperativen, daraus bereiteten wir Pilzsuppe oder Pilzragout zu, Pilze wurden paniert, Pilze wurden eingelegt, Pilze wurden getrocknet. Jetzt sitzt er auf dem Podium, stellt bequeme Fragen über politische Absichten, über die bisherigen Erfolge dank dem neuen Gesetz. Ein jeder spricht in sein Mikrophon hinein, die Stimmen leicht verzerrt, ein jeder malt aus, was für eine Zeitenwende die neue Regierung eingeläutet habe, indem sie den Zugang zum Archiv der Staatssicherheit gesetzlich geregelt habe, so dass alle interessierten Bürger nun freien Einblick in ihre persönliche Vergangenheit erhalten könnten. Solange sie sprechen, ohne unterbrochen zu werden – untereinander mal ein zustimmendes Nicken, eine kollegiale Referenz –, dürfen sie sich einbilden, die Veranstaltung werde erfolgreich verlaufen. Doch im Publikum braut sich Unruhe zusammen, regen sich Hände, Verärgerung macht sich Luft. Newrokop, der den Palastherrn mimt, als wäre ihm diese Rolle in die bäuerliche Wiege gelegt, weist die Zuhörer beschwichtigend darauf hin, dass im Anschluss an die Stellungnahmen der geladenen Gäste Fragen aus dem Publikum zugelassen sein werden. Auf dem Podium vier »Demokraten«, zwei von ihnen ehemalige Mitarbeiter der Staatssicherheit: der Innenminister sowie der oberste Archivar, Stoiko Serafimow, ein Glatzkopf mit dem Aussehen eines Schlemmers, schon einmal entlassen, neulich wieder eingestellt. Ein Stehaufmännchen der staatlichen Erinnerungsvorsorge. Der dritte im Bund war bis vorgestern noch Mitläufer, jetzt gehört er zur Avantgarde des Kompromisses; dem vierten, dem ehemaligen *konzlageristen*, einst zuständig für Kräuter und Pilze bei einer Kooperative, wachsen immer wieder saubere weiße Haare nach. Der letzte Redner schließt seine Ausführungen, Newrokop dankt dem Publikum für das geduldige Zuhören, auch wenn es manch einem der Anwesenden gewiss schwergefallen sein müsse, was ihm sehr wohl bewusst sei, obwohl nicht übersehen werden dürfe, dass schon einiges erreicht worden sei, zweifellos sei der kritische Blick der Repressierten nicht nur gerechtfertigt, sondern vonnöten, denn Fortschritte anzuerkennen bedeute keineswegs, Mängel zu verschweigen. Der alte Fuchs sichert sich nach beiden Seiten ab, ein Volkstribun von solider, provinzieller Klasse, der uns im Gefängnis mit fiktiven politischen Reden erheiterte, er war auf dem imaginären Podest in der Zelle so sehr in seinem Element wie auch im Koop, ein Trickster privatwirtschaftlicher Tätigkeit im sozialistischen System, einer Quadratur des Kreises, die mit dem Einkauf von Pilzen begann, die Zigeuner froh um den erhöhten Tagessatz von fünf Lewa, weswegen sie Newrokop die leckersten Pilze, die frischesten Kräuter lieferten, er diese an die Zentrale weiterverkaufte, die ihrerseits an die Pharmaindustrie lieferte oder gegen Devisen ins Ausland verkaufte, so ernährte sich der Bund der kapitulierten Bauern vom Wildwuchs, der quirlige Newrokop teilte mit beiden Händen aus, lud Freunde großzügig zu sich nach Hause, Geschäftspartner in teure Restaurants ein, stets in seinem Element, wie auch jetzt, trotz der Unruhe im Saal, einer dieser funktionalen Säle mit der Erinnerung an selbstgerechte Konferenzen. Auch wenn das Schiff der Narren ins Stampfen gerät, Newrokop betont mit fester, aber emotionsgeladener Stimme, wie vertraut ihm die Einwände der Versammelten seien, »genug der Rede«, wie nachvollziehbar, Newrokops Stimme wird lauter, alle vorgebrachten Einwände würden nach Möglichkeit berücksichtigt werden, »Lüge«, seine Stimme kocht über, sein Gesicht läuft rot an, so rot wie nach einer Flasche Rakija, die Trinknorm für einen jeden von uns bei unseren gemeinsamen Pilziaden oder bei Gelagen, bei denen er Offizieren, Funktionären, Inspektoren Geldbündel zusteckte, pass auf, Newrokop, warnte ich ihn, pass auf, worauf er mit unwirscher Handbewegung: Ich weiß, was ich tue, die halten ihre schützende Hand über mich, ich kann meine Tätigkeit ausweiten, denk dir nichts dabei, so was gibt's in allen Bereichen, wenn du wüsstest, wie's im Amt für Wohnungszuteilung zugeht, ja, Newrokop, das mag sein, das kann ich mir vorstellen, aber du warst politischer Häftling, vergiss das nicht, gegen seine Zuversicht war keine Warnung gewachsen, ach was, die stecken doch alle in meiner Tasche, Korruption gibt's überall, jaja, Newrokop, wenn du ein normaler Bürger wärst, ein Nullachtfünfzehn-Genosse, doch in deinem Fall! Der Saal hat Newrokop die Souveränität entrissen, dabei fing alles so gut an, so einvernehmlich. Er hat auf mich nicht hören wollen, als die Macht es für nötig erachtete, trennte sie vom Kreis der reinen Lehre die sperrigen Ecken des Quadrats ab, Newrokop wurde verhaftet, in Untersuchungshaft gesteckt, eine weitere Verurteilung, dieses Mal zu einem gnädigen Jährchen auf Bewährung. Ist das der Grund, wieso er die Butter so gleichmäßig auf alle Brote zu schmieren versucht? Wurde Newrokop gänzlich kooptiert? Mein Mitgefühl hält sich in Grenzen, niemand hat ihn gezwungen, zwischen Ohrfeigen zu tanzen, damals wie heute.

Schönfärberei ist simple Zauberei, solange die Sprache abstrakt bleibt, doch schnell wird sie von Details enttarnt, etwa von wütenden Fragen an vier exponierte Männer, die nichts Falsches von sich geben wollen, ergo nichts Verbindliches. Einen der Zwischenrufer kenne ich aus der Zelle (wer wird heute Nacht neben dem Notdurfteimer liegen?), einen von der Hubarbeit (hiev hoch, an den Stäben, die Planken quer, die Erde 100 Kilo schwer), einen aus dem Karree (morgen boykottieren wir den KultRat!), einen aus der Psychiatrie (auch du, Konstantin, auch du verrückt?), einige der Fragenden kenne ich als ausgemergelte Halbtote mit bläulich-bleicher Haut, »Wieso schützt dieses Gesetz die Agenten und Zuträger?«, die Fingernägel klauenartig, »Wieso ist die Kommission mit keinem einzigen Repressierten besetzt?«, Ödeme im Gesicht, besonders um die Augenlider herum, »Wieso werden uns Akten vorenthalten?«, die Fratzen von einst in den Gesichtern von heute nicht wiederzuerkennen, »Wieso haben die Tschekisten immer noch die Akten in der Hand«?, ein veränderter Mensch, wessen Wirbelsäule nicht mehr prügelkrumm. Auf die meisten Fragen gibt es keine Antworten. Sie platzen auf, prasseln auf die Schausteller, die sich mit steifer Zurückhaltung zu entziehen versuchen, die Fragen zerfetzen den Vorhang der Inszenierung, der Innenminister, im Amt noch wenig geschult, wiederholt festgeklopfte Erklärungen, Serafimow windet sich, beschwört seine demokratische Haltung, erträgt scheinbar stoisch die ihm entgegengeschleuderten Beleidigungen. Der Vorsitzende der Demokratischen Kräfte, seit den Tagen des Runden Tisches Vollblutpolitiker (ein Blutbild, das ich nicht näher analysieren will), versucht zu improvisieren, schätzt das Publikum falsch ein, greift in die Leere, taumelt, begleitet von Pfiffen, Flüchen, Newrokop springt ihm zur Seite, mit beruhigenden Worten, worauf der Archivar all jenen, die bislang Schwierigkeiten erfahren haben, Einsicht in ihre Akten zu erhalten, jenen, die legitime Beschwerden vorbringen können, feierlich verspricht, persönlich zu helfen. Newrokop Iwanow nickt zufrieden, das ist unser Mann, Leute, ruft er aus, wir sollten ihm etwas Vertrauen entgegenbringen. Das Schlitzohr. Am Ausgang erblickt er mich. Arm in Arm mit dem Leiter des Archivs steuert er direkt auf mich zu, stellt uns vor.

»Stoiko Serafimow.«

»Konstantin Scheitanow.«

»Ach ja, ich habe schon viel über Sie gehört.«

Er blickt mich neugierig an, abwägend, mit Respekt, vielleicht bilde ich mir das nur ein, er wirkt bereit, jederzeit in Habachtstellung zu schnellen.

Kaum vernimmt er, wie wenige Akten mir bislang überreicht worden sind, schüttelt er den Kopf, als wäre er mit einer statistischen Unwahrscheinlichkeit sondergleichen konfrontiert.

»Wie ist das möglich?«

»Es ist nicht nur möglich, es ist Tatsache, überprüfen Sie es doch selbst.«

»Dann kommen Sie morgen früh zu uns, berufen Sie sich auf mich. Ich werde mich Ihres Falles persönlich annehmen.«

Er entschwindet, erregte Repressierte bleiben zurück.

(aus dem archiv der staatssicherheit)

Abschrift

21. Juni 1951

Genosse Leiter,
Im Mai bin ich Ewgeni Zwetkow einmal in der Anwesenheit seiner Frau begegnet. Zum ersten Mal nach seiner Freilassung haben wir geredet. Mein Eindruck ist, daß seine Ansichten, auch die bezüglich der Landwirtschaft des Staates, sich während der im Gefängnis verbrachten Zeit wenig geändert haben. Er ist der gleiche Reaktionär, wie ich ihn von früher kenne. Er zeigte sich sehr zurückhaltend, was vielleicht aus seinen Zusammenstößen mit Vertretern der Volksrepublik, während er in Haft war, resultiert. Entschieden weicht er politischen Fragen aus, auf die ich die Unterhaltung lenke, oder äußert sich zweideutig und unbestimmt. Entspannter spricht er über das wirtschaftliche „Chaos", in welches unser Land und Volk geraten sei und sagt, daß die Arbeiter kaum Geld für das tägliche Brot erhielten, die Menschen in Armut lebten und die, mit denen er zusammenarbeite, hungerten, Kleidung und auskömmliches Leben seien undenkbar, das sehe er auch an sich, denn sein Tageslohn reiche für das Notwendigste zu Hause nicht aus, aber er sei nicht an einfache Lebens-

bedingungen gewöhnt und schwer könne er sich damit abfinden, daß die wirtschaftlichen und sozialen Entwicklungen in der Volksrepublik ihm den Wohlstand geraubt hätten.

Ich konnte mich auch mit dem Sohn vom Doktor Scheitanow unterhalten, der ziemlich reaktionär seine Zähne fletschte und systematisch typisch bürgerliche Auffassungen an den Tag legte. Ich habe aber den Eindruck, daß er einiges sagte, woran er selbst nicht glaubt, nur um meine Gegenposition zu provozieren, damit ich seine Stimmung und Gesinnungen begreife.

Er sprach von den brutalen Maßnahmen, die die Macht angewandt habe, um die ihr unbequemen Menschen umzuorientieren, wie z.B. Entzug von Arbeit, Coupons (er selbst ist arbeitsfrei und vermutlich beeinflußt dies seine Meinung zur Frage) usw. Er sprach davon, daß unser Regierungssystem keine klaren Prinzipien und keine bestimmte Richtung habe, daß der Kommunismus, den wir eines Tages aufbauen wollen, ein aussichtsloses Dogma sei und wenn die Regierung wirklich so eine höchste Form der Gesellschaftsordnung anstrebte, so seien ihre Mittel verfehlt (er meinte, daß sie aus den Menschen Untertanen statt Freidenker mache). Unser Staatsapparat sei total bürokratisch und es würde nichts oder fast nichts getan, um diesen gesellschaftlichen Makel zu beseitigen. Und daß die Beziehungen des Staates zu den Menschen und untereinander nicht sozialistisch seien.

Meine Überzeugung ist aber, daß das nur flüchtige

und nicht durchdachte Gedanken sind, da er in vielen Punkten nachgab und mit vielen offensichtlichen Widersprüchen, die ich ihm aufzeigte, gleich einverstanden war.

VORSCHLAG
Einleitung einer vorläufigen Akte zur operativen Personenkontrolle für die Person Konstantin Milew Scheitanow, Bürger von Panagjurischte, auf der Ebene des Jugendverbandes (Abteilung III) MfS, Panagjurischte

KREISLEITER STAATSSICHERHEIT: (Unterschrift)

Meldung von Agent DOKTOR

14. September 1951

Auf die Frage, wie er die Lage im Lande beurteile, antwortet KMS, daß er die Philosophie des Lebens begriffen habe. In den Tag hineinzuleben, das sei die Wahrheit. Der Selbige sagt, er könne das Leben nicht ändern, in heutigen Zeiten lebe jeder als abgetrennte Einheit. Es gebe nichts Dümmeres, als zu versuchen, die Verhältnisse zu ändern, ob allein oder zusammen mit anderen, weil das nur dem Menschen schade. Früher hat er behauptet, die anderen würden ihn isolieren als Feind, jetzt sagt er, er habe sich losgelöst von den anderen, er habe kein Bedürfnis nach irgendeinem anderen Menschen, die Bücher und ein Stück Brot, das reiche ihm. Allein mit den Büchern werde er herausfinden, was das Leben und die Gesetze, die es beherrschen, wert seien. Er redet nur noch wenig und wirkt wie abwesend.

METODI

Es hängt einer an der Wand, wie gehabt, der erste Mann des Staates starrt auf uns alle herab. Ein fader Kerl, irgend 'n Advokat, Scheidungsanwalt, sei's drum, das Volk wählt selten große Männer. Sein Konterfei, saubere Kontinuität. Die Mauern des Staates stehen stabil. Wer an der Wand hängt, ist doch egal. Das hab ich in der sogenannten Demokratie gelernt. Wer's Karussell dreht, das ist wichtig, nicht, wer auf welchem Pferdchen sitzt. Zugegeben, früher wurde 'n wenig übertrieben, Živkow rauf, Živkow runter. Wie heut die Fressen der Fußballer. Dann doch lieber Živkow. Vor 'nem Jahr erst ist er gestorben. Hausarrest, das hat ihn zermürbt. Kerngesund war der Mann, geradezu penetrant gesund, stabiler Blutdruck, niedriger Ruhepuls. Wie die ganze Sippe. Sein Großvater Wlado, der ist erst mit 105 dahin. Ging selbst in hohem Alter aufs Feld hinaus. Wenn Frauen vorbeischlenderten, zogen ihn die anderen Bauern auf: *Diado*, schau dir die Schönheiten an. Und er antwortete: Ach, Jungs, dazu taug ich doch nicht mehr, vor einigen Jahren noch, mit knackigen achtzig, da konntet ihr mit mir noch rechnen. So hat sich's Živkow für sich selber ausgerechnet, ganz bestimmt. Ohne Hausarrest standen ihm noch ein paar hüpfrige Jährchen bevor, da bin ich mir sicher. Nur das mit dem Haarausfall, das passte ihm gar nicht, hat lang versucht, den Kahlschlag auf dem Kopf zu verbergen. Und als die wenigen Haare grauer wurden, hat er sie mit Henna gefärbt. Eitel war er, ja. Wie alle großen Männer. Ohne Eitelkeit, wie willst du das Selbstbewusstsein aufbringen, das es braucht? Er wollte schon immer auf der Bühne stehen. Egal, auf welcher Bühne. Hauptsache da oben stehen und die entscheidenden Sätze sagen. Das ist nicht auf meinem Mist gewachsen, das hat er mir serviert, die allererste Überraschung, nachdem ich geprüft und für vertrauenswürdig befunden wurde, da sagte er: »Fürs Schauspielern hatte ich mehr Talent als für die Politik.« Ich war baff. Er zwinkerte mir zu: »Deswegen sagt man doch, die Bretter, die die Welt bedeuten. Jung war ich, Feuer und Flamme fürs Theater, nichts anderes im Sinn, außer die Parteiarbeit, natürlich. Das Nationaltheater suchte jemand für 'ne Hauptrolle, für Wilhelm Tell. Der Schütze, der niemals daneben schießt. Also bewarb ich mich, trug ein Gedicht von Smirnenski vor, *Der Bergbauarbeiter,* wollte die gelehrten Herren gehörig beeindrucken, ging nach Haus, ohne mir Hoffnungen zu machen. Zu meiner Überraschung hörte ich nach einer Woche, sie haben mich ausgewählt.«

Živkow als Wilhelm Tell. Herrliche Vorstellung. Leider musste er verreisen, in die Provinz, konspirativ unterwegs ... vorbei mit Wilhelm Tell, er tat mir im Nachhinein noch leid, das war seine Rolle, wie für ihn geschrieben, ein Mann, der mutig ist, aufrichtig, im Widerstand, da musste er gar nicht so viel schauspielern.

Zugegeben, mir war's manchmal auch zu viel, wie er mich von jeder Wand anstarrte. Im Amt hatten wir etwas Abwechslung, Dserschinski, der wurde nie abgehängt, das nenn' ich Respekt, über alle Launen hinweg, im Empfangsraum aus Bronze auf 'nem Piedestal, was für 'ne Physiognomie, die Gesichtszüge scharf geschnitten, der Spitzbart, der Schwertblick und dieser Satz, der trieb einem jungen Menschen, der sich aufmachte, dem Vaterland zu dienen, Tränen in die Augen: »Feurigen Herzens, kühlen Kopfes, reinster Hände.« Die Losung eines Mannes, der sich keine Schwäche erlaubt.

Nezabrawka verspätet sich, zum ersten Mal. Das ist 'n gutes Zeichen, die Treffen mit mir werden zur Normalität. Oder glaubt sie,

sie hat mich am Wickel, sie kann mich einfach so warten lassen? Das muss ich ihr gleich austreiben. Ich weiß nicht, wieso ich mich wieder mit ihr treffe. Staun über mich selbst. Aus Neugier? Aus Langeweile? Brauch ich eine neue Aufgabe? Ist mir das Leben zu gemächlich? Wer sich eingräbt, ist lebendig begraben, stimmt schon. Wie immer bestellt sie einen Tee. Irgendwas Modisches, grün mit Habmichgern, Zeug zum Gurgeln.

»Es ist an der Zeit, dass du mir sagst, was du bezweckst.«

»Das habe ich doch schon. Sie wollen es nur nicht hören.«

»Nein, nicht schon wieder die alte Leier! Was du wirklich von mir willst? Oder soll ich sagen, was ihr wirklich wollt?«

»Es gibt kein wir.«

»Es ist für uns beide einfacher, du sagst mir die Wahrheit.«

»Ich will wissen, ob Sie mein Vater sind.«

»Sonst nichts?«

»Das wäre schon viel.«

»Und wenn ich's bin?«

»Darüber habe ich mir keine Gedanken gemacht.«

»Du hast dir überhaupt wenig Gedanken gemacht. Dafür mach ich mir Gedanken. Jede Menge. Weißt du, wie gefährlich das Spiel ist, das du spielst? Lass dir von einem alten Mann sagen: Mach dir jemanden erst dann zum Feind, wenn du dir deines Sieges sicher bist.«

»Was reden Sie da? Feind, wieso denn Feind? Wieso treffen Sie sich überhaupt mit mir? Es fällt mir schwer, Ihnen irgendwas zu glauben. Sie reden eine Sprache, die ich nicht verstehe.«

»Jetzt entspann dich, Mädchen, und sag doch endlich du zu mir. Wir sind uns doch nähergekommen.«

»Von wegen, Sie gehen mir aus dem Weg.«

»Das kommt dir nur so vor, weil du das Unmögliche erwartest.«

»Was ist an einem Vaterschaftstest so unmöglich?«

»Ausgeschlossen. Verstehst du? Völlig ausgeschlossen! Damit ist das Thema für mich erledigt. Reden wir über etwas anderes. Ich hab 'nen Vorschlag. Ein Kompagnon von mir sucht eine zuverlässige Buchhalterin, da hab ich an dich gedacht.«

»Woher wussten Sie ...?«

»Du hast es mal erwähnt.«

»Habe ich?«

»Ja, keine große Sache, ich merk mir halt alles, nenn's professionelle Gewohnheit, wichtiger ist, ich hab das Gefühl, deine Fähigkeiten werden momentan nicht voll realisiert.«

»Ich komme zurecht. Es ist nicht optimal, immer auf Abruf zu sein, eine Festanstellung wäre besser, natürlich.«

»Ich hab nicht nachgefragt, aber das Gehalt kann sich bestimmt sehen lassen, Waleri ist großzügig, wenn er zufrieden ist.«

»Wollen Sie mich kaufen?«

»Wo denkst du hin, Mädchen. Ich will 'nem alten Freund helfen, und wenn's dir auch guttut, soll's mir recht sein.«

»So sind Sie es gewohnt, nicht wahr, dass Sie alle mit Geld auf Ihre Seite ziehen. So haben Sie es ein Leben lang gemacht, Menschen gekauft.«

»Was hast du für lustige Vorstellungen. Da bringst du einiges durcheinander. Heutzutage, da hat jeder seinen Preis, also schachert man um den Preis. Das ist primitiv. Wir sind psychologisch vorgegangen. Wir haben niemanden gekauft. Wer uns zugearbeitet hat, der hat kein Geld bekommen, Spesen, wenn überhaupt, gegen Belege, fürs Benzin und so, vielleicht mal ein Geburtstagsgeschenk als Belohnung. Die Leute haben's nicht fürs Geld gemacht. Wir haben sie verführt. Das war eine Kunst, die passenden Kandidaten auswählen, gutes Material finden, ehrlich, treu, zuverlässig.«

»Zu eurer Verführung gehörte doch auch Gewalt? Das haben Sie zu erwähnen vergessen. Ich kann mir vorstellen, wie Sie die Menschen zur Einsicht gezwungen haben.«

»Gewalt wird überschätzt, mein Kind. Taugt in solchen Fällen nicht wirklich, wurde eher selten eingesetzt, hält nicht an, wenn's nicht freiwillig ist, aus Überzeugung. Das war das Ziel. Mussten wir manche hinschubsen? Ja, manchmal musst du die Sturheit erst mal aus dem Weg räumen. Dann kannst du sie dazu bringen, aus freien Stücken mitzumachen. War ja auch 'ne Ehre für sie, so was wie 'ne Auszeichnung, gab denen 'n Gefühl der Überlegenheit. Sie waren auserwählt. Du musstest ihnen zeigen, wie sehr du ihre Mitarbeit schätzt, wie wichtig das war, was sie leisteten.«

»Das klingt so, als seien Sie stolz.«

»Wenn du mich so direkt fragst, muss ich dir klar antworten, ich bin mir stets treu geblieben, hab alles gegeben für die Sache und nie was getan, nur weil's mir selber Vorteile brachte, und darauf, ja, darauf bin ich stolz. Das hielt mich aufrecht. Zugegeben, von uns wurde einiges verlangt, ich hab nicht alles gern getan, du kannst dir's nicht aussuchen, wer operieren muss, der macht sich die Hände blutig, das lässt sich nicht vermeiden, die Revolution macht man nicht mit weißen Handschuhen, wir hatten es mit Feinden zu tun, die waren bereit, alles zu zerstören, sie hatten die Unterstützung der mächtigsten Kräfte der Welt, sie wollten alles kaputtmachen, was wir gerade aufbauten.«

»Das haben Sie sich eingeredet, hören Sie nicht, wie billig das klingt? Sie legen es sich immer so zurecht, wie es Ihnen passt.«

»So war die Stimmung damals. War sie aufgeheizt? Ja. Es ging um etwas, es ging um alles. Wir mussten uns gegen Leute verteidigen, die waren nicht nur gefährlich, die hielten sich für was Besonderes, feine Pinkel, wollten nicht, dass der einfache Mann es besser hat. Die hassten Leute wie mich, weil wir was zu sagen hatten, in der neuen Epoche, war nicht einfach mit solchen Leuten, wenn die so tun, als haben sie mit der Klassenfrage nichts am Hut. Wie willst du an einem Strang ziehen, wenn der Kerl 'nen Zylinder trägt und du 'ne Stalinka? Da gib's keine einfache Lösung. Ist nicht getan mit 'nem Hutwechsel, mit 'nem Kleiderwechsel. Auch ohne Röhre auf dem

Kopf benimmt sich der Kerl so, als ob er den noch trägt. Lass dir mal 'n Beispiel geben, dann verstehst du's besser: Da war einer, saß in Untersuchungshaft, wegen Spionage und so, den hat das Leben mächtig beschenkt, Französisch im Kindergarten, Klavierunterricht, Bibliothek zu Hause, eigenes Pferd, Tennis gespielt, selbstbewusst wie drei Könige, was für ein Erbe, ha, das ist ihm abhandengekommen, für diese Gerechtigkeit haben wir gesorgt, und trotzdem, der behandelt die anderen in der Zelle wie seine Dienstboten. Verbittet sich den Ton der Wärter, zu grob, sagt er, so spricht man nicht, wollte eigentlich sagen, so spricht man nicht zu einem, wie er einer ist. Obwohl er 'ne Pritsche mit zwei Arbeitern teilt und den Kübel selber hinaustragen muss, behandelte er die anderen von oben herab. Ein Auserwählter, selbst im Reich der Scheiße. Was machst du mit so einem? Die Schmarotzer, die saugen sich voll mit fremdem Blut und sind dann stolz auf ihre Leistung. Halten sich für Menschen mit gesunden Idealen. Was machst du mit einem, der die Schweinerei der Verhältnisse nicht spürt?«

»Also alles gerechtfertigt? Wollen Sie das sagen?«

»Ja, Mädchen, so ist's. Du hast den Nagel auf den Kopf getroffen: Was wir taten, musste getan werden. Ganz einfach: Wer nicht zum Volk gehören will, der darf sich nicht wundern, wenn er zum Wohle des Volkes geopfert wird.«

Wie komm ich überhaupt dazu, mich vor so einem jungen Ding zu erklären. Dabei hat sie mich noch kein einziges Mal angelächelt. Ich spiel den Kavalier, ich komm ihr entgegen, und sie schnappt nach mir, versucht zu beißen. Das schaffen wir schon, die biegen wir noch hin. Dauert nur länger als gedacht. Was bringt die mich auf solche alten Geschichten. Nicht unangenehm, zugegeben, an die jungen Jahre denkt man gern zurück. Sie ist gegangen, mein Rätselchen, kam mir 'n wenig enttäuscht vor, hängende Schultern und so, hat mir ein wenig leidgetan, ich hab mir 'nen Cognac bestellt. Albena ist ins Konzert, mit der Washingtoner Nichte, die ist gestern eingetrudelt, immer so *bizibizi*, ruft an, bevor sie abhebt, damit wir den Fahrer zum Flughafen schicken, wird einige Tage bleiben, hat sich bei uns einquartiert. Die Eltern geschieden, gemütlicher ist's bei uns oben. Der Ausblick eh besser. Und ich hab ein wenig Zeit für mich, selten genug. Eine Schale geröstete Nüsse auf dem Tisch, so wie ich's mag, ungeschält, gut gesalzen. Was war ich damals gierig aufs Lernen. Hab alles verschlungen, wollte meinen Beitrag leisten zum Aufbau der Volksrepublik. Was immer ein Offizier, ein Dozent von sich gab, wurde gleich notiert, gebüffelt, auswendig gelernt. Das Jurastudium lief genaugenommen nebenbei ab, die Praxis, die war wichtiger, die interessierte mich mehr. Im Krieg, als ich von Einheit zu Einheit flitzte, da kam ich mir vor wie mitten im Geschehen. Im Gymnasium, da konnt ich einige tickende Zeitbomben entschärfen, ich hatte das Gefühl, ich kämpf an vorderster Front. Aber erst im Amt, als ich den wirklichen Bedrohungen ins Gesicht starrte, begriff ich, wo die Musik spielt, dort war die Kommandozentrale, dort wurden die Schlachten entschieden. Das war aufregend. Die Maßregeln, die Zielsätze, das war mir alles zu theoretisch, das hab ich mir übersetzt, in meine Sprache, in Szenen und Situationen, das ging mir besser in den Kopf. Aber trotz der ganzen Vorbereitung, beim ersten Mal war ich noch ziemlich ahnungslos. Der Verdacht: jugoslawischer Spion. Ich sollte nur beobachten. Ich kam zu spät. Der Mann war schon gebrochen. Es ist eine Sache auf dem Papier, »die völlige körperliche und moralische Erschöpfung herbeizuführen«, 'ne ganze andere Sache, wenn du so 'nen Titofaschist mit eigenen Augen siehst, völlig gleichgültig dem Schicksal gegenüber, der sich nur nach dem Ende sehnt. Eindrucksvoll. Was Disziplin und Strategie alles erreichen können! Da hab ich mir gewünscht, von Anfang an dabei zu sein, den gesamten Ablauf zu erleben, mitzuwirken. Muss man zugeben, der französische Cognac ist viel besser als der georgische Fusel von früher. Vom Krimsekt ganz zu schweigen. Da krieg ich Sodbrennen, wenn ich nur dran denke, wie viel wir uns von der süßen Brühe reingekippt haben. Schnell ging's bergauf für mich, das war das Gute an der Zeit, die Herausforderungen groß, unsere Zahl gering, man wurde gleich rangelassen, für 'nen Praktiker wie mich das richtige Tempo, gestern noch in der Ausbildung, heute schon in verantwortungsvoller Position. Ich machte rasant Fortschritte. Ich erreichte bald zuverlässig die angestrebten Ziele, führte die ausweglose Situation herbei, ließ den Kerl schmoren, machte 'ne kleine Seitentür auf, der einzige Weg hinaus, und sieh da, er kroch zur Tür hinaus. War nicht so einfach, wie's klingt, der Mensch hält Sachen aus, das glaubt man nicht, das war die wichtigste Erkenntnis der ersten Einsätze. Da galt's die Geduld nicht zu verlieren. Die Sicherung brennt einem schon mal durch, geschenkt. Entscheidend ist das Prinzip, immer das Prinzip im Kopf: den physiologischen, physikalischen und psychologischen Druck aufrechterhalten. Befolge den Dreistufenplan: »In der ersten Phase Isolation und Reduktion.« Die erfahrenen Kameraden nannten es »marinieren«. Die Phase des Verhörs, im Durchschnitt fünf 24-Stunden-Zyklen, hing natürlich vom Einzelfall ab. Das wird hohe Anforderungen an dich stellen, ermahnte mich der Major, der mich unter seine Fittiche nahm, weiß nicht, ob ich's verdient hab, aber immer Glück gehabt mit meinen Lehrern, unterschätz das nicht, auch wenn ihr euch alle paar Stunden abwechselt, ihr müsst wach und konzentriert bleiben, der entscheidende Hinweis kann jederzeit fallen. Die Belastung kontinuierlich erhöhen. Haltet euch an die Vorgaben, nicht abweichen, nicht kreativ werden, verstanden? Mit den vorformulierten Fragen operieren. Wiederholen, wiederholen, wiederholen. Die Wiederholung ist das Gleitmittel der Ermittlung. Disziplin, darauf kommt's an, wie in allen Bereichen des Lebens. Das war meine Stärke, ich befolgte die Instruktionen aufs i-Tüpfelchen. War nie einer dieser Holzköpfe, die glauben, alles besser zu wissen. Am liebsten saß ich am Tisch und verglich die Angaben mit dem Protokoll des Vorgängers, mit den Aussagen anderer Verdächtiger.

Abweichungen erkennen, dem verhörenden Kameraden Mitteilung machen, wenn die Befragung eine Differenz der Aussageinhalte aufzeigt. Eine Frage der Konzentration. Da muss man pedantisch sein, auf jedes Staubkorn achten. Oft reichte die zweite Phase aus, um ein umfassendes Geständnis zu erzielen. Wenn weitere Maßnahmen notwendig waren, wurde die dritte Phase eingeläutet. Zwischen der zweiten und der dritten Phase lässt man den Häftling zu Kräften kommen, ausschlafen, 'ne doppelte Ration Brot, bis er glaubt, die Prüfungen sind beendet. Dann wird er in ein anderes Verhörzimmer gebracht, dort sind mindestens vier von uns anwesend. In dieser Phase muss es 'nen Schock geben. Keine Fragen, keine Erklärungen. Er muss begreifen, was die einzige Alternative zum Geständnis ist. Im Unterricht hatten wir eher die sanften Formen von Druck durchgenommen. Man wächst ja in die Aufgaben rein. Bei der ersten praktischen Umsetzung lernte ich von den Kameraden andere Varianten. *Learning by doing* nennen das die Amis, anders geht's nicht. Wir hatten 'nen Faschisten erwischt, der plante im Nordwesten einen Aufstand, er wurde zu Boden geworfen, die gefesselten Hände über die Knie gezogen, der Lauf eines Gewehrs zwischen Knie und Ellbogen gesteckt, auf den Rücken gedreht und der Mund gestopft. Das ging so flüssig, ich konnte nur zuschauen. Dann reichte mir der führende Offizier einen Gummischlauch und zeigte aufs Gemächt des Faschisten. Herrliches Wort, hab ich damals gelernt, von 'nem alten Advokat, der sperrte sich gegen alles: »Wagen Sie es nicht, mir aufs Gemächt zu schlagen!« Wir kugelten uns. »Schau mal in den Spiegel, Alter«, rief der Sergeant aus, »dann wirst du sehen, hier gibt's kein Gemächt mehr!« Ich holte aus, zögerte 'ne Sekunde, schlug zu, zaghaft, es kam mir unanständig vor, ekelhaft die Erinnerung, ich war doch kein Päderast, ich hab Arschwichser schon immer gehasst, einem auf die Eier schlagen, egal wem, und die Schreie dazu, die klangen pervers, fast so, als geilt sich der Kerl auf, muss doch elegantere Methoden geben, ging mir durch den

Kopf, genauso effizient, darum geht's doch, um die Effizienz, wer das aus den Augen verliert, der ist kein guter Professionist. Was muss ich jetzt aber auch an so was denken, versaut einem die ganze schöne Erinnerung, darauf noch 'nen Cognac, das Verhör führt mit eleganteren Methoden zum Erfolg, spätestens in der dritten Phase, mit längeren Unterbrechungen bei gesteigerter Intensität. Wer danach noch uneinsichtig ist, dem ist nicht zu helfen, an dem sollten die Organe ihre wertvolle Zeit nicht verschwenden. Für den gilt der Satz von Gorki, der hing eingerahmt im Kabinett unseres Majors: »Wenn der Feind sich nicht ergibt, wird er vernichtet.« Manchmal beißt man sich die Zähne aus, das muss man akzeptieren. Das sag ich jetzt, im Alter weise geworden, damals hat's mich gewurmt, wollt freiwillig noch 'ne Schicht dranhängen, zumal, das erste Mal ist's mir passiert bei 'nem Fall, für den fühlte ich mich verantwortlich, hab mich zu weit rausgelehnt gegenüber den Kameraden, jugendlicher Überschwang. Den kenn ich gut, tönte ich, diesen Lump, dem werd ich die Sprache der Menschen einbläuen, und hab insgeheim auf meinen ersten Skalp spekuliert. Nichts da. Wie gegen 'ne Wand gefahren. Geh nach Hause, sagte der dienstführende Offizier. Schlaf dich aus. Wir brauchen frische Köpfe. Der letzte Blick, den der Häftling mir zuwarf, ich war mir sicher, der grinst innerlich. Auf dem Nachhauseweg, die Frühschichtler gingen zur Arbeit, keiner schaute mich an, keiner blickte mir in die Augen, die Uniform hatte diesen Effekt, und trotzdem, ich hatte das Gefühl, sie lachen mich alle insgeheim aus. Da packte mich so 'ne Wut, ich wollte sie alle ins Verhör nehmen, ihren Hochmut kurz und klein schlagen, ihnen Respekt beibringen. Darauf bin ich nicht stolz, das war unprofessionell, Aufgaben und Gefühle vermischen. In dieser Nacht schwor ich mir, diesen Scheitanow, den bring ich zur Strecke, egal, wie lang's dauert.

KONSTANTIN

Zum ersten Mal suche ich das Amt für »Information und Archiv« auf, ohne dass mir ein Termin zugeteilt worden wäre. Der Bus lässt lange auf sich warten, als er endlich vorfährt, presst sich eine Menschenmenge wutgesättigt in den vollbesetzten Bus. Eine Stimme beschwört die schwitzende Gemeinde, Jesus zu suchen. Eine ältere Frau mir gegenüber hält sich kaum auf den Beinen. Sie hat sich, wie die meisten Menschen hier bei uns, so sehr an den Mangel gewöhnt, dass sie sich gar nicht vorstellen kann, ihr könnte ein Sitzplatz zustehen. Neben ihr sitzen zwei Mädchen. Ich fordere sie auf, der Frau ihren Platz zu überlassen. Denk nicht dran, sagt das eine, das andere tut so, als hätte es mich nicht gehört. Ich bestehe darauf, dass eines der Mädchen aufsteht. Auch wenn ihr es nicht spürt, erschallt es verheißungsvoll, Jesus ist in eurem Leben! Die Mädchen ignorieren mich. Steh sofort auf, platzt es aus mir heraus. Belästigen Sie das Kind doch nicht, blafft mich ein Mann an. Andere um uns herum rügen mich, erheben ihre Stimme zum Schutz des Mädchens, das keinen Anteil an der Aufregung nimmt. Ich schaue mich um. Wäre ich jünger, ich würde es mit allen aufnehmen. Der Bus fährt zügig in eine Kurve hinein, ich muss mich am Haltegriff festkrallen, um nicht umzufallen. Die ältere Frau flüstert mir zu, ich solle es gut sein lassen. Ausdruckslos.

Stoiko Serafimow hat Wort gehalten. Kaum erwähne ich an der Pforte seinen Namen, werde ich in sein Büro geführt. Er behandelt mich wie den Botschafter eines Landes, mit dem er bevorzugte Handelskonditionen auszuhandeln hofft. Ich fasse meine bisherigen Einblicke in die Architektur der Akten zusammen. Er nickt einige Male, bevor er mir systematisch darlegt, was ich ihm gerade skizziert habe. Er gehe davon aus, dass die Akten aller wertvollen Agenten erhalten seien, zur Gänze erhalten samt aller operativen und persönlichen Daten. Jeder hauptamtliche Mitarbeiter habe zwei Dossiers geführt, einerseits die persönliche Akte des geheimen, des informellen Agenten, andererseits eine Kaderakte. Alle Zeugnisse und Informationen haben Eingang in die Kaderakte gefunden. In der persönlichen Akte hingegen wurden die Beurteilungen abgelegt, die wichtigen Angaben über ihn, seine Familie, seine Kollegen. Wegen dieser mehrfachen Erfassung sei es unwahrscheinlich, dass alle Dokumente über eine bestimmte Person vernichtet worden seien. Fänden sie sich nicht in der einen Akte, könne man sie in der anderen Akte suchen. Wenn nun also behauptet werde, eine Akte sei vollständig vernichtet, dann bedeute dies im Regelfall, dass sie entwendet worden sei. Sie könnte sich etwa im persönlichen Besitz des einstigen Führungsoffiziers befinden. Wir beide wüssten, wie unübersichtlich die Lage zur Zeit der Veränderung gewesen sei.

»Die Akten dienen als Währung«, werfe ich ein, um ihn zu provozieren.

Wie dem auch sei, das Amt verfüge über keine Möglichkeit, dies zu überprüfen, all das, was er mir gerade anvertraut habe, sei seine persönliche Meinung.

Ich frage ihn, inwieweit das Gerücht stimme, dass die Mikrofilme vom KGB außer Landes geschafft worden seien.

Er wirft mir einen misstrauischen Blick zu. Das sei Unsinn, blühende Phantasie, grobe Unkenntnis der Sachlage. Ein einziges Mal hätten die Mikrofilme die Zentrale verlassen, das sei im Jahre 1990 gewesen, ein Teil des Archivs sei damals mit Lastwagen in eine Lagerhalle der Staatssicherheit in der Provinz gebracht, einen Monat dort aufbewahrt worden, nur einen Monat lang, bis das Innenministerium erkannt habe, dass keine Gefahr vom Volk drohe, worauf sie zurückgebracht worden seien.

Aber all das, was er dargelegt habe, erkläre nicht, wieso mir bislang so wenig Material überreicht worden sei.

Serafimow schaut mich an, als hätte ich ihm eine Fangfrage gestellt, die er sofort durchschaue.

Hierfür gebe es eine ganze Reihe von möglichen Erklärungen, darunter, nicht zu unterschätzen, Schlamperei, leider sei es gang und gäbe in unserem Metier (als hätten wir beide ein gemeinsames Metier), hinter jedem Fehler und jedem Versäumnis eine strategische Absicht zu vermuten, ohne andere Faktoren zu berücksichtigen, die das Schalten und Walten von Menschen ebenfalls beeinflussten. Zu seinem Bedauern müsse er feststellen, dass der Sorgfaltspflicht nicht mehr ausreichend Genüge getan werde, zu seiner aktiven Zeit sei eine derartige Unordnung undenkbar gewesen, jedes Blatt an seinem vorgesehenen Platz, aber was danach geschehen sei, wie mit den Akten in der Folgezeit verfahren worden sei, das entziehe sich seiner Kenntnis. Man könne nicht oft genug wiederholen, dass seine Behörde keinen direkten Zugriff auf die Akten habe, sondern selbst Anfragen stellen müsse, manchmal kämen ihm diese wie Bittgesuche vor, denn inwieweit ihnen entsprochen werde, sei vorab nicht abzusehen, und er könne ja nicht jedes Mal den Inhalt überprüfen, die offensichtlichen Lücken konstatieren und entsprechende Mahnungen hinterherschicken. Er wolle aber keineswegs ausschließen, dass es sich in meinem Fall um absichtliche Verschleierung handele, er selbst sei zwar auf der Seite des Gesetzes, und somit auf meiner, aber wir sollten uns nichts vormachen, es befänden sich nicht alle im Takt der neuen Zeit (im Gegenteil, dachte ich, genau das ist der Takt der neuen Zeit). Aber jetzt gleite er in Spekulationen ab, die er sich in seiner Position nicht leisten könne, daher grundsätzlich zu vermeiden versuche. Zudem gebe es noch, er sage dies der Vollständigkeit halber, in manchen Einzelfällen zwingende professionelle Gründe für das Zurückhalten von Akten.

Ich bat ihn, etwas konkreter zu werden.

Das neue Gesetz habe in gewissen Kreisen für Unruhe gesorgt, das könne ich mir bestimmt vorstellen, manche von jenen, die eine Dekonspiration mit potentiell unangenehmen Folgen befürchteten, hätten sich daraufhin ins Trockene gerettet, indem sie sich von einem der neuen Geheimdienste als Mitarbeiter hätten anwerben lassen. Denn die Akten von aktiven Agenten dürften natürlich nicht deklassifiziert werden. Selbiges gelte selbstredend für alle noch operativen Fälle, für all das, was nicht ad acta gelegt worden sei, aber das wisse ich ja selbst, nicht wahr, das brauche er mir nicht zu erklären.

So nett plaudern wir.

Ohne Zeitdruck.

Ich komme mir schmutzig vor.

Weil ich die Unterstützung eines solchen Menschen benötige.

Er bittet mich um meine Telefonnummer, er verspricht, sich zu melden, sobald weitere Mappen ausfindig gemacht worden seien. Er werde schauen, sagt er jovial zum Abschied, was er dem Schlund des Zerberus entreißen könne.

Am Nachmittag erwarte ich Dora. Ich habe sie zu Kaffee und Keksen eingeladen. Die Kekse schmecken ihr, das weiß ich wohl, beim Kaffee bin ich mir nicht so sicher.

Sie nimmt einen weiteren Schluck, verzieht leicht das Gesicht.

»Er schmeckt dir nicht. Ich bin kein Kaffeetrinker.«

»Ist in Ordnung.«

»Gibt es einen Trick, wie man ihn besser zubereitet?«

»Nescafé kann man nicht besser zubereiten. Höchstens die Milch warm machen, das hilft ein wenig.«

In letzter Zeit erkundigt sie sich häufiger nach meiner Zeit als Häftling. Das deutet darauf hin, dass unsere Beziehung intimer wird.

»Was hat sich denn nach der Verurteilung für dich geändert?«
»Mir wurde meine Uhr zurückgegeben.«
»Eine besondere Uhr?«
»Ein Geschenk meines Vaters, eine Taschenuhr. Wir hatten keine Uhren nötig. Wir wurden nach Plan geweckt, nach Vorschrift zur Toilette gelassen, zur Arbeit getrieben, nach Belieben gelegentlich in den *karzer* gesteckt, dort wäre eine Uhr nützlich gewesen, die vierzehn Tage erscheinen einem lang, besonders ohne Tageslicht, ohne irgendein Licht, aber gerade dort wurde sie einem abgenommen.«
»Hast du die Uhr noch?«
»Ich habe sie jemandem gegeben, der sie dringender brauchte.«
Plauderei auf der Couch, wir sitzen nebeneinander, vor uns die von ihr so geschätzten Ingwerkekse, eine Tasse Tee in meinen Händen, mit Honig gesüßt, ein Lichtstrahl fällt auf den Teppich, der dringend gereinigt werden müsste. Was hätte ich für derartiges Licht nicht alles gegeben. Drei Stunden nach der Entlassung aus der Nacht des *karzers* wieder in die Nacht des *karzers* hinein, alleingelassen mit der eigenen biologischen Uhr, die nicht justiert werden kann, die nicht tickt, nicht schlägt, nicht einmal stottert, die unbuchstabierbare Stille einer fugenlosen inneren Zeit. Es ist nichts Sinnliches an der Isolation, nichts Mystisches. Eine bleierne Schwere, die alles zu zermalmen droht. Der Vorhof zum Wahnsinn.
Sie verstießen gegen die eigenen Regeln, die es ihnen nicht erlaubten, einen Häftling länger als vierzehn Tage im *karzer* zu halten. Sie fanden einen Weg, diese Regeln zu umgehen. Sie setzten eine Versammlung des KultRats an, wenige Stunden nach unserer Entlassung. Weil sie wussten, dass wir die Teilnahme erneut verweigern würden. Das gab ihnen das Recht, uns erneut zu bestrafen. Wir waren zu sechst: drei Legionäre, drei Anarchisten. Vom 20. April an, drei Monate lang. Von den letzten Tagen der Kälte bis zu den ersten Tagen der Hitze. In den drei Stunden, die wir außerhalb des *karzers* verbrachten, schütteten sie Jauche über den Boden. Wir kehrten zu

einem unerträglichen Gestank zurück. Gemäß ihren Richtlinien sollte jeder Häftling allein im *karzer* sein, aber da sie die Zahl der Unbeugsamen unterschätzt hatten (sie verfügten nur über vier Strafzellen), mussten Ilija Minew und ich uns eine der Zellen teilen, ein anderer Anarchist wurde mit einem der anderen Legionäre zusammengelegt, in der Erwartung, wir würden uns die Köpfe einschlagen. Sie verstanden nicht, wie verbindend der gemeinsame Aufenthalt in einem stinkigen dunklen Loch sein kann, selbst wenn ein Verehrer Hitlers auf einen Verächter jeglicher Hierarchie trifft. Wir unterhielten uns, nicht aus Interesse an den Gedanken des anderen, sondern um uns am Klang unserer Stimmen über den Abgrund zu hangeln. Auch mit den anderen Bestraften konnten wir reden, nicht mühsam per Klopfzeichen, wir mussten nicht einmal schreien, es reichte, die Stimme ein wenig zu heben, über den Schlitz in der Tür wurde sie für alle in den benachbarten Zellen hörbar. Das war untersagt, aber es gab keine härtere Strafe als den *karzer*. Die Wärter waren machtlos (wenn sie sehen, dass du alles aushältst, selbst den Tod hinnimmst, dass du etwas bist, was sie nie werden sein können, ändern sie ihren Ton, ihr Verhalten). Wer die schwerste Strafe ertragen kann, ist ein freier Mensch.

So habe sie es noch nie betrachtet, sagt Dora. Sie lässt Minuten vergehen. Nachdenken ist für sie eine Tätigkeit. Das schätze ich an ihr.

»Eines Tages gaben sie auf?«

»Der Gefängnisdirektor ließ sich blicken, nach drei Monaten. Er äußerte sein Missfallen darüber, dass diese bärtigen verwahrlosten Gestalten drei Monate fast ununterbrochen im *karzer* gehalten worden waren. Sofort raus hier! Um uns abzusondern, befahl er einen Vorhang vor unsere Zelle zu spannen. Die Häftlinge in den angrenzenden Zellen begannen sich laut zu unterhalten, damit wir erfuhren, was geschehen war, während wir in der Dunkelheit ...«

Wieso erzähle ich das so ausführlich? Es ist mir kein Bedürfnis.

Ich habe es nicht nötig. Auf einmal kommt es mir unangemessen vor. Ich entschuldige mich. Wasche mir ausgiebig die Hände. Biete ihr an, einen weiteren Kaffee zuzubereiten. Setz dich, sagt sie, ich mache ihn mir selbst. Ich reiche ihr einen kleinen Topf. Zu sechst stehen wir im Korridor vor dem Kabinett des Direktors, warten zu beiden Seiten der Gipsnachbildungen (Mausoleen auf Sockeln, jedes einen halben Meter groß, das der sowjetischen Bolschewiken rot, das von Dimitrow in Unschuldsweiß), lehnen an der Wand. Wir sollen vor einer Kommission aussagen. Ein General soll angereist sein. Jemand pfeift durch die Zähne. Einer tritt nach vorn, bekreuzigt sich ostentativ, die anderen folgen seinem guten Beispiel, wir alle bekreuzigen uns, verbeugen uns, bekreuzigen uns ein weiteres Mal vor den Mausoleen, als der Direktor seine Tür öffnet, direkt in unsere Liturgie hinein.

»Fickt doch eure Mutter«, schreit er. »Was für eine Unverschämtheit, Frevel ist das, Frevel.«

»Psssst«, sage ich, »Sie stören die Andacht.«

»Genossen, kommt her«, ruft der Direktor in sein Kabinett hinein, »schaut euch das an, und ihr wollt mit ihnen menschliche Gespräche führen, schaut doch, wie sie alles verhöhnen. Mit denen kann man keine Gespräche führen, das sind keine normalen Menschen.«

Er ruft mich als Ersten hinein. Er bietet mir einen Sitzplatz an, er reicht mir beide Hände.

»Lasst uns Frieden schließen, Konstantin.«

»Frieden? Mit euch? Niemals.«

»Seht ihr, Genossen, seht ihr. Was habe ich euch gesagt?«

Der General mischt sich ein.

»Ihr habt verstanden, wieso ihr aus dem *karzer* freigelassen wurdet. Wenn ihr unsere Großzügigkeit missversteht, wenn ihr versuchen solltet, sie auszunutzen, wenn ihr auch nur einen einzigen von den anderen Häftlingen auf eure Seite zu ziehen versucht, werden wir euch zermalmen.«

Dora wirkt so abwesend, wie ich es bin. Was für einen Sinn hat Zweisamkeit, wenn sie aus einsamen Reminiszenzen besteht? Wir setzen uns wieder auf das Sofa.

»Ich habe mich umgehört wegen deines Patienten, es waren einige aus Lowetsch beim Treffen gestern. Einer hat mir seine Telefonnummer aufgeschrieben. Willst du dich bei ihm melden?«

»Danke.«

»Das ist nicht nötig. Es ist doch ein gemeinsames Projekt.«

»Ja, das habe ich gesagt, oder?«

»Was erhoffst du dir davon?«

Sie wirkt ausgelaugt, bedrückt.

»Was ist mit dir, Dora?«

Sie schließt die Augen. Ich lehne mich zu ihr hinüber und massiere ihre Schläfen. Ein Wortschwall bricht aus ihr heraus: fehlende Ersatzteile, das EKG seit Tagen nicht funktionsbereit, großer Andrang, die langen Wartezeiten in den Korridoren, die fehlenden Stühle, die Kranken auf dem Boden, die hartherzigen Anordnungen der Ärzte, die von den Krankenschwestern umgesetzt werden müssten, Patienten, die sie um Tabletten anflehen, das nutzlose Rezept in der Hand, weil sie sich die Medikamente nicht leisten könnten, deren Wunsch sie ablehnen müsse, wie es an ihr zerre, wie sehr sie sich einen vollen Medizinschrank an der Wand wünsche, den sie nur aufzumachen brauche, der sich von allein auffülle, wie es sie erniedrigt habe, heute Vormittag, als einer der Ärzte entschied, einem Patienten sei nicht mehr zu helfen, er werde bald sterben, aber nicht in diesem Krankenhaus, die Betten würden benötigt für Patienten mit Aussicht auf Genesung, der Mann solle nach Hause, dort lasse es sich ohnehin bequemer sterben, dann sei er weitergeeilt, der Arzt, und es sei an ihr gewesen, seine Anordnung den Verwandten zu erklären, darauf zu bestehen, trotz der verständnislosen Blicke, trotz der Beteuerungen, es sei niemand zu Hause, der sich tagsüber um den Vater kümmern könne.

Als ich mich zurücklehnen will, hält sie meine Hand fest. Küsst sie dort, wo sich Ader und Knochen treffen. Es ist mir unangenehm, mit dieser Geste assoziiere ich Unterwerfung, aber ich weiß, sie möchte es anders verstanden wissen. Um sie aufzumuntern, fällt mir spontan nichts anderes ein als die Erinnerung an die Mausoleen vor dem Büro des Gefängnisdirektors.

»Ich wusste gar nicht, dass Stalin auch ein Mausoleum hatte.«

»Er war bei Lenin untergebracht. Bis 1961. Als sie ihn mitten in der Nacht aus dem Mausoleum entfernt haben, soll Lenin sich beschwert haben: Was soll das, das hier ist doch kein Hotel.«

Jetzt lacht sie, zaghaft, Luftblasen, die zur dunklen Wasseroberfläche hinauftreiben.

»Ich staune, wie genau du dich an alles erinnern kannst!«

»Der Alltag ist schnell auswendig gelernt. Gefängnisroutine ist die primitivste aller Sprachen. Selbst die Geräusche sind dir bald so vertraut wie deine eigenen Hände und Finger. Das Knarren der Stiefel im Gang. Das Öffnen der Türen, das Quietschen der Schlösser, *klack* beim Öffnen, *klack* beim Schließen. Jede Veränderung ist ein Ereignis.«

»Warst du oft allein in der Zelle?«

»Ja.«

»So eine Einsamkeit kann ich mir nicht vorstellen. Ich kann nicht einmal erahnen, was mir alles abgehen würde. Am meisten die Gespräche, vermute ich, ja, mit jemandem reden, ohne das würde ich es nicht aushalten.«

»Es gab Möglichkeiten, mit den Zellennachbarn, über das offene Fenster. Laut genug, dass der dich hört, nicht so laut, dass es die Wachposten hören, die unten patrouillieren. Wenn die mitgekriegt haben, dass die Häftlinge sich unerlaubt unterhalten, schossen sie ohne Warnung, von unten hinauf, die Querschläger waren nicht ungefährlich, es gab Verletzte.«

»Sie hätten jemand töten können.«

Egal, wie grausig das Bild ist, das du zeichnest, jene, die diese Welt nicht kennen, unterstellen einen Grundstock an Recht und Menschlichkeit, sie können sich die absolute Herrschaft der Willkür nicht vorstellen.

»Was meinst du, wie die bei einer meiner Rezitationen herumgeballert haben.«

»Rezitation? Eines Gedichts?«

Ich nicke.

»Von dir?«

»Nein, nein, ich verstehe genug von Poesie, um die Hände davon zu lassen. Es war noch während des Prozesses, hinter der Mauer ging eine Schulgruppe vorbei, da zog ich mich am Fenstergitter hinauf, begann mit voller Stimme zu deklamieren, ich hatte ein mächtiges Organ damals.«

»Was denn?«

»Verse von Geo Milew.«

»Kann ich das Gedicht hören?«

»Du kennst es: *Die Hölle*.«

»Aber bestimmt nicht so, wie du es vorträgst.«

Ich richte mich auf, um ihrem Wunsch Folge zu leisten. Große Dichter kann man nicht im Sitzen rezitieren. Ich greife nach den Gitterstäben, der Innenhof, die Mauer, die Kinder, meine Stimme, das Echo eines verklungenen Aufschreis.

»Lasst jegliche Hoffnung hier fahren!« –
Diese Worte
schrieb einstmals die Hand von Dante
über der Hölle Pforte.

Ich spüre, wie die Müdigkeit von mir abfällt.

Dante
war Andante,
zerfetzte leise
die weisen prophetischen Netze,
auf feinste Weise
gefältelt geschichtet
über alte und neue Weltenlegende.
Dante
war Andante:
Schrecken und Terror,
der die Hoffnung selbst entsetzte.

Die Worte »Schrecken und Terror« brülle ich hinaus wie damals, wie jedes Mal.

Es finden
sich Sünder
nicht in der Hölle:
Dort leiden
seit denklichen Zeiten
allein die Gerechten
Opfer der strafenden Macht
tausendhändig gepackt
von Hunger Verbrechen
Elend Entsetzen
bedroht von Gesetzen –
im brodelnden Sumpf
wirbelnder schwefliger Brunst:
– Die Hölle einzig für uns!

Die Wachen hören die Worte von Geo Milew, ihre Blicke suchen den Urheber des Schreis, den ich der Welt entgegenschleudere, als seien diese Verse meine Waffe. Dora ist eingeschüchtert, ich sehe es ihren Augen an, aber auch hingerissen. Einer der Wachen beginnt zu schießen, zielt ungenau auf »die Hölle«, während ich weiter rezitiere, Dora fasziniert, verwirrt, einer der Schüsse schlägt in die Decke über mir ein. Wiara hingegen war auf Anhieb begeistert, am späten Abend, wir, Studenten auf dem Heimweg durch die Borissowa Gradina, ein Abschied nach links, ein Abschied nach rechts, ein Abschied mit Umarmung, ein Abschied mit übertriebenem Winken, ein Entschwinden, eine sich auflösende Saufkompanie, zehn Jahre Differenz zu den Kommilitonen, ein Graben, der erst auf dem Gipfel der Trunkenheit nivelliert wurde, nacheinander torkeln sie alle in die Nacht, bis wir beide (Wiara, Konstantin) alleine bleiben, der Park eine schwarze Leinwand, wir reduziert auf Wesen mit gemeinsamer Sprache. Unsere Zungen richten sich nach den poetischen Sternzeichen. Sie: Jessenin, ich: Majakowski. Sie: Jaworow, ich: Milew. Vor uns ein monumentales Monstrum, einige Stufen zum Sockel, ein Sprung hinauf, auf die Kante unterhalb der Mahnbronze, mühsam halte ich mein Gleichgewicht.

»Wo bist du?«, ruft Wiara.

»Der Hölle näher.«

»Nimm mich mit.«

»Ich werde berichten.«

»Nein, nimm mich mit in die Hölle.«

Ich reiche ihr die Hand, sie fasst nach meinem Arm, zerkratzt mich in ihrem Bemühen, den Sockel zu erklimmen. Ich hieve sie hinauf.

»Sprich mir von der Hölle.«

»Sie raubt mir die Sicht.«

»Sprich mir von der Hölle.«

Wiara taumelt, ich ziehe sie zu mir, der Lauf einer Kalaschnikow bohrt sich in meinen Rücken, Soldaten marschieren hinter uns durch die zähflüssige Nacht, Mord im Halbrelief, Angst, Kreis auf Kreis,

neunmal sich windend,
presto zu einer Spirale
verkündend:
Die Hölle ist einzig für uns!
Du wehrst dich
empörst dich: Lass' mich frei, Spirale!
Umsonst.
Die Hölle ist einzig für uns.

»Urgewalt«, schreit eine Stimme aus den Tiefen. Wiara ist ausgerutscht, sie liegt irgendwo im unsichtbaren Unten,

»kein Ende, für uns, niemals, weiter.«

Herz, fass dich kurz
            und –
                    abwärts der Sturz
                            ab
                                hinab
                                        in den Abgrund
  direkt
      in den Dreck

und mit dem knatternder R meiner Zunge rattere ich ihr entgegen, der Aufprall ein Stöhnen

            r
             r
              r
               r
                r
                 r

r
r
r
r
r
r
r
r
r
r
r
r
r
r
r
r
r
r
r
r
r
r
r
r
r
r
r
r
rums –
weg!

Bleibe neben ihr liegen, auf nasser Erde, schwerer Atem.

»So steht es geschrieben.«

»Weiter, bis ans Ende.«

Neben mir eine Blöße, das Gestern, das Morgen, Vollmond zur Sonnenfinsternis, über uns die uniformierten Silhouetten eines bösartigen Traums, im Kopf der Taktmesser, aus feinster Klinge

Und unten
geknebelt
fast verschwunden
unter des Nebels
stickiger Schicht
rekelt sich müde
der trübe Fluss
wälzt und schleppt
in seinem Bett
eine Schlammflut aus Dreck
                   Elend   Verfall

Atempause. Wiara hastet weiter durch die Verse, Wiara inmitten Enttäuschter, vor vergoldeten Banken, strahlenden Kathedralen

der große Hunger geht um!

Wiara beißt mir in die Lippe, dieses Poem geht durch alle Gitterstäbe, die Tür schnellt auf, zwei Wärter stürmen herein.
»Geo war Revolutionär!«, rufe ich.
Sie dreschen auf mich ein.
»Habt ihr Angst vor den Worten eines Revolutionärs?«
Sie schlagen weiter auf mich ein. Das Gedicht ist noch nicht zu Ende, ich muss es aufsagen, bis zur letzten Frage, gärend quälend: wir hungern – warum? Wiara saugt an meiner Lippe, während ihre Hände meine Lust ausgraben. Die letzten Zeilen schmecken nach Blut.
»Und die Kinder, die Schulkinder?«, fragt Dora.
»Keine Ahnung, ob sie mich gehört haben. Stehen geblieben sind sie nicht.«
»Sie haben es bestimmt gehört. Sie durften nicht stehen bleiben, vor der Gefängnismauer. Sie wurden von ihrem Lehrer weitergetrieben.«

Ich setze mich. Diese Verse haben eine heilende Wirkung auf mich. Aber sie haben unser Gespräch abgewürgt.

»Wie hast du das alles durchgestanden?«

Fragt sie nach geraumem Schweigen.

»Ich wusste, wieso es geschah, es erschien mir folgerichtig. Ich hatte einen Grund durchzuhalten. Ich war in einer besseren Situation als viele der anderen. Ich besaß eine feste Überzeugung. Jene, die sich kaum etwas zuschulden haben kommen lassen, die nicht verstehen können, wieso sie verhaftet, wieso sie bestraft werden, die krepieren als Erste, weil sie in ihrem Leiden keinen Sinn erkennen können, sie geben auf. Jene, gegen die sich die Repression vor allem richtet, können ihr seelisch am ehesten widerstehen. Das Erlittene hat mich in meinen Überzeugungen eher gestärkt. Ein Staat, der den Menschen so etwas antut, der gehört abgeschafft.«

Auf einmal lehnt sie den Kopf an meine Schulter. Ich überlege, ob ich sie umarmen soll. Dieses ist ein zwiespältiger Segen. Ich wüsste gern, was sie von mir erwartet. Sie ist ein guter Mensch, dessen bin ich mir sicher, trotzdem fällt es mir schwer, Vertrauen zu ihr zu fassen. Es ist eine Herausforderung, im Alter nicht zum Misanthropen zu werden.

1952 erzählt

REZEPT
BEHANDLUNG EINES RECHTSABWEICHLERS

Man nehme einen Docht, tränke ihn mit Benzin und stopfe ihn in das Ohr des Rechtsabweichlers. Man achte darauf, dass ein kleines Stück aus dem Ohr ragt, das mit einem Streichholz angezündet wird. Der Rechtsabweichler wird schreien, er wird wie ein Tier brüllen, bei der ersten Anwendung sollte man sich besser die Ohren zuhalten. Er wird versuchen, sich den brennenden Docht aus dem Ohr zu reißen, weswegen ihm zu Beginn die Hände hinter dem Rücken zusammenzubinden sind, er wird sich krümmen, in die Knie gehen, den Kopf gegen die Wand schlagen, was zu verhindern ist, damit er nicht in Ohnmacht fällt oder sich schwere Verletzungen zufügt. In dieser Phase muss planmäßig vorgegangen werden, der Docht sollte nicht aus dem Ohr entfernt werden, auch wenn der Verräter in überhasteten Sätzen alles offenzulegen versucht. In dieser entscheidenden Phase darf nicht überstürzt auf ein Geständnis hingearbeitet werden. Stets ist im Sinn zu behalten, dass dem Hochverrat mit einer einmaligen Behandlung nicht beizukommen ist. Daher ist es zu empfehlen, den Rechtsabweichler in seine Zelle zurückbringen zu lassen, in der in der Zwischenzeit ein anderer Häftling nach ausführlicher Behandlung untergebracht worden ist, ein Häftling mit geschwollenem und blutendem Mund, mit gebrochenen Rippen, ein Wimmernder, dessen Körper auf dem Betonboden zuckt. Wem es gelingt, den eigenen Schmerzen standzuhalten – der Starrsinn der Volksfeinde darf niemals unterschätzt werden –, der könnte von dem Anblick eines spiegelbildlichen Leids verunsichert werden. Von Schreien, die er aus der Nachbarzelle hört. Von geweckten und zerschlagenen Hoffnungen. Es gilt das Vorbereitete zur Reifung gelangen zu lassen.

Es kommt entscheidend auf die Dosierung an. Wer sich nicht penibel an die Vorgaben hält, der riskiert den frühzeitigen Tod des Häftlings mit negativen Folgen für die eigene Karriere sowie den Fortgang der Ermittlungen. In Zweifelsfällen sollte man einen Arzt hinzuziehen, dessen Expertise gerade bei Grenzfällen zwischen Leben und Tod unabkömmlich ist. Manch ein entscheidender Durchbruch bei den Ermittlungen verdankt sich einer rechtzeitigen medizinischen Betreuung. Die Prozedur ist so lange zu wiederholen, bis der Häftling alles gesteht, so lange es auch dauert.

Geduld sichert Erfolg. Epauletten sind garantiert.

METODI

Was für 'n Fest mir Albena hingezaubert hat. Auch wenn sie sich erst mal aufpuffte: Bilde dir ja nicht ein, dass ich irgendwas vergessen habe, die Sache ist nicht ausgestanden, aber die Einladungen sind verschickt, wir dürfen uns nicht blamieren, undsoweiter, undsoweiter. Muss man ihr lassen. Sie kann organisieren, sie weiß, was sich gehört. Hat bestimmt Wochen für den ganzen Schnickschnack gebraucht. Der Siebzigste, das ist 'n Tag der Würdigung, philosophierte sie herum, als wir uns überlegten, wie wir ihn begehen. Ich weiß schon, wie sie's meint, im Großen und Ganzen hat man sein Soll geleistet, Zeit für 'ne Bilanz, wer was vorzuweisen hat, der muss gefeiert werden. Alle hochrangigen Offiziere aus dem Amt waren anwesend, alle, die noch am Leben sind, zwei Generäle erwiesen mir die Ehre. Natürlich trafen sie als Letzte ein. Zuerst wurde salutiert, dann hemdsärmelig schnabuliert. Auf der Einladung stand: »Bitte keine Geschenke.« (Spenden an das Waisenheim soundso.) Den Trick hat Albena von der Londoner Nichte aufgeschnappt, bei ihrem letzten Besuch dort, ich bin nicht mitgefahren. Gleichzeitig fand die Sozialistische Internationale in Paris statt, unsere Partei hatte Beobachterstatus, ich war nicht Teil der offiziellen Delegation, das wurmte mich, angeblich, weil ich die Sprache nicht beherrsch, als ob die anderen alle ausgekochte *monsieurta* sind, nein, sie wollen solche wie mich verstecken, wir sind Flecken auf dem Gruppenfoto, wozu die Kosmetik, eines Tages werden wir sowieso in die Internationale aufgenommen, die sollen nicht so scheinheilig tun. Wenn du den Geladenen sagst, sie brauchen nichts mitbringen, so die Erklärung der Londoner Nichte, traut sich keiner, Blumen, Pralinen, Sekt anzuschleppen, so was ist ja unerwünscht. Wer aber was auf sich hält, der macht für sich 'ne Ausnahme. Also bringen dir manche gar nichts mit, andere aber, die überlegen sich was Besonderes, die greifen tief in die Tasche. Am Ende des Geburtstages stehst du besser da. Bei so was ist Albena einfach unschlagbar. Ich kam mir vor wie bei einer unserer internen Konferenzen von früher. Die Generäle standen nebeneinander, umringt von dem einen oder anderen Adjutanten. Die Majore bildeten ein eigenes Grüppchen. Fehlte nur die Tagesordnung, auch wenn's 'nen Plan gab, zumindest zu Beginn: Einige Schlager von Lili (das war Albenas Geschenk an mich), die tauchte im weißen Kostüm auf, verteilte Küsschen wie Bonbons, verschwand bald wieder, beeindruckte alle mit ihrer Ausstrahlung. Einige Reden, in denen ich gut wegkam, eine im Namen der Partei, eine von 'nem alten Kameraden, eine dritte vom Unternehmerverband, auch ich sagte einige Worte, aber erst nach dem Essen, Büfett, mit allem Drum und Drauf, was mir so schmeckt. Später wurden Bilder rumgereicht, jeder sollte 'n Foto mitbringen, was war der Meto doch für ein fescher Kerl, sagte eine der Generalsfrauen zu Albena, sie strahlte, bester Laune, weil alles wie am Fädchen lief. Wir führten alte Gespräche. Wir führten neue Gespräche. Einige der Kameraden sind technisch auf dem neuesten Stand, einer war sogar auf der Messe in Essen, Westdeutschland, neulich, Hut ab, ich weiß nicht, wie die's machen, in der Firma überlass ich solche Aufgaben den Jüngeren. Wer Mühe hat zu gehen, der kann schlecht auf dem Laufenden sein, so lautet mein gut geölter Spruch. Einige von denen haben keine anderen Aufgaben, die rentnern sich durchs Altenteil.

Es plätscherte so angenehm dahin, bis irgend 'n Schwachkopf auf die Idee kam, Zdrawko soll einige seiner Gedichte vortragen. Der hat, das ist an mir vorbeigegangen, 'nen Gedichtband veröffentlicht.

»Lasst doch den Kerl unser Fest in Ruhe genießen«, sprang ich dazwischen, um das Schlimmste zu verhindern, »was belästigt ihr den Armen?«

»Nein, nein, keinerlei Belästigung, im Gegenteil, was für eine Freude, aber natürlich nur, wenn der Jubilar es wünscht, eine Verbeugung vor dem Jubilar.«

Wie anders reagieren, wenn nicht mit einer großzügigen Ermunterung. Nicht einmal an seinem eigenen Geburtstag ist man Herr der Abläufe. Eine kleine Hoffnung keimte in mir auf.

»Haben wir da nicht ein Problem? Du trägst doch bestimmt kein Exemplar in der Hosentasche rum?«

»Keine Sorge«, beschwichtigte mich Zdrawko mit leuchtenden Augen, »ich kann einige der Gedichte auswendig, ich habe mir von kundiger Seite sagen lassen, so sei das üblich bei Dichtern, und jetzt begreife ich den wahren Zweck, just für solche Anlässe, wenn auf einmal die Aufforderung an einen ergeht, wie beklagenswert es doch wäre, in so einem Augenblick die Erwartungen enttäuschen zu müssen.«

»Ruhe also«, rief jemand, die Grüppchen versammelten sich, verstummten, Zdrawko mit seinen Dackelbeinen war kaum zu sehen außer für die in der ersten Reihe.

»Schemel her, wir brauchen einen Schemel für den Dichter.«

Auch diesen Wunsch erfüllte ich, zähneknirschend. Zdrawko zog sich die Schuhe aus. Er trug bunte Ringelsocken, gestopft am rechten großen Zeh. War schon immer ein Geizhals, es wurde gemunkelt, er hat Sträflinge rangenommen zum Bau seiner Villa. Keine Ahnung, ob's dafür Beweise gab.

»Was für eine Ehre, liebe Freunde, ich bin höchst nervös. Ihr kennt mich alle als nervenstark, aber bei so einem Anlass, meine Gefühle flattern wie Fledermäuse, seht es mir bitte nach. Ich möchte das folgende Gedicht, *Glühwürmchen* ist es betitelt, dem Mann der Stunde widmen, den wir alle so sehr schätzen, als Kollegen, als Bürger, als Menschen, als Freund.«

Applaus brauste auf, »wie ein Schwarm Krähen«, »wie ein Rudel Haifische« ging mir durch den Kopf, Zdrawkos Gefasel war ansteckend. Seine Stimme hob an, auf und ab auf 'ner Tonleiter mit morschen Sprossen:

Glühwürmchen
Bist du von Sinnen
Dass du nächtens
Zu mir fliegst?
Verwirrtes Ich
Verwirrtes Es
Begegnen sich
Im Weltensterben.

Zdrawko legte 'ne Pause ein, dramatisch die Pause, so wie Živkow früher, jedes Mal bevor er die April-Linie beschwor. Die Pause dauerte an, was folgte, war mindestens so wichtig wie die April-Linie. Stimmlich ging Zdrawko in die Knie, fast flüsterte er:

In meinen Händen
Fand es Ruh.
Ich küsste es, es küsste mich.
Ich ließ es frei
Durchs nächtliche
Fenster.
Ein Weltenleuchten!

Gequirlte Scheiße. Selbstgebranntes aus eigener Kloschüssel. Abgefüllt in Parfümfläschchen. Mir fiel der Ausspruch ein: »Wenn ich das Wort ›Gedicht‹ höre, greif ich gleich nach dem Revolver.« Ich blickte um mich. Lauter Männer, die gelernt haben, ihre Miene unter Kontrolle zu halten. Da war nichts abzulesen an den ausdruckslosen Gesichtern. Es entstand 'ne peinliche Pause. Ich hatte erwartet, die anderen reagieren irgendwie, umringen ihn, klopfen ihm auf die Schulter, simulieren Begeisterung, und was sich in so 'ner Situation sonst noch gehört, aber nein, sie starrten alle mich an, der Jubilar sollte die Initiative ergreifen. Ich spürte, wie Albena mich nach vorne schubste. Ich musste es mal wieder richten. Also volle Flucht voraus, dachte ich mir. Drei Schritte und ich umschlang Zdrawko, musste mich dafür nach vorne beugen, in lächerlich gekrümmter Haltung. Hielt ihn fest und drückte fester und sagte ihm ins Ohr, damit's sonst niemand hörte:

»*Batko*, selten ist's, verdammt selten, was zu hören, was man selber fühlt. Hast mir in die Seele geschaut. So was Seltenes, Worte, die mich finden.«

Idiot, der ich bin, entspannte ich mich daraufhin, verspürte mächtige Erleichterung, überstanden, dacht ich mir, ein wenig stolz auf meine Improvisation, bereit für ein weiteres Glas vom leckeren Mawrud.

»Ein Künstler muss die seltenen Gelegenheiten, die Welt zu bezirzen, beim Schopfe packen«, hörte ich, halb abgewandt, Zdrawko in die Runde verkünden. »Zumal wenn er ein Gedicht zum Besten geben kann, das wie geschaffen scheint für diesen Anlass. ›Geburt‹ heißt es, meine Lieben. Schenkt mir also ein wenig Geduld für diese Geburt.«

Das Glas gefüllt
Mit Liebe.
An die Lippen,
Und schon besoffen
Von einem Schluck.
Ich, der alte
Alkoholiker,
Ein Meer von bitterem

177

Wein geleert,
Vergoren von den
Trauben
Meines Lebens.

»Ein Trinkspruch«, rief jemand. »Ein spritziger Trinkspruch.«
»Auf die Liebe.«
»Auf den Wein.«
Es wurde geklatscht, das eine oder andere »Bravo« erklang.

»Lebendig, gesund«, die Gläser klirrten, »lebendig, gesund«, antworteten die Versammelten im Chor. Sie meinten nicht nur mich, den Jubilar, sondern uns alle. So viel Euphorie haben wir uns selten hinter die Binde gekippt. Albena lächelte mich an, mehr als zufrieden, das Fest (die *Party*, wie sie's nennt) ein voller Erfolg. Nur Zdrawko war geknickt, weil wir ihn unterbrochen hatten nach der ersten Strophe. »Noch zwei Strophen«, protestierte er, »es fehlen noch zwei Strophen.« Ich tröstete ihn jedes Mal mit 'nem vollen Glas Mawrud und stieß schwungvoll mit ihm an. Lauthals sagte ich: »Mit Freunden wie dir, Zdrawko, gehen einem die Trinksprüche nie aus.« Insgeheim dachte ich mir: Geschieht dir recht, wird dir 'ne Lehre sein, so lange Pausen einzulegen.

Wahrscheinlich hab ich spät am Abend etwas zu oft vom Cognac genippt, den mir Major Zankow, Entschuldigung: Bankier Zankow, feierlich überreichte (»Keine Geschenke bitte« funktionierte wie 'ne Eins):

»Hab schon einiges gekostet, aber das hier, das schlägt alles andere, wenn du dich daran gewöhnt hast, gibt's kein Zurück.«

Rémy Martin Louis XIII Grande Champagne! Im kleinen Kreis hab ich die rote Box aufgemacht, schon die Flasche, wie 'ne dunkelhäutige Schönheit mit üppigen Hüften aus dem Moulin Rouge, mit funkelndem Federschmuck auf dem Kopf, 'ne Wucht, und dann der Geschmack!

»Kameraden, ich schwör euch, das ist Viagra für den Gaumen.«
Einige schauten dumm aus der Uniform.

»Ich bin enttäuscht von euch. In unsrem Alter muss man sich doch kundig machen. Das Wundermittel aus den Staaten, die mächtige Pille, danach werden im Pigalle keine Gefangenen gemacht.«

Nach so 'nem Spruch muss nachgeschenkt werden. Perlen vor die Säue, wie es sich rausstellt. Banausen erkennst du nicht an der Nase. Sagt doch der trottlige Wladilen tatsächlich: »Der Martell, der schmeckt mir besser.« Da war mir danach, ihn hochkantig rauszuschmeißen, aber zum Siebzigsten gehört sich so was nicht, der war sowieso nur geladen, weil Albena mit seiner Frau so gut kann. Das Nachschenken, das geschieht in engstem Kreis, unter Freunden, was fühlte ich mich gut, in dieser verschworenen Gemeinschaft, in der man sich richtig entspannen kann, reden kann, wie man will, da kam was zur Tür rein, das haute mich um, uns alle, Pfiffe, Rufe, derbe Sprüche, das Wesen stellte die Füße nach außen, wirbelte die Hände hoch und machte 'nen Knicks. Eher 'nen Knacks. Das Knie. Oder die Hüfte.

»Damals konnt ich's besser«, sagte das Wesen, lächelte zur Entschuldigung.

Ich stand auf dem Schlauch.

»Kennen Sie mich nicht mehr, Sie schlimmer Bursche. Wie Sie mich damals angepflanzt haben, ungehörig, hab mich zwanzig Jahre davon nicht erholt.«

Da fiel der Groschen. Der Fünfzigste, das Fest der Feste, alle Männer kostümiert, ich skeptisch zuerst, was für 'n Unsinn, hab ich protestiert, muss mich doch nicht groß verkleiden, um mich volllaufen zu lassen. Du denkst in die falsche Richtung, wurde mir erklärt, nicht als Römer oder Bogomile, seltene Gelegenheit, du schlüpfst in das Gewand von einem, den du im Visier hast, jeder von uns wird zum eigenen Observierungsobjekt. Klang bescheuert, aber 'n Spielverderber war ich nie, gut so, denn nachher, als sie nacheinander ankamen, was für 'ne Show: Ein Sportfan von Lewski samt Trikot und Schal, ein Arzt mit Hörrohr um den Hals, und Zankow, der alte Angeber, stolzierte rein als Boxer in 'nem bunten Morgenmantel, zusammengestickt von seiner Frau, wie er prahlte, Rechte-Linke-Clinch-Alles-Gute-zum-Geburtstag, seine Frau zugeknöpft im Blumenmuster, er vorne offen, damit man seinen Oberkörper sieht, mächtig in Form, gleichaltrig wie ich, aber zu beneiden, kein bisschen aus dem Leim gegangen. Wann hast du denn 'nen Boxer observieren lassen, stichelte ich, um ihm ein wenig Luft aus den aufgeblasenen Backen zu nehmen. Kann noch kommen, antwortete er, oder glaubst du, Boxer sind immer vernünftig, das ist doch 'n Spiel, Metodi, da muss man's mit den Regeln nicht so genau nehmen. Darf ich dir unsere neue Primaballerina vorstellen? Da stand sie vor mir, so wie sie jetzt wieder vor mir steht, der Dimitrow als prachtvolle Tänzerin, die strammen Oberschenkel unter dem Röckchen, kostümiert wie kein zweiter, 'ne Wucht, sogar die Beine rasiert. Für seine Trampelfüße hatte er keine passenden Schläppchen gefunden, ich vermute, Leute mit seiner Figur gehen nicht zum Ballett, er hat irgendwelche Latschen aufgeschnitten und hinten was drangeklebt, wie immer erfindungsreich, der Iwan, so hat er später seine Firmen zusammengeschustert. Ich hab's mir leicht gemacht, den Popen gemimt, brauchte nur so 'nen schweren schwarzen Talar, das Kreuz, die Haube. Musste ich mir ausleihen, natürlich. Was hat der Kerl sich angestellt, als ich ihn um Garderobe bat. Wurde auf einmal moralisch, das geht nicht, das ist Frevel, das sind gesegnete Utensilien oder so ähnlich. Die Berichte, hab ich seinen plappernden Durchfall unterbrochen, die du über deine Schäfchen schreibst, die sind wohl kein Frevel, wie? Keine Sorge, ich werd deine heilige Kirche nicht blamieren, ist nur für 'n Kostümfest. Umso schlimmer, war seine Antwort. Man glaubt's nicht, ich musste ihm drohen, damit er mir das Geraffel überlässt. Die Haube, vergiss die ja nicht, die muss unbedingt dabei sein. Ich hab ihm befohlen, die Sachen in der Treffwohnung zu lassen, hatte keine Lust auf noch 'ne Begegnung mit dem, auf noch so 'n Gejammer. Wir gingen alle auf in unseren Rollen, das war 'ne Riesengaudi. Als Pope scharwenzelte ich um die Ballerina herum, der Lewski-Fan skandierte seine Gesänge und drohte alle zu verprügeln, die für den Armeeklub waren. Der Arzt fühlte jeden Puls, legte sein Hörrohr an, vor allem auf die Brüste der Frauen, die ihn das machen ließen, starrte uns in die Augen und trumpfte mit Krankheiten auf, die samt und sonders erfunden waren, Krankheiten wie Pfiffoteose oder Plumpsitis. Bei mir lautete seine Diagnose: Satyriasis. Zum Grölen komisch, der Fünfzigste so gelungen wie der Siebzigste, zum Grölen, wieder führte Dimitrow 'n Tänzchen auf, Hebeschritte, Trab im Stand, keine schlechte Leistung, musste belohnt werden mit 'nem großen Schluck *Louis XIII*, nur das Beste für die Aristokratie der Republik, verkündete ich, Tropfen für die Ewigkeit. Keine Ahnung, wer sich wann vom Acker schlich, ich schlief ein auf der Couch, eins weiß ich gewiss, gelohnt hat's sich.

(aus dem archiv der staatssicherheit)

Erhalten vom Leiter des Bezirksamtes des Innen-
ministeriums, Panagjurischte am 30.01.1952
GM „Doktor" berichtet
Betreff: Konstantin Scheitanow

Bericht

Der Informant berichtet, daß er bei seinem Treffen
mit KMS über seine Abwesenheit und wo er in der
Zeit seitdem war, geredet habe. Derselbe erzählte,
daß er sich an der Fakultät für Theologie bewor-
ben habe. Auf seine Frage, warum er genau diesen
Beruf gewählt habe, hat Betreffender geantwortet, daß er dort die Möglichkeit habe, in einer
richtigen Wissenschaft ausgebildet zu werden –
Philosophie und andere nützliche Sachen. Darauf,
daß dieser Beruf ohne Zukunft sei, wie ich ihm
sagte, erwiderte er, daß in unserem Land mehr als
30000 Popen ihr Brot auf diese Weise verdienten,
also könnte er auch Pope werden.
Wir haben über seinen Freund Stefan geredet, der im
Moment in Haft sitzt. Scheitanow hat gesagt, daß
S. nichts zu seinen Absichten mitgeteilt habe und
daß sie insgesamt wenig über politische Fragen
sprachen. Er sagte, hätte er etwas davon gewußt,
hätte er ihn aufgehalten. Er hat sich in dem
Sinne geäußert, daß Stefan seine Zukunft zunichte-
gemacht habe. Er hat nichts zu seiner Rechtferti-

gung und Unschuld gesagt. Von den anderen Gruppenmitgliedern habe er keinen gekannt und er hat mich sogar gefragt, ob ich sie kenne. Am Ende hat er mir gesagt, daß jemand ihm versprochen habe, ihm bei der Arbeitssuche zu helfen, aber wer und wo?, das sagte er nicht ...

„Doktor": (Unterschrift)

AUFGABEN
Sich mit Konstantin Scheitanow treffen und ihn ansprechen, warum man ihm seiner Meinung nach keine Arbeit gibt und wie er sich aus der Situation herauswinden will.
Ausgefertigt in drei Exemplaren
1 Exemplar zur Arbeitsakte „Doktor"

9. Mai 1952

Genosse Leiter,

Doktor Milju Scheitanow hat einen Sohn Konstantin, der seine gymnasiale Ausbildung in Panagjurischte abgeschlossen hat. Als Schüler ist er Mitglied des Bundes der Volksjugend gewesen, aber wegen feindlicher Aussagen und Freundschaft mit konterrevolutionären Jugendlichen wurde er ausgeschlossen.
Er ist dauerhaft mit Jugendlichen und Erwachsenen befreundet, die sich als allseits bekannte Feinde der Volksmacht erwiesen haben, es gibt ernsthafte Beweise dafür, daß sie organisierte feindliche Handlungen vorbereiten, angeführt von Konstantin Milew Scheitanow.
Anlaß für dieses Mißtrauen gibt uns der Bericht des Agenten „Pavel", erhalten am 7. Mai 1952.
Im Bericht ist davon die Rede, daß der Agent die Person Nikola Stefanow Grigorow aus Panagjurischte besucht hat, dessen Bruder momentan im Gefängnis wegen volksfeindlicher Taten ist.
Neben dem anderen Gespräch, das sie geführt haben, habe Grigorow dem GM „Pavel" anvertraut, daß er vor einiger Zeit von Konstantin Scheitanow zu Hause besucht worden sei und Betreffender habe ihn nach einigen Jugendlichen und Erwachsenen aus der Stadt ausgefragt, wobei er gesagt habe, daß er sich sehr für das Leben der Menschen und besonders der Bauern interessiere. Scheitanow habe

ihm vom Koreakrieg erzählt und erklärt, daß alles, was man über die bakteriologischen Waffen sage, Lüge sei und Propaganda seitens der UdSSR und der Kommunisten. Nach langem Gespräch über andere politische Fragen habe Scheitanow Grigorow anvertraut, daß er eine illegale Organisation zu bilden vorhabe, vorrangig aus Jugendlichen. Zu diesem Zweck sei er in Sofia, wo er nach Kontakten zu französischen, türkischen u. a. fremden Gesandtschaften gesucht habe. Scheitanow habe großes Interesse gezeigt, aber ansonsten nichts weiter gesagt.

(Dokument unvollständig)

Abschrift

Es meldet GM „Kantscho"
Entgegengenommen von Agent ███████
Panagjurischte am 4. Juli 1952
Auskunft zum Dossier
Bezieht sich auf die feindlichen Aussagen von KMS

Meldung
Die Quelle meldet vom Gespräch mit KMS folgendes:
Am 27. Juni 1952 führten wir im Park ein Gespräch.
Scheitanow stellte mir die Frage, was ich tue und
ob ich studiere, ob ich die Unterlagen eingereicht
habe für einen Studienplatz. Ich sagte ihm, daß
ich das nicht getan habe, weil ich nicht sicher
bin, ob man mich annehmen wird. Er sagte zu mir:
„Ich habe ein Formular eingereicht, und jetzt
haben sie es mir zurückgeschickt." Und er zeigte
mir die Ablehnung. „Aber was soll's", sagte er,
„wir können auch Knochenarbeit verrichten." Ich
sagte ihm, daß es nicht so schlimm ist, wenn wir im
Endeffekt eine körperliche Arbeit finden können,
welcher Art auch immer und wo auch immer. Vielleicht als Elektriker, er hat diesbezüglich
einen Kontakt. Scheitanow fragte mich, ob ich Mitglied der Dimitrow-Jugend sei. Ich antwortete
ihm, daß ich Mitglied war, aber daß man mich ausgeschlossen hat, als ich aus dem Wehrdienst entlassen wurde. Er lachte und sagte: „Ich war auch Mitglied und wurde ebenfalls ausgeschlossen, und
ich will auch gar kein Mitglied sein. Ich will mich

ihnen nicht verpflichtet fühlen, ich hasse ihre
Versammlungen und all das. So bin ich besser dran."
Ich sagte ihm, daß er so keine Arbeit finden
wird, obwohl er völlig recht hat.
Er antwortete mir: „Ich will nicht für sie arbeiten, ich will nicht an ihrem glorreichen Bauvorhaben beteiligt sein. Bis zum Herbst werde ich
zusehen, daß ich nach Sofia gehe, und dort werde
ich mich mit ein paar Freunden zusammentun und
wir werden irgendwo arbeiten. Weil es hier viel
schlechter ist. Man verfolgt mich auf Schritt und
Tritt, um mich herum wimmelt es von Widerlingen."
Ich fragte ihn, ob er hier Freunde habe – ich sehe
ihn immer nur allein. Selbiger sagte mir, daß er
Freunde habe, aber sie gingen nicht mit ihm auf den
Straßen spazieren, weil man auch sie seinetwegen
verfolgen würde. Wenn sie irgendwo Arbeit hätten,
würde man sie rauswerfen oder aus der Dimitrow-
Jugend ausschließen. Deshalb schützen sie sich,
aber es sind alles gute Jungs. „Zu mir schicken
sie allerlei Agenten – Jungen und Mädchen, damit
sie mich ausfragen. Aber ich erkenne sie rechtzeitig und durchschaue sie, ich machte mich nur
über sie lustig, spielte mit ihnen."
Dann sagte er: „Die Kommunisten haben große Angst
und wissen nicht, was sie tun sollen. Sie fürchten sich vor ihrem Schatten, und wegen dieser Angst
sind Leben und Freiheit von jedem in Gefahr. Die
gewöhnlichsten Dinge interpretieren sie in negativem Sinne. Sie machen aus einer Mücke einen Elefanten. Auch Unschuldige werden zu Opfern ..."
Ich bekräftigte seine Aussagen und gab mir den An-

schein, ich sei mit ihm einverstanden und daß
es mir angenehm ist, ihm zuzuhören. Er sagte,
daß das nicht mehr sehr lange weitergehen könne
und daß eines Tages auch sie an der Reihe sein
würden, so wie die Faschisten an die Reihe gekommen sind. Ich antwortete ihm, daß ich nichts
wisse, aber so wie es mir vorkomme, würden sie
nicht bald verschwinden. Er wiederholte erneut
dasselbe, und ich fragte ihn, woher seine Gewißheit stamme.
Er sagte, daß er es von sicherer und kundiger
Stelle gehört habe. Danach fragte er mich, wie
die Stimmung der Soldaten in der Armee sei. Gibt es
unter ihnen auch Leute wie wir? Ich antwortete
ihm, daß die Soldaten alle Arbeiter- und Bauernsöhne sind, lauter ausgewählte Leute. Es gibt
auch solche wie wir, aber sie werden schnell entdeckt und erkannt. Auch die Offiziere sind alles
Leute von denen, und unter ihnen gibt es keine
zufälligen. Er bestätigte das und sagte, daß die
Brigadesoldaten intelligente und vernünftige
Leute sind. Aber die Kommunisten haben Angst vor
ihnen und schicken sie nicht in die Armee, eben
weil sie die Dinge verstehen. Deshalb benutzen
sie diese nur für grobe körperliche Arbeit und
Sklavenarbeit. Ich bestätigte, daß dem so ist.
Scheitanow wunderte sich über mich, wie sie mich in
die Armee aufnehmen konnten. Er sagte: „Das mit
dir interessiert mich sehr!" Ich entgegnete:
„Sicherlich ist irgendein Mißverständnis passiert oder ein Fehler bei meiner Aufnahme in die
Kaserne. Ich wundere mich auch."

Später konnten wir unser Gespräch zum selben Thema nicht fortsetzen ...
Gez. „Kantscho"

Gestellte Aufgaben:
1) Sich erneut mit KMS treffen, mit dem er sich über die Bauern unterhalten soll, die ihr Soll an Milch und Wolle nicht abgeliefert haben, weswegen sie sich vor Gericht verantworten müssen.
2) Über dieselben Fragen soll er auch mit anderen jungen Leuten reden, mit denen sich zu treffen er die Möglichkeit hat.
Frist: 11. Juli 1952
Gestellt von: Unterleutnant ▇▇▇▇

Vervielfältigt in 2 Exemplaren:
1 Exemplar zum Arbeitsdossier von GM „Kantscho"
1 Exemplar zur provisorischen Untersuchung „Bison"
Beglaubigt: Stellvertretender Kreisvorsteher
Innenministerium – Leutnant ▇▇▇▇

An den Genossen
Kreisvorsteher Innenministerium
im Hause

Meldung

Ich melde Ihnen, Genosse Vorsteher, daß ich am
8. Juli 1952 gegen 4 Uhr nachmittags die Personen
Stojan Iwanow Dschudschew – Buchhalter in der
Friseurgenossenschaft Panagjurischte – und Konstantin Milew Scheitanow zusammen gesehen habe.
Selbige gingen gegen 4:30 Uhr zum Park und suchten
sich die abgeschiedenste Allee, wo sie sich auf
eine Bank setzten. Die ganze Zeit über war anhand
ihrer Gesichtsausdrücke zu erkennen, daß sie über
für sie interessante und wichtige Dinge sprachen.
Unter diesen Umständen beobachtete ich sie bis
gegen 5:15 Uhr, woraufhin ich nach Hause ging und
sie am selben Ort blieben. Bis wann sie dort
geblieben sind, ist mir nicht bekannt.
Ich habe bemerkt, daß Scheitanow sehr oft in die
Friseurgenossenschaft geht, wo er den oben
erwähnten Dschudschew besucht und Georgi Georgiew
Stojanow, und aus persönlichen Beobachtungen
habe ich bemerkt, daß selbige sich unter vier Augen
und leise unterhalten.
Obiges melde ich Ihnen, Genosse Vorsteher, zur
Information.
11.7.1952, Panagjurischte
Rapport abgegeben von:
Unterleutnant ███████████
Agent bei der Staatssicherheit – Panagjurischte

KONSTANTIN

Sie scheinen ihre Strategie geändert zu haben. Monatelang tröpfelte es aus dem Hahn, neuerdings strömt es heraus. Vor einigen Tagen wurden mir geschätzte tausend Seiten übergeben. Sechs dicke Mappen, Offenlegungsinflation. Ich werde Wochen benötigen, um dieses Konvolut durchzuarbeiten, die Spreu von der Wahrheit zu trennen. Ich sähe schlecht aus, behauptet Dora. Ein Tag Pause sei dringend vonnöten. Etwas Urlaub von den Akten. Diese Arbeit strenge mich sichtbar an, nicht nur meine Augen, auch meinen Geist.

»Ich habe anstrengendere Zeiten durchlebt.«

»Ja, ja, da warst du aber jünger. Alles baut mit der Zeit ab bis auf die Sturheit.«

Sie überredet mich zu einem freien Tag, wie normale Menschen ihn sich gönnen, so ihre Formulierung, zu einem Abstecher in die *Hallen*, sie werde mich einladen zu einem Stück Baklava – die taugen nichts, sag ich; die sind besser als dein Misstrauen, erwidert sie –, danach ein Besuch im Nationalmuseum, zur Thraker-Ausstellung, der Schatz zurück von einer Auslandstournee, die ganze Welt staune über dieses Wunder, sie hingegen habe es noch nie gesehen, ob ich mir das vorstellen könne (alles kann ich mir vorstellen, alles), dabei stamme es aus ihrer Stadt.

»Aus der Umgebung«, korrigiere ich.

»Aus unmittelbarer Nähe«, setzt sie nach. Wie immer hat sie genau nachgeschaut. »Du kennst es ja bestimmt schon.«

Ich spare mir die Überraschung auf.

»Ist lange her«, sage ich unverbindlich, »sehr lange.«

Wie elegant die Schwingung des Hirschkopfs, murmelt ein Besucher andachtsvoll, wie fein gearbeitet das Geweih, als wären es Flügel, als bebten die Nüstern des Widders, der Löwe im Sprung, die drei Grazien entzückend, sphärisch, derart lebendig, lebensnah, dabei aus Gold.

Pures Gold?

Hundertprozentig.

Unglaublich.

Würden wir heute gar nicht hinkriegen.

Ein goldenes Zeitalter, damals.

Ästhetische Snobs, die der letzten Mode hinterherschreien. Als wären sie existentiell beseelt von einigen glitzernden Objekten, kunstvoll verziert, hübsch anzuschauen, zweitausendfünfhundert Jahre alt, versehen mit Zeichen, mit Symbolen, die ihnen fremd, unverständlich sind, geschaffen von angeblichen Vorfahren (Fiktion Nr. 1), der Stolz einer nationalen Kultur (Fiktion Nr. 2), mit deren Gegenwart sie emsig hadern, deren geschichtliches Kondensat sie aber ohne weitere Überlegung verherrlichen. Zum wiederholten Male verfluche ich den Tag, an dem es mir misslang, meinen bescheidenen Vorschlag zur Nutzung der goldenen Fundstücke durchzusetzen ...

Gfundnhabnwir, die Sonne im Rücken, die drei Brüder, einer schlaksiger als der andere, der jüngste überragte den ältesten um eine Zigarettenlänge, drei Ziegelbrenner, vor der Schule, jenseits des Zauns, die Schuhe schlammbedeckt, es hatte heftig geregnet, als uns der Eiserne zu einem Galopp durch die Formeln trieb, wer zurückfiel, würde sich einen eigenen Weg durch das Dickicht der Gleichungen schlagen müssen. Ich nickte dem ältesten Bruder zu, Peter, Anarchist, einige Jahre älter als ich. Er hielt sein Käppi in den Händen, seine beiden Brüder waren mir nur flüchtig bekannt.

Gfundnhabnwir, sagte Peter, nichbeschreibnkannichsdir. Die Ziegelbrenner waren aufgekratzt. Beimlehmstich. Musstusehn. Wir winkten Wolf herbei, der sich uns anschloss, es war matschig, ein milder Wintertag. Bojan, der zweite Bruder, legte mir die Hand auf die Schulter: hastunichgsehn. Beim Brennen der Ziegel hatte Peter Zeit für ausgiebige Gespräche. Oft saßen wir auf dem Feld vor dem Ziegelbrennofen. Er war von einem unerschütterlichen Optimismus durchdrungen. Diese Bagage hält sich nicht lang, wiederholte er, bald ist es vorbei mit ihrer Herrlichkeit, wenn die Aufstände ausbrechen, fegen wir sie weg. Ich erfreute mich an seiner Zuversicht. Keine Bedenken, keine Abwägungen, Peter war reines Handeln, theoretisch unbefangen. Er griff in den Ofen hinein, zog einen Sack heraus, packte ihn an den unteren Enden, schüttelte den Inhalt aus. Auf die Plane zu unseren Füßen fielen einige goldene Gefäße, zuletzt etwas, was einem Diskus ähnelte, symmetrisch verziert. Wir schwiegen eine Weile.

»Wo habt ihr's her?«, fragte Wolf.

»Ausm Boden, einfachso, beim Lehmstich, zuerst das eine da, das da als zweites, das da als drittes. Bestimmt was wert, oder?«

»Wenn's Gold ist.«

»Klar ist das Gold. Schaut richtig alt aus.«

»Das sind griechische Buchstaben.«

»Dann ist das gar nicht von hier.«

»Damals gab's hier nur Griechisch.«

»Was wollt ihr damit anfangen?«

»Meine Brüder wollen's ins Rathaus bringen.«

»Auf keinen Fall!«

»Was denn sonst?«

»Wir könnten es einschmelzen, ihr habt doch einen Ofen, wir schmelzen es ein. Mit dem Gold kaufen wir Waffen, lagern sie irgendwo, was meint ihr, wie viele Waffen man für so viel Gold kriegt.«

Die zwei jüngeren Brüder waren über meinen Vorschlag entsetzt. Wolf verwirrt, Peter begeistert.

»Damit können wir den April-Aufstand wiederholen«, sagte er.

»Wem verkaufen wir das Gold? Von wem kaufen wir die Waffen?«

»Wird doch nicht schwierig sein, wir werden schon Kontakte finden, mit Geld kriegst du alles.«

Peters Brüder hatten keine Einwände, nur Angst. Sie misstrauten mir. Wir diskutierten bis zur Abenddämmerung. Keiner von uns hatte handfeste Argumente, nur eine unterschiedliche Vision der Zukunft. Des eigenen Lebenswegs. Wir trennten uns, die Brüder versprachen, die Entscheidung zu überschlafen. Als ich am nächsten Tag zum Mittagessen von der Schule nach Hause kam, erzählte mir Vater, es sei Gold gefunden worden, ganz in der Nähe, von drei Brüdern, drei Ziegelbrennern, die hätten den Schatz im Rathaus abgegeben. Wie ich später erfuhr, erhielt jeder von ihnen zweitausend Lewa Belohnung. Für einen Wochenlohn hatten sie die außergewöhnlichste Chance ihres Lebens vergeudet.

Den ganzen Nachmittag hindurch (den ich wider Erwarten genoss) überlegte ich, wann ich Dora von unserem angedachten Sakrileg erzählen sollte, ob im Bus oder auf der Sitzbank gegenüber dem alten Bad, als wir uns eine Raute Baklava gönnten, mit Plastikgabeln, mit einem Taschentuch als Serviette, ob während des Rundgangs im Museum, meine Erinnerungen behelligt von der ebenso gelehrigen wie lauten Stimme eines Führers, der den goldenen Kelch des Patriotismus über eine Gruppe von Schülern ausschüttete, die mit beiden Turnschuhen in der Langeweile standen. Amphora Rhyta Phiale, dozierte der Führer; verblasster Schmelz der Jugend, dachte ich. Hätten wir diesen Glitzer nur eingeschmolzen! Niemand außer uns fünf hätte diesen Schatz je zu Gesicht bekommen. Wie viele schwülstige Reden über das grandiose Nationalerbe wären dem Volk erspart geblieben.

Draußen auf der Treppenflucht musste ich Dora auf ihre Frage hin, ob ich den Schatz derart prachtvoll in Erinnerung behalten hätte, gestehen, dass ich mich getäuscht hätte, wohl ein Fall von Verwechslung, wahrscheinlich hätte es sich um irgendeinen anderen thrakischen Schatz gehandelt, wie dem auch sei, diesen Schatz hätte ich noch nie zuvor gesehen. Wie schön, sagte sie, dann haben wir ihn beide zusammen zum ersten Mal bestaunen dürfen.

Wie oft hatte ich in den Monaten danach daran gedacht, was wir alles mit dem Gold (in Geld verwandelt, in Waffen verwandelt) hätten anfangen können. Das Bedauern produzierte eine Flut von Visionen, die weit über die Ufer der Wahrscheinlichkeit traten. Drei Jahre später hatten wir konspirative Netze geknüpft, aber der Dritte Weltkrieg war ausgeblieben, kein Aufstand in Sicht, der Drang, endlich etwas zu tun, ein Zeichen zu setzen, ein Fanal ertönen zu lassen, brodelte in uns, kochte über. Die Zeit, die verflog, ohne dass sich an der Zeit etwas änderte, erschien uns unerträglich langatmig. Ungeduld schmiedete Pläne, Vernunft verwarf Pläne.

Wie die Macht empfindlich treffen?

Ich weiß nicht, wer die Idee als Erster aufbrachte, auf einmal war sie da. Wie alle großartigen Ideen wirkte sie vertraut, zudem von atemberaubender Schönheit. So naheliegend wie wagemutig, so angemessen wie vermessen. Was könnten einige zu allem entschlossene junge Männer Sinnvolleres tun? Kaum hatten wir uns selbst von der Richtigkeit, von der Notwendigkeit der Idee überzeugt, galt unsere Aufmerksamkeit allein der Aufgabe, sie in die Tat umzusetzen. Wir saßen zu dritt in einem ehemaligen Stall am Stadtrand, in dem Igel einen Schlafplatz gefunden hatte, besprachen alle Aspekte der Tat bis ins letzte Detail (Igel: besorgt den Sprengstoff, Wolf: fährt das Fluchtgefährt, ich: lege die Bombe), Worte, Gegenworte tickten durch die Nacht, Vorschläge stapelten sich auf dem wackligen Tisch, da kam mir der Schatz in den Sinn. Auf einmal erschien mir die Idee, das Gold der heidnischen Thraker einzuschmelzen, im Vergleich zum geplanten Gottesmord in monotheistischen Zeiten, kleingeistig.

METODI

Wenn Albena mir unter den Pelz will, wirft sie mir an den Kopf: »Was wärst du ohne mich!« Stößt mir auf, Hauruck bin ich in 'nem alten Film mit Kulaks, die ihre Leibeigenen anschreien: »Ohne mich seid ihr nichts.« Die gute Laune des Geburtstags ist dahin, der Kater verflogen, bleibt nur Katzenjammer zurück, ihre Spezialität. Sie klingt wie 'ne schlecht gestimmte Zigeunerfiedel und ihre Eifersüchteleien, typischer Zigeunerkram. Immer wieder kommt sie auf die Fotos zurück, auf meine angebliche Geliebte. Ich bleib bei meiner Geschichte, füg ihr nichts hinzu. Großer Fehler, ohne Not und Zwang Details von sich zu geben, egal, wie harmlos man die selber findet. (Haben Sie letzten Donnerstag P. P. getroffen? Nein, am Donnerstag war ich mit Dr. L. zusammen. Zu welchem Zweck? In welchem Verhältnis stehen Sie zu Dr. L.? Was hatten Sie mit ihm zu besprechen? Wieso war Ihre Frau nicht dabei? Wusste Ihre Frau von den Treffen mit Dr. L.? Wieso haben Sie diese Treffen geheim gehalten?) Details können dich erschlagen wie Ziegel, die von 'nem alten Dach runterfallen. Mit Details kann man 'n ganzes Knäuel entwirren. Zugegeben, so ganz unrecht hat sie nicht. Im Amt befand ich mich im Fahrstuhl, der ging zwar nach oben, nur waren nicht mehr so viele Etagen über mir. Großer Unterschied, ob Živkow mal 'ne positive Bewertung über dich liest oder ob er dein Trauzeuge ist. Bald nach der Hochzeit holte er mich zur UBO, in die V. Hauptverwaltung, machte mich verantwortlich für seine persönliche Sicherheit. Das war so, als ob ich von da an 'nen eigenen Fahrstuhl hatte. Den Tag vergess ich nicht, da saßen wir zum ersten Mal zusammen, nur wir beide, fast wie alte Kumpel, treib dir den Gedanken sofort aus dem Kopf, hab ich mir eingeschärft, das ist 'n gefährlicher Gedanke. Freundschaft kann man's nicht nennen, das hab ich mir damals nicht eingebildet, das bild ich mir heute nicht ein. Eins ist richtig, ich hab ihn nie um einen Gefallen gebeten. Was er gegeben hat, hat er von sich aus gegeben, er hat seine schützende Hand über mich gehalten. Deswegen, wenn ich vor den Neffen zum Scherz sage, Živkow war mein Bodyguard, grinsen sie wie die Trottel, die sie sind, aber der Scherz geht hochschwanger mit Wahrheit. Beeindruckend, wie gut er sich im Amt auskannte, bei den Kadern, jeden Namen, jede Funktion, ließ gelegentlich kleine Andeutungen fallen, die mir zeigten, er war bei allen Entwicklungen auf dem aktuellen Stand. Einmal sagte er, »meine Staatssicherheit«, das rührte mich, dieser zärtliche Respekt. Ein Jahr lang durfte ich ihm direkt dienen, das war mein Prüfungsjahr, das hab ja wohl ich bestanden, sag ich zu Albena, da hab ich mich bewährt, du hast es eingefädelt, ja, aber zum Erfolg geführt hab's ich mit meiner Leistung, mit meiner Zuverlässigkeit. Was hab ich in dem Jahr nicht alles gelernt, war überall mit dabei, stumm, unauffällig, im Hintergrund, und doch alles mitbekommen. Der Höhepunkt, keine Frage, war die Fahrt nach Čierna an der Theiß, so viel Wetterleuchten in meinem Leben gesehen, und dann auf einmal dort sein, wo der Blitz einschlägt. Ich konnte vor Nervosität nicht schlafen, in der Nacht vor der Begegnung mit Generalsekretär Breschnew! Wenn ich eines Tages Memoiren schreibe, was ich nicht tun werde, mach nicht mit bei so 'ner Leichenfledderei zu Lebzeiten, dann kriegen diese Tage 'n eigenes Kapitel. Was für 'ne Meisterleistung! Ich war nicht involviert, ich wusste nicht, was geplant war. War für mich alles 'ne Überraschung. Wie der Verräter Dubček und die tschechoslowakische Delegation desorientiert wurden, zuerst mit allen Ehren empfangen, hofiert, behandelt wie Gleiche unter Gleichen. Wie Ebenbürtige. Das haben die geschluckt, so trunken waren die von ihrer Rebellion. Versteh ich bis heute nicht, wieso die keinen Verdacht geschöpft haben. Auf jeden Fall, alle Generalsekretäre anwesend, lange Reden, lange Diskussionen, lange Verhandlungen, während die Armee ihren Einmarsch vorbereitet hat. Eine Glanztat der strategischen Irreführung. Ich war stolz, dabei zu sein, bis zu dem Vorfall, der mich mächtig verunsichert hat, der hat mich richtiggehend in Gewissensturbulenzen geritten. Breschnew änderte seine Position, zeigte sich auf einmal einsichtig, das kam aus dem blauen Himmel, überraschte mich, andere bestimmt auch, die hielten aber den Mund, nur Žiwkow ergriff das Wort, ich weiß nicht, ob er nicht aufgepasst hat, ob er seine Rolle falsch verstanden hat, auf jeden Fall begann er, die alte Position zu verteidigen, da fährt ihm Breschnew über den Mund, unser Häuptling ist in voller Fahrt, rattert weiter, da haut ihm Breschnew mit 'ner Mappe auf den Kopf, das geschieht so schnell, ich hör noch immer das lange, starre Schweigen danach. Breschnew redet weiter, Žiwkow sagt kein Wort mehr, aber bei mir hat er sich beschwert, er als Staatsmann, als bewährter, geachteter Führer undsoweiter, undsoweiter. Und ich hab mir gedacht, bist doch nicht der Koloss, der so lange lebt wie die Berge, nein, der Koloss ist 'n anderer. Aus der Nähe kann ein Hügel gebirgig wirken. Bis du eines Tages vor 'nem wirklichen Gipfel stehst.

So ein Mittagessen allein, das ist der reinste Genuss. Die besten Freunde sind die eigenen Erinnerungen. Ich bestell mir 'n Omelett, mehr brauch ich nicht, bin 'n einfacher Mann geblieben, hab mir nie was vorgemacht, das war meine Stärke, hab den Mund gehalten. Stand von früh an schon auf eigenen Beinen. Wenn ich jetzt daran denke, was für Aufgaben ich als Vierzehnjähriger erfüllt habe, Aufgaben, die über Leben und Tod entschieden, wie ich als Knirps Bindeglied war zwischen Partisaneneinheiten. Will meinen Beitrag ja nicht zu sehr rausheben, aber das war wichtig, das war 'ne Leistung.

Trau niemandem, hat Vater mir eingetrichtert. Hat in den letzten Kriegsjahren nur so schwere Ratschläge erteilt, wenn er überhaupt den Mund aufmachte. Unterhielt sich nicht mit mir, wollte sich nicht unterhalten, saß in unserer Hütte und schwieg vor sich hin. Das Leben hatte ihn müde gemacht. Die Gelenke taten ihm weh, er sah aus wie 'n alter Mann. Geredet hat er nur, wenn er mir das Schuhflicken beibrachte, weil ich damals mit der Schule aussetzte. Musste lernen, wie man aus ungegerbtem Schweinsleder Opanken macht. Ich hab's gehasst, wenn die Nacht einbrach. Wir hatten keinen Strom. Gaslampen, gläserne Flaschen, das rauchte ordentlich, und 'n Spiegel, der das Licht verstärkte, das fiel aufs Gesicht von Vater, auf sein starres Gesicht, der hat die Welt mit seinem Schweigen bestraft. Ich versuchte ihn aufzumuntern: *Tatko*, die Nachrichten, das schaut gut aus, die Rote Armee marschiert voran, bald ist alles anders. Nichts wird anders, murmelte er. Und schwieg wieder. Mich hat der Zorn gepackt. Jetzt, gerade jetzt gab er die Hoffnung auf. Die Partisanen waren zuversichtlich, der Krieg kippte zu unseren Gunsten, bald waren wir am Ziel, da gibt er auf. Ich hielt es nicht mehr aus bei ihm, ich nutzte jede Möglichkeit, irgendwo anders zu übernachten, egal in welcher Scheune. Daran hat sich nichts mehr geändert. Nach dem Krieg durfte ich ins Gymnasium, bekam in Panagjurischte 'n Zimmer zur Untermiete, 'n kleines Stipendium, so kümmerte man sich um einen Sohn des Volkes. Vater hab ich selten besucht. Er hat schon kapiert, was sich tat, trug ja keine Scheuklappen, trat als Erster im Dorf der Kooperative bei, agitierte gegen die Kulaks, so wie jemand, der durchzieht, was er schon vor Jahren entschieden hat. Ansonsten saß er in seiner Hütte rum. Tat mir weh, ihn so zu sehen, die Zeiten voller Aufbruch und er nicht an vorderster Front. Begann zu meckern, nur weil nicht alles perfekt lief. Ich hab nicht auf ihn geachtet, ich hab mich eingebracht, wo ich nur konnte. Auf mich war Verlass, es waren jede Menge Umfaller unterwegs, gestern Jagd auf Partisanen, morgen Mitglied in der Partei.

Jeder der wollte, konnte damals gleich Mitglied werden, nicht wie später, als es sechs Unterschriften brauchte. War zu einfach, schlüpfen zu viele Faschisten unter den neuen Schirm. Andererseits war's vielleicht gut so, unsere Leut waren wenige, die Partei musste aufspecken, da kann's keine strenge Diät geben. War nicht einfach für mich, im Unterricht voll dabei, der Lernstoff schwer wie 'n Mühlstein, überall im Einsatz, im REMS, im EMOS, im SNM, im DSNM, natürlich auch im UTSCHKOM. War vielleicht doch zu wenig Bildung, was ich abbekommen hab, das war das Opfer, das mir abverlangt wurde.

Das Omelett wird serviert, mit frischer Petersilie, ich liebe Omelett mit *kaschkaval*, mein Lieblingsessen, die Jahre, als ich alleine lebte, die Eier müssen schaumig geschlagen werden, dann schmeckt's ordentlich. Zum ersten Mal probiert hab ich's bei Agop, mein Förderer, der hat mein Talent erkannt, mir Aufgaben zugeteilt, große Verantwortung für 'nen Gymnasiasten. Wenn du Hunger hast, kommst du zu mir, hat der alte Junggeselle mir eingetrichtert. Zuerst hab ich mich nicht getraut, aber dann, als die Scheu überwunden war, bei ihm wurd ich satt, und gelernt hab ich was obendrein. Er hat mir erklärt, was ich nicht verstand, hat mir Orientierung verschafft. Es wird hart sein, hat er gesagt, manchmal wirst du dich zwingen müssen, Sachen zu tun, die nicht angenehm sind, deshalb musst du stets daran denken, du bist in dieser historischen Stunde auserkoren, Aufgaben zu übernehmen, die niemand sonst bewältigen kann. Das hat mir Mut gemacht. Wer treu dient, kann weit kommen, hat er gesagt. Das hat mich motiviert. Selber die Augen aufmachen, das ist eine Sache, aber richtig wertvoll bist du erst, wenn du andere anwirbst, die Augen aufzuhalten. Merk dir, Metodi, du wirst gemessen an der Zahl und Qualität deiner Spitzel. Das hat mir geholfen. Zum Abitur das schönste Geschenk, das möglich war, das Parteibuch samt Wimpel. Bald war ich rekrutiert im neuen Jahrgang. Die erste Anstellung, die hat auch er eingefädelt, im städtischen Komitee des Komsomol, zuständig für die gymnasiale Jugend. Ich bekam 'n Motorrad, 'n neues, war mein ganzer Stolz. Ich war ihm so dankbar, ich war bereit, meine rechte Hand für Agop herzugeben. Und dann die größte seiner Taten: Er hat mich dem Amt empfohlen. Drückt mir eines Tages 'ne Zugfahrkarte in die Hand und sagt, ich soll am nächsten Tag in der Hauptstadt vorstellig werden, Moskowska 5, in Fußnähe vom Bahnhof. Werd ich nie vergessen, ein Tag vor meinem einundzwanzigsten Geburtstag, ich war so aufgedreht danach, ich bin durch die Straßen gelaufen, kreuz und quer, bis der letzte Zug zurückfuhr. Was für 'ne Stadt. Die breiten Straßen, die elegante Straßenbahn, die mächtigen Gebäude. Und das Beste, ich, der kleine Popow aus Panagjurischte, wurde in dieser Stadt gebraucht. Die Nacht über hab ich kein Auge zugekriegt. So wird man schnell erwachsen, wenn der Ruf erfolgt. Jedes Mal, wenn ich nach Panagjurischte gereist bin, gab's bei Agop Rakija, Meze, Omelett und 'n offenes Gespräch. Er war stolz auf mich, hat man gemerkt. Ich kam mir vor wie 'n Stammspieler bei seinem alten Jugendtrainer. Alles in Butter, bis der Schock kam! Wir verhören 'nen Kerl, der war vor 1944 bei der faschistischen Polizei. Wir vermuten, er weiß Bescheid über Brände, die in Ställen und Silos gelegt wurden. Sabotage war 'n großes Problem. Wir bearbeiten ihn, er will von nichts wissen, wir bearbeiten ihn forcierter, da spuckt er was aus, nicht über die Brandstiftung, nein, er schreit einen Namen heraus: Agop. Mehrmals. Ich spitz die Ohren, gibt ja nicht so viele Agops, und gleich drauf stellt sich's raus, es ist unser Agop aus Panagjurischte. Peinliche Sache, schwierige Zwickmühle. Ich war selber dabei, behauptet der Faschist, als wir diesen Agop verhört haben, tagelang, der blieb hart, nichts zu machen, bis unser diensthabender Offizier sagte, wir vergeuden unsere Zeit, wir brauchen diesen Typen nicht mehr, wir sollten ihn erschießen. Ich war nicht eingeweiht, entschuldigt sich der faschistische Polizist, ich wusste nicht, was da abging, als sie ihn an die Wand gestellt haben, mit dem Gesicht zur Wand, und der Offizier zieht die

Pistole, richtet die Mündung gegen den Kopf, schießt, so etwas hatten wir noch nie gemacht, jemanden in der Zelle exekutieren, ein anderer Polizist haut gleichzeitig ein rohes Ei auf Agops Hinterkopf, der Schuss geht vorbei, in die Wand, das flüssige Ei rinnt über seinen Hinterkopf, über den Nacken, Agop fällt zu Boden und schreit, alles will er uns sagen, alles. Ich war schwer von Kapee, hab nicht gleich begriffen, wieso der in die Knie geht, die ganze Sache war abgesprochen, ein alter Trick, dieser Agop sollte glauben, sein Hirn läuft ihm über den Nacken, und genau das hat er geglaubt. Der Faschist schaut uns an, ob uns seine Geschichte was wert ist. Wir glauben ihm kein Wort, aber dann spuckt er so viele Einzelheiten aus, wie Agop die Namen aller Partisanen in seiner Einheit verraten hat, seine Geschichte konnte nicht erlogen und erfunden sein, wir wussten alle, seine Einheit wurde zersprengt, die meisten der anderen getötet oder ins Gefängnis geworfen und großes Rätselraten, wie die faschistische Polizei das Versteck gefunden hat. Wie wenn die Kugel mir selber haarscharf am Hinterkopf vorbeizischt. Mir wird schlecht. Ich bin sicher, Agop geht's an den Kragen. Mir vielleicht auch. Tagelang hab ich mit mir gerungen, ob ich ihn warnen soll, mein Förderer immerhin, der Mann, dem ich vieles zu verdanken hab, war 'ne Zwickmühle, die hat mächtig gezwackt, ich hielt den Mund, ich diente 'ner größeren Sache, da waren Sentimentalitäten fehl am Platz. Ich hab mich bei ihm nicht mehr gemeldet, keine Vorwürfe oder so, er war nicht mehr einer, mit dem ich in Verbindung gebracht werden wollte, auch wenn ihm nichts passiert ist. Er hatte wohl zu viele Beziehungen, zu gute Kontakte, die Sache wurde still und leise begraben.

Schade, diese Erinnerungen abzuwürgen, aber ich muss zu einem Treffen. Endlich wieder ein wichtiges Treffen, wie in alten Tagen. Die »Generalsbewegung« ist einberufen worden. Der Deckname einer Gruppe, von der es heißt, es gibt sie, es gibt sie nicht. Zusammenkunft in 'nem Sitzungsraum eines Hotels, das einem unserer Kameraden gehört oder er hat Anteile daran oder es gehört Verwandten von ihm, schwer, bei so was die Übersicht zu behalten. Nicht wenige der Gäste von meiner Geburtstagsfeier sind anwesend, aber auch andere, mir weniger bekannte, spielt keine Rolle, bei wichtigen Fragen ziehen wir alle an einem Strang.

Dimitrow führt den Vorsitz. Er wartet, bis die Kellnerinnen alles serviert haben und den Raum verlassen. Er bittet uns, die Mobifone auszuschalten.

»Habt ihr die neusten Umfragen studiert?«

So klingt's immer bei Dimitrow, nach hemdsärmeliger Arbeit. Nicht »gelesen« oder »angeschaut«, nein, bei ihm wird »studiert« oder »analysiert«. Da unsereiner weder studiert noch analysiert, Dimitrow hingegen die ganze Nacht über Informationen brütet, hat er von Anfang an 'nen Vorsprung.

»Ich werd's euch nicht versüßen, es schaut nicht gut aus. Die Demokratischen Kräfte, die haben zwar Boden verloren –«

»Das ist normal bei Regierungsparteien«, ruft einer dazwischen.

»Aber wir haben nicht dazugewonnen. Und das ist nicht normal bei Oppositionsparteien. Lasst uns in medias res gehen: Die Bürger und Bürgerinnen unseres Landes trauen uns nicht zu, die Wirtschaftskrise zu meistern. Unser Image hat einen nachhaltigen Schaden davongetragen, unser Rating ist so niedrig wie noch nie zuvor. Wir müssen zum jetzigen Zeitpunkt davon ausgehen, dass wir auch die nächsten Wahlen verlieren werden.«

»Ist das denn so schlimm«, meint einer, ehemals aus der II. Hauptverwaltung, flapsig. Die Typen dort hält Dimitrow für Idioten. Gegenspionage ist wie Bridge-Belote mit offenen Karten spielen. So einer seiner uralten Sprüche, nur unter uns natürlich, ist denen aber bestimmt zugetragen worden. Er kann es sich nicht leisten, sie zu vergrätzen. Gerade die Jungs aus der I. und der II. Hauptverwaltung stehen heute ganz oben, an deren Geld führt kein Weg vorbei. Das wissen alle in der Zentrale, die Partei bricht auseinander, wenn man versucht, die zu neutralisieren. Was ich mir manchmal wünsche, so wie die sich aufführen.

»Unsere Zeit ist zu wertvoll«, mischt sich Zankow ein, »um zu diskutieren, was offensichtlich sein sollte. NATO, EU, beschlossene Sache, kann keiner rückgängig machen, sollten wir auch nicht anstreben, aber diese Schritte dürfen nicht den Ausverkauf des Gewachsenen bedeuten. Balance. Fest auf zwei Beinen stehen. Daheim nichts anbrennen lassen, im Ausland auf mehreren Hochzeiten tanzen. Wenn das Schiff zu sehr ins Rollen gerät, kann das böse Folgen haben.«

»Weil dem so ist, möchte ich euch heute einen Vorschlag unterbreiten. Ich hoffe auf die Unterstützung aller. Es ist keine neue Idee, wir haben sie in verschiedenen Versionen in kleinerem Kreis und auch schon in größerer Runde diskutiert. Meines Erachtens ist es höchste Zeit, den Zaren zu aktivieren.«

Den Zaren? Das war zu erwarten, der Zar ist Dimitrows Steckenpferd. Aber es gibt in dieser Runde erhebliche Widerstände. Ich stehe keineswegs alleine da.

»Das ist ein ziemlich folgenschwerer Vorschlag, das sollten wir uns gut überlegen.«

»Ich halte nicht viel von diesem Schmarotzer. Hat in seinem Leben nie was zustande gebracht.«

»Immerhin, erfolgreicher Unternehmer.«

»Jaja, der Henry Ford des Hunde- und Katzenfutters.«

»Die kleine Fabrik hat ihm der Schah zum Geburtstag geschenkt. Parasiten halten zusammen wie Gedärme.«

»Kameraden, zur Sache bitte.«

»Was mir vorschwebt, wenn ich die Idee ein wenig ausführen dürfte, ist eine nationale Sammelbewegung hinter seiner Lichtgestalt. Eine Figur des Zentrums, ein Sozialliberaler, der alle Splittergruppen, alle Unzufriedenen vereint. Wenig Inhalt, viel Persönlichkeit. Er ist der Einzige, so muss es aussehen, der die politische

Zersplitterung unseres Landes aufheben kann. Er muss der Einzige sein, der uns retten kann.«

»Soll er etwa kandidieren?«

»Wieso nicht?«

»Und wenn er gewinnt?«

»Genau das wollen wir. Er soll gewinnen. Dann schlägt unsere Stunde. Er hat hierzulande keine Wurzeln, keine Basis, keine Beziehungen, wir können ihn umgeben mit wem immer wir wollen, wir können unsere Leute nach Belieben in sein Team einschleusen, er wird sich auf erfahrene Kräfte verlassen müssen.«

»Aber können wir ihm trauen?«

»Ljubenow berät ihn seit einiger Zeit, er schwört, er frisst ihm aus der Hand.«

»Wundert mich kein bisschen, der Zar hat das Hirn von 'nem Spatzen.«

»Außerdem, wenn wir das Ganze für ihn organisieren und finanzieren, werden wir ihn kontrollieren können. Er gehört dann uns.«

»Eine triumphale Rückkehr, das sollte der erste Schritt sein. Eine Rückkehr als Privatmann, als Patriot. Weinende Alte vor laufenden Kameras. Das lass ich auf meinem Sender Tag und Nacht laufen. Die zweite Wiedergeburt unseres Volkes, live bei uns, kommentiert von Menschen, deren Herz die Heimat ist.«

Ich schweig, während Ideen und Einwände miteinander sparren. Alte Gewohnheit. Der Erfahrene schätzt seine Stärken richtig ein. Schlau dahinreden gehört nicht dazu. Ich hab mir nur erlaubt, in Erinnerung zu rufen, wie damals der Zar bei uns anklopfte, ob er denn Botschafter bei der UNO werden kann. Das haben wir diskutiert, im engeren Kreis um Živkow, haben wir abgelehnt. Das haben sich andere bestimmt auch gemerkt, damals kam die Idee auf, den Zaren vielleicht eines Tages zu aktivieren. Ja, der Gotze Ljubenow, das ist ein Gerissener, der wickelt ihn bestimmt um den kleinen Finger. Die Männer von der I. Hauptverwaltung wurden aufmerksam ausgewählt, dort waren die Getreuen, die Söhne von aktiven Kämpfern gegen den Faschismus und Kapitalismus, Mitglieder der KP, die Sahne der Partei, reine Elite, und der Leiter der I., der war Sonderklasse. Die Medien werden mitziehen, natürlich. Das Geld kein Problem, können einige am Tisch aus eigener Tasche zahlen. Sonst ist da immer noch Multigrupp, und all die anderen Kanäle. Trotzdem, wohl ist mir nicht dabei. Frage der politischen Hygiene. Wir reden hier immerhin vom Sohn des verdammten Kriegskönigs, den hab ich gehasst als Jugendlicher, so was von gehasst. Und sein Söhnchen soll uns nun dienen. Ironie der Geschichte, zugegeben. Auch wenn die Puppe nach unserer Pfeife tanzt, schöner wird sie dadurch nicht. Ich war schon immer froh, dass die Bolschewiken die Zarenfamilie beseitigt haben. Unvorstellbar heute, in diesen reaktionären Zeiten, was für eine Unruhe in Russland, wenn sich auch noch irgendwelche Nachfahren der Romanows einmischen. So viel Öl im Feuer, nicht zu löschen. Nein, dieses Problem hat Lenin ein für allemal erledigt. Wir aber müssen eine kompliziertere Zukunft durchschiffen. Wenn der schlaue Dimitrow zu der Einschätzung gelangt, wir brauchen den Zaren, dann brauchen wir halt den Zaren.

KONSTANTIN

Stunden des Missbehagens, Stunden der Beglückung. Jeden Mittwoch um zehn. Wir versammeln uns weiterhin, auch wenn wir von Treffen zu Treffen weniger werden. Wenn einer von uns gegangen ist, lassen wir am Mittwoch danach den Stuhl frei, auf dem er zuletzt saß, stoßen auf sein ewiges Wohlergehen an. Mich beschleicht der Verdacht, wir beharren auf diese Zusammenkünfte weniger, um unter Gleichen zu sein, als um längst untergegangene Konflikte auferstehen zu lassen. Die Frontstellungen von einst sind das Einzige, was uns noch eint. In schweren Zeiten waren wir entschieden solidarisch gegen die Staatsgewalt, bei lockerem Regime untereinander zerstritten, rhetorisch messerscharf. Nur in diesem Restaurant gilt der Kampf Legionäre gegen Bauernbündler noch etwas, weil hier die Vergangenheit herrscht. In der Gegenwart sind die einen ausgestorben, die anderen stehen unter Artenschutz. Solche unerbittlichen Feindschaften müssten einem jungen Menschen erst umständlich erklärt werden. Wir zünden längst verfeuerte Briketts an, führen alte Kämpfe fort, an dieser langen Tafel, die ansonsten aus vielen kleinen Tischen besteht, einmal die Woche aneinandergereiht, umgehend auseinandergeschoben, kaum sind wir zur Tür hinaus, damit die Zweier-, Dreier-, Vierergrüppchen der Geldverdiener intimeren Platz finden können. Die meisten von uns haben ihre Niederlage mit einem weisen Achselzucken hingenommen; einige kommentieren sie mit einer Bitternis, die schwer zu ertragen ist, selbst wenn sie einem nur einmal die Woche unter die Haut geht. Ich hatte erwartet, dass wir uns über die jeweilige Aktenlage austauschen, unser weiteres Vorgehen absprechen würden (sollten wir eine Anfrage im Parlament oder ein weiteres Gerichtsverfahren anstreben?). Gewiss, unsere Optionen sind kärglich, könnten jene, die fest im Sattel sitzen, nur irritieren, altersschwache Versuche, sich nicht geschlagen zu geben, doch inwiefern wäre es besser, nichts zu tun? Stattdessen pfeifen die Verlierer (weil sie sich als solche betrachten) alte Anekdoten. Das schlägt die Zeit tot, von der uns viel zu wenig bleibt. Ein korpulenter Glatzkopf erinnert an den Gefängnisdirektor in Pazardschik, der den Befehl erteilt hatte, die Häftlinge müssten beim Hofgang die Mützen abnehmen, wenn sie unter seinem Fenster vorbeischritten, eine Direktive, deren Einhaltung er höchstpersönlich beaufsichtigte, vom Fenster seines Kabinetts aus. Eine ganze Stunde lang blieb er dort stehen, schrieb den Namen von jedem auf, der seine Mütze nicht abnahm. Vierzehn Tage *karzer* kostete eine Runde mit erhobenem Mützenhaupt.

»Der Mann ist tot.«

Jemand missversteht meinen launigen Einwurf als Frage.

»Im Bett gestorben, gar nicht so lange her, im hohen Alter.«

»Erinnert ihr euch an den Metallarbeiter«, fragt ein anderer in die Runde hinein, »der wahnsinnig wurde, felsenfest davon überzeugt, er sei General oder Direktor, wie der die Aufseher rumkommandiert hat, sogar wenn sie ihn schlugen, wie der die angebrüllt hat: Maul halten, sonst mach ich euch fertig. Wie hieß der noch mal? Miro? Nein.«

»Mitko?«

»Nein. Aber so ähnlich.«

»Wie lange haben sie ihn geschlagen ...«

»Bis sie begriffen haben, dass sie gegen seinen Wahn nichts ausrichten konnten, in seiner Einbildung hatte er die Machtverhältnisse umgedreht, sie waren die Untergebenen, daran konnten sie nichts ändern, egal, was sie taten.«

»Wenn es so einfach wäre«, sage ich, »die Verhältnisse auf den Kopf zu stellen.«

»Das hat uns ermutigt, für einen Augenblick hat er geleuchtet wie eine Sternschnuppe, das gab uns Zuversicht.«

Mehrere am Tisch nicken.

»Das war so ein Moment«, bemerkt Toma, »in dem die Würfel auf Kante fielen.«

Ich verstehe, was er meint: Individueller Wahn übertrumpfte allgemeine Groteske. Wir heben das Glas auf Miro oder Mitko, egal, wie er hieß, wir erweisen ihm Reverenz.

»Auf den Bischof sollten wir trinken, das arme Schwein.«

»Bischof? Auf welchen Bischof denn?«

»Den katholischen. Unscheinbarer Typ, an die Gesichtszüge kann ich mich kaum erinnern, aber was er von sich gab, eines Tages, mit gewichtiger Stimme, wie ein Zitat aus dem fünften Evangelium: ›Tausend Mal habe ich denen gesagt, dass ich kein Spion bin, und sie haben mir nie geglaubt. Ein einziges Mal habe ich zugegeben, dass ich ein Spion bin, und sofort haben sie es mir geglaubt.‹«

»Ein geflügeltes Wort.«

»Sollte eins sein, sollte ein geflügeltes Wort sein.«

Meine Verärgerung wächst. Anekdoten austauschen ist wie Flaschenpost lesen.

Erneut versuche ich das Gespräch auf die Frage zu lenken, was unsere Einblicke in das Archiv, so unvollständig sie bislang auch gewesen sein mögen, für Erkenntnisse hervorgebracht haben. Die Nachdenklicheren nehmen sich Zeit zum Nachdenken. Die Polterer poltern drauf los.

»Bai Kosjo«, sagt einer vom anderen Ende des Tisches, »hör zu, das wird dir gefallen, was ich da gefunden habe, hat irgend 'ne Ratte denen zugesteckt, ich tät mich aufspielen als Philosoph des ML, mobile Schnellkurse in DIAMAT, an jeder Straßenecke abzuhalten, affichiert als ›Fünfminutenplan‹, für jene, die Angst vor der nächsten Prüfung haben. Also, zuerst die Dialektik, in drei Sätzen erklärt: Dein linkes Ei, das ist die These, dein rechtes Ei, das ist die Antithese, und die Synthese, das ist dein Schwanz, mit dem du von hinten Breschnew rammelst.«

»Und dafür gab's nicht mal Gefängnis?«, fragt ein fast neunzigjähriger Legionär.

»Das nicht.«

»Was waren das für schlappe Zeiten, die Siebziger.«

Das Lachen am Tisch trennt mich von den anderen wie eine heruntergelassene Jalousie. Schon als er zum ersten Mal zum Besten gegeben wurde, war der Witz veraltet. Niemand glaubte mehr an die Dialektik. Mausetot. Breschnew war nicht der Nachfolger von Hegel, Marx, Engels, sondern Direktor der Nationalen Privilegienbank. Der Witz erweist ihm zu viel der Ehre. Die Dialektik war nicht mehr kreditwürdig. Gemäß der Vorhersage von Marx: Ich habe Drachen gesät und Flöhe geerntet. Wie wahr. Lenin, Trotzki hatten Format, aber danach? Schon Engels äußerte sich verächtlich in einem Brief an Paul Lafargue über die jungen Akademiker in der SPD, die alle in Marxismus machten, weil sie auf eine Karriere hofften. Das mit den Drachen, mit den Flöhen habe ich gerne zitiert, bis ich an Dora geriet.

»Drachenzähne.«

»Wie?«

»Es heißt: ›Ich habe Drachenzähne gesät und Flöhe geerntet‹, so lautet der Satz richtig, du hast ihn schon einmal zitiert, da habe ich recherchiert. Außerdem stammt er nicht von Marx, sondern von Heine.«

»Typisch Marx, sich mit fremden Federn zu schmücken.«

Der Satz klingt besser ohne die Zähne, dramatischer. Ich verabschiede mich frühzeitig von unserer Palaverrunde. Im Gegensatz zu den anderen Alten ist mein Kampf noch nicht in Reminiszenzen eingelegt.

Am Nachmittag erreicht mich ein Brief mit vierzigjähriger Verspätung. Ein Liebesbrief. Mariellas Antwort auf den einzigen Brief, den ich hinausschmuggeln konnte, drei engbeschriebene Seiten, zusammengefaltet zur Größe einer Streichholzschachtel, von einem inhaftierten Schuster in den Absatz des rechten Schuhs eines Freizulassenden genagelt. Da ich keine Antwort von ihr erhalten hatte, musste ich annehmen, sie wünsche keinen Kontakt mehr zu mir. Ich hatte dafür Verständnis. Wieso das Leben herschenken für eine jugendliche Emphase? Aber Mariella hatte doch geantwortet, sogar ein Bild von sich beigelegt. Weil sie nicht von sich, von ihren Gefühlen erzählen konnte, berichtete sie detailliert von ihren Erlebnissen auf einer Studienreise nach Budapest. Die Genauigkeit der Beschreibung (jedes Gebäude, das sie gesehen, jedes Bild, das sie betrachtet hatte) sollte zum Ausdruck bringen (so kommt es mir heute, vier Jahrzehnte später, vor), wie sehr sie an mich dachte. Die Staatssicherheit hat den Brief konfisziert, zu den Akten gelegt.

So verging meine erste Liebe.

Mariella, ich habe deinen Brief erst heute gelesen. Wären wir anders aufeinander zugegangen, wenn ich deinen Brief damals erhalten hätte? Hätten wir uns weniger vor uns selbst versteckt? Vielleicht hätte ich bei unseren kurzen Treffen weniger schlechtes Gewissen verspürt, so als betröge ich meine Mariella von einst mit der Mariella in meinem Bett, die so wenig zu sättigen war wie ich, weil sie (so wie ich) aus dem Zwang heraus begehrte, nachzuholen, was wir verpasst hatten, mit körperlicher Hingabe ungeschehen zu machen, was uns in der Zwischenzeit geprägt, verändert, entzweit hatte. Ein zum Scheitern verurteiltes Begehren, egal, wie sehr wir uns ineinander krallten, wie entschieden wir uns dem anderen gegenüber zu öffnen meinten.

Die Haftzeit ist eine Schuld, die immer wieder eingetrieben wird. Die ich ein Lebtag abzahlen muss. Das werde ich eines Tages auch

Dora erklären müssen, sollte sich ihre Sehnsucht verstärken. Ich werde ihr anvertrauen müssen, dass einiges in mir unwiderruflich dahin ist. Vielleicht schreckt sie das ab. Vielleicht auch nicht.

1953 erzählt

Der neue Mensch wappnet sich gegen den Frost mit übereinandergezogenen Socken, den Schal vorm Gesicht, die Fellmütze über der Stirn. Er sitzt auf dem Sofa im schweren Mantel und reibt sich die Hände warm. Der neue Mensch ist ein Nimmerwarmblüter, seine Gedanken vereisen im Tunnel zwischen *Gyrus temporalis inferior* und *Nervus lingualis*. Kein Tauwetter kann Linderung verschaffen. Ausgesprochenes gefriert in der Luft, das Gitter zur Welt eine Scharte, mit Blick auf den Innenhof, auf den Rundgang der Häftlinge, auf einen ausgetretenen Schneepfad. Die Häftlinge kreisen, zusammengekrümmt, Köpfe gesenkt, um den Sowjetstern in ihrer Mitte, den immerfort sichtbaren Sowjetstern auf zementiertem Untergrund, die Stiefel des Aufsehers zwischen zwei der Zacken. Etwas geschützt entlang der Wand rauchen einige der Wachen, im Gespräch verbandelt. Eine Sirene jault auf, infernalisch laut, die Uniformierten im Innenhof erstarren, der Luftzug flaut ab, weitere Sirenen jaulen auf, die Wolken unbewegt, die Krähen verharren im Flug, keine Wanze, keine Kakerlake, keine Ratte kriecht durch die Zellen. Die Straßenbahnen krächzen zum Halt, das Radio verstummt, in allen Adern gefriert das Blut. Die Sirenen jaulen. Die Wachen lassen ihre Zigaretten fallen, der Aufseher nimmt Habachtstellung an, die Köche halten beim Umrühren der wässrigen Bohnensuppe inne. Die kreisenden Häftlinge erstarren auf einen Zuruf des Aufsehers hin, die Sirenen durchschneiden den Frost mit klirrendem Ton.

Nichts im gesamten progressiven Universum bewegt sich, außer den wenigen Häftlingen, die sich im Innenhof des Zentralgefängnisses der Erstarrung verweigern, die weiterkreisen, die gegen die Versteinerten stoßen, die diese zur Seite schieben. Die Versteinerten stürzen zu Boden, bleiben liegen. Die Häftlinge stampfen weiter, gegen den Uhrzeigersinn, beharrlichen Schrittes, den Kopf auf die Brust gedrückt, sie schwingen die Arme wie Pioniere, die Sirenen jaulen und kein Hund kläfft. Die Hingefallenen gefrieren, sie müssen später auf Schubkarren abtransportiert werden. Der Aufseher wird seine Fingerspitzen stundenlang nicht spüren, die Wärter fangen sich eine kräftige Erkältung ein. Als das Schrillen der Sirenen verhallt ist, versteht jeder die Botschaft, die Wärter, die Häftlinge, alles, was kreucht und fleucht, die höchsten Lebewesen wie auch die niederen haben begriffen, dass der Führer des Fortschritts, der Vater der Völker, der Meister der Menschheit von dieser Welt gegangen ist. Das Echo der Sirenen jault im Kopf weiter, die Häftlinge, die mit brennenden Augen weiterkreisen, mit Beinen, die sie nicht mehr spüren, wissen, dass sich die Wachmannschaft für diesen blasphemischen Akt rächen wird.

Im Winter gibt es kein Recht auf Ungehorsam.

METODI

Das schlechte Gewissen, wirklich der falsche Berater. Drei Abtreibungen, vor meiner Zeit, dann war der Ofen aus bei Albena, Neffen und Nichten müssen seitdem herhalten, als Ersatz, so läuft die Sache aus dem Ruder wie der Stinker auf dem Küchentisch, den man nicht in den Kühlschrank tun soll, weil der Stinker reifen soll, verfickter Stinker, da ist mir 'n guter *kaschkaval* tausendmal lieber. Gute Nachrichten in Sachen Sergy, ausnahmsweise. Endlich hat er 'ne gescheite Beschäftigung gefunden. Was Solides. Nicht wieder so 'n Luftschloss wie zuletzt, da wollte er Investoren suchen, den alten Parteipalast in 'n Luxushotel verwandeln. Genauer gesagt: Wir haben was für ihn gefunden. Solide Geschäftsidee, Albena wurde von 'ner Freundin angesprochen, ihr Sohn kam mit 'nem spritzigen Einfall daher, gemeinsam haben wir's besprochen, haben beschlossen, als Investoren einzusteigen, als stille Teilhaber, aber nur, wenn Sergy 'ne führende Position kriegt. Ließ sich einrichten, unkompliziert, man kennt sich ja. Nur der Name der Firma, der will mir nicht einleuchten, das kriegen wir noch besser hin, bin ich mir sicher, besser auf jeden Fall als »Kreuzhum«. Mussten sie mir umständlich erklären. Wer will auf dem Friedhof dreimal um die Ecke denken? Die Idee, die hat's in sich: Roter Stern wird durch schwarzes Kreuz ersetzt! Gestaltung, Durchführung, Gedenkgottesdienst, *all inclusive*. Ein günstiges Gesamtpaket. Eine neue Grabplatte kommt teurer, versteht sich von selbst. Darauf ... musst ... du's ... anlegen, pauke ich Sergy ein.

Lock sie mit dem Angebot, dann schiebst du nach: Wenn wir schon dabei sind, machen wir's doch richtig, ein für allemal, ist euch das Andenken eures Liebsten nicht 'ne kleine Anstrengung wert, ein rundum schönes Grab, aus Granit oder rosarotem Marmor, vielleicht sogar mit 'nem hübschen Engel drauf, den Engel berechnest du extra, verstanden! War alles schneller auf die Beine gestellt als erwartet. Der Steinmetz am Eingang zum Zentralfriedhof, der wollt sein Geschäft aufgeben, die Söhne im Ausland, der Mann froh um unser Angebot. Kann nichts schiefgehen, außer Sergy vermasselt's wieder. Das ist das letzte Mal, hab ich Albena gewarnt. Sie behauptet, sie hat ihn flachgeklopft. Glaub ich ihr, sie kann resolut sein, wenn's nötig ist. Ich find ja den Stern würdevoller als so 'n Kreuz, aber wer auf mich noch hört, der kriegt von mir 'n Gehalt. Die Papiere unterschrieben, mit Füller, wie sich's gehört bei so 'nem Anlass, dann das Feld dem Popen überlassen, der weihte die Geschäftsräume, musst mir auf die Zunge beißen, als der dreimal wiederholt: Gott segne die Firma Kreuzhum! Ein Gläschen zum Anstoßen. Sergy will nachgießen, da pack ich sein Handgelenk, so fest es geht, damit's weh tut.

»Sergy, das hier ist deine letzte Chance, stell die Flasche weg und fang an, dir zu überlegen, wie die Kunden von deinem Angebot erfahren. Wir sind hier gleich weg, und du hast jede Menge zu tun.«

Er wirkt verängstigt. Wie ein Unschuldiger. Die Unschuldigen haben immer mehr Angst als die Schuldigen. Wer den Menschen versteht, der kriegt den Weisheitsorden ersten Rangs. Ich überlass Auto und Chauffeur Albena, nehm ein Taxi in die Parteizentrale, das sag ich so laut, dass sie's hört. Kurz bevor die Stamboliiski in die Positano biegt, geb ich dem Fahrer 'ne andre Adresse. Verabredung mit Nezabrawka. Heute freu ich mich richtig drauf, weiß wer, wieso. Ich frag sie gleich nach der Begrüßung, ob sie sich das mit der Stelle als Buchhalterin überlegt hat. Zu meiner Überraschung ist sie bereit, das Angebot anzunehmen, aber nur unter der Bedingung, ich mische mich nicht ein.

»Keinerlei Absicht, Mädchen, bin beschäftigt genug, ich bring euch zwei zusammen, alles andere klärt ihr unter euch.«

Wir plaudern eine Weile vor uns hin. Sie hat ihre Strategie geändert. Glaubt sie etwa, ich merk das nicht? Einige Male hört sie sich an wie 'ne Journalistin, die 'ne Lobhudelei über mich hinschmieren soll. Wie ich als Jugendlicher zu den Partisanen gekommen bin, wie ich im jungen Alter so viel Mut aufgebracht hab.

»Willst du meine Memoiren für mich schreiben?«

Keine Reaktion. Eines Tages bring ich sie noch zum Lachen.

»Über Angst willst du reden? Hast du dir das gut überlegt? Das ist Treibsand, da kennt sich keiner selber. Gelegentlich hatte ich Angst, zu Beginn, nicht vor den Faschisten, doch weg von zu Hause, auf mich allein gestellt und so, ich hab nicht besonders tief geblickt, was da alles im Wasser lauert. Wenn du dir vorstellst, wie tief das Wasser ist, dann gehst du nie schwimmen. Die mit viel Phantasie, die sperren sich selber in die Angstzelle ein, verstehst du. Ich war 'n nüchterner Typ, einfach drauf los. Du gewöhnst dich daran, jeden Morgen weckt dich der Tod, das prägt dich, wenn du nicht weißt, ob du am Abend im Wald oder im Grab frieren wirst, das härtet dich ab. Kein Davonstehlen möglich, verstehst du? Augen zu und durch, sagt man so, aber das stimmt nicht, Augen weit auf und durch.«

Eines muss in ihren Kopf rein: Ich war Kämpfer, Kämpfer durch und durch.

»Wieso interessiert dich das, Mädchen, hat doch mit deiner Mutter nichts zu tun?«

»Es hat was mit Ihnen zu tun. Wenn Sie mein Vater sind, bin ich Ihre Tochter. Dann will ich Sie verstehen. Ich kann meinen Vater nicht einfach abschreiben.«

»Abschreiben? Wie klingt denn das, Mädchen? Zugegeben, bin

'ne alte *tarataika*, aber täusch dich nicht, 'n paar Runden sind noch drin.«

»Das mit der Partisanenzeit verstehe ich, aber danach, wieso Sie dann noch Menschen verfolgt und eingesperrt haben, ohne Not ...«

»Es war Krieg.«

»Der war doch vorbei.«

»Der ging weiter, das war Klassenkampf, nichts war vorbei. Ich weiß nicht mal, wann der zu Ende ging, aber es war nicht '45, es war nicht '48, es war nicht '53, es war später, viel später, als du denkst. Wenn du dir 'n Urteil anmaßt, musst du daran denken, das war ein schwerer Kampf. Der Gegner war ja nicht besiegt. Ist denn jeder im Krieg 'n Unmensch? So was kann nicht mal dir im verwirrten Kopf rumspucken. Mittendrin hast du keine Zeit zum Nachdenken. Ein Schlag, der nächste drauf, voran, du funktionierst. Auch so 'n harter Knochen wie ich muss mit dem Druck klarkommen. Hab mich freiwillig gemeldet, ja, aber den Kampf hab ich weder angefangen noch eskaliert, der wurde mir aufgenötigt. Stolz bin ich auf meine Haltung, die war immer da, auch bei den Sachen, auf die ich nicht so stolz bin.«

»So etwas höre ich zum ersten Mal aus Ihrem Mund.«

»Wir sind jetzt ehrlich zueinander, nicht wahr, das wollen wir doch, wie Vater und Tochter, auch wenn wir's nicht sind, ein Vater erklärt seiner Tochter, wie's war, damals. Und er sagt ihr, es war ganz anders, als sie es sich denkt, und sie hat Mühe, das zu begreifen. Das ist alles.«

»Haben Sie jemals geliebt?«

Also wirklich, sie kommt auf die abwegigsten Fragen. Was hat das mit uns zu tun? Soll ich ihr jede meiner Liebschaften aufzählen?

»Natürlich, Engelchen, natürlich. Aber eine Sache wird dich überraschen, die Partei, die hab ich auch geliebt. Ich verdanke der Partei viel, unendlich viel, werd ihr das nie zurückzahlen können.«

»Das verstehe ich nicht. Wie kann man eine Partei lieben. Das ergibt keinen Sinn.«

»Nichts für ungut, aber du kommst mir vor wie 'ne Ausländerin. Alles muss man dir erklären. Bin's nicht gewohnt, den Fremdenführer zu spielen.«

»Sie sind es nicht gewohnt, dass man Fragen stellt.«

»Nicht doch. Du kennst meine Frau nicht. Und Živkow, der hat mir Löcher in den Kopf gefragt.«

»Sie kannten Živkow?«

»Ich hab ihn sehr gut gekannt.«

»Woher denn?«

»Er war mein Trauzeuge.«

»Wirklich, Ihr Trauzeuge?«

»Ja, wir hatten zwei Trauzeugen und einer davon war Živkow.«

»Wie ist es dazu gekommen? Sie waren doch nicht mit ihm befreundet?«

»Du sollst mich nicht unterschätzen, Mädchen, das hab ich dir schon 'n paarmal gesagt. Albena, das ist meine Frau, war seine Sekretärin, sie erzählt ihm von der bevorstehenden Hochzeit, und er fragt, wer Trauzeuge ist, und sie sagt, noch nicht entschieden, und er macht so Andeutungen, und sie fragt ihn, gradheraus, und er akzeptiert. So einfach war's. Aber damit du mal verstehst, wie die Sache ablief: Nichts überließ dieser Mann dem Zufall. Verlangte nach 'ner Beurteilung über mich, wollte mich persönlich treffen, ich war nervös wie sonst nie, Albena hat mich vorbereitet, was er mag und was nicht, wie man ihm gegenübertritt, das ist die Sache mit den Mächtigen, nicht so einfach einzuschätzen, wie man sich am besten gibt. Zu unterwürfig ist nicht gut, Widerspruch am falschen Platz ist fatal.«

»Hat er an den Kommunismus geglaubt?«

»Du stellst Fragen, Mädchen, nicht zu fassen. Glauben, das ist 'n großes Wort. Wer glaubt schon voll und ganz an irgendwas? Glaubt der Patriarch an Jesus? Was soll ich dir sagen, er war Pragmatiker, und das war gut so. Einmal sagte er: ›Welcher Trottel hat uns überredet, in die sozialistischen Lernzirkel zu gehen? Schaut euch mal an, was daraus geworden ist.‹ So hat er geredet, wenn er gutgelaunt war. ›Wir waren jung damals und haben alles geglaubt.‹ Die Ideologie, die hat er verteidigt, klare Sache, aber interessiert hat ihn eher das Handfeste. War bei mir nicht anders. Man wächst hinein. Wenn du dem System vertraust, gibt's keinen Raum für Zweifel. Ehrlich gesagt, aus dem Marxismus hat er Žiwkowismus gemacht, und daran hat er fest geglaubt.«

»Das ist ihm bestimmt leichtgefallen. Ich verstehe nur nicht, wie all die anderen daran glauben konnten.«

»Das kann ich dir erklären. Nach dem Tod von Stalin standen wir an einer Kreuzung …«

»Was halten Sie von Stalin?«

»Jetzt auf einmal Stalin? Bist du immer so sprunghaft? Stalin? Eine historische Figur. Errungenschaften, Fehler, alles im großen Format. Zurück zu Žiwkow.«

»Das ist alles? Mehr haben Sie über Stalin nicht zu sagen?«

Doch, viel mehr, aber das werd ich grad dir auf die Nase binden. Stalin? Eine missverstandene Figur. Höchste Zeit für 'ne gerechte Beurteilung. Dauert nur noch ein paar Jährchen, dann ist auch der rehabilitiert, heutzutage werden ja Mann und Maus rehabilitiert. Die ganzen Vorwürfe gegen ihn, die hat schon einer unserer Dozenten entkräftet, alles schwer philosophisch, seine Argumente, kann nicht behaupten, ich hab alles kapiert, aber heut seh ich klarer, was der Mann meinte, war 'ne Koryphäe, hat sich trotzdem die Zeit genommen, uns zu unterrichten. Schade, ich sollte sein Argument Nezabrawka erklären, damit sie mal was versteht, aber ich krieg's nicht richtig zusammen, will mich nicht blamieren. Stalin hat den Sowjetbürger nicht entmenschlicht, im Gegenteil, er hat ihn rehumanisiert, so war das Wort, das der Professor benutzte, »rehumanisiert«. Anders gesagt, er hat ihn nicht zerstört, er hat ihn zu seiner wahren Essenz geführt. Davor war der Mensch eine Hülle mit fremder Füllung. Eine von der bürgerlichen Gesellschaft gestopfte billige Wurst. Was er sein Leben nannte, waren nichts als Illusionen. Also 'ne ganze Ansammlung von Würsten. Wenn diese Würste nun im kochenden Wasser der Revolution aufplatzen, wenn also die kleinbürgerliche Füllung rausgenommen und den Hunden zum Fraß hingeworfen wird, dann regen sich die Spießer alle auf. Was ist Bewusstsein, fragte uns der Dozent. Eine Erfindung! Was ist individuelles Glück? Eine Illusion. Was ist persönliche Freiheit? Eine Lüge. Wer das erkannt hat, der wird ein neuer Mensch. So wie ihr! Er zeigte auf uns, auf jeden Einzelnen von uns, ich werd's nie vergessen, mir lief 'n Schauder über den Rücken. Ihr seid keine alte Hülle, ihr seid nicht 'ne Wurst voller Abfälle, ihr seid aus 'nem besonderen Stoff gemacht, dem Stoff der neuen Zeit. Versuch das mal zu widerlegen!

Dann kam dieser Schwindler Nikita daher und verkündete, alles 'n großer Fehler, 'ne schwere Verirrung. Das ließ uns schlecht aussehen, auf der ganzen Welt, was soll das, die schmutzige Wäsche vor den Augen aller zu waschen, wer hat schon keine schmutzige Wäsche? Miese Ratte. Verfluchte Rede. Reißt den ganzen Palast ab, nur weil einige Balken schief hängen. Und mich kostet's fast die Karriere, ach was, fast alles. Jetzt, wenn ich nach hinten blicke, da seh ich 'nen Schlingel, der war zu selbstsicher, zu unüberlegt, der dachte, so wie's geht, geht's ewig weiter. Ich hab den Geist der Stunde nicht erkannt, muss ich zugeben, Vorsicht war geboten, Selbstkritik erwünscht, Verurteilung der Exzesse verlangt. An all dem ließ ich's mangeln. Also kam die Strafe, wurde natürlich nicht Strafe genannt, neutraler, Versetzung ins Gefängnis nach Plewen. Aufsicht über totes Wasser. Da hat jeder Gärtner mehr Verantwortung. Eine schlimme Zeit. Ich war nicht der Einzige. Das war kein Trost. Selbst Tscherwenkow hat sich verkalkuliert, der dachte, er kommt mit Phrasen davon, mit Kosmetik, dann kehrt bald alles zum Alten zurück. So dachten die meisten in der Partei. Chruschtschow forderte mehr Selbstkritik.

Tscherwenkow weigerte sich. Ich versteh ihn. Wozu auch auf einmal diese gigantomanische Kritik? Živkow ging einige Schritte weiter, er wusste genau, wie weit er gehen musste. Tscherwenkow war nur Stalinist, Živkow hingegen war alles. Der hat in seinem Leben alle Häuptlinge der Sowjetunion geküsst. Damals war seine Linie genau die richtige, die April-Linie, Živkows April-Linie, so geschickt war er, Chruschtschow zu kopieren. Es gab manche, die trugen noch 'ne Zeitlang Hoffnungen in sich, die überwinterten, warteten auf die gesunden Kräfte, die unsere Partei wieder reinigen von all den Opportunisten und Revisionisten. Dann wird so viel Blut fließen, sagte mir einer, da wird 'n Kalb drin schwimmen können. Er hielt mich für einen von ihnen. Hielt mich für dämlich. Seine Sprüche hab ich sofort gemeldet. Der hat gekriegt, was er verdient. War nicht schwer zu kapieren, es galt, sich mit aller Kraft auf die Seite der Gewinner zu schlagen. Ohne Rücksicht, ohne Gnade. Aber vorsichtig, Karriere kann man nicht erzwingen. Zeige deinen Vorgesetzten, du stehst zur Verfügung, dränge dich nicht zu sehr auf, geduldig warten, jederzeit zu jedem Einsatz bereit. Das ist die ganze Kunst. Jeder macht mal 'nen Fehler. Aber die Erfolgreichen, die erlauben sich keinen zweiten.

Beim Wort Karriere fällt mir Nezabrawkas neuer Job ein. Also frag ich sie danach. Volltreffer. Sie redet gern drüber, sie fühlt sich wohl in der Firma von Waleri. Findet ihn nett, kein Wunder, der Schmeichler und Schleimer. Was war das für 'ne ausgebuffte Idee von mir. Unser Verhältnis ist dieses Mal so entspannt wie noch nie. Ich habe das Gefühl, sie sagt vielleicht etwas, was sie nicht vorab geplant hat. Ich sehe sie an, und was ich sehe, gefällt mir. Der alte Fuchs hat noch ein paar Tricks auf Lager. Das Ende ist noch lang nicht in Sicht. Was wird in letzter Zeit nicht so alles über das Ende geredet, das Ende von dies und dem und überhaupt über das Ende vom Ende, und ich sitz immer noch im Garten meiner Villa und genieße die Früchte meiner Arbeit und hab Zeit, mir Gedanken zu machen über die Partei, über die Firma, über dieses Mädchen. Gibt ja nicht viel, was ich respektiere, und nicht viel, was ich verachte, doch was ich respektiere und was ich verachte, das respektiere und verachte ich aus ganzem Herzen. Das gehört sich so, das ist richtig so. Das ist für mich Ehre.

KONSTANTIN

Das Archiv ist eine Tropfsteinhöhle. Seit einiger Zeit sickert immer mehr Wasser zu mir durch. Als säße mir ein Geheimbündler gegenüber, der seiner Schweigepflicht entbunden worden ist (besser gesagt: einer, der den Auftrag hat, diesen Eindruck zu vermitteln). Serafimow hat sich als verlässlich erwiesen, er hat mit seiner schwachen Taschenlampe in einige mir bislang unbekannte Nebengänge – hineingeleuchtet. Zuletzt hat er mir sogar eine Mappe mit Dokumenten von der Gruppenuntersuchung UNGEHEUER aushändigen lassen. Auf der ersten Seite steht:

```
PLAN
G.A.R. „UNGEHEUER" vom 3.III.1953
Die Erkenntnisse der Ermittlung haben gezeigt,
daß Naiden Walkow, Konstantin M. Scheitanow und
Wassil L. Angelow terroristische Anschläge aus-
geführt haben.
ZIEL DER UNTERSUCHUNG
1. Zu klären: den gesamten Umfang der kriminel-
len Tätigkeit der Gruppe sowie welche weiteren
Verbrechen ähnlicher Art geplant waren.
2. Zu klären: die Zusammensetzung der Gruppe
hinsichtlich ihrer Anzahl und der Namen der
Beteiligten.
```

3. Auf wessen Initiative ist die illegale terroristische Gruppe geschaffen worden und wer hat sie angeführt.

4. Was für Kontakte wurden geknüpft zu fremdländischen Geheimdiensten und anderen illegalen Organisationen im Land.

Zur vollständigen Erreichung der oben genannten Ziele müssen durchgeführt werden

MASSNAHMEN DER UNTERSUCHUNG

1. Aktives Verhör aller sich in Untersuchungshaft befindlichen Mitangeklagten.

ALLE Obgenannten haben folgende Fragen zu beantworten:

A/ Seit wann und auf wessen Initiative hin haben sie ihre terroristischen Tätigkeiten begonnen. Welche dieser haben sie begangen, geplant und wie weit sind sie bei ihrer Vorbereitung gekommen.

B/ Auf welche Weise haben sie sich Zugang zu den Mitteln für ihre terroristische Tätigkeit verschafft, auf welche Weise wurden sie eingesetzt und ihr Einsatz geplant.

C/ Über welche Mittel verfügen sie noch und wo haben sie diese versteckt.

D/ Welche Kontakte mit fremdländischen Geheimdiensten sind geknüpft worden.

E/ Wie ist die Zusammensetzung der Gruppe hinsichtlich ihrer Anzahl und ihrer Namen.

F/ Welche Kontakte pflegen sie mit illegalen Organisationen in der Stadt Panagjurischte und von wem werden letztere angeführt.

2. Alle Unterlagen der Expertise hinsichtlich

der explodierten Bombe sind durchzugehen und
ihre Bedeutung als Beweismittel im Prozeß zu
prüfen.
Agenturoperative Maßnahmen:
1. Zellenagenten bei allen Untersuchungshäftlingen plazieren, eine aktive Bearbeitung
beginnen, indem zu diesem Ziel die besten Zellenagenten der Abteilung ausgesucht und vorbereitet werden.
2. Hausdurchsuchung bei Wassil Angelow durch-
führen.
3. Landesweite Personensuche nach Naiden Walkow
zur möglichst baldigen Ergreifung.
4. Alle Personen, die von Kiro Iwanow erwähnt
worden sind, überprüfen und befragen.
Der Plan ist genehmigt vom Leiter der III. Hauptverwaltung. Oberst ███████████
Ohne Datum

Die Dokumente, die diesem Generalplan folgen, bestehen aus minutiösen Bestandsaufnahmen. Die Staatssicherheit fegte alles zusammen, was ihr unter den Besen kam, jedes Staubkorn, jedes Fitzelchen, jedes Haar, jedes Bändel, jedes Räuspern, jedes Stottern, gesammelt, protokolliert, ausgewertet, analysiert, extrapoliert. Hygienische Fleißarbeit. Ich muss mir beim Lesen einige Male in Erinnerung rufen, dass in diesen Unterlagen mein eigenes Leben zusammengefügt wurde, so sehr verliere ich das Interesse an dieser systematischen, zugleich unergiebigen Sammlung meines einstigen Daseins. Auf der Suche nach Erkenntnis muss ich mich durch düstere Höhlen voller staatssicherheitlichen Ablagerungen tasten (auch wenn sich meine Augen inzwischen an die Lichtverhältnisse gewöhnt haben, in dieser Dunkelheit werde ich mich nie frei bewegen können), angestrengt, aufmerksam, ohne zu wissen, hinter welchen missverständlichen Informationen sich entscheidende Informationen verbergen.

Auf einmal ein Hinweis, wieder einmal handschriftlich, auf eine Aussage von Fritz. Eine Seite später wiederholt sich dieser Querverweis. Er hat ihnen viel mehr verraten, als wir vermuteten. Als er ihnen alles gesagt hat, was er wusste, gestand er ihnen all das, was er auf die Schnelle erfinden konnte. Wir hatten ihn vor der Schwarzen Witwe gewarnt. Sie hatte ihren Verlobten dem Henker ausgeliefert!

Habt ihr dafür Beweise?

Das weiß jeder.

Gerade deswegen kann es falsch sein.

Mit einer Verspätung von fast einem halben Jahrhundert zwingt mir die Staatssicherheit ihre Detailversessenheit, ihre manische Pedanterie auf. Im Bestreben, nichts zu übersehen, lasse ich einige Seiten fotokopieren. Zu viele. Meine finanzielle Situation wird prekär. An manchen Tagen muss das Abendessen ausfallen.

Von manchen Dokumenten muss ich eine Fotokopie besitzen. Die Phantasmagorien der Staatssicherheit würden ohne Beleg von jedem vernünftigen Menschen in Frage gestellt werden. Das kann nicht sein, das hast du erfunden. In deinem Bestreben, sie bloßzustellen, hast du den Bogen überspannt. Das Verhör etwa, bei dem mich einer der Offiziere, offenbar von dem dramaturgischen Ehrgeiz getrieben, mich in einem konstruierten manichäischen Kampf auf ihre Seite zu ziehen, auf seine angebliche Frage, »wen würdest du unterstützen, wenn wir wieder gegen die Faschisten kämpfen müssten«, antworten lässt: »Eure natürlich!«

Das einzige Geständnis von mir, über das sie verfügten, war ein gefälschtes. Die Unterschrift sieht wie meine Unterschrift aus. Der Text – eine Mischung von ihnen zu jenem Zeitpunkt bekannten Tatsachen sowie einer Reihe von hinzugefügten Unsinnigkeiten – ist mir nie vorgelegt worden. Ich lese mein eigenes Geständnis zum ersten Mal. Die mich Verhörenden haben so manches nicht verstanden. Gelegentlich haben sie die Tatsachen auf den Kopf gestellt. Kiro etwa war derjenige, der »sozialdemokratisch« eingestellt war, ich hingegen Anarchist, seit Jahren schon. Über die politische Einstellung der anderen habe ich mich gegenüber den Organen nie geäußert. Es war seit je meine Überzeugung, dass dies ein jeder selbst tun muss. Wolf war ebenfalls Anarchist (eines Tages, bei einem unserer regelmäßigen Treffen, überraschte er mich mit einem Mitbringsel, einer Broschüre, Kropotkins »Anarchistische Moral«, worauf ich aus meiner Jackentasche ein Buch zog, das ich ihm leihen wollte, Bakunins »Soziale Revolution oder militärische Diktatur«), aber das wird in den mir zugänglichen Unterlagen kein einziges Mal erwähnt. Wieso? Die anderen, die konspirativen Umgang mit uns hatten, waren in der Mehrheit Bauern und Arbeiter, politisch geschult allein durch die repressive Praxis im Alltag. Mit ihnen als Füllmasse hätten sie einen spektakulären Prozess aufziehen können, aber die Behörden verzichteten darauf. Es wäre ihnen schwergefallen zu erklären, wie es sein konnte, dass unsere Verbrechen von einer Vielzahl von Vertretern der progressiven Klassen gebilligt, ja sogar unterstützt wurden.

In dem Jahr vor meiner Verhaftung hatte ich Zeit, viel Zeit. Meine Ausbildung war bald abgewürgt worden. Nach einer Woche im Priesterseminar hatte mich der Bischof zu sich rufen lassen, um mich sofort zu fragen, ob ich Zweifel an der Existenz Gottes hegte. Ich verneinte inbrünstig, der Wahrheit in diesem Augenblick so zugetan wie der ausgebuffteste Jesuit. Er blickte mich durchdringend an, mit einer kalkulierten Strenge, die mich wohl in beschämte Selbstbefragung treiben sollte. Als ich weder mit Worten noch mit Gesten reagierte, legte er ein Heft auf seinen Bürotisch. Ob mir dieses vertraut vorkomme. Es war ein Schreibheft, wie es damals alle Schüler benutzten. Ich begriff nicht, worauf er anspielte. Er schlug es auf. Auch wenn sie auf dem Kopf stand, konnte ich meine Schrift sofort erkennen. Der Bischof legte einen beringten Finger auf eine unterstrichene Textstelle. Ich hatte noch nie einen roten Stift benutzt.

»Was steht hier? Soll ich es dir vorlesen? Falls du es vergessen hast.«

»Sie haben mein Notizheft gestohlen.«

»Konfisziert. Wir müssen dafür Sorge tragen, dass die Seminaristen keine verbotenen Gegenstände in ihrem Zimmer verstecken.«

»Und Sie haben sich die Freiheit genommen, es zu lesen.«

»Gott sei Dank haben wir das getan, sonst wüssten wir nicht, was du wirklich denkst. Lies mal vor, was hier steht, lies es laut vor, ich will mir den Mund nicht schmutzig machen.«

Die Diener der Heiligen Kirche mussten das gesamte Konvolut durchgelesen haben, das unterstrichene Zitat stand ziemlich weit hinten in einem dicht beschriebenen Heft voller Gedanken, Paraphrasierungen, Zitate.

»Wenn Gott existiert, ist der Mensch ein Sklave. Der Mensch kann und soll aber frei sein: folglich existiert Gott nicht.«

»Stammt das von dir?«

»Nein, das ist von Bakunin.«

»Ich will nicht wissen, wer sich diesen Dreck ausgedacht hat. Stammen die Ausrufezeichen von dir?«

»Ja, natürlich.«

»Wir können also davon ausgehen, dass du einverstanden bist mit dieser Gotteslästerung.«

»Die Logik erscheint mir unbestreitbar zu sein.«

»Was suchst du hier bei uns?«

»Ein Auskommen.«

»Du bist hiermit des Seminars verwiesen. Du packst sofort deine Sachen und verschwindest innerhalb einer Stunde.«

Ich stand auf und ging zur Tür, innerlich erleichtert.

»Wissen Sie, dass Sie an einen Gott glauben, dass hätte ich Ihnen nachsehen können; dass Sie in meinen Sachen herumschnüffeln, das ist unverzeihlich.«

So endete meine theologische Karriere, noch ehe sie richtig begonnen hatte.

(aus dem archiv der staatssicherheit)

Streng vertraulich
Innenministerium – Staatssicherheit
Verhörprotokoll
Sofia, 13.III.1953

Ich, ███████████████, Untersuchungsbeamter bei der Staatssicherheit, habe Konstantin Milew Scheitanow, geboren am 05.III.1933 in Panagjurischte, ledig, ohne Vorstrafen, in seiner Eigenschaft als Beschuldigter vernommen, der auf die von mir gestellten Fragen wie folgt antwortete:
FRAGE: Scheitanow, in Ihren bisherigen Aussagen haben Sie einen Teil Ihrer verbrecherischen Tätigkeit verschwiegen; erklären Sie, was Sie verschwiegen haben und warum!
ANTWORT: Anfang März 1952 hatten ich und Naiden Walkow aus Panagjurischte ein Gespräch, bei dem wir darüber diskutierten, daß die Behörden gegen uns, als Personen, auf die sie ein Auge geworfen haben, nach einem eventuellen Kriegsausbruch Repressionen ergreifen würden, und als Ergebnis dieses Gesprächs tauchte die Frage auf, wie wir in einem solchen Moment vorgehen sollten. Unsere Meinung war, wir sollten Waffen auftreiben, mit denen wir einen gewissen Widerstand leisten könnten. Wir entschieden, uns in dieser Frage auch

mit Kiro Iwanow zu beratschlagen, ebenfalls aus Panagjurischte, weshalb wir zu ihm nach Hause gingen. Dort legten wir ihm unsere Überlegung dar, woraufhin er spöttisch lächelte und erklärte, daß es notwendig sei, Kontakt zu den Vertretern der westlichen Länder bei uns herzustellen, die wir um Unterstützung bitten könnten. Einige Tage später schrieb er einen Brief, und wir hatten vor, diesen zu einer der Gesandtschaften zu bringen.

FRAGE: Was war der Inhalt des Briefs?

ANTWORT: Der Inhalt war derart, daß wir um ein Treffen baten, bei dem ich Angaben über mich selbst machen würde, nach deren Überprüfung ich um Unterstützung bitten würde.

FRAGE: Um welche Art von Unterstützung, antworten Sie konkret!

ANTWORT: Im Sinne von materieller Unterstützung, Waffen und Geldmittel für einen illegalen Kampf.

FRAGE: Fahren Sie fort!

ANTWORT: Wir beschlossen, zusammen mit Kiro Iwanow nach Sofia zu fahren und den Brief persönlich zu übergeben. Zu diesem Zweck rissen wir die beiden Seiten aus dem Telefonbuch in der Post in Panagjurischte heraus, auf denen die Adressen und Telefonnummern aller Gesandtschaften in Sofia abgedruckt waren. Unser gemeinsames Anreisen nach Sofia zu dieser Zeit im April 1952 wurde verhindert, weil Iwanow in die Kaserne mußte. Ich fuhr allein mit dem Brief und überbrachte ihn der belgischen Gesandtschaft. Nachdem ich keine Antwort erhielt, unternahm ich einen zweiten Versuch in der britischen Gesandtschaft mit einem Brief identischen Inhalts, wo mich aber eine Angestellte fortjagte.

FRAGE: Erläutern Sie detailliert diesen Besuch und das Gespräch, das Sie mit dieser fraglichen Frau geführt haben!

ANTWORT: Ich ging in die Ulitza-Oborischte 95, ich glaube, es war am 20. IV. 1952, ich stieg in den dritten Stock hinauf und klingelte bei der Wohnung rechts. Es erschien eine Frau von ungefähr 40–50 Jahren, hager, großgewachsen, blond mit teilweise ergrautem Haar. Ich bat sie, dem Leiter der Gesandtschaft etwas auszurichten. Sie sagte mehrmals *no, no, no* und schlug mir die Tür vor der Nase zu. Ich ging hinaus, verließ das Mietshaus und im Klo an der Adlerbrücke zerriß ich den Brief, einige Tage später kehrte ich nach Panagjurischte zurück. Nach meiner Ankunft in Panagjurischte besuchte ich Naiden Walkow zu Hause, wo ich seinen Bruder Bogomil kennenlernte, der soeben aus dem Gefängnis gekommen war.

FRAGE: Worum ging es in dem Gespräch, das Sie mit den beiden geführt haben?

ANTWORT: Es war ein ganz normales Gespräch, wie es Bogomil im Gefängnis ergangen ist, überhaupt war das Gespräch allgemein gehalten. Bald darauf wurde Kiro Iwanow wegen Krankheit vorzeitig entlassen, dem ich ebenfalls vom Vorfall in Sofia erzählte, woraufhin er mir eine Rede hielt über die Liederlichkeit der Imperialisten. Zu dieser Zeit war meine Auffassung „sozialdemokratisch" und die von Kiro von jeher anarchistisch, weshalb oft

Streitereien über gewisse ideell-politische Fragen ausbrachen.

FRAGE: Erzählen Sie mehr über Ihre Beziehung zu Iwanow!

ANTWORT: Die Doktrin, die von Iwanow formuliert wurde, fand auch in meinem Bewußtsein einen Platz. Das alles geschah während des Sommers, als ich im Lagerhaus des Bezirksgenossenschaftsverbands arbeitete. Zu dieser Zeit erzählte er mir von dem Sprengstoff und seiner Absicht, es einer der Gesandtschaften heimzuzahlen, wobei man damit auch eine Abkühlung der Beziehungen zwischen den beiden Ländern erreichen würde. Im Zusammenhang mit der Beschaffung des Rohrs möchte ich hinzufügen, daß ich gelogen habe, das Rohr habe ich bei einem Installateur aus Panagjurischte gekauft, dem ich sagte, ich brauchte es für ein Waschbecken.

FRAGE: Scheitanow, erklären Sie, welche anderen Personen zusammen mit Ihnen an der von Ihnen durchgeführten illegalen Aktion beteiligt waren und wie deren Beteiligung ausgesehen hat!

ANTWORT: Nachdem ich aus Sofia zurückgekehrt war, hatte ich im März in Panagjurischte ein Gespräch mit Naiden Walkow, dabei erörterten wir die Frage, welche Haltung wir bei einem eventuellen internationalen Konflikt einnehmen würden, und wir beschlossen, Waffen aufzutreiben, die uns dabei helfen würden, gegen die Organe Widerstand zu leisten. Daher beschlossen wir, zu Wassil Angelow zu gehen. Nachdem ich ihm meinen Versuch, mit einem fremden Geheimdienst in Verbindung zu treten, beschrieben hatte, antwortete er mir, daß er sei-

nerseits versuchen würde, seine eigenen Beziehungen in der Stadt zur Bildung einer illegalen Gruppe zu nutzen. Im Zusammenhang mit dem geführten Gespräch hinsichtlich der Ziele verweise ich auf meine Aussagen bei früheren Vernehmungen.
Über Naiden Walkow muß ich sagen, daß wir durch ihn die Ventile für den Bau der Bomben bekommen haben. In seiner Anwesenheit wurde ein Versuch zur Überprüfung der Luntenlänge unternommen. Die Deponierung der Bombe fand mit dem Wissen von Naiden Walkow statt.
Obiges habe ich ausgesagt, ich habe es gelesen und bestätige mit meiner Unterschrift seine Richtigkeit.

Beschuldigter:
Ermittlungsbeamter:
Stimmt mit dem Original überein,
Sekretär:

KONSTANTIN

Es ist Sonntag.

Das Gegenteil von Schlaf ist Unschlaf. »Wachsein« klingt wie eine ferne Verheißung. Wenn mir das Warten auf den Morgen unerträglich wird, breche ich in das Museum meiner eigenen Träume ein, entwende eines der Exponate aus der Vitrine.

Es war Sonntag.

Ich gehe zwischen zwei Baracken hindurch. Ich höre Schreie. Ich öffne die Tür. Ich sehe Lenin, die Hände hinter dem Rücken zusammengebunden. Drei Blaumützen treten ihn, bespucken ihn. Lenin liegt auf dem Rücken, der Bart steif nach oben gerichtet. Auf einmal hält er einen Revolver in der Hand. Er schießt. Die drei *kopoi* stürzen zu Boden. Ich befreie Lenin von seinen Fesseln. Wir rennen auf den Zaun zu. Sirenen jaulen auf. Ich drehe mich um, ich sehe wie Lenin von einer Kugel in den Rücken getroffen wird. Bis hierher konnte ich dir helfen, entschuldige ich mich, mehr geht nicht. Ich springe über den Stacheldraht ...

Draußen ist Nebel, Schneeregen, Ausgemergelte, die früh zum Deich stapfen, durchnässt, fröstelnd, vier Kilometer weit, auf Stöcke gestützt.

Wenn einer vor dir hinfällt, fällst auch du hin.

Reißt andere hinter dir mit.

Vom Pferd herab schlägt dir die Peitsche auf den Rücken.

Hinfallen ist verboten.

Wir sind alle krank.

Zum Morgenappell aufgestellt.

Zur Arbeit am Deich eingeteilt.

Der Deich wird niemals fertig werden.

Unsere Krankheiten werden niemals heilen.

Von Kranken wird die doppelte Norm gefordert.

Wir werden arbeiten, bis wir die Norm erfüllt haben.

Wir können uns kaum noch auf den Beinen halten.

Die Norm ist der Tag.

Sie teilen aus: Schaufel, Hacke, Schubkarren, Tragen.

Erde ausheben, verladen, aufwerfen, zusammenstampfen.

Nasse Erde ist schwer.

Wie kam die Norm zustande? Irgendein Inspektor riss einem der *konzlageristen* die Hacke aus der Hand, begann umzugraben, hackte auf die Erde ein mit ganzer Wucht, eine Minute lang, hielt inne, ließ abmessen, wie viel er umgegraben hatte, rechnete diese Leistung hoch auf die Stunde, auf den Tag.

Das Leben ist wertvoll, nutzlos treibt es die Donau hinab.

Der Tod kommt unvermittelt, nebenher, steht nie im Mittelpunkt, es hustet einer, der schon oft gehustet hat, es seufzt einer wie unzählige Male zuvor, über uns treiben die Wolken flüchtig dahin, verdunkeln die Sonne für Augenblicke, ein Blick auf die Blasen an den eigenen Händen, einer sinkt, einer fällt auf die Knie, das Gesicht im Matsch, ein letztes Ausatmen. Das war's. Kein Aufsehen, keine Aufregung. Er ist dahin, der eine, der andere. Zuweilen sehen wir den Tod nahen wie die Klatsche über einer flügellahmen Fliege. Einer bricht zusammen. Sein Gesicht dunkel angelaufen. Seine Galle, seine Leber entzündet. Wir versuchen ihn aufzurichten. Hinter uns Pferdehufschlag. Die Erfahrenen murmeln: »Der macht's nicht mehr lang.«

Oder: »Der ist bald dahin.«

Ein jeder blickt auf seinen eigenen Kadaver hinab.

Bei der Rückkehr ist uns die Landschaft gram. Eine entflammte Wolke taucht in die verschmierte Donau. Brandstiftung am Horizont. Schatten kriechen von überall heran. Wir ziehen unsere Beine hinter uns her, einer hinter dem anderen. Vorn ein Peitschenmann, hinten ein Peitschenmann. Ein jeder von uns in seinen Schmerzen eingesperrt. Ich stürze. Janko bleibt neben mir stehen. Auch er am Ende seiner Kräfte. Er reicht mir die Hand. Er zieht mich hoch. Auf seiner Hand Blut. Wir erreichen eine Lichtung. Der Peitschenmann hat die ersten *konzlageristen* anhalten lassen, damit der Rest der Arbeitsbrigade aufschließen kann. Wer in die Knie geht, steht nie wieder auf. Wir warten auf den nächsten Befehl.

Janko reicht mir die Hand, er zieht mich hoch. Wie oft haben wir einander das Leben gerettet? Wie oft waren wir unserer Brüder Hüter. In der Hölle geht die Saat der Menschlichkeit auf. Ich kann es bezeugen.

Dora hat sich mit dem *konzlageristen* aus Lowetsch getroffen. Er war überrascht von ihrem Anruf. In den letzten zehn Jahren hat ihn sonst niemand aufgesucht, um etwas über sein Damals zu erfahren. Er hat ihr erzählt: von den Sprengsätzen, die in die Felsenwand gesetzt werden mussten, von den Lunten, die von den Häftlingen anzuzünden waren, ein jeder zwei Lunten, die panische Eile, mit der sie sich entfernen mussten, bevor die Ladungen explodierten, von jenen, die zu wenig Zeit hatten, sich in Sicherheit zu bringen, die von der Druckwelle niedergeworfen, von der Schlagkraft auseinandergerissen wurden, der Mann habe lange geschluckt, bevor er ihr sagen konnte, dass die Überlebenden alles wegräumen mussten, auch Körperteile, ein Arm, ein Bein, sie muss es nicht wiederholen, ich weiß es, sie ist entsetzt, sie ist verstört, ich auf einmal zornig, über dieses zu billige Mitleid im Nachhinein, diese selbstgefällige Anteilnahme, so dass ich etwas zu ihr sage, was ich – kaum ausgesprochen – schon bereue:

»Wenn du es nicht erträgst, dann frag nicht nach.«

METODI

Hoher Besuch, Iwan Dimitrow, unangemeldet, stolziert jovial herein, als gehört ihm die Villa, schürzt jede Bemerkung zu 'nem Kompliment, Albena frisst ihm aus der Hand. Er macht sich's bequem, noch bevor ich ihn dazu einladen kann. Der war mal mein Schützling, später mein Rivale, nein, das ist übertrieben, er hat sich positioniert, er hat sich besser positioniert, so kann man's sagen, hat mich überholt. Seit der Veränderung verstehen wir uns hervorragend. Er überreicht mir 'ne Plastiktüte.

»Was ist da drin?«
»Filmrollen.«
»Bänder?«
»Ja, Aufnahmen aus alten Tagen.«
»Was soll ich damit?«
»Ein Geschenk. Du bist überall drauf. Kann dir nützlich sein, wenn du deine Memoiren schreibst.«

Memoiren, von wegen, was für 'n Witz. Er grinst großkotzig. Selber hat er tausend Seiten vollgekritzelt. Zwei Bände, Sonderausgabe in Leder. Weich wie die Handschuhe, die ich Albena aus Moskau mitgebracht habe. Heutzutage schiebt sich jeder den Stift in den Arsch und gibt seine hausgemachte Kacke als der Wahrheit letzter Schiss aus. Ich lebe noch, wer seine Erinnerungen schreibt, der reicht dem Tod schon die Hand, das ist meine Meinung. Dimitrow weiß genau, ich mein's nicht ernst mit den Memoiren, ein Scherz wie Kaugummi, der dir auf deiner Stiefelsohle klebt. Nein, mit dem Hinweis auf die Memoiren will er was andeuten. Soll ich mich zurückziehen? Ist auch er gegen meine erneute Kandidatur? Wird er gegen mich stimmen? Gegen Dimitrow gibt's kein Ankämpfen. Was der in seinem Safe alles liegen hat! Da will jeder reinschauen. Besser noch selber besitzen. Das nenn ich Schicksalsglück, im entscheidenden historischen Moment der VI. Hauptverwaltung vorstehen. Ein Sechser im Lotto. Die Rollen, die schau ich mir an, kaum ist er wieder weg. Danach stinkt's in unserem Garten, strenge Anweisung an seinen Chauffeur, den Motor ja nicht auszumachen, wegen der Klimaanlage, sagt er, ich mag's halt kühl, das soll glauben, wer will, mir kann er nichts vormachen, der ist besessen von seiner eigenen Sicherheit, hat 'n Auto, das hält den Angriff von 'ner Katjuscha aus.

Die Filmrollen, die machen mich neugierig, misstrauisch auch, man weiß nie, was Dimitrow spielt, ob er nicht was ausgegraben hat und mir nun zeigen will, er hat was gegen mich in der Hinterhand. Dauert ewig bis ich den 16-mm-Apparat zum Laufen bringe, was für 'n Gefummel, wie umständlich. Zur Sicherheit wart ich, bis Albena zum Friseur ist. Zuerst 'ne dralle Enttäuschung. Filmchen von offiziellen Ereignissen, von faden Treffen, ich war dabei, ja, bin aber nur selten im Bild. So richtig im Bild. Meist muss ich mich selber suchen. Die Tonspur funktioniert nicht. Bei keiner der Rollen. Egal, was ich an dem Gerät dreh, kein Piepser. Alles stumm. Also aufs Gedächtnis bauen. Ein Spielchen, 'ne kleine Prüfung, mal sehen, ob ich die Tonspur rekapitulieren kann. Schauen wir mal, ob's klappt, wie's klappt.

Zuerst ein Schwenk über die Berge, Gipfel, Schnee, Wälder, ein schönes Fleckchen Heimat, Rila oder Rhodopen, mit 'ner Totalen die Versammelten eingefangen auf der Veranda vorm Hotel, bestimmt war's 'n Hotel, was sonst, ich kann mich an das Gebäude nicht erinnern, alle stehen in Grüppchen rum, wie hab ich das gehasst, das Rumstehen, wohin mit den Händen?, in die Hosentaschen, das hat mir Albena ausgetrieben, die Raucher hatten's gut, immer 'ne Hand beschäftigt, heute halten sie sich an den Cocktails fest, das ist 'ne Lösung, das Glas von einer Hand in die andere, da hast du 'n wenig Bewegung, musst nicht steif rumstehen, aber so was Dekadentes gab's damals nicht, getrunken wurde bei Trinksprüchen, und wer den Trinkspruch von sich gab und wann, das war streng protokolliert. Die Kamera mischt sich unter die Leute, zwei schöne Frauen zuerst, *haide, haide*, dann Nahaufnahmen, na, wer so viel rumfuchtelt wie dieser Intelligentnik, der erklärt die Geheimnisse der Planeten. Wie sie dastehen, Seemannsknoten auf der Stirn, Blick in die Ferne gerichtet, hoch wie die Gipfel, weit wie die Zukunft, und wie sie alle was zu sagen haben, das hab ich gehasst bei der Intelligenzija, die spielten irgendwelche Kopfspiele, wo unsereiner 'nen deftigen Witz hinknallte, gaben sie Rätsel auf. Ha, guck sie dir an, die drei Klosettiere, schön eingefangen, nebeneinander und alle im Profil, die Kulturträger, die Pfeiler der nationalen Kultur, jeder von ihnen in Beton gegossen. Wer den Film wohl gedreht hat? Einer von unsren Leuten, klar, aber von welcher Abteilung, in wessen Auftrag, mit was für 'ner Absicht? Es gab den Auftrag, öffentliche Äußerungen hochrangiger Funktionäre zu observieren und Ziwkow Bericht zu erstatten, ob sich alle an die Regeln hielten, ob sie die Linie des April-Plenums vertraten und seinen Namen oft genug erwähnten. Wer das unterließ, mehr als einmal, das war dann kein Versehen, dem ging's an den Kragen. Ziwkow konnte so was mächtig fuchsen. Der Sünder wurde isoliert, wenn nötig öffentlich gebrandmarkt. Da kommt er, Ziwkow, ich an seiner Seite, den Schutz hab ich persönlich übernommen, Chefsache, wir kommen übers Feld, volles Tagesprogramm, vermut ich, Helikoptertag. Sein Haar schütter, mein Bäuchlein leicht gewölbt, so war die Lage Ende der Sechziger. Alles ging etwas aus dem Leim. Er wirft den Arm nach oben, nach vorne, eine seiner Lieblingsgesten, so als segnet er alle, auf seine Weise. Jetzt wird's interessant. Auf wen geht er zu, bei wem wartet er ab, wen lässt er zu sich kommen? Wo bleibt er kurz stehen für 'nen Schwatz? Alle lächeln sie so hocherfreut, das Rudel Heuchler, innerlich spitz wie Jagdhunde, nichts entgeht ihnen, volle Konzentration, alle Kopfmuskeln angespannt. Und dann erzählt Živkow einen seiner Witze, beide Arme dirigieren den Witz, alle um ihn herum versammelt, hören begeistert zu. Schnitt, 'ne lange Tafel, einer steht auf, liest vom Blatt ab, das ist ja Pawel Matew, was wird der schon sagen, da muss ich mich nicht anstrengen, der hat immer das Gleiche gesagt, die verehrten Anwesenden im Namen der Führung des Komitees für Kultur und Kunst aus ganzem und vollem Herzen begrüßt, dann irgendwas über Arbeit und Ideen, auf seine Art, stets im Dreiersprung, dieser Wiktor Sanejew des Apparats: Probleme/Aufgaben/Richtungen – Bedeutung/Dringlichkeit/Kapazität – Formen/Kräfte/Gestaltungen – Lehrmeister/Erbauer/Handwerker! Zu seiner Linken Živkow. Was konnte der zuhören. Hat über die Jahre gelernt, so zu wirken, als hört er höflich interessiert zu. Die Schlauen, die Studierten, sagte er, die haben verlernt, wie man zuhört. Ihm entging nichts. Das weiß Pawel, der hält sich Wort für Wort an die vorbereitete Rede, Eindruck schinden ist nicht das Ziel hier, keinen Fehler begehen, nur darum geht's.

Das macht ja richtig Spaß. Erstaunlich, wie alles wiederkommt, so als sitze ich daneben und schreib mit, dabei stand ich irgendwo im Hintergrund, in der Nähe des Ausgangs wahrscheinlich. Reine Beobachtung. Der Kameramann weiß, dass Pawel noch einige Zeit rumhüpfen wird, also konzentriert er sich auf die Gesichter, ernst/feierlich/pathetisch, gebannt vom Vortrag von Pawel Matew, von seinen Ausführungen über die Möglichkeiten für die Kunst/die Chancen für die Künstler/die Aussichten für die Gesellschaft. Einfach halten, Pawel, auch wenn du mehr auf dem Kasten hast, überheb dich nicht, Pawel, Land/Volk/Partei, das reicht völlig, mehr wird von dir nicht verlangt. Nicht über die intellektuellen Stränge schlagen, Paweltscho. Eine flüchtige Bemerkung von Živkow über »leeres

Theoretisieren« oder »abseitige Abstraktion« und du bist weg vom Fenster.

Genug von Matew, bei dessen Reden schlief einem ja das Gesicht ein. Der Nächste bitte! Dieser Tag hat wohl den Künstlern gehört. Auftritt Georgi Džagarow. Natürlich steht er auf, er muss stehen, immerhin, Vorsitzender der Schriftsteller. Wirkt wie ein Schüler, eifrig bemüht, um was?, lass mich raten, ja, natürlich, die bourgeoise Ideologie will er überwinden. Džagarow ist Dichter, Džagarow versucht, eigene Gedanken unterzubringen, jede Wette, der will alle mit seinem scharfen Verstand beeindrucken. Vorsicht, Georgilein, mit Bedacht. Ganz schön gefährlich, in der Gegenwart von Živkow darf keiner glänzen. Kann böse in die Hose gehen. Živkow war nicht der sicherste Tänzer auf geistigem Parkett. Fühlte sich minderwertig. Wollte immerzu beweisen, wie gebildet und kompetent er war. Deswegen die Gesetze, die er aufstellte. Das war sein Ding. Hauptsache etwas folgte einem Prinzip, schon war er einverstanden mit dem Projekt, und wenn's dem gesunden Menschenverstand noch so widersprach.

Dieser Džagarow, der redet und redet, das nimmt kein Ende, mit Sicherheit erwähnt er die Schaffenden der sozialistischen Kultur, die Schaffenden der sozialistischen Literatur, die Schaffenden der sozialistischen Kunst, die sich nicht auf dem Rückzug befinden dürfen, die sich vom Feind keine Verteidigungshaltung aufzwingen lassen dürfen, sie sind die Träger eines neuen Geists, einer neuen Kunst, der Parteikunst, der Volkskunst, die Nachfolger der großartigsten Traditionen der Menschheit. Das geht so weiter, ein jeder von denen war in der Lage, fünf Minuten oder fünf Stunden Wasser zu treten. Alltägliche Zungengymnastik. Innerlich gähnen alle, sieht man aber keinem an. Der Kameramann kürzt das Prozedere ab, die Rede wird jäh unterbrochen, das wird dem Džagarow gar nicht gefallen, weiter zum Pioniergesang und den Blumensträußen und dem Pioniergesang und den Blumensträußen. Schnitt. Zum Abschluss die Krönung: Živkows Rede. Die Körperhaltung aufrecht, entspannt zugleich, das Glas schon in der Hand. Er spricht frei. Seine Lieblingsphrasen: Wir dürfen uns erlauben (stets bescheiden) ... Grüße vom Politbüro und dem ZK (Solidarität) ... wir sind über alles informiert (das war wichtig, das hat er immer gesagt, das gab ihm die Gelegenheit, jeden Erfolg für sich zu verbuchen, völlig egal, ob er daran beteiligt war oder nicht, denn er war darüber informiert, wenn's gelang, war's dank seiner guten Führung, wenn's misslang, waren die Aktivposten schuld) ... wir unterstützen eure Bemühungen (die Führung hat alles getan, was nötig war, ein negativer Ausgang wird euch zugeschrieben) ... wir würdigen euren wichtigen Beitrag als Künstler (der nur wichtig ist, weil wir ihn würdigen), dann die Wünsche, die Glückwünsche, die Trinkwünsche. *Horo*, wie sie wippen, *horo*, wie sie schunkeln, bis die Lichter ausgehen. Was auf dem Film noch fehlt, ist die Phase nach dem offiziellen Höhepunkt. Wie sie herumscharwenzelten, um seine Aufmerksamkeit buhlten, wie sie sich gegenseitig mit Schmeicheleien zu übertrumpfen suchten. »Wir fühlen uns gesegnet, dieselbe Luft wie Genosse T. Ž. atmen zu dürfen.« Es war wie 'n Ballett. Er erwartete von ihnen Verrenkungen, er verachtete sie dafür. Das gefiel mir, wie er die Aufgeblasenen zusammenschrumpfen ließ. Was von ihnen übrigblieb, das war kleiner als 'n Olivenkern. Einmal bei so 'nem Treffen geriet Živkow mächtig in Rage über die von sich selbst so eingenommenen *intellektualtsi*. Sofort bellte der Dichter Džagarow: »Wie recht Sie haben, Genosse Živkow, die müssen wissen, welche Hand sie füttert, müssen die Hand küssen«, das war mehr als 'n Handkuss, das war breitflächiges Arschlecken. Die undankbare Ratte, nach der Veränderung hat er in jedes Mikrophon gesabbert, wie hart's für ihn war, damals, die Atmosphäre zum Ersticken, der Arme, konnt's kaum ertragen, was für 'ne Qual für diesen streng geheimen Dissidenten, derart tief konspirativ im Widerstand, dass er selber nichts davon wusste. Ein Rindvieh wie die anderen auch. Hauen sich den Bauch voll am Büfett, *plüskat, plüskat,* Privilegien ohne Ende, dann verkaufen sie sich als Hungerleider. Als Verfolgte. Und die Unverschämtheit schlechthin, *kopele* kastriertes, der wirft sein Parteibuch weg, vor Zeugen, Scheidung nach dem Tod des Partners, was für 'ne Kakerlake der Dichtung. Wenn du das Essen hast anbrennen lassen, lauf wenigstens nicht mit der Pfanne rum.

Einige Stunden später, nachdem ich alle Zwanzig-Minuten-Filme angeschaut hab, bin ich kein bisschen schlauer. Auf vielen der Aufnahmen bin ich drauf, das stimmt, unauffällig, flüchtig, einfach nur anwesend. Ansonsten ist mir nichts aufgefallen. Keiner kann mir 'nen Strick aus dem drehen, was da zu sehen ist. Wie ich's auch wende und drehe, was soll das, dieses merkwürdige Geschenk? Wer glaubt, das ist ein zufälliger Griff in die Filmchenkiste, zur Erinnerung an die schönen alten Zeiten, weil der Metodi sich bestimmt freut über ein paar laufende Postkarten, der kennt den Dimitrow schlecht. Nein, hier ist Auswahl drin und Absicht dahinter, das ist Dimitrows Wink mit dem Pistolengriff: Wir wissen alles über dich, die Waffe ist geladen, die Waffe ist auf dich gerichtet, wir können auch anderes Material, weniger harmloses, zusammenstellen und publizieren, ganz wie's uns gefällt. Wir haben die Tonspur, wir haben die Bilder, wir wissen, welche Tonspur zu welchen Bildern passt, wir können's laut aufdrehen oder stumm abspielen.

1999 erzählt

Apathisch liegt das Volk im Nesselbett. Dämmert vor sich hin, wälzt sich von Seite zu Seite, von Albträumen gequält. »Es reicht, es reicht, es reicht«, wettert der Taxifahrer, ein schielender Miesepeter, jede Kurve ein Komma, jede rote Ampel ein Ausrufezeichen, in der Windschutzscheibe ein Riss, als habe das Schicksal bei der entscheidenden Unterschrift einen Herzinfarkt erlitten. »Alles wird verscherbelt, Gibi verschießt im Derby zwei Elfer, alles wird verschachert, *wir* gibt's nicht mehr, seit zehn Wochen haben wir kein Spiel mehr gewonnen, uns gibt's nicht mehr, hast du Mut, wirst du plattgemacht, zuckst du zusammen, wirst du übersehen. Ein paar Jährchen jünger, mutig hinaus, was soll das heißen: wagen, wenn du nichts zu verlieren hast? Es gibt immer ein Tripolis, nicht wahr, für jeden Menschen gibt's irgendwo ein Tripolis, hab ich aufgeschnappt von 'nem Kumpel, der das Wort Kumpel verdient, den haben sie nach Tripolis geschickt, der hat sich reichlich eingedollart, einmal Tripolis und zurück, danach bist du ein gemachter Mann …«

Spärlicher Verkehr. Pfützenwasser spritzt auf, ein Mann mit nassen Hosenbeinen flucht gestikulierend. Drei herrenlose Hunde rennen über die Straße, in einen offenen Hof hinein, der als Parkplatz dient. Der Taxifahrer redet weiter, eggt mit unbedachten Sätzen seinen spärlichen Acker, wie alle Bewohner der Ebene hat er sich kapriziert auf das Ausschmücken des Belanglosen und das Verschweigen des Wesentlichen – gegenwärtig das beste Preis-Leistungs-Verhältnis. Er wird ewig auf einen Auftrag in Tripolis warten. Eine Sirene jault auf, verstummt wieder. Eine Taube flattert vom Rücken eines steinernen Löwen auf. An einer Bushaltestelle stehen drei Menschen, die warten, wortlos. Eine Frau, die nicht von ihren Schuhen aufblickt, ein Mann, der die Faust ballt und wieder öffnet, eine Frau, die ein Taschentuch in der Hand hält, hellblau, bestickt. Es beginnt zu regnen. Der Bus hält an, bedächtig steigt ein Mann aus, gekleidet in Halfbrogues und Filzhut. Menschenskinder, das schreit nach Emigrant. Der Mann dreht sich um. Hinter ihm gelähmte Ungeduld.

Der Sohn ist wieder daheim. Er blickt sich um. Im winzigen Wohnzimmer seiner Mutter ist wenig Platz. Früher reihten sich Bücher in den Regalen, heute stapeln sich sauber beschriftete Kassetten auf dem Boden zwischen der Tür und dem Regal, unter dem Tisch, neben dem Ofen. Wenn er seinen Blick über die Kassetten schweifen lässt, gleitet er über Ziffern, die das tägliche Warten seiner Mutter bezeugen, nach Sonnenuntergang, vor Sonnenaufgang, im 90-Minuten-Dosierungen abgepackt, Kassette um Kassette, Jahr um Jahr.

»Mutter, du hast bald keinen Platz mehr. Soll ich die älteren Kassetten nicht mal entsorgen?«

»Was willst du? Was? Hast du überhaupt keinen Respekt?«

»Es ist doch nichts drauf, Mutter, hast du mir selbst gesagt, wozu brauchst du sie denn noch?«

»Das ist alles, was von meinem Bruder übrig geblieben ist.«

»Schweigen?«

»Was anderes hab ich nicht.«

»Du solltest nicht mehr allein leben. Ich kann dich in einem Heim unterbringen. Da bist du versorgt.«

»Ich bleibe hier.«

»Sei doch vernünftig, Mutter.«

Vollbremsung. Flüche füllen den Wagen wie Fürze. »Was gibt's zu warten, lang dauert's nicht mehr, dann sitzen hier nur noch Zahnlose rum, süppeln *airan* und singen alte Lieder mit fiepsigen Stimmen. Das ganze Land ein einziges Altersheim. Hast du gehört, Pena und Wute waren in Japan. Auf Hochzeitsreise. Haben 'nen Friedhof besucht, was weiß ich, wieso die sich auf ihrer Hochzeitsreise 'nen Friedhof antun, sind halt Pena und Wute, machen alles anders als die anderen, schlendern die Gräber entlang, schauen sich die Inschriften an, und was fällt ihnen auf? Die Geburts- und Sterbedaten auf den Grabsteinen liegen nah beieinander, mal sind's zwei, mal drei, mal vier Jahre. Merkwürdige Sache, nicht? Pena und Wute fragen nach: Wieso sterben die Menschen bei euch alle so jung? Die sind nicht jung gestorben, wird ihnen erklärt. Ich weiß nicht, in welcher Sprache, unsere können sieben Brocken Russisch und drei Brocken Amerikanisch, ist doch egal, was kümmert's dich, wie die reden, irgendwie haben die sich verstanden, was hängst du dich an so was auf, was soll das, bist einer von denen, wie?, machst das absichtlich, macht dir wohl Spaß, dich wichtig zu machen, willst du die Geschichte hören oder nicht? Auf die Antwort, auf die kommt's an: Die Zahlen, die da stehen, das sind die glücklichen Jahre im Leben. Nur die werden gezählt dort drüben in Japan. Na, wenn das einem nicht zu denken gibt! Darauf Wute zu Pena: Dann würde bei mir 'ne glatte Null stehen. Bei mir auch, sagt Pena. Die beiden sind auf Hochzeitsreise, was sagst du dazu? Ist doch 'ne traurige Sache, oder? Wenigstens ein Jährchen müsste doch rausschauen.«

Die Vögel fliegen krumm, wenn du in den Himmel starrst, siehst du lauter krumme Linien, du streckst die Hand aus, die Linien am Himmel, die Linien auf der Hand, du kannst sie nicht mehr unterscheiden, die krummen Linien, dicht wie Spinnennetze, jeder steigt auf seinen kleinen Hügel und spuckt in die Hände, auf seine krummen Lebenslinien, einer will die Wolken melken und alles gerade biegen, einer will die Sterne ernten und alle aus dem Schlaf wiegen.

»Ich sag's, so wie's ist, mich erstaunt nichts mehr, die Menschen sind mit allen Abwässern gewaschen.«
»Behalten Sie den Rest.«
»Was für'n Rest denn? Hier bleibt nichts übrig.«

KONSTANTIN

Ich bin müde.
Jede Bewegung eine Strapaze.
Jeder Gedanke eine Strapaze.
Die Augen zu schließen strengt mich an.
Die Augen zu öffnen strengt mich an.

Ich lese. Weil Lesen die Zeit strukturiert. Ich blättere in einem Buch, das Dora mir letzte Woche geschenkt hat (bevor ich grob zu ihr war). Zum Geburtstag. Wann habe ich ihr gegenüber den Tag meiner Geburt erwähnt? Ich vermute, ich habe sie vor den Kopf gestoßen, als ich ihre Einladung zu einem Stück Kuchen ablehnte. Ich will die eigene Vergänglichkeit nicht begehen. Das Geschenk habe ich allerdings angenommen. Mein Dank fiel ein wenig linkisch aus, fürchte ich. Eine Kulturgeschichte der Schlaflosigkeit, *Insomnia* betitelt. Schlaflosigkeit als kulturelles Phänomen. Ein überflüssiges Vorwort, das ich nach wenigen Sätzen überspringe. Ich erreiche das Ende der ersten Seite des ersten Kapitels. Als hätte ich eine unbedruckte Seite überflogen. Ich versuche mir zu vergegenwärtigen, was ich gerade gelesen habe. Das Denken bricht mir weg. Ich warte einige Minuten. Schlage das Buch an beliebiger Stelle auf, lese einen kurzen Abschnitt. Lege eine Pause ein. Schlage eine andere Seite auf. Nehme einige Schlucke Wasser zu mir. So geht es weiter. Häppchenweise.

Auf jeder Seite bedient sich der Autor aus dem Fundus des Vorgedachten. Zitiert unentwegt, der Leser hechelt hinterher. Wenn das ein Gelehrter ist, sind Trüffelschweine Philosophen. Zumal die Zitate einiges zu wünschen übriglassen. Mit großen Kellen schöpfen die Unsterblichen ihre Weisheit aus leeren Schüsseln.

Litten sie denn alle selbst unter Schlaflosigkeit?

Auch der Römer, der zur Überwindung der Agrypnie vorschlägt, den Tiber dreimal zu durchschwimmen. Dreimal? Hinüber, zurück, erneut ans andere Ufer. Ist zweimal nicht ermüdend genug? Wie findet er nach der dritten Durchquerung von der weltabgewandten Seite des Flusses nach Hause? Keine Brücke in Sicht. Fährleute? Haben sich zur Nachtruhe begeben. Der Römer muss am anderen Ufer ausharren, bis die Sonne aufgeht. Vielleicht kann er an einem Kai auf Getreidesäcken einige Minuten schlummern. Was folgt daraus? Wer sich zu sehr um die Überwindung der Insomnie bemüht, entfernt sich vom Schlaf (das ist fast ein Gedanke). Ich durchschwimme den Tiber, die Maritza, die Donau, breites trübes Wasser, Wirbel, brodelnde Fluten, Schlepper, Frachter, Tanker, ein Schiff, das Touristen zum Hafen von Russe bringt. Nachts im Lager türmen die Gedanken über die fließende Grenze. Kantscho stiehlt sich aus der Baracke, bindet sich eine leere tönerne *damagiana* um die Hüften, taucht ein ins Wasser. Schwimmt nordwärts (Kantscho war schon einmal geflohen, vor Jahren, nach Süden in die Türkei, ein Leichtes für einen Grenzer). Er gerät in den Sog eines Schleppers, mit letzter Kraft rettet er sich vor dem Ertrinken, erreicht das gegenüberliegende Ufer. (Bei seiner ersten Flucht war Kantscho bis nach Belgien gelangt, hatte als Hilfskraft auf dem einsamen Bauernhof eines älteren Paares gearbeitet. Eines Sonntags, während das Paar in der Kirche war, stahl er den Schmuck der Frau). Der Schlepperpilot informiert per Funk die Behörden, der Schwimmer wird verhaftet, mit einem Boot der Grenzpolizei ausgeliefert, einige Wochen später ins Lager zurückgebracht. (Kantscho wurde des Diebstahls überführt, verhaftet, verurteilt, in ein Gefängnis eingeliefert, in dem er der einzige Häftling war, die Fahne wurde gehisst, damit die Bürger der Umgebung Bescheid wussten, dass dieses Gefängnis wieder genutzt wurde). Kantscho wird in den *karzer* geworfen, in das Loch, vier Meter tief, eng wie ein Brunnen, verschlossen mit einem Deckel aus dicken Brettern. Kaum Luft, kaum Licht. Einmal am Tag werfen sie einen halben Laib Brot hinab, einmal am Tag darf er das Loch verlassen, um seine Notdurft zu verrichten. (Aus einem nahe gelegenen Restaurant wurde Kantscho dreimal am Tag Essen serviert. In der Früh überreichte ihm einer der belgischen Wärter das Menü mit der Bitte, seine Bestellung aufzugeben. Die Wärter freuten sich über seine Anwesenheit, weil sie wieder Arbeit hatten). Kantscho erkrankt an Tuberkulose, seine Haut gilbt sich ein. Er darf mehrmals am Tag an die frische Luft. Als er sich nicht mehr auf den Beinen halten kann, wird sein Körper auf einen Karren gehievt. Er erreicht das Krankenhaus auf dem Festland nicht. (Zu Kantschos lebenslangem Bedauern war er in Belgien zu nur zwei Jahren Haft verurteilt worden, nach deren Ablauf er gemäß den Gesetzen des Landes als vorbestrafter Krimineller abgeschoben werden musste. Schon im Flugzeug begannen sie ihn zu schlagen).

Bester Horaz, sei bedankt für deine Anregung. Den Fluss, den dreimal zu durchschwimmen du mir rätst, habe ich nie erreicht. Oder habe ich dich missverstanden?

Ich war hellwach, als Kantscho aufbrach. Wer den Platz neben dem *pikalnik* einnimmt, der wird jedes Mal aufgeweckt, wenn einer neben ihm steht, auf die schiefe Planke pinkelt, die durch die Wand nach draußen führt. Für mich gab es keine Flucht aus dieser Welt. Im Gegensatz zu Kantscho betrachtete ich das Lager als gesellschaftliche Norm, nicht als individuelle Verdammnis. Wir führten im Lager einen Kampf. Fliehen war Kapitulieren. Das Lager entsprach der Welt außerhalb des Lagers. Alles im Lager existierte auch in der sogenannten Freiheit, die Gesetze, die Verbote. Das ganze Land war ein gewaltiges Gefängnis. Die Allerersten, die eingeliefert worden waren, eingepfercht in Waggons für »56 Menschen oder 8 Pferde«, wurden getröstet: Ihr seid nur der Anfang. Das ganze Volk soll die Lager durchlaufen. Wenn die nächste Ladung kommt, werdet ihr freigelassen, als Umerzogene, ihr werdet einen Vorteil haben, ihr werdet die erste Generation sein, die bessere Plätze abbekommt. Was hatte sie daran gehindert, diesen Entwurf zu verwirklichen? Stalins Tod oder die Selbstzähmung des Volkes? In dem großen Gefängnis traute sich inzwischen kaum einer, den Mund aufzumachen, hinter dem Stacheldraht verteidigten wir wenigen die letzten Bastionen der Freiheit. Im Sommer des Jahres 1956, kurz nach Kantschos Fluchtversuch, kehrten einige ehemalige Häftlinge im Rahmen einer propagandistischen Aktion der Behörden ins Lager zurück, um uns Uneinsichtige umzustimmen, um uns mit dem Versprechen baldiger Freilassung zu Kompromissen zu bewegen. Wir stellten ihnen Fragen über Ereignisse, Stimmungen, Erwartungen. Die Schminke verschmierte, sie ließen durchblicken, wie grimmig die Lage draußen war. »Wartet mal«, unterbrach der anwesende Offizier unser Gespräch, »habt ihr vergessen, dass ihr in Freiheit lebt?«

Sie hatten es nicht vergessen, sie hatten es nie erfahren.

Im Herbst nach Kantschos vergeblichem Fluchtversuch waren wir freier als die Wachmannschaft. Angesichts der Konterrevolution in Ungarn fürchteten die Wärter unsere baldige Rache. Keine Beleidigungen mehr, keine Schläge. Die Peitsche ging nicht nieder. Der Umgangston fast höflich. Ein scheinbar stabiles Gefüge war erschüttert worden, die Achsen des Koordinatensystems ihrer Macht (unserer Ohnmacht) hatten sich verschoben. Sie sahen ihre Privilegien auf der Donau davonschwimmen. Sie grübelten, wie sie ihre eigene Haut würden retten können. Sie schürten Gerüchte über eine bevorstehende Amnestie. Selbst jene, die nicht daran glaubten, erfreuten sich an den Gerüchten. Das dauerte nicht lange an. Auf Entspannung folgte Verschärfung. Die ungarische Revolution wurde auch in Belene niedergeschlagen. Die Aufseher bekamen wieder Oberwasser, sie rächten sich an uns für ihre vorangegangene Ängstlichkeit. Das Lager füllte sich mit Neuankömmlingen. Die Repressionen gegen die Uneinsichtigen nahmen an Härte zu. An uns wurde ein weiteres Exempel statuiert. Wir waren unter Häftlingen das, was die Häftlinge innerhalb der Gesellschaft waren. Es gab nur noch einen Ort, an dem gekämpft wurde, Rückzugsgefechte, ein letztes Aufflackern von Widerstand: auf einer Insel in der Donau, im Sumpf, in der brutalen Hitze des Sommers, in den Baracken, an den Deichen, in der bestialischen Kälte des darauffolgenden Winters, als der Kanal zwischen Festland und Insel zufror, als jeder, der sich »Kritik« erlaubte, der »Gerüchte« verbreitete, der ein »Angebot« zur »Mitarbeit« ablehnte oder der von einem der Denunzianten als »gefährlich« gemeldet worden war, ausgesetzt wurde, auf einem Boot mitten im Eis, ohne Mantel, ohne Decke, für einen Tag, eine Nacht in diesem »Sarg des Todes«, in dem zehn von uns eine Kälte erlebten, die nirgendwo sonst existiert, eine Kälte, die das Augenlicht trüb werden, die Ohrläppchen, Finger, Zehen erfrieren ließ. Der Oberaufseher (sein Name: Boris Mitew, sein Wohnort: Wraza, von uns verurteilt: jeden Tag, jede Nacht auf einem Boot im ewigen Eis zu verbringen, so spärlich angezogen wie wir damals), der zu den Wärtern sagte: »Wer rausklettert, wird erschossen. Und wenn einer von denen stirbt, werft ihn auf den Haufen Müll dort.« Der lachte, ob über seinen eigenen Spruch oder über den Anblick der Leichtbekleideten, die sich zusammenkauerten wie eine Herde verängstigter Tiere auf einem lecken Boot, die Füße im eisigen Wasser, die sich aneinanderrieben, zu einem einzigen Organismus verschmolzen, der sich gegen das Kratzen des Todes auf der Haut wehrte, um sie herum ein kristallklarer, mörderischer Winter.

Erinnerung ist Zwang. Ich habe nicht das Recht, sie wegzustoßen, egal, wie sehr sie mich schmerzt. Das haben wir uns geschworen, der eine, weil seine Notizbücher konfisziert wurden, der andere, weil allein der Wille, Zeugnis abzulegen, ihn am Leben erhielt. Wir haben die eigenen Erinnerungen auswendig gelernt, jeden Satz, jedes Wort, jeden Buchstaben.

Das Nachdenken über die Schlaflosigkeit lenkt mich kurzzeitig von dem Nachdenken über die Dossiers ab. Ich blättere Doras Geschenk bis zur letzten Seite durch, mein Interesse verflogen, mich treibt allein die Neugier weiter, ob dieser fleißige Kompilator den Zusammenhang zwischen Wachen und Überwachen erwähnen wird?

Schlafentzug, das bevorzugte Instrument der Folterknechte.

Nicht einmal einen Nebensatz widmet der Autor diesem Thema. Du darfst ihm nicht gram sein, würde Dora sagen (die sich seit einigen Tagen bei mir nicht gemeldet hat, meine Unbeherrschtheit hat sie verletzt, ich werde mich entschuldigen), er hat nicht erlebt, was du erlebt hast. Es gelingt ihr, Menschen in Schutz zu nehmen, ohne dass es überheblich klingt. Meine Nachsicht hingegen, das muss sie mir nicht sagen, das spüre ich selbst, kann herablassend wirken. Was weiß der schon, bin ich geneigt zu urteilen, ihm ist der Schlaf nicht zerschlagen worden. Er lag nicht in einer Zelle, im Stockfinstern, er erblickte nicht Lichtkringel auf dem Boden, hell beleuchtete Leinwände an den Wänden, er hörte kein Pfeifen im Kopf, das durch alle Korridore des Hirns dringt, huckepack auf jeden Gedanken sattelt, weiter pfeift, immer weiter. Er hat nie erlebt, wie das Hören verstummt, das Sehen erblindet, wie man die letzte Nische verliert, den Schlaf.

Sie müssen meinem Essen etwas beigemischt haben, was den Blutdruck in die Höhe schnellen ließ. Aus Zorn? Aus Rache? Wollten sie mich in Ermangelung von Alternativen auf diese Weise in die Knie zwingen? Ich hege keine Hoffnung, in den Akten einen Hinweis auf dieses Verbrechen zu finden, wenn es überhaupt jemals schriftlich festgehalten wurde, was ich bezweifle, denn mündliche Anweisungen erweitern den Rahmen des legitimen Handelns.

»Ohne Macht« zu sein heißt nicht, »ohnmächtig« zu sein.

Wenn sie dir den Schlaf rauben, wirst du ohnmächtig. Du kannst nicht ausschalten, weil sie den Schalter in der Hand halten. Du wirst zu einem ferngesteuerten Halbwesen. Ohne Schlaf kann es keine Freiheit geben.

(aus dem archiv der staatssicherheit)

BERICHT vom 23. Februar 1953

Aufgabe Nr. 3477 der III. Hauptverwaltung

Am 20. dieses Monats ab 10:00 Uhr begannen wir die
Ausführung der Aufgabe mit dem Warten auf das
Objekt vor Nr. 3 der Ulitza Zdanow, wo man vermutete, daß das Objekt sich aufhält.
Bis 14:00 Uhr kam das Objekt nicht aus der angegebenen Adresse, woraufhin wir das Warten vor
seine Wohnung in der Ulitza Neofit Rilski Nr. 55A
verlegten.
Bis 22:30 Uhr wurde das Objekt nicht bemerkt, woraufhin wir das Warten auf ihn abbrachen.
Am 21. dieses Monats begannen wir mit dem Warten
auf das Objekt gleichzeitig vor Ulitza Zdanow
Nr. 3 und Ulitza Neofit Rilski Nr. 55A.
Bis 19:00 Uhr wurde das Objekt an den angegebenen
Adressen nicht bemerkt, woraufhin wir das Warten
auf ihn vor das vegetarische Restaurant in der
Ulitza Graf Ignatiew Nr. 32 verlegten.
Um 19:15 Uhr betrat das Objekt das Restaurant,
wobei es sich in die innere rechte Ecke setzte,
wo es am Tisch von einer Person von ungefähr
50 Jahren mittlerer Größe, mit rundem Gesicht und
ergrautem Haar, bekleidet mit einem grünlichen
Wintermantel und einer grauen Mütze Typ „Idanka"

bereits erwartet wurde. Das Objekt gab der fraglichen Person die Hand und sie begannen ein Gespräch, wobei sie sich kurz darauf etwas zu essen bestellten.

Um 19:45 Uhr standen sie auf, bezahlten ihre Rechnung und gingen auf die Ulitza Graf Ignatiew hinaus, wobei sie sich langsam bewegten, und während sie sich unterhielten, bogen sie in den Boulevard Tolbuchin ab, dann in die Gurko, die Schischman, die Wasow, die Lewski, erneut die Gurko, und an der Ecke zur Ulitza Rakowski trennten sie sich um 20:05 Uhr, wobei die das Objekt begleitende Person, die der Behörde bekannt ist, die Gurko weiterging und das Objekt ging wieder zurück, bog in die Ulitza Pop Andrej ein, Stefan Karadža, Rakowski,

Neofit Rilski, und um 20:15 Uhr war es zu Hause.

Um 20:20 Uhr verließ das Objekt das Haus, begleitet von einem Mann von ungefähr 55–60 Jahren, überdurchschnittlich groß, von durchschnittlichem Körperumfang und stämmig, bekleidet mit einem grauen Wintermantel mit Fischgrätmuster, einer grauen Hose und einer grauen Schirmmütze, die er wie eine Stalinka trägt. Die beiden gingen die Ulitza Rakowski hinunter, in die Ulitza Kolarow, und der Mann, der das Objekt begleitete (und der dessen Onkel mütterlicherseits ist), betrat den Salon der Lehrerkasse, das Objekt jedoch blieb für einen Moment direkt am Eingang stehen, machte sofort kehrt und ging schnell weiter, kam vor dem Kino „Kultura" vorbei und ging auf der Ulitza Graf Ignatiew weiter. Kurz darauf kam der Onkel des

Objekts heraus, sah sich nach allen Seiten um, wahrscheinlich war er der Meinung, das Objekt würde auf ihn warten, und ging dann schnell auf demselben Weg wie das Objekt weiter, wobei offensichtlich war, daß er den Wunsch hatte, es einzuholen. Ungefähr an der Ecke der Ulitza Alabin holte er das Objekt ein und begann ziemlich lebhaft auf ihn einzureden, wobei er das Objekt am Mantel packte und an diesem zog, aber das Objekt weigerte sich zurückzugehen. Sie gingen die Ulitza Alabin weiter und an der Ecke zum Boulevard Stalin blieben sie stehen. Nach einem Gespräch von 2 Minuten gingen sie die Ulitza Alabin wieder zurück, wobei sie sich unterwegs weiterhin lebhaft unterhielten, und von Zeit zu Zeit blieben sie stehen. So gelangten sie zur Ulitza Rakowski und zum Ploschtad Slawejkow, sie blieben einen Augenblick lang stehen und um 20:50 Uhr trennten sie sich, wobei sein Onkel nach Hause weiterging, während das Objekt zur Straßenbahnhaltestelle Nr. 2 ging. Hier stieg er in die Straßenbahn, aus der er am Ploschtad Lenin wieder ausstieg, er ging den Boulevard Stalin weiter und um genau 21:00 Uhr, vor dem ehemaligen Eingang zur Hl. Nikola-Passage, jetzt Eingang zum Restaurant „Reklama", traf er sich mit zwei jungen Männern, die vom Boulevard G. Dimitrow kamen. Die Personen waren ungefähr 23–25 Jahre alt, wobei der erste von ihnen von mittlerer Größe mit einem braunen Wintermantel, einer blauen Baskenmütze, einem roten Schal, einer schwarzen Keilhose und Sportschuhen bekleidet war (wir nehmen an, daß es sich um Petar

Nikolow handelte), die zweite Person war ebenfalls mittlerer Größe, dunkelblond, hatte ein längliches Gesicht und trug einen grauen Wintermantel, eine schwarze Hose und eine schwarze Baskenmütze. Nach einem Gespräch von ungefähr einer halben Minute ging das Objekt mit den beiden Personen auf dem Boulevard G. Dimitrow zurück, sie legten etwa 19-20 Schritte zurück, und genau vor Nr. 4 des Boulevard G. Dimitrow sonderte sich das Objekt mit einem von ihnen ab (mit wem genau, können wir nicht mit Sicherheit sagen), er sprach mit diesem danach ungefähr 3-4 Minuten, und sie trennten sich. Von hier ging das Objekt zurück, bog zum Restaurant „Reklama" ab und betrat die Hl. Nikola-Passage Nr. 4. Nachdem sie sich von dem Objekt getrennt hatten, gingen die besagten jungen Männer weiter und in den Brotladen „Rodina", wo sie Brot kauften und auf umgekehrtem Wege zur Wohnung in der Hl. Nikola-Passage Nr. 4 gingen. Um 22:25 Uhr ging das Objekt begleitet von einem jungen Mann hinaus, von dem wir nicht mit Genauigkeit bestimmen können, ob er einer der beiden war, mit denen sich das Objekt getroffen hatte, aber selbiger trug einen grauen Wintermantel und eine Baskenmütze. Die beiden gingen den Boulevard G. Dimitrow weiter, rannten über den Ploschtad Lenin und sprangen auf die Straßenbahn Linie 1 auf. An der Haltestelle „Kolarow" stiegen sie aus, wobei sie darauf achteten, wer aus der Straßenbahn aussteigen würde. Von hier gingen sie weiter auf der Ulitza Kolarow, in die Asen I., auf der sie stehen blieben, wobei das Objekt weiterging,

der ihn Begleitende aber stehen blieb, um sich
eine Zigarette anzuzünden, wobei er sich umdrehte
und hinter sich schaute. So gingen sie weiter,
bogen in die Ulitza Poptomow ein, dann in die
Boris I., wo sie an den dunklen Stellen stehen
blieben und zurückschauten, sie bogen in die Partschewitsch ein, dann in die Samuil, die Asparuch,
und hier wurden sie um 22:40 Uhr verloren, wobei
wir in dem Moment annahmen, sie hätten Asparuch
Nr. 1 betreten, über den Eingang vom Boulevard
Christo Botew her ...
Bis 2:20 Uhr am 22. Februar kamen das Objekt und
sein Begleiter nicht dort heraus, wo wir vermuteten, sie seien hineingegangen, woraufhin wir das
Warten beendeten.
Ab 5:30 Uhr (am 22.02.1953) führten wir das Warten
erneut am selben Ort fort. Bis 10:00 Uhr kam das
Objekt nicht heraus, woraufhin wir auch eine Wache
vor seiner Wohnung in der Ulitza Neofit Rilski
einrichteten.
Bis 23:00 Uhr kam das Objekt aus keinem der beiden
Orte heraus, woraufhin wir das Warten auf ihn
beendeten.
Am 23. Februar setzten wir von 6:00 Uhr bis
23:00 Uhr das Warten auf das Objekt vor seiner
Wohnung fort, vor der Hl. Nikola-Passage (teilweise), aber wir konnten selbiges nicht ausfindig machen. Ebenso am 24. Februar.
Ermittler Nr. 920, 863, 935, 5828, 842, 5376.
Verfertigt in zwei Exemplaren

METODI

Ich hab Nezabrawka von meinem Albtraum erzählt. Ich komm mir vor wie 'n Lümmel, der blöd dasteht, weil er 'n Mädchen beeindrucken wollte. Doch nicht mit 'nem Albtraum, Meto! Manchmal lass ich mich gehen, wenn wir beide zusammen sind. Wie bei einer Massage, Kopfmassage, Entspannung, das ist nicht gut. Der Albtraum, nur Albena wusste davon. Tauchte auf, da war alles in Butter, das Gröbste überstanden, die Karriere wieder auf Pfeil, der Schuh des Lebens passte wie angegossen, wie Vater so schön sagte, kein Steinchen drückte, da rieb nichts am Rist, ich schlief ein wie tausendmal davor, schlief wie 'n Fuchs im Winterbau, fest und tief, auf meinem Kopf konntest du trommeln, das ist 'n Segen, das ist die Crux, ich fall in meinen ersten Albtraum wie in 'ne Grube, die sich plötzlich vor mir auftut, ich komm nicht mehr raus. Die ganze Stadt auf den Beinen, und an jeder Laterne baumeln Glocken, hübschgelaunt das Volk, drei Mädchen nehmen mich in die Mitte, eine trägt 'nen grünen Rock, eine 'nen weißen, die dritte 'nen roten, alle haben sie Locken bis zum Arsch, beschwingt wie Ballerinen, ziehen mich mit, kraulen mir das Haar, knabbern an meinem Ohr. Wohin? Drei auf einmal, *Rock n' Roll*, ich wie weggeweht, das Herz im Himmel, der Schwanz auf dem Kanapee, da stehen wir am Nabel der Mitte, hinter uns Parteipalast, vor uns golden Serdika, und an jeder Laterne hängt was, keine Glocke, da hängt einer, ein Uniformierter, einer von uns, einer meiner Kameraden, die Mädchen klatschen in die Hände

»Hoch soll er sterben, hoch soll er sterben, dreimal hoch!«

sie zeigen mit ihren Fingern, mit ihren frisch gepinselten Nägeln, auf meine Kameraden, die da baumeln, sie hüpfen quietschfidel rum, ich schau rauf, blick mich um, es baumeln alle, die ich kenne, egal welcher Rang, keiner ungeschoren, keiner davongekommen, die Sonne auf einmal ausgeknipst, Scheinwerferlicht auf den Fratzen, die Zungen schwere Lappen, die drei Mädchen drehen sich zu mir, ihre roten Lippen formen einen Kuss, eine Frage

»Süßer, was ist mir dir?«

ich nehm Reißaus, den Dondukow rauf, den Dondukow runter, nirgends 'ne Seitenstraße, der Dondukow hat kein Ende, keinen Ausgang, neben mir, hinter mir, Haut an Haut, höre ich

»Und du?«

renne, Dondukow, nichts als Dondukow, die Leichen fallen von den Laternen, schlackernde Arme, ich weiche aus, es sind zu viele, ihre Zungen klatschen mir ins Gesicht

»Jetzt wäre ein Plätzchen frei für dich«

die süßen Stimmen der Mädchen

»Welche Laterne hättest du gern?«

ich knall hin, lieg auf dem Kopfsteinpflaster, da ist kein Boulevard, da sind keine Gebäude, kein Ministerium, keine Oper, Straßenlaternen nur, endlos aneinandergereiht, und eine über mir, meine Laterne, meine Laterne.

Was musste ich aber auch Nezabrawka davon erzählen. Schwäche zeigen, um Verständnis buhlen, das bin ich doch nicht. Sie reagiert anders, als ich erwartet hab. So krumm, wie die denkt, sieht sie darin Hoffnung.

»Du musst eine Therapie machen. Du musst das Menschliche in dir stärken, du musst dich entgiften. Du bist traumatisiert von dem, was du anderen angetan hast.«

Das war so lächerlich, konnte mich nicht mal beleidigen.

»Nett von dir, Mädchen, schön, du sorgst dich um mich, und du sagst endlich du zu mir. Dazu ist's zu spät. Ab 'nem gewissen Alter sollte man mit dem Rauchen nicht aufhören und mit der Therapie nicht anfangen.«

Sie redet auf mich ein, redet sich in Mission, auf einmal steht meine Seele auf dem Plan. Seit mehr als 'nem Jahr kennen wir uns, und plötzlich kommt's auf meine Seele an. Die soll sich ja nicht einbilden, sie kann an mir rumwerkeln. Brauch keine Psychodrehbank, mir war von Anfang an klar, woher's kam. Ungarische Kameraden waren bei uns zu Besuch, gemeinsame Schulung, im Rila, schon immer mein Lieblingsgebirge, die Gäste aus Ungarn waren begeistert, so was kannten sie von zu Hause nicht. Die Abende lang, Rakija ohne Pfropfen, ein Trinkspruch huckepack auf den nächsten, über viele Umwege zum verfluchten Herbst '56, hatten uns vorgenommen, nicht drüber zu reden, aber insgeheim wollten wir's doch hören, der Kitzel, der Schrecken, wir schlitterten rein, steckten drin, was blieb uns anderes übrig, wir hörten zu, wie gebannt, was die Konterrevolutionäre mit denen anstellten, die ihnen in die Hände fielen. An den Schuhen sollen sie unsre Leute erkannt haben, an den verdammten Schuhen, weil die Provokateure, verdammtes Pech, gehört hatten, dass an unsere Leut gelbe Schuhe ausgeteilt worden sind, also haben sie jeden mit gelben Schuhen gleich aufgehängt. Wie recht sie hatten, die Erfahrenen, uns vor der Konterrevolution zu warnen. Still wurd's im Keller des Hotels im Rila, der war für Feiern ausgebaut, mit Bar und Sitzecken und schummrigem Licht, Beleuchtung für 'ne andere Stimmung als unsere Todeswacht. Die Ungarn konnten nicht anders, kein Detail haben die ausgelassen, das hat den Abend versaut, aber Wochen später war's vergessen, war ja alles gut ausgegangen und die Moral von der Geschicht allen geläufig, verlieren gibt's nicht, wenn wir sie nicht zertreten, werden sie uns den Garaus machen. Jahre vergehen, alles Routine, dann dieser Albtraum, aus dem Nichts, ich wach nicht mal sofort auf wie jeder andre, der 'nen schlechten Traum hat. Ich bleib im Albtraum stecken, tagsüber rollt das Leben auf Schienen, nachts lauf ich mir auf dem Dondukow die Haxen wund, war nicht auszuhalten, jedes Mal die Unschuld dieser Mädchen, die bunten Röcke, jedes Mal ahnungslos in die Grube fallen, jedes Mal ein strahlender Tag, der's so gut mit mir meint, fick die Sonne, fick den Albtraum, was musste ich Nezabrawka aber auch davon erzählen.

1954 erzählt

Hunger, eine unangenehme Sache.

Dem einen rinnt Speichel aus den Mundwinkeln, sobald er hört, Essen wird ausgeteilt. Dem anderen kratzt es an der Mageninnenwand, unentwegtes Kratzen, Magenwolf.

Die tägliche Zuteilung beträgt 300 Gramm Brot. Wer harte körperliche Arbeit leistet, erhält 600 Gramm Brot.

Wer nach dem Brot giert, wer es verschlingt, der schreit nach einer halben Stunde aus voller Lunge: »Wo ist mein Brot, wer hat mein Brot gegessen?«

Wenn die allerletzten Reste Fett im Unterhautzellgewebe aufgebraucht sind, wenn der Mensch sich in ein mit Haut überzogenes Gerippe verwandelt hat, beginnt der Körper sich selbst aufzufressen, der Organismus zehrt das eigene Eiweiß auf, die Muskulatur schwindet, die Leber schrumpft, ebenso die Niere, die Milz.

Das Gehirn schrumpft nicht.

Wer sich nichts von der Bude kaufen kann, wessen Verwandte ihm nicht alle drei Monate ein Paket schicken mit Früchten, Keksen,

Nüssen, mit *lukanka*, wer von seiner Großmutter aus dem Dorf nur einen Sack Zuckerrüben erhält, der wird verhungern.

Das Gehirn kann den Hunger bekämpfen.

Wer, wenn Säcke voller Saatgut vom Schlepper abgeladen werden, einige Maiskörner ergattern kann, isst sie roh. Wie Kaffee, sagt einer, eine Handvoll Körner in der Hand. Süß, hart, kaut man sie lange genug, schmecken sie fast wie Zuckerrübensaft.

Das Gehirn kann sich dem Hunger ergeben.

Es gibt einen, der leckt Salz gegen den Hunger, der ist bald aufgedunsen, seine Haut gelb, seine Hände, sein ganzer Körper mit eitrigen Wunden bedeckt.

Hunger ist Panik.

Es gibt solche, die hungern im Geiste, ihr Hungern eine Obsession, sie verbringen ihre Zeit damit, den Hunger zu fühlen, den Hunger zu umarmen.

Wer einen Hungerbauch hat, dessen Körper schwillt an, lagert Wasser ein. Wenn man den Arm fest drückt, bleibt der Abdruck der Finger zurück.

Wer vom Hunger besessen ist, der geht am Hunger zugrunde.

Es überlebt nur, wer gegen die Herrschaft des Hungers aufbegehrt.

KONSTANTIN

Früher gab es im Winter Sauerkraut, eingelegte Früchte. *Turschija*. Früher konnte ich, seit Kindheit eher dem Sauren zugetan, ein ganzes Glas auf einmal auslöffeln. Auf dem Markt von heute wird Anfang März frisches Obst, Gemüse offeriert, eine begrenzte Auswahl, aber immerhin. Orangen, importiert aus weiter Ferne. Wer kann sich die leisten? Unsere Einkäufe (ich muss mich heute für meine groben Worte entschuldigen) enden nach der ersten Station, der Einkehr beim Bäcker, der auch Joghurt verkauft. Kälte macht mir weniger aus als Hitze. Dora erzählt von ihrer Schwester, vom Ehemann ihrer Schwester, von den Kindern, den Enkeln ihrer Schwester (wieso bist du allein, möchte ich sie fragen, aber ich vermute, so eine Frage gehört sich nicht). Wir überqueren die Hauptstraße, sie lenkt mich in eine unübliche Richtung, den Hang hinauf. Zur Konditorei, die den Namen unseres Landes trägt. Sandkuchen, Marmorkuchen, Butterkuchen, Nationalkuchen. Erst als wir durch die Tür treten, begreife ich, dass sie nachfeiern will. Was ist los mit den Menschen, dass sie ständig feiern wollen? Was gibt es denn zu feiern? Wir setzen uns ans Fenster, von dem aus sich ein Panoramablick auf Haltestellen, Tankstellen, Plattenbauten öffnet.

»Wenn sie dich so nervt, dann sage ihr, du willst nicht mehr mit ihr telefonieren.«

»Das geht nicht.«

»Wieso nicht? Ihr habt euch nichts zu sagen, sie ist eine Egoistin, die dich nur anruft, wenn sie jemanden braucht, der ihr stundenlang zuhört. Leg einfach auf.«

»Sie ist meine Schwester.«

»Hast du sie dir ausgesucht? Schuldest du ihr was?«

»Nein, im Gegenteil.«

»Wenn du meinen Rat befolgst, hast du endlich deine Ruhe. Jedes Mal, wenn wir über deine Schwester reden, wirst du nervös. Sie macht dich unglücklich.«

Wie wir so dasitzen, über die Beziehung zu ihrer Schwester reden, ich an einem Kräutertee nippe, sie eine Cremetorte verspeist, verklebt ein Satz meine Gedanken, wie Honig, der über das Kinn trielt. »Den Feind liquidieren bedeutet, ihn vor den Augen aller von einem zersetzenden Wesen zu einem treuen Bürger zu verwandeln.« Ich weiß nicht, wann ich diesen Satz zuerst gehört habe. Ich weiß nicht, von wem er stammt. Ich weiß nichts über diesen Satz, außer dass er alles Wesentliche beinhaltet. Er ersetzt dicke Bücher über die Staatsmacht.

»Was denkst du?«

»Mir geht ein Satz nicht aus dem Sinn.«

Dora besteht darauf, den Satz zu hören. Ich habe den Eindruck, sie hat es sich zur Aufgabe gemacht, die schweren Koffer meiner Erinnerung mitzutragen.

»Wieso ist er dir jetzt eingefallen?«

Weil ich nicht flüchten darf vor der eigenen Schande. Weil mir gestern ein Dokument überreicht wurde, das nicht einen Verrat dokumentiert, der an mir begangen wurde, sondern wie ich mich selbst verraten habe. Nicht, dass ich diesen Moment der Schwäche vergessen hätte. Unsere Brigade hatte sich geweigert, neue *karzer* auszuheben. Aufgereiht unter peinigender Sonne, warteten wir auf den Oberaufseher Donjo. Warteten, bis einer von uns in Ohnmacht fiel. Donjo ließ sich Zeit, Donjo bewegte sich ungern. Morgens wateten wir zur Nachbarinsel, Donjo wollte sich die Füße nicht nass machen. Er saß im Boot, wir zogen das schwarze Boot durch das flache Wasser. Zum Sonnenuntergang die Rückkehr, die Brigade watete durch die Donau, zwischen uns die Gestalt von Donjo, im schwarzen Boot, das über glühendes Gewässer glitt. Wir zogen das Seil wie ägyptische Sklaven. Unsere Gesichter rot im Widerschein der untergehenden Sonne, Donjo unbewegt wie ein Imperator auf seinem Thron. Donjo hielt keine Rede. Er teilte uns nur mit, er werde unsere Namen rufen, einen nach dem anderen. Wer bereit sei, die Arbeit wiederaufzunehmen, der könne stehen bleiben, wer weiterhin stur an seiner Weigerung festhalte, der solle vortreten, damit klar zu erkennen sei, wer es darauf anlege, die Volksmacht herauszufordern. Namen erklangen, eine lange Liste von Namen, die Namen der anderen. Fluch des Alphabets. Den eigenen Gedanken ausgeliefert. Ich konnte mich kaum auf den Beinen halten, ich litt an Krätze, das Jucken war schwer zu ertragen, schwerer als der Hunger, der Geschmack von Blut im Mund, die Glieder wund, ich litt vermutlich an Skorbut. Die Strafe, die mir drohte, wenn ich einen Schritt nach vorn tat: Tage ohne Medikamente, Tage ohne ausreichendes Essen, Tage ohne Licht. Das würde ich nicht überleben.

»Scharow?«

Der gerufene Häftling trat vor.

»Scheitanow?«

Ich blieb stehen. Einige blickten mich verständnislos an. Ich wollte mich erklären, eine Entschuldigung hinausschreien. Donjo strahlte über das ganze Gesicht. Ein Triumph für ihn, für mich der beschämendste Augenblick meines Lebens. Die Scham schoss mir gestern wieder in den Kopf, als ich las, welche Hoffnungen meine vorübergehende Kapitulation geweckt hatte. Protokolle wurden angefertigt, Vorgesetzte informiert. Einige Tage später, einen Ruhetag entfernt vom Beginn der Bauarbeiten am eigenen Verlies, als ich über nichts anderes nachdenken konnte als über meine Rückgratlosigkeit, mein Versagen gegenüber den Freunden im *karzer*, brach ich in Tränen aus, zum ersten Mal seit Kindertagen. Es war das letzte Mal, dass ich geweint habe. Ich trauerte um mich selbst, bis ich mit fortschreitender Genesung wiedererstarkte, den Schmerz der Scham linderte, indem ich mich den Arbeitsverweigerern anschloss.

Wenn Widerstand nicht mit dem Leben bezahlt werden muss, wird er geschwächt.

»Sollte ich dich gekränkt haben«, sage ich zu Dora, »so bitte ich um Entschuldigung.«

Sie macht es mir leicht, sie zeigt Verständnis.

(aus dem archiv der staatssicherheit)

Es meldet „Gero" *der Hinkende*
Dritte Meldung

Erhalten am 23.2.1953
vom leitenden Ermittlungsbeamten ▮▮▮▮▮▮▮▮
III. Hauptabteilung, Abteilung 1, „FOBH"

Meldung

bezieht sich auf die Aussagen von Kiro Iwanow
über die existente illegale Organisation in
Panagjurischte

Die Quelle meldet, daß gestern Abend um 10 (22)
Uhr vor Mitternacht die Person Kiro Iwanow zu
ihm nach Hause kam, zusammen mit Atanas Angelow,
seinem Onkel väterlicherseits. Sie kamen, weil
Atanas Angelow seinem Neffen versprochen haben
soll, ihn mit jemandem bekannt zu machen, der
ihm helfen wird, in Verbindung zu treten mit
einer fremden Gesandtschaft, damit diese Wassil
und seine Freunde unterstützen können mit
Sprengstoff und Waffen, die wollen terroristische Gruppen in unserem Land organisieren zur
Zerstörung von Eisenbahnbrücken und -gleisen,
um damit das Wirtschaftsleben unserer Republik zu sabotieren. Als genau so eine Person

wurde ich Kiro Iwanow von Atanas Angelow genannt.

In unserem Gespräch sagte mir K.I., dass sie insgesamt um die 15 Personen sind, junge Leute aus verschiedenen Gegenden unseres Landes, wobei zwei von ihnen sich in Sofia befinden – Studenten. Der eine von ihnen hat vor einiger Zeit einen ziemlich umfangreichen Brief in der englischen Gesandtschaft abgegeben mit der Bitte, ihnen zu helfen bei der Beschaffung von Sprengstoff und Waffen, aber bis jetzt haben sie keine Antwort bekommen. Ebenfalls haben sie einen Versuch in der belgischen Gesandtschaft unternommen, aber auch hier haben sie keine Antwort bekommen.

Seinen Worten zufolge haben sie einen Versuch mit irgendeinem Sprengstoff unternommen, den sie aus der Kaserne geholt haben, aber das erwies sich als schwierig, weil die Gefahr bestand, entdeckt zu werden. K.I. versicherte mir, er hat in Panagjurischte gut vorbereitete Leute für dieses Ziel. Er versicherte mir ebenfalls, daß in Panagjurischte überhaupt die meisten Antikommunisten sind.

Ich versprach ihm, mir Mühe zu geben und ihm so weit zu helfen, wie es meine Kräfte erlauben. Genau deshalb wird K.I. morgen um 10 Uhr vormittags zu mir nach Hause kommen, damit wir zusammen aus dem Haus gehen und ich ihm die Ergebnisse der von mir unternommenen Aktivitäten zur Beschaffung von Waffen und Sprengstoff berichten kann. Ebenfalls werde ich von ihm verlangen müssen, mich mit seinen Leuten in Sofia

bekannt zu machen, um auch ihre Meinungen einzuholen.
Ich erwarte Ihre Anweisungen.

Sofia, 23. Februar 1953
„Gero"

Aufgaben:
Er soll sich mit K. I. treffen und im Gespräch sagen, daß er zusehen wird, wie er ihnen helfen kann, aber daß er wissen muß, mit was für Menschen er es zu tun hat. Ziel ist es, einen Kontakt herzustellen mit den Personen, festzustellen, wie viele es sind, was das Ziel der Organisation ist usw.
Vervielfältigt in zwei Exemplaren.

METODI

Kofti polojenie. Zankow ist tot. Hinterhältig ermordet. An einem Tag tanzt er bei uns Tango, am nächsten schmiedet er im Kreis von Vertrauten Pläne, am dritten liegt er im Leichenschauhaus, ich will nicht wissen, mit wie viel Kugeln im Leib. Kaltblütig exekutiert. Albena ist 'n einziges Nervenbündel, zuckt zusammen, wenn 'ne Tür zufällt. Uns kann nichts passieren, tröst ich sie, ich mach doch nicht in großen Geschäften, bin 'n kleiner Fisch, halt mich raus. Sie will's glauben, tut sich schwer damit. Sie verlangt nach mehr Sicherheit. Was soll ich denn noch alles installieren? Kann ihr ja nicht sagen, sie erwischen dich, wenn sie dich erwischen wollen, da kannst du nichts machen. Schutz wird anders gewährleistet. Nicht auffallen, nicht aus der Reihe tanzen war schon immer die beste Verteidigung. In meinem Alter brauch ich nicht noch mehr, mir reicht, was ich hab. Tut einem nicht gut, wenn die Presse wild über das eigene Vermögen spekuliert (Zankows halbe Milliarde Dollar, als ob das sein eigenes Geld war, als ob er nicht deshalb dran glauben musste, weil er sich als Puppe eingebildet hat, er zieht die Fäden). Ach, Zankow, alles an dir war etwas zu plump, etwas zu auffällig und vor allem zu groß. Viel zu groß.

Während ich in meinem Kabinett sitze und das Andenken Zankows mit Mawrud begieße, kommt mir 'n Geistesblitz, 'n genialer Gedanke, wie ich mit Albena alles wieder ins Lot bringen kann. Volltreffer. Der Zankow, das ist 'n richtiger Freund, der tut einem als Leiche noch 'nen Gefallen.

»Jetzt kann ich's dir ja sagen, Täubchen. Die Fotos in meiner Schublade, du erinnerst dich, die waren von Zankow ...«

»Gott hab ihn selig.«

Sie bekreuzigt sich. Kann ich in meinem Testament festlegen, sie darf sich an meinem Grab nicht bekreuzigen?

»Jaja, er hatte 'n Problem, diese Frau tauchte bei ihm auf, behauptete, seine Tochter zu sein. Wahrscheinlich 'ne bösartige Unterstellung. Erpressung vermutlich. Er kannte die Mutter gar nicht, weißt du. Hat mich gebeten, die Sache vertraulich zu überprüfen.«

»Zankow mit seinen Kontakten hat dich dazu gebraucht?«

»Solche Sachen vertraut man am besten 'nem Freund an.«

»Und du musstest es vor deiner eigenen Frau geheim halten?«

»Verzeih mir, ich hab ihm versprochen, niemandem was davon zu sagen, nicht mal 'nen Piepser. Ich hab Erkundigungen angestellt, anstellen lassen, mehr nicht, harmlose Sache, jetzt kann ich die Bilder ja wegwerfen, wird niemanden mehr interessieren.«

Selbst wenn sie's mir nicht glaubt, die Ehrfurcht erlaubt ihr kein Giftspucken. Nicht jetzt. Sie schluckt's wie 'ne Hostie. Der Tod hat 'ne klärende Wirkung, muss man ihm lassen. Im Fernsehen gibt's erste Reaktionen, ein Gespräch mit Experten. Zankow, behaupten alle, war ein seriöser, allseits respektierter Biznismann. Schwer zu sagen, ob das Idioten sind oder ob sie nur so tun. Alle bass erstaunt über seinen Mord. Was die nicht alles über den ehrlichen Bankier und die unbefleckte Empfängnis seines Vermögens quasseln. Ein Professor erklärt durch die Nase, mit dem Mord soll unser Land kompromittiert werden, damit es nicht in die Europäische Union aufgenommen werden kann. Schlau. Fast so, als ob er behauptet, den Mörder müsst ihr in den Reihen der Opposition suchen. Schieb dir dein Blablabla hinten rein, Professorchen. Eine andere Prahltüte behauptet, solche Selbstzerfleischungsmechanismen der Mafia sind Teil des Übergangs vom Raubtierkapitalismus zur zivilisierten zweiten Phase oder so ähnlich. Während er plappert, steht unter seinem Namen »Soziologe«, sonst glaubt ja keiner, mit was für 'ner gequirlten Scheiße so einer Doktor in irgend 'ner »Ologie« wird. Ja, was denn nun? *Mafiot* oder ehrlicher Biznismann? Oder beides, weil's zwischen beiden keinen Unterschied gibt? Zankow war mein Kamerad, einer der besten, dem hast du dein Leben in die Hand gegeben, weil's dort besser aufgehoben war als bei dir selber. Ich schrei den Fernseher an. Danach beruhig ich mich schnell, weil Albena ins Zimmer reinkommt. Darf mich nicht gehen lassen, jetzt erst recht nicht.

Die entscheidende Frage, die spricht natürlich keiner von denen an: Was wusste die Polizei, was wusste der Geheimdienst? Kann's so 'nen Auftragsmord geben ohne Duldung der Sicherheitsorgane? Das sind die Fragen, die sich der zuständige Staatsanwalt stellen muss. Und wenn er schlau ist, wird er die Fragen nachts in den tiefsten Brunnen werfen und zehn Meter dick zubetonieren. So 'nen Fall aufklären, das kostet dich den letzten Nerv und das letzte Hemd. Und mehr noch.

Der Tod von Zankow nimmt alle heftig mit. Nicht zu fassen, was manche für 'ne Panik schieben. Sind halt nicht kampferprobt. Wenn's in der Nähe einschlägt, muss man nur beobachten, wer den Kopf einzieht, dann weiß man Bescheid. Die haben 'n Problem, versteh ich. Dumme Sache, wenn dein eigener Schatten es auf dich abgesehen hat.

»Eins sag ich dir, Täubchen, man muss wissen, wo man hingehört und was einem zusteht.«

Besser kann man's nicht zusammenfassen. Den Satz wollt ich Nezabrawka gegenüber wiederholen, zur Hälfte als Weisheit, zur Hälfte als Mahnung, aber sie kommt an und stellt gleich ein Ultimatum, noch bevor ich ihr was Nettes sagen kann.

»Entweder Vaterschaftstest oder …«
»Oder?«

»… oder du siehst mich nie wieder.«

»Na, wenn das deine Drohung ist.«

Eigentlich wollt ich sie mal ausfragen, aus der Reserve locken, aber mit so 'nem Angriff hab ich nicht gerechnet. Hat nicht Mao mal gesagt: Stille Wasser verbergen gefährliche Strömungen. Oder so ähnlich. Wollt ihn immer lesen, kam nicht dazu, hab ich aufgeschoben, dann kam das große Zerwürfnis, vorbei war's mit meinen Mao-Studien.

Bevor's zur Zerreißprobe kommt, musst du nachgeben.

Steht nicht bei Mao, das predigt der schlaue Bauer.

»In Ordnung, einverstanden. Wenn's dir so wichtig ist, werd ich dir entgegenkommen. Wir machen's, gleich nächste Woche. Kennst du 'nen Arzt?«

»Ich hab schon einen im Auge. Er ist ja nicht aufwendig, der Test.«

»Bemüh dich nicht, Mädchen. Besser wir lassen's im Krankenhaus machen, in der Militärmedizinischen, da haben sie die neuste Technik, die hat den besten Ruf.«

Was ich für mich behalte: Dort praktiziert Dr. Tabakow, wir kennen uns seit vierzig Jahren, Ärzte müssen sich ja nicht aufs Altenteil zurückziehen. Deren Erfahrung will man nicht missen, aber bei uns, die wir unschätzbares Wissen haben für die Gesundheit des Landes, wird im besten Alter ausgesondert. Tabakow hatte 'ne wichtige Aufgabe als junger Arzt, er musste die Simulanten ausfindig machen, hat die Aufgabe mit Bravour erledigt, darin war er so geschickt wie kein anderer, den hat kein Häftling je reinlegt, der hatte 'nen siebten Sinn für deren Tricks. Ein Arzt, auf den Verlass war. Die Papiere mussten in Ordnung sein, wenn's mal 'ne Prüfung gab oder dir jemand was Böses wollte, die Papiere mussten einwandfrei sein, da ließ dich die Unterschrift des Arztes ruhig schlafen. Ärztlich attestierte Leichen stinken nicht. Obwohl ich Nezabrawka ihren größten Wunsch erfüll, denkst du, sie entspannt sich ein wenig? Keine Spur, weiterhin ist sie launisch, mal so, mal so. Aber nach diesem Test, nach erfolgter Vaterschaftsabwehr, wie ich's mal taufen will, da werd ich sie zum Reden bringen. Und zum Lachen! Den längeren Atem, den hab immer noch ich.

1955 erzählt

Nur die Stimme von Bai Petko ist in der Dunkelheit vernehmbar.
»Kann man im Traum die Augen öffnen?«
Keiner antwortet ihm.
»Als ich die Augen aufmache, komme ich gerade an.«
Niemand fragt, wo Bai Petko ankommt.
»Da ist Stacheldraht, da ist ein Tor, da ist ein Wachhäuschen.
Über dem Tor steht geschrieben: ›Das Paradies‹.
Aus dem Wachhäuschen tritt meine Mutter.
Alles in mir entkrampft sich.
Ich renne ihr entgegen.
Ich reiße die Arme auf, sie zu umarmen.
Sie schreit: ›Halt!‹
Sie reicht mir eine Schaufel.
Sie befiehlt: ›Graben!‹«

Am nächsten Tag wird Bai Petko in den *karzer* geworfen, weil er sich geweigert hatte zu graben.

Einige Tage später, es ist noch früh im Herbst, als der Kommandant die Schließung des alten Karzers des Arbeitserziehungsheims Belene anordnet, den die Lageristen selbst fünf Jahre zuvor ausgehoben hatten, ein Erdloch, geschätzte vier Meter tief, abgestützt mit dicken Holzstämmen, isoliert mit Heu, abgedeckt mit Erde, der »Eingang«

eine Rutsche, zum Ersticken heiß im Sommer, zum Erfrieren kalt im Winter, entstiegen diesem einige aufgedunsene, graue Schatten, die von den Sonnenstrahlen geblendet schwanken. Zwei der Schatten zerren einen dritten herauf, der nicht mehr die Kraft hat, sich auf den Beinen zu halten. Unter der Führung des Objektleiters hat die Verwaltung beschlossen, den Sonntag, selbst für Lageristen arbeitsfrei, für die Freilassung dieser drei Männer zu nutzen, um eine optimale Umerziehungswirkung durch den Anblick der aus der Erde aufsteigenden Schattenwesen zu erzielen, so wie vor einiger Zeit die Leichen der Erfrorenen zur allgemeinen Belehrung für alle sichtbar einen ganzen Tag lang am Portal liegengelassen wurden. Um die Wirkung zu vertiefen, wird angeordnet, das zusammengekrümmte, ermattete Schattenwesen hochzuheben und unmittelbar vor der Reihe der aufrecht dastehenden Lageristen auf den Boden zu legen. Der Kopf des Wesens kippt nach hinten, einer der Aufseher tritt ihn hinter das Ohr. Keiner hat erwartet, dass sich der Kopf heben würde, dass sich die Augen dieses Wesens noch einmal öffnen würden. Der Blick, werden in Zukunft die wenigen überlebenden Lageristen bezeugen, in privaten Gesprächen, in publizierten Erinnerungen, jene, die nahe genug standen, um ihm in die Augen schauen zu können, sei klar gewesen, durchdringend, und die Worte, die es von sich gab, wider Erwarten laut und weithin vernehmbar.

»Dort unten in der Erde, im Sterben, habe ich die Wahrheit erkannt: Nur Bomben, Feuer, Blut werden das Volk vor der Pest der Herrschenden retten …«

Ein Beben durchfährt den Körper, der sich aufgerichtet hat, das Wesen sackt auf der Erde zusammen.

Zu beiden Seiten seiner Leiche stehen sie einander gegenüber, auf der einen Seite die Lageristen, auf der anderen die Aufseher. Dazwischen der Mann, der nicht mehr existiert.

KONSTANTIN

Schlaf: ein zerrissenes, ein löchriges Laken, das mich nachts kaum zudeckt. Ein Zipfel von elf bis eins, ein Zipfel von vier bis sechs. Dazwischen ein Buch über den Spanischen Bürgerkrieg, ein Artikel über *Liquid Democracy*. Drei Schlucke aus einer kleinen Plastikwasserflasche, die ich seit Jahren aufbewahre, weil ich sie auf einer Allee in Paris gekauft habe, von einem buntgekleideten Afrikaner, der mich fröhlich anlächelte, bei meinem ersten, meinem einzigen Besuch in der Stadt der Commune. (Seit jungen Jahren habe ich mich nach Paris gesehnt; im Collège de Correction, wo sich für jedes nur erdenkliche Fach ein Lehrer finden ließ, habe ich ein wenig Französisch gelernt, zu wenig für Michelet, ausreichend für ein Flanieren durch die Straßen, auf denen einst Barrikaden errichtet wurden). Meine einzige Auslandsreise. Busreise für den kleinen Geldbeutel. Portemonnaie klingt wie ein Diminutiv. Die kleinste Kleinigkeit weckt mich auf, der Schatten eines Lichtscheins (das kann ich zu Hause verhindern), die zugeschlagene Tür zwei Stockwerke unter mir (über mir wohnt niemand, deswegen habe ich den 14. Stock gewählt), die volle Blase (der bin ich hilflos ausgesetzt). Am Morgen fühle ich mich zerschlagener als am Abend zuvor. Wenn ich den Schlafmangel nicht mehr aushalte, schlucke ich zwei Schlaftabletten (Atarax, das wird Verrückten zur Beruhigung verabreicht, oder Lexotan, ein Medikament, von dem der Arzt behauptet, es führe nicht zur Abhängigkeit). Dann schlafe ich, sechs Stunden im besten

Fall, mit Unterbrechungen, eine Wohltat. Stundenlang liege ich auf Buchstaben wach. Schon vor langer Zeit habe ich es aufgegeben, zu viel von einer Lektüre zu erwarten. Ich bin zufrieden, wenn ich aus einer Tonne Erz ein Gramm Gold herausholen kann. Ein mühsames Graben, Aussieben, Durchspülen. Was hat es mir genutzt? Nachts werde ich in Dispute hineingezogen, die niemanden mehr interessieren, ich krempele die Ärmel meines Pyjamas auf, stürze mich in die Verteidigung von Positionen, die nur noch Fachleuten geläufig sind, für die wir einst Schmerzen, Entbehrungen auf uns genommen haben. Kopfschwer wiederhole ich Dispute aus dem Gefängnis, die beste Form des Zeitvertreibs an dem einzigen Ort, wo ohne Rücksicht auf Horcher gestritten wurde, im Geist das Gefühl, ein freier Mensch zu sein (freier als andere, gerade weil man alles sagen konnte, weil man keine Kompromisse einging), mit Menschen, die einem frei widersprechen konnten. Realisten gegen Utopisten. Optimisten gegen Pessimisten. Atheisten gegen Katholiken. Individualisten gegen Syndikalisten. Bakunin gegen Marx. Ob die »Internationale« unser Lied ist oder das der Bolschewiken war nur so lange von Belang, wie sie offiziell gesungen wurde. Wie kann ein Aufseher, ein Gendarm, ein Agent, ein Staatsanwalt, ein Richter aus voller Kehle, ohne sich zu verschlucken, singen: »Der Staat erdrückt, Gesetz ist Schwindel! Die Steuern trägt der Arbeitsknecht. Man kennt nur Reiche und Gesindel, und Phrase ist ›des Armen Recht‹?« Wenn nur noch *tschalga* gekrächzt wird, muss über anderes gestritten werden. Lachen braust auf, die Toten lachen die letzten Überlebenden aus (es ist die größte Leistung der Insomnie, die Toten zum Lachen zu bringen). Haftlachen aus nichtigstem Anlass, als wollten wir uns periodisch für das Leid, das Heimweh, die Anspannung entschädigen. Ein homerisches Gelächter, das in einem eklatanten Missverhältnis zum Anlass steht. Fortgesetzter Streit. Die differierenden Interpretationen des Kronstädter Aufstands. Die nachträgliche Analyse des Bombenanschlags auf die Kirche Heiliger Sonntag. Umso interessanter, da ich in einer Zelle mit einem Zeitzeugen wie Gatschew eingesperrt war, der das Attentat zwar abgelehnt hatte, der Partei aber danach treu blieb, bis ihm – der für den Widerstand im Süden des Landes verantwortlich war – eine Liste mit Namen von dreitausend Aktivisten überreicht wurde, die er zu Kampfübungen in den Rhodopen zusammenrufen sollte, in Vorbereitung auf den nächsten Aufstand. Es erschienen drei Männer! Da war mir alles klar, sagte Gatschew. Im Gegensatz zu vielen anderen war ihm die Partei nicht wichtiger als der kleine Fußabtreter namens Gewissen. Die Dispute gehen weiter, mit den Toten.

Je mehr Akten ich lese, desto mehr füllt sich das Gebäude meiner Vergangenheit mit Gerümpel, mit Andeutungen, Unterstellungen, Entlarvungen. Die alten Weggefährten geben sich wenig Mühe, einen dadurch geweckten Verdacht zu entkräften. Wenn ich sie anrufe, verkriechen sie sich ins Unverbindliche. Manche reagieren mit Widerwillen.

»Fürchtest du dich vor dem, was du in den Akten finden könntest?«

»Nicht doch, wovor soll ich mich fürchten, ich weiß doch, wie die operiert haben, ich kann mir ausdenken, was dort steht. Lügen, nichts als Lügen, darin waren sie Meister, die Norm an Lügen haben sie übererfüllt.«

Ja, mit deiner tatkräftigen Hilfe.

»Sollten wir die Lügen nicht entlarven?«

»Versteh doch, ich will daran nicht erinnert werden, ich will nicht alles noch einmal durchleben müssen. Nichts Gutes steht da drin. Nichts Gutes!«

Haben sie recht? Verstärkt die Lektüre nur das eigene Misstrauen?

Einige Lügen habe ich entlarven können. Gewiss bin ich viel öfter belogen worden. Ich zweifle, ob mir das Archiv jemals endgültigen Aufschluss geben wird. Zumal es sich über die wichtigsten Vorfälle weiterhin ausschweigt. Doch welchen anderen Weg gibt es? Wann immer ich um ein Gespräch gebeten habe, stritten jene, die ich nach reiflicher Überlegung verdächtigte, alles ab, sie bezichtigten mich des krankhaften Argwohns, des fanatischen Starrsinns, der Selbstgerechtigkeit. Selbst wenn sie teilweise recht haben sollten, ändert das nichts an der Notwendigkeit meiner Fragen. Meine Scharfblicke wirkten wie Fallbeile, behaupten sie. Mein Gesichtsausdruck verzerre sich, mein Blick sei furchterregend, ich verwandelte mich in eine Bestie. Verändert sich mein Gesicht, wenn sie mich anlügen? Oder blicken sie auf eine Pantomime der eigenen Ängste? Sie nehmen es mir übel, Verrat nicht mit einem nachsichtigen Lächeln zu ertragen.

Wie soll ich im Denunzianten den Menschen erkennen?

Behaglich haben sich die meisten mit dem eigenen Verrat arrangiert. Der erste Verstoß gegen die eigenen Überzeugungen fällt einem schwer. Danach läuft es wie geschmiert. Sie zünden eine Kerze an, die sie mit gewölbter Hand vor dem Erlöschen schützen, für die Dauer eines nachlässigen Gebets, sie haben sich die Absolution längst selbst erteilt, sie haben sich am eigenen Schopf aus dem Morast ihrer Verfehlungen gezogen. Von wegen Jüngstes Gericht, es gibt für diese Menschen nur ein Gericht, das Selbstgericht, vor dem sie stets freigesprochen werden.

Auch Toma. Er sitzt mir gegenüber, in einer Seitengasse vom Boulevard Dondukow, Kebab, Köfte vom Grill, dazu Tomatensalat mit viel Zwiebeln, ein warmes Pitabrot, Rentnerpreise. Er wirkt angespannt, als ich ihm erzähle, wie viele Akten mir inzwischen zugänglich gemacht worden sind. Ich habe von Anfang an vermutet, dass Toma den Verhören nicht standgehalten hatte, denn er trat demonstrativ in den KultRat ein, engagierte sich dort, signalisierte uns damit unmissverständlich, dass in seiner Gegenwart nicht offen geredet werden konnte. Sich selbst zu dekonspirieren war die einzige Chance eines Kapitulierten, einen Rest von Würde zu bewahren. Nicht jeder Häftling reagierte gnädig auf Tomas ehrlichen Umgang mit der eigenen Kapitulation. »Hier riecht's nach Leiche, die zerfällt schon, wer hat die denn reingelassen?« Das schmerzte Toma. Er teilte uns mit, sie hätten ihm die Todesstrafe angedroht, bis er unterschrieben habe, er werde als Zellenagent eingesetzt, doch er habe keine Absicht, ehrlich Bericht zu erstatten, daher werde er einen Brei aus Banalitäten, Binsenwahrheiten, Belanglosigkeiten zusammenrühren. Es dauerte nicht lange, bis sie merkten, dass Toma ein falsches Spiel spielte. Er wurde bestraft. Stillgelegt. Er genoss keine Hafterleichterungen. Dafür respektierte ich ihn. Aber ich hegte weiterhin Verdacht. Toma gehörte zu den Bauernbündlern, die beim innerparteilichen Machtkampf hinter Gittern leichtfertig behaupteten, einer ihrer Anführer, Iwan Kostow, sei ein Agent der Staatssicherheit. Die Rangeleien der Bauernbündler untereinander interessierten mich wenig. Selbst im Gefängnis mussten sie General und Gefreiter spielen. Aber wie konnten sie ohne Beweise Kostow beschuldigen, einen Mann, der fünf Jahre lang Untersuchungshaft (fünf Jahre Folter) ertragen hat? Selbst als sie seine Frau mitsamt dem sechs Monate alten Kind in die Nachbarzelle steckten, damit er die Schreie seines Kindes, seiner Frau hören konnte, damit sie die Schreie ihres Ehemannes hören konnte, gab er kein einziges verräterisches Wort von sich, aber nicht einmal das galt den Intriganten in seiner eigenen Partei als Beweis seiner Unschuld.

Als Aktivist des KultRats durfte Toma gelegentlich in das Dorf Belene fahren. Ich habe ihn gebeten, Briefe für mich bei der Post aufzugeben. Einen dieser Briefe finde ich in den Unterlagen der Staatssicherheit vor. Das ist noch kein Beweis, es kann sein, dass ein Postangestellter gewissenhaft kontrolliert hat. Aber mein Verdacht wird verstärkt durch einen detaillierten Bericht über ein vertrauliches Gespräch, das ich nach meiner Entlassung geführt habe. Der Zeitpunkt, die Umstände, das Thema lassen mich vermuten, Toma könnte der Denunziant gewesen sein. Der Deckname des geheimen Agenten: der *Leuchtende*.

Ich teile ihm meine Eindrücke mit, ohne ihn zu beschuldigen. Toma verliert den Appetit. Er lässt alle drei Köfte auf seinem Teller liegen. Er wird wütend. Er wirft mir vor, vom Denken der Staatssicherheit infiziert zu sein, er spricht von Verachtung, Überheblichkeit, er unterstellt mir böse Absichten, er bezweifelt, dass ich zur Freundschaft fähig sei. Er steht auf, er wirft einen zu großen Geldschein auf den Tisch (er weiß, auch das wird mich erzürnen), er eilt davon, aufrecht, ein zu Unrecht Verdächtigter, dem nichts anderes übrigbleibt, als sich den unredlichen Anschuldigungen zu entziehen.

Liegt es an mir? Habe ich zugelassen, dass dieses Schürfen nach Brocken (Bröckchen) relevanter Information mich deformiert? Ist der Preis zu hoch? Vergifte ich mit meiner unversöhnlichen Beharrlichkeit die letzten freundschaftlichen Beziehungen?

Die Wahrheit wird an die Oberfläche geschwemmt werden wie die Leiche eines Ertränkten.

(aus dem archiv der staatssicherheit)

Streng vertraulich:
Stempel: Innenministerium
Leiter der II. Hauptverwaltung der Staatssicherheit
Nr. 3/1111
Sofia, 28. Februar 1953
im Haus

Ich bitte um Ihre Anordnung, daß dem Leiter der Abteilung ▓▓▓▓▓ gestattet wird, die bei Ihnen registrierte Untersuchung zur Person Konstantin Milew Scheitanow einzusehen, geführt auf der Ebene „Staatsapparat". Wenn Sie eine Durchsicht der Untersuchung nicht gestatten, dann bitten wir darum, daß uns über selbige Auskunft gegeben wird, da K. M. S. bei uns aufgrund eines wichtigen Hinweises erfaßt worden ist.

In zwei Exemplaren
1 An den Absender
2 Archiv
Ausführender ▓▓▓▓▓
Leiter Abteilung III:
Major ▓▓▓▓▓
Stempel der Staatssicherheit
Hauptstadtadministration III

Strafsache allgemeinen Charakters Nr. 117/53

Betreffs des symbolischen Attentats um 19 Uhr und 30 Minuten am 25. Februar 1953 gegen die Statue des Genossen Stalin im „Park der Freiheit".

Die Schülerin und Mitglied der Dimitrow-Jugend Liljana Stanischewa berichtet dem Leutnant der Staatssicherheit bei der Hauptstadtadministration des Innenministeriums ▇▇▇▇▇▇▇, daß sie mit einigen anderen Mädchen und Jungen auf Bänken im Park gesessen hätten als sie die Explosion gehört hätten. Weiteres weiß sie nicht zu berichten.

Ihr Freund Iwajlo Wassilew dachte, die Explosion sei der Anfang einer Artilleriekanonade anläßlich irgendeines Jahrestags. Aber es habe ihn stutzig gemacht, daß der Schuß sich nicht wiederholt habe. Er habe Rauch gesehen aus Richtung des Denkmals: „Wir ahnten nicht, daß das eine Bombe ist, geworfen von Provokateurhand ..."

Ein Motorrad sei herumgefahren. Sie hätten einen verdächtigen Menschen mit hochgeklapptem Kragen gesehen, aber sie hätten keinen Grund gehabt, ihn zu melden. Ein junger Mann und ein Mädchen sagten dem Milizionär des Postens an der Adlerbrücke, daß die Person aus dem Osten gekommen sei.

Bei der Befragung des Automonteurs Georgi Iwantschew stellt sich heraus, daß ein etwa 35 Jahre alter Mann in Richtung der Graf Ignatiew (d.h. den Kanal entlang) in Richtung eines Motorrads mit Beiwagen gerannt sei, das den Terroristen erwartet habe.

Die Entfernung zwischen der „Stalinbüste" und der Gruppe des Automonteurs habe 30-40 Meter betragen und bis zum sich in den Büschen versteckenden Mann ungefähr 5 Meter.

Sie hätten gehört, daß im Park „Bürger keine Kommentare abgaben, sich aber fragten, wer es gewagt haben könnte, die Bombe zu werfen"!

An den Genossen
Leiter Hauptstadtverwaltung Innenministerium
im Haus

Aktenvermerk
von
Unteroffizier ▇▇▇▇▇▇▇▇▇▇▇▇▇ bei der
IV. Abteilung der VII. Verwaltung

Genosse Leiter,
ich melde Ihnen, daß ich als Wachposten an der
„Adlerbrücke" um 21:10 Uhr, während ich an einem
Lastwagen die Zarigrader Chaussee hinauf vorbei-
ging, in diesem Moment war ein großer Knall zu
hören, ungefähr bei der Büste, daß Rauch aufstieg,
Bürger, aus den „Park der Freiheit" kommend,
fragte ich, was das für ein Knall ist, und jeder
sagt, daß auch sie sich wundern, was los ist.
Währenddessen kommt der Genosse Sergeant Todor
Georgiew von unserer Dienststelle, und ich sagte
zu ihm, Genosse Sergeant, schauen Sie nach, was
im Park passiert, und er ging hin, um zu sehen,
was los ist, währenddessen kommen ein paar junge
Männer und sagen mir, daß irgendein Motorrad hin-
aufgefahren ist zum Spielplatz, und ich schickte
sie sofort zum Genossen Sergeant, es ihm zu
erklären, und sie gingen zu ihm.
Nach 10–15 Minuten ließ ich mich auf dem Posten
ablösen und rannte sofort dort zum Park, um zu
sehen, was los ist, ich ging um die Büste des
Genossen Stalin herum, ich konnte nichts konsta-

tieren im Dunkeln, und ich schaute ins Gebüsch und
konnte nichts konstatieren und ging weg.
Obiges, Genosse Leiter, melde ich Ihnen zur Information.
28.2.1953
Sofia
Unterschrift:

Strafsache 117/53
Besichtigungsprotokoll
Heute morgen, am 26. Februar 1953, Stadt Sofia, ging ich, der unterzeichnete Ljubomir Georgiew Panekow, Inspektor der 1. Kriminalabteilung bei der Hauptstadtadministration in den Park der Freiheit und machte eine sorgfältige Besichtigung des Denkmals des Genossen Stalin gegenüber dem großen See, wobei ich folgendes konstatierte:
Die Büste steht auf einem Granitblock mit den Maßen – ungefähr 2 m hoch und ungefähr 1,30 m breit. Auf ihm steht die Büste des Genossen Stalin ungefähr 4 m hoch, aus Bronze, mit dem Gesicht nach Norden. Die Beine der Büste sind halb gespreizt ...
Auf der Innenseite, an der Basis des rechten Fußes wurde der Sprengsatz angebracht, wahrscheinlich in einem Wasserrohr, der bei der Explosion einen Teil der Innenseite des Beins zerstört hat. Es fand sich ein ellipsoides Loch mit einer Länge von etwa 30 cm. Oberhalb des Lochs, unten an der Büste und am linken Bein sind klar Einschläge von Metallstücken und Brandstellen vom Sprengstoff zu sehen.
Das Gestell unter der Büste selbst hat sich in Folge des starken Drucks bei der Explosion nach unten verbogen und es hat sich eine kleine Grube gebildet. Unter der Büste und um sie herum befanden sich allerlei Metallteile, die dem Äußeren nach aussahen, als würden sie von einem Wasserrohr stammen, Teile von irgendeinem Ventil und

Lederstücke, wahrscheinlich von irgendeiner
Lederhülle, in die der Sprengsatz eingepackt war
und in der er transportiert wurde. Weil sehr
starker Wind wehte, wurden keine Fingerabdrücke
gefunden, und rundherum war der Platz sehr niedergetrampelt, was keine Möglichkeit eröffnete,
Fußspuren vom Urheber des Verbrechens zu finden.
Ein Militärpyrotechniker wurde gerufen, der nicht
bestimmen konnte, mit was für einer Sprengladung
operiert wurde, mit was für einer Menge und auf
welche Art und Weise.
Westlich der Büste, an der östlichen Tür des neuen
Stadions „Wassil Lewski" fanden sich Spuren
eines Motorrads mit Beiwagen. Selbiges ist von der
agronomischen Fakultät her gekommen, hat vor dem
Eingang zum Stadion gewendet und ist auf demselben
Weg zurückgefahren. Man kann annehmen, daß der
Täter mit dem Motorrad gekommen ist und nach der
Begehung der Tat mit ihm geflüchtet ist.
Über Obiges wurde das vorliegende Protokoll angefertigt, welches ich gemeinsam mit den gefundenen oben genannten Gegenständen nach Zugehörigkeit
übergebe.
26. Februar 1953
Sofia
Anfertigung des Protokolls:
Ljuben Panekow
Stempel

Strafsache 117/53

Besichtigungsprotokoll

„... So ist der Sprengstoff von der Person, die die Zerstörungen angerichtet hat, durch Anbringen an der Statue selbst gelegt worden.
Die Zündung ist höchstwahrscheinlich mit einem Feuerzeug geschehen, wobei eine Bickford-Lunte als Verzögerungszünder bei der Explosion gedient hat, um dem Übeltäter die Möglichkeit zu geben, sich vom Ort zu entfernen.
Wahrscheinlich mit Trotyl von 500 g bis 1 kg ..."
Gezeichnet Oberstleutnant Iwan Stamenow, Dozent von der militärtechnischen Akademie
26. Februar 1953

KONSTANTIN

Das ist alles. Keine weiteren Verfügungen, Berichte, Pläne, keine Mobilisierung von Spitzeln. Nichts über die »Untersuchung«, keine blitzartige »Realisierung« durch Spezialisten von der Staatssicherheit, nichts über die »aktive Ermittlung«! Offensichtlich sind die Akten der Milizionäre über den Anschlag gegen »ihren Lieblingsmarschall« Dschugaschwili weiterhin geheim. Sogar das Album (auf das mehrfach Bezug genommen wird) mit Fotos vom Tatort haben sie mir nicht übergeben!

Dem Bericht des Inspektors von der 1. Kriminalabteilung bei der Hauptstadtadministration ist nicht zu entnehmen, welchen Schaden die Büste von Dschugaschwili erlitten hat. Im Gegenteil: Sein Bericht ist so formuliert, als wäre lediglich der Sockel in Mitleidenschaft gezogen worden, denn die Büste selbst, monströse vier Meter hoch, war so unangreifbar wie der Abgebildete selbst. Aber ich, angeblich etwa 35 Jahre alt, habe an jenem Abend abgewartet, bis Stalins Kopf zu Boden fiel. Erst als er mit dem Gesicht im Matsch lag, bin ich weggerannt. Diesen Luxus habe ich mir gönnen müssen. Nicht nur, um die Wirkung unseres Anschlags zu prüfen, sondern um die Schönheit der Tat zu bezeugen. Eine Sekunde nur, eine lebenslang fortdauernde Sekunde.

Gott lag im Matsch, TNT hatte uns gleichgemacht.

In diesem Augenblick war alle Verherrlichung aufgehoben, waren unsere Sehnsüchte in einer anderen Wirklichkeit aufgegangen.

Nichts davon steht in den Akten. Nicht ein Hauch von den stundenlangen Diskussionen. Nichts über den mühsamen Weg zur rechten Tat. Das ist die Wesensart amtlicher Dokumente, sie enthalten nie das Wesentliche.

Ein *konzlagerist* hat seine Erinnerungen verfasst. Sie wurden mir heute zugestellt. Der Schlitz war zu eng, der Postbote hat das Buch hineingepresst, mit aller Gewalt. Der Einband ist eingerissen. Der Mann lebt in den Bergen, auf einer Lichtung inmitten des Waldes, verdient sich ein bescheidenes Auskommen mit der Wünschelrute. Ein Virtuose an diesem Gerät, so habe ich mir sagen lassen. Gewidmet ist das Buch (im Samisdat erschienen) seiner Frau, die alles ertragen habe. Das Bild meiner Mutter kommt mir in den Sinn, an dem Tag, an dem ich sie aufsuchte, weil ich wusste, dass meine Flucht in die Illegalität bevorstand, weil sie sich mit dem siebten Sinn einer Mutter seit einiger Zeit Sorgen um meine Ehe mit Wiara machte. Auch sie hatte alles ertragen. Aber das Gesicht, von dem ich Abschied nahm, dieses hagere Gesicht, das mich aus jeder Erinnerung anblickt, war voller Bitternis. Was für ein Schicksal, mich als Sohn zu haben. Sie hatte groß aufgekocht, wie bei jedem meiner Besuche, sie verwendete doppelte Portionen Butter, Eier, wirklich gut schmeckte es mir nur bei ihr, wir saßen am Esstisch, mein Vater schwieg, sie schwieg, ich schwieg. Meine Eltern konnten die Fragen, die sie stellen wollten, nicht aussprechen. Ich durfte das Thema, das uns noch mehr entzweien würde, nicht anschneiden. Ich blickte sie an, sie starrten mich an, ich konnte nur hoffen, dass sie unser Schweigen später richtig interpretieren würden.

Haralampi, der ehemalige *konzlagerist*, hat seinem Buch ein Motto vorangestellt:

OHNE MORAL KEIN MASSENMORD

Das beschäftigt mich die Nacht hindurch. Der Morgen atmet schon zaghaftes Licht; ich bin über das Motto nicht hinausgekommen. Auf den ersten (selbst auf den zweiten oder dritten) Blick erscheint der Satz widersprüchlich, unsinnig. Mörder sind per se amoralisch, ein gedanklicher Schnellschuss. Wie die meisten Menschen bin auch ich nicht dagegen gefeit, das Naheliegende für die Wahrheit zu erachten. Aber: Was ist Moral – kirchliche Moral, staatliche Moral, bürgerliche Moral –, wenn nicht ein gesellschaftliches Konstrukt, durch Indoktrination aufrechterhalten, um von einer Mehrheit akzeptiert zu werden. Moral muss mit Lüge, mit Gewalt etabliert werden, denn sie ist dem Menschen nicht angeboren. Moral ist eine Festung, mühsam zu errichten, schwer abzusichern, stets in Gefahr, überrannt zu werden. Auf den Rand eines Dokuments der Staatssicherheit schreibe ich irgendwann mitten in der Nacht:

Die Verteidigung der Moral ist die Erfüllung der Moral.

Der Mörder aus Überzeugung glaubt sich im Recht, nein, das ist zu eng gedacht, er erkennt in seinem Handeln den höchsten Ausdruck seiner ethischen Pflicht. Mit dem Mord wird er rechtschaffen. Er rettet sich ins Heilige seiner Moral, indem er sich von seinen Instinkten (dem Mitgefühl etwa) abwendet, jeglichen individuellen Freiraum aufgibt, sich der Möglichkeit beraubt, seine Prioritäten, seine Prinzipien immer wieder neu zu bedenken. Unseren Kindern, wird landauf, landab gejammert, werden keine Werte mehr beigebracht. Wenn dem nur so wäre. Wir haben erlebt, wohin Werte führen können. Wir sollten es eine Weile ohne Werte probieren. Ich kann es nicht abwarten, den alten Gefährten zu beglückwünschen. Ich warte bis sieben Uhr (Dora hat mir erklärt, das Mobifon schaltet man aus, wenn man schlafen geht, insofern muss man keine Sorge tragen, den Angerufenen aufzuwecken, egal, wann man ihn anruft).

»Du hast aber schnell gelesen.«

»Ehrlich gesagt, ich bin über das Motto nicht hinausgekommen.«

»Das Motto?«

»Es ist großartig, Haralampi. Ich werde dein Buch lesen, versprochen, aber ich kann dir jetzt schon sagen, es lohnt sich, allein schon wegen des Mottos.«

»Komm uns doch mal besuchen. Es geht ohne große Mühe, es gibt inzwischen einen Direktzug, wir holen dich vom Bahnhof ab, mit Pferdekarren, ist das nichts? Dauert zwar ein bisschen, bis wir hier oben sind, aber es ist eine schöne Strecke. Es gibt immer was zu essen und zu trinken, was Richtiges, nicht diesen Fraß, den ihr in der Stadt bekommt.«

»Ich werde kommen, eines Tages wirst du dir die Augen reiben.«

»Ich verspreche dir, über die guten alten Zeiten werden wir kein Wort verlieren.«

Als ich das Motto Dora gegenüber erwähne, reagiert sie mit Unverständnis. Wie erwartet.

»Du musst alles immer auf den Kopf stellen«, sagt sie mit leiser Stimme.

»Nicht alles. Nur das, was sich zur Wahrheit aufplustert.«

Schweigend stehen wir nebeneinander. Der Fahrstuhl erreicht das Erdgeschoss mit einem Gongschlag. Die Hälfte der Lichter leuchtet nicht mehr, die Türen gehen manchmal nicht zu, doch dieser helle Klang ertönt zuverlässig, seitdem ich mit dem Geld, das ich als Kompensation für zehn Jahre Haft erhielt, die kleine Wohnung im 14. Stock gekauft habe.

Wir treten hinein, fest drücke ich mit dem Daumen auf den entsprechenden Knopf. Wir schweigen in der spärlich beleuchteten Enge. Die Türen gehen auf, der verkrüppelte Hund begrüßt uns schwanzwedelnd. Er weiß, gleich gibt es etwas zu fressen. Wer von uns beiden wohl länger leben wird?

»Und die Liebe?« Dora hat sich schon nach links gewandt, ihrer Wohnungstür zu. »Ist dir die Liebe auch suspekt?«

Darauf habe ich keine Antwort. Was ist das, was die Menschen Liebe nennen? Ein jeder liebt. Der Folterer, der deinen Kopf gegen die Wand schlägt, liebt seine beiden Engelchen. Der Scherge, der deinen Freund ermordet hat, liebt sein beschürztes Blümchen, der Offizier, der sich kompromittierende Lügen über dich ausdenkt, spielt am Abend liebevoll mit seinem treuen Bello. Alle zehntausend Mitarbeiter des Amts haben jemanden geliebt. Sie ketten sich an Menschen, die ihnen zuliefen. Es gelingt jedem, den einen, den anderen Mitmenschen zu lieben, über kurz, über lang, der eine etwas mehr, der andere etwas weniger. Was ist diese Liebe außer Streben nach emotionalem Komfort? Lieben sie auch Unbekannte, aus Empathie, aus Solidarität? Wann immer ich solche Fragen ausgesprochen habe, hat man mich entsetzt angeschaut, so als habe man den Wahnsinn in mir gefunden. Somit wurde die Vermutung bestätigt, dass nur ein Verrückter in aussichtslosen Zeiten Widerstand leisten konnte. Der gesunde Menschenverstand beugt sich dem Unabänderlichen, nur einem Irren fehlt es an der Einsicht in die Notwendigkeit der Kapitulation. Zu allem Überdruss spottet dieser Wahnsinnige der Liebe, auf die sie sich alle geeinigt haben, die Liebe, die Liebe, die Liebe, der Goldstandard ihrer Heuchelei. Aber das kann ich Dora nicht sagen. Mich überkommt eine bodenlose Trauer, dass ich ein Leben lang keine Gefährtin gefunden habe, mit der ich alles hätte teilen können, auch diese Überlegung.

1956, 1968, 1980 erzählt

Unsere Beziehung zu den Staatssicherheiten der Bruderländer ist so eng, dass faktisch keine einzige wichtige Aktion der dortigen Organe ohne unser Einverständnis erfolgen kann. Das Komitee weiß alles, was in den Volksrepubliken passiert. Von Ostberlin bis Wladiwostok, alle Korridore gleich breit, gleich beleuchtet, unter den Schuhen, unter den Stiefeln Linoleum, graubraunes Linoleum, mancherorts marmoriert, die Wände gallengelb, die Türen aus Stahl, gepolsterte Doppeltüren, es gilt, die Leiter der Hauptverwaltungen und Unterabteilungen abzuschirmen. *Die Aufgabe unserer Spezialisten ist es, der dortigen Staatssicherheit jegliche Hilfe bei der Neutralisierung sowie wenn notwendig Liquidierung der politischen Gegner zu erweisen.* Von Ostberlin bis Wladiwostok, alle Gebäude gleich, die Baupläne entworfen in einer geheimen Zentrale, hinausgesandt mit Feldpost, über Telegramm und Ticker verschlüsselt, begleitet von der Anweisung, diese peinlichst genau umzusetzen. *Am Anfang gab es einen sowjetischen Berater in jeder Kreisvertretung im ganzen Land. Sie genossen diplomatische Immunität als Teil der sowjetischen Botschaft. Sie konnten nicht kontrolliert werden und hatten Zugang zu allem.* Fertigbeton mit Asbest, Allzweckräume in drei Größen. Quadratische Fenster, dunkle Vorhänge, braune Tapeten, Blumenmuster, Poster in zwei Sprachen, eine davon Russisch. *Unsere Richtlinien sind meist direkte Übersetzungen der sowjetischen. Der KGB kennt alle Dossiers der Staatssicherheit im Detail. Auch kann der KGB über jeden*

Mitarbeiter der Geheimdienste verfügen, ohne dessen Führung zu informieren oder um Erlaubnis zu fragen. Die Architektur gibt den Organen die Ordnung vor. Die Struktur in jeder Hauptstadt gleich, in jedem Winkel des Landes, heruntergerechnet auf die Bedürfnisse der Provinz. Die Zahl der Abteilungen gleich, die Bezeichnungen gleich. Die Dienstgrade gleich, die Befehlsstrukturen gleich, die Prinzipien gleich. *Tatsächlich ist zwischen dem KGB und der Staatssicherheit ein so enges Verhältnis geknüpft worden, dass de facto der KGB über alle Ergebnisse unserer Arbeit verfügt.* Von Planung über Abwicklung, Überwachung, Festsetzung und Ermittlung bis hin zur Hinrichtung sind alle Phasen zentral gebündelt im Dienste höherer Effizienz. *Es ist anzunehmen, dass viele der hochrangigen Offiziere, der wichtigen Kader, KGB-Agenten waren.*

Je länger Geschichte versiegelt bleibt, desto blasser wird der Stempel, desto unleserlicher die Unterschrift.

METODI

Mamka mu i prase. Sonntags in die Kirche, geschenkt. Dann noch Samstag am Nachmittag, wieso nicht, sie sucht ihre Ruhe, ich krieg meine Ruhe. Von mir aus kann sie da jeden Morgen hin, so wie andere nach dem Aufwachen das Fenster öffnen und rausspucken. Hab mich daran gewöhnt, muss keine Gedanken brutzeln. Bis Sergy irgendwas von Beichte erwähnte. Seitdem er am Friedhof zugange ist (die Firma heißt jetzt »Lichtes Kreuz«, das stimmt die Leute gnädig und großzügig, die Bilanzen stimmen), ist er zum Experten für Kirchenmief geworden. Ich unterbrech ihn gleich, wie Beichte, wieso Beichte? Geht Albena da auch hin? Ich hass es, wenn der Trottel mit dem 2-PS-Motor unter der Schädelhaube mich anschaut, als ob ich schwer von Kapee bin. Ich will ihn mal durchrütteln, den Budenzauber muss ich nicht verstehen, es reicht, wenn jemand das stinkige Feuerwerk anzündet, das mir die Laune verdirbt, da erklärt er mir irgendwas von wegen ohne Beichte kein Sakradie, kein Sakradas, mir platzen die Knöpfe, die Vorstellung, meine Albena schüttet unsere Geheimnisse vor einer Krähe mit gestutzten Flügeln aus, so einem vertraut sie wer weiß was an, der Gedanke, sie verrät diesem Kerzenleuchter Sachen, die sie mir vorenthält, die nur uns beide was angehen, da bin ich nah dran, Sergy an die Wand zu schleudern, aber ich halt an mich, Selbstdisziplin, Meto, die richtige Strategie muss sorgfältig geplant werden. Von Sergy verlang ich nur, er soll mir den Namen des Priesters nennen, der mit Albena rumtuschelt.

Das ist kein Priester, bläht er sich auf, das ist der Bischof. Umso besser, sag ich. Wieso, fragt er. Weil der älter ist, sag ich, weil die Alten mehr Schulden angesammelt haben, denk ich, mehr Sünden, wie's im Krähengekrächz heißt. Mit dem Bischöfchen werd ich 'n Gespräch unter vier Augen führen müssen.

Momentan läuft's gar nicht rund. Nezabrawka und ich treffen uns im Krankenhaus, ich wart auf sie in Tabakows Kabinett, soll uns niemand zusammen sehen. Mit ihm hatte ich gestern 'n langes Gespräch, er hat die Situation verstanden. Mir wird Blut abgenommen, sie schaut mich nicht an, draußen wendet sie sich gleich ab, geht weg, nein, sie läuft weg, ich hinterher, bin gleich außer Atem, kann nichts rufen, will ja nicht auffallen, bis zur Bushaltestelle, da erwisch ich sie, und sie tut so, als bin ich nicht da, bis ich sie am Arm berühr, da schleudert sie mir ins Gesicht, sie will mich nie wieder sehen, was? wieso? wirklich schwer, ihr zu folgen, sie hat was gelesen über die Lager, sie hat gelesen, wie Häftlinge ihre Wunden behandelt haben, wenn die geeitert haben, mit Pisse, sie haben auf die Wunden gepisst, andere Medizin gab's nicht, sie kriegt das nicht aus ihrem Kopf raus, da waren Maden drin, schreit sie, in den Wunden. Maden! Kann schon sein. In welcher Zeitung stand das denn, will ich fragen, da hab ich mir auf die Zunge gebissen, das war gut so. Sie ist so aufgebracht, bringt nichts, ihr zu erklären, sie ist irgend 'ner Übertreibung aufgesessen, irgend 'ner Ausnahme. Und auf mich ist sie wütend. Als ob ich's war. Will nicht mehr wissen, ob ich ihr Vater bin, wenn ich's bin, sagt sie sich von mir los, so oder so, sie hat keinen Vater. Alles durcheinander und ich muss es ausbaden. Verdammt. Dabei war's letztes Mal so 'n schönes Gespräch, da haben wir Fortschritte gemacht, uns freundlich unterhalten. War bei den Männern so, nur in Lowetsch, sag ich, so schnell ich kann. Die waren im Steinbruch, da gibt's schon mal Verletzungen, bei den Frauen ist so was nie vorgekommen, niemals. Jetzt weißt du wieder Bescheid, schreit sie mich an. Immer wenn du's brauchst, weißt du genau Bescheid. Beruhig dich doch. Das kannst du mir glauben. Hilft nichts. Gegen Cholera und cholerische Frauen ist kein Kraut gewachsen. Sie schreit mich an, ich bin ein Lügner, an der Bushaltestelle, beruhig dich, sag ich, was sollen denn die Leute von uns denken! *Lele*, da geht sie richtig ab. Ich weiß nicht, was daran so falsch war, man kann sich doch nicht gehen lassen, sie rastet völlig aus, verhält sich so 'n normaler Mensch?, steht da und schreit, das ist mir bislang nicht in den Sinn gekommen, sie ist krank, das erklärt ihre Fixierung auf mich, das erklärt einiges. Jemand muss ihr mal in den Kopf schauen, das schlag ich lieber 'n anderes Mal vor, wenn man wieder mit ihr reden kann, ich geb's zu, es gab Exzesse, sag ich, weiß gar nicht, ob sie's hört, es gab Übertreibungen, es gab 'n paar Sachen, die's nicht geben darf. Für die Katz, ihr das genauer zu erklären: Es gab Fehler. Ja. Aber die Fehler wurden korrigiert, stets korrigiert, das ist die Hauptsache. Bleibt eh keine Zeit, sie steigt in den Bus, und ich geh zurück zum Parkplatz.

Die peinliche Episode mit Nezabrawka, die hängt mir nach, die Blicke der Passanten, der zwei Krankenschwestern an der Bushaltestelle, diese Blicke, alle gegen mich, da schreit 'ne Frau auf der Straße herum, und alle schauen den Mann an, natürlich hat der Mann schuld. Wenn ich Lowetsch und Skrawena noch einmal hör, krieg ich 'nen Ausschlag. So viel Ärger nur wegen der schwachsinnigen Idee von Spassow. Wo waren da die Kontrollinstanzen der Partei? Bei jedem Treffen mit Nezabrawka muss ich mir vorhalten lassen, was sich da abgespielt hat, auf meine alten Tage hin, als ob ich's war. Genau betrachtet lag der Fehler in diesem Fall bei Żiwkow. Er hat Spassow freie Hand gelassen, und als Spassow das Ganze vermasselt hat, ihm auch noch den Rücken freigehalten. Ich war mir sicher, danach wird Żiwkow ihn abservieren, aber nein, er zeigte sich verständnisvoll, wie dem eigenen Sohn gegenüber: »Spassow ist ein disziplinierter Mann«, hat er verkündet. »Dieser Fall hat ihn am Boden zerstört. Ich habe ihn mir zur Brust genommen: Bist du denn ein

Idiot, solche Sachen zuzulassen? Er ist ein Mann aus Gold, sehr hingebungsvoll, er war nur etwas spontan. Wir sollten es mit einer Parteistrafe bewenden lassen.« Damit war's entschieden. Die Lager geschlossen, im Amt war Spassow nicht mehr zu gebrauchen, also durfte er das »Kulturelle Vermächtnis« leiten, was immer das auch war, wie immer er da rumgefuhrwerkt hat, angeblich sind unter seiner Aufsicht ganze Epochen aus unseren Museen verschwunden, wen interessiert's, Hauptsache, er konnte keinen ernsthaften Schaden mehr anrichten. Geld hat er auch unterschlagen, da bin ich mir sicher, bei 'ner Untersuchung gegen den stellvertretenden Transportminister kam sein Name auf. Der Minister wurde informiert, der hat Żiwkow angerufen, die beiden haben sich getroffen, ganz heimlich, Albena musste das Büro verlassen, aber sie wurde später gerufen, um Kaffee zu bringen, und als sie hereinkam, hörte sie den Namen von Spassow, und als sie rausging, hörte sie Żiwkow sagen: »Hör mal, das muss geheim bleiben, der ist echt gefährlich, und ich kann dich nicht retten, wenn der beschließen sollte, dich aus dem Weg zu räumen.« Spassow hat seine Position verloren, eine andere im ZK eingenommen. Die entscheidende Frage ist: Hielt Żiwkow ihn für so wertvoll, oder fehlte ihm der Mut, ihn abzuservieren?

Wie schief alles aus so 'ner großen Entfernung aussieht. Wie soll ich ihr beibringen, sie kann das Lager nicht an ihren romantischen Vorstellungen messen. Die Leute da drin, die waren grausig anzusehen, die Gesichter wie Masken, Geschwülste im Gesicht, richtig ekelhaft sah das aus, schüttelt mich heut noch, wenn ich dran denk. Die Kameraden, die dort arbeiten mussten, die waren oft mit den Nerven am Ende. Manche mussten abgezogen werden, andere haben sich krankschreiben lassen, wenn die Wärter so oft simulieren wie die Häftlinge, weißt du, du hast 'n Problem. Zu viel gesoffen haben sie auch. Wer verschwendet auch nur 'nen Gedanken an die?

Ich hab Recherchen anstellen lassen. Der Artikel, der mir den Tag versaut hat, der stand in 'nem Schmierblatt namens ANTI. Nicht nur ein Artikel, leider, das wird 'ne ganze Serie. Was für 'n lächerlicher Name. ANTI. Nur dagegen sein, was ist das für 'ne Position? Man kann anti-dies und anti-das sein, aber anti-alles? Hab den Jungs gesagt, die sollen mir jede Ausgabe dieses Blatts besorgen. »Sadisten«, steht in dem Artikel. Von wegen. Kameraden, die ihre Pflicht erfüllten. Die allermeisten. Ausnahmen, wo gibt's die nicht? In unserem Dorf gab's einen, vor dem sind wir weggerannt, unter den Lehrern gab's einige, aber die haben sich nicht getraut, mir was anzutun, überall gibt's Sadisten, auch im Amt, zugegeben, im Gefängnissystem auch, wie willst du das vermeiden? Bei Lowetsch und Skrawena, da kenn ich mich nicht so aus, war nur zweimal dort, ein drittes Mal für 'n paar Stunden, das zählt kaum, ich kann mich nicht richtig erinnern. Belene, das ist 'ne andere Sache. Da kann ich auf regelmäßige Besuche zurückgreifen. Der Sonnenuntergang an der Donau, der ist unvergessen. Wie mit 'nem Schlag alles purpurrot wird. Was für eine Pracht! Die Wolken, wie entzündet. Die Sonne, ein roter Ball, der hinter der Grenze wegrollt. Ein Anblick für die Götter. Aber ständig dort sein, in dem Sumpf, in dem sich nur Mücken wohl fühlen, das war 'ne Plage, kaum auszuhalten. Die Männer im Einsatz waren nicht zu beneiden. Tomow, der Direktor, der tat mir leid, patenter Kamerad von der I. Hauptverwaltung, plumpst in besten Jahren vom Himmel in die Hölle. Militärattaché in London. Begeht irgend 'nen Fehler, wird aus dem Land gewiesen, Persona non grata. Von London nach Belene. Dem ist's fast so schlimm ergangen wie dem letzten Kaiser von China. Einmal bei fröhlicher Zusammenkunft frag ich ihn, wie's war in London, da zieht 'n Schatten über sein Gesicht, da ist 'ne Traurigkeit in seinen Augen, lass gut sein, mein Freund, sag ich, reden wir über was anderes.

Und die Häftlinge, was ist mit den Häftlingen? Verdammt, ich hör schon Nezabrawkas Fragen, selbst wenn sie nicht da ist. Ach, Mädchen, die waren abgehärtet, die waren's gewohnt. Die Gesichter glichen sich, alle ausgemergelt, alle denselben Blick, alle voll mit so 'nem biestigen Misstrauen, wie gestempelt mit ein und demselben Stempel. Ein kühler Kopf war nötig, da oben, wenn du ihn nicht verlieren wolltest. Das war 'ne Arbeit, heftig wie keine andere, die Hitze, die Mücken, all das, jeden Tag rackern auf 'nem Gleis, das nie fertig wird. Die Kameraden, die dort Dienst taten, das waren freiwillige Sträflinge, ich war voll Bewunderung. Opferten ihre Freiheit für die Freiheit aller. Ich hab für sie getan, was möglich war. Guten Rakija mitgebracht, dafür gesorgt, dass sie im Urlaub die besten Stationen bekamen. Ich hab's mit guten Ratschlägen versucht: Ihr braucht die Häftlinge nicht immer hart anfassen, manchmal ist Freundlichkeit das stärkere Instrument. Daraufhin sprach einer der Aufseher, das hat man mir zugetragen, die Häftlinge mit »Volk« an, egal, ob's einer war oder viele. So hat der sich Freundlichkeit vorgestellt. Gut, die besten Werkzeuge im Schuppen kamen dort oben nicht zum Einsatz.

Ich hielt 'ne Rede vor den Häftlingen, hab versucht, ihnen unsren gemeinsamen gesellschaftlichen Auftrag zu erklären. Die Rede hat Wirkung gezeigt, das hat mir Tomow bestätigt. Aber nicht bei Scheitanow. Bei dem bin ich kein bisschen weitergekommen. Zweimal war der schon fast abgekratzt und trotzdem. Einmal hat er Einsicht gezeigt, aber bis wir was daraus machen konnten, hat er sich's wieder anders überlegt. Immerhin, da war ein Riss in seiner Rüstung, ein erster kleiner Riss. Ich wollte mich normal mit ihm unterhalten, von Mensch zu Mensch. Er hat 'n Bedürfnis danach, hab ich mir ausgerechnet, 'ne Abwechslung für ihn, dacht ich mir, kann ich ausnutzen. Also menschlich begonnen, und er verhöhnt mich gleich. Da bin ich aus der Haut gefahren. Hab mich mächtig geärgert, danach, über mich selbst. So schnell verlierst du die Nerven, sagt er. Was würde denn passieren, wenn wir den Platz tauschen, fragt er. Eh, was soll schon passieren, du wirst mit dem Hammer auf meinem Kopf trommeln. Da schaut er mich an, ganz merkwürdig schaut er mich an, ich denk, er hat sich vorgestellt, wie das sein wird, das hat ihm gefallen.

Behandelt ihn, als ob er tot ist, hab ich angeordnet. Kein Wort zu dem. Was er auch sagt, egal, wie er euch provoziert, kein Wort zu ihm, wenn ihr Zweifel habt, wendet euch an mich.

Jeder hat 'ne Schwäche. Manchen sieht man's nicht an, bei manchen musst du suchen und lange suchen, aber am Ende findest du bei jedem Menschen 'ne Schwäche. Und die nutzt du dann aus. Es gibt besondere Fälle, das sind die, bei denen sich die größte Stärke als Schwäche erweist. Das ist besonders dienlich für uns, weil die sich was auf ihre Stärke einbilden, auf die bauen sie, auf die stützen sie ihr ganzes Gewicht, und wenn die dann wegbricht, oh, dann tut's besonders weh, dann stürzt alles zusammen. Bei Scheitanow war's so, seine Überzeugungen, sein fester Glaube an seine Spinnereien, das gab ihm Kraft, das hat uns frustriert, lange Zeit, wir haben aber nicht aufgegeben, wir haben alles probiert, alles, bis wir eines Tages den Fehler im System Scheitanow entdeckt haben, die Bruchstelle: sein Idealismus, der schwatzt ihm immer wieder Hoffnung auf, das macht ihn anfällig, seine eigenen Illusionen, die hat er nicht im Griff.

KONSTANTIN

Der Beweis. Ein Riss. Ein Vermerk, ein Satz, kurz, entlarvend. Ein Satz, der die Freundschaft zerstört. Ein Foto, das jeden Zweifel beseitigt: Toma hat einen meiner Briefe der Staatssicherheit übergeben. Es war kein aufmerksamer Postbeamter. Kein anderer Informant. Nein, Toma selbst. Toma, der Sanfte. Wir beide Arm in Arm. Sanfte Augen. Umarmung. Ein Gesicht, dem die Trauer eingeschrieben ist wie ein Verfassungsgrundsatz. Dieser Toma. Auf meinen Hinweis hin, Toma sei auch nach seiner Freilassung geheimer Mitarbeiter gewesen, reagiert Newrokop, den ich als Ersten informiere, zunächst abweisend, bis ich ihm die fotokopierten Beweise hinlege.

Er bespricht sich mit der Parteiführung. Er vermittelt mir ihren Wunsch, dass ich es Toma selber sage.

»Ihr wollt allen Ernstes, dass ich ihm sage, dass er Denunziant war?«

»Nicht ganz, eher, dass wir es wissen, dass du es uns mitgeteilt hast.«

»Wieso könnt ihr das nicht selbst tun?«

»Du hast es doch herausgefunden.«

»Und habt ihr nicht herausgefunden, dass Iwan Kostow kein Agent war? Wann schreibt ihr endlich etwas darüber in eurer Zeitung? Wann reinigt ihr seinen Namen?«

»Wir haben niemanden, der über ihn schreiben kann.«

Toma bittet mich um eine Unterredung. Er sucht sich ein belebtes

Restaurant aus, Sonntag zur Mittagszeit. Wir sind umgeben von Familien, die sich austoben.

»Wieso hast du es herumposaunt?«

»Du hattest zehn Jahre Zeit, Toma. Wir haben uns seit 1989 oft getroffen, all diese Jahre hast du es nie für notwendig erachtet, mir zu sagen, was du getan hast, wieso du es getan hast. Kein einziges Mal hast du mich ins Vertrauen gezogen. Und weil du das nicht getan hast, habe ich jetzt annehmen müssen, dass du ihnen immer noch dienst. Ich hatte die Pflicht, dich zu demaskieren.«

»Hast du jemals die Sehnsucht verspürt, dich zu ergeben?«

»Ich war einige Male mit meinen Kräften am Ende. Ich wusste nicht, ob ich es durchstehen würde, aber der Wille dazu war immer da.«

»Du weißt nicht, was es bedeutet, wenn die stärkste Begierde, die du jemals empfunden hast, jene ist nachzugeben, zu kapitulieren, ihr verlockendes Angebot anzunehmen.«

»Verlockend?«

»Es erscheint dir verlockend. Nicht so, wie du denkst. Nicht wegen einem selbst, nicht wegen eines bequemeren Lebens. Wegen der Familie, der Frau, den Kindern. Mit einem Schlag sicherst du ihre Zukunft. Mit einem Schlag befreist du sie aus einem Leben der Misere.«

»Das ist naiv.«

»So habe ich es empfunden. Du kannst dir nicht vorstellen, wie stark diese Versuchung war, wie oft ich ihr widerstanden habe. Glaubst du etwa, ich hätte gleich die Waffen gestreckt?«

»Soll ich dich dafür jetzt loben?«

»Ich musste die ganze Zeit dagegen ankämpfen. Ich habe jahrelang Hunger gelitten. Ich habe die Zähne zusammengebissen. Weil ein Teil von mir sagte, so etwas darfst du nicht tun. Das kannst du nicht verstehen, für dich war alles klar. Schwirig wird es, wenn du eine Wahl hast.«

»Erkläre es mir. Du hast dich im Gefängnis selbst enttarnt.«

»So wollte ich die restliche Haftzeit durchstehen. Ich wollte derjenige sein, der diese Entscheidung getroffen hat. Als du mir den Brief anvertraut hast, wollte ich stark sein. Ich habe ihn nicht der Staatssicherheit übergeben ...«

»Ich habe den Beweis, Toma.«

»Hör zu, hör doch wenigstens einmal zu. Ich habe deinen Brief versteckt, um ihn aufzugeben, draußen, in Freiheit, ein Briefkasten irgendwo, das hatte ich fest vor. Kaum war ich draußen, haben sie mich aufgesucht, sie haben mich sofort unter Druck gesetzt, du kennst ihre Methoden, sie haben mich erpresst, und ich bin zusammengebrochen, nichts konnte ich ihnen entgegensetzen, ich habe ihnen den Brief überreicht, ich habe mich geschämt, glaube es mir, Kosjo, ich habe mich geschämt.«

Toma tut mir leid. Er glaubt, ein Anrecht zu haben, sich vor mir ausgiebig erklären zu dürfen. Er erwartet, dass ich ihm weitere Fragen stelle, alles mit ihm durchspreche, bis ich mich zu einem gewissen Verständnis durchringe, zumindest zur Nachsicht. Auf einmal ist es mir egal, was er getan hat, wie er es rechtfertigt, die näheren Umstände, die konkreten Vorgänge, ich fühle mich erschlagen von der Widerwärtigkeit, der ich nicht entkommen kann. Mitten in einer weiteren Erklärung stehe ich auf, drehe mich um, gehe weg.

Es kann nicht meine Aufgabe sein, Lebenslügen zu entlarven. Es darf nicht sein, dass die letzten Jahre meines Lebens sich darin erschöpfen. Doch ich kann nicht anders. Großinquisitor hat mich jemand hinter meinem Rücken genannt. Wie ironisch. Mit aller Macht hat der Großinquisitor dafür gesorgt, dass kleine Vergehen gewaltige Schatten werfen. Ich hingegen versuche mit einer flackernden Taschenlampe in der Düsternis wenigstens das eine oder andere verheimlichte Verbrechen sichtbar zu machen.

»Lass den Menschen doch wenigstens einige ihrer Lebenslügen«, widerspricht Dora, wie häufig in letzter Zeit. »Du hast dir bestimmt auch einige zurechtgelegt. Ohne lässt es sich schwer leben.«

METODI

»Mein Sohn!«

So begrüßt mich der Bischof. Dabei ist er einige Jährchen jünger als ich. Wo kommen wir hin, wenn die geheimen Mitarbeiter ihre Führungsoffiziere »mein Sohn« nennen? Ich gönn ihm die kleine Freude. Wenn er's nötig hat, so 'ne affige Rolle zu spielen, soll er ruhig.

»Was führt dich zu mir?«

Ich beschließe, ihm den goldenen Löffel gleich aus dem Mund zu ziehen.

»Wir haben lange keinen professionellen Kontakt mehr gehabt, *otez*, aber ich denke gerne an unsere Zusammenarbeit zurück, es waren sehr fruchtbare Treffen mit Ihnen, sehr nützliche Berichte.«

Er lächelt in seinen wuchernden Bart hinein.

»Ich hab Ihre Karriere verfolgt. Die Kirche weiß ihre besten Kader zu fördern. Wie wir.«

Sein Lächeln fault von innen her. Wenn er gleich den Mund aufmacht, kriechen Maden raus.

»Sie sind ein vielbeschäftigter Mann, *otez*, ich will Sie nicht aufhalten, Sie haben bestimmt jede Menge Termine. Sie sind wieder begehrt. Ich hab nur 'nen kleinen Wunsch, ich bin sicher, Sie werden ihn mir erfüllen: Sie werden mir in Zukunft berichten, was meine Frau Ihnen beichtet.«

»Das geht nicht!«

Erfrecht der sich tatsächlich. Das hab ich fast erwartet. Der mampft schon viel zu lang an seiner *popara*. War niemand da, der ihn mal 'ne andere Suppe auslöffeln lässt. Der Mensch vergisst schnell seine Ketten, wenn du nicht regelmäßig daran rüttelst.

»Das sollten Sie überdenken, *otez*.«

»Da gibt es nichts, was ich überdenken müsste. Sie können mir keine Befehle mehr erteilen, ich bin Ihnen keine Erklärung schuldig, ich verantworte mich vor einer einzigen Instanz, vor ihr allein, und das ist der Herr, unser aller Herrscher.«

»Nicht so voreilig, *otez*, ziehen Sie sich hinter Ihre Ikonostase zurück, denken Sie ein wenig nach, erstatten Sie ruhig ihrem Gott Rapport. Überlegen Sie sich, was Sie in Ihrem Leben so alles getan haben, all das, was ihm, ich mein Ihrem Herrscher, vielleicht nicht ganz so gefällt, und denken Sie dann daran, wir wissen genauso viel wie der Allmächtige, aber im Gegensatz zu ihm können wir die Beweise auf den Tisch legen. Wissen Sie, was so eklig ist an Beweisen, sie tauchen eines Tages wieder auf, sie werden abgedruckt, sie verbreiten sich, und so viel Weihrauch gibt's nicht, um den Gestank dann zu überdecken.«

Mehr war nicht zu sagen, ich stand auf und ließ ihn allein. Seit 'nem halben Jahrhundert wiederholt er täglich die gleichen Parolen, das geht bestimmt automatisch, der hat viel Zeit, nebenher nachzudenken, der wird sich besinnen, und wenn ich wetten soll, setz ich auf früher statt auf später.

Das ist die einfache Baustelle, die komplizierte, die folgt sogleich. Nezabrawka hebt nicht ab, wenn ich anrufe. Die Resultate sind zurück, sprech ich ihr auf den Anrufbeantworter. Zuerst war ich sicher, sie meldet sich umgehend. Nichts da. Da liegen nun zwei Umschläge in meiner Schublade, im Büro natürlich, nicht zu Hause, so 'nen Fehler begeh ich kein zweites Mal, der eine enthält die tatsächlichen Testergebnisse, der zweite die bestellten, vielleicht unterscheiden sie sich nicht, vielleicht wurde ein Plus in ein Minus verdreht. Jetzt haben wir's, aber keiner will wissen, was drin steht. Nicht einmal ich. Ich sitz da, die beiden Umschläge vor mir, der eine mit bekanntem Inhalt, der andere ein leicht zu öffnendes Geheimnis, ich hab keinen Augenblick daran gedacht, nicht reinzuschauen, aber jetzt, mit den zwei Umschlägen vor mir, kann ich es nicht, ich kann den Umschlag nicht aufreißen, irgendwas hält mich davon ab. Stattdessen fahr ich zu Waleri in sein Büro, in seine Firmenzentrale, wie's neuerdings heißt, einen dieser schicken neuen Bauten am Boulevard Nikola Waptsarow, unangemeldet selbstverständlich, war in der Gegend und so, wollt sehen, wo die Fäden zusammenlaufen, wer wird schon 'nen Espresso ablehnen, und dann muss ich nachfragen, wie's mit der neuen Fachkraft so läuft.

Waleri reagiert überschwänglich, schüttet seinen Dank aus, wie wertvoll und zuverlässig sie ist, das kitzelt mein Misstrauen, kann ja durchaus sein, sie leistet solide Arbeit, aber so viel Jubel über 'ne Buchhalterin? Wenn 'n Chef 'ne Mitarbeiterin so sehr lobt, ist er ihr meistens untern Rock gekrochen. Klar will ich sehen, wo sie sitzt und seine Finanzen auf Vordermann bringt, auf 'nen kurzen Gruß nur. Waleri bringt mich hin, sie kalt wie 'n Schlachthaus, aber weil Waleri mich reinführt, muss sie höflich tun, das nutz ich aus, sie bietet mir den Stuhl an, auf 'n Minütchen nur, sag ich, will ja nicht stören, verabschied mich von Waleri, täusch ich mich oder zieht er sich ungern zurück? Jetzt, bei diesen angenehmen Temperaturen, trägt sie ein Kleid, der Ausschnitt tief, sie hat 'nen knackigen Vorbau, das sprang mir davor nicht so ins Auge, ich schau drauf und träum, sie ist nicht die Frau, die sich als meine Tochter ausgibt, sondern 'ne Bekanntschaft, wir haben uns kennengelernt, da ist Verständnis vorhanden, und da sie nicht meine Tochter ist, der Beweis liegt ja in meiner Jackentasche ... ach, vergiss es, wenn du alt bist, neckt dich der Sommer und verspottet dich gleich darauf. Kaum ist Waleri zur Tür raus, wendet sie sich ihren Unterlagen zu und lässt mich da sitzen, so als wär ich der Stuhl. Ich lege den Umschlag auf den Tisch.

»Willst du nicht wissen, was drin steht?«

Sie beachtet mich nicht. Die Strategie kenn ich von Albena, da läuft mir die Galle hoch, von warmem Konflikt zum Kalten Krieg in null Komma nichts, gestern hat sie dich angeschrien, morgen gilt's als Fortschritt, wenn man sich »Guten Tag« sagt. Wie früher, lange Verhandlungen darüber, ob wir überhaupt verhandeln sollen.

»Waleri ist sehr angetan von deiner Arbeit. Bist du nicht froh, was ich hier für dich eingefädelt habe? Fühlst dich wohl, oder?«

Schweigen.

»Soll ich den Umschlag aufmachen?

Keine Reaktion.

»Was soll ich denn tun?«

Sie blickt nicht einmal auf.

»Hör zu, ich hab mich selbst nicht loben wollen, deswegen hab ich's dir nicht früher gesagt, aber im Januar '62, da war ich zu 'nem Kontrollbesuch in Lowetsch und Skrawena, und danach hab ich 'nen Bericht geschrieben, 'nen kritischen Bericht, ich hab kein Blatt vor den Mund genommen, das Politbüro hat anschließend beraten, die haben entschieden, das Lager zu schließen.«

Keine Reaktion.

»Begreifst du denn nicht, ich habe deine Mutter gerettet!«

»Wenn du nicht sofort verschwindest, schrei ich.«

Was willst du tun? Der Dickköpfige legt sich aufs Gleis und droht dem Zug. Der Schlaue schleicht sich. Ärger, verdammt, nichts als Ärger.

1957 erzählt

Werter Vorsitzender des Kaderkomitees, ich will mich nicht beschweren und keineswegs kleinlich erscheinen, aber ich kann nicht anders, als mich an Sie zu wenden, weil der Tag, an dem Sie mir die rote Schärpe des Stoßarbeiters verliehen haben, der schönste Tag in meinem Leben war und weil ich mich seit diesem Tag darauf gefreut habe, mit der Schärpe um die Brust die Kolonne unseres Betriebs bei den Feierlichkeiten zum 9. September anzuführen. Fragen Sie meine Familie, ich bin früh aufgestanden und habe die Schärpe Stunden zuvor angelegt, meine Frau hat mir geholfen, alles zurechtzuzupfen, damit die goldenen Buchstaben zur Geltung kommen, ich habe sogar vor meinen Söhnen eine kleine improvisierte Rede gehalten, über den Wert des sozialistischen Wettbewerbs. Doch als ich dann mit den anderen Mitgliedern unserer Kolonne zusammentraf und wir uns einreihten, wie zuvor ausführlich besprochen, da hat unser Parteisekretär den Genossen Udarnikow an die Spitze unserer Kolonne gesetzt und mich dahinter, inmitten der anderen, so dass niemand meine Schärpe sehen konnte. Ich frage Sie, was ist der Sinn meiner Anstrengungen für den Aufbau des Sozialismus, wenn ich zur Belohnung im Pulk verschwinde, während unverdient ein anderer den Platz einnimmt, der eigentlich mir zugestanden wäre?

Werter Genosse Kommandant, die Unverfrorenheit im Verhalten der Sträflinge des Arbeitserziehungsheims Belene nimmt in einem

Ausmaß zu, das nicht mehr hingenommen werden kann. Wir haben zum wiederholten Male einen von ihnen erwischt, wie er sich im Schweinestall Tierfutter in den Mund schiebt, nachdem er sich die Hosentaschen vollgestopft hat. Bei der Befragung der Täter kam heraus, dass damit Insassen genährt werden sollten, die in der Baracke geblieben sind, weil sie die Arbeit verweigern. Diebstahl ermöglicht also Faulenzerei. Sie werden gewiss die richtigen Strafen aussprechen, mit denen die Lumpen, die den Schweinen ihr Futter vorenthalten, zu maßregeln sind. Des Weiteren hat man mich davon in Kenntnis gesetzt, dass eine Brigade von Feldarbeitern, die unter der Aufsicht eines *scharmans* stand, ein Pferd aufgeschlitzt, gebraten und aufgegessen hat. Zwar haben die Sträflinge das Pferd nicht getötet, es ist von alleine zusammengebrochen, entsprechende Meldung war erstattet, der Abtransport des Kadavers aber noch nicht vollzogen. Verhalten dieser Art ist nicht nur undiszipliniert, es kann gefährliche Folgen zeitigen, nicht zuletzt für die Häftlinge selbst. In diesem Zusammenhang möchte ich Sie auf die Milzbrand-Epidemie hinweisen, die wir vor einiger Zeit, kurz bevor Sie hierher versetzt wurden, durchzustehen hatten. Obwohl wir regelkonform alle nötigen Maßnahmen zur Eindämmung der Epidemie durchgeführt hatten, so wurde beispielsweise in einem der Ställe eine tiefe Grube ausgehoben, in die all die an Milzbrand krepierten Schafe hineingeworfen wurden, haben einige der Sträflinge, die zur Arbeit in diesem Stall eingeteilt waren, die Kadaver ohne unsere Kenntnis wieder aus der Grube herausgeholt. Sie hackten einige Fleischstücke heraus und brieten diese am offenen Feuer. Insgesamt waren mindestens zwanzig Sträflinge an diesem Vergehen beteiligt, die alle in das örtliche Krankenhaus eingeliefert werden mussten. Sieben von ihnen erlagen der Infektionserkrankung. Ich muss wohl kaum darauf hinweisen, dass eine derartige Disziplinlosigkeit nicht geduldet werden kann.

KONSTANTIN

Gerädert erhebe ich mich von meiner Wachstätte, getrieben vom Drang, sofort Zeitungen zu besorgen. Die Windjacke über das Oberteil des Pyjamas gezogen, in die Sandalen geschlüpft, im Korridor überrascht von dem weißen Staub auf dem Boden, an der Glastür zum Treppenhaus Zementsäcke aufgestapelt, der Abgang versperrt, an meinen Füßen auf einmal Clogs. Auf der Straße wenig Verkehr, eindeutig weniger als sonst, die Autos lauter als üblich, ein Blick über die Schulter, der Plattenbau noch nicht fertiggestellt, eiserne Stäbe ragen oberhalb meines Stockwerks in die Höhe, Morgenappell, Blitzableiter. Es ist zu kalt für offene Schuhe, die Zeitungen haben sich über Nacht verändert, großformatiger, auseinandergefaltet sind sie von der Größe eines Regenschirms, im Umfang auf vier Seiten beschränkt. WERK DES ARBEITERS, VATERLÄNDISCHE FRONT, GRÜNE FAHNE, ich kaufe sie alle, obwohl der Verkäufer, ein mir unbekannter Mann, um einiges älter als der mir vertraute, mich darauf hinweist, der inhaltliche Unterschied zwischen den Zeitungen betrage im besten Fall fünf Prozent, die druckten alle nur ab, was die Telegraphenagentur ihnen liefere.

»Das leuchtet mir ein, weswegen ich Sie bitten würde, mir auch noch die WAHRHEIT zu geben.«

Der geforderte Betrag fällt niedriger aus als üblich. Einige Stotinki.

»Ich wollte Ihnen sagen, ich bin einverstanden mit den neuen Richtlinien.«

»Wie meinen?«

»Dass wir uns die Zeitungen selber holen können, auch wenn es an einem Tag wie diesem etwas zu kalt ist.«

»Anordnung von oben.«

»Sagen Sie den verantwortungsvollen Genossen, diese Entscheidung wird von uns gutgeheißen. Auf jeden Fall besser, als auf den Kapo zu warten, bis er die Zeitungen vorbeibringt, der lässt sich Zeit, der kommt manchmal erst gegen Mittag rein, wirft sie uns zu, wir teilen sie gleich unter uns auf, besser gesagt, sie machen die Runde.«

»Sie lesen sie weiterhin? Mich interessieren nur die Sportergebnisse.«

»Die dürften in jeder Zeitung tatsächlich gleich sein.«

»Stört mich nicht, obwohl, schlecht wär's ja nicht, wenn man verschiedene Spielverläufe zur Auswahl hätte.«

»Das können Sie haben, Sie müssen nur entsprechend lesen. Ein Spielverlauf, der beschrieben ist, ein anderer, der verschwiegen wird.«

In der Zwischenzeit habe ich einen Blick auf die Überschriften geworfen.

»Sehen Sie. Wenn eine Sache nur genügend stinkt, kann sie nicht versteckt werden. Hören Sie:

Poznan. *Provokateure und Hooligans provozierten Zusammenstöße mit der Volksmiliz und zündeten öffentliche Gebäude an und stifteten einige Arbeiter zum Streik an, die daraufhin auf die Straße gingen, aber die Kräfte der Ordnung haben obsiegt, die Anstifter sind verhaftet und der Staatsanwaltschaft übergeben.*«

»Sie halten beim Vorlesen die Augen geschlossen.«

»Ich habe zitiert.«

»Aus dem Gedächtnis?«

»Was denn sonst.«

»Sie merken sich Zeitungsartikel?«

»Gute Nachrichten.«

Auf dem Rückweg in den Bau, der vor meinen Augen mit jedem Schritt unvollständiger wird, hält mich ein Milizionär auf.

»Wieso tragen Sie eine Pyjamahose?«

»Weil ich im Pyjama verhaftet wurde.«

»Können Sie das beweisen?«

»Die Tatsache, dass ich keine andere Hose habe, ist Beweis genug.«

»Sie haben Ausgang?«

»Neue Anordnung, wir sollen uns die Zeitungen selbst holen.«

»Ist mir nicht mitgeteilt worden.«

»Ich muss zurück, die anderen warten auf mich.«

»Pack dich.«

Die Blechplatten im Fahrstuhl sind ausgetauscht worden durch dreckig-weiße Wände, der Fahrstuhl fährt nach oben, die Farbe der Wände hat sich geändert, dunkelbraun die untere Hälfte, ockerbraun die obere Hälfte. Als die Türen beiseitegleiten, pralle ich auf giftgrüne Wände, der Boden im zusammengeschrumpften Gang aus Zement, versetzt mit roten Holzsplittern. Auf dem Boden eine dicke *tscherga* aus Ziegenfell. Ich setze mich darauf. Die Mitinsassen sind verschwunden. Das gibt mir Zeit, die Zeitungen in Ruhe zu lesen. Ein Rattern und Stapfen hinter der Fahrstuhltür. Essensausgabe. Ich blicke mich um, an der linken Wand ein kleines, simples Regal. Ich greife nach meinem Kännchen, meinem Löffel, meinem Blechnapf. Ich trinke Wasser aus dem blechernen Becher. Ich löffle die wässrige Suppe aus, ich esse das Brot mit dem zähen Marmeladequadrat. Ich kaue so langsam, wie ich nur kann. Ich höre jemanden klopfen. Das Klopfen ist unverständlich. Es ist schwer herauszufinden, wer auf die Heizungsrohre klopft. Obwohl die Klopfzeichen keinen Sinn ergeben, werde ich ihnen antworten. Ich weiß, der Wärter wird durch das Guckloch blicken, kaum dass er das Klopfen vernimmt. Deshalb setze ich mich mit dem Rücken zur Tür, ein Bleistiftstummel zwischen großem Zeh und nächster Zehe, kreuze die Hände hinter dem Kopf, sitze entspannt da in der unschuldigsten aller Haltungen.

»Nur Mut«, klopfe ich mit dem Bleistift am Fuß, »überall Aufstände. Der Bau wird nicht fertig.«

»Hut (*Unsinn*) Gang (*Unsinn*) Rom (*Unsinn*)«, entgegnet der Morse-Legastheniker.

»Ein gemeinsames Lied beim Rundgang morgen?«

Das Klopfen dauert an, ohne Pausen, laute Verzweiflungsschläge, rhythmische Sehnsucht nach einem unmöglichen Gespräch.

»Hört auf!«, klopft einer dazwischen. Und dann zur Erklärung an alle anderen: »Er ist zum Tod verurteilt. Keine Zeit, Morse zu lernen.«

Das Hämmern wird hektischer, mächtiger, Hexenfüße, beschlagen mit eisernen Träumen, Glocken im parallelen Universum, Trommelwirbel an der Zellentür, Fanfaren, an die frische Luft, Novizen, auch wenn's zum Richtplatz geht, wenigstens frische Luft.

Alle klopfen, alle durcheinander, alle vom Sinn befreit, Türen werden aufgerissen, die Stiefel der Wachen hallen durch den Gang, ich spüre einen Luftzug, der Knüppel trifft mich auf der Schulter. Ich falle auf den Rücken, der Bleistiftstummel aus meinen Zehen. Der Wärter hebt ihn auf. Wir wechseln kein Wort. Er rammt mir den Stummel ins Auge. Ich versuche meinen Kopf mit den Armen zu schützen, während ich vom Klopfen durchsiebt werde. Das Klopfen aller. Die Zahl der Wärter reicht nicht aus, das Klopfen zu stoppen. Auch wenn es keinen Sinn ergibt, sie wollen es unterbinden.

(aus dem archiv der staatssicherheit)

```
Ministerium des Inneren
Hochschule
„G. DIMITROW"
Nr. 691 5. IV. 1954
SOFIA

Streng geheim!
Ex. Nr ... 1 ...
An den Leiter der 8. Abt.
```

Als Fallbeispiel einer terroristischen, subversiven Organisation planen wir die Gruppenuntersuchung „UNGEHEUER" im Unterricht an der HOCHSCHULE DES INNENMINISTERIUMS „G. DIMITROW" zu verwenden. Aus diesem Grund bitten wir darum, uns zur vorübergehenden Nutzung alle Unterlagen inklusive des operativen Dossiers zu übersenden.

Ausgestellt in 2 Ex.
Nr. 1 – Adressat
Nr. 2 – zu den Akten

Ausführender:
LEITER DER HOCHSCHULE
Generalmajor:
Kapitanow
(Runder Stempel)

METODI

Schade um die ganze Erfahrung. Wenn ein Fachmann stirbt, verbrennt mehr als nur 'ne Kaderakte. So dumm ist das mit Memoiren nicht, den kommenden Generationen mitgeben, was wir gelernt haben. Aber jetzt ist's zu spät. Das ist 'ne anstrengende Sache, nichts für ans Bett Gefesselte. Andererseits: Was du wirklich zu sagen hast, kannst du sowieso nicht sagen. Tragisch, die Situation. Wer 'n Leben lang Schweigen übt, der hat besonders viel zu sagen, jungfräuliche Informationen will ich's nennen. Wertvoll, gefährlich. Was für 'n Missverständnis, die Memoiren eines Agenten. Was du weißt, schützt dich. Was du nicht sagst, hält dich am Leben. Wie soll das funktionieren mit den Memoiren? Du darfst keinem auf die Geheimnisse steigen, musst dich auf alle Versteckspiele wieder einlassen, davon kriegst du nur Kopfweh. Die Memoiren können mich mal.

Goscho, zu Besuch aus Burgas. Macht den Sonntag erträglicher. Goscho und ich, eine Unterhaltung, die anderen sollen den Mund halten. Goscho war zeitgleich mit mir tätig, in der II. Hauptverwaltung, wir haben nie gemeinsam was bearbeitet, aber zusammen einige Flaschen poliert. Er hat sich 'n kleines Paradies aufgebaut, irgendwo an 'ner Bucht, fast unbebaut die Gegend, weil der schlaue Goscho nach '89 für 'n Reservat dort gesorgt hat, zusammen mit Leuten von Ecoglasnost und so. Jetzt ist er umgeben von Natur, sprüht mehr Insektengift als 'ne Nutte Parfüm, seit Jahren soll ich ihn besuchen, aber wer nicht schwimmen kann, der hat am Meer nichts verloren, und außerdem, solche Einladungen ins Ferienhäuschen, an den Alterssitz, die dienen nur dazu, mit seiner Datscha anzugeben, der Gast muss ah und oh machen. Wem die Begeisterung nicht von der Zunge trieft, der ruiniert sich noch die Freundschaft. Nach dem Essen ziehen wir uns zurück. Ich hab noch 'nen Fingerbreit Cognac übrig, dreißigjährig. Auf meinem impotenten Gaumen verschwendet. Die Medizin, die mir Dr. Tabakow verschrieben hat, raubt mir jeden Genuss.

»Na, dann«, sagt Goscho, »Gesundheit und Leben! Hm, feiner Tropfen, fast so gut wie mein Feigenschnaps, das sag ich dir. Würd's dir gerne zurückzahlen, in flüssiger Münze, aber du weigerst dich ja zu kommen, bewegst du dich überhaupt noch aus der Villa raus?«

»Manchmal lass ich mich vom Chauffeur rumfahren.«

»Was kann ich dir denn Gutes tun, mein Lieber?«

»Dein Besuch ist schon …«

»Du kriegst die neusten Nachrichten von Radio Goscho, *breaking news*, sollst der Erste sein, der's erfährt.«

Goscho tischt mir jedes Mal seine hausgemachten Enthüllungen auf. Seit er Pensionär ist, sieht er seine Aufgabe darin, Geschichte zu dekonspirieren. Zuletzt hatte er unseren Dichterhelden am Wickel: Christo Botew.

»Halt dich fest: Der ist nicht von den Türken, der ist von den eigenen Leuten umgebracht worden.«

»Woher weißt du das?«

»Über einen Bischof in Ruse, der hat es von seinem Vorgänger, bei dem hat ein alter Mann gebeichtet, einer aus der *tscheta* von Botew, der hat ihm alles gestanden. Er hat Botew umgebracht. Von hinten erschossen.«

»Wenig beweisträchtig, Goscho, du weißt, wie sehr die Kirche Botew hasste, ein Leichtes für den Bischof, so was zu erfinden. Macht doch alles keinen Sinn.«

Goscho tut immer nachdenklich, auch wenn er sich seiner Sache völlig sicher ist.

»Wer weiß, Meto, vielleicht war er demoralisiert, vielleicht wollten die anderen nach Hause gehen, anstatt im Kampf ehrenvoll zu sterben. Auf jeden Fall, ein ernstzunehmender Verdacht.«

So ist Goscho. Legt 'ne Akte über den Nationalhelden an. Sammelt Material, wie wenn er 'nen Prozess gegen ihn vorbereitet. Einmal Gegenspionage, immer Gegenspionage. Er hat 'n neues Steckenpferd, damit überrumpelt er mich: Živkow selber. Viel Feind, viel Pensionistenehr. Ich richte mich auf, stell die Teetasse ab. Was führt der Mann im Schilde?

»Ich gehe vor wie immer. Notiere die offenen Fragen, ordne sie, analysiere sie. Was für ein Muster ergibt sich? Živkows Arbeit im Untergrund für die KP. Was hat er getan, was für spezielle Aufgaben hat er erfüllt? Wie ist es ihm gelungen, sich im ganzen Land frei zu bewegen, jahrelang? Wieso steht selbst in den offiziellen Biographien nicht Konkretes? Die *akademizi* hatten doch jede Menge Zeit und alle Mittel, die haben geschrieben und geschrieben und geschrieben und am Ende keine schlüssige Geschichte hingekriegt. Macht mich misstrauisch. Kommt die Sprache auf einen wesentlichen Punkt, werden sie allgemein: ›Die Partei hat ihn auserkoren‹, ›die Partei hat ihn beauftragt‹, ›die Partei hat ihn befördert‹. Kein einziger Fakt über Operationen, Konspirationen. Wenn dir so was im Verhör über den Weg läuft, was vermutest du?«

»Da stinkt was.«

»Lüge, und zwar eine übergewichtige. Doch hier? Anstelle eines Menschen ein Phantom. In den härtesten Kriegsjahren bewegt er sich frei durchs Land, passiert alle Kontrollposten ...«

»Hat Zeit, in einem Dorf ein Stück zu inszenieren.«

»Was du nicht sagst, Meto. Wo hast du denn das her?«

»Von ihm selbst, war mächtig stolz auf seine Theaterkarriere.«

»Das muss ich mir nachher aufschreiben, wart mal, ich mach mir einen Knoten ins Taschentuch, das darf ich nicht vergessen. Aber das ist ja alles nur Vorgeplänkel. Jetzt hör genau zu. Ich habe einen ausfindig gemacht, eher zufällig, will mich nicht schlauer geben, als ich's bin, der hat bei einer Feier vor Ewigkeiten neben einigen verknöcherten Partisanen gesessen, irgendwo im Alten Gebirge. Das Besäufnis war groß, runder Jahrestag, Staatsschnaps in Strömen, da kam er mit den Alten prächtig ins Gespräch, und bevor er sich's versieht, waren sie schon bei den Scharmützeln von einst. Jedes Detail wussten die alten Recken zu verzapfen, nicht aber, wo sich Živkow aufhielt, der das Ganze angeblich geplant und koordiniert hat. Widersprüchlich, ihre Antworten, und vage, vage wie Watte. Viertens, die Tragödie von Anfang '44, Živkow rekrutiert neue Partisanen in den Dörfern in der Nähe der Hauptstadt, lauter schöne junge Männer, lauter Idealisten, kurz darauf werden sie von der Polizei überfallen und massakriert. Alle, bis auf den letzten Mann.«

»Das ist 'ne böse Unterstellung.«

»Du hast recht, der Enthusiasmus geht mit mir durch, streichen, einfach streichen, ich sammle ja nur, und dann schau ich mir an, was ich da gesammelt habe. Indizien, mal beweisen sie was, mal beweisen sie nichts. Aber jetzt der entscheidende Punkt: Es gibt kein Dossier über ihn. Keine Mappe, kein Schreiben, keinen Steckbrief, nicht einmal einen einzigen Zettel. Nichts! Wenn was im Archiv fehlt, fehlt es aus gutem Grund. Wir sind Profis, Meto, wir wissen das. Was immer da war, es ist beseitigt worden, weil – du musst zugeben, das wäre auch deine Schlussfolgerung –, weil es bestimmte Geheimnisse entlarven würde. Entscheidende Geheimnisse. Weil die Akte vielleicht das Gerücht bestätigt hätte, dass er bei einer Straßensperre einen Polizeiausweis benutzt hat.«

»Das kann eine gute Fälschung gewesen sein.«

»Fragen, offene Fragen. Sag mal, in der Flasche ist nicht zufällig noch was drin? Schade. An so einen Cognac könnte ich mich gewöhnen. Vom Proletarier zum Aristokrat in drei Schluck.«

»Goscho, ich hör dir gern zu, aber bei dieser Sache solltest du vorsichtiger ...«

»Ist doch nur unter uns. Ich will mich auf meine alten Tage ein wenig unterhalten. Das Meer schaut immer gleich aus, die Wellen werfen dir jeden deiner Atemzüge ins Gesicht zurück, da brauche ich Abwechslung. Da ist noch etwas, eine letzte offene Frage. Erklär du es mir. Am 10. September 1944 stürmt Žiwkow das Polizeiarchiv, an seiner Seite Mirtscho Spassow. Alle wollten damals im Polizeihauptquartier arbeiten, und all die, denen das gelang, haben Karriere gemacht. Aber nur einige Monate später verließen die meisten die angeblich so begehrten Stellen, installierten sich auf Parteiposten oder sonstwo in verantwortungsvoller Position. Immerhin, die Gerüchte wurden laut und lauter, ich weiß nicht, ob du das weißt, 1946 wurde eine Untersuchung eingesetzt, um Žiwkows Verbindungen zu Geschew zu prüfen, der war leider spurlos verschwunden. Das wäre eine Aufgabe für mich gewesen, ach, danach habe ich mir die Finger geleckt: Was ist mit dem letzten Chef der zaristischen Geheimpolizei passiert? Und in welcher Beziehung stand er zu dem jungen Konspirator Žiwkow? Die Kommission durchforstet die Archive, findet nichts, muss feststellen, dass viele Namen mit einem Rasiermesser aus den Dokumenten rausgeschnitten worden waren, die Namen der Informanten und Zuträger und geheimen Agenten.«

»Ist doch professionelle Ehre, die eigenen Agenten zu schützen.«

»Ja, alles erklärbar, alles leicht abzutun. Böswillige Verleumdungen. Insinuationen ausländischer Geheimdienste. Feindliche Kompromate. Ich sitze in meinem Häuschen, das Meer im Ohr, fühle mich frei in meiner Badehose und ohne Hemd, keiner belästigt mich, und ich frage mich, was, wenn diese Gerüchte stimmen, was, wenn unser Žiwkow ein Agent der faschistischen Polizei war?«

»Ach was. So gerissen war er auch wieder nicht. Und auch nicht so wichtig. Einzelne zählen nicht. Er war Teil einer Bewegung, aber die Bewegung war er nicht.«

Schwer, den Klatsch von Goscho ernst zu nehmen. Außerdem, nach der Veränderung haben alle Lakaien Schmutz auf den gefallenen Häuptling geworfen, zu mehr sind sie ja nicht in der Lage. Etwas bleibt in meinen Gedanken hängen, wie 'n Streifen Hühnchen zwischen zwei Zähnen. Hab mich schon immer gewundert, wieso er mit Mirtscho Spassow so eng war, den hat er, so schien's mir, gefürchtet. Sonst niemanden, aber den. Egal, was Spassow sich erlaubte, Žiwkow hat ihn immer geschützt. Spassow hat immer direkt an Žiwkow Bericht erstattet. Die anderen Minister hatten Angst vor ihm. Die geheime Abteilung in der VI., Goscho nennt sie *Baked Alaska*, hab nie verstanden, wieso, klang auf jeden Fall besser als »Kampf gegen antiparteiliche Auswüchse«, die ganzen Informationen waren nur für Žiwkows Augen und Ohren bestimmt. Žiwkow sammelte Material über alle und jeden. Das wussten wir. Er war mit niemandem befreundet. Er liebte es, die Leute gegeneinander auszuspielen. Nichts entging ihm. Einmal im Urlaub, im sogenannten Urlaub, hab ich gehört, wie er mit den Kellnerinnen schwatzte, sie ausfragte, wer vom Politbüro wie viel Kaffee trank. Und so geduldig wie der war, konnte er Jahre warten, bis er Informationen nutzte, bis er wie 'n Blitz zuschlug. Aber Spassow, den hat er nie gemaßregelt. Wieso? Das ist die offene Frage, die bohrt sich in mich, aber ich werde Goscho keine Munition geben für sein Geistertaubenschießen. Mir vermasselt Goscho meine Erinnerungen nicht. Ich kenn meinen Žiwkow: Mir war er stets gewogen, großzügig, zugänglich. Er war 'n gutmütiger Mensch, solange seine Macht nicht angekratzt wurde. Erhob nie seine Stimme, beleidigte niemanden. Ist schon in Ordnung, sagte er, dies oder jenes muss noch weiterentwickelt werden, aber für den Anfang gar nicht so schlecht. Er hat zwar 'n bürokratisches Bäuchlein angesetzt, ist aber 'n guter Mensch geblieben, hat seine bäuerliche Vergangenheit nie vergessen. Er hat viel für uns getan. Zugegeben, es gab Nachteile für Albena, fast keinen Urlaub, weil Žiwkow nie Urlaub machte. Er nahm alle Hofschranzen mit, für Sitzungen und Besprechungen, weil er nicht wirklich in Urlaub fuhr, sondern nur den Hof verpflanzte, er wollte jederzeit Treffen und Gespräche abhalten können. Immer im Dienst, kann man sagen, aber ich vermute, er hatte Angst vorm Nichtstun, Angst, mal einige Tage wie Suljo und Puljo zu sein. Hat nicht staatsmännisch getan dabei, nein. Hat mit den Gärtnern und den Wachen Märchen ausgetauscht, das war seine Art der Erholung, das hat er gern gehabt. Störchlein, sagte er zu Albena, dann machst du mit mir Urlaub, ist doch nicht das Schlechteste, oder? Und deinen Mann nimmst du mit, der kann sich bestimmt nützlich machen, ich will, dass du gute Laune hast. Ach, kein Urlaub ohne Živkow, wenn wir das den Neffen und Nichten erzählen, bedauern die uns immer heftig, die können nicht verstehen, was das für eine Chance war. Ich konnte von ihm lernen, ich konnte in Ruhe beobachten, wie andere sich um Kopf und Kragen intrigierten. Immer hintenrum, immer dem Gegner 'ne Falle stellen, kamen sich schlau dabei vor. Die konnten nur wie Hunde ficken. Meine Strategie war 'ne andere: Wenn ich 'nen Konflikt mit einem hatte, der höher stand als ich, hab ich die Sache offen und laut ausgesprochen. Wenn ich merkte, dass hinter meinem Rücken schlecht über mich geredet wurde, suchte ich mir irgend 'nen Streitpunkt, irgendwas, was die Prinzipien betraf, führte mich auf, zeigte mich uneinsichtig, riskierte den offenen Konflikt, bis es Živkow zu Ohren kam, musste ihm ja irgendwann zu Ohren kommen. So verpufften die Dolchstöße. Ich wusste, ich hatte nichts zu befürchten, solange er sich sicher sein konnte, ich verstecke nichts, ich halte nichts vor ihm geheim. Meine geheime Strategie war die Offenheit. Seine? Nicht den Schimmer einer Ahnung. So soll's bleiben.

1990 erzählt

»Aber bitte, junge Frau, gehen Sie nur vor, ich hab's nicht so eilig.«

»Sie können gerne meinen Platz einnehmen, ich habe sowieso den ganzen Tag nichts zu tun.«

»Wissen Sie, ich warte noch auf meine Frau, die hat was vergessen, nur zu, nach Ihnen.«

(Kannst du erkennen, ob der Karton bald leer ist?)

»Nein, ich stehe nicht in der Schlange.«

»Sie müssen nicht so höflich sein, es macht mir nichts aus, wirklich.«

(Gleich kommt ein neuer Plastikeimer, der kratzt schon die Reste raus, das arme Schwein wird nur Wasser abkriegen.)

»Ja, ich will Sie vorlassen, was schauen Sie so verdutzt, hat Sie noch nie jemand vorgelassen?«

»Ach, ich habe meinen Geldbeutel zu Hause liegen lassen, wie dumm von mir.«

(Da, der neue Eimer kommt.)

»Hier ist er ja, was bin ich zerstreut, ich bitte Sie, das war mein Platz, ich warte seit einer halben Stunde, nur weil ich kurz verwirrt war wegen des Portemonnaies…«

»Wir alle kennen das Spielchen.«

»Ich lass mir meinen Platz nicht wegnehmen.«

»Entweder zurücktreten oder dranbleiben. Beides zugleich geht nicht.«

»Zwei Liter Joghurt, bitte.«

(Ach, das schaut wie Joghurt aus.)
»Geben Sie mir die Tüte.«
»Schubsen Sie mich nicht.«
»Das krieg ich, das ist mein Joghurt.«
»Stellen Sie sich an.«
»Wir warten auch, schon länger als Sie.«
»Was erlauben Sie sich!«
»Joghurt, frisch gemachter Joghurt mit Honig und Walnüssen, das magst du doch, oder?«
Der Sohn greift nach dem Löffel und beginnt zu essen.
»Wozu brauchst du die Kassetten?«
»Um etwas aufzunehmen.«
»Im Radio?«
»Nein, draußen.«
»Die Vögel oder das Geschrei der Zigeuner?«
»Weder noch.«
»Wieso so geheimnisvoll?«
»Du versteht es nicht.«
»Gleich zwanzig Kassetten, hast ja Großes vor.«
»Ich träume von meinem Bruder.«
»Schmeckt gut, Mutter.«
»Er spricht zu mir. Wenn ich aufgewacht bin, weiß ich nicht mehr, was er gesagt hat. Ich spüre, dass er zurückkehrt.«
»Er ist tot.«
»Wenn er zurückkommt, kommt er hierher zurück. Ich habe auf ihn gewartet.«

Acht Jahre, eine lange Zeit. Sechs Jahre auch. Dreizehn Jahre auch. Neun Jahre auch. Elf Jahre auch. Sieben Jahre auch. Zehn Jahre auch. Zwölf Jahre auch. Sogar fünf Jahre, eine lange Zeit. Frauen begleiten ihre Männer, drei Jahrzehnte Abstand, Kinder, drei Jahrzehnte Verdrängung, Enkel.

Familienausflug.

Die Busse halten am Tor. Die Pontonbrücke muss zu Fuß überquert werden. Die Insel ist ein Paradies für Vögel. Für Pelikane. Für Mücken. Ein friedlicher Frühsommertag. Die Frösche quaken.

»Nicht wahr, *diado*, ihr habt Frösche gegessen?«

»Mit Stöcken haben wir auf den Boden geschlagen. Die Frösche hüpften hoch, Tausende von Fröschen. War leicht, sie aufzuspießen.«

»Habt ihr sie roh gegessen?«

»Wir haben ein Lagerfeuer gemacht.«

»Waren sie lecker?«

»Ging so. Die Schildkröten, die waren eine Delikatesse.«

Die alten Männer um den Großvater herum lachen.

»Auch die Schlangen und die Katzen …«

»Lüg den Jungen nicht an, Katzen schmeckten schrecklich.«

»Gab's denn keine Fische?«

»Und wie, im Frühjahr, nach den Überschwemmungen, riesige Sümpfe, kannst dir nicht vorstellen, das Wasser einen halben Meter tief und so viel Fische drin, es kochte über vor Fisch, Störe, Hechte, Hausen, konntest sie mit bloßen Händen fangen.«

»Das hat Spaß gemacht oder, *diado*?«

»Ja, *diadowo*, das hat Spaß gemacht. Dann hast du dir den Kopf zerbrochen, wie kriegst du den Fisch in die Baracke zurück.«

»Hattet ihr denn keine Tüten?«

»Weder Tüten noch Körbe.«

»Nicht mal eine Kühlbox?«

»Wir wurden bei der Rückkehr gefilzt, weißt du.«

»Was ist das, gefilzt?«

»Die Aufpasser haben nachgeschaut, ob du was versteckt hast.«

»Ihr habt den Fisch versteckt?«

»Dein Großvater war ganz ein Schlauer. Er hat den Fisch auf einen Stecken geschoben und an der Innenseite seines Gürtels befestigt und in der Hose baumeln lassen, so sah man den Fisch von außen nicht.«

»So konnte ich auch mal Fisch essen, dank deines Großvaters.«

»Lager-Sushi.«

»Hör nicht auf ihn. Hinter der Baracke haben wir ein kleines Lagerfeuer angezündet.«

»Du hast dem Mann deinen Fisch gegeben, *diado*?«

»Wir haben geteilt, *diadowo*.«

»Das war nett von dir.«

»Meist haben sie uns erwischt. Am Tor lag ein ganzer Haufen Fisch.«

»Da konnten sie ganz viel Fisch essen.«

»Ich glaube nicht, dass sie den gegessen haben, der wurde bestimmt weggeworfen.«

»Wenn die den Fisch nicht essen wollten, wieso haben sie ihn euch weggenommen?«

»Wir waren auf Diät.«

»Fett sind wir geworden, einige Monate wieder hier und wir wären schlank wie Jünglinge.«

Nur die Alten lachen. Mit den Bussen geht es weiter, zum zweiten Objekt. Zu beiden Seiten der Piste Stümpfe von Weiden, so weit voneinander entfernt, die Schatten der Wipfel haben sich niemals berührt.

Jeder Stumpf ein unbekanntes Grab, geht dem Großvater durch den Kopf, der Sarg aus Weidenholz gezimmert. Er umarmt seinen Enkel auf dem Sitz neben sich. Kein einziges Grab. Die Leichen in Kesseln gekocht, die Knochen getrocknet, zermalmt, als Hühnerfutter verwendet. Die gemästeten Hühner exportiert. Sein Enkel schreit auf.

»*Diado*, du tust mir weh.«

Sie rücken voneinander ab.

»Das habt ihr gebaut?«, fragt eine Ehefrau.

»Nein, was du meinst, das waren die Baracken, die früher hier standen, genau an dieser Stelle. Die haben wir gebaut, gab ja hier nichts, haben wir schnell hochgezogen, mit Lehmziegeln, das Dach aus Schilf.«

Hinter den Gebäuden Platz für Tausende. Für die Lebensgegerbten und ihre Verwandten. Einer der hinteren Eingänge, acht Stufen hoch, dient als provisorische Bühne. Die Redner im Schatten, die Zuhörer im Sonnenlicht. Ein Priester segnet die Veranstaltung, überlässt die Bühne den Vertretern der Parteien und Verbände.

»Wir haben die Wahl«, sagt ein Abgeordneter, »zwischen dem Schweizer Modell und dem schwedischen Modell!«

Zuversichtlicher Applaus.

»Was war, das war, es darf sich nie wiederholen«, sagt der Vorsitzende der Sozialdemokraten. »Im Namen der Demokratie, des Friedens und des Neuanfangs sollten wir einen Schlussstrich ziehen unter das dunkelste Kapitel unserer Geschichte. Wir müssen verzeihen!«

Zaghafter Applaus, durchsetzt von einigen Rufen.

»Wie kannst du in unserem Namen vergeben?«

»In welchem Namen vergibst du, du Mistkerl, im Namen der Getöteten?«

»Du hast kein Recht dazu!«

Der Satz zittert nach im Kopf des Großvaters. Wieso kein Recht? Er scheucht eine Fliege weg. Wer darf vergeben? Der Redner war Lagerist. Am Pfahl unter der großen elektrischen Lampe an der *piazza* ein schmächtiger Mann, die Hände festgebunden. Der Pfahl vor dem Wachhäuschen, sein Freund, sein bis auf die Unterhose nackter Freund, gefesselt, von einem Scheinwerfer angestrahlt, seine Augen durch den Türschlitz der Baracke starr auf den Freund gerichtet, nicht wegschauen, ein Schwarm von Moskitos auf der nackten Haut, der sich windende Freund, der seine Muskeln gegen das Seil spannt, das sich tiefer in seine Haut frisst. Das Lachen der Wachen, die sich in ihren Dienstraum zurückziehen, in Sicherheit vor den Moskitos, die den Lageristen, seinen Freund, stachen, überall, in die Arme, den Nacken, die Oberschenkel, in den Bauch, die sich an diesem Opfer weideten, die Nacht hindurch, bis er bläulich angelaufen war, aufgedunsen. Wie eine Leiche, die überlebt hat. Deswegen. Nur sein Freund darf seinen Peinigern verzeihen, nur er und niemand sonst, bestimmt nicht einer dieser an den Runden Tisch Gespülten auf steinerner Bühne, die von friedlichen Lösungen sprechen, als wären sein Zorn und seine Trauer, bis vor kurzem unter Quarantäne gehalten, ein Hindernis, eine Belastung für alle. Ich will wütend sein, murmelt der Großvater, eine Zeitlang noch will ich wütend sein. Und wenn sie sich davor fürchten, sollen sie sich fürchten.

KONSTANTIN

Aristoteles, wegen dir muss ich lachen. Pardon, Blumenfeld, wegen dir. Wegen dieses Sympathisanten des Trotzkismus, für den seine Genossen die Hand ins Feuer gelegt hätten (wie viele trotzkistische Glieder wären verbrannt). Ich muss lachen. Die ultimative Befreiung. Wenn sie nur nicht so flüchtig wäre. Der geheime Mitarbeiter Aristoteles. Seine Berichte, verglichen mit allen anderen bislang eingesehenen, bei denen sich Orthographie, Interpunktion, Grammatik wie blinde Besoffene gebärden, sind Schmuckstücke der gebildeten Rede. KMS habe die Bauernbündler »raffiniert manipuliert, mit dem Ziel, sie in ein aktives Widerspruchsverhältnis zum Gefängnissystem zu bringen«. Da muss ich laut auflachen. Was würde wohl sein Sohn sagen, der gerade fünf Jahre Verteidigungsminister war? Die zwei anderen Besucher im Lesesaal (das Interesse an den Akten ist ausgedünnt) sind schwerhörig oder tun so. Es gab nur einen, der so geschwollen formulierte, egal zu welchem Thema, selbst wenn es darum ging zu entscheiden, wer neben dem Notdurfteimer schlafen würde, aus dem unweigerlich etwas schwappte, weswegen die eine Schulter stets im Urin lag, daneben der Kopf; selbst derjenige, dem es gelang, den Gestank zu ignorieren, wurde von jedem pinkelnden Häftling geweckt. »Es muss unser Anspruch sein, die Privilegien wie auch die Lasten innerhalb der Zelle möglichst gerecht zu verteilen«, hatte Blumenfeld alias Aristoteles verkündet. Der Gerechtigkeitsfanatiker. Der Verteidiger der Eleganz in Zeiten des Drecks. Einer seiner Berichte hat mich zwei Wochen Isolationshaft gekostet. Auf einmal bin ich wütend. Gatschew hatte ihn empfohlen. Gatschew hätte seine Hand für ihn ins Feuer gelegt. Gatschew ist tot, das Feuer erloschen. Er hat ihn falsch eingeschätzt. Eine häufig auftretende Achillesferse. Jede Gruppierung wollte sich selber als die reinste, härteste darstellen, als von der Staatssicherheit nicht unterwandert. Deswegen vermuteten Dogmatiker die eigenen Reihen frei von Verrätern. Gemeinsame Überzeugung gewährleistet Unschuld. Und selbst wenn sie die unübersehbare Wahrheit akzeptierten, hofften sie, die Denunzianten in den eigenen Reihen gegen die politischen Gegner unter den Häftlingen instrumentalisieren zu können. Das kann nicht sein, beteuerte Gatschew. Wieso? Weil er einer von uns ist. Marx ist doch auch einer von euch, erwiderte ich, und der benutzte Denunzianten in seinem Kampf gegen Bakunin, auch gegen die Proudhonisten. In einem Brief an Engels schreibt er: »Schade, dass wir keine Polizei haben.« Blumenfeld, alias Aristoteles war offenkundig ein fleißiger Informant. Wochen später erwähnt er meinen Namen in Zusammenhang mit einer großangelegten Aktion, möglichst viele Häftlinge zur Arbeitsverweigerung anzuregen. Einige der Rädelsführer wurden in andere Gefängnisse versetzt, anderen wurde massiv gedroht, so dass wir am Ende nur ein halbes Dutzend waren. Aristoteles verdanke ich eine meiner bittersten Erfahrungen. Du erwartest eine Welle der Solidarität, einen gemeinschaftlichen Ruck, eine Aktion zur Stärkung der Widerständigkeit. Stattdessen siehst du dich umringt von Kapitulanten, Kollaborateuren, alle geeint in Niedertracht. Gatschew hat sich in Blumenfeld getäuscht. Er hätte sich weniger getäuscht, wenn es sich nicht um einen Trotzkisten gehandelt hätte, den er erst jüngst bekehrt hatte.

Auf dem Nachhauseweg halte ich bei Iwan, der seine Wohnung nicht mehr verlässt. Ein Gelähmter ohne Rollstuhl ist ein Häftling der Umstände. Er soll bezeugen, dass er im Gang des Gefängnisses in Pazardschik gehört hat, wie ein Offizier der Staatssicherheit einen

Arzt gefragt hat, ob die Angelegenheit nicht mit einer Injektion endgültig geklärt werden könne. Er schaut mir in die Augen: »Ja, das stimmt.« Doch selbst vierzig Jahre später hat er so viel Angst, dass er beim Erzählen zittert. Als ich ihn frage, ob ich seine Aussage schriftlich festhalten dürfe, sagt er: »Das kannst du machen, Kosjo, aber ich werde sie nicht unterschreiben.«

Dora kommt kaum noch zu mir in die Wohnung. Ich habe eine Weile gebraucht, bis ich es gemerkt habe. Nebenher erwähnt sie, sie habe gerade einen frischen Tee aufgesetzt, sie habe mein Lieblingsgericht gekocht, weswegen sie mich zu sich einlädt. Nach einem schnellen Gruß fragt sie, ob ich ihr bitte kurz helfen könne. Oder sie äußert den Wunsch, mich jemandem vorzustellen. Oder, oder, oder. Jedes Mal ein triftiger Grund, wieso ich den Flur hinuntergehen muss. Bei ihr eintreten, bei ihr verweilen. Als es mir auffällt, hat sie schon seit Monaten keinen Fuß über meine Schwelle gesetzt.
»Sei mir nicht böse, ich habe das Gefühl, für mich ist kein Platz in deiner Wohnung.«
Ich kehre über den Flur in meine Wohnung zurück. Der verkrüppelte Hund sitzt auf dem Fußabtreter. In seinem Blick eine merkwürdige Mischung aus Trotz und Trauer. Ich trete ein. Das Entree beengt, zu einer Seite aufgestapelt die Exemplare eines Buches mit den wichtigsten Dokumenten aus dem Archiv, selbst gedruckt, finanziert von einem alten Gefährten, der als Taxifahrer in einer deutschen Stadt namens Speyer genug verdient hat, um fünfhundert Exemplare zu bezahlen. Es ist kein besonders schönes Buch geworden, die Fotokopien der Originale sind blass wiedergegeben, ich habe die abgeschriebenen Texte, meine Kommentare auf meinem kleinen Computer selbst gesetzt, so gut ich konnte. Es wird nicht verkauft: Wer eins möchte, erhält eins. Ich habe es an alle größeren Bibliotheken verschickt, jede Woche einige Exemplare. Nur wenige von ihnen haben den Empfang bestätigt.

Im Wohnzimmer liegen auf dem Sideboard mannshoch Zeitungsausschnitte, die ich eines Tages ordnen möchte. Das Regal ist zu klein für die braunen Aktenordner, die zum Bersten gefüllt sind, mehr als zwei Dutzend. Einige liegen auf dem Fernseher, andere in den Ecken hinter dem Sessel, dem Sofa. Ich dachte, sie sind dort gut verstaut, man kann sich hinsetzen, die Arme auf beiden Lehnen ausstrecken, ohne von den Aktenordnern eingeschränkt zu sein. Auf dem Fensterbrett habe ich die Erinnerungen von anderen Häftlingen aufgereiht, fast alle im Samisdat publiziert. Auf einmal sehe ich die Wohnung mit Doras Augen, anstelle von Vasen Aktenordner, anstelle von Blumen Mappen, anstelle von Figurinen Bücher, anstelle von Fotografien der eigenen Sancta familia Planskizzen der Staatssicherheit. Anstelle von Schönheit graues Grauen.

Ob ich schon einmal verheiratet gewesen sei, will Dora unvermittelt wissen. Was soll ich ihr sagen? Dass ich meine Eltern beruhigen wollte? Dass es mich mitten auf des Lebens Reise in einen finsteren Wald verschlagen hat? Dass ich mich dagegen gewehrt habe, solange ich konnte, weil, wie ein Philosoph einst gesagt haben soll, jene, die Frauen und Kinder haben, dem Schicksal ein Pfand in die Hand geben?

Letzteres erwähne ich beiläufig, ebenso den Namen meiner einstigen Ehefrau. Das Zitat zu finden hat mich eine halbe Nachtschicht gekostet, sagt Dora einige Tage später, es stammt von einem Engländer, der war mir unbekannt, einem Mann namens Bacon. Sie hat es auf Englisch abgeschrieben, sie zeigt es mir: *He that hath wife and children hath given hostages to fortune; for they are impediments to great enterprises, either of virtue or mischief.* Sie hat im Internet eine ungelenke Übersetzung anfertigen lassen.

»Wieso überprüfst du meine Zitate? Glaubst du mir nicht?«

»Weil ich neben dir bestehen muss. Du bist mir meistens überlegen, aber manchmal bist du schlampig, beim Zitieren zum Beispiel. Das gewährt mir Platz neben dir.«

Die Wahrheit ist, ich weiß nicht, wieso ich mich auf Wiara eingelassen habe. Viele Erklärungen könnte ich mir zurechtlegen, ohne meiner Entscheidung auf den Grund zu gehen. Es ist ein Fluch, wenn man sich beim ersten Kennenlernen nachts vor dem Denkmal im Park so gut versteht wie danach nie wieder. Schon beim fünften oder sechsten Spaziergang lag mein Arm auf ihrer Schulter wie eine abgenutzte Decke, sie erzählte von ihren Sehnsüchten, Nippfiguren, die durch das Abstauben glänzend gehalten wurden. Als ich sie einem alten Bekannten vorstellte, der uns über den Weg lief, blickte ich sie von der Seite an. Auf einmal wusste ich nicht, ob meine Gefühle für sie die eigenen waren oder nur jene, die Eltern, Verwandte, ältere Freunde von mir erwarteten. Wie Erinnerungen, die einem geliehen werden, bis sie eines Tages in den eigenen Besitz übergehen. Ich hätte es nicht für möglich gehalten, dass wir zusammenleben, heiraten, dass ich ihrem Vater würde drohen müssen, mit seiner Tochter im Schlepptau zu verschwinden, sie in ein feuchtes Kellerloch zu entführen. Ich ließ Solschenizyn herumliegen, zuerst unbedacht, Solschenizyn verschwand, ich suchte das Buch, der Vater zerrte mich auf die Terrasse, flüsterte mir zu, wo er das Buch versteckt habe, danach legte ich es absichtlich dorthin, wo es jeder sehen konnte. Als ich Wiara kennenlernte, war Mariella schon entrückt, auch wenn sie sich nie weigerte, mich zu treffen. Wir lagen nebeneinander, zwischen uns ein so dicht beschriebenes Blatt, dass es nicht mehr zu entziffern war. Wir hatten uns durch alle körperlichen Schichten hindurchgekämpft, wir waren uns noch fremder geworden. Die Zeit war eine der Erstarrung. Revolution gab es nur eingerahmt, hinter Glas. Das Studium war eine Plackerei (auch wenn der Eiserne mich so intensiv gedrillt hatte, dass zehn Jahre Haft keine einzige Formel ausradiert hatten), die Abende wurden in faden Witzen sowie tiefen Gläser ertränkt. Was tun?

Wenn du völlig verzweifelt bist, heirate.

(aus dem archiv der staatssicherheit)

AN DEN GENOSSEN
STELLV. MINISTER FÜR INNERE ANGELEGENHEITEN,
GENERAL MIRTSCHO SPASSOW

VOM LEITER DER STRAFVOLLZUGSANSTALT BELENE
Betreff: Gestorbene Häftlinge von der Abteilung
0789, welche auf der Insel Predela bestattet werden

Seitdem die Abt. 0789 ihren Sitz im Dorf Belene hat,
wurden die Verstorbenen auf der Insel Predela
bestattet. Das ist heute noch der Fall, auch wenn sich
die Abteilung inzwischen in Lowetsch befindet und alles ziemlich offen vor sich geht. Mit
einem dem ganzen Dorf Belene und allen Beamten
und Häftlingen bekannten Lastwagen werden die
Leichen in einem Sarg bzw. in einer Strohmatte
angeliefert. Der Lastwagen hält vor der Lager-
verwaltung an der Brücke, dort wird in ein Boot, das
an einem Motorboot angehängt wird, umgeladen, und in
Begleitung dreier Häftlinge fährt man auf die
Insel, um die Leiche zu beerdigen. Manchmal
kommt es vor, daß der Lastwagen zweimal täglich
kommt, einmal am Morgen und einmal am Abend. Wenn
er abends kurz vor der Dämmerung kommt, bleibt
die Leiche bis zum Morgen liegen, und erst danach
wird sie umgeladen und auf die Insel gebracht. Bei
der Ankunft des Lastwagens im Dorf spricht sich

bald herum, daß das „Päckchen aus Lowetsch" angekommen ist. Der als Totengräber fungierende Häftling heißt Kanto und wird deswegen „Traueragentur Kanto" genannt. Die fast offene Bestattung der Leichen der Internierten, wenn man davon ausgeht, daß das Dorf katholisch ist und die Beamten im Gefängnis aus diesem Dorf stammen und kein Geheimnis halten können, kann von den Feinden benutzt werden, um dem Ruf unserer Volksmacht zu schaden. Der Fahrer oder die Beamten des Lastwagens verbreiten sogar die Information, wer der verstorbene Häftling war und wer bald als nächstes erwartet wird.

Auf Grund des oben Genannten und mit dem Ziel, keinen unnötigen Lärm wegen den verstorbenen Häftlingen zu machen, schlage ich folgendes vor:
1. Am Begräbnis sollen keine Häftlinge mehr teilnehmen, sondern nur Beamte von der Milizwache bei der Strafvollzugsanstalt Belene oder der Abt. 0789 Lowetsch.
2. Der Lastwagen mit den Leichen der Lageristen muß um 3 Uhr nach Mitternacht von Lowetsch abfahren, damit er nicht später als 5 Uhr am Morgen in Belene ankommt.
3. Die Leichen sind mit dem Wagen bis zur ehemaligen Garnison Nr. 1 des Heeres für Innere Sicherheit zu transportieren und von dort auf die Insel Predela zu überführen, welche sich gegenüber der Garnison befindet. Man kann auch am Objekt Nr. 5 vorbeifahren und am äußeren Damm entlang auf die Predela-Insel gelangen.

4. Die am Begräbnis beteiligten Beamten sind abzusondern und zu verpflichten, strengste Geheimhaltung zu wahren.

Belene, 19. Juli 1961   Gefängnisdirektor
          Oberst Nikola Nikolow Tomow: Unterschrift

Verordnung von Generaloberst Mirtscho Spassow

Genosse Tomow,
es muß ganz schnell gehen, sofort muß Schluß
gemacht werden mit diesem schadhaften Lärm um das
Transportieren und Beerdigen von im Arbeitserziehungsheim Lowetsch Verstorbenen.
Ich bin mit allen Vorschlägen des Genossen Tomow
einverstanden, die präzise zu erledigen sind.
Außerdem muß der regelmäßige hin und herfahrende
und gut bekannte Lastwagen im Aussehen verändert
oder ersetzt werden. Zu diesem Zweck könnte auch
ein Lastwagen von der Bezirksverwaltung des
Innenministeriums in Lowetsch benutzt werden, um
den Transport vielfältiger zu gestalten. Besprechen Sie mit dem Genossen Alexandrow, Bezirks-
leiter der Verwaltung des Innenministeriums, was
notwendig wäre, um eine gewisse Geheimhaltung um
das Transportieren und Beerdigen zu gewährlei-
sten, obwohl es daran eigentlich nichts Gesetzes-
widriges gibt. Handeln Sie in meinem Namen und
halten Sie mich über alles auf dem Laufenden.
Sofia, 22. Juli 1961
                      M. Spassow: Unterschrift

METODI

Onbaschija, binbaschija, chorbadschija. Aufgeblasenes Pack. Die Bescheidenheit ist dahin. Živkow konnte alles haben, aber genommen hat er sich wenig. Seine Tochter noch weniger. Die Großen heute, die gehen mit der Zeit, die binden sich die Diamantuhr ums Handgelenk, ganz fest, damit sie nicht unterm Ärmel verschwindet. Ich brauch das nicht. Da gefällt's mir besser, wie's ganz früher war, die Starken in Tigerfell oder Löwenfell oder was weiß ich für 'n Fell, das Viech hatten sie wenigstens selber erlegt. Meine Laune ist sowieso nicht besonders gut, nach dem Däumchendrehen beim Arzt. Wieso können sie dir nicht sagen, was du hast, und dir 'ne Schachtel mit bunten Pillen geben, nein, sie lassen dich immer wieder kommen. Da hast du's, die Ärzte. Du zahlst ihnen Geld, damit sie dir erklären, wie machtlos sie sind. Und jetzt großes Bankett für den Zaren. Alles so gelaufen, wie von uns geplant. Das Volk liegt ihm zu Füßen. Er macht nicht wirklich Wahlkampf, er tritt nicht wirklich an, aber er wird gewinnen. Wer so was einfädelt, dem gehört die Welt. Jetzt stehen wir rum, unter Lüstern, irgendwie hilft ihm das, und Geld kommt auch zusammen. Muss doch einfachere Wege geben, jemanden gewählt zu kriegen. Trinken soll ich auch nicht mehr. Komm mir vor wie 'ne Wachsfigur. Albena ist so aufgedreht, gib ihr nur 'nen Anlass, bei dem Leute zusammenkommen, die irgendwer sind, und sie glüht mit vollen Batterien. Hinnehmen, die ganze Zirkusnummer, was sonst. Wenn du vergewaltigt wirst, lehn dich zurück und genieß es.

Und dann von allen Überraschungen die hinterhältigste: Vor mir steht Nezabrawka, hängt am Arm von Waleri. Schleicht sie mir nach? Was hat sie vor? Ich versuch 'n Lächeln, aber so was konnt ich noch nie. Sie wird 'ne Szene machen, sie wird Albena alles erzählen, deswegen ist sie hier, vor allen Leuten, so will sie's mir heimzahlen. Sogar dieser Hosenscheißer namens Sakskoburggotski wird's mitkriegen. Ich werd dastehen und alle werden lachen über den Runzelkopf, der sein Haus nicht in Ordnung hat. Der sich von 'nem Mädchen reinlegen lässt. Gleich werden die Weiber rumgeifern. Na, das wird 'ne Überraschung für Waleri, was er da reingeschleppt hat. Wer bringt aber auch seine Buchhalterin zu 'nem Bankett mit? Sie ignorieren mich! Sie reden miteinander, sie sagen mehr zum Kellner als zu mir, *schampansko*, sagen sie, seit wann trinkt Nezabrawka *schampansko?* Ich heg den Verdacht, sie hat Waleri den Kopf verdreht, sie hat ihn um ihren langen Finger gewickelt. Albena und Nezabrawka verstehen sich prächtig, sie brauchen mich nicht, das kann ich mir nicht gefallen lassen, aber wenn ich dazwischengeh, wer weiß, was passiert, dann stürzt die ganze friedliche Ordnung zusammen, das darf ich nicht riskieren. Es schnürt mir die Luft zu, ich kann nichts machen, ich darf nichts sagen. Zum Glück tritt unser Besenstiel ans Mikro, um seine Rede zu halten. Wird eingeführt als Hoffnung für die Heimat. Als Regen für die trockenen Felder.

»Wenn die Zeit kommt«, sagt der Kandidat. – Wir sollten was unternehmen! – »Wenn die Zeit kommt.« – Die neue Kraft, die neue Farbe, die Farbe der Nationalen Einheit. – »Wenn die Zeit kommt.« – Wieso gelb? (Alle anderen Farben waren vergeben.) Gelbe Versprechen: In 800 Tagen sind alle Probleme gelöst! – »Wenn die Zeit kommt.«

»Dieser Mann ist spitze, kein Wunder, dass er den höchsten Gipfel des Landes zurückhaben will«, flüstert mir Iwan grinsend zu. Ich zuck zusammen, so plötzlich wie der neben mir steht. »Den Gipfel kriegt er, den hat er sich verdient.«

Unser Land wird seinen rechten Platz in der europäischen Familie einnehmen. Wenn die Zeit kommt. Unser Land wird den Weg des Fortschritts einschlagen. Wenn die Zeit kommt. Unser Land wird sich dem Niveau der westeuropäischen Länder angleichen. Wenn die Zeit kommt.

»Monarcho-Sozialist, klingt doch nicht schlecht.« Iwan applaudiert heftig, das ist kein Händeklatschen, das sind Platzpatronen.

Da steht er direkt vor mir, der Madrider Pinkel, 'n achtzig Kilo schwerer Beweis, wie lächerlich die Idee der Monarchie ist. Als demokratischer Hampelmann lass ich ihn grad noch durchgehen. Was mich zorniger macht: Um mich herum sind alle bester Laune.

»Was für eine sympathische junge Frau«, sagt Albena auf der Heimfahrt. »Da hat Waleri eine gute Wahl getroffen. So viel Geschmack habe ich ihm gar nicht zugetraut.«

»Glaubst du, die beiden sind ein Paar?«, bricht es aus mir heraus.

»Ja was denn sonst, hast du nicht gesehen, wie er sie anblickt?«

»Er kennt sie doch gar nicht.«

»Was geht es dich an?«

»Nur weil so 'n junges Ding …«

»Bist du etwa neidisch?«

»Ich sag nur, so was ist gefährlich, gestern hat er sie angestellt und heut trägt er sie am Arm.«

»Was weißt du schon davon.«

»Ich muss ihn warnen.«

»Du wirst nichts dergleichen tun, Meto. Nur weil für dich die Welt krumm ist, musst du sie nicht für alle anderen verbiegen.«

Von wegen. Mir wird sie krumm gemacht. Schon seit Jahren. Seit dem Infarkt, dem leichten, den ich männlich weggesteckt hab, aber die Intriganten, die trugen dem Minister Lügen zu, die behaupteten, ich war besoffen, deswegen lag ich auf dem Boden, voll wie 'ne

Haubitze, der Parteisekretär verteidigte mich, was ist das für 'n Unfug, Metodi und besoffen, das kann nicht sein. War ja nichts Dramatisches, der Arzt brachte mich nach Hause. Gab mir die nötigen Pillen, verschrieb was, schon am übernächsten Tag, ich fühlte mich besser, bin ich ins Amt, auch wenn's 'n Samstag war. Ich wusste, wie brenzlig die Lage im Land war, da wurde jeder von uns gebraucht, in so 'ner Situation muss man sich zusammenreißen. Konnte mir das Rumliegen zu Hause nicht leisten. Am Abend wird mir 'ne Anweisung überreicht: Am Montag um 15 Uhr beim Minister vorsprechen. Am Montagmorgen studier ich die Berichte über die Lage im Land. Inmitten der Unruhe war's alles in allem ziemlich ruhig. Wir hatten alles unter Kontrolle. Wir hatten unsere Spezialisten. Einer der jüngeren Kameraden, der hat in Moskau seine Doktorarbeit geschrieben, über den Kampf gegen informelle Gruppierungen, der hat uns beraten, als sich bei uns einige als Dissidenten aufführten, lächerliche Figuren, Freischärler mit Dosenöffnern. Wir waren von Anfang an auf der Höhe, wir haben so viele unserer Leute bei denen eingeschleust, einige machten sich Sorgen, bei den Demos wirkt die Opposition zu stark. Wir wollen doch nicht, sagten sie, durch die Infiltrierung der Opposition das Volk zum Widerstand motivieren. Das war übertrieben, wir haben solide gearbeitet, wir haben präzise Informationen an die Führung geliefert. Dann zum Minister. Er empfängt mich mit eisiger Kälte.

»Bitte nimm Platz, Genosse. Lass uns keine Zeit verschwenden, zur Sache. Metodi Popow, ich habe dich rufen lassen, um dir mitzuteilen, dass du nach Absprache mit dem Genossen Živkow mit sofortiger Wirkung deines Postens enthoben bist.«

»Was soll das, ihr habt mir doch erst vor kurzem den Orden verliehen!«

»Du hast den Bogen überspannt, Missbrauch von Alkohol, du weißt schon.«

Was? Alle anderen im Raum schweigen. Der Minister wendet sich von mir ab, einem der anderen zu.

»Ich will dem Genossen Popow einen Rat geben. Er sollte sich nicht an den Genossen Živkow mit einer Beschwerde wenden. Er sollte ihn nicht mit seinem Fall belästigen.«

Das war's. Nach fast vier Jahrzehnten Dienst aus und vorbei, und ich starr auf die abfallenden Schultern des Ministers. Ich konnte die Nacht nicht schlafen. Albena war verreist, eine Familiensache auf dem Dorf, so was wollt ich nicht am Telefon mit ihr besprechen. Es kann warten, dachte ich, versuchte mir zu erklären, wer denn so viel Hass auf mich entladen musste. Mein Vater fiel mir ein, der sagte immer: Es gibt keine gute Tat, die nicht bestraft wird. Am nächsten Tag ging's mir noch dreckiger, die Medikamente, die Müdigkeit und dann die Nachricht, sie haben gegen Živkow geputscht. Ich war 'ne kleine Generalprobe. Ich musste mich in die Militärmedizinische einliefern lassen. Die Veränderung erlebte ich am Tropf. Angeschlossen an einige Geräte. Die haben sichergestellt, dass nichts durch die Decke geht, vor allem nicht mein Blutdruck. Keine Sorge, sagte Tabakow, alles unter Kontrolle. Viel Zeit zum Nachdenken. Einige kamen mich besuchen. Wie geht's unserem Alkoholiker? Wenn du krank daliegst, musst du jeden Hirnfurz hinnehmen. Aber ich bin kein Holzkopf, nicht einer von denen, die Gorbatschow für 'nen Verräter halten. Zugegeben, hab mich 'ne Zeitlang getäuscht, dachte tatsächlich, die hohen Herren aus dem Politbüro führen uns in den Untergang. War's denn nötig, so viel zu zerstören? Das weiß ich immer noch nicht, aber es hat uns nicht geschadet, muss ich zugeben, anders als erwartet, ich muss es sagen, so wenig ich seine Fresse leiden konnte, gerissen war er, nicht so 'nen Klotz wie der Schopow, der hat uns kurz davor 'ne dreistündige Rede gehalten, ohne Unterbrechung, vergesst nie, Genossen, das Wichtigste, was ihr habt, ist die Macht. Haltet um jeden Preis an der Macht fest. Ohne sie seid ihr nichts. Je inbrünstiger er das sagte, desto deutlicher spürten wir die nahenden Veränderungen. Nein, solche wie Schopow begriffen nicht, die Macht hat viele Formen, das mit der Partei war eine davon, das war ausgereizt, gelenkte Veränderung, das war unsere einzige Chance. Alle Alternativen waren ade, letzter Salut, Rübe ab, Deckel drauf.

KONSTANTIN

Was ist Zufall? Eine Entschuldigung für geistige Faulheit. Eine minderwertige Erzählung, so wie die Prophezeiung. Zusammenhänge muss man ohne Zuhilfenahme des Zufalls erklären können. Aber heute wurde Wolfs Darstellung seiner Verhaftung von den Dokumenten widerlegt; kaum heimgekehrt erfuhr ich, dass er gestorben war; dazwischen steckte ich einige Stunden im Fahrstuhl fest. War es ein Zufall, dass einer von Wolfs Onkeln bei der Staatssicherheit arbeitete (was er uns zufällig verschwiegen hat)? Zufall, dass sich seine Mutter, die er um Hilfe ersuchte, an ihren Bruder wandte? Es kann nicht schwierig gewesen sein, ihn zur Selbstaufgabe zu überreden. Er hatte kaum andere Optionen. Gewiss hatte der Onkel versprochen, alles zu tun, damit Wolf eine leichtere Strafe erhält. Etwa so muss es abgelaufen sein, auch wenn die Dokumentation eine Variante darlegt, laut der sich Wolf von Gewissensbissen übermannt den Behörden stellte, weil er in einsamen Tagen der Ausweglosigkeit Einsicht in die Verwerflichkeit seines Tuns gewonnen hatte, zudem die Erkenntnis, wie schmerzlich es ist, sich von der Gesellschaft zu trennen, der Heimat den Rücken zuzukehren.

Ich kann verstehen, dass er sich in der Situation damals freiwillig gestellt hat, nicht aber, dass er uns dies fast ein halbes Jahrhundert lang verheimlicht hat. Die Wiederkehr des gleichen Musters. Obwohl wir alle wissen, wie der Staat den Einzelnen zermalmen kann, will sich das Individuum nicht zu seiner Niederlage bekennen. Von

Dauer war nicht die Freundschaft, sondern die Lüge. Sein Tod hat mich von der Frage entbunden, ob ich ihn mit dieser Frage konfrontieren sollte oder nicht.

Einige Stunden zuvor saß ich auf dem dreckigen Boden des Fahrstuhls, irgendwo zwischen dem achten und dem zwölften Stock, genauer ließ es sich nicht sagen, weil die Lämpchen in der Anzeige ausgebrannt sind. Es leuchten nur der erste, der vierte, der siebte, der achte, der zwölfte sowie der vierzehnte Stock. Wenn der Fahrstuhl sich nicht bewegt, leuchtet nichts. Auch der Alarmknopf funktioniert nicht. Allein wäre es zu ertragen gewesen, aber der Arzt aus der Psychiatrie, der die Wohnung unter mir bewohnt, der mit dem Mondgesicht, mit der nervösen Angewohnheit, sich über den Schnurrbart zu streichen, als wollte er wegwischen, was sich auf seiner Oberlippe niedergelassen hat, teilte die provisorische Zelle mit mir. Er wurde umgehend hektisch.

»Setz dich hin!«

»Was ist, wenn sie uns nicht bald rausholen?«

»Dann warten wir.«

»Ich halte es hier nicht lange aus.«

»Doch, du hältst es aus.«

»Wir werden bestimmt gerettet, oder? Jemand wird doch merken, dass der Fahrstuhl nicht funktioniert.«

»Vielleicht.«

»Du tust so, als wäre dir diese Situation angenehm.«

»Es macht mir nichts aus.«

Ich könnte mehr als die eine oder andere Stunde aushalten, mehr als den einen oder anderen Tag, ich würde mir wie einst Geschichten ausdenken, Visionen einer besseren Welt, ich würde die Wände anstarren, bis Filme auf ihnen projiziert würden, ich würde mich bewegen im Rahmen der Enge, ich würde mich anstrengen, meine Gedanken vom Wahnsinn fernzuhalten. Ich würde mir wünschen, mit einem anderen eingesperrt zu sein als mit diesem Psychiater, dessen

Nervosität so leicht ins Hysterische abrutscht. Der Schwache geht in der Isolation zugrunde, der Starke wird noch stärker.

»Wir sollten uns unterhalten«, sagte er, »das wird uns ablenken.«

»Worüber?«

»Wir kennen uns kaum, das können wir jetzt nachholen. Hörst du etwas?«

»Ja, Stimmen.«

»Aber ich verstehe nicht, was sie sagen. Hallo, hört ihr uns, hallo, hier, hier sind wir! Wir verstehen euch nicht!«

»Bestimmt haben sie mitbekommen, dass jemand im Fahrstuhl steckt.«

»Sie sollten wissen, dass wir es sind.«

»Du wolltest dich doch unterhalten.«

»Bist du gläubig?«

»Ich glaube nicht.«

»Was soll das bedeuten?«

»Ich war eine Woche lang Seminarist, dann wurde ich rausgeworfen.«

»Seitdem glaubst du nicht?«

»Nicht an das Seminar.«

»Aber dass es etwas gibt, was größer ist als wir ...«

»Lass den Humbug, ich beschäftige mich ungern mit dem, was niemand weiß.«

»Wieso hast du dann auf meine Frage nicht mit einem klaren Nein geantwortet?«

»Wegen eines Popen im Lager, sympathischer Typ, Kliment hieß er. Der hat zu mir immer gesagt: ›Auch du bist gläubig.‹ ›Das aus deinem Munde, *otez*‹, antwortete ich ihm. Und er: ›Gerade aus meinem Mund. Ich bin erfahren genug zu erkennen, wenn jemand wirklich gläubig ist.‹ Ich habe versucht ihm zu erklären, dass ich nur zwingenden Argumenten vertraue, nur an die Offenbarung der Fakten glaube, dass meine Überzeugungen, meine Ideale auf wissenschaftlicher Grundlage beruhen, dass sie nicht einmal einer Moral bedürfen. ›Das redest du dir ein‹, sagte er, ›du bist ein Gläubiger.‹«

»Gibt es nichts, woran du glaubst?«

»Dass ich nicht verrückt bin, es nie war, auch wenn die anderen es mir ein Leben lang einzureden versuchten.«

»Ich durchschaue deine Strategie, Nachbar, du machst dich lustig über mich.«

»Ich lenke dich von deinen Ängsten ab.«

Am nächsten Tag findet die Beerdigung statt. Die Kirche fast leer. Still vergehen die vergessenen Überlebenden. Kein Glockenläuten zum Ende eines solchen Lebens. Nicht einmal ein Innehalten, wenn einer von jenen stirbt, der die Würde der Gesellschaft aufrechterhalten hat. Beim Eingang hinter Glas eine verschrumpelte Frau, die mich genauso ausdruckslos anstarrt wie der Milizionär am Eingang des Archivs. Überall Pfortenhüter. Wolfs Ehefrau begrüßt mich mit einer Geste, die als herzlich durchgehen könnte. Ich äußere mein Beileid.

»Ach, Konstantin, ach. Du hast am längsten gesessen und nun bist du als Einziger übrig geblieben.«

»Wenn dem so ist, dann hätten die anderen länger im Gefängnis bleiben sollen.«

Ich wende mich von ihr ab, dem Toten zu. Auf einmal spüre ich, was die fünfzigjahrschwere Lüge ihn gekostet haben muss. Ich krümme mich vor Schmerz. Ein kleiner Verrat in einem mächtigen Sarg.

1958 erzählt

»Wer hat das *Kommunistische Manifest* geschrieben? Na, wer traut sich? Die Antwort liegt auf der Hand. Wer wird's schon geschrieben haben? Na, ist nicht so schwierig! Nun denn, wenn sich keiner von euch freiwillig meldet, wird Petjo es euch sagen. Petjo, steh auf und teil der Klasse mit, wer das *Kommunistische Manifest* geschrieben hat.«

»Ich war's nicht, Genosse Lehrer, ich schwör auf meine Mutter, ich hab's nicht getan!«

Unter den vielen Enttäuschungen, die das Leben dem Lehrer Draschkow bislang bereitet hat, dürfte diese die schwerste gewesen sein. Selbst sein bester Schüler, sein ganzer Stolz, hat sich als Tölpel erwiesen. Wozu die pädagogische Mühe, wozu die jahrelange Selbstaufopferung in den ABC-Schützengräben? Aber da schreitet der Direktor ihm entgegen, der wird seine Enttäuschung nachempfinden können. Wie erwartet findet der Direktor sogleich aufmunternde Worte:

»Mach dir nichts draus, mein Lieber, überlass das mir. Gleich morgen früh bestelle ich die Kerle zu mir und nehme sie in die Mangel. Wäre doch gelacht, wenn wir das nicht herauskriegen.«

Ach, fürchterlicher Schicksalsschlag, selbst der Direktor, es gibt niemanden, an den er sich wenden könnte, wäre da nicht seine Frau, die alles mit ihm teilt, die ihn versteht, auch wenn er nur einen halben Satz von sich gibt. Sie findet sogleich tröstende Worte.

»Nimm's dir nicht so zu Herzen, Schatz, vielleicht war's ja wirklich keiner deiner Schüler.«

Unentwegt wie eine Planierraupe, beharrlich wie ein Mühlrad erzählt Zawen der Armenier Witze. Eine Obsession. Schon seine Mutter war mit Zawens Scherzen nur allzu vertraut. In der Schule war Zawen der Pausenhofnarr, der Spaßvogel, der Clown außer Dienst. Als Schüler hatte er sich nicht ausgezeichnet, er hatte Schwierigkeiten, sich den Unterrichtsstoff zu merken, niemals aber vergaß er einen ihm zu Ohren gekommenen Witz. Niemand wusste, woher Zawen seine Witze hatte, ob sie ihm zuflogen, ob er sie ausfindig machte, ob er sie suchte unter Stock und Stein, offenhörig war Zawen umwölkt von einem Schwarm bunt flatternder Witze. So wie ein Heiliger von Schmetterlingen. Wenn Zawen dem Schicksal die Hand reichte, zog er sie zurück, bevor dieses einschlagen konnte, drehte ihm eine lange Nase, wieherte über seinen gelungenen Scherz wie ein wildes Pferd, das einen weiteren Reiter abgeworfen hatte. Zawen war im reinsten Sinne des Wortes unverbesserlich, ein Rezidivist, wie er im Lehrbuch steht, weswegen er schon zum zweiten Mal das Arbeitserziehungsheim hüten muss, des armen Mannes Mausoleum, wie er es im Witzumdrehen getauft hat, der gemeine Lagerist zu Lebzeiten einbalsamiert. Zawen der Armenier kann nicht an sich halten, er leidet an gesellschaftszersetzendem Verbaldurchfall, er muss den Alltag mit seinen Witzen kontaminieren, jedes Ereignis, mag es noch so heroisch sein, verkommt ihm zum Witz. Ein Schrei, Zawen fällt auf die Knie, die Sonne birst am Himmel. Sein Gedärm bricht durch. Ich sterbe, schreit er. Einige der Lageristen heben seine Beine hoch und schütteln sie. Zawen wird ruhiger, schreit nicht mehr, wimmert nur noch leise. Die Lageristen sammeln Äste, binden sie zu einem Provisorium zusammen, einer Trage.

»Es geht mir besser«, sagt Zawen.

»Was steht ihr hier rum!«, ertönt es vom Pferd herab. »Muss ich euch mit der Peitsche hintreiben?«

»Er ist hingefallen, er kann nicht mehr.«

»Dann lasst ihn liegen, wenn er hingefallen ist. Soll er hier sterben. Marsch.«

Der Peitschenmann treibt die Sporen in die Flanken seines schönen Pferdes.

»Bleibt bei mir, nur noch ein wenig.«

»Wir hören dich nicht, Zawen.«

»Ich muss euch noch was sagen.«

»Spricht ein wenig lauter!«

»Kennt ihr den? Was ist amoralisch, wird Koljo gefragt.
Antwort: Wenn Woljo meine Kuh isst.
Und was ist moralisch?
Wenn ich Woljos Kuh esse.«

Zawen stirbt, an eine Weide gelehnt, von keinem Lachen dieser Welt gerettet.

KONSTANTIN

Ich habe nicht bedacht, in was für ein Wespennest ich stechen könnte, als ich vor einiger Zeit damit anfing, einige der Erinnerungen aufzuschreiben. Weil ich vermutete, dass es mir helfen könnte, den Überblick zu bewahren. Seit Tagen bin ich wie gelähmt, versuche meine Kräfte zu mobilisieren. Schmerzen haben wieder eingesetzt, die Schmerzen von einst. Die Schmerzen im Kopf, so als zerspränge er. Ich stehe mitten in der Zelle. Mein Denken ein Marder im Käfig. Immer enger kreisend. Ich schreibe den Satz, den mir ein Zwerg im Kopf immer wieder vorbetete: Solange du Angst verspürst, bist du noch nicht verrückt. Die vier schwersten Monate meines Lebens. Als ich die Kontrolle über mein Denken verlor. Die Angst, verrückt zu werden. In der Nacht informierte ich Petko per Morsezeichen über meinen Zustand. Er versprach, mir eine Nachricht im Latrinenversteck zu hinterlassen. Was jetzt mit mir geschehe, schrieb er, sei ein Prozess der Normalisierung. Ich sei dabei zu gesunden, verrückt sei ich zuvor gewesen, als ich keine Angst verspürt hätte. Bald würde ich wieder normal werden, so normal wie alle anderen, die sich fürchteten. Für einige Augenblicke schaute ich belustigt auf mich. Eine flüchtige Erleichterung. Der Zustand verschlimmerte sich. Bei der morgendlichen Kontrolle verlangte ich nach einem Psychiater. Nach einigen Tagen erschien ein Mann in offenem weißem Kittel mit toten Augen in einem gelblichen Gesicht. Angeblich ein Psychiater aus dem Krankenhaus des Innenministeriums. Ich erzählte ihm von den Kopfschmerzen, der Schlaflosigkeit, den Halluzinationen, den Stromstößen, dem Gefühl, als würde ein Gewichtheber mein Hirn mit beiden Händen zusammendrücken. Der Arzt verschwendete keine Zeit für die Diagnose. Dies sei der Beginn einer ernsten Psychose, erklärte er, die unweigerliche Folge der Umstände. Die einzige Heilung sei eine baldige Veränderung, eine Arbeitstherapie, im Steinbruch zum Beispiel. Er lehnte meinen Wunsch nach einem Schlafmittel ab: Keine Arznei könne mir jetzt helfen. Allein schwere körperliche Arbeit an der frischen Luft, Bewegung, Umgang mit anderen, kalorienreicheres Essen, das sei die Lösung. Ich richtete ein Gesuch an den Gefängnisdirektor. Ein Fehler! Er tauchte in seiner Paradeuniform in meiner Zelle auf, begleitet von mehreren Aufsehern.

»Die weiße Fahne, Konstantin, wenn du die hisst, kommt alles in Ordnung.«

Das bestätigte mir, was ich vermutet hatte: Der Mann im Kittel war kein Psychiater gewesen.

»Du bist wohl farbenblind.«

»Was meinst du damit?«

»Unsere Fahne ist schwarz.«

Die Tür wurde zugeschlagen. Ich hörte ihn anordnen, mir solle jeder Wunsch abgeschlagen werden. (Einige Jahre nach der Veränderung begegnete er mir auf dem Boulevard Witoscha. Er stand da mit zwei Jungen, vielleicht seinen Enkeln. Er war gealtert, bleich geworden, abgemagert wie ein Krebskranker, gekleidet in einen schönen, aber viel zu großen Trenchcoat, aus dessen Kragen ein runzliger Hals ragte. Ich blieb etwa zehn Meter von ihm entfernt stehen. Als er bemerkte, wer ihn da spöttisch ansah, huschte eine Mischung von Hass und Schrecken über sein Gesicht, woraufhin er den Blick sofort abwandte, das unterbrochene Gespräch mit seiner Familie fortführte.)

Weitere Krisen setzten ein. Jede zeitweilige Besserung wurde durch eine abrupte Verschlechterung abgelöst. Ich konnte das grelle Licht der Glühbirne nicht mehr ertragen. Ich vermutete, sie hatten die Dosierung der Chemikalien im Essen erhöht. Ich fürchtete dauerhafte Schäden für meine Psyche durch die unbekannten Substanzen. Ich teilte meinen Verdacht den anderen Häftlingen mit, erklärte ihnen, dass ich an diesem Abend die Suppe verweigern würde. Nachdem ich etwa eine Woche lang keine Nahrung zu mir genommen hatte, fühlte ich mich ein wenig besser, wenn auch körperlich geschwächt. Es gab nur eine Rettung. Ich musste die Aufseher glauben lassen, das Gift habe irreversible Folgen gezeitigt, ich musste den Verrückten spielen, solange ich noch in der Lage war, zwischen Normalität und Irrsinn zu unterscheiden. Wann immer ich Schritte vor der Tür vernahm, wandte ich mich ihr mit einem augenverdrehten Blick zu, begann entfesselt zu lachen, ein dämonisches, eruptives Lachen, das so unheilvoll klingen sollte wie mein Zustand.

Eines Tages wurde der Legionär Stefan Ludew in meine Zelle geführt. Er sei als »Krankenschwester« geschickt worden, wie er mir anvertraute, um zu verhindern, dass ich mich umbringe. Zwar hatte ich Selbstmordgedanken gehegt, sie aber sogleich wieder verworfen. Nach all dem, was ich erlitten, ertragen hatte, wollte ich ihr Werk nicht zu Ende führen, wollte ihnen nicht helfen, meinen Fall mit einem Totenschein ad acta zu legen. Auf seine Frage hin, was ich fühlen würde, antwortete ich, wenn ich länger in sein Gesicht sähe, verwandele es sich in das eines mir besonders verhassten Ermittlungsbeamten. Das zumindest hatte ich gelernt: nie etwas preiszugeben, was andere nicht erfahren dürfen, selbst wenn sie volles Vertrauen verdienten.

Das Lachen erfolgte zu jeder Tageszeit, ein unzeitiges, andauerndes Gelächter, das die Zelle füllte, in den Korridor drang, bis sich die Tür öffnete.

»Was ist denn, Konstantin? Warum lachst du?«

Auf Soldatenart stand ich stramm, erstattete Meldung:

»Über die Flagge, Genosse Oberst!« Ich hatte den Wärter befördert. Das Lachen brauste wieder auf.

»Über was für eine Flagge?«

»Über die Flagge, die über der Festung der Toten weht. Sehen Sie die nicht?«

Der Wärter zog sich zurück. Stefan sagte zu mir:

»Sei vorsichtig, du könntest auch an intelligentere Tschekisten geraten ...«

Am nächsten Tag holten sie mich zu einem Treffen mit meinen Eltern ab. Sie empfingen mich mit eingesperrten Blicken. Ergriffen von dem Wiedersehen schoss mein Blutdruck in die Höhe, die Stromstöße entlang der Wirbelsäule, die Krämpfe setzten ein, ich sackte auf den Stuhl neben meinen Eltern. Vor Aufregung zitternd, legte ich den Kopf in den Schoß meiner Mutter, so wie ich es als Kind getan hatte. Ich lag da, während sie mir über die Wange strich, die beiden Wärter anschrie, was sie ihrem Jungen angetan hätten. Es gelang mir, während ich von meiner Erkrankung berichtete, meinem Vater zuzuzwinkern, ohne dass es die Wärter sehen konnten. Das beruhigte ihn offensichtlich, denn er begann, mir medizinische Fragen zu stellen: Ob ich die Halluzinationen wiedergeben könne? Was für Gedanken sich aufdrängten? Er wollte, dass ich die Kopfschmerzen, die Krämpfe möglichst präzise beschrieb. Spezifisch waren seine Fragen, so als wollte er mich auf Details in meinem Verhalten hinweisen, auf die ich bei kommenden Untersuchungen, die mir in Sofia bevorstanden (das hatte er bei der Staatsanwaltschaft erwirken können), achten sollte, wollte ich die Ärzte täuschen.

Als wir am Morgen des 17. Juni zur Latrine getrieben wurden, entsann ich mich, dass vor neun Jahren Mariella und ich uns auf einem Hügel bei Sonnenuntergang »ewige Liebe« geschworen hatten. Die Reminiszenz wurde jäh unterbrochen durch den Befehl eines Wärters, ich solle meine Sachen sofort packen. »Meine Sachen«, welche Sachen denn? Er führte mich durch den »Haupteingang« hinaus. Draußen erwartete mich ein Krankenwagen, drei Begleiter. In der Sofioter Klinik musste ich ein Nachthemd sowie einen Morgenmantel anziehen. Während ich die neuen Gewänder überstreifte, vernahm ich eine Stimme:

»Oh, wir sind doch alte Bekannte. Was führt Sie denn zu uns?«

Vor mir stand einer jener Experten, die während meines Prozesses zu beurteilen hatten, ob ich verrückt war oder nicht.

»Die drei da haben mich hergebracht.«

Ich deutete auf meine Eskorte.

»Kommen Sie mit, damit wir Ihre Anamnese aufnehmen.«

In seinem Kabinett wurde ich gemessen, gewogen. Die Körpergröße war unverändert – 185 Zentimeter, aber ich wog nur noch 49 Kilo.

»Was ist denn mit Ihnen passiert?«, fragte mich der Psychiater.

»Dort, wo ich herkomme, wird getötet!«, antwortete ich.

Es war ihm unangenehm, sein Alltagsparlando fortzusetzen.

Der Psychiater erteilte den Befehl, mich in die Abteilung für schwere Fälle zu bringen. Sie führten mich in einen geräumigen Raum, von dem aus Türen in die Krankenzimmer führten. Alle Fenster vergittert. Der junge Mann, mit dem ich das Zimmer teilte, fürchtete sich vor den Blumen, die seine Mutter ihm mitgebracht hatte. Er verlangte, dass man sie von seinem Nachttisch entfernte. In den anderen Zimmern waren schwerer gezeichnete Kranke. Einer von ihnen, das einst schöne Gesicht von Wahn und Entsetzen verzerrt, erzählte laut, wie Schlangen durch seine Adern krochen, während er in einer Ecke des Zimmers von einem Fuß auf den anderen trat. Ein anderer, der »weiße Löwe«, lief mit einer Mappe unter dem Arm umher, die er aufschlug, wenn er sich an einen der Tische im Aufenthaltsraum setzte. Sie war voller ungelenker Zeichnungen von Zahnrädern, Zylindern und anderen Bestandteilen einer Geheimwaffe, welche den Ausgang des Weltkrieges entscheiden würde, denn der Krieg war noch nicht vorbei, als General der königlichen Armee war es ihm gelungen, sein Regiment zu verstecken, in Erwartung des Tages, an dem er den Feinden, in der Zwischenzeit ausgeblutet, geschwächt, den entscheidenden Schlag versetzen würde. Schon das Innenministerium des Königreichs hatte ihn wegen »gesellschaftlicher Gefährdung« in eine Irrenanstalt gesperrt. Nach dem 9. September '44 wurde er für kurze Zeit auf freien Fuß gesetzt, bis die Volksmacht zur selben Schlussfolgerung kam. »Unter dem Siegel der Geheimhaltung« verriet er mir, er entwerfe eine Hobelmaschine, mit der er das Personal der Psychiatrie zurechthobeln würde. Einige Tage später (wenn die Schmerzen mich nicht lähmten, spielte ich meine Rolle), wurde ein Neuer eingeliefert: Kosta, blond, von Hünengestalt, zweiunddreißig Jahre alt, ein ehemaliger Leutnant der Staatssicherheit. Wenn ich »spazieren« ging, begleitete er mich, um mir immer wieder seine Geschichte zu erzählen. Er behauptete, dass vor kurzem der Kommunismus auf der ganzen Welt gesiegt habe, das Geld keine Bedeutung mehr spiele, da alles kostenlos sei, weswegen Kosta in den besten Restaurants der Stadt eingekehrt war, ausgiebig speiste, die besten Weine verkostete, bis er die Serviette neben seinen Teller legte und wortlos in die Nacht entschwand. Wenn die Kellner ihn auf der Straße einholten und die Begleichung der Rechnung von ihm verlangten, erklärte er ihnen höflich, aber entschieden, dass es nach dem endgültigen Sieg des Kommunismus nichts mehr zu bezahlen gebe. Mehrere Beschwerden gingen bei der Miliz ein. Dort vermutete man, es handle sich um einen Provokateur, der sich über die lichte Zukunft lustig machte. Ein Suchtrupp wurde ausgesandt, der ihn schließlich bei frischer Tat ertappte. Die Überraschung im Revier war groß, als in seiner Innentasche ein Dienstausweis gefunden wurde.

Es gelang mir, die Sympathien einiger der Krankenschwestern zu gewinnen. Sie halfen mir, Briefe hinaus- sowie Essen von meinen Eltern hereinzuschmuggeln. Dimo der Walache, ein wachsamer Drecksack von Aufseher, lauerte einer der Schwestern auf, entriss ihr das

Esspaket, denunzierte sie. Sie wurde sofort aus der Abteilung entfernt, wahrscheinlich entlassen. Die Gespräche mit Kosta brachten mich auf eine Idee, wie ich es Dimo heimzahlen konnte. Eines Tages – Kosta hatte mir gerade den Arm um die Schulter gelegt, erzählte mir eine weitere Geschichte aus seiner Zeit als Ermittler, der Walache saß am Tisch, flirtete mit einer der Schwestern – fragte ich ihn mit einem Fingerzeig auf den Denunzianten:

»Kosta, kannst du eine Untersuchung gegen diesen Verdächtigen führen?«

Kosta sah den Walachen kurz an, bevor er ruhig erklärte:

»Kein Problem. Bleib du hier stehen und schau zu!«

Der ehemalige Ermittler stellte sich vor dem Aufseher auf:

»Hör mal, du Ekel, warum gestehst du nicht alles? So haben wir das Ermittlungsprotokoll in fünfzehn Minuten beisammen, ich schick dich ins Gefängnis und kann nach Hause gehen. Na, was sagst du? Das ist doch ein vernünftiger Handel. Sonst muss ich dich fünfzehn Tage lang quälen oder fünfzehn Monate, und am Ende wirst du sogar die eigene Muttermilch verraten. Dann werd ich mich aber auch quälen müssen. Und so – saubere Angelegenheit! Sag an, bist du einverstanden? Ich hab keine Zeit zu verlieren. Mir sitzt der Plan im Nacken.«

Der Walache sah ihn an, lachte dem über ihn gebeugten einstigen Ermittler ins Gesicht. Kosta war nicht nach Lachen zumute. Er holte aus, eine schmetternde Ohrfeige traf das Gesicht des Milizionärs. Der Walache fiel vom Stuhl, verkroch sich unter den Tisch. Kosta zog das »Untersuchungsobjekt« zwischen den Holzbeinen hervor, fuhr mit der Bearbeitung fort, bis die gesamte Mannschaft an Krankenpflegern dem Walachen zur Hilfe eilte.

Nach einigen Wochen bestätigte mir der leitende Arzt, trotz der Verbesserung meines Zustands sei ich aufgrund der Amplituden zwischen Euphorie und Melancholie sowie der besorgniserregenden Selbstmordgedanken weiterhin als instabil einzuschätzen. Er war der Meinung, dass sich meine Hirnrinde entzündet habe, der Ursprung sei ihm nicht klar, aber sie könnte zweifellos schwere Rezidive zur Folge haben. Es sei notwendig, dass ich noch eine gewisse Zeit unter ärztlicher Aufsicht bliebe, bis meine Physis und Psyche wiederhergestellt seien, mein Blutdruck sich stabilisiert habe, der Kopfschmerz, die sich im Nacken akkumulierenden Stromstöße, die Entzündungen der Hirnrinde verschwunden seien. Zu diesem Zweck schlug er mir Bäder mit Radongas vor, was ich aus Misstrauen kategorisch ablehnte. Er warnte mich, sein Vorschlag sei um einiges angenehmer als die anderen Heilmethoden in der Psychiatrie. Mit meiner Weigerung sowie meinem sonstigen Verhalten hätte ich mir einen Bärendienst erwiesen. Was er gemeint hatte, verstand ich erst, als sie mir Elektroschocks verabreichten.

Widerstand war zwecklos. Sie banden mich ans Bett, befestigten die Elektroden an meinem Kopf, stopften mir ein Stück Gummi in den Mund ... Was folgte, hatte ich schon einmal beobachtet, der blinde Schuss ins Gehirn, Hochspannung für einige Sekunden, wie der Patient das Bewusstsein verlor, die Augen gleichsam aus den Höhlen sprangen, die epilepsieähnlichen Konvulsionen, der Schaum aus dem Mund. Ich schloss die Augen ...

Ich wachte gefesselt im Bett auf. Ich musste meine Schauspielerei beenden, in der Hoffnung, dass meine »Besserung« den erfolgreichen Elektroschocks zugeschrieben werden würde. Die Rettung aus der Rettung bedeutete die Rückkehr in die Hölle.

(aus dem archiv der staatssicherheit)

**AN DAS
PRÄSIDIUM DER VOLKSVERSAMMLUNG**

GNADENGESUCH

> von Radostina Scheitanowa
> wohnhaft in Panagjurischte
> Pentscho-Slawejkow-Str. 77

Vor 6 Jahren wurde mein Sohn Konstantin Milew
Scheitanow aus Panagjurischte, damals 20 Jahre
alt, vom Kreisgericht Sofia zu 20 Jahren Freiheitsentzug verurteilt, eine Strafe, die er gegenwärtig im Gefängnis Pazardschik absitzt.
Wenn man seine Jugend, den Mangel an Lebenserfah-
rung und den schlechten Einfluß seiner Freunde in
Betracht zieht, können die für sein Schicksal
fatalen, unvernünftigen und zu verurteilenden
Handlungen, die ihn ins Gefängnis gebracht haben,
erklärt werden.
Berücksichtigt man, daß die Volksmacht sich bei
ihren Beurteilungen von Menschen und Ereignissen
vom öffentlichen Interesse leiten läßt, erlaube
ich mir, für eine Begnadigung oder zumindest Min-
derung seiner Strafe zu plädieren, da ich der Meinung bin, daß die bislang im Gefängnis verbrachte

Zeit schon einen vorteilhaften umerzieherischen Einfluß auf ihn gehabt hat und er die Fehler und Verbrechen, die er in seiner frühen Jugend aus Unbesonnenheit und Dummheit begangen hat, eingesehen hat.

Ein solcher Akt der Begnadigung, um den Sie zu bitten ich mir erlaube, würde nicht nur meinen Sohn einem sinnvollen tätigen Leben bei der Errichtung des Sozialismus in unserem Land zuführen, sondern auch unserer Jugend, die gelegentlich einen teuren Preis zahlt für ihre jugendlichen Illusionen und Leidenschaften, als Beispiel dienen.

In der Hoffnung, daß diese Bitte einer kranken und schwer leidenden Mutter Gehör finden wird,

verbleibe ich hochachtungsvoll:

SOFIA, 23. Mai 1959   Radostina Scheitanowa

METODI

Fragen Sie nur, ist mir eine Ehre. Wir halten uns an das Thema Ihrer Sendung, selbstverständlich. Živkows Tochter! Mein erster Eindruck? War nicht leicht zu verstehen, was sie sagte. Alles bei ihr drehte sich um Ideen. Wie sie geredet hat, lauter komplizierte Begriffe, alles wissenschaftlich, Kategorien und Kodierungen, Hinweise auf die Lösung jedes Problems. So hat sie es uns erklärt. (Mir blieb nichts anderes übrig, als so zu tun, als hörte ich aufmerksam zu.) Sie gab die Begriffe vor, wir lernten sie auswendig. Außer ihr wusste ja eh keiner, was sie genau bedeuteten. Sie nannte das Semiotik (als ich Dimitrow fragte, was dieses Semiotik sein soll, sagte er: »Zeichensprache«, und als ich ihn fragte, wer denn diese Zeichensprache kapiert, sagte er, sie und sonst keiner). Verstehen Sie mich richtig, sie hatte eine prächtige Bildung, keiner konnte so gut wie sie zusammenfügen, was niemand zuvor zusammengefügt hat, sie war eine Kupplerin, wenn Sie verstehen, was ich meine. Ein Beispiel? Nun, sie hat Marx mit Berdjajew zusammengebracht. Marx kannte ich natürlich schon. Aber den anderen? Bitte nicht missverstehen. Sie hat sich durchaus auch mit uns unterhalten. Sie hat jeden um seine Meinung gefragt. Ich war eher der Zurückhaltende bei den Treffen, aber eines Tages hat sie sich zu mir gewandt: Wir sollten hören, was Genosse Popow zu dieser Frage meint. Ich habe das Gefühl, wir haben es mit einem unentdeckten Reservoir zu tun. (Das war eine haarige Situation, ich hatte seit einiger Zeit nicht mehr zugehört.) Es ging an diesem Tag nicht um Semiotik, sondern um Ästhetik. Mir fiel nur ein Wort ein: Praxis. Die moralische Schönheit muss ihren praktischen Wert für das Tun des Einzelnen erweisen. (Zu meinem großen Erstaunen zeigte sie sich begeistert von meinem Beitrag.) Es muss uns darum gehen, sagte sie, die kreative Saat in jedem Menschen aufgehen zu lassen. Das geht am besten, indem wir die kosmischen Kräfte in ihm wecken (wie irgendein Inder gesagt hat … den Rest habe ich weder verstanden noch mir gemerkt.) Ich stand der Familie nahe. Befreundet waren wir nicht, nein, aber ein Vertrauter, das war ich schon. Živkow ließ mich übrigens wissen, seine Tochter hält große Stücke auf mich, das sagt einiges. Ich habe viel gelernt, von ihm, von ihr. (Was für eine Gaudi, wenn die Parteioberen zugaben, sie haben nichts verstanden, sich selber geißelten für ihren Mangel an Bildung. Keiner hat's gewagt, auch nur 'n Wort von ihr in Frage zu stellen. Die Idioten haben nicht kapiert, wie sie ihren Einfluss nutzen konnten.) Für die Intelligenzija war die Živkowa-Zeit die goldene Epoche. Sie waren ja Vertreter des neuen planetarischen kreativen Geistes, von dessen Entwicklung alles abhing. (Weiß nicht, ob es jemals eine größere Ansammlung von Heuchlern, Parasiten und Arschkriechern gegeben hat.) Sie war sehr großzügig. Kaum erwähnte einer, er kann Gutes für unser Land in Mexiko tun, schon saß der im Flugzeug. Wenn jemand andeutete, er hat eine Verbindung zwischen der indischen Kultur und unserer Kultur entdeckt, wurde er sofort nach Indien abkommandiert. Da gab es keine großen Diskussionen und keine langen Dienstwege. Bescheidenheit, das war ihre herausragende Eigenschaft. Ich kann mich an ein Abendessen erinnern, da hat sie was gesagt, was ich nicht vergessen werde: Ich weiß nicht, wieso andere Menschen Angst haben, etwas zu verlieren, ich kann mich von Früchten allein ernähren. Wir haben gelacht, ich fürchte, wir haben sie missverstanden, es ging um Bescheidenheit, als Prinzip im Leben, so hab ich es ausgelegt. Eines Tages, Živkow war bester Laune, gab er mir den Auftrag, als Belohnung versteht sich, sie zu begleiten, nach Schweden. Dort wurde unser thrakischer Goldschatz ausgestellt, von dem haben Sie bestimmt gehört, ich glaube, der wurde auch in London ausgestellt, haben Sie ihn gesehen? Der König von Schweden schwärmte von unserem Schatz. Siehst du, sagte sie zu mir, wir haben ganz Schweden beeindruckt. (War ja auch nicht schwierig, ziemlich primitive Menschen, diese Schweden.) Der Autounfall war ein schwerer Schlag. Sie war danach noch mehr erleuchtet, wenn ich das so sagen kann, sie wirkte intensiver (ja, und um sie herum wurde nur noch Indisch geredet). Sie wollte jeden erhellen, jeden verändern. Nie werd ich vergessen, wie sie mir eines Tages ein Buch in die Hand drückt, das »Tibetische Totenbuch«. (Ich ließ es in meinem Büro liegen, man weiß ja nie, wer reinkommt und weitererzählt, was ich grad so lese.) Dann brach sie auf, ihre lange Reise nach Indien, dort hat sie den weisesten Mann des Planeten getroffen, der trug allerdings einen merkwürdigen Namen, *Sai-Großmutter*, sie ging in die Berge und lebte wie 'n Eremit in einer Höhle, dort lernte sie, nicht mehr zu atmen und ihren Körper nur mit Denken am Leben zu erhalten und Kontakt herzustellen mit außerirdischen Mächten, das wurde mir erzählt, ich hatte zu dem Zeitpunkt keinen Umgang mehr mit ihr. Steht mir nicht zu, darüber zu urteilen, ich bin ein einfacher Mann, was versteh ich schon von dem Mysterium der Harmonie, von den Bergleuten des neuen Eisenerzes, von dem auserwählten Feuer, von dem erleuchteten Gefäß und den Spiralen. Nein, ich habe sie nie wieder getroffen, sie traf sich nur noch mit Initiierten, so hießen die, die sie verstanden haben. (Die Bauchpinsler wurden Vegetarier, schneller als man 'nem Huhn den Hals umdrehen kann; nur in ihrer Gegenwart natürlich, mussten das Essen ja mit ihr teilen, Tee, 'ne Scheibe Schwarzbrot, Trockenfrüchte und Saft, sie übertrumpften sich gegenseitig mit Begeisterungsrufen, wie gut es ihnen geht und wie lecker es schmeckt. Daheim schlugen sie sich die Wampe mit Koteletts voll.) Außergewöhnlich begabt, ja. Sie konnte

Träume deuten, das ist bei uns eine alte Kunst. Die Leute suchten sie auf und erzählten ihr ihre Träume. Sie ging oft Wanga besuchen. Wie soll ich Ihnen Wanga erklären? Haben Sie in ihrem Land keine Wahrsagerin, die alle Politiker aufsuchen? Ein Mitglied des Politbüros war bei ihr, und sie hat ihn gebeten, eine Nachricht zu übermitteln an die Živkowa. So haben sich die beiden gefunden. Die Wahrsagerin aus Petritsch, die blinde Seherin, die Prophetin, die Heilige und die Einsame, die Kosmische, die Tochter des stärksten Mannes im Staat. Wanga kam sie besuchen, zu einer Zeit, da verließ sie kaum noch ihr Haus in den Bergen. Vor Wanga hatten wir alle Manschetten, so was von geheimnisvoll, das können Sie sich nicht vorstellen. (Albena war ihr völlig ergeben. Sie behauptete, Wanga hat ihr in die Seele geschaut.) War gerade eine Sitzung des Kulturkomitees im Gange, deswegen die vielen Zeugen. Die Živkowa machte Platz, damit sich Wanga auf das Sofa setzen konnte. Ach, Leute, krächzte ihre Stimme, was sind eure Hinterteile so verweichlicht, habt ihr dafür gekämpft? Jemand hat aus lauter Verlegenheit Whiskey angeboten. Wanga lachte auf. »Na, dann her damit, lasst mich euren Rakija probieren.« Die beiden redeten und redeten, später schwor sie auf Wanga, sie sagte: »Einmal hat sie mir das Leben gerettet, viele Male die Hoffnung.« Wenn jemand fragte, wieso denn das Leben gerettet und welche Hoffnung, reagierte sie brüsk: »Das ist zwischen mir und meiner Wanga.« Aber gegen Ende hat Wanga gefragt, ich hab's von 'nem Zeugen: »Jetzt will ich dich um was bitten, kannst du meinen Neffen Arbeit verschaffen?« (Na also, dacht ich mir. Wahrsagerin oder nicht, alle haben das gleiche Ziel. Geh nicht immer von dir aus, sagte Albena.) Hat nicht allen gepasst, das stimmt, es gab Murren: Kaffeesatz statt Kommunistisches Manifest, was soll das! Es hat sogar einen Streit im Politbüro gegeben. »Und was ist mit der Partei?«, hat jemand sie gefragt, und sie hat zurückgeschossen: »Du bist ein vulgärer Marxist, ich weiß nicht, wer dich unterrichtet hat. Welche Partei denn? Die Partei ist ein Trauerzug hinter dem Leichenwagen einer untergegangenen politischen Doktrin.« Das war nicht unproblematisch, das verstehen Sie bestimmt. (Ich hab jeden Respekt für sie verloren. Zumal sie sich in die inneren Angelegenheiten des Amtes eingemischt hat. Sie ließ den Chef der 1. Abteilung der VI. Hauptverwaltung feuern, weil dieser Material sammelte über die bourgeoisen Umtriebe einer ihrer Lieblinge. Sie hat die Staatssicherheit daran gehindert, ihre Arbeit zu tun. Einige Intelligentniks waren für uns unantastbar, trotz ihrer Intrigen und ihres losen Mundwerks). Živkow plante, sie zu seiner Nachfolgerin zu ernennen, keine Frage. Er hörte es gern, wenn sie »unsere Indira Gandhi« genannt wurde, das mochte er. »Wer wird mich denn ersetzen können?«, fragte er besorgt. Da mussten wir antworten: »Deine Tochter natürlich. Sie ist der Aufgabe mindestens so gewachsen wie du.« – »Wirklich? Sagen das die Leute?« (Darauf ein Schwall an Lobhudelei. Die Gesetze der Schönheit, die sie propagierte, bedeuteten im politischen Bereich: Keine ist schöner als sie.) International kam sie sehr gut an. Das hat uns allen geschmeichelt. Sie sind ja auch hier und drehen diesen Film. Ihre Reden über die universellen menschlichen Ziele, das war visionär, nicht wahr? Sie hat viele beeindruckt, bedeutende Figuren, sogar den Präsidenten Jimmy Carter, der hat sich in New York unseren thrakischen Goldschatz angeschaut. Auch den Kaiser von Japan und den Präsidenten von Mexiko, die wollten sich den Goldschatz auch nicht entgehen lassen. (Offensichtlich kam ihr indischer Wirrwarr im Westen gut an, galt denen als progressiv, Hauptsache Marx und Lenin kamen ihr nicht über die Lippen.) Ihre Vision kann ich in einem Satz zusammenfassen: Sie wollte unser Land zum kulturellen Zentrum der Welt machen. Ein ehrgeiziger Plan, zugegeben, vielleicht ein bisschen zu ehrgeizig, wurde von den Initiierten vorangetrieben, das waren die, die viel geistigen Reichtum angesammelt hatten, den wollten sie ins nächste Leben mitnehmen, die glaubten alle an die Wiedergeburt, vor allem an ihre eigene. Sie selbst war ja eine Reinkarnation von Alexander dem Großen. Das wussten Sie nicht, ha? Vielleicht müssen Sie Ihren Film neu aufziehen. »Alexandra die Große«, wie klingt das als Titel? Glauben Sie mir, ich persönlich kannte eine, die war früher Katharina die Große, und einen, der war mal Napoleon. Wenn ich das richtig verstanden habe, stiegen die Initiierten in immer höhere Kreise auf. So sah der Plan aus, immer höher hinauf bis zum absoluten Geist, bis zur absoluten Harmonie (bis zu dem Lokum namens Gott). Was mir in Erinnerung bleibt? Ihre Weisheit, die begleitet mich bis heute, mir kommen ihre Sätze manchmal in den Sinn: »Das ist kein Ziel, das ich verfolge, das ist ein Ziel, das mich verfolgt.« Wunderbar, nicht? Wie kam sie auf solche Gedanken? Fragen Sie nur, kein Problem, das Erzählen strengt mich nicht an. Ach so! Nun gut. Es war mir eine Ehre, Ihnen Rede und Antwort zu stehen. Sie schicken mir die Aufnahme zu, nicht wahr, wenn's fertig ist, ich will damit angeben, bei meinen Freunden. Wird ja nicht jeder von der BBC interviewt.

1959 erzählt

Das erste Gesetz der sozialistischen Immunologie lautet: *Ideologie ist die Wissenschaft von der Realität.* Wenn etwas an der Realität nicht stimmt, liegt es an der unaufgeklärten Wahrnehmung. Der Beweis: Wenn dir ein Traktor über die Füße fährt, geschieht dies – wissenschaftlich bewiesen, da ideologisch vorgegeben – allein aus der Tatsache heraus, dass es dir zustößt, zu deinem Wohle, was zu erkennen dir in der Blindheit deiner Schmerzen schwerfällt. **Das zweite Gesetz der sozialistischen Immunologie** lautet: Das Unrecht stirbt kontinuierlich ab. Eine logische Folge des ersten Gesetzes innerhalb ideologischer Rahmenbedingungen, die das Absterben des Unrechts zum Ziel und Prinzip erklärt haben. Der Beweis: Es gibt keine Polizei mehr, kein Unterdrückungsinstrument einer Schicht von Privilegierten, sondern stattdessen eine Volksmiliz, mit anderen Worten einen Zusammenschluss von Vertretern des Volkes, die bewaffnet sind, ansonsten aber aufgrund ihrer Verfasstheit nichts anderes tun können, als dem Volk zu dienen. **Das dritte Gesetz der sozialistischen Immunologie** lautet: Die *behauptete* Verbesserung ist der *tatsächlichen* Verbesserung überlegen. Sollte sich die behauptete Verbesserung als kontraproduktiv erweisen, muss nur die Sprache angepasst werden, nicht die Realität. Der Beweis: Es gibt keinen. Nur eine dichtbeschriebene Postkarte, die immer noch unterwegs ist an einen unbekannten Adressaten.

Unter einem gewaltigen Porträt von Lenin – geballte Faust, aufgerissener Mund –, unter einer grellroten Losung *Est takaja partija* (ja, es gibt sie, entgegen allen Unkenrufen, die Partei, die in der Lage ist, die Macht an sich zu reißen) sitzen drei Männer im fortgeschrittenen Alter: Schächtelchen, verurteilt, weil er angeblich Tito ermorden wollte, und trotz aller zeitgeschichtlichen Wendungen weiterhin in Haft, ein manischer Sammler von Schachteln, unabhängig von Größe oder Couleur, alles, was wie eine Schachtel aussieht, wird aufbewahrt, eine von den Wärtern tolerierte Marotte, die Schachteln ineinandergepackt wie russische Puppen, in zehn Jahren Gefängnis hat er einen Koffer voller Schachteln zusammengetragen, sein Ein und Alles; daneben ein aufgedunsener Epileptiker, früher Offizier, heute asthmatischer Denunziant, der in der drückenden Hitze des nicht belüfteten Korridors wie ein Hund die Zunge heraushängen lässt und fortwährend hechelt; rechts Nikolai Nikoforow, kurz Niko, der sich in die Hose gemacht hat, der seine Hose hinuntergezogen hat, um nachdenklich vor sich hin murmelnd auf seine Scheiße zu starren, was wiederum Schächtelchen ein rhythmisches Gluckern entlockt. Die anderen Häftlinge gehen an den drei fast bewegungslos dasitzenden, sich selbst genügenden Männern vorbei, ohne sie zu beachten. Bis ein Häftling, als Jugendlicher eingeliefert, im Eilverfahren zum Mann gereift, vor der Riege der Alten stehen bleibt und in strammer Haltung ausruft: »Niko, glaubst du an den Sieg der Vaterländischen Front?«, und Niko, ohne von seiner Scheiße aufzublicken, wie aus der Pistole geschossen antwortet: »Ich glaube daran, ich glaube inzwischen an alles.«

KONSTANTIN

Studentenstreik, angeblich wütende Proteste in der großen Aula, Butterbrote werden ausgeteilt, Reden, die keinem anderen Zweck dienen, als sich der eigenen Anwesenheit zu vergewissern. Die Kamera fährt über die steilen Reihen, ein Amphitheater der Bildung, sehr ähnlich jenem, in das mich ein Milizionär mit Schmeisser hineinführte, bevor er sich an der Tür postierte. Grünes Marmorimitat anstelle von Protest. Der Saal voller Studenten, etwa in meinem Alter. Sie: Medizin im fünften Jahr, ich: Haft im siebten Jahr. Neben dem Katheder saßen an einem langen Tisch zwölf Psychiater. Ich sollte Platz nehmen. Mir gegenüber saß *akademik* Uzunow, hinter mir stand ein Krankenpfleger, eine Krankenschwester. Uzunow richtete das Wort an mich.

»Wir haben dich gerufen, um deinen psychischen Zustand zu bestimmen sowie um unseren Studenten ein Bild von deiner Erkrankung samt den Resultaten der Behandlung zu vermitteln. Da wir informiert sind, dass du ein Kenner der marxistisch-leninistischen Theorie bist, haben wir beschlossen, Professor Welikow zu dieser Diskussion einzuladen. Er hat den Lehrstuhl für DIAMAT und HISTOMAT an der medizinischen Akademie inne. Er war Partisan und hat seine Studien in Moskau abgeschlossen. Unser Patient ist ein langjähriger politischer Häftling, verurteilt zu zwanzig Jahren Haft, weil er einen Bombenanschlag auf die Statue von Stalin im Park der Freiheit verübt hat.«

»Konterrevolutionär also«, bemerkt Welikow.

»Ach, Konterrevolution ist doch immerhin auch ein politischer Akt«, sagt Uzunow versöhnlich. »Nach dem Disput werden wir mit Hilfe des Professors die Logik deines Denkens sowie die psychische Integrität deiner Persönlichkeit prüfen.«

»Professor Uzunow, können wir diese Untersuchung nicht anhand eines neutraleren Themas vornehmen? Diskussionen dieser Art haben mich in die Lage gebracht, eure medizinische Hilfe in Anspruch zu nehmen.«

»Was willst du damit sagen? Dass wir Provokateure sind? Was in diesem Auditorium gesagt wird, bleibt innerhalb dieser Wände. Hier kannst du frei über jedes Thema reden, ohne Angst vor Konsequenzen.«

Das bezweifle ich. Ich muss diese Einladung ablehnen, ich schließe die Augen, um mich zu isolieren, aber ... Welikow verkündet, für ihn als Spezialisten sei es faszinierend zu begreifen, was für besondere Umstände mich in einen Todfeind des Kommunismus verwandelt hätten, und zu sehen, ob die sieben Jahre in Haft meinen Hass und meine Bösartigkeit so sehr intensiviert hätten, dass ich zu einem gerechten Urteil nicht mehr fähig sei. Fünfhundert junge Augenpaare starrten mich an. Wann werde ich jemals wieder die Gelegenheit haben, vor so einem großen Publikum zu sprechen? Ich lasse jegliche Vorsicht fahren.

»Professor Welikow, ich kann nicht der Feind meines eigenen Ideals sein, genauso wenig kann ich der Feind von etwas sein, was nicht existiert.«

»Ich sehe, Sie achten auf die Terminologie, ich wollte sagen, die Errichtung des Sozialismus in seiner ersten Phase, wie sie in der Sowjetunion schon 1936 abgeschlossen wurde.«

»Es gibt keinen Sozialismus in Russland, und es wird auf diesem bolschewistischen Weg nie einen geben.«

»Soso, was ist das denn dann für eine Gesellschaft, in der die sowjetischen Menschen leben und in der wir uns seit fünfzehn Jahren befinden? Wir haben das von Marx und Engels im *Kommunistischen Manifest* proklamierte Programm erfüllt, sogar übererfüllt.«

»Ihr seid in den falschen Zug eingestiegen und an der falschen Station ausgestiegen, und so hat sich das Gespenst in einen Vampir verwandelt.«

»Könnten Sie konkreter werden? In was für einer Gesellschaft leben wir denn Ihrer Ansicht nach?«

»Dafür brauche ich etwas Zeit.«

»Wir verfügen über drei Stunden«, mischt Uzunow sich ein. »Oder zumindest bis wir Hunger bekommen.«

»In Ordnung. Aber ich will nicht schuld daran sein, wenn euch nach drei Stunden der Appetit vergangen ist. Ihr könnt mich jederzeit unterbrechen, ich bin bereit, auf jede Frage zu antworten.«

»Fangen wir doch an.«

»Die Gesellschaft, die ihr geschaffen habt, ist staatlicher Kapitalismus.«

»Bei uns gibt es keine Kapitalisten mehr. Das Kapital, ihr Vermögen, wurde enteignet, ist jetzt kollektives Eigentum, gehört dem Staat. Wie ist Kapitalismus ohne Kapitalisten möglich?«

»Ganz einfach, anstelle des Privateigentums ist das Kollektiveigentum getreten. Trotzdem kann es sich um ein kapitalistisches System handeln. Ich möchte diesen Gedanken mit einem Zitat von Engels belegen. In *Die Entwicklung des Sozialismus von der Utopie zur Wissenschaft* schreibt er, dass staatliches Eigentum an sich kein Beleg sei, eine Gesellschaft als sozialistische zu charakterisieren, denn sonst müsste man Bismarck und Napoleon III. zu den Vorläufern des Sozialismus zählen, die aus militärischer Notwendigkeit ganze Branchen der Volkswirtschaft verstaatlicht haben. Oder euer Parteibuch samt Ehrenabzeichen Kaiser Friedrich Wilhelm von Preußen überreichen, der hat nämlich alle Bordelle verstaatlicht.«

(Dora, der ich zu einer heißen Schokolade am späteren Abend vom einstigen Duell im Auditorium erzähle, um sie aufzuheitern, glaubt mir dieses Detail nicht, wahrscheinlich meint sie, mich wieder einer Ungenauigkeit überführen zu können. Schon am nächsten Morgen finde ich ein unter meiner Tür durchgeschobenes Blatt Papier, auf dem in ihrer steilen Handschrift steht: *Wir, Friedrich Wilhelm von Gottes Gnaden, verfügen hiermit zur Steuerung der heimischen Unzucht öffentliche Häuser einzurichten. Wir verbieten, dass sich galante Frauenpersonen in der ganzen Stadt verbreiten und befehlen statt dessen, sie in diesen Häusern zu halten, auf ihrer linken Schulter mit einer roten Nessel geschmückt, um sie für jedermann kenntlich zu machen. Sollte fürderhin eine galante Frauenperson außerhalb der öffentlichen Häuser bei der Ausübung ihres Dienstes betroffen werden, sollte sie der Gerichtsdiener unter Trommelschlag zurück in das öffentliche Haus führen, wo ihre Dienstschwestern versammelt sind!*)

Unterdrücktes Gelächter von den Rängen.

»Ja, aber bei uns ist die Verstaatlichung allumfassend, und in den wenigen Bereichen, in denen das noch nicht erfolgt ist, wird es bald geschehen.«

»Welche Eigentumsart wie verbreitet ist, hat keinerlei Einfluss auf die grundsätzlichen Produktionsverhältnisse. Im antiken Griechenland gab es in Athen private Sklavenhalterei, in Sparta hingegen staatliche, doch das änderte nichts am Verhältnis zwischen Herr und Sklave. Welche der beiden Formen von Sklaverei die progressivere war, kann nur unter Sklavenhaltern diskutiert werden.«

»Wenn dem so ist, was charakterisiert dann die kapitalistischen Produktionsverhältnisse?«

»Die Ausbeutung.«

»Na, und wer beutet bei uns wen aus? Außerdem ist Ausbeutung nur der allgemeine Begriff für jeden Klassengegensatz.«

»So ist es, aber Sie haben mir zwei Fragen gestellt, erlauben Sie mir, dass ich sie nacheinander beantworte. Im 33. Band in der

4. Ausgabe seiner Gesammelten Werke schreibt Lenin auf Seite 323, dass der Kapitalismus sich nicht durch die Eigentumsform bildet, sondern durch das Ausbeutungsverhältnis. Das sagt er zu einem Zeitpunkt, da seine Partei sich abwendet von dem Prinzip der gleichen Bezahlung aller in der Höhe eines mittleren Arbeiterlohns. Zuerst wurden höhere Gehälter für die bourgeoisen Spezialisten eingeführt, unter dem Vorwand, dass diese daran gewöhnt seien und man sie dadurch zur Mitarbeit an der Erschaffung des Sozialismus motivieren müsse. Lenin fügt hinzu, und ich zitiere ihn wortwörtlich: *Genossen, wenn wir nicht wollen, dass wir so wie die bourgeoisen Politiker und Scharlatane sind, dann müssen wir gegenüber den Arbeitern zugeben, dass wenn eine Kategorie bei uns drei-, vier-, fünfmal höhere Gehälter als der mittlere Arbeiter bekommt, dies Ausbeutung bedeutet, zudem kapitalistische.*

»Das ist nicht wahr! So etwas hat Lenin niemals gesagt. Es ist undenkbar, dass Lenin so eine Dummheit von sich gegeben hat. Er war wie alle Marxisten niemals ein Anhänger der kleinbürgerlichen, anarchistischen Gleichmacherei.«

»Statt dass wir uns über Zitate streiten, wäre es doch besser, wir bitten jemanden, den entsprechenden Band aus der Bibliothek zu holen.«

Uzunow nickt der Krankenschwester zu, sie entfernt sich.

»Lenin hielt diese Maßnahmen für vorübergehend. In fünf, höchstens zehn Jahren würde der sozialistische Staat seine eigenen Spezialisten geschaffen haben. Aber noch zu seinen Lebzeiten stiegen die Gehälter wie auch die Privilegien der Apparatschiks stark an, bis sie ein Vielfaches des Gehalts eines mittleren Arbeiters betrugen.«

»Aber ja doch, ihre Verantwortung ist viel größer, ihre Arbeit qualifizierter und ihr Beitrag zum Wohle aller unvergleichbar mit dem eines mittleren Arbeiters.«

»Heute ist der Unterschied in der Entlohnung hundertfach höher, wenn man die Banketts, Geschenke, Büffets, Reisen in alle Welt, die Chauffeure, die Dienstboten sowie alle anderen Privilegien dazurechnet. Haben Sie sich gefragt, wer den größten Teil des nationalen Ertrags konsumiert? Wer kommt dem Volk teurer zu stehen, die ehemalige Bourgeoise und Aristokratie oder die heute verantwortlichen Genossinnen und Genossen?«

Welikow starrt einen Punkt im grünen Marmor an, einige der anderen rutschen auf ihren Stühlen herum. Im Auditorium Grabesstille.

»Es kann nicht von Kommunismus oder Sozialismus die Rede sein, solange es Lohnarbeit gibt, solange es einen Arbeitsmarkt gibt, auf dem die Arbeiter gezwungen sind, ihre Arbeitskraft körperlich oder geistig zu verkaufen. Wer den elementarsten Kurs in marxistischer Ökonomie belegt hat, weiß, dass bei solchen Lohnverhältnissen und Produktionsweisen jener Mehrwert erzeugt wird, dessen Verteilung gemäß dem Willen des Eigentümers, ob privat oder staatlich, das Maß der Ausbeutung bestimmt und somit auch den kapitalistischen Charakter dieses ›sozialistischen‹ Systems.«

»Und was folgt aus diesem düsteren Bild? Wieso erwähnen Sie nicht die Führungsrolle der Partei, ihre soziale Politik, all die allgemeinnützlichen Maßnahmen und Gesetze? Ihre Analyse des sozialistischen Systems, wenn man es überhaupt so bezeichnen kann, ignoriert die progressive Rolle der Volksmacht und des Staates. Das ist eine Verfälschung der Wirklichkeit.«

»Da Sie für alles eine Antwort zu haben scheinen«, meldet sich einer der Dozenten zu Wort, »erklären Sie uns doch, wo Sie in unserer Gesellschaft einen Klassenkampf erkennen, wer sind die Ausbeuter, wer die Ausgebeuteten?«

»Sie wissen, dass bei uns die Gehälter nicht der einzige Maßstab für den Reichtum der Mitglieder der herrschenden Klassen sind. Ich habe bereits die Privilegien erwähnt, all die kostenlosen Dienstleistungen, die unsere Apparatschiks in Anspruch nehmen können. Je näher ein Parasit den höchsten Sphären kommt, desto tiefer dringt er in den Dschungel eures ›Kommunismus‹ ein, denn er wird tatsächlich nach seinen Bedürfnissen bedient. Er und seine Nächsten, ohne irgendeine öffentliche Kontrolle. Diese Praxis findet überwiegend im Verborgenen statt, und ihre Offenlegung wird bestraft wie der Verrat eines Staatsgeheimnisses. Damit es nicht so abstrakt bleibt, nehmen wir doch das Beispiel von Professor Uzunow. Fragen Sie ihn doch, wie hoch sein akademisches Gehalt samt aller Vergünstigungen ist. Rechnen Sie die Einnahmen aus Vorträgen und Lehrbüchern, die überwiegend von seinen ›Leibeigenen‹ verfasst werden, sowie die Einnahmen aus Privatkonsultationen hinzu, dann wissen Sie, um wie viel mehr er verdient als eine durchschnittliche sozialistische Familie.«

Damit bin ich offensichtlich zu weit gegangen. Im Auditorium eruptiert lautstarkes Lachen. Ich habe mir einen weiteren Todfeind geschaffen, aber jetzt kann ich nicht aufhören.

»Ich bitte Sie, einer nach dem anderen. Ich verstehe Sie gar nicht. Wir sollten doch die Universität nicht in ein Irrenhaus verwandeln. Erlauben Sie, dass ich mit meinen Beispielen fortfahre. Nehmen wir doch den an der Tür postierten Unteroffizier. Er erhält ein Gehalt der dritten Kategorie, und er bildet sich ein, er verteidige den Sozialismus. In Wirklichkeit ist er Türsteher für die Privilegierten in der Diktatur des Proletariats. Aber ich habe die Hoffnung nicht aufgegeben, dass eines Tages Leute wie er die Wahrheit erkennen werden.«

Wieder Unruhe im Auditorium.

»Das alles ist grobe Vereinfachung. Mit billigen Propagandatricks wollen Sie unseren Blick von dem großartigen Aufbau ablenken, den die Regierung vollbracht hat.«

»Dieser großartige Aufbau führt nur zu einer Ausweitung des Staatseigentums.«

»Aber dieses Staatseigentum gehört doch dem Volk, so wird doch das ganze Volk reicher.«

»Das Staatseigentum, das habe ich Ihnen schon erklärt, ist das kollektive Eigentum einer neuen Herrschaftsklasse. Wem es zugutekommt, kann man leicht feststellen, indem man folgende Fragen beantwortet: Wer verfügt über das Eigentum, wer verteilt die Erträge, wer stellt die Arbeitenden ein, wer bestimmt ihre Löhne? Wer entscheidet über die Schließung von alten und die Eröffnung von neuen Produktionsstätten? Mit anderen Worten: Wer regiert, wer verbraucht, wer missbraucht?«

In diesem Augenblick betritt die Krankenschwester das Auditorium, in ihren Händen ein brauner Band der Gesammelten Werke von Lenin.

»Wenn Sie erlauben, suche ich schnell das Zitat heraus, dessen Existenz Sie leugnen.«

Ich schlage die entsprechende Seite auf, ziehe mit dem Fingernagel eine Linie unter dem entsprechenden Satz einer Rede Lenins, bevor ich das geöffnete Buch der Schwester zurückreiche, die es zu Welikow hinüberträgt. Er liest es, mehrmals.

»Merkwürdig, bisher war mir diese Aussage von Wladimir Iljitsch nicht untergekommen.«

»Wie sollte sie Ihnen auch unterkommen, da Sie Lenin wie alle anderen Klassiker gemäß dem kurzen Lehrgang von Dschugaschwili durchnehmen.«

»Wenn es keine weiteren Fragen an den Patienten gibt, können wir die Untersuchung jetzt abschließen.«

Welikow will sich mit einem solchen Finale nicht anfreunden.

»Aber er hat uns noch nichts gesagt über den Staat und die Revolution. Genau diese Frage ist, wie Sie wohl wissen, entscheidend für unseren Disput.«

»Die Antwort auf diese Frage finden Sie schon bei Michail Bakunin. Lenin hat sich damit befasst in *Staat und Revolution*, in dem er sich auf Bakunins Werk *Soziale Revolution oder militärische Diktatur* bezieht. Der Unterschied liegt in der Konjunktion und/oder. Dieser kleine grammatikalische Unterschied ist entscheidend. Während Lenin sich mit dem Staat als einem Instrument der Revolution zur Unterdrückung ihrer Feinde beschäftigt, zumindest während der sogenannten Übergangsphase, die dem Absterben des Staates vorangehen soll, meint Bakunin, dass sich von Anfang an eine der beiden Alternativen durchsetzen muss, entweder die Revolution oder die Diktatur. Letztere führt zum Ersticken der Revolution, verwandelt sie in eine Konterrevolution. Wenn die Revolution hingegen den repressiven Apparat des Staates und die Ausbeutung überwindet, emanzipiert sie die ganze Gesellschaft, fegt die Klassenpyramide und die soziale Ungerechtigkeit weg.«

Welikow bleibt nichts anderes übrig, als die Lenin'sche und Stalin'sche Argumentation zu wiederholen, die postrevolutionäre Existenz des Staates sei notwendig, weil die Revolution in dem Land, in dem sie siegreich gewesen war, gegen die weltweite Konterrevolution verteidigt werden müsse.

»Wenn die Kräfte des Weltkapitalismus jene der siegreichen Revolution in einem oder einigen Staaten übersteigen, kann es für das Proletariat nur eine Lösung geben: Die Ausweitung der Revolution, doch das ist logischerweise nur möglich, wenn sie im eigenen Land durchgesetzt wird und ein Vorbild wird für alle anderen.«

Welikow unterbricht mich. »Die Revolution wird geschwächt und verraten, wenn sie die Stärke eines Staates entbehren muss, dessen organisatorische Möglichkeiten, eine eigene Armee, Miliz, Verwaltung?«

»Eine Frage: Während das Proletariat die Oberhand gewinnt, hat es diese Institutionen auf seiner Seite, oder muss es einen blutigen Kampf gegen sie führen?«

»Vor der Revolution sind sie in den Händen der Bourgeois, danach in seinen.«

»Ich merke, Sie gehen auf meine Argumente nicht ein, das zwingt mich zur Wiederholung. Ich habe Ihnen schon dargelegt, dass es einen proletarischen Staat nicht geben kann. Nur das weitreichende Bewusstsein der Ziele der sozialen Revolution, die Schaffung von internationalen Organisationen und Netzwerken, das tägliche Vorleben von Solidarität, die Kettenreaktion von kleineren und größeren Aufständen können zu einem Sieg der Revolution führen und wichtiger noch zu einer sozialen und geistigen Emanzipation der Menschheit. Diese Kraft wächst an Durchsetzungsvermögen, wenn die arbeitenden Klassen Gesellschaften ohne Machthaber, Ausbeuter und Parasiten schaffen können. Die fortwährende Existenz von solchen Strukturen demoralisiert und demobilisiert. Das führt zu Apathie, Verzweiflung und im Endeffekt zur moralischen Kapitulation. Das erlaubt den Bourgeois zu behaupten, dieses Ideal sei reine Utopie, eine andere Welt, eine bessere Ordnung sei nicht möglich.«

Man lässt mich weiterreden, sei es wegen der wachsenden Unruhe im Auditorium, sei es, weil Welikow hoffte, ich würde in irgendeine dialektische Falle tappen.

»Deswegen ist die Macht der Apparatschiks der größte Feind der Arbeitenden. Die Bürokratie, die Armee, die Polizei führen einen Klassenkampf gegen das eigene Proletariat.«

»Ihre Ergüsse sind nicht nur höchst fragwürdig, sondern auch abstrakt. Solange ein überlegener Klassenfeind die internationale Arena beherrscht, kann sich die Diktatur des Proletariats weder den Luxus der formalen Freiheiten der bourgeoisen Demokratie noch der Selbstverwaltung der Arbeiter leisten. Deswegen wird sich unsere Macht weiterhin gegen die Feinde des Sozialismus wenden, bis sie alle besiegt sind und der letzte Nagel in den Sarg des Weltkapitals eingeschlagen ist.«

»Bisher habt ihr nur den Deckel auf der in den Jahren 1917 bis 1921 umgebrachten Russischen Revolution festgenagelt. Von Totengräbern des Kapitalismus habt ihr euch verwandelt in Grabräuber der Revolution und der Hoffnung auf eine freie und gerechte Welt.

Heute klingt das Lied von Gleichheit, Brüderlichkeit, Freiheit wie reinster Hohn.«

Uzunow gibt ein Zeichen, dass die sitzende Visite beendet sei, und bittet die am Tisch Versammelten, sich über meinen psychischen Zustand zu äußern. Eine Ärztin erklärt knapp, da ich über ausgezeichnete Fähigkeiten des abstrakten Denkens verfüge, sei es bedauerlich, dass diese nicht ein anderes Feld der Anwendung gefunden hätten. Alle anderen schweigen. Als ich hinausgeführt werde, höre ich Welikow sagen: »Wieso haltet ihr ihn denn hier fest? Ihr seht doch, seine Gedanken schneiden wie ein Rasiermesser. Ich wasche meine Hände ... Übergebt ihn an die Genossen.«

Der Unteroffizier führt mich in den »Salon« für gewalttätige Verrückte. An der Zellentür übergibt er mir einen Plastikkamm, den ich als Erinnerung an diesen Tag aufgehoben habe.

Zum Abschied sagt er: »Ich denke so wie du, aber ich traue mich nicht, es zu sagen, ich habe Frau und Kinder. Für dich ist es einfach.«

Zwei Tage später wurde ich ins Sofioter Gefängnis gekarrt, in die Strafabteilung, wo die zum Tode Verurteilten eingesperrt waren.

(aus dem archiv der staatssicherheit)

12. Beurteilung

Während des derzeitigen Jahres 1959 legt er ein
extrem schlechtes Benehmen an den Tag, oftmals
hat er gegen die Vorschriften für die innere Ordnung des Gefängnisses verstoßen, wofür er bestraft und isoliert worden ist, ein fanatischer
Anarchist. Er weigert sich, an der politischen
Bildungsarbeit teilzunehmen und betreibt zer-
setzende Arbeit unter den Gefangenen, damit sie
nicht an der politisch-aufklärerischen Arbeit
teilnehmen. Er hat offen erklärt, er brauche
keine kommunistische Erziehung. Er hat eine feindliche Einstellung gegenüber den Maßnahmen der
Volksregierung. Auf die ihm auferlegte Bestrafung
reagiert er negativ und gesteht seine Schuld
nicht ein. Er sucht den Streit mit dem Wachperso-
nal. Selbiger ist jetzt zur Behandlung in Sofia.
2.12.1959, Pazardschik
Leiter (Tascho Karamitew), stellv. Leiter (Nikola
Awramow)

<u>Meldung</u> vom 17.3.1960 des Agenten Nowak,
entgegengenommen von 19:30 bis 20:30 Uhr in der
Treffwohnung

Am 28.2.1960 um 18 Uhr ist Dr. Milju Scheitanow auf
Einladung der Quelle in seine Wohnung gekommen
und aus dem Gespräch heraus hat Dr. Scheitanow
gesagt: „Vor einiger Zeit ging ich meinen Sohn im
Gefängnis besuchen – in Sofia. Ich traf auch den
Direktor und sprach mit ihm über das Betragen
meines Sohnes und ob er eine Begnadigung erwarten
könne. Selbiger sagte mir jedoch, sein Verhalten
sei nicht gut. Mein Sohn besuche nicht die Versammlungen und Zirkel im Gefängnis. Ich traf auch
meinen Sohn und redete auf ihn ein, daß er sein
Betragen korrigieren müsse, aber er antwortete
mir, daß er unser Treffen beenden würde, wenn ich
weiter darüber spräche. Ich kann mir nur eines
nicht erklären – warum mein Sohn sich nicht anpassen konnte, um das Gefängnis früher zu verlassen, und danach mag er an seiner Idee festhalten. Habe ich es etwa leicht! Aber es ist die
Zeit gekommen, sich damit abzufinden, damit wir
den Kommunisten kein Dorn im Auge sind. Ich kann
den Willen meines Sohnes nicht verstehen, der drei
Jahre in Einzelhaft verbracht hat, ohne jemanden
zu haben, mit dem er hätte sprechen können, infolgedessen er einen Teil seiner Sehkraft verloren
hat. Wie du weißt, sind bereits drei aus dem Gefängnis gekommen, aber ich zähle nicht darauf,
daß mein Sohn entlassen wird. Hoffentlich ist Gott

barmherzig und gibt ihm Gesundheit und Mut, um
die Strafe zu ertragen. Ich kann nicht darauf zählen, ihn bei einem Umsturz lebendig wiederzuse-
hen, weil wir alle auf den Schwarzen Listen stehen.
All das überlebe ich mit meiner männlichen Würde,
aber die Frau kann es nicht, und das bereitet ihr
große Qualen, infolgedessen ihre Gesundheit erschüttert wurde ... Du wirst wissen, daß diese
Rundreisen von Eisenhower und Chruschtschow
nicht aus irgendeinem Wunsch nach Frieden heraus
geschehen. Bei diesen Rundreisen zeichnen sie
Aktionspläne und solche für die Unterstützung bei
der Aufrüstung. Wenn wir gesund und am Leben
sind, werden wir Zeugen dieser Ereignisse werden."
Danach verließ Dr. Scheitanow das Haus der Quelle
gegen 19:30 Uhr.
Panagjurischte „Nowak"
17.3.1960

Aufgabe: Er soll Beziehungen mit Dr. Scheitanow
aufrechterhalten, wobei er sich seinen Wunsch
zunutze macht, daß dieser ihn besuchen kommen
will, und ihn immer wieder einlädt. Im Gespräch
soll er ihm sein Mitgefühl aussprechen und ihm
raten, er soll durch irgendwelche Bekannte,
falls er solche hat, für die Freilassung seines
Sohnes aktiv werden. Er soll andeuten, daß Metodi
Popow, soweit er wisse, eine verantwortungs-
volle Stelle im Sofioter Gefängnis innehabe und
es nicht schlecht wäre, es auch durch ihn zu versuchen, obwohl die Wahrscheinlichkeit, daß er
ihm hilft, nicht groß ist. Damit wird darauf abge-

zielt, daß der Agent, falls sich ihm das Objekt
anvertraut, überprüft, daß es in der Richtung
aktiv ist, über die wir Angaben haben ...
Gedruckt in 3 Exemplaren
Leiter Revier Innenministerium
Oberstleutnant: (Unterschrift)

KONSTANTIN

Sofia duftete bei meiner Rückkehr. Der Paprikaspätsommer, auf den ich zehn Jahre lang hatte verzichten müssen; ein Auto mit geöffneter Heckklappe, zwei Männer verstauten Kartons, bis oben hin voll, die ganze Stadt roch nach frisch gerösteten Paprikas. Vor einem Haus saßen einige Männer beisammen, zogen die verkohlte Haut von den Schoten ab, ihre Hände schwarz-rot gefleckt. Im Bus saß ich neben einem offenen Fenster, mir schwindelte, die Überwältigung, so wie Jahre zuvor, als sie mich aus dem Gefängnis auf die Donauinsel brachten. Nach Jahren der Wände wurde mir übel angesichts der grünen Landschaft, der Bäume, des Schilfs. Nach Jahren des Sumpfs wurde mir nun übel vom intensiven Paprikageruch. Keine acht Stunden her, da lagen wir auf einer Decke, fünf Arbeitsverweigerer: zwei Anarchisten, drei Bauernbündler. Die anderen dreitausend schnitten Rohrkolben ab, eifrig der Norm von zehn Garben pro Tag hinterher, vierzig Stotinki wert, die Rohrkolben dick wie Handgelenke, über zwei Meter hoch, ein Dutzend von ihnen ergab eine Garbe. Wir lagen auf der Decke, kauten an Grasstängeln, schauten den *konzlageristen* bei der Arbeit zu, wie sie in einer Reihe standen, wie sie auf ein Signal hin zum Schilf hinabrannten, wie sie die Rohrkolben mit einfacher Machete schnitten, wie Rangeleien um die dickeren Kolben ausbrachen. Ein jeder von ihnen glaubte, Gehorsam, gute Führung seien der einzige Ausweg, eine Abkürzung präziser gesagt, denn zwei Arbeitstage wurden als drei

Hafttage gerechnet, die Garben ersparten einem fünfzig Prozent Strafzeit, in einer Woche drei Tage, in einem Jahr zweiundzwanzig Wochen. Atanas, der andere Anarchist, auch er zu zwanzig Jahren verurteilt, war eines Tages aufgestanden, zum Schilf geschlendert, hatte eine Garbe geschnitten, sie zur Abgabestelle getragen. Der Buchhalter hatte gefragt, auf wessen Name er die Garbe verbuchen solle, worauf Atanas geantwortet hatte: Ach, schreib's dem Kolbengeist zu. Seit wir uns der Arbeit verweigerten, hatte nur ein einziger der Fleißigen, Borko Schwejk, wie ihn alle nannten, an einem der heißen Tage darum gebeten, auf unserer Decke im Schatten Platz nehmen zu dürfen. Er galt als verrückt. Er ruhte sich aus, ausgestreckt, den Blick auf die Wipfel über sich gerichtet, als entzifferte er einen Text im Geäst. Unvermittelt sagte er: Sie arbeiten für jene, die ihnen die Seele rauben. Und das wollen politische Häftlinge sein. Kein Gedanke an Paprika, vor mir zehn Jahre Haft. Wir beachteten den Offizier nicht, der sich näherte, wir ignorierten ihn, als er vor uns stand.

»Scheitanow, mitkommen!«

Ich vermute eine weitere Bestrafung, richtete mich auf, verabschiedete mich nicht einmal richtig von den anderen. Am zweiten Objekt wartete Monka auf mich, ein alter Aufseher, der an Parkinson litt. (Weißt du, wieso dein Kopf zittert, Monka? Weil du dem Volk so oft gedroht hast.)

»Los geht's, du wirst freigelassen, hol deine Sachen.«

Also packte ich ein, was ich besaß: Kännchen, Löffel, Unterwäsche, Kissen, zwei Decken, einige Zeitschriften, einige Bücher. Warf alles in eine der Decken, band sie zu einem Bündel. Vermutlich verlegten sie mich in ein Gefängnis, auf jeden Fall stand mir ein Fußmarsch von zwölf Kilometer zur Pontonbrücke bevor.

»Geh zum Portal«, sagte Monka.

Der Oberaufseher trat aus dem Verwaltungsgebäude.

»Genosse Konstantin Scheitanow, schon vor Zeiten hätten wir

dich entlassen müssen, es gab Verzögerungen, du weißt schon, aber jetzt ist die Stunde gekommen.«

»Wir waren nie Genossen und werden es niemals sein.«

»Ich würde dir raten, dich etwas zu beherrschen, wenn du uns nicht bald wieder einen Besuch abstatten willst.«

Wieso diese Farce, dachte ich. Wie lächerlich zu glauben, ich würde diese angebliche Entlassung für bare Münze nehmen.

Ein Pferdekarren, vollgeladen mit Garben, hielt vor mir. Ich sollte aufsteigen. Das war nie zuvor geschehen, wir bewältigten alle Strecken zu Fuß. Auf einmal war ich mir hinsichtlich der Freilassung nicht mehr so sicher. Wir kamen an den Arbeitern vorbei, an den Verweigerern, die aufgestanden waren, mir zuwinkten. Ich spürte eine Traurigkeit, die Freunde der letzten Jahre zurückzulassen. (Drei Monate später, als sie amnestiert wurden, begriff ich, wie sehr man mich kompromittiert hatte, indem man mich, ohne Grund, ohne Erklärung vor den anderen freigelassen hatte.) An der Hauptpforte am Ufer fragte mich der diensthabende Offizier, wie spät es sei.

»Schau selbst nach«, sagte ich, nahm meine Uhr ab, überreichte sie ihm. Er warf sie auf den Boden, zertrat sie.

»Die brauchst du nicht mehr, Scheitanow. Für dich beginnt eine neue Zeit.«

Dort Rohrkolben, hier Paprikas. Ein Karren voller Rohrkolben, ein Lastwagen voller Paprikas. Die Hauptstadt roch nach Paprika. Es war eine lange Heimfahrt. Ich stand vor dem Portal, wartete auf den Bus, einfache Menschen darin, Bauern, Arbeiter, keiner traute sich, mich anzublicken, sie wussten, wo der Bus gehalten hatte, mit einem flüchtigen Blick hatten sie erkannt, dass es sich bei dem neuen Passagier nicht um einen Uniformierten handelte. Der Platz neben mir blieb frei.

Am Bahnhof kaufte ich eine Fahrkarte für die dritte Klasse, wartete auf den nächsten Zug, stieg ein, setzte mich auf eine der hölzernen Bänke, neben mir das Bündel, in meinen Händen die braune

Schirmmütze. Der Zug füllte sich, bald war zu wenig Platz, ich nahm das Bündel auf den Schoß, die anderen Passagiere starrten darauf, wer kehrt aus den Ferien mit einem solchen Bündel heim. Ich fühlte mich wohl inmitten der Menschengruppe im viel zu engen Abteil, aufgehoben. Keiner wusste, wer ich war, der sonnenverbrannte Mann, abgemagert, nicht ausgehungert, vielleicht siebzig Kilo schwer, dieser schweigsame Mann mit dem großen Bündel auf dem Schoß. Der Zug tuckerte durch Landschaften, die ich nicht betrachten wollte. Es wurde eine lange Heimkehr. Als ich kurz vor Ankunft in Sofia, wo ich vor der Weiterfahrt nach Panagjurischte übernachten musste, einer jungen Frau meinen Platz überließ, hörte ich einen Halbstarken sagen:

»Nun guck dir mal den Streuner an, macht einen auf Gentleman.«

Viele haben mich seitdem gefragt, wie es war, nach Hause zu kommen. Zuletzt Dora. Die meisten haben an der Heimkehr mehr Interesse gezeigt als an der Zeit der Abwesenheit. Am meisten interessiert sie, wie meine Rückkehr in ihre Art der Normalität verlaufen ist. Meine kargen Antworten enttäuschen sie. Am ersten Abend gab es *köfte*, die großen, dicken *köfte* meiner Mutter, die ich liebte. Sie hatte Unmengen gekocht, für ihren Sohn, der seit zehn Jahren kein richtiges Essen bekommen hatte. Ich konnte mit Mühe ein Köfte verdrücken. Die Familie umarmte mich, andere fragten, wieso ich am Leben geblieben war. Das ist es, was mir von meiner Heimkehr in Erinnerung geblieben ist: der Duft von Paprika, die Zurückhaltung der Menschen. Wenn ich unverblümt meine Meinung äußerte, vermuteten sie eine Provokation. Sie vermieden jedes verfängliche Thema. Sie hatten gelernt, sich selbst zu überwachen.

Nichts mehr war mir vertraut.

Es kam mir vor, als wäre der Alltag eine Sprache, die ich als Einziger nicht verstand.

METODI

Ahmak s ahmak. Waleri lädt uns seit Monaten ein. So oft und so aufdringlich, bis es keine Möglichkeit mehr gibt abzulehnen, ohne Misstrauen zu erregen, vor allem bei Albena, die mir im Ohr liegt … je älter du wirst, desto weniger Zeit haben wir für unsere Freunde … Also wir zu denen nach Hause. Nezabrawka kocht selber. Das kann sie auch. Sie und Albena, zwei Zwitscherlinge auf 'nem langen Ast. Waleri höchst zufrieden mit sich. Gelegentlich berührt sie ihn, Schulter, Hand, Arm, das macht sie bestimmt, um mich zu ärgern. Sie behandelt mich so, als kennen wir uns kaum. Ausgesprochen höflich – wenn ich denen erzähle, wie grob sie sein kann … ein wenig Geduld, sagt sie vor dem Hauptgang, verschwindet. Ich mit 'nem Vorwand in die Küche, und Nezabrawka, die steht tatsächlich am Herd, rührt in 'nem Topf um, verdammt, wie sie so dasteht, was für 'ne Leckerschnitte.

»Tochter«, sag ich und leg ihr die Hand auf den Arm, »wir müssen uns aussprechen.«

Ich hab den Kochlöffel nicht gesehen, nur gespürt, wie mir die heiße Soße ins Gesicht klatscht, wie's brennt, wie ich aufschrei, ich hör sie zischen: Du bist ein Wurm. Ich wisch mir das Zeug aus den Augen, da ist schon Waleri in der Küche, und sie ändert ihren Ton und beginnt mit einem Tuch in meinem Gesicht rumzumachen und sich zu entschuldigen, bis sich alles ein wenig beruhigt, da erklärt sie ihrem Waleri, ich hab sie erschreckt, so plötzlich von hinten aufgetaucht, eine instinktive Handlung, und der alte Fotzenschnüffler macht daraus 'nen großen Scherz, wie lustig, meine Spionagetage sind wohl endgültig vorbei, wenn ich nicht mal mehr 'ner Köchin auflauern kann, Albena findet's lustig, und selbst Nezabrawka, mit Verspätung, stimmt in das Lachen ein, da lacht sie endlich, ich hab sie endlich zum Lachen gebracht, sie lacht mich aus.

Danach gilt die Aufmerksamkeit am Tisch auf einmal mir, Nezabrawka ganz interessiert, wie verlogen, was ich denn früher getan habe, über meine Karriere als Politiker, die Politik, die ist doch so faszinierend.

Nachher macht mir Albena Vorwürfe, ich hab die ausgelassene Stimmung ruiniert mit meiner Philosophiererei und wieso ich mich immer so aufspielen muss. Das Mädchen war doch nur höflich, hast du das nicht gemerkt, glaubst du etwa, deine alten Geschichten interessieren noch irgendjemanden? Das ist alles längst vergangen. Daran nagen nur noch die Wollmäuse.

Frau, halt's Maul, du hast keine Ahnung. Vergangen! Von wegen. Wir spielen die Hauptrolle. Schau dir die große Politik an, Amerika, Russland, überall Geheimdienstler an der Macht. Wir halten die Welt an der Gurgel, und ob sie atmet oder nicht, wann sie atmet, das entscheiden wir, kapierst du?

Ich muss so laut geschrien haben, der Chauffeur hat gehalten und abgewartet, bis der Sturm sich legt. Die Sache war gegessen, Albena stumm wie 'n Fisch, zu Waleri gehen wir nicht mehr.

KONSTANTIN

Ich nenne sie Kellerkinder, nicht, weil sie im Souterrain leben, sondern weil sie den Keller ihrer Computer nie verlassen. Sie nennen mich Analogikos. Ich bin mir nicht sicher, wie wohlwollend sie es meinen. Ein kleines Wunder, dass wir uns gefunden haben. Eine Demonstration, ein zufälliges Kennenlernen, ein junger Mann in engen Hosen, der bei einem unserer anarchistischen Treffen auftauchte, aufmerksam zuhörte, ohne ein Wort zu sagen. Der mich eines Tages einlud, nur mich, in ihren Keller. Sie nennen sich nicht Anarchisten, wenn neuer Wein in alte Flaschen abgefüllt wird, müssen die Etiketten entfernt werden. Sie lesen keine Texte, die länger sind als eine Bildschirmseite, aber sie verteidigen eine Sehnsucht, die meiner ähnelt. Mit eigenwilliger Entschiedenheit. Lichtjahre liegen zwischen uns, sie haben keine Schattenreiche durchmessen, sie verfügen über andere Waffen für andere Angriffsziele, doch habe ich den Eindruck, es geht weiter, mit ihnen. Sie haben Gefallen an mir gefunden. Ich will einen gewissen exotischen Faktor nicht ausschließen. Unsere Organisation hat den Weg alles Sterblichen durchschritten. Zuerst kamen die Älteren, die geschlossen das Fortleben der Idee feiern wollten, die jeden mitbrachten, der auch nur das flüchtigste Interesse an den Tag legte, nicht wenige in jenen kurzen Tagen des Weitblicks. Als es wieder ins Tal hinabging, nahm die Zahl der Anwesenden von Woche zu Woche ab, manche hatten sich ihrer jugendlichen Ideale ausreichend vergewissert, viele starben, unzureichend ersetzt durch Jüngere, deren Neugier verflog, sobald sie merkten, dass es nur Nachteile gibt, als Anarchist bekannt zu sein. Bis wir die Treffen mangels Zulauf nur noch monatlich anberaumten. In den ersten Jahren nach 1989 trafen wir uns in einem Klub, an der Straße, die zum Friedhof führt, der uns von den Bauernbündlern einmal die Woche zur freien Nutzung überlassen wurde. Junge waren damals nur anwesend, wenn jemand seinen Sohn oder seine Enkelin mitbrachte. Jeder redete, was er wollte, solange er wollte, es war von Anfang an offensichtlich, dass wir keine ernsthafte politische Arbeit vorantreiben würden, wir genossen unsere Palaverfreiheit. Eines Tages stand einer auf, den ich nie zuvor dort gesehen hatte. Während der alte Mann redete, mit einer gewissen natürlichen Autorität, betrachtete ich sein Profil, ich saß seitwärts, das Profil war wie ein Memento, bei dem man vergessen hat, woran es mahnen sollte. Die Männer an meiner Seite kannten ihn so wenig wie ich. Was war er von Beruf, fragte ich jemand anderen, später, als wir in Grüppchen zusammensaßen. Jurist, wenn ich mich nicht täusche. Was tut er hier? Er war in jungen Jahren Anarchist. Da sah ich ihn zum ersten Mal richtig, von vorne. Jurist, ergo Richter, ergo Vorsitzender des 7. Senats am Landesgericht Sofia, ergo der Richter, der ...

»Erinnerst du dich an mich?«

»Nein. Woher kennen wir uns?«

»Aus dem Gericht.«

»Welcher Fall?«

»Die Statue von Stalin.«

»Ah ja. Jetzt. Hab dich wohl nicht zum Tode verurteilt?«

»Nein, zu zwanzig Jahren.«

»Was willst du dann von mir?«

»Ich sag dir, was ich will. Ich will, dass du sofort verschwindest, sonst prügele ich dich aus dem Saal.«

Der anarchistische Richter verschwand sofort, ward nie wieder unter uns gesehen. Doch ein anderer in der Runde, der ihn mitgebracht hatte, beschwerte sich bei mir: Ich bringe Leute her, und du vertreibst sie.

1970 erzählt

Es wird wieder einmal gewählt. Er ist noch nie in seinem Leben zur Wahl gegangen. Er wird diesmal keine Ausnahme machen. Obwohl Strichlisten geführt werden und die Vaterländische Front so gut organisiert ist, dass sie zu jeder Kundgebung die Reihen füllt, die Reihen schließt, Viertel um Viertel, Betrieb nach Betrieb. Es klopft an seiner Tür. Örtliche Aktivisten.

»Genosse, Sie sind ja gar nicht bereit.«

»Wozu?«

»Haben Sie nicht gehört, heute finden Wahlen statt.«

»Sollen sie doch stattfinden.«

»Unsere Gruppe befindet sich in einem Wettstreit, wer als Erster einhundert Prozent Wahlbeteiligung hinkriegt. Wir haben uns das Ziel gesetzt, dass alle in unserem Block bis elf Uhr gewählt haben sollen.«

»Kein Problem.«

»Wir wollen kollektiv wählen.«

»Einfache Sache.«

Eine Stunde später klopft es wieder an der Tür.

»Was ist los, Genossen. Alle warten auf euch.«

»Geht vor, wir kommen gleich nach.«

»Zieh dich an«, sagt er zu seiner Frau, »wir gehen wandern, auf zum Witoscha.«

Eine ausgiebige Wanderung, erst spät am Abend kommen sie zurück. Es ist ein warmer Abend, die Vaterländische Front hatte Tische vors Gebäude getragen, an denen sitzen die Wähler, essen, trinken, feiern den Wahlsieg.

»Wo wart ihr?«

»Spazieren.«

»Und wählen?«

»Es ist Zeit genug für alles. Wie war die Wahlbeteiligung?«

»99,92 Prozent.«

»Knapp daneben.«

»Irgendjemand hat unsere Anstrengungen sabotiert.«

»Ich weiß nicht, Genossen, für mich klingt 99,92 nach mehr als 100.«

Goscho »Marxista« Petrow, Dozent an der Universität, neigt sich grinsend in seinen Suff. Er umarmt den späten Ankömmling.

»*Ashkolsun*, wenigstens einer hier hat sich als Mann erwiesen.«

KONSTANTIN

Sie haben mir ein Epos überreicht, zweitausend Seiten schwer, schwerer als die Königsdramen von Shakespeare. Sechs Monate Überwachung im Jahre 1971. Abhören unseres Telefons, Mikrophone in der Wohnung. Zu einem Zeitpunkt, da ich spürte, wie sich die Schlinge um meinen Hals zuzog. Eine Drohung hier, eine Warnung dort. Hinweise auf den nächsten Schlag der Staatssicherheit. Ich wusste, wenn sie mich noch einmal einsperren, auch wenn es »nur« wegen der Verbreitung illegaler Schriften und staatsgefährdender Äußerungen sein würde, sehe ich nie wieder das Tageslicht jenseits des Karrees.

Am 10. März erhielt ich eine Vorladung, ich hätte mich beim 1. Bezirksamt zu melden. Ich warf das Schreiben weg. Nach einem Monat erschien ein Milizionär an der Tür.

»Konstantin Milew Scheitanow?«

»Der bin ich.«

»Wieso bist du nicht im Bezirksamt erschienen?«

»Weil ich Wichtigeres zu tun habe. Wenn es so dringend gewesen wäre, hättet ihr mir ein Einschreiben geschickt.«

»Ich soll dich persönlich zum Amt bringen.«

»Ich bin gerade nach Hause gekommen, ich würde gerne meine Tasche abstellen.«

Als ich die Haustür schließen wollte, stellte der Milizionär seinen Fuß in die Tür.

»Soll ich meine Siebensachen einpacken?«

»Was für Sachen denn?«

»Decke, Zahnbürste.«

»Wieso denn das?«

»Als Kollegen von dir das letzte Mal unangemeldet vorbeikamen, verschwand ich für zehn Jahre im Gefängnis.«

»Ach was, wenn wir dich verhaften wollten, würde ich nicht alleine kommen.«

Im Bezirksamt musste ich zwei Stunden warten. Bis ich unaufgefordert das Zimmer betrat, um zu fragen, wie lange sie mich denn noch hinhalten wollten. Eine Frau in Uniform sowie zwei Männer in Zivil schauten auf. Fünf Minuten, sagte die Frau. Und so war es dann auch.

»Mit Ihrer Vergangenheit dürfen Sie nicht mehr in der Hauptstadt bleiben. Wir entziehen Ihnen das Wohnrecht. Sie müssen die Stadt innerhalb von vierzehn Tagen verlassen.«

»Das will ich schriftlich haben.«

»Wir werden Ihnen keine schriftliche Weisung geben. Sie müssen hier unterschreiben, dass wir Sie davon in Kenntnis gesetzt haben. Wenn Sie bleiben, müssen Sie sich als Illegaler verantworten.«

»Ich werde nichts unterschreiben, es sei denn, Sie überreichen mir eine Verfügung samt Begründung.«

»Die Genossen haben mich schon gewarnt, dass Sie so einer sind, deswegen die zwei Zeugen hier, die werden an Ihrer Stelle unterschreiben.«

Die beiden unterschrieben, ebenso der Milizionär.

»Die Frist beginnt heute, vierzehn Tage. Der 1. Mai ist Ihr letzter Tag hier, verstanden! Sie können gerne noch an den Feierlichkeiten teilnehmen.«

Die zweitausend Seiten sind das Protokoll einer hemmungslosen Entfremdung. Das Verhältnis zu Wiara war äußerst angespannt. Sie hatte ihre Doktorarbeit abgeschlossen (»Geo Milew als kommunistischer Avantgardist«), einen dotierten Preis gewonnen. Von dem Geld kaufte sie sich einen Pelzmantel. Sie hatte Geo literaturwissenschaftlich geteert und gefedert. Unter zu Turmwolken aufgebauschten Phrasen lag ein Dichter begraben, der für sein letztes Poem getötet worden war. Diesen freien Geist hatte sie verunglimpft als frühen Bolschewiken, der sich nicht nur mit den Massen solidarisiert, sondern angeblich in der KP die einzige Lösung aller sozialen Probleme erkannt hatte. Du hast Geo Milew gehäutet, sagte ich zu ihr am Ende eines Streits, nun führst du seine Haut spazieren. Sie war tödlich beleidigt. Sie hatte gewusst, wer ich bin, sie hatte sich eingebildet, sie könnte mich einschläfern, zähmen, sie war überzeugt gewesen, ich würde freiwillig den Maulkorb der späten Einsicht tragen. Wie viele Stunden hatten wir über Geo Milew diskutiert. Umsonst. Es erbitterte mich, dass offensichtlich keine meiner Ideen, keine meiner Überzeugungen, denen sie mit vermeintlichem Entzücken gelauscht hatte, bei ihr im Geringsten gefruchtet hatten. Jahrelange Gespräche, nichts als Reisig, mit dem die Flammen geschürt wurden, in denen alles Gemeinsame verbrannte. Nun stocherten wir in der Asche herum. In ihrer Ängstlichkeit, in ihrem vorauseilenden wissenschaftlichen Gehorsam hatte sie nicht einmal eine verbürgte Erzählung aus dem Gefängnis (die ihre Arbeit aufgewertet hätte) verwendet. Sie hatte sich nicht getraut niederzuschreiben, wie wir im »Kinosaal« im Haupttrakt des Sofioter Gefängnisses bei einer vom KultRat organisierten Veranstaltung der Opfer der Aufstände von 1923 und 1925 gedachten, wie wir beide Hymnen sangen, zuerst die sowjetische (auf Russisch selbstverständlich), dann die eigene, lautstark intoniert vom Chor der Kapitulierten, begleitet von Pfiffen, vom Hohn der Unbeugsamen, wie der Leiter der Politbildung einen Vortrag hielt, gefolgt von Iwan Walkow, dem ehemaligen Führer der Militärliga, erst 1953 zum Tode verurteilt (nachdem die Verjährung aller Verbrechen von vor 1944 aufgehoben worden war), begnadigt, ein über Achtzigjähriger, der seine einstige Position verteidigte. Wie danach der »Schwarze Hauptmann« auf die Bühne trat, ebenfalls zum Tode verurteilt, ebenfalls begnadigt, der während des Septemberaufstands in der Gegend um Wraza Aufständische niedergemetzelt hatte. Der »Schwarze Hauptmann« begann ein Gedicht zu rezitieren, das wir alle kannten, Geo Milews *September*. Dieser Mann, der das Gedicht bellend vortrug, die Hand an der imaginären Seitennaht der Uniformhose, war derselbe Mann, der eines Nachts im Gefängnis Geo Milew von hinten mit einem Draht erdrosselt hatte (behalsen hieß die Methode).

Wiara fand es nicht erwähnenswert, dass im Jahre 1955 im größten Gefängnis des Landes der Mörder des Dichters das Gedicht vortrug, dessentwegen er den Dichter getötet hatte.

Wenn Geo Milew ein Kommunist gewesen wäre, hätten sie sein Andenken im Gefängnis derart beschmutzt? Wiara hatte es vorgezogen, sich dieser Frage nicht zu stellen. Sie lebte in einer anderen Welt. Wir empfanden uns gegenseitig als Klotz am Bein. Ein Schimmel der Verachtung hatte sich auf unsere Zweisamkeit gelegt, der sich durch nichts entfernen ließ.

Ich musste verschwinden. Flucht kam für mich nicht in Frage. Ich hatte nicht die ersten vierzig Jahre meines Lebens gekämpft, um mich dann aus dem Staub zu machen. Ich war mit diesem heiligen Reich der Niedertracht auf Gedeih, vor allem auf Verderb verwachsen. Es gab nur eine Lösung: in einer Industriestadt mittlerer Größe unterzutauchen, eines Tages nicht nach Hause zurückzukehren, einen Zug zu besteigen, nach Pernik etwa, sich bei dem Staatsunternehmen BAU-VIERTEL vorzustellen, ein Mann mittleren Alters auf der Suche nach Arbeit. Ich wusste, für diese schlechtbezahlte, anstrengende, gefährliche Arbeit gab es wenige Freiwillige, dort wurden keine Fragen gestellt, kaum Formalitäten beachtet. Wenn ich nicht in eine Polizeikontrolle geriet, konnte ich dort untertauchen.

Nach meiner gescheiterten Priesterlaufbahn hatte ich bei einem Freund meines Onkels Einblick in die Arbeit eines Elektrikers erhalten (die Mysterien der Elektrizität erschlossen sich mir schnell, nach drei Wochen konnte ich selbständig arbeiten). Wiara zu besuchen war ausgeschlossen. Die Staatssicherheit in Sofia würde das erwarten. Blieb nur noch die Frage, ob ich ihr meine Entscheidung mitteilen sollte. Ich vertraute ihr nicht mehr. Ich konnte nicht ausschließen, dass sie uns beide mit einer unüberlegten Reaktion in Gefahr bringen würde, dass sie mit der einen oder anderen Freundin darüber reden würde. Ich verschwand ohne Abschied, für immer.

(aus dem archiv der staatssicherheit)

Meldung
Nr. 072441 vom 11.06.71 um 16:35 Uhr
Telefonisches Gespräch zwischen Wiara und einer
Freundin (Identität unbekannt)

W.: Mein Gott, die machen mich noch verrückt. Ich sag dir, mit mir passiert noch was. Ich bin ein einziges Nervenbündel! Alle bilden eine Front gegen mich. Ich sag dir, am Ende hänge ich mich noch auf.
D.: Hast du darüber mit Konstantin gesprochen?
W.: Mein Gott, er spricht nicht mit mir. Ich habe das Gefühl, er versteht nicht, in dieser Situation, in der ich mich befinde, treibt er mich in den Wahnsinn. Er tut alles, um mir auf die Nerven zu fallen. Er ist kein Mensch, ich verstehe nicht, was in ihm vorgeht.
D.: Ach, ich weiß nicht.
W.: Horror, der reinste Horror! Ich komme mir wie eine Marionette vor. Und ich sag dir was, ich träume davon, wie er irgendwohin hinfährt und ich alleine bleibe, wenigstens für zwanzig Tage.
D.: Wieso fahrt ihr nicht zu unterschiedlichen Zeiten in den Urlaub?
W.: Wird er nicht zulassen. Kann's ja versuchen, aber er wird das als Signal der endgültigen Trennung begreifen.

D.: Signal für was?

W.: Trennung! Er wird seine Siebensachen zusammenpacken und auf Zirkusnummern habe ich keine Lust, ehrlich gesagt. Ich habe diesen ganzen Zirkus satt, überhaupt alles.

D.: Das tut mir so leid, ich weiß nicht ...

MELDUNG
NR: 015328 am 11.06.71 um 15:20 Uhr
Gespräch zwischen Wiara (W) und Ljuba (L)
Ljuba ist auf Besuch gekommen, sie sind in der Diele.

W.: Jetzt hör mal zu, Ljubtsche. Mach dir keine Sorgen, hier werden wir nicht abgehört. Niemand setzt sich hin, um uns abzuhören. Was hast du denn für Vorstellungen?
L.: Nein, ich dachte nur, weißt du, wegen Konstantin.
W.: Ach was, das ist absurd.
L.: Bist du sicher?
W.: Absolut sicher. Wo denkst du denn hin, wie viele Tausende sie dann abhören müßten.

Geheimmeldung von besonderer Wichtigkeit
21.6.71

Genosse K., die Personalien dieser Ljuba feststellen – sprich mit Genossen ███. Das ist eine sehr interessante Person.
Unterschrift: ███

KONSTANTIN

Dann die letzte, die dringlichste Warnung. Mein Bruder will mir etwas anvertrauen, es fällt ihm offensichtlich schwer, darüber zu sprechen. Er hat darauf bestanden, dass wir uns in einem Park treffen. Auf Vorschlag des Kreisparteisekretärs habe er seine Papiere eingereicht, um Parteimitglied zu werden. Er murmelt es vor sich hin. Ich lasse ihn reden, ich habe von ihm nicht erwartet, dass er Rückgrat zeigt. Gestern habe der Kreisparteisekretär ihn zu sich gerufen, um ihm mitzuteilen, der Zeitpunkt sei leider ungünstig, obwohl alles vorbereitet sei, die Zeugen, die Aufnahme, die Feier, die Ernennung zum Generaldirektor, sein Gesuch müsse hintangestellt werden, weil die Organe eine Aktion gegen seinen Bruder vorbereiteten und gewisse Bedenken bestünden, ob er sich von meinem verderblichen Einfluss völlig gelöst habe, ob ihm gänzlich vertraut werden könne. Ich wollte dich nur warnen, sagt mein Bruder. Zuerst vermute ich eine Falle, eine aufwendige Mise en Scène, aber je länger ich darüber nachdenke, desto unwahrscheinlicher erscheint es mir, dass die Staatssicherheit für eine Provokation, die mich im besten Fall ein wenig verwirren könnte, einen so großen Aufwand betreiben würde. Wahrscheinlicher ist, dass sich der Parteisekretär verplappert hat.

Ich danke meinem Bruder. Erst jetzt sieht er mich an. Er muss nichts weiter sagen. Mit dieser Warnung hat er sein geschwisterliches Soll erfüllt. Von nun an wird er nach eigenen Interessen handeln. Sollten diese bedingen, dass er sich von mir lossagt, wird er es tun. Ich umarme ihn. Ich gehe davon aus, dass wir uns nie wieder sehen werden.

Sich nach Pernik abzusetzen erwies sich als einfach. Aber ich musste die Staatssicherheit unbedingt glauben lassen, ich sei in den Westen geflohen. Pläne wurden geschmiedet, Pläne verworfen. Es gab nicht viele Optionen. Ich könnte zu einem der *sabor* entlang der Grenze gehen, mich unter die Leute mischen, jemandem eine Postkarte, adressiert an Wiara, in die Hand drücken, mit der Bitte, sie in Jugoslawien einzuwerfen. Aber es gab zu viele Unsicherheitsfaktoren, zu groß war die Gefahr, an den Falschen zu geraten, gefasst zu werden. Oder ich könnte eine anonyme Denunziation direkt an die Staatssicherheit schicken. Geschrieben von jemandem, der von einer Auslandsreise zurückgekehrt ist, einem braven Bürger, der irgendwo auf den Straßen von Paris einem Vaterlandsverräter begegnet ist, zufällig, zu seinem Entsetzen handelte es sich um einen ihm flüchtig bekannten ehemaligen Sträfling, der sich nun dort drüben herumtreibt, was dieser treue Genossen den zuständigen Behörden zur Kenntnis bringen möchte, so wie es seiner Pflicht entspricht. Damit die Täuschung bei einer möglichen Schriftprobe nicht auffliegen würde, musste ich mich nachts in das Büro der Buchhaltung schleichen, um die Schreibmaschine dort zu benutzen. Das war aufwendig, aber nicht schwierig. Dann musste ich mir an einem Wochentag freinehmen, mit dem Zug nach Kjustendil fahren, den Brief aufgeben. Bestimmt würden die Behörden versuchen, die Identität des Zuträgers zu eruieren, aber das würde ihnen schwerfallen, zu viele mögliche Kandidaten, ehemalige Kommilitonen, ehemalige Kollegen, Bekannte von Wiara, ein zu großer Personenkreis, so hoffte ich. Beim Einwerfen des Briefs fiel mir ein, dass Wiara mehrmals ihr Bedauern geäußert hatte, dass sie wegen der Heirat mit mir nie Erlaubnis erhalten würde, zu einem Slawistik-Kongress nach Paris zu reisen, die Fahrt nach Warschau würde das höchste der Gefühle für sie bleiben, ein weiterer Baustein des Märtyrerdenkmals, das sie für sich selbst errichtete.

1971 erzählt

Er hält die Karte in den Händen. Versehen mit dem Emblem der Volksrepublik. Einladung zu einem Bankett in Bistriza, ein Traum, der sich verwirklicht, die Beglaubigung seines Aufstiegs, flott signiert. Du bist aufgenommen in den inneren Kreis, du bist jetzt einer von uns. Du musst beweisen, dass du dieser Ehre würdig bist, alle Augen ruhen auf dir, hau rein beim Schinken, beim Käse, bei den gefüllten Auberginen und geräucherten Forellen und gegrillten Würsten, bei Kebab, Köfte, Kotelett, ja nicht nachlassen (vorausgegangene Anweisung: Nichts darf ausgehen, von allem muss mehr als reichlich vorhanden sein), Trinkspruch auf Trinkspruch auf Trinkspruch, es gilt, die Steifheit abzulegen, die Gesichter bald knallrot, die Augen glänzend. Hitzewallungen, Schweißausbrüche. Vornehme Zurückhaltung? Nicht erwünscht. Doch Vorsicht: Im Torkeln gilt es, wachsam zu bleiben. Beobachte seine Gebärden, höre ihm aufmerksam zu, studiere seine Haltung, halte dich an seinen Duktus, übertreibe nicht die Verehrung, das könnte als stiller Spott missverstanden werden, orientiere dich an seinem Vorbild, ohne dich zu sehr anzubiedern. Wertschätzendes Nicken bei den banalsten seiner Bemerkungen, kräftiges Lachen beim spärlichsten seiner Witze, folge dem grölenden Pulk, wenn er Gefallen an einem Scherz findet, achte darauf, nicht übers Ziel hinauszuschießen. Lache aus voller Kehle, laut und fett und bodenständig und bäuerlich, nicht dezidiert blasiert, das erregt Verdacht, du könntest dich dem Volke und seinem

Führer überlegen fühlen. Wiege dich keinen Augenblick in Sicherheit, denke nicht, dass niemand mitkriegt, wie du unbeteiligt am Rand stehst, wie du beobachtest, und sei es mit undurchdringlicher Miene. Du darfst nicht auffallen. Lerne, auf natürliche Weise kumpelhaft untertänig zu sein, zeige dich dankbar für die Satrapenstellung, lasse keinen Zweifel aufkommen, dass du bereit bist, alles zu tun, um diesen auserwählten Platz zu verdienen, zu bestätigen, zu verteidigen. Sonst könntest du ausgestoßen werden, Gnade dir dann, denn draußen, vor den Toren, weht ein rauer Wind, der jenen schmerzlich um die Ohren pfeift, die sich an die Polsterung im Palast gewöhnt haben. Ein Befehl aus heiterem Nebel, er ruft etwas, er deutet auf Kaljo Milkow, seinen nackigsten Hampelmann. Sogleich zieht Kaljo die Schuhe aus und die Socken, mehlige Füße, der Generalsekretär grinst, die Zähne in seinem angelaufenen Gesicht wie ein Zaun im Morgenrot, das Blut des Volkes sprudelt durch seine Adern wie Krimsekt, Aderlass ohne Unterlass zu jedem Anlass, Hampelmann geht in die Knie, tanze, Kaljo, tanze, Skuda Skoda Skatarakt, Serviette als Maske, die bösen Geister bannen, Kaljo geht die Puste aus, Schmack in die Hände geschlackt, ein Tisch ist ein Tunnel ist ein Tisch ist ein Tunnel, eine fragwürdige Frage der perspektivischen Perspektive, Innenminister Nuckelpinne darf sich bücken, eine Flasche als Gefährt, runter mit ihm, nichts ehrenvoller, als fürs Vaterland zu kriechen, unter Tischen durch den Tunnel, krieche, krieche, salutiere am Ende der Opfertafel, Salut Mammut, alle Minister durch den Tunnel jagen, Ministerzug, ihr seid alle so verdammt hässlich, der Generalsekretär steht auf dem Stuhl, keinem von euch wachsen Rosen aus der Nase, ihr müsst schöner werden, das predige ich denen bei den Nationen seit Jahren und Tagen, wir haben die besten Minister, aber was für hässliche Gesellen. Die Angespuckten halten sich an den Stuhllehnen fest, in ihrem Alter in ihrem Zustand derartige gymnastische Prüfungen, das strengt an, sie grinsen von Decke zu Boden, dreisternhagelvoll, ihr Gelächter dringt durch die Decke, ihr Gelächter dringt durch die Mauern, ihr Gelächter funzelt dem Wachhabenden ins Gesicht, der im Frost seines Wachens einen einzigen Wunsch hegt, selbst drinnen zu sein, mittendrin, sich zu beweisen, mit seinen muskulösen Armen dieses Gelächter umzurühren.

METODI

Petjo ist 'n Sportfanatiker, der hat nichts anderes im Kopf gehabt, von Anfang an, immer mit den Gewichten hantiert, der hat sich in jungen Jahren fast für die Olympischen qualifiziert, in Australien, glaub ich, Ringen oder Boxen oder so was, der sitzt mir gegenüber, im T-Shirt, das T-Shirt ist zu eng, kann mich nicht mal über sein wabbelndes Fett lustig machen, muss mir stattdessen seine Muckis anschauen, Bizeps, Trizeps, Quazeps, das ganze Programm, gut, der ist jünger als ich, aber so, wie der aussieht, das ist unverschämt. Der hielt sich früher für Awakum Zachow, »unseren James Bond«, sagte er immer, der konnte ganze Unterhaltungen mit auswendig gelernten Sätzen bestreiten.

»Immer noch fest am Drücker, Petjo? *Muskuli potenti*.«

»Gewohnheit, sonst nichts, morgens hundert Kniebeugen, hundert Liegestütze, kalt duschen und du fühlst dich jedes Mal zehn Jahre jünger. Solltest du mal probieren. Na, du hast dein Training eher woanders betrieben, was?«

»Vorbei, Petjo.«

»Also, aktiv bist du ja, wo du überall mitmischst, ich hab ja nichts anderes zu verwalten als die Muskeln, ein wenig trainier ich die Jungs bei uns, weitergeben, was mir gegeben wurde.«

»So aktiv bin ich auch wieder nicht. Die Arbeit im Hohen Parteirat, die hat viel Zeit gekostet, kann jetzt etwas durchatmen.«

»Und die Firma? Boomt, oder?«

»Wer soll sie übernehmen, Petjo? Man schafft was Schönes, und dann ist's für die Katz, kann ich mit ins Grab nehmen.«

»Geht schon weiter. Hast doch gute Leut. Übrigens, dein Hosenstall ist offen.«

»Ach, Petjo, du weißt doch, bei 'nem Toten lässt man das Fenster offen. Ich muss dich was fragen, völlig vertraulich, musst mir schwören, kein Wort zu niemand!«

»Versteht sich von selbst.«

»Damals in Lowetsch, als du dort stationiert warst, ich kam einige Male zu Besuch. Wir sind gemeinsam nach Skrawena, du hast mich begleitet.«

»Ja, ich kann mich entsinnen.«

»Ist damals irgendwas vorgefallen?«

»Was meinst du?«

»War irgendwas Außergewöhnliches?«

»Nein, wild war's, einmal, das weißt du doch.«

»Wie, wild?«

»Richtig wilder Abend, irgendjemand hat eine *damagiana* mit Selbstgebranntem mitgebracht, zehn Jahre im Fass oder so, das war ein Fest, wir wollten dir ein Geschenk machen, das weißt du wirklich nicht mehr?«

»Nein.«

»Wir wollten nicht im Weg sein, also haben wir uns in Luft aufgelöst, dann wart ihr allein.«

»Wir? Wer denn, wo denn?«

»Was ist denn los mit dir? Du bist doch noch nicht senil.«

»Antworte mir!«

»Im Verwaltungsgebäude, im Kabinett. Mit einer der Frauen.«

»Wie lange?«

»Was weiß ich, wie lange. Lang genug.«

»Lang genug für was? Was willst du andeuten?«

»Wieso soll ich was andeuten? Du warst dort, du warst allein mit ihr drinnen, ist doch nicht an mir, dir zu sagen, was passiert ist. So wie wir dich kannten ...«

»Nichts ist passiert.«

»Na dann.«

»Nichts ist passiert, hörst du!«

»Eines musst du mir aber erklären. Du erinnerst dich an nichts, du fragst mich darüber aus, aber du weißt, dass nichts passiert ist. Muss ein großes Nichts gewesen sein.«

Und er lacht, der Petjo, und wenn er lacht, spannen sich seine Muskeln an, und es überkommt mich, ihn in die Mangel zu nehmen, bis seine Muskeln erschlaffen. Dann fällt mir ein, er ist stärker als ich.

KONSTANTIN

Auch Albträume verändern sich. Ich werde nicht mehr erschossen, ich werde verfemt. Ein Treffen der parlamentarischen Gruppe der Vereinigten Demokratischen Kräfte, bei dem ich als Zuschauer, als stummer Beisitzer anwesend bin, eingeladen von den ehemaligen *konzlageristen*. Jemand ergreift das Wort: Bevor wir mit der Tagesordnung beginnen, möchte ich vorschlagen, dass wir einen Verräter aus unserem Kreis ausschließen. Er blickt mich an. Er klagt mich an. Alle drehen mir den Rücken zu. Ich stehe auf, sage nichts, schreite zu ihm, er redet nicht mehr, er starrt mich an, ich spucke ihn an, ich entferne mich.

So hatte meine Karriere als KGB-Agent begonnen. Die Indizien waren perfide: Ich wurde damals nicht zum Tod verurteilt, was sich niemand erklären kann, außer man nimmt an, ich hätte einen Teufelspakt mit den sowjetischen Schergen geschlossen. Ich wurde als Erster aus Belene amnestiert. Ich war achtzehn Jahre lang verschwunden. Wenig glaubwürdig, dass ich als Elektriker in Pernik auf dem Bau gearbeitet haben soll. Ich pflege vielfältige Kontakte. Ich bin hervorragend informiert. Die Gerüchte sind geschickt eingefädelt, sie ergeben einen funkelnden Beweis.

Inzwischen gehe ich nirgendwo mehr hin. Meine Neugierde ist übersättigt. Das Archiv wird mich bald vor die schwere Tür setzen. Der Zar wird die Wahlen gewinnen, der Zugang wird wieder gesperrt werden. Die grauen Eminenzen bereiten eifrig den Boden vor.

Gestern erklärte Metodi im Fernsehen, eingeladen zu einer Sendung zum Thema »Öffnung der Archive. Eine Bilanz«: »Die Dossiers müssen vernichtet werden ... Wer Angaben daraus verwendet, muss sich strafrechtlich dafür verantworten. Die Offiziere, die für die ehemalige Staatssicherheit gearbeitet haben, sind ihrer Dienstverpflichtung nachgekommen. Sie haben die geltende Verfassung und die geltenden Gesetze eingehalten. Meiner Meinung nach gilt dies auch in hohem Maße für die geheimen Mitarbeiter. Ich kann nicht erkennen, was die Gesellschaft durch das Öffnen des Archivs gewonnen hat ...«
Wenn Verbrecher wie Metodi sich durchsetzen sollten, werden auch die nächsten fünfzig Jahre für dieses Land verlorene Jahre sein.

Immer wieder notiere ich mit dem Zeigefinger Fragen auf einem beschlagenen Spiegel.

Was war am Anfang – die Freiheit oder das Handeln?

Gegen den Feuerhaken tritt man nicht, sagt der Volksmund.

Beschuldigen wir nicht immer die Schergen, wir sind selbst schuld.

Wir empfinden keine wirkliche Liebe zur Freiheit.

Nichts ist zerstörerischer als die Macht des Menschen über den Menschen.

Ich träume, ohne zu schlafen. Ich träume von einem tiefen, festen Schlaf.

(aus dem archiv der staatssicherheit)

Meldung

Nr. 072215 vom 14. Juni 1971 um 19:35 Uhr.

Zu Gast Wiara Scheitanowas Kollege Bogdan Bogdanow. Sie unterhalten sich über die gegenwärtige Literaturkritik. Bei einem Symposium, bei dem B. anwesend war, kam Streit auf. Was ist der richtige Weg, die literarische Kultur der Massen zu verbessern. W. äußert ihre Meinung, daß unabhängig von der Ausbildung die große Masse stets ignorant bleibt und daß nur einzelne etwas von der Kunst verstehen können und jene, die kreativ sein können, sind nur eine Handvoll. Dann sagt sie: „Ignoranz plus Information bleibt Ignoranz." Ihrer Meinung nach sind die Kenntnisse, die die Massen durch Radio und Fernsehen erhalten, typisch für das Zeitalter, in dem wir leben, doch bei weitem nicht ausreichend, das eigene Denken zu entwickeln, so daß solche Leute nichts von Dostojewski und anderen großen Autoren verstehen können. Daher sieht sie keine Gefahr, daß die Literatur sich der Mehrheit in Form von gekürzten Büchlein anpaßt, denn die Masse wäre nicht in der Lage, das Original zu verstehen, selbst wenn sie es lesen würde. Bogdan erklärt sich mit ihrer Meinung einverstanden. Es folgt eine lange Rede von B. über seine moralischen Zweifel und finanziellen Sorgen.

Später kommt KMS hinzu. Es entwickelt sich ein Gespräch zwischen B. und K.

B.: Ich habe das Gefühl, es gibt Umstände, in denen dem Menschen nur die Kraft bleibt, für sein eigenes Vorankommen zu kämpfen. Was wunderst du dich, daß die Leute vor der Tribüne des Mausoleums vorbeimarschieren, grinsend wie Idioten, und denen zuwinken, die in ihren Händen sowohl das Messer als auch das Brot halten?

K.: Jetzt wart mal, drei Viertel von denen, die grinsen und den Bonzen zuwinken, sind Leute, die sich mit der Kreuzhacke ernähren oder irgendwelche Schrauben festdrehen. Was kann man denen schon wegnehmen? Ich neige nicht dazu, sie von jeder Verantwortung freizusprechen, aber das sogenannte Volk ist nicht der Hauptschuldige.

B.: Ich beharre auf den Umständen. Schau mal, bei uns wäre es doch verrückt, eine Tat auszuführen, derentwegen du sofort erschossen würdest. Ich will ja nicht leugnen, daß es starke Menschen gibt, aber wir leben in einem Konzlager, wenn du hier nicht die Bedingungen für einen organisierten Aufstand schaffen und alle Wachen ausschalten kannst, ist alles andere unsinnig.

K.: Der organisierte Aufstand ist das Ende, nicht der Anfang. Man gelangt zu ihm, indem man viele andere Schritte davor unternimmt.

B.: Das ist sinnlos.

K.: Hör zu, ich war im Gefängnis. Selbst dort konnten sie uns nicht zur Arbeit zwingen oder uns

umerziehen, dabei waren wir einige wenige. Was
würde passieren, wenn die Hälfte sich weigern
würde, sich an das Regelbuch zu halten?
B.: Und was habt ihr zustande gebracht? Was habt
ihr verändert?
K.: Du kennst doch das Sprichwort, eine Schwalbe
macht noch keinen Sommer? Doch wenn all diejenigen, die am 1.Mai grinsen und winken, nicht mit
Enthusiasmus zur Kundgebung schreiten, würden
die auf der Tribüne allein dastehen.
B.: Und du meinst, das ist unter diesen Umständen
möglich? Sie würden doch beispiellose Repressionen folgen lassen. Auf militärischem Weg haben sie
uns jegliche Möglichkeit des Widerstands
geraubt.
K.: Ende der 40er und Anfang der 50er war der Terror von Stalin unvergleichbar brutaler als der
von heute. Trotzdem organisierten sich die Menschen damals, verteilten Pamphlete, beschafften
sich Gewehre, legten Bomben. Wenn Terror das alles
hätte verhindern können, würden wir heute noch
unter den Pharaonen leben. Jede Macht versucht,
sich mit allen Mitteln zu behaupten, und trotzdem
vergeht sie. Auch bei uns hätte so etwas Ähnliches geschehen können wie in Ungarn 1956, und
wenn das, was dort geschah, sich wie eine Feuersbrunst ausgebreitet hätte, vielleicht hätte die
Rote Armee nicht die Kraft gehabt, die Revolution
niederzuschlagen. Selbst im Gefängnis waren
die Leute von der Staatssicherheit und der Miliz
paralysiert. In den Tagen der Revolution verschwand die Führung und wir führten offene Gesprä-

che mit den Aufsehern. Sie sagten uns: „Wir haben nur die Befehle ausgeführt, wir haben uns streng an die Gesetze gehalten. Wenn jetzt etwas passiert, werden wir sofort die Zellentüren öffnen."

B.: Da verstehe ich etwas nicht, erklär mir doch mal folgendes – nehmen wir doch mal an, daß fünf Prozent der Leute in der Lage sind, die Initiative zu ergreifen.

K.: Eine kleinere Gruppe als die wäre in so einer Situation schon ausreichend.

B.: Einige Menschen nur? Wieso ist es dann nicht passiert, wenn es doch so einfach ist, wie du sagst? Und nachdem es zu keinem Aufstand gekommen ist, heißt das, daß die Menschen schon völlig abgestumpft sind? Sind denn alle geistigen Kräfte und Sehnsüchte schon so zerschlagen, daß es nicht geschah, selbst als es so einfach war?

K.: Es ist aus denselben Gründen nicht geschehen, weshalb es in der fünfhundertjährigen Zeit der osmanischen Herrschaft nicht geschehen ist.

B.: Und wieso ist es in den anderen sozialistischen Ländern nicht passiert?

K.: In den meisten sogenannten sozialistischen Ländern gab es solche Ereignisse.

B.: Nehmen wir mal an, es gibt sie, diese fünf bis sechs Prozent Anständigen in der Bevölkerung, und es gelingt diesen, den Rest der Bevölkerung mitzuziehen. Mit den Waffen, über die sie verfügt, wird die Diktatur diese fünf Prozent einen Kopf kürzer machen und dann wird es heißen, fünf Prozent wurden umgebracht.

K.: Ein Ereignis ähnlicher Art gab es in der Tschechoslowakei vor drei Jahren. Du hast ja gesehen, wie es sich dort entwickelt hat.

B.: Genau das sage ich dir doch. Der Stiefel zermalmte sofort das Ungeziefer.

K.: Hat es zermalmt, weil diejenigen, die sich gegen den Stiefel stellten, der Aufgabe nicht gewachsen waren. Breschnew, Živkow und all die anderen sind nach Čierna an der Theiß zu Gesprächen. Hätte man sie nicht ergreifen und gleich aufhängen können, hätte man nicht der Armee den Befehl geben können, alle Lager zu öffnen und das Volk zu bewaffnen?

B.: Na und?

K.: Das Problem war, daß Dubček und die anderen Opportunisten waren, die tatsächlich glaubten, sie könnten den Kelch an sich vorübergehen lassen, wenn sie nur biegsam genug wären. Die einzige Maßnahme, die weltweit verstanden worden wäre, wäre die Erhängung von Breschnew und den anderen Generalsekretären gewesen. Die Bewaffnung des Volkes, der entschiedene Kampf, hätte zu anderen Resultaten geführt.

B.: Nehmen wir an, es wäre geschehen. Du hast vielleicht Illusionen. Egal bei welcher Veränderung und bei welcher Ideologie, am Ende bleibt oben immer der Rahm, die Schurken bleiben an der Macht. Das raubt mir am meisten die Hoffnung. Ich sehe kein System, das in der Lage wäre, solche Menschen an der Machtergreifung zu hindern. Deswegen sehe ich keine Rechtfertigung für all die Aufstände.

K.: Es mag dir paradox erscheinen, aber ich bin einer der freiesten Menschen. Ich sage und tue, was ich will.

B.: Sie haben dir die Möglichkeit geraubt, dich zu wehren. Worin besteht denn deine Freiheit?

K.: Niemand kann mir diese Möglichkeit wegnehmen. Das Problem liegt vielmehr bei Leuten wie dir, die mir sagen, daß es keinen Sinn hat, daß nichts getan werden kann, daß die Idee selbst Unvernunft ist. Oder haltet ihr mich lediglich für einen Provokateur?

B.: Das heißt, du hast dich einer Idee verschrieben, die mit diesem Volk nicht zu verwirklichen ist.

K.: Es gibt keine nationalen Lösungen mehr, diese Epoche ist vorüber. Wenn ich die Wahl hätte, würde ich nach Frankreich oder Westdeutschland gehen. In irgendein Land, in dem die Ereignisse eine größere Wirkung entfalten können.

B.: Du glaubst wirklich, daß du dort Gleichgesinnte finden würdest? Ich kann mir nicht vorstellen, daß du irgendwo auf der Welt Mitstreiter für so eine radikale Veränderung finden würdest.

K.: Wieso laberst du dann hier herum?

B.: Wieso wohl? Ich äußere meinen Widerspruch gegen das, was ekelhaft ist, von dem ich wünschte, daß es nicht existiert, das ich aber nicht abschaffen kann.

K.: Was für einen Sinn hat es zu reden, wenn es für dich keine Alternative gibt?

B.: Wenn ich mich in einer Situation befinde, in der ich etwas ablehne, aber nichts Besseres schaffen kann, kannst du mich nicht dazu bringen,

das Alte durch irgendetwas zu ersetzen. Doch verlange von mir nicht, meinen Widerspruch zu verschweigen.
K.: Widerstand, der zu keiner Alternative führt, ist sinnlos.
B.: Er ist nicht sinnlos. Ich habe die Wahl zwischen dem Nichts vor mir und dem Etwas hinter mir, das ich hasse. Ich werde weder einen Schritt nach vorn tun, wenn ich keinen Sinn darin erkenne, noch einen Schritt rückwärts, denn ich möchte zerstören, was ich hasse. So distanziere ich mich von beidem und das ist der Sinn.
K.: Du distanzierst dich von dem Vergangenen, um dich dem anzunähern, was kommen wird, und das, wie du sagst, das gleiche sein wird.
Gegen 23 Uhr verläßt B. die Wohnung.

Anmerkung:
Genosse ███████, alle Materialien über den Schieläugigen (Bogdan Bogdanow) zusammentragen und dem Leiter der 1. Abteilung zustellen. Nach Durchsicht der Materialien in der Gruppenuntersuchung „Anarchisten" ablegen.

KONSTANTIN

Gestern waren Wahlen. Das Volk hat einen ehemaligen Zaren zum Ministerpräsidenten gewählt. Ich sitze als Einziger im Lesesaal, mir inzwischen derart vertraut, dass ich manchmal nachts im Dämmerzustand das Gefühl habe, am Pult zu sitzen, mein Leben durchzublättern, Durchschlag um Durchschlag (es nimmt kein Ende). Eine kleine Mappe heute, versehen mit einer gelben Notiz von Serafimow: Diese Mappe sei falsch abgelegt gewesen, er bitte um Entschuldigung, in der Hoffnung, dass sie nichts Wesentliches enthalte. Keine Sorge, Stoiko, nichts von Belang, bürokratischer Ballaststoff, Füllmaterial. Die Augen fallen mir zu. Ich blättere mit geschlossenen Augen um. Was verpasse ich schon? Als ich die Augen wieder öffne, stolpert mein Blick ins Aufmerksame.

```
Abschrift
Streng vertraulich
Es berichtet: Agent „Filo"

Meldung
Am 26. Februar 1953 kam mich mein Neffe Konstantin
Scheitanow besuchen, er hatte mir 350 Lewa ge-
schickt, damit ich ihm Sperrholz kaufe, aber ich
war krank und konnte ihm kein Sperrholz kaufen.
Er kam zu Besuch und am Freitag (am 27. Februar)
```

> wollte er wieder abreisen, ich überredete ihn
> jedoch zum Bleiben, weil meine Tochter Namenstag
> hatte, wir wollten den Feiertag zusammen ver-
> bringen und er sollte am Montag abreisen, aber am
> 28. abends wurde er von den Organen der Staats-
> gewalt festgenommen.

Die Meldung stammt vom Bruder meines Vaters, den ich in Blagoewgrad besucht hatte, um aus der Hauptstadt zu verschwinden, der Beschattung zu entgehen. Ich wollte abwarten, bevor ich entschied, ob ich über die Grenze fliehen sollte. Wollte er sich mit dieser Meldung den Rücken freihalten, nachdem er von meiner Verhaftung gehört hatte, oder hat er den Behörden den entscheidenden Hinweis zu meinem Aufenthaltsort gegeben? Konnte er wissen, dass sie mich suchten? Hatte jemand von der örtlichen Zentrale der Staatssicherheit ihn mit der Nachricht kontaktiert, gegen mich sei ein Haftbefehl erlassen? Für den Fall, dass ich mich bei ihm melden sollte? Auf jeden Fall war er ein Denunziant, mein Onkel, ein Mann der festen Umarmungen, die nicht enden wollten, solange ich ein Junge war, eingeschüchtert von seiner groben Geselligkeit. Ich entsinne mich, dass Vater mir einen Brief von ihm gezeigt hat, als ich nach meiner Entlassung einen gewissen Verdacht äußerte. Als Beweis dafür, wie sehr sein Bruder von meiner Verhaftung erschüttert gewesen sei. Alle privaten Unterlagen meiner Eltern befinden sich bei meinem Bruder. Er ruft mich am Abend zurück. Ich bitte ihn, mir den betreffenden Brief so bald wie möglich zu schicken. Drei Tage später liegt ein Umschlag in meinem Briefkasten, darin eine andere »Meldung« des Agenten »Filo«.

> *Mein Lieber,*
> *bitter war unsere Überraschung an diesem Abend, als der gute Kosjo genau um 11 Uhr in der Nacht von zu Hause abgeholt wurde. Sie*

*sagten, er soll für eine kleine Auskunft mit ihnen kommen, dann lassen sie ihn wieder gehen. Der arme Junge ging mit und kam nicht mehr zurück. Die ganze Nacht haben wir kein Auge zugetan. In der Nacht um 3:30 Uhr gingen Stojanka und Gantscho zum Bahnhof, um nachzusehen, ob sie ihn nicht vielleicht in die Hauptstadt verfrachten, aber sie kamen zurück, ohne ihn gesehen zu haben. Am Morgen ging ich um 10 Uhr zum Bahnhof und sah Kosjo mit zwei Milizionären ein Abteil betreten, ich folgte ihnen, und obwohl mich die Milizionäre zum Weitergehen zwangen, konnte ich ihn im Vorbeigehen grüßen und ihm zuflüstern, wir werden deinen Eltern Bescheid geben, und ich wünschte ihm Mut und eine gute Reise. Bruder, mit Tränen in den Augen sah ich den Zug abfahren und ging nach Hause, alle warteten voll Ungeduld auf mich, und als ich ihnen sagte, ich hätte ihn gesehen, vergossen wir so viele Tränen, wie noch nie einer von uns geweint hat. Und dieser Schmerz quält uns immer noch und wird uns so lange quälen, bis wir etwas Freudiges über Kosjo hören, über dieses schöne und unschuldige Kind, er ist der Stolz unseres ganzen Hauses, und wie ich für meine Kinder lebe, so lebe ich auch für ihn. Dir zu schreiben ist uns sehr schmerzhaft, und wir fragten uns, was wir Dir schreiben sollen. Jetzt gibt es nichts anderes, was uns bewegen könnte, als das, was mit Kosjo geschehen wird. Hoffentlich wird bald alles in Ordnung gebracht. Wir würden Euch so gern sehen, bestimmt wird sich bald eine Gelegenheit bieten.
Viele Grüße an Dich und an alle,
es küßt Dich Dein Bruder Dimu.
01.3.1953/Blagoewgrad*

Es liegt in der Familie. Eine Familie wie jede andere auch. Voller Verräter.

Ich bin von meinem Bruder verraten worden, mein Vater ist von seinem Bruder verraten worden.

Vielleicht bin auch ich von dem Bruder meines Vaters verraten worden?

Von meinem weinenden Onkel.

Hat mein Bruder auch geweint?

Um wen weinen sie, wenn sie Verrat üben?

Was es nicht alles zu beweinen gilt.

In achthundert Tagen sind alle Probleme des Landes gelöst. Die Probleme des Archivs werden schneller ad acta gelegt. Nur wenige Wochen sind seit den Wahlen vergangen. Mir wird eine Mappe voller Dokumente überreicht, die ich allesamt schon einmal erhalten habe. Ein Versehen, denke ich, lasse sie zurückgehen. Einige Tage später, ich habe mich durch einen sintflutartigen Regen in die Innenstadt gequält (bei solchem Wetter schmerzt das Knie wie durchspießt), wird mir Material übergeben, das ich schon vor Jahren durchgesehen habe. Beim nächsten Besuch legen sie einen perversen Sinn für Humor an den Tag. Als ich in den Lesesaal trete, türmen sich die Akten auf meinem Pult auf. Bevor ich die erste Mappe aufschlage, weiß ich schon, was sie enthalten wird: Bekanntes, Geläufiges, Abgeschriebenes, Fotokopiertes. Stoiko Serafimow sieht besorgt aus. Man werde ihn bald feuern, er stehe auf der Abschussliste, die neuen Herren hätten es sich zum persönlichen Ziel gemacht, ihn aus dieser Position zu entfernen. Ob ich denn nicht einen Brief zu seiner Unterstützung schreiben könnte.

»An wen denn, Stoiko?«

»An den neuen Minister.«

»Mit welchem Ziel?«

»Vielleicht kannst du ihn umstimmen.«

»Ich schreibe den Brief, wenn du mich darum bittest, aber es wird nur dazu führen, dass du noch schneller entlassen wirst.«

»Egal, Bai Kosjo, was habe ich schon zu verlieren.«

Wieso bittet er mich um einen Gefallen, der seinen Untergang beschleunigen wird? Auf einmal ergibt sein Verhalten von Anfang an einen Sinn. Er hat die Gerüchte tatsächlich geglaubt, ich sei ein KGB-Spion. Von einem ehemaligen Mitarbeiter der Staatssicherheit gestreut, von einem anderen für bare Münze genommen. Ich verschicke den Brief, ich werde zwar noch einige Male ins Archiv gelassen, aber ich erhalte keine neuen Akten. Jeden Morgen schlage ich die Zeitung auf, in Erwartung der Nachricht, die vier Wochen auf sich warten lässt: Stoiko Serafimow ist seines Postens enthoben worden, das Archiv wird einer neu geschaffenen Kommission unterstellt. Zugang erhalten nur Personen, die von der Kommission dahingehend überprüft worden sind, dass sie mit den Dossiers keinen Missbrauch treiben werden. Ich gehöre nicht zu diesem illustren Kreis. Meine Beschwerde vor dem Verwaltungsgericht wird abgeschmettert mit der Begründung, mein Anliegen gefährde die nationale Sicherheit, die territoriale Unversehrtheit, die gesamte Ordnung der heiligen Republik.

Weiterhin werden die Verantwortlichen für die Verbrechen der Vergangenheit geschützt.

Nicht bestrafte Verbrechen sagen die Zukunft voraus.

METODI

Kommt 'ne Einladung per Post, 'ne übergroße Karte. Ich erwarte 'ne weitere Todesanzeige, die flattern uns häufiger ins Haus als Werbung. Stattdessen 'ne Hochzeit. Nicht irgend 'ne Hochzeit. Nein! Waleri Jowkow und Nezabrawka Michailowa geben bekannt ... Sofort ruf ich sie an.

»Wir müssen uns treffen.«
»Ich bin ziemlich beschäftigt.«
»Sofort.«
»Das wird schwer, ich weiß nicht, ob du's mitbekommen hast, aber ...«
»Ich weiß es, ich weiß alles, ich muss dich heute sehen.«
»Heute ist unmöglich, wirklich, aber morgen Vormittag ginge es.«
»Morgen Vormittag?«
»Das habe ich gesagt.«
»Morgen ist Parteikonferenz.«
»Ist der einzige freie Termin, den ich dir anbieten kann.«
»Die hab ich noch nie versäumt. Niemals.«
»Du bist doch ohnehin nicht mehr lang dabei, wird kaum auffallen, wenn du nicht hingehst.«
»Das ist nicht meine Art, ich bin nicht einer, der fehlt.«
»Du musst dich entscheiden. Schicke mir eine SMS, wenn du mich sehen willst.«

Was hat sie sich verändert, seitdem sie mit diesem Waleri gemeinsame Sache macht, richtig grob ist sie geworden. Da krieg ich Sehnsucht nach dem netten Mädchen von früher. Gar nicht so lang her und trotzdem so verändert. Was er ihr wohl alles eingeredet hat? Jetzt denkt sie, sie muss sich vor nichts fürchten.

Elegant ist sie, muss man ihr lassen, die jungen Dinger, die von den Neffen angeschleppt werden – sogar der schüchterne Sergy ist zum Schürzenjäger geworden, seitdem das Biznis so gut läuft, jetzt hat er 'nen Partner in Israel, für den pflegt er die jüdischen Gräber und hält mir Vorträge über Diversifizieren, dem muss ich mal den Kopf entlausen –, die schauen aus wie Nutten, da können die noch so was Teures anziehen, aber Nezabrawka ist wie 'ne Dame, richtig fein, das macht mich stolz, bin über mich selber überrascht, über das Gefühl.

»Was hast du da eingefädelt?«

»Ich weiß nicht, was du meinst.«

»Die Sache mit Waleri, das hast du raffiniert gemacht.«

»Wir haben uns verliebt, was soll daran raffiniert sein?«

»Soso, ohne Hintergedanken?«

»Ja, ohne Hintergedanken. Genau das ist Liebe.«

»Machst du das, um mich zu ärgern?«

»So wichtig bist du nicht. Du könntest deiner Tochter übrigens gratulieren. Ist doch der Stolz jedes Vaters, wenn die eigene Tochter unter die Haube kommt.«

»Du bist verrückt, Waleri und seine Leute, das sind auch meine Leute, da kennt mich jeder. Da schätzt man mich. Deswegen musste ich dich sehen, sofort sehen, wir müssen das klären: Hast du Waleri von uns erzählt?«

»Er wollte wissen, woher wir uns kennen, die unbedeutende Nezabrawka Michailowa und der große Metodi Popow, woher diese Verbindung. Was für eine Antwort hätte ich ihm da geben können?«

»Du hast ihm alles erzählt?«

»Was soll ich antworten, wenn mich mein Bräutigam fragt, wer mein Vater ist?«

»Tot, er ist tot, Artillerieoffizier, 'n Fehler, 'ne Schlamperei.«

»Du bist widerlich.«

»Ich geb dir Geld, wenn du kein Wort sagst, ich geb dir Geld.«

»Ich will dein Geld nicht.«

»Es ist viel Geld, sehr viel Geld, das kannst du dir nicht vorstellen.«

»Ich bin Buchhalterin.«

»Du hast keine Ahnung, was ich dir alles geben kann.«

»O doch!«

»Was, was denn? Spuck's aus, wird sich einrichten lassen, kriegen wir hin. Egal, was es ist.«

»Dein Testament. Wenn du mich in dein Testament aufnimmst, wenn du mir den Anteil zugestehst, der deiner einzigen Tochter zusteht, das wäre ein Zeichen, das ich akzeptieren könnte.«

»Ich soll mein Testament ändern?«

»Niemand braucht davon zu wissen. Nur der Notar, und der ist zum Stillschweigen verpflichtet.«

»Aber wenn ich tot bin, dann wird das Testament vorgelesen, vor der Frau und den Neffen und den Nichten, die ganze Schande dann, stell dir das vor.«

»Spätestens wenn du tot bist, wird die Wahrheit bekannt.«

»Wozu denn, wozu brauchst du das Geld? Waleri hat ein Vermögen, das ist mindestens so groß wie meins, du wirst genug erben, du wirst versorgt sein.«

»Nach all den Jahren und all den Gesprächen verstehst du immer noch nicht, worum es mir geht. Ich will, dass du dich zu deiner Schuld bekennst, ich will, dass du dafür bezahlst.«

1989 erzählt

Die Türen sind nicht mehr verschlossen, die Türen sind angelehnt. Wenn die Insassen sich nach vorne beugen, um ins Freie zu horchen, gehen die Türen von allein auf. Aufgänge und Abgänge voller Nachbarn, voller Staunen darüber, dass sie hinaustreten können, ohne bestellt worden zu sein. Sie schnuppern vorsichtig an einem frisch gebrühten Gerücht. Auf den Straßen strömen Grüppchen in flüsterndem Einverständnis Richtung Hauptplatz. Ein jeder blickt sich um. Keine Fahnen, keine überlebensgroßen Porträts. Nur zaghafte Vergewisserung. Manche gehen entschiedenen Schrittes, viele lassen sich Zeit. Sollten sie auf Absperrungen stoßen, könnten sie sich immer noch abwenden, könnten umdrehen. Sich in Nebenstraßen verstecken, sich im Nebel auflösen. Der Himmel ist verhangen. Die vielen finden sich Schritt für Schritt ein, umringen die Kirchenkuppeln. Ein Ruf erklingt, der noch nie zuvor zu hören war. Er gewinnt an Lautstärke. Der eigenen Stimme trauen viele noch nicht. Später werden sie reden und nicht aufhören zu reden, weil sie Gefallen gefunden haben an ihren heiseren Stimmen. Sie stehen dicht an dicht mit Fremden, denen sie verstohlene Blicke zuwerfen. Sie fühlen sich befreit und bedrängt. Im Hinterkopf pocht ein Unbehagen. Der Körper hat seine eigenen Erinnerungen. Die Reden von der weit entfernten Bühne her vernehmen sie, auch wenn sie eher in sich hineinhorchen. Dort geschieht, das ahnen sie, das Wesentliche. Das hier, murmelt einer, das müssen wir erst noch lernen. Sie warten auf eine Losung, die sie gemeinsam herausschreien können. Alle miteinander, bevor sie in alle Richtungen zerstieben. Skeptische Stimmen platzen in die Euphorie hinein wie Blindgänger. Es wird noch Jahre dauern, bis wir aus dem Gröbsten raus sind. Jahre, wie denn Jahre? Der Platz vor den Kuppeln ist verlassen, die Losungen werden zusammengefegt. So lange können wir nicht warten, wir sind jung, wer will da Jahre warten, lieber bin ich weg. Was redet ihr, gibt daheim die Großmutter zu bedenken, Jahre, einige Jahre nur? Sie schüttelt argwöhnisch ihre Mähne: Fünfzig Jahre, mindestens. Wenn ihr Glück habt. Sie kennt nichts anderes, denken die Jungen, sie ist eine häkelnde Statue, wir sind lebendig. Zufrieden gehen sie ins Bett. Das ist noch einmal gutgegangen.

KONSTANTIN

Als die Demokratisierung verordnet wurde, rief ich von einer Telefonzelle aus Ilija Minew an, in der Hoffnung, dass sich seine Nummer in den zwanzig Jahren seit unserem letzten Gespräch nicht geändert hat.

»Minew, anwesend.«

Er meldete sich wie gewohnt. Die Stimme laut, eisern, ein beabsichtigter Effekt.

»Ilija, ich habe Zeitung gelesen.«

»War schon immer deine Schwäche.«

»Du hast eine Gruppe gegründet?«

»Einen Verein!«

»Zum Schutz der Menschenrechte …«

»Na und?«

»Menschenrechte, Ilija, du auf deine alten Tage?«

»Fickt doch eure hinkenden Maulesel«, schrie Minew unvermittelt, »geht aus der Leitung, sonst erzähl ich dem Botschafter, was ich mit euren Müttern angestellt habe. Eure Exzellenz, was haben Sie zu berichten?«

Ich sehe seine glasklaren blauen Augen vor mir.

»Unsere Analysten sind verwirrt.«

»Das sind anale Analysten.«

»Wir haben im Zusammenhang mit Ihren bisherigen Aktivitäten eher einen Verein für Disziplin und Ordnung erwartet.«

»Kann ja noch werden.«

»Der erste Schritt?«

»Der erste von vielen.«

»Ach ja, ich entsinne mich vage, Quantität verwandelt sich in Qualität, nicht wahr?«

»Jede Bewegung beginnt mit einer kleinen Schar.«

»Hauptsache, die richtige Führung ist vorhanden. Wer weiß, vielleicht sehe ich mir das Geschehen mal selber an.«

»Benötigst du ein Visum?«

»Nein, ich reise visafrei.«

»Dann sollte einem baldigen Wiedersehen nichts im Wege stehen.«

»Recht bald scheint mir. Aber Menschenrechte? Ilija, du und Rechte? Die einzige Rechte, die du akzeptierst, ist die Faust.«

»Nach hundert Jahren rufst du mich an, um mir das mitzuteilen? Hast du nichts gelernt in der Zwischenzeit?«

»Einiges, Ilija. Die Erdbeben fallen stärker aus. Die Einschläge kommen näher. Die Geschichte tritt in die letzte Phase ihrer Entwicklung, so wie auch die Psyche, der absolute Geist wird bald seinen tiefsten Sinn offenbaren.«

»Äffst du mich nach?«

»Auf die Barrikaden, Ilija, auf die Barrikaden. Menschenrechte und Freiheiten, kann man das rufen, oder muss man es flüstern?«

»Grüß mir deine Kinder. Enkel sind noch keine da, oder?«

»Matilda ist hochschwanger.«

»Na, beim nächsten Anruf ist ein Glückwunsch fällig.«

Ilija Minew legte auf. 1946 zu lebenslanger Haft verurteilt, verraten durch den Mitangeklagten, der bald darauf entlassen wird, die Frau von Minew verführt (gemeinsamer Sohn), so dass sie die Scheidung einreicht.

Zwei Jahrzehnte in Haft verbracht, ein Jahrzehnt in der Verbannung.

Seinen Naziüberzeugungen bis zum Ende treu geblieben.

Zu sechst waren wir monatelang in einer Zelle, paritätisch repräsentiert, zwei Legionäre (einer von ihnen Ilija), zwei Anarchisten, zwei Bauernbündler. Das war die Zelle, in der ich am meisten gelacht habe, obwohl Ilija dem Klischee des humorlosen, ironiefreien Nazis bis zum steifen Unterkiefer entsprach. Wir sangen zusammen, ein jeder, was er wollte, ohne uns abzusprechen, ein kakophonischer Chor. Wir sangen, bis das Lachen über uns herfiel. Eines Tages hörten wir auf ein Zeichen von mir auf zu singen, alle bis auf den nicht eingeweihten Ilija. Wir hörten, wie er hingebungsvoll das Volkslied über die schöne Jungfrau Biljana von sich gab, in einer eigenwilligen Textversion: »Todor fickt seine Großmutter nahe den Quellen von Ochrid.« Es passte rhythmisch, vom Reim her. Ilija lief rot an, weigerte sich von da an, in unseren Chor einzustimmen. In der Kakophonie der Demokratie ergeht es ihm ähnlich. Unter den Menschenrechtlern war Minew nach einem Jahr völlig isoliert, er wurde »eingefroren«, wie es in der Terminologie der Runden Tische hieß.

Ich rief ihn wieder an.

»Minew, anwesend.«

Ich erkundigte mich höflich, wie es ihm ergangen sei. Er reagierte mit einem Trommelfeuer an Flüchen.

»Das war vorherzusehen.«

»Woher denn? Du schon wieder, im Nachhinein immer schlauer sein. Typisch Anarchist.«

»Vielleicht erinnerst du dich nicht mehr, Ilija, im Gefängnis hast du einem der Spitzel gedroht, nach der Revolution werde er seinen Verrat büßen müssen. Das hat den Spitzel nicht besonders beeindruckt. Weißt du das noch?«

»Unrat.«

»Kannst du dich erinnern, was er zu dir gesagt hat?«

»Unrat, was beschäftigst du mich damit.«

»Er hatte Mut, der Kerl. Waren wenige wie er. Der hat sich von dir nicht den Schneid abkaufen lassen. Ich weiß noch genau, was er gesagt hat: Hör zu, du Möchtegernmussolini, wir sind jetzt in der Mehrheit, wir werden auch morgen in der Mehrheit sein, wir werden immer in der Mehrheit sein, und da ihr inzwischen, nachdem eure Ideen sich eine blutige Nase geholt haben, Anhänger der Demokratie seid, werden wir als Mehrheit bestimmen, wo's langgeht. Wer soll uns denn bestrafen? Wir sind zahlreicher als alle anderen.«

»Unfug! Unrat.«

»Mitnichten, Ilija, der Mann hatte recht, ein Visionär unter den Spitzeln. Es ist so gekommen, wie er es vorhergesagt hat, erkennst du das nicht? Du hattest in deinem Verein mehr Spitzel als Spartaner, und wenn man mit Spitzeln Demokratie spielt ...«

»Was war die Alternative? Hätten wir mit den Spitzeln etwa Revolution machen sollen? Das Menschenmaterial, an dem liegt's mal wieder. Egal, wo du an den Barrikaden stehst, das ist die höchste und letztgültige Voraussetzung. Ohne das richtige Material keine Aussicht auf Erfolg.«

»Und jetzt?«

»Was jetzt? Bin gelandet, wo die Armen zum Scheißen hingehen. Durchhalten!«

»Weitermarschieren?«

»Im Stechschritt, die Beine voran in den Sarg. Die Beerdigung ist die letzte Parade.«

METODI

Gad s gad. Das Denkmal entehren. Was gibt's noch, auf das wir alle stolz sein können, wenn nicht auf den antifaschistischen Widerstand? Spuckt mich doch an, wenn ihr euch traut. Was sind das für Zeiten? Ist denn nichts mehr heilig? Schnurrbärte unter die Nase geschmiert, Hakenkreuze in die Brust geritzt, primitive Losungen draufgesprüht, was für Schweine, wie's mich juckt, denen 'ne Lektion draufzugeben, die sie nie vergessen. Schufte sind das, faschistische Arschficker. Wo ist der Respekt hin? Wo die Werte? Glaubt noch irgendwer an den hehren Satz: Wer im Kampf für die Freiheit fällt, der stirbt nicht? Alles immer nur entehren. Was anderes können sie nicht. Mein Leben spucken sie an. Was hab ich mich da reingehängt. Hundert Jahre nach dem April-Aufstand muss was Großes her, etwas, das bleibt, da waren wir uns alle sofort einig, bei uns in Panagjurischte, eines der größten Denkmäler, keine Frage, wegen Oborischte, da musste ich niemanden überzeugen, im Städtchen hab ich's dann ausgekostet, wie die mir alle dankten für meinen Einsatz. Was hab ich mich da reingehängt. Žiwkow nimmt mich zur Seite: Das ist dein Winkel, du *srednogorets*, wo sollen wir das Denkmal denn hinstellen? Keine Sorge, du musst nichts zeichnen. Wir brauchen Ideen, dann bauen wir, dann feiern wir. Und jetzt Schnurrbärte! Hakenkreuze! Auf dem Hügel hinter dem Städtchen, wo denn sonst, auf dem höchsten Hügel, nahe dort, wo uns die Türken niedergemetzelt haben, damit niemand vergisst, wer im Kampf für die Freiheit fällt, der stirbt nicht. Hoch oben, viele Schritte hinauf, wird 'ne mühsame Sache, zugegeben, die Leut werden sich anstrengen müssen, richtig so, man muss sich anstrengen, wenn man dem leuchtenden Vorbild nacheifert, oben ein Freischärler, zwanzig Meter groß, das war 'n Anblick, ich bekam Gänsehaut bei der ersten Besichtigung, der war so schwer, ich hab mich gewundert, wie der Hügel das aushält. Und dann die Eröffnung, da war ich federführend involviert, ein Maitag, leichter Wind, die Sonne lächelt uns an, wir oben, Trommelschläge, Hufe, 'n Trupp kam angeritten, 'ne halbe Eskadron, der Aufschrei, das halbe Städtchen anwesend, die Leute wussten, was sich gehört, keiner vorbereitet auf den Anblick, die flackernde Flamme unserer Freiheit, vom Schipka-Pass hergetragen von den besten Reitern unserer Volksrepublik, die Fackel wird Živkow überreicht, der zündet das ewige Feuer an, das Orchester spielt die Hymne, lieb Vaterland, du Paradies auf Erden, deine Pracht kennt keine Grenzen, schwierig, die Tränen zurückzuhalten. Das war einer der schönsten Tage meines Lebens. So was zu beschmutzen ist Barbarei, der Kerl, der das verbrochen hat, die Fresse schlag ich ihm blutig, das vergisst der nie, dieser Dreckskerl, dieses Schwein. Entehrt das Denkmal. Nichts ist mehr heilig.

2007 erzählt

Sofia. Vor einer Woche hat der ehemalige Präsident Peter Stojanow, Vorsitzender der »Vereinten Demokratischen Kräfte«, zur allgemeinen Überraschung Herrn Konstantin Scheitanow als Kandidaten seiner Partei für die neu geschaffene Kommission für die Archive der Staatssicherheit vorgeschlagen. Gewiss hat Peter Stojanow geglaubt, mit dieser Wahl einen Coup zu landen, doch nach den Ereignissen der letzten Tage sind Zweifel an der Weisheit seiner Entscheidung angebracht. Denn der Fall Scheitanow hat sich als gefundenes Fressen für die Medien erwiesen: von Jugend an Anarchist, Anführer einer terroristischen Gruppe, die 1953 eine Stalin-Büste in die Luft gesprengt hat, ein politischer Häftling, dem bislang zwei Dutzend Bände mit Material aus dem Archiv überreicht worden sind (höchstens die Hälfte des insgesamt vorhandenen, wie er selber immer wieder betont). In unzähligen Interviews hat er gefährliche und radikale Ideen über den Staat und seine Organe von sich gegeben. Das hat zu einer beispiellosen öffentlichen Debatte geführt, bei der sich Gegner und Sympathisanten von Herrn Scheitanow unversöhnlich gegenüberstehen. Mit seinen Äußerungen ist es Herrn Scheitanow gelungen, den Konflikt eskalieren zu lassen, Gräben aufzureißen, eine Stimmung zu provozieren, die man fast hysterisch nennen könnte. Da er selbst wiederholt ausgesagt hat, dass er sich keinerlei Chancen ausrechnet, in die Kommission gewählt zu werden, missbraucht er die öffentliche Bühne für seine wirren Thesen. Eine weitere Schmierenkomödie in unserem politischen Theater. (*grd*)

METODI

Mamata si traka. Was muss ich die hässlichste Krankenschwester von allen abkriegen, die Vogelscheuche der Nation? Was pickt die an mir rum, wie's ihr gefällt? Macht ihr wohl Spaß, mich rumzukommandieren! Die bildet sich ein, sie ist die wichtigste Person in meinem Leben. Der Innenminister und der Verfassungsschutzdirektor stehen bei mir im Zimmer, sind zu mir raufgefahren, zwei so bedeutende Männer, und sie, sie macht es sich in ihrer Ecke bequem, so als will sie alles stenographieren.

»Raus«, schrei ich.

»Herr Popow, Sie wissen ganz genau, dass ich Sie nicht allein lassen darf.«

»Sagt wer?«

»Der Arzt.«

»Und du glaubst, der Arzt hat mehr zu sagen als der Innenminister?«

»Was Ihre Gesundheit betrifft schon.«

»Raus, sonst besorgt das der Bodyguard, das hier geht dich nichts an.«

Sie wirft mir einen dieser hasserfüllten Blicke zu, die letzte Zuflucht der Verlierer. Wenigstens für 'n Stündchen bin ich sie los.

»Machen Sie es sich bequem. Tut mir leid, so 'n schöner Tag, der Garten lockt, nichts schöner als 'ne Besprechung unter Zwetschgen, bin nicht mehr so mobil, und die Hitze, die setzt mir zu, was soll's, jammern ist was für Schwächlinge, nicht wahr. Wie kann ich Ihnen helfen?«

»Wir haben ein Problem, und uns wurde von mehreren Seiten zugetragen, dass Sie uns in dieser Angelegenheit Rat geben können.«

»Wie heißt die Angelegenheit?«

»Scheitanow. Konstantin Scheitanow.«

»Der ist 'ne Wissenschaft für sich, und ich bin Professor in dieser Disziplin, dreimal honoris causa.«

»Sie sind für mich eine Koryphäe, Herr Popow, das wollte ich Ihnen sagen, wir haben Fälle von Ihnen in Simeonowo studiert, es ist mir eine Ehre, mit Ihnen zusammenarbeiten zu dürfen.«

»Ich bitte Sie, keine Komplimente. Wir dienen dem Vaterland nach bestem Gewissen und Wissen, nicht wahr!«

»Sie haben bestimmt mitbekommen«, mischt sich der Minister ein, »dass ein neues Gesetz die Gründung einer Kommission für die Archive der ehemaligen Staatssicherheit vorgesehen hat.«

»Jaja, da musste ich gleich 'n wenig durchschnaufen, wie viele Kommissionen braucht's denn noch? Ist auf Druck von außen erfolgt, vermut ich.«

»Sie vermuten richtig, eine Unannehmlichkeit, nicht mehr, wir werden in der Sache nicht nachgeben.«

»Das Gesetz an sich ist auch nicht unser Problem«, fährt der Minister fort. »Ein Teil der Opposition hat diesen Scheitanow als Mitglied für die Kommission vorgeschlagen, die den Zugang zu den Archiven beaufsichtigen soll. Und das müssen wir verhindern, ich muss Ihnen kaum erklären, wieso, wir müssen seine Kandidatur so schnell wie möglich begraben.«

»Und dann machen Sie gleich solche groben Fehler? Ist doch ganz einfach: Seine Kandidatur durchläuft die übliche Prozedur, ohne großes Aufsehen, Stillschweigen allerseits, dann die Abstimmung im Parlament, und er wird mit den Stimmen der parlamentarischen Mehrheit abgelehnt.«

»Wir waren etwas übereifrig, wir haben versucht, ihn gleich zu diskreditieren. Für mich war die Sachlage klar: Ein Terrorist bleibt immer ein Terrorist, dahingehend habe ich mich klar geäußert, jeder Bombenanschlag, ob gegen ein Denkmal von Stalin, Hitler oder sonst wen, ist ein terroristischer Akt.«

»Richtig, aber gerade da merkt man die fehlende Erfahrung. Die Logik des Gesetzes leuchtet nicht allen ein. Wem's nicht einleuchtet, dem können Sie keine Erleuchtung bringen, egal, wie sehr Sie sich anstrengen.«

»Ich habe die öffentliche Reaktion falsch eingeschätzt, es haben sich einige auf seine Seite geschlagen, weil sich sein Akt gegen ein Symbol der Diktatur gerichtet hat.«

»Wir haben gar keine Symbole der Demokratie. Also lasst uns gleich alles in die Luft sprengen.«

»Die ganze Sache hat inzwischen viel zu hohe Wellen geschlagen, Herr Popow«, übernimmt der Minister wieder das Wort. »Zudem ist auch noch schlampig gearbeitet worden. Mir wurde zunächst mitgeteilt, wer einmal verurteilt worden ist, kommt als Kandidat für die Kommission nicht in Frage, auch wenn er später rehabilitiert worden ist. Problem vom Tisch, dachte ich, aber dieser Scheitanow ist nicht rehabilitiert worden. Anfang der Neunziger hat das Oberste Gericht seine Verurteilung aufgehoben. Einfach so aufgehoben.«

»Chaotische Zeiten damals.«

»Und dann wird mein Bericht auch noch von der parlamentarischen Kommission zurückgewiesen, weil er nicht detailliert genug war.«

»Wie stellen sich die Parlamentarier das vor, nationale Geheimnisse kann man doch nicht vor irgend 'ner Kommission ausplaudern.«

»Ich habe mir nichts vorzuwerfen, ich habe eindeutig Stellung bezogen, ich stehe voll hinter unseren Jungs, das habe ich klipp und klar gesagt, wenn wir so einen Kandidaten zulassen, dann sind wir kein zivilisierter Staat.«

»Kein Zweifel, er bedroht die nationale Sicherheit und die verfassungsmäßige demokratische Ordnung, wir drei wissen das, aber wie sollen wir es ihm nachweisen?«

»Sie haben das Problem auf den Punkt gebracht, Herr Popow, uns sind die Hände durch das Gesetz gebunden. Sie kennen den Scheitanow besser als jeder andere, was sollen wir tun? Das Material über ihn ist ja gewaltig, das können wir nicht auf die Schnelle sichten, wir brauchen Ihre Hilfe.«

»Da seine Verurteilung vom Gericht aufgehoben wurde, brauchen wir eine neue terroristische Verbindung. Vergessen Sie den Bombenanschlag auf die Stalin-Statue, Sie müssen etwas anderes suchen, vielleicht finden wir ja etwas, was noch krimineller wirkt, was für größere Empörung sorgt.«

»Was denn? Gibt es was Zweckdienliches in den Akten? Können Sie sich an irgendwas erinnern?«

»Nein, nichts, was uns hilft. Sackgasse. Jetzt heißt's kreativ werden. Wir brauchen 'nen Bericht, von 'nem Agenten oder 'nem geheimen Mitarbeiter, etwas schwarz auf weiß. Lassen Sie mich mal nachdenken, kreativ dauert länger in meinem Alter, nicht wahr … Eine Verbindung zu den Grauen Wölfen, ja, das ist doch 'ne Idee, wir wissen nicht, wo er sich aufgehalten hat von 1971 bis 1989, und er wird's auch nicht beweisen können, da war Ağca im Land, wieso nicht ein Treffen zwischen den beiden, und außerdem, da waren auch Mitglieder der Baader-Meinhof-Gruppe bei uns, gerade in den Jahren, wieso nicht eine konspirative Verbindung aufbauen?«

»Aber das ist doch absurd«, unterbricht mich der Minister, blauäugig, wie's nur Zivilisten sein können.

»Wir brauchen einen Denunzianten«, erwidere ich, »jemand, der ihn gekannt hat.«

»Das reicht nicht aus. Nur darauf zu vertrauen, das behagt mir nicht. Wir brauchen noch was anderes.«

»Sichten Sie doch die Abhörprotokolle, wir haben damals seine Wohnung abgehört, da findet sich bestimmt was.«

»Woran denken Sie, Popow?«

»Der Scheitanow glaubt, dass sich alle Probleme mit Gewalt lösen lassen, gestern erst, in irgend 'nem Interview hat er doch gesagt, dass das Volk bewaffnet werden muss. So was hat er schon immer von sich gegeben, wenn er nicht weiterwusste, kam er damit an, unglaubliche Sachen, Mordgelüste.«

»Hervorragende Idee, blutrünstige Zitate finden, der Presse zuspielen, Belege seiner Verbindung zu den Grauen Wölfen, zu Baader-Meinhof, das ist eine erfolgversprechende Strategie.«

»Ihr müsst seine Stärken ausnutzen. Er wird nicht nachgeben, er wird sich nicht verstellen. Der wird keinen Kompromiss suchen. Der hat aus seinem Starrsinn 'n moralisches Gesetz gemacht, und daraus dreht ihr ihm einen Strick. Denkt daran, die Anarchisten, das sind Ungeheuer, das hab ich aus erster Hand, von einem der unseren, der in Spanien gekämpft hat. Die Anarchisten haben dort die Gräber ausgehoben und mit den Skeletten von Nonnen getanzt, um alle anderen in Angst und Schrecken zu versetzen. Unterschätzen Sie ihn nicht, auch wenn er alt und gebrechlich rüberkommt, in dem tobt noch der Teufel.«

»Eine Frage noch, wenn Sie erlauben, etwas geht mir nicht aus dem Kopf. Was ist damals geschehen, dass er nach dem Bombenanschlag gegen Stalin nicht zum Tode verurteilt wurde?«

»Wir waren entsetzt, wochenlange harte Arbeit für nichts und wieder nichts, durfte der Verbrecher weiterleben, wir haben es nicht verstanden, bei so 'nem schweren Verbrechen nicht einmal 'n einziges Todesurteil? Wir haben den Richter unter Druck gesetzt, bis er uns sagte: ›Ich habe das Urteil nicht gefällt, die Entscheidung kam von oben.‹ ›Vom Politbüro?‹, fragten wir. ›Noch höher‹, sagte er.

›Von Walko Tscherwenkow?‹ ›Noch höher!‹ Da haben wir aufgehört zu fragen, denn noch höher als der Staatschef, das hieß Moskau …«
»Sie haben Herrn Popow genug belästigt. Er braucht Ruhe.«
»Es tut mir leid, Jungs, ihr müsst gehen, bin nicht mehr in Kampfform. Aber euer Besuch hat mich belebt, das war wie Medizin für mich, jederzeit wieder, hört ihr, jederzeit wieder.«

KONSTANTIN

Gestern Abend hat der Glatzkopf wieder einmal getobt, gegrinst, gegrölt, das Rumpelstilzchen der Fernsehunterhaltung, er hat getrommelt, gebrüllt, gefeixt, *Game Show* wird so etwas genannt, Scharade mit Denunziantenporträts, *rien ne va plus*, die Namen passen zu den Bildern, bis auf eine Ausnahme, Herr Tschitschi Baba, Minister a. D., bei dem passt das Bild nicht zum Namen, das weiß ich gewiss, denn das Konterfei, das im ganzen Land ausgestrahlt wird, das Konterfei des entlarvten Denunzianten ist meins. Ein Fehler, werden sie behaupten, das kommt davon, wenn du so oft in den Medien bist. Ich bin schon alles gewohnt. Das Telefon läutet. Die Chefreporterin von ARBEIT. Der Innenminister habe eine Verfügung erlassen, dass die Medien Einblick in mein Dossier erhalten dürften, wenn ich meine Zustimmung erteilte. Während ich auf die Ankunft der Frau warte, lege ich das Gesetz (das ich fast auswendig kenne, andere können die *Epopöe der Vergessenen* frei aufsagen, ich könnte das Publikum mit Paragraphen unterhalten) auf den Couchtisch. Die Journalistin hat eine jüngere Kollegin mitgebracht, ein Geschenk, das ich unausgepackt auf das Sideboard stelle, sowie eine vorgedruckte Erklärung, die ich nur noch zu unterschreiben brauchte. Es gibt ein Problem, sage ich, ich habe, während ich auf Sie gewartet habe, den Gesetzestext aufmerksam durchgelesen, Sie glauben gar nicht, was man so alles entdecken kann in einem Text, den man gut zu kennen glaubt, also darin gibt es einen Passus, gewiss haben Sie ihn übersehen, der klarstellt, dass ich kein Recht habe, eine solche Zustimmung zu erteilen, das steht allein dem Vorsitzenden der Kommission zu, aber der ist ja noch nicht gewählt worden, das wird nicht nur unmissverständlich formuliert, demjenigen, der dagegen verstößt, drohen sechs Jahre Haft. Wieso ich ihr das nicht schon am Telefon gesagt hätte?, fragt die Journalistin. Ich weise sie darauf hin, dass sie das Gesetz offenbar genauso wenig kenne wie ich. Ich werde mich mit meinem Rechtsanwalt beraten müssen. Zu diesem Zweck benötige ich allerdings die Verfügung des Ministers. Die Journalistin ruft ihre Chefin an: Hör mal, der Scheitanow macht uns Probleme. Sie hört zu, dann wendet sie sich wieder an mich. Sie könne mir das Original nicht beschaffen, wohl aber eine Fotokopie. Das wird meinem Anwalt gewiss genügen, entgegne ich wohlgelaunt. Fünf Minuten später läutet es an der Tür. Ach, das wird der Chauffeur sein. Die Journalistin springt geschäftig auf. Ich nehme den Umschlag entgegen, verabschiede sie mit dem Hinweis, ich würde mich melden, sobald ich mich mit dem Anwalt besprochen hätte, hoffentlich bald, Sie wisse ja, wie vielbeschäftigt diese Advokaten seien. Ich lese die Verfügung des Ministers durch, lege sie auf den Ausdruck des neuen Gesetzes. Ich koche mir einen Tee. Ich warte. Eine Stunde später ruft die Journalistin an. Mit der ausufernden Höflichkeit einer untergegangenen Zeit vertröste ich sie. Sie ruft noch fünfmal an. Meine Höflichkeit ist unnachgiebig. Ich schiebe dem Anwalt alles in die Schuhe, ein schwieriger, ein undurchsichtiger Fall offenbar, er habe Bedenkzeit erbeten, weil er sich mit einem Kollegen konsultieren müsse. Vierundzwanzig Stunden später gibt sie auf.

Auf dem Weg zur parlamentarischen Kommission hält mich einer auf der Straße an, um mir die Hand zu schütteln, ein anderer spuckt in meine Richtung. In einer der Tageszeitungen wird ein Zeuge zitiert, der mit mir im Gefängnis in Pazardschik gesessen sei, wo ich mich ihm anvertraut hätte. So habe er von meiner Kapitulation erfahren. Ich habe von dem Mann noch nie etwas gehört; ich habe keinen vergessen, mit dem ich je eine Zelle geteilt habe. Wenn man mit Schmutz wirft, kommt es auf die Logik nicht an. Sollte ich kapituliert haben, wäre ich ein bewährter Zuarbeiter der Organe, kein gefährlicher Staatsfeind.

Mitnichten wolle sie das Leid herabsetzen, das ich erlitten hätte, erklärt die Vorsitzende der Kommission zum Auftakt, der wichtigste Orden der Republik sollte mir verliehen werden, sie würde eine solche Initiative voll und ganz unterstützen, auf keinen Fall aber dürfe ich unbegrenzten Zugang zu den Archiven der ehemaligen Staatssicherheit erhalten. Das habe der zweite Bericht des Direktors des Verfassungsschutzes klargestellt. All diese Vorwürfe seien doch lächerlich, unterbricht der Abgeordnete, der mich vorgeschlagen hat, sie basierten nur auf Akten der Staatssicherheit, und alle Anwesenden wüssten doch, dass diese von vorn bis hinten manipuliert wurden. Soso, erwidert die Vorsitzende, die mir gegenübersitzt, zwölf Meter entfernt, am größten Holztisch, den ich je gesehen habe. Sie wollen also, dass wir in diesem Fall fünfzig umfangreichen, von der Staatssicherheit über Jahrzehnte hinweg sorgfältig zusammengetragenen Mappen nicht trauen, dabei waren Sie der Allererste, der einem einzigen Karteikärtchen mit dem Namen eines Denunzianten Glauben schenkte, weil es Ihnen in den Kram passte. Eine streitlustige Weile vergessen die Parlamentarier, dass ich anwesend bin. Dann stellen sie mir Fangfragen. Legen Fallen. Sie kolportierten, erkläre ich Ihnen, des Schattenboxens überdrüssig, den Mythos vom bösen Terroristen und guten Staat. Es wäre gut, wenn die Kommission wenigstens ein Mitglied aufwiese, das vom Gegenteil ausgehe. Ich glaube den Geheimdiensten mehr als Ihnen, unterbricht mich die Vorsitzende der Kommission. Der zweite Bericht des Direktors des Verfassungsschutzes enthalte eine Reihe von Hinweisen, die mich mit weiteren terroristischen Handlungen in Verbindung brächten. Geplante oder verübte terroristische Taten, frage ich. Leider habe der Direktor keine konkreten Informationen vorlegen können, weil das

Gesetz ihm dies aus Sicherheitsgründen verbiete, aber ich selbst sei doch bestimmt in der Lage, erschöpfend Auskunft zu erteilen, welche Aktionen damit gemeint sein könnten, jetzt sei die Gelegenheit, die Sache aufzuklären. Die Gruppenuntersuchung gegen mich und meine Mitangeklagten, antworte ich, wurde 1953 unter der Bezeichnung »Ungeheuer« geführt, das sei der Name gewesen, den die Staatssicherheit mir schon früh zugeteilt habe. Ein Ungeheuer muss Ungeheuerlichkeiten begehen, das ist obligatorisch, das entspricht der staatssicherheitlichen Logik. Seitdem bin ich ein Ungeheuer. Die Vorsitzende unterbricht mich, weil die Zeit abgelaufen sei. Zum Abschied droht sie mir leise: »Herr Scheitanow, wir werden Sie von der Kommission fernhalten, egal was passiert.«

Einige Tage später ist es vorbei. Von zweihundertvierzig Abgeordneten haben sieben für mich gestimmt.

METODI

Verfluchte Verrenkungen im Kopf. Vergissmeinnicht, so viel Unkraut. Nezabrawka barfuß auf der Wiese, pflückt 'nen Strauß, den überreicht sie 'nem Bären, festgebunden der Bär, die Krallen rausgerissen, die Zähne gezogen, steht auf einem Bein, will brüllen, kommt nur Brummen raus, so viel Unkraut, kratzt sich am Baum, der Baum wächst, obwohl der Blitz eingeschlagen hat. Auf dem Baum 'ne Frau, schmale Schultern, verschrumpeltes Gesicht, mit 'ner Sichel in der Hand, schneidet sich die Haare ab, der Baum mitten im Gefängnishof, die Frau öffnet ihre Schenkel, ein Kind plumpst raus, baumelt an der Nabelschnur. Was willst du von mir, Tsola, hast du das Rundschreiben nicht erhalten? Du bist seit Jahren tot. Tsola, 'ne Frau wie 'n Ausrufezeichen. Am Ende jeder Aussage steht 'ne Tsola. Schreibt euch das hinter die Ohren. Als junges Mädchen in die KP, als junge Frau ins Gefängnis. Der Blitz schlägt ein in die Kirche Heiliger Sonntag, der rote Blitz am Sonntag, ha, die strafende Hand von Gott Konspirator, Generäle zerreißt's, 'ne Hand zuckt aufm Altar, 'n Bein im Dachstuhl, 'n Auge klebt auf der Ikone, starr mich nicht so an. Tsola muss dran glauben, ab in den Tod, der Galgen wartet. Der macht sie zur Mutter, Schwangere werden nie gehängt, Tsola beschwört den Anwalt, die Vollstreckung des Urteils um drei Monate verzögern! Mindestens drei Monate. Streng dich an, bombardier die Regierung mit Gnadengesuchen, dem Wärter was zugesteckt, nicht viel, alles halt, was ich hatte, eine Chance, mit einem Häftling, egal welchem, wenn möglich jung und gesund und willig, nein, wo denkst du hin, kein ›Politischer‹, keine Komplikationen, wir in eine Zelle und allein gelassen, eine Chance nur, drei Monate, sie teilen mir mit, mein Gnadengesuch abgelehnt, da sag ich so ruhig wie 'ne schwangere Seele: Ich erwarte ein Kind. Wer der Vater, wie er heißt, was er verbrochen, nie erfahren. Tsola funkelt, macht mir Augen, die alte Tsola, mir, dem Jungen aus der ärmsten Kate im Dorf. Strategie, das ist die Devise. Früher mussten wir von außen nach innen, hölzerne Philosophen, hack, hack. Bald wird's umgekehrt, alles von innen nach außen, hölzerne Philosophen, hack, hack. Stimmt schon, hab ich gesagt, was wir sehen, ist nur schwacher Abglanz der Realität, ohne Nachrichten von drinnen im Nachteil. Das Menschenmaterial die Lösung, keine Alternative. Der springende Punkt, könnt ihr diese piepsige Stimme ausschalten? Bald braucht's keine Augen, keine Ohren, jeder Mensch unser Material. Echte Zeit, unsere Zeit. Kameraden, die Zukunft durchleuchtet, alle Schwachstellen ausgeschaltet. Zuverlässig, auf niemand Verlass, der Pinscher schnappt nach Luft, schnell gewittert, keine Frage, Informationen liefern Einsicht, logische Folge Zuversicht, Beschaffung der Information Kinderspiel, Beherrschung der Information Kunst. Kein Gewichtheber verlässt sich auf einen einzigen Muskel, Oberst, Mund halten, wichtig eines, wann reden, wann schweigen, wann mit Oberst über Gewichtheben streiten, böses Blut, hinterrücks 'n Schuss ins Genick.

1990 erzählt

DEMOKRATIE, GLASNOST, SCHAFSKÄSE. Achtung: Volksmobilmachung nach dem Epochenwechsel, Genossen a. D. und Bürger in spe versammeln sich, die vielzähligen Gläubiger der Gegenwart, skandieren ihre Forderungen vor dem Mausoleum, der ausgestopfte Mummelgreis ist bei Nacht und Nebel entfernt worden. NICHT REFORMIEREN, DEMONTIEREN. Durch die milchige Wand der Andacht betrachtet, wirkt das Mausoleum unverfänglich, nicht wahr? Erwartungen werden aufgeschnürt, auf den Plattenseen in der Stadtmitte spiegeln sich die neuen Sehnsüchte. WILL ATMEN, HAB HUNGER, WILL LEBEN. Was sind die alle so laut und aufgedreht, inhalieren Hoffnung, atmen Losung aus, Alchemie des Augenblicks, vielleicht spüren sie im Inneren, dass sie nicht zu sehr nachdenken dürfen über ihr Leben, das an einem unbekannten Ort verscharrt worden ist. DIE SCHULDIGEN VOR GERICHT. Zur Abwechslung werden Gedenkgottesdienste abgehalten für die Ermordeten, deren Namen manch einem wieder einfallen, die Erinnerung ist ein Opportunist der ersten Stunde. KULTUR OHNE DIKTATUR. Die große Wandlung in der Familienaufstellung. Gestern nährte man sich redlich von einem Partisanen zweiter Ordnung, einem Großonkel oder einem Oheim der Schwiegermutter. Heute stauben sie das Totenbuch ab, blättern es vorsichtig auf, und siehe da, der Großvater war Opfer des Volksgerichts. Der Wunsch, des Großvaters zu gedenken, wallt in ihnen auf. Zu ehren sind die Auferstandenen. NIE WIEDER. Ach, ihr Menschenkinder, habt ihr Sabi Hristoforow vergessen? Den radikalen Priester, entschwunden nach New Jersey, wo er dieser Tage in einem russischen Restaurant mit seiner sonoren Stimme Volkslieder zum Besten gibt? Auf Russisch, versteht sich, er gibt sich weiterhin für etwas aus, was er nicht ist, er weiß ja nicht, was er ist. Der Basso continuo zu meinen Pelmeni, so lobt ihn der Koch. Welche Rolle hat er nicht gespielt, unterbezahlter Zuträger, Gottesmann ohne festen Glauben, Spekulant in historischer Hausse? Doch zu keiner *kascha* dieser Welt wird er ein Kerkerlied singen, egal, wie knusprig die *zapekanki* in diesem Nostalgium entlang eines Highways mit dreistelliger Nummer sind. WO IST DAS GELD? Im Jahr nach der Veränderung heiligen seine Gebete jede Demonstration, jede Zusammenkunft der Aufgebrochenen, vor dem Mausoleum (Mikrophon 1): KONFISZIERT DAS GELD DER ROTEN MILLIONÄRE, die Losungen vermischen sich mit den Kampfliedern der Kommunisten vor dem Parteipalast nebenan (Mikrophon 2), die feiern die Umbenennung ihrer Partei in Sozialistische Partei. Die große Schlacht der Lautsprecheranlagen. Zum ersten Mal sind die Rufe zu hören, die den Soundtrack der nächsten Inszenierung bestimmen werden: B-S-P!

Andererseits, unsererseits

    A-S-O

                               A-S-P

           S-D-S

              R-D-P

                                     D-G-I

   H-D-S

                        B-S-D-P

                 B-Z-N-S

                               B-N-R-P

Ziehen wir weiter, von Losungen ermüdet. Vor dem Kulturpalast versteigert ein Kabarettist Porträts der Politbüromitglieder. Ein Happening, so lautet das modische Wort.

»Perestroika, ihr versammelten Ohren, was soll das sein, diese Perestroika?«

Eine Büste von Živkow kommt ins Bild. Die Büste spricht mit geschlossenem Mund.

»Der Versuch, den Schweinestall in eine luxuriöse Dreizimmerwohnung zu verwandeln, ohne die Schweine zu vertreiben.«

Um den Hals der Büste eine Tafel: AUSVERKAUF.

»Seht her, die Glatze muss man kaum abstauben. Ein pflegeleichter Kopf. Drauf gespuckt und dreimal gerieben, gegen den Uhrzeigersinn, nicht vergessen, das ist wichtig, und das Glück wird euch zulächeln, das habe ich mir nicht aus der Nase gezogen, das hat Wanga bestätigt, die unfehlbare Wanga.«

»Mutter, kannst du mir sagen, in welchem Gefängnis Onkel war?«

»Das weiß ich nicht. Sie haben ihn abgeführt, aus dem Dorf geschafft, ich war in Sewliewo, sie haben behauptet, dort werde er nicht festgehalten.«

»Vielleicht haben sie gelogen?«

»Es gab nur die Lüge.«

»Aber ein Gefängnis in Sewliewo, das hat's schon gegeben?«

»Nein, Miliz, Staatssicherheit, einige Zellen, aber kein richtiges Gefängnis.«

»Und du hast keinen Anhaltspunkt, wo sie ihn hingebracht haben könnten?«

»Nein. Wieso willst du das wissen? Wieso zeigst du auf einmal Interesse?«

»Einfach so.«

»Du verschweigst mir etwas.«

»Ich will dich überraschen.«

»Sag es mir sofort.«

»Es ist nur, die neue Regierung hat ein Gesetz erlassen, Entschädigung für politische Häftlinge.«
»Aber er ist doch nicht da.«
»Die Verwandten können den Anspruch auch geltend machen.«
»Was kümmerst du dich darum, die Mühe für einige Kröten.«
»Für jeden Monat im Gefängnis 140 Lewa …«
»140 Lewa!«
»Wenn wir nur wüssten, wie lange er im Gefängnis war, bevor sie ihn …«
»Kennst du keine Scham, Sohn!«
»Ich wollte dir nur unter die Arme greifen.«

METODI

Kör tutani siker. So falsch nicht. Ein totes Pferd tritt nicht. So falsch nicht. Alte Nägel halten nicht, neue Nägel halten auch nicht. So falsch nicht. Manche Erinnerungen schmecken wie Essig. Wenn du runterfällst, schmeckt alles nach Essig. Der Hemmschuh an beiden Rädern, kann nicht runterrollen, da keilt sich was fest, wie kommt der Fuß in die Pantine? Alles in Klumpen. Was wir in die Hände kriegen, geht nicht ab vom Fuß, kannst die Zehen nicht strecken, den Schuh nicht lüften. Alles in Klumpen. Rosenöltropfen. Besser als getrocknete Orangenschalen. Gegen Schimmel, Fäulnis, doch was ist perfekt, darüber gibt's kein Wörtchen zu verlieren, das Fundbüro leer, wir müssen bündeln. Überall Angst, Davonstehlen vor der Verantwortung. Nicht genug aufs Klassenprinzip gebaut. Ressourcen bündeln. Das Klassenprinzip aus den Augen verloren. Da waren wir verloren. Alles löst sich in Luft auf, die Seele des Systems ist müde. Besoffen, abgesoffen. Auf jeden Fall die Uhr abgelaufen. Der unbesiegbare Bär legt sich schlafen. Alles löst sich in Luft auf. Von wegen Abrüstung, leeres Geschwätz. Hoffnung auf Frieden? Die weiße Taube gebraten, die Schenkel abgenagt. Eine Wahrheit leuchtet am Ende des Tunnels. Gefährlich, gefährlich, behaupten sie. Na, dann viel Erfolg! Leuchtet am Ende des Tunnels. Gefährlich. Die Toten, die sich geopfert haben, die Toten haben immer recht. Gleiche unter Gleichen. Besser sein, gut so und machbar. Kämpf, bemüh dich, Position halten. Wer steht hinter dir? Wenn die Partei nicht hinter dir steht, wer tut's dann? Wenn das Zentralkomitee nicht hinter dir steht, was dann? Wer gibt die Weisungen? Du musst der Partei alles sagen. Was du verschweigst, ist des Teufels. Der Geständige stottert, wir sollten nicht stottern, immer weiter, stottern ist schlecht für die Ernte, unter den Fingernägeln Muttererde, ehrliche Sache, wo ist die Ehrlichkeit? Die Furchen schließen sich. Nur die Toten haben recht. Hacke, Beil und zugepackt. Wenn du denkst, denk daran nur daran: Der starke Hund fickt.

KONSTANTIN

Es hat sich von allein ergeben. Dora hatte Kakerlaken in der Wohnung, einer ihrer Cousins versprach, sie zu entfernen, aber sie müsse einige Tage ausziehen, um für Durchzug zu sorgen, dürften die Fenster nicht geschlossen werden, damit das Gift sich verziehen könne. Ich lud sie ein, bei mir zu bleiben. Ich bot ihr das ausklappbare Sofa im Wohnzimmer an oder … mein Bett. Sie wählte mein Bett. Sie legte sich hin in ihrem Morgenmantel, sie sah mich erwartungslos an. Ich küsste sie auf den Mund, dann sagte ich ihr, was ich ihr sagen musste. Von den Folgen der Folter oder den Folgen des *karzers* oder den Folgen von oder von oder von oder. Ich vertraute ihr meine Unfähigkeit an, die nicht nur auf mir lastet, sondern auch auf anderen ehemaligen Häftlingen.

Wenn sie enttäuscht ist, zeigt sie es nicht.

»Umarmen kannst du mich aber, oder?«

»Außerdem, ich schnarche.«

»Ich dachte, du liegst die ganze Nacht wach.«

»Das Schnarchen ist das Einzige, was mir vom Schlaf übrig geblieben ist.«

Sie lacht, mit dem ganzen Körper. Das Lachen ist in mein Bett zurückgekehrt. Dank der Kakerlaken. Die gerade eines grausamen Todes sterben, am anderen Ende des Korridors.

»Ich habe eine Idee. Lass uns in die Berge fahren.«

»Jetzt?«

»Wieso nicht? Hast du hier Wichtiges zu tun?«

»Nein, ich habe mit allem abgeschlossen.«

Dora hat Freunde in den Rhodopen, genauer gesagt eine alte Freundin, die in späten Jahren noch einmal geheiratet hat, einen zurückgekehrten Emigranten, eine rare Spezies. Einen Ikonenmaler und Handwerker, der im Westen gelernt hat, alles zu reparieren, was ihm in die Hände fällt. Sie leben in einer alten Sternwarte, 1989 fertiggestellt, aber noch nicht eröffnet, als die Veränderung die Astronomie überraschte. Wir einigen uns, auf dem Weg zu ihrer Freundin auch Haralampi zu besuchen (seine Erinnerungen habe ich inzwischen gelesen; wie befürchtet war das Motto schon der Höhepunkt), der uns mit seinem Pferdekarren vom Bahnhof abholt. Ein schlammiger, schlaglöchriger Waldweg führt hinauf. Ein Nachmittag im April, voller Versprechen.

Als ich am nächsten Morgen – kurz vor dem Morgengrauen eingeschlafen, stehe ich als Letzter auf – vor die Haustür treten will, wird mir der Ausgang von Schnee versperrt, einen Meter hoch. Wir sind umzingelt. Haralampi schaufelt Schnee, grinst zufrieden, als hätte dieser Ort seine Erwartungen aufs Vortrefflichste erfüllt. Heute gibt's kein Entkommen, sagt er. Ihr seid uns ausgeliefert. Er hat eingeheizt. Seine Frau kocht *mekizi* wie meine Mutter, an den Sonntagen vor dem Krieg, vor allen Kämpfen. Der Honig trieft mir über das Kinn. Dora entfernt ihn mit ihrem Finger. Sie hält meine Hand, öfter als zuvor. Wir verbringen den Tag vor dem Feuer.

»Und«, fragt Haralampi, »hast du was wirklich Neues erfahren nach all den Jahren, die du dir den Kopf im Archiv angehauen hast?«

»Nichts Neues. Einige Überraschungen. Details. Wer behauptet, er habe etwas grundsätzlich Neues erfahren, hat während der Diktatur nicht aufgepasst.«

»Immerhin kennst du jetzt die Namen der Schuldigen.«

»Ich weiß, wer mich verraten hat. Nicht in jedem Fall, aber das spielt keine Rolle mehr. Das habe ich in der Zwischenzeit begriffen.

Es geht nicht nur um individuelle Schuld. Wir hätten einen Prozess gebraucht, in dem für alle sichtbar aufgezeigt wird, wie die Bonzen von dem System profitiert haben, in was für Wohnungen sie gelebt, wo sie Urlaub gemacht, welche Schulen, welche Universitäten ihre Kinder, ihre Enkel besucht haben. Wer die dreckige, die gefährliche Arbeit für sie erledigt hat. Die Vergangenheit wird bei uns ja meistens in religiösen Kategorien diskutiert: Schuld und Vergebung, Beichte und Reue. Instrumente des Theaters. Theater ist simulierte Problemlösung. Wir hätten einen Prozess benötigt, der verständlich macht, wieso wir eine soziale Revolution gebraucht hätten. Dem Volk müsste klarwerden, dass erst die Entmachtung, die Enteignung der Nomenklatura etwas ändern könnte. Alles andere ist Fassadenmalerei, Schaufensterdekoration.«

»Das weiß ich, ich warte nur auf den Ruf, das Gewehr ist im Keller, gut geölt, wenn's unten in der Ebene losgeht, müsst ihr mich nur rufen. Aber Vergebung muss trotzdem sein, die zwei gehen zusammen, du vergibst ihnen, während du sie aus dem Tempel vertreibst.«

»Wie willst du jemandem vergeben, der seine eigene Schuld nicht akzeptiert hat? Wie willst du jemandem vergeben, der von den Pfründen seiner Schuld weiterhin in Saus und Braus lebt, wie auch seine Kinder und Kindeskinder? Voreilige Versöhnung ist ein Verschließen der Augen vor den Realitäten der Macht. Um in deinen Kategorien zu sprechen: Zuerst müssen sie aus dem Tempel vertrieben werden, dann können wir über Vergebung reden.«

Später stehe ich unter einem Baum im Garten. Auf einmal ein Krachen, es fällt so viel Schnee auf mich herab, dass ich umgeworfen werde, im Schnee versinke, wie ein Käfer auf dem Rücken hilflos die Beine von mir strecke, strampele, bis die anderen mich ausgraben, mir auf die geschwollenen Beine helfen.

»Gerettet«, verkündet Dora. Und lacht, so als wären Körper und Lachen bei ihr aus einem Guss.

2000 erzählt

Im Kreis Sewliewo tastet sich eine Frau durch das Haus. Sie geht nur noch Wege, die sie kennt, führt nur noch Bewegungen aus, die ihr geläufig sind. Wenn etwas außerhalb der Norm erledigt werden muss, wartet sie auf ihren Sohn, der einmal im Monat vorfährt, in seinem neuen Passat.

»Wieso bist du erblindet, Mutter?«

»Das Sehen hat mich vom Hören abgelenkt.«

»Das eine tut dem anderen doch nichts.«

»Wer kann das wissen, ich habe nichts gehört, sosehr ich mich auch angestrengt habe, ich habe versagt. Vielleicht schreit er, wieso sollte er nicht schreien, wie kann es sein, dass ich ihn nicht höre?«

»Ich fahre dich in die Hauptstadt, Mutter.«

»Was soll ich dort?«

»Zum Arzt.«

»Ich bin nicht krank, Sohn. Ich bin nur fest entschlossen, die Stimme meines Bruders zu hören.«

»Du bist hysterisch.«

»Ich bin ganz ruhig. Ich spüre keine Schmerzen, es ist alles mit mir in Ordnung. Ich kann die nächste Nacht nicht abwarten. Der Tag vergeht so langsam. Das ist meine einzige Qual. Wenn ich nur wüsste, wie ich den Tag beschleunigen könnte. Es ist so laut am Tag, wie soll ich was hören?«

»Du kannst nicht mehr alleine in diesem Haus sein.«

»Bleib doch bei mir, heute Abend, bleib einmal bei mir, bis es dunkel wird, wir könnten zusammen hinausgehen und lauschen. Wenigstens einmal. Bitte! Stell dir vor, wir würden seine Stimme hören, wir würden sie gemeinsam hören.«

»Hättest du nicht einfach die Augen schließen können, Mutter?«

KONSTANTIN

Ich stehe am Küchenfenster, fühle mich nicht besonders wohl, auf Zeitungen werde ich heute verzichten. Kaum etwas an diesem Cha-Cha-Cha der simulierten politischen Bewegung interessiert mich noch. Mein Herz rast, setzt einige Schläge aus, kein Rhythmusgefühl, muss von der Tanzfläche geholt werden, der Blutdruck will trotz doppelter Tablettendosis die empfohlenen Richtwerte nicht einhalten. Zu Beginn jedes Jahres frage ich mich, ob ich dieses Jahr durchstehen werde, zu Beginn des Monats den Monat, ebenso die Wochen, die Tage. Es kann nicht mehr lange dauern, bis mein taumelnder Körper zum Stillstand kommt. Die Nachrichten im Fernsehen sind höchstens für Moribunde relevant. Muster, längst durchschaut, ewig variiert. Kostüme, Masken, Gesten, Rituale. Ich bin der Wiederholungen müde. Jeden Morgen, jeden Abend dasselbe Stück, die gleiche Aufführung. Eine Bibliothek voller Blindbände. Irrelevant, außer es fällt ein Name, der mich hellhörig macht. Ich atme tief durch, hochkonzentriert. Der Generaloberst a. D., langjähriges Mitglied des Hohen Rats der Sozialistischen Partei, der erfolgreiche Biznismann, der Philanthrop Metodi Popow sei gestern in der Militärmedizinischen Klinik nach kurzer schwerer Krankheit verstorben.

    Ich verspüre Enttäuschung.
    Billig davongekommen.
    Der Tod hat die Gerechtigkeit überholt.

Wieder einmal.

Ein Anruf beim Zentralfriedhof, eine kleine Notlüge: Die Termine der Aufbahrung, der Beerdigung in Erfahrung gebracht.

Wird es für ihn eine Messe geben? Zum Abschied eine kleine Gottwillfährigkeit? Die freundliche Frau am Telefon kann mir diesbezüglich keine Auskunft erteilen.

Ich schließe die Augen, sehe einen Auflauf an seinem Sarg, sehe seine Ehefrau, sehe streitende Menschen, alte Genossen, neue Geschäftspartner. Die einen wollen ihn atheistisch verabschieden, sie tragen die Uniformen von einst, die anderen, in maßgeschneiderten Anzügen, wollen christlich verfahren, sie schubsen die Uniformierten zur Seite, in der kleinen Kapelle neben dem Haupttor. Ein Bischof tritt herein, salutiert: *Metodi wozkrese*, der Chor der Uniformierten und Maßgeschneiderten antwortet im Einheitsschrei: *Woistina wozkrese*. Ein jeder tritt vor, legt etwas in den Sarg, Blätter, Mappen, Aktenordner. Personenbeschreibungen, Gesprächsprotokolle, Auskunftsersuchen, Treffberichte, Observationsberichte, Maßnahmenpläne, Ermittlungsakten. Der Sarg wird geschlossen. Versiegelt. Mit zwei riesigen Vorhängeschlössern gesichert.

Den Nachmittag verbringe ich am Telefon. Mein Adressbuch ist das letzte funktionierende Netzwerk, ein heilloses Durcheinander, Nummern, Namen durchgestrichen, überklebt, ausradiert, korrigiert. Das selbstorganisierte Archiv des kleinen Widerstands. Wer noch lebt, wird von mir angerufen.

»Ein letzter Pflichttermin«, schwöre ich die Unwilligen ein.

»Was willst du von mir, ich kann ja nicht mal allein zum Pinkeln gehen.«

»Mobilisier dich gefälligst!«

»Mal sehen, ob mich mein Enkel hinfahren kann.«

»Du wirst schon einen Weg finden.«

»Wieso konnte der nicht im Sommer sterben?«

»Zieh dich warm an.«

Ich rufe Miro an, um ihn zu fragen, ob es ihm möglich sei, zu einem bestimmten Anlass Böllerschüsse vom Band abzuspielen.

»Wird schon zu machen sein, Bai Kosjo. Wenn du's brauchst, sag wann und wo.«

Miro taucht auf mit einem riesigen Gerät, das Ghettoblaster genannt wird, er hat dem Wächter am Haupteingang einen Schein in die Hand drücken müssen, um damit reinzukommen. Miro wirkt wie immer entspannt, leicht amüsiert, so als könnte die Realität ihn so wenig ärgern wie ein zweijähriges Kind, das sich ungezogen gebärdet. Gerne hätte ich erlebt, wie es ist, mit Miro eine Aktion zu planen, durchzuführen. Er ist so blass, die Venen schlängeln sich unter der Haut, der volle Bart, die sparsame Rede. Begleitet wird er von T-Rex, einem Zwei-Meter-Mann, der als Lastwagenfahrer arbeitet. Die beiden haben sich an einem Rastplatz kennengelernt, bei einer Zigarettenpause. T-Rex besitzt nicht einmal einen Computer, er ist das Maskottchen der Kellerkinder, offenbar haben auch sie gelegentlich Bedarf an analoger Präsenz.

Wir treffen uns am Haupttor, ich habe in der Zwischenzeit den Grabplatz ausfindig gemacht. Einige erscheinen nicht, wie erwartet. Wir sind immerhin zu siebt, fünf Ehemalige, zwei Zukünftige sowie ein Hund, der T-Rex nicht von der Seite weicht. Wir brechen auf, der Friedhof ist weitläufig. Wir erreichen die Grabstätte, von weitem schon an der Trauertraube zu erkennen, die sich versammelt hat. Ich bin gestern hier gewesen, habe die Umgebung ausgekundschaftet, eine kleine Anhöhe unweit der Grabstelle ausfindig gemacht, auf der sich unsere Gruppe positioniert, in schweigender Erwartung.

Die Maßgeschneiderten haben sich durchgesetzt, es ist nicht nur ein Geistlicher anwesend, der Erzbischof selber leitet die Zeremonie.

»Der Spuk wird bei so einem lange dauern«, raunt Miro. Wie alle Kellerkinder wird er ungeduldig, wenn sich auf dem Bildschirm des Lebens nichts anklicken lässt.

Auf den kirchlichen Abschied folgt die Trauerrede.

»Wer ist der Kerl?«

»Iwan Dimitrow.«

»Kenn ich nicht.«

»Hat seine Finger überall drin, unter anderem Vorsitzender des Vereins der Reserveoffiziere.«

T-Rex findet Zeitungen überflüssig. Er unterhält sich lieber, mit jedem, der ihm begegnet. Das sind bei seinem Beruf viele. Erstaunlich, wie gut informiert er ist über die Stimmung im Land, über die Lebensverhältnisse der einfachen Menschen. Es ist ihm nachzusehen, dass er so einen wie Dimitrow nicht kennt.

»In den zwei Jahrzehnten nach der Veränderung haben wir die meisten Bauherren der sozialistischen Ordnung unseres Vaterlandes verabschieden müssen. Heute geht einer der letzten Großen von uns. Ein Mann mit einer der längsten Amtszeiten von uns allen, wir sprechen von knapp vier Jahrzehnten, ein Aufrechter, der seinen Dienst antrat, als die Organe der Sicherheit noch in den Windeln lagen, und der abtreten musste, als sie vom eigenen Staat zerstört wurden. Vitalität, Treue und Festigkeit offenbarten sich im Charakter und Handeln dieses Menschen. In den letzten Jahren wurde seine Stimme zunehmend heiser. Doch nie erlag er der Versuchung, sich selbst untreu zu werden, nie vergaß er seine Jugend als Partisan und Revolutionär, als sein Charakter geformt wurde, als seine unbeugsame Liebe zur Gerechtigkeit Wurzeln in ihm schlug, nie distanzierte er sich von seiner Zeit als Offizier, von den Erfahrungen im Kampf gegen Banditen und Terroristen, gegen Korruption und gegen alle Feinde des Landes. Er wusste, die ›Ehre der Schulterklappe‹ ist keine leere Phrase. Er war ein zeitgenössischer Ritter der Ehre. Die Karriere war ihm nie Selbstzweck. Stets war er in der Lage, seine Meinung nicht nur durchzusetzen, sondern auch zu korrigieren. Er war mit einem Wort ein Patriot, ein wahrer Patriot. Nun ist er von uns gegangen. Generaloberst Metodi Iwanow Popow, Metodski für diejenigen, die das Glück hatten, mit ihm und unter ihm zu dienen,

Meto für seine Liebsten, für seine Freunde. Egal, wie er genannt wurde, man konnte sich stets auf ihn verlassen. Diejenigen, die mit ihm marschierten, achteten ihn, diejenigen, die sich ihm entgegenstellten, fürchteten ihn. Die alte Garde hat einen ihrer besten Kämpfer verloren. Die Partei hat einen unersetzlichen Verlust erlitten.«

Ich nicke Miro zu.

Ein Böllerschuss, der selbst mir in die Knochen fährt, obwohl ich ihn erwartet habe. Die Trauergemeinde dreht sich zu uns um. Wir verlassen unseren Platz auf der Anhöhe und marschieren zum Grab. Die Trauernden sind erstarrt.

Ein zweiter Böllerschuss, wir bahnen uns einen Weg durch die Menschenmenge, wir positionieren uns am Grab, einer neben dem anderen, fünf alte Männer, zwei jüngere, ein Hund mit langem Fell. Schweigend. Die Trauergemeinde weiß nicht, wie sie reagieren soll. Es gibt keinen in ihr, dem mein Gesicht fremd ist, die Auseinandersetzungen um meine Nominierung für die Kommission haben dafür gesorgt, dass mich alle erkennen, nicht nur auf dem Friedhof. Ich höre sie murmeln. Sie werden alles tun, um einen Skandal zu vermeiden. Das ist der Nachteil, wenn man die Presse zur Beerdigung lädt. Dimitrow, abgebrüht, kaltschnäuzig, setzt seine Rede fort, mit lauter Stimme.

»Wenn wir uns jetzt, an seinem Grab, den ganzen Weg in Erinnerung rufen, den Metodi Popow zurückgelegt hat – der Partisanenkampf, das frühe Engagement für die Partei, die Karriere im Amt, die Mitgliedschaft im ZK der BKP, im Hohen Rat der BSP –, können wir diesen nur mit Worten beschreiben, die sich vor der großen Geste nicht scheuen: Sein Leben glich einer lodernden Flamme. Nach der Veränderung, für deren friedlichen Verlauf Generalmajor Popow einen nicht zu unterschätzenden Verdienst trägt, setzte er seine Tätigkeiten unermüdlich fort. Mit Hingabe sorgte er für die Neugestaltung und Modernisierung unserer Partei. Zudem gelangen ihm als Unternehmer beachtliche Erfolge. Fleiß und Disziplin, pflegte unser Freund zu sagen, funktionieren im Sozialismus genauso gut wie im Kapitalismus. Er kannte weder Rast noch Ruhe, er stellte sich den größten Herausforderungen, übernahm die härteste Arbeit, er kämpfte kühn gegen alle Schwierigkeiten, er überwand sie alle und stellte stets seine Kraft in den Dienst der Sache.

Wir nehmen Abschied von dir, getreuer Sohn der Partei!

Wir nehmen Abschied von dir, Freund zu jeder Zeit!«

Ein weiterer Böllerschuss. So durchdringend, um uns herum zucken die Schwarzgekleideten zusammen.

Mit einer behänden Bewegung holt T-Rex ein Megaphon aus seinem Rucksack, das er mir eingeschaltet reicht. Ich spreche schnell, weil ich nicht weiß, wie viel Zeit mir bleiben wird.

»Metodi Popow, im Namen des Volkes wirst du zum Tode verurteilt wegen Verbrechen gegen die Menschheit und die Menschlichkeit, wegen Hochverrats an deinem Land, an deinem Volk ...«

Die Trauernden drängen näher.

»Und weil du dich der gerechten Strafe entzogen hast, wirst du zur schlimmsten aller Höllen verdammt, der Verachtung der Nachfahren, für alle Zeit.«

Ich habe es geschafft, das Wesentliche zu sagen, bevor mir das Megaphon entrissen wird.

»Verpiss dich!«, schreit jemand. Der Hund bellt.

Die Witwe starrt mich hasserfüllt an, bis sich eine jüngere Frau aus dem Pulk löst. Die Witwe schaut nicht mehr mich an, sondern diese Frau, die zu ihr schreitet, sie geht ihr entgegen, sie hebt die Hand.

»Nein, Albena!«

Ein Mann springt zwischen die beiden, die Ohrfeige trifft seine Schulter.

»Du Schlampe!«, schreit die Witwe. »Du raffgieriges Miststück.«

Wir entfernen uns, zurück auf den Hügel, hinter uns testamentarischer Bocksgesang.

Die Trauerkompanie zieht sich bald darauf zurück. Drei Zigeuner beginnen das Grab zuzuschütten, rammen das Kreuz in die Erde, legen die Blumen, die Kränze drauf. Als sie sich allein glauben, heben sie die zwei schönsten Kränze auf, um sie mitgehen zu lassen. Mit der ganzen Kraft meiner Stimme rufe ich von der kleinen Erhöhung aus:

»Wartet, Jungs.«

Sie zucken zusammen. Blicken sich an. Verharren. Langsam komme ich ihnen näher.

»Keine Sorge, ich will euch nichts, ich will nur sehen, was auf den Schleifen steht.«

Etwas verdrießlich halten sie die riesigen Blumenkränze hoch. Einer der Schriftzüge ist leicht zu entziffern:

Von den alten Waffenbrüdern

»Wenn ihr die im Laden gegenüber verkaufen wollt, müsst ihr die Schleifen entfernen.«

»Das wissen wir, *diado*.«

»Ein Vorschlag, ich behalte diese Schleife, ihr könnt die Kränze mitnehmen.«

Die drei Zigeuner stehen hinter dem Grab, die Hände vor dem Bauch, drei ausgemergelte Gestalten, so hart wie vorsichtig, denen die Situation nicht geheuer ist. Sie bücken sich, entfernen die Schleifen, heben die Kränze auf, eilen davon, ohne einen weiteren Blick an uns zu verschwenden. Ich rolle die Schleife auf, stecke sie in meine Jackentasche.

»Das war's«, sage ich zu unserer kleinen Schar. »Wir haben hier nichts mehr verloren.«

KONSTANTIN

Du hast keine Überzeugung, wenn du nicht bereit bist,
für sie zu sterben.

Wahrer Geist ist Widerstand gegen den Geist der Macht.

Es hat sich gelohnt.

Danksagung

Ich müsste vielen danken, doch jene, denen am meisten Dank gebührt, würden dies nicht wollen, denn sie hielten es für ihre Pflicht, mir das Material ihres Lebens anzuvertrauen, und für meine Pflicht, darüber zu schreiben. Professor Dr. Peter Kienle hat dafür gesorgt, dass die medizinischen Details stimmen – asante sana.

Ausschnitte aus dem Langgedicht *Die Hölle* von Geo Milew in der Übersetzung von Wolfgang Koppe.